ÜBERSICHT TAI ARK'TUSSAN
um 10.500 da Ark

| 0 | 5.000 | 10.000 | 15.000 | 20.000 | 25.000 | 30.000 | 35.000 | 40.000 |

0

- Tabraczon (+2.444)
Tappnar-Sektor (-11)
- Marlackskor (+19)
Pwllheli (+28)
Topanor-Sektor (-11)
(Sol)

Themis-Sterngruppe (+119)
Manol (+488)
- Ormeck-Pan (+27)
- Trebola (+1.053)

-5.000

- Margon (+2.179) Latin-Oor (+1.041)
Frossargon (-469)
Eppith (+362) Opghan (+307) Gefir (+2.985)
Sogantvort (+875)
- Vayklon (+225)
Zhygor (+2.377)
- Dopmorg (-636) Hayok-Sternenarchipel (+2.139)
12-LOKORN (+333)
Suskor (+144)

-10.000

Aislafton VI (+333) Visal V (-33)

Kraumon (+68)
Holpolis-Ballung
Dolphart (+86) Falgrohst (+8)
- Zakreb V (+112)
Sogmanton-Barriere (-925)
Flottenstützpunkt Amozalan (+4)
Ganberaan (+33) 39-KARRATT (+197)
- Schwarzes System (-11)

-15.000

Maahkoradan (-7.357)
Zalak (+349) Zirkamer (-88)
Zhoyt (+86)
Voolynes (+767)
Alfonthome (+244)
Toncag/Gikoo (+12.671)
Corodoc-Sektor (+274)
- Gortavor (-25)
Dron (+2.005)
Karnak (+215) Birridom (+311)
Tagganor (-215)
Trumschvaar (+19)

-20.000

Gandorakor (+97)
Tricoron-Sektor (+155)
Xuura (-4) Travnor (+26)
Mervgon (+192) Boszna (-19)
Kergon (-478)
Iskolart (+232)
Skrantasquor (+903)
Krassig (+27)
Arkon (+20.528) THANTUR-LOK
- Varlakor (+139)

Flottenstützpunkt
Perpandron (+3.093)

-25.000

Trantagossa (+429)
Iacupos (+4.786) Vor'phamor (+1.219)
Ortanoor (-16)
Valissa (+222)
Olg (+1.312) Torren-Box (+1.003)
Largamenia (+18.432)
Sulppun (-23)
Jacinther (+2.143) Huertain (+1.729)
Rachoor (-2.488)
CERKOL

-30.000

Cherkaton (+196)
Vassantor(+328)
Ark'alor (-283)
Flottenstützpunkt
Oppäk VIII (-9)
- Kanza-Kasatrop (-19)
Calukoma (-23)
Haspro (+163)
Sycliden-Sterne (-1.083)
Oulouhat (-15)

-35.000

Helpakanor (+213)
Forynth (-3)
Zarlton (-256)
Molniag (-486)
Mirkkain (-384)
Abbadhir (+65)
Exbrox-Exbrol (-111) Glaathan (+831)

-40.000

Zercascholpek (-109)
Gradosima (+88)

-45.000

Atlan

Das Erbe der Akonen

Perry Rhodan

Atlan

Das Erbe der Akonen

MOEWIG

Alle Rechte vorbehalten
© by Pabel-Moewig Verlag GmbH, Rastatt
www.perry-rhodan.net
Bearbeitung: Rainer Castor
Redaktion: Sabine Kropp
Titelillustration: Arndt Drechsler
Vertrieb: Fantasy Productions Verlags- und
Medienvertriebs-GmbH, Erkrath
www.fanpro.com
Druck und Bindung: CPI Moravia Books s.r.o., Tschechien
Printed 2011
ISBN: 978-3-89064-075-4

Prolog

1245. positronische Notierung, eingespeist im Rafferkodeschlüssel der wahren Imperatoren. Die vor dem Zugriff Unbefugter schützende Hochenergie-Explosivlöschung ist aktiviert. Fartuloon, Pflegevater und Vertrauter des rechtmäßigen Gos'athor des Tai Ark'Tussan. Notiert am 3. Prago der Prikur, im Jahre 10.499 da Ark.

Bericht des Wissenden. Es wird kundgegeben: Genau einundvierzig Personen haben gestern auf Befehl von Akon-Akon durch den Großtransmitter den Planeten Kledzak-Mikhon verlassen. Das Entstofflichungsfeld unter dem grün schimmernden Energiebogen hätte sogar ein Beiboot der ISCHTAR bequem aufnehmen können. Doch wir haben keine Beiboote; die ISCHTAR blieb zurück und soll eigenständig die Heimkehr nach Kraumon antreten. Es wird angesichts ihrer Schäden kein leichtes Unterfangen sein.

Wir haben es nicht besser getroffen. Atlan, Ra, Karmina da Arthamin, ich und die anderen. Achtzehn Mitglieder unserer Gruppe sind Frauen. Vorry, der Eisenfresser, zählt als männliches Wesen, da er sich selbst als »Mann« bezeichnet. Wir alle tragen einen flugfähigen Kampfanzug und die arkonidische Standardausrüstung; Ra und Vorry selbstverständlich Spezialkonstruktionen, die auf ihre Körpermaße abgestimmt sind. Sogar der Junge von Perpandron bat um einen Schutzanzug.

Mit den Flugaggregaten können wir große Strecken mit hoher Geschwindigkeit zurücklegen. Ob das Vakuum des Weltalls, eisige Luft oder kochendes Wasser – die Anzüge schützen vor lebensfeindlicher Umgebung. Hinzu kommen die Taschen mit weiterer Ausrüstung, Werkzeugen, Lebensmittelkonzentraten, Wasser und dergleichen mehr.

Auf Oskanjabul, der ersten Station unserer Reise, starben Tamirot, Leeron und Astalaph, weil Akon-Akon wieder einmal die Situation völlig falsch einschätzte. Auf dieser Welt sollte, so seine Aussage, der Kerlas-Stab als das Zeichen der Macht von den Meistern hinterlegt sein; sie erwarteten, dass er den Stab an sich bringt, um zu herrschen. Wieder einmal eine seiner typischen Äußerungen, die Atlan als Zauberformeln bezeichnete. Er gab Gespeichertes von sich, folgte einem Programm.

Seine Wegbeschreibung, um zum Lagerort des Kerlas-Stabes zu kommen, war exakt – nur entsprach sie leider seit langer Zeit nicht mehr den örtlichen Bedingungen. Atlan und ich schafften es dennoch, diesen Stab in vergleichsweise kurzer Zeit zu finden, und konnten ihn Akon-Akon übergeben.

Rein äußerlich handelt es sich bei dem Stab um ein Henkelkreuz, gebildet aus zwei im rechten Winkel zusammengefügten Stäben, die eine T-Form bilden, während sich oben die Schlaufe vom tropfenförmigen Umriss anschließt. Der senkrechte Stab misst etwa eineinhalb Meter, der Querbalken etwa 75 Zentimeter. Das Gebilde besteht aus einem glänzenden schwarzen Metall, von dessen glatter Oberfläche ein geheimnisvolles Funkeln ausgeht.

Noch ist nicht abzusehen, welches Machtmittel Akon-Akon nun in Händen hält – einen ersten Eindruck gewannen wir allerdings, als wir die zweite Reisestation erreichten. Die Rematerialisation geschah in Dunkelheit; die Transmitterstation ist derart heruntergekommen, dass es fast ein Wunder sein dürfte, dass der Torbogentransmitter überhaupt noch funktioniert. Im Licht der Scheinwerfer war geborstenes und flechtenüberzogenes Material zu sehen. Bleiche Schlingpflanzen umwucherten sogar die beiden Projektorkegelstümpfe aus Metallplastik; nur die Oberteile mit den Abstrahlpolen für die Energiesäulen lagen frei.

Der Großteil des Kuppeldecke ist verschwunden, gezackte Ränder sind zu erkennen. Im Vergleich zum Nachthimmel von Oskanjabul ist die Zahl der Sterne wieder deutlich erhöht, der Raumsektor, in dem wir uns befinden, allerdings unbekannt. Akon-Akon sagte mit dumpfer Stimme, dass wir den Tagesanbruch abwarten müssten – und dann reagierte offenbar der Kerlas-Stab auf den Jungen von Perpandron. Oder er auf den Stab?

Seine Hände krampften sich jedenfalls plötzlich so fest um den geheimnisvollen Stab, dass die Knöchel weiß hervortraten. Wie alle anderen konnte ich den Blick nicht mehr von dem Stab lösen, den ich nur noch als verschwommenen Nebel sah. Schwaches rötliches Leuchten ging von den seltsamen Sternsymbolen auf den Innenseiten von Akon-Akons Händen aus, füllten mein Blickfeld, rissen mich wie die anderen auf seine besondere Reise in die Vergangenheit, die uns als körperlose Zuschauer die Geschichte Akon-Akons miterleben ließ.

Es war auch die Geschichte von Caycon und Raimanja, seinen Eltern. Und die der akonischen Manipulation, die Akon-Akon als Waches Wesen sahen – bereits als Embryo manipuliert, sollte er nach einer Ausbildung im Mentorkristall nach Arkon gehen, um für die Akonen die abtrünnige Kolonie zu unterwerfen. Doch es kam anders, Raimanja überlistete die Akonen, sorgte dafür, dass ihr Sohn die achtzehn ersten Jahre nicht im Mentorkristall verbrachte. Wahrscheinlich erklärte das seine bisherigen Fehlreaktionen, denn alles, was er in jener Zeit hatte lernen sollen, hatte er nicht gelernt. Andererseits fragte ich mich, ob nicht doch wenigstens ein Teil des Wissens übermittelt wurde – in der langen Zeit des freiwilligen Tiefschlafs nach Raimanjas Tod.

Akon-Akons Herkunft ist geklärt, desgleichen seine Bestimmung. Kann er sich frei entscheiden? Liegt es an ihm, was er mit sich und seinen besonderen Fähigkeiten macht? Es bleibt abzuwarten, ob er sich durch die Rückerinnerung geändert hat.

Atlan blickt nach oben; Strahlen der Morgensonne fallen durch die defekte Dachwölbung der Station. »Ein neuer Tag!«

Und Akon-Akon sagt soeben: »Foppon ... dieser Planet mit den vier Monden ist Foppon.«

1.

Mit langsamer, amöbenhafter Vorsicht bewegte die Armasj einen knorrigen braunen Tentakel. Mitten im Schlammtümpel gab es ein schmatzendes Geräusch. Das Ding, das wie eine Luftwurzel aussah, hob sich aus dem Schlick, beschrieb mit den weißen Fadenenden einen flachen Bogen und tauchte wieder, einige Entfernung zurücklegend, ebenso langsam ein. Gleichzeitig hoben sich drei andere Luftwurzeln aus dem braunen Wasser und veränderten ihren Standort. Schließlich befanden sich sämtliche rund vierzig Stelzen der Armasj in Bewegung.

Das Objekt veränderte seinen Standort in einer Geschwindigkeit, die der eines langsam schwimmenden Amphibiums entsprach. Das Ziel schienen die überschlanken, hochragenden Säulen zu sein, über denen sich im Licht der vier Monde die Bögen und Traversen spannten. Überall an den weißen Gebäuderesten, die wie gebleichte Knochen aussahen, rankten sich Klettergewächse in Spiralen und Ringen empor. Auf dem höchsten Punkt eines nur noch halb erhaltenen Bogens kauerte, sich als undeutliche Silhouette abhebend, eine bläuliche Odria.

Über dem Land strahlten die stechend hellen Sterne. Drei der vier Monde bewegten sich auf ihren Bahnen über dem flachen Land rund um Zaterpam. Der große, volle Mond mit den hell metallisch glänzenden Kratern und Rissen wurde von dem schwarzen nur zu einem Zehntel verdeckt. Der schwarze zeigte sich auch am Tageshimmel, wenn die stechende, lodernde Flut an nahrhafter Strahlung auf die uralte Stadt und auf die Armasj und ihresgleichen herunterschlug; es war ein künstlicher Mond in beinahe geostationärer Position über der Ruinenstadt.

Die schmale Sichel des Trabanten, der eisig und bläulich leuchtete, hing noch immer über dem großen, von Gewächsen fast zugedeckten Bauwerk in der Mitte der Stadt – dort, wo die Armasj die GRENZE entdeckt hatte. Und genau über dem knolligen, wie harter Schaum aus großen Blasen aussehenden Kopf der Armasj schwebte der Mond mit dem gelbweißen Schimmer. Von ihm war nicht mehr als ein haarfeiner Kreis zu sehen; er war fast gar nicht wahrnehmbar.

Die Armasj bewegte sich zum dritten Mal, seit sie aus der zerplatzenden Samenkapsel gekrochen und endlose Jahre gewachsen war. Einmal, als sie noch klein und kaum widerstandsfähig gewesen war, veränderte sie ihren Standort von dem winzigen Moor hierher, in den seichten Teil des Flusses. Von diesem Punkt war sie vor nicht allzu langer Zeit – sie hatte kein präzisierbares Zeitgefühl – näher an die Ruinenstadt herangewandert.

Jetzt, als einer der schwächeren Sterne nach dem anderen erlosch und ein erster Streifen den Himmel grau färbte, machte sich die Armasj zum dritten Mal auf den Weg. Sie wollte bis zur GRENZE. Weiter ging es nicht. Aber das wusste die parasitäre Pflanze nicht. Sie war besessen. In ihren Nervenbahnen und den dicken Knoten hockte unsichtbar ein fremdes Etwas. Die Armasj war nicht hoch entwickelt genug, um zu spüren, dass ihre osmotischen und einfachen nervlichen Reaktionen gesteuert wurden. Sie spürte nur, dass sie sich bewegte.

Sie wurde bewegt. Ihre fast vier Dutzend Luftwurzeln arbeiteten in einem merkwürdigen Takt zusammen, zerdrückten andere Pflanzen, schoben sich zwischen Ranken hindurch, rissen große, ledrige Blätter ab und stampften die Reste in das trübe Wasser des langsam dahinziehenden Flusses.

Mehr Sterne erloschen. Der drohende Glanz des gelbweißen Mondrings wurde unsichtbar. Das Licht des metallisch leuchtenden Vollmonds wurde grau und verschmolz unmerklich mit dem immer heller werdenden Firmament. Schmatzend und mit brechenden Geräuschen bewegte sich die Armasj weiter, fast in gerader Linie, auf den Durchgang zwischen zwei der hochragenden Säulen zu. Der schwarze Mond blieb drohend am Himmel hängen.

Plötzlich erwachte wie mit einem einzigen Schlag der gesamte Dschungel. Auch die Armasj reagierte auf dieses Signal, das aus dem ersten Sonnenlicht und einem Spektrum charakteristischer Schallwellen bestand. Die langen, elastischen Zellen entleerten sich; der Turgor brachte sie dazu. Die Fangblase blähte sich zwischen den Knollen auf und wurde immer größer. Die einzelnen Flügelzellen blätterten auf, die Dornen waren noch feucht und elastisch.

Die Odria auf dem Halbbogen reckte die langen Arme mit den sechs muskulösen Greiffingern in den Himmel, blähte ihre Lungen auf, bis zwischen den Brustschuppen die weiße Haut sichtbar wurde. Dann schrie sie ihren ersten lang gestreckten Triller hinaus. Der Schrei wurde von

Artgenossinnen im Dschungel aufgenommen, von den anderen, die nach Fischen griffen, und denen, die im Geäst nach kleinen Tieren jagten.

Nach einigen Augenaufschlägen hallten die Ruinen wider von dem hysterischen, grellen Kichern in den höchsten Frequenzen. Tausende verschiedener Vögel flatterten auf und begannen zu schreien. Die beiden Canoj, die bis zum Bauch im Sumpf standen, hoben ihre kantigen Schädel, entblößten die zweifachen Hauer und schrien zurück. Schmetterlinge spürten die Wärme und begannen zu flattern, und einige Millionen sichtbarer und unsichtbarer Insekten begannen mit ihrer kribbelnden Arbeit.

Langsam drehte sich die Odria auf dem Bogen. Sie starrte, den langem Hals gereckt, schweigend und misstrauisch auf das Gewirr grüner Blätter und vielfarbiger Blüten hinunter. Die Sonnenstrahlen hier oben waren warm, unten begann der Dschungel zu dampfen. Leichte Nebelschwaden erhoben sich und verwischten das Bild.

Die Odria begann am ganzen Körper zu zittern. Erregung schüttelte sie. Alle Instinkte des Jägers, über die sie reichlich verfügte, sagten ihr, dass dort unglaubliche Dinge geschahen. Sie passten nicht in den Kosmos aus Erfahrung, Gelerntem und Instinkthaftem, der die ganze Welt der Odria darstellte. Sie sah, wie eine Pflanze, die sich niemals bewegte, Richtung Stadt schlich wie ein Tier. In höchster Erregung stieß die Odria ihre Warnschreie aus. Sie klangen wie das Geheul einer mechanischen Alarmanlage.

Dann rannte die Odria in rasender Geschwindigkeit über den Halbbogen abwärts, daraufhin turnte sie in einer lang gezogenen Spirale, sich mit Zähnen, vier Gliedmaßen und dem Greifschwanz festhaltend, die Säule hinunter. Sie begann dunkel zu ahnen, dass etwas Unerwartetes und Bedrohliches nach der Ruinenstadt griff. Die Odria war nicht alt genug, um sich an einen ähnlichen Zwischenfall zu erinnern.

Ein großer Vogel mit farbenprächtigem Gefieder, der wie ein riesiger Schmetterling aussah, bemerkte als Erster die zuckenden Blüten. Die Kelche, die Staubgefäße und Kolben wuchsen aus einem runden Büschel hervor. Gestern gab es diese Blüten noch nicht, die einen aufdringlichen Duft verströmten. Sie lagen voll im Sonnenlicht. Der Vogel schoss im Sturzflug in die Tiefe, huschte an der rechten Säule vorbei und gewahrte flüchtig die Odria, die mit einem riesigen Satz von der linken Säule auf den durchfedernden Ast eines alten Baumes sprang. Keine Gefahr drohte von diesem Tier. Hunderte Insekten summten und flogen hin und her, *als der Vogel seinen langen, gekrümmten Schnabel vorstreckte und sich langsam auf die Blütenpracht senkte.*

Es geschah in einem Augenblick ...

Die Blüten, in Wirklichkeit pflanzliches Rindengewebe, klappten zusammen. Die im Sonnenlicht hart gewordenen Dornen wurden förmlich nach vorn geschleudert. In der Fangblase erschien ein breiter Spalt, der ein betäubendes und ätzendes Gas mit einem puffenden Laut nach außen schleuderte. Der Vogel sprang erschreckt hoch, wurde von zwanzig Dornen an den verschiedensten Stellen geritzt, erstickte im Gas und fiel genau durch den Spalt ins Innere der Kugel. Dort klatschte er in die klebrige Verdauungsflüssigkeit der Armasj. Der Spalt schloss sich.

Der letzte Lichtstrahl zeigte, wie der Vogel die Flügel bewegte, den Schnabel aufriss und mit den Füßen ruderte. Dann begann die Säure ihre Tätigkeit. Zuerst an den Stellen, deren Blut sich mit der Verdauungsflüssigkeit der Pflanze vermischte. Die Armasj bewegte sich jetzt schneller und passierte die beiden Säulen. Zwischen den schlanken weißen Schäften lagen riesige Blöcke eines weißen, bearbeiteten Steines. Die schön geschwungenen Ornamente waren von rostig braunem und orangefarbenem Moos überzogen.

Die Odria, die schnellste Jägerin ihres Rudels, hing mit einem Arm am Ast und starrte verwirrt die Armasj an, die zielstrebig an ihr vorbeitappte. Plötzlich erstarrte die wandernde Pflanze. Als die Odria aufkreischte, war es schon zu spät. Einen Augenblick lang erfasste sie eine eisige Lähmung. Noch ehe sie den Griff ihrer Finger um den borkigen Ast lösen konnte, bewegte sie sich wieder und ergriff mit der anderen Hand den Haltepunkt. Die Odria verlor augenblicklich ihre Identität. Sie war nicht mehr der lautlose blauschuppige Jäger mit den nadelfeinen Fangzähnen und den scharfen Klauen, der seine Augen mit der Schärfe eines mehrlinsigen optischen Instruments auf einen sehr weit entfernten Punkt konzentrieren konnte.

Sie wurde von einem fremden Bewusstsein beherrscht. Sie war zum Werkzeug geworden, aber das wusste sie nicht. Ihr winziger Verstand hatte sich in einen schwarzen Winkel verkrochen. Die Odria hatte einen fremden Herrscher. Sie würde, ausgestattet mit einem der besten Körper dieser Welt, nur das tun, was der Herrscher befahl. Sie bewegte sich wieder und hangelte sich in gewohnter Schnelligkeit vom äußeren Ende des Astes bis zum Stamm und blieb dort einen Moment unsichtbar im Schatten sitzen.

Hingegen hatte die Armasj aufgehört, sich zu bewegen. Die Pflanzen, die von ihr gestreift worden waren, richteten sich wieder auf. Der MULTIPLE hatte die Pflanze verlassen und war in das Tier geschlüpft ...

... und spürte genau, dass es Eindringlinge in Zaterpam gab. Fremde! Eine größere Gruppe. Sie waren durch den Transmitter gekommen. Um feststellen zu können, ob sie eine Gefahr waren oder nicht oder ob sie vielleicht kamen, um ihn zu holen, zurückzuholen ins Versteck, zu den anderen, näherte er sich ihnen ... Seine Gedanken überschlugen sich in einem rasenden Wirbel. Er verlor die Kontrolle über den Körper ...

Immer wieder, seit undenklich weit zurückliegender Zeit, dachte Ziponnermanx daran, sich umzubringen. Er wusste nicht genau, warum er noch lebte. War es das winzige Fünkchen Hoffnung, dass irgendwann jemand kam und ihn aus dem Elend erlöste? Oder war es fehlender Mut? Wohl kaum, denn er hatte allein schon dadurch, dass er sich nicht umgebracht hatte, mehr Mut bewiesen als viele Lebewesen vor ihm.

Jetzt allerdings dachte er nicht daran, sondern eine Flut kaum noch bekannter Empfindungen durchströmte ihn wie eine Flut aus abwechselnd heißer und kalter Strahlung. Er war neugierig, gespannt, ängstlich, voller zitternder Erwartung und nötigenfalls voller Entschlossenheit, einen Gegner zu vernichten – mit allen Mitteln, über die er verfügte, denn er war der Wächter.

Damals, als Ziponnermanx durch den Transmitter hierher geschleudert worden war und sich noch nicht der MULTIPLE nannte, damals ... Wie lange war das her? Jahrhunderte, Jahrtausende nach der Rechnung des Planeten Foppon. Oder länger? Es spielte keine Rolle mehr. Aber seine Erinnerung schwang plötzlich zurück. Der Körper erstarrte mitten in der Bewegung, aber die scharfen Sinne wachten. Nur die Gedanken gingen auf die Wanderschaft durch die Zeit.

Abgeschieden von den Gefahren der Galaxis, hatten die Akonen ein einsames, aber erstarkendes Sternenreich ausgebaut und beherrscht – bis sie von Abtrünnigen aus den eigenen Reihen fürchterlich geschlagen wurden. Als sich die Akonen in das Versteck zurückgezogen hatten, brachen sie hinter sich keineswegs alle Brücken ab. Ziponnermanx entsann sich genau, als sei es vor einem Tag gewesen, dieser Zeit, der hektischen Jahre des Rückzugs, des Aufbruchs und der zielstrebigen Versuche, die Spuren zu verwischen.

In Gedanken seufzte Ziponnermanx; es waren unvergleichliche Jahre und Jahrzehnte gewesen. Jeder war des anderen Freund, alle arbeiteten zusammen, sämtliche Kräfte waren nach innen gerichtet. Heldentaten, die niemand verzeichnete, wurden zur Selbstverständlichkeit. Das Leben im Versteck – es war eine herrliche Zeit. Sie würde sich niemals wiederholen. Und sie wurde in der Erinnerung immer schöner und farbiger. Noch heute zitterte seine Seele im Widerhall der Erinnerungen.

Genug der Impressionen.

Die Wahrheit hatte einen ziemlich technischen Charakter. Die Akonen, die keinen Grund hatten, sich auf den Welten des Verstecks unsicher zu fühlen, hatten ein ausgedehntes Imperium zurückgelassen. Städte auf Planeten, ehemalige Rohstoffquellen, Monde, Satelliten und Anlagen, die für jedes raumfahrende Volk einen beträchtlichen Wert darstellten. Und eine große Menge riesiger Transmitterstationen, die für eine kleine Ewigkeit gebaut waren. Diese Anlagen brauchten Wächter.

Hunderte Freiwillige wurden gesucht. Sie mussten in der Lage sein, lange Zeiten der Einsamkeit zu ertragen, denn sie sollten nicht allzu schnell abgelöst werden. Ihre Aufgabe war klar definiert. Sie sollten auf den verschiedenen Welten Wache halten. Auf ehemaligen akonischen Planeten, die voller Hinweise auf die Lage des Verstecks waren. Jedem, der eine unsichtbare Grenze der Kenntnisse und Erfahrungen überschritt, musste der Weg ins Versteck verwehrt werden. Notfalls und in letzter Konsequenz mit Gewalt. Auf den aufgegebenen Welten erschienen, durch die Transmitter geschickt, die ersten von vielen Wächtern.

Und auf Foppon erschien er, Ziponnermanx.

Damit begann alles Unglück. Die Wissenschaftler im Versteck hatten einen winzigen Fehler gemacht. Ziponnermanx hatte einige Jahre seiner einsamen Zeit darauf verwendet, darüber nachzudenken und zu analysieren, welche Art von Fehler dies gewesen war – einer der Programmierung oder eine Fehlschaltung der Maschinen. Er wusste es noch heute nicht. Jedenfalls kam er hier an, mit wenig Gepäck und einigen Waffen. Auf einer Welt, die einmal den Akonen gehört hatte. Aber es gab hier keine Möglichkeit, ins Versteck zurückzukehren. Weder für ihn noch für einen anderen Eindringling, gleich welcher Art er war.

Es war ein Weg ins Inferno gewesen.

Nach etlichen Foppontagen hatte er die Gewissheit – es war ein Weg ohne die geringste Chance zur Rückkehr. Damals hatte er geglaubt, er müsse über dem tödlichen Charakter dieser Einsicht sterben oder wahnsinnig werden. Keines von beidem geschah. Ziponnermanx lebte weiter und machte irgendwann eine zweite Entdeckung. Die erste hatte ihm *gezeigt, dass er verschollen und die Wahrscheinlichkeit, jemals lebend das Versteck wiederzusehen, geradezu mikroskopisch gering war.*

Die zweite Erfahrung hing mit einem Albtraum zusammen, den er hatte, als die Stadt Zaterpam langsam zu zerfallen drohte und der Dschungel jeden Tag um eine Handbreit vordrang. Jedenfalls war er ein zweitesmal zu Tode erschrocken, als er merkte, dass er seinen Geist, Verstand oder sein Ich aus seinem Körper lösen konnte. Er kam zu sich, als er wie ein Antigrav-Spionauge über der Stadt schwebte und sie betrachtete, wie ein Vogel sie sah.

Das schreckliche Gefühl der ultimativen Freiheit brachte ihn beinahe um. Er war nahe daran, wahnsinnig zu werden. Nur mit allen denkbaren Tricks der Geisteswissenschaften, der Beherrschung und einer selbst entwickelten Disziplinierungsmethode gelang es ihm, in seinen Körper zurückzukehren. Er brauchte lange, um sich ohne geistige Schäden dieser neuen Methode bedienen zu können. Während sein Körper ruhig dalag und dadurch, dass er sich nicht bewegen oder wehren konnte, sehr verletzlich wurde, schweifte der freie Geist über Foppon dahin und lernte den Planeten aus einer merkwürdigen, manchmal erschreckenden, meist aber überraschenden und lehrreichen Perspektive kennen.

Er begann sich den MULTIPLEN zu nennen. Ein neuer Lebensabschnitt war damit eingeleitet. Der zweite nach den Jahren der nutzlosen Versuche, ins Versteck zurückzukehren. Es waren die Jahrzehnte des MULTIPLEN ...

... und beinahe zu spät sah der MULTIPLE, eingesponnen in das trügerische und hoffnungsvolle Netzwerk seiner rasend wirbelnden Gedanken, durch die Sinne der Odria den Angriff der Dschungelkatze. Ein warnender Reflex durchdrang das Chaos, und es war der Körper der Odria, der den MULTIPLEN rettete, nicht der Verstand eines Wesens, das sich in andere Körper versetzen konnte.

Der Lammash hatte den schweren Körper mit den blauen Schuppen starr beobachtet. Wie die Odria war auch der Lammash ein Tier der Bäume, ein Raubtier, das klettern, schwimmen, laufen und schweben konnte. Unmerklich verlagerte die grün-weiß gestreifte Katze ihr Gewicht auf die langen Vordertatzen und zog sich geschmeidig und geräuschlos einen Ast höher. Zugleich verschwand ihr Körper hinter dem dicken Baumstamm. Dann hangelte sich der Lammash höher, bis er um das Vierfache höher und etwa um das Zehnfache seiner Körperlänge weit von dem bewegungslosen Körper der Odria entfernt war.

Er sträubte die langen Schnurrhaare. Zwischen den beiden Bäumen stieg heiße Luft nach oben. Sie trug die verwirrenden Gerüche von Pflanzen und Blütenpilzen mit sich. Es gab keinen Wind, sonst hätte der Lammash sich gegen den Wind angeschlichen. Jetzt wand er seinen beweglichen Körper um den Stamm. Die Odria kauerte noch immer unbeweglich auf dem Aststück und blickte hinüber auf das große Gebäude, das hart war wie Fels.

Es ging wie ein Schlag durch den Körper des Lammash, als er entdeckte, dass ihm seine Beute sicher war. Er duckte sich auf dem breiten Ast und schob sich in eine Stellung, in der er die explosive Kraft seiner Hinterbeine wirkungsvoll einsetzen konnte. Dann schnellte er sich schräg nach vorn und leicht abwärts, riss die Vorderbeine auseinander. Eine dünne, ledrige Haut spannte sich von den Tatzen aller vier Gliedmaßen bis unter den Bauch. Aus dem Satz wurde ein Gleitflug, der genau an dem Punkt enden würde, an dem die Odria saß.

Blätter wurden zerfetzt, Blüten rissen ab, Ästchen und Äste brachen, als der grün-weiße Körper wie ein lebendes Geschoss den Raum zwischen den beiden Bäumen durchschwebte, die Vordertatzen kippte und in Schlaghaltung brachte. Der Rachen klaffte auf und zeigte zwei Doppelreihen weißer, scharfer Zähne. Bevor die Tatzen die Odria berührten, ließ sich das blau schimmernde Tier senkrecht fallen. Vorher hatte es noch den Kopf herumgerissen und direkt in die Katzenaugen gestarrt.

Der Lammash flog knapp über den jetzt leeren Ast hinweg. Die Krallen fetzten die Rinde ab, die noch warm war und nach dem Beutekörper roch. Die Odria fiel vier Äste, fing sich in einer Reihe halsbrecherischer Verrenkungen und Griffe ab, federte schließlich an einem Ast und sprang im Zickzack auf den Mittelpunkt der Stadt zu. Auch sie hinterließ eine Spur brechender Äste und fallender Blätter. Aber da sie schnell war und mit jedem Sprung mehr Höhe gewann, war es für den Lammash sinnlos geworden, sie zu verfolgen ...

Dieser Schock, der das Chaos spaltete wie ein Blitz das Dunkel, fegte sämtliche Zweifel hinweg. Die Odria raste schnell, konzentriert und unter Ausnutzung aller Kräfte und angelernten Verhaltensweisen aus dem Hochdschungel hinaus und aufs Zentrum der Stadt zu. Die GRENZE galt nur für Pflanzen und fliegende Samen. Nicht für ein affenartiges Wesen, das in der Lage war, fünf Mannslängen hohe Säulen innerhalb von wenigen Augenblicken zu erklettern.

15

Fremde sind in der Stadt! Sie werden den Transmitterbau verlassen
und ihn suchen. Ihn, Ziponnermanx, der sich den MULTIPLEN nennt.
Aber ... sind es Akonen?

Foppon: 3. Prago der Prikur 10.499 da Ark

Leise, aber deutlich sagte Akon-Akon, nachdem er sich in der durch
die größtenteils zerstörte Kuppeldecke dringenden Helligkeit umgesehen und die Pflanzenwucherungen und Trümmer gesehen hatte: »Foppon ... dieser Planet mit den vier Monden ist Foppon. Sieh nach, Atlan.
Befindet sich die Transmitterhalle in der Wildnis?«

Die Reise in die Erinnerungen schien ihn erschöpft zu haben. Trotzdem ließ er sich keine Schwäche anmerken. Ich spürte, wie ich gehorchen musste. Aber es fiel mir leicht, denn genau dasselbe Interesse hatte
ich auch.

»Sofort.« Ich stand auf, warf Fartuloon, der sein Flüstern beendet
hatte, einen fragenden Blick zu und ging langsam über den mit Staub
und allen möglichen pflanzlichen Abfällen bedeckten Boden auf einen
Wandbereich zu. Dort schien nicht nur ein Tor zerstört, sondern ein großes Stück der Mauer ausgebrochen zu sein. Ich wich Moospolstern aus,
meine Sohlen schoben knisterndes Laub zur Seite, zerbrochene Vogelei-
er und Gerippe kleiner Tiere lagen herum. Dann entdeckte ich im Au-
ßenteil der Halle eine Treppe.

Nach oben. Bessere Übersicht, flüsterte der Extrasinn.

Ich lief, schon allein um mir Bewegung zu verschaffen, die Stufen
hinauf. Die Treppe führte aus der Halle des großen Transmitteraggregats
auf eine Rampe, dann bog sie nach außen ab. Ich sah eine schmale Tür,
drückte den Öffnungshebel und stemmte mich mit der Schulter gegen
das unbekannte Metall. Ich schob mit der Tür eine Menge Steine, Geröll
und andere Dinge zur Seite, die sich im Lauf einer kleinen Ewigkeit
angehäuft hatten. Die Helligkeit des Sonnenlichts ließ mich blinzeln.
Frische, von Feuchtigkeit gesättigte Luft schlug mir entgegen. Ich atmete mehrmals tief durch. Die Müdigkeit der letzten Tontas verging.
Ich schob die Tür völlig auf und kletterte über einen halb mannsgroßen
Steinbrocken nach draußen.

Dschungel, dachte ich. *Dschungel und Gebäudetrümmer.*

Eine große, strahlend gelbe Sonne stand jenseits der Bäume am Himmel. Sie war gerade aufgegangen, ihr unbarmherziges Licht ließ jeden

Tautropfen auf den sattgrünen Blättern erkennen. Ich befand mich auf einer Terrasse, auf der alle möglichen Rankengewächse wucherten. Ich drehte mich um, machte zwei Schritte ins stauberfüllte Halbdunkel zurück und rief:»Wir sind mitten im Dschungel. Um uns sind die Ruinen einer alten Stadt. Aber ich kann nichts Genaues erkennen.«

»Such weiter. Verschaff dir einen Überblick«, rief Akon-Akon zurück. Inzwischen sprach er ziemlich gut Satron; es gab kaum Verständigungsschwierigkeiten. Wir brauchten uns nicht mehr des Altarkonidischen zu bedienen. Ich hob bejahend den Arm und tappte wieder zurück. Ich versuchte, mich auf der mit Trümmern, feuchtem Humus, abgestorbenen Pflanzen und wild wachsenden Sträuchern bedeckten Terrasse nach rechts zu bewegen.

Wir waren auf einem fremden Planeten. Die Schwerkraft und die Zusammensetzung der Atemluft entsprachen den Bedürfnissen von Lebewesen, wie wir es waren, aber alles andere konnte voller geheimnisvoller Gefahren stecken. Vorsichtig tastete ich mich durch das Gewirr der Pflanzen. Etwa zweitausend Meter entfernt sah ich die Reste einer kühnen Konstruktion, die noch im Zerfall ihre Schönheit bewahrt hatte. Hohe, schlanke Säulen mit Resten von zierlichen Rundbögen. Dann erblickte ich die große schwarzgraue Kugel, die über den Säulen schwebte.

Ein riesiger oder extrem naher Mond, sagte der Logiksektor.

Ich kletterte über die ersten größeren Trümmerbrocken, sah am Mauerwerk der geborstenen Transmitterkuppel hoch und merkte, dass diese Trümmer nicht von diesem Bauwerk, sondern von zusammengebrochenen Konstruktionen der Nachbarschaft stammen mussten. Nur langsam gewann ich einen besseren Überblick. Ich erkannte ehemalige Straßen, die einst prunkvoll, breit in verschwenderischer Schönheit ausgerichtet gewesen sein mussten. Jetzt wucherten Büsche aus Gesteinsspalten, die Alleen waren von Trümmern bedeckt, und wie faule Zähne erhoben sich entlang der freien Flächen die Reste von Gebäuden. Der Dschungel hatte alles überwuchert. Ich hörte Myriaden von Insekten summen, vorher hatte uns bei Sonnenaufgang das Kreischen von Vögeln und anderem Getier gestört. Der Himmel war kristallklar und von einem stechenden, grellen Hellblau.

An einigen Stellen sah ich weniger Grün, weniger Bäume oder Schmarotzerpflanzen. Dort schienen die Gebäude in einem besseren Zustand zu sein. Ich sah vor mir, am Ende der Terrasse, etwas wie einen halb zerfallenen Treppenturm und wagte mich mit einigen schnellen Sprüngen bis auf die oberste Plattform. Es begann unangenehm heiß zu werden. Überall regten sich die Pflanzen, aber es gab keinerlei Wind.

Der weitaus bessere Blick sagte mir, dass ich die grundsätzliche Situation klar erkannt hatte. Der Transmitter hatte uns ins Zentrum einer uralten akonischen Stadt geschleudert. Einer Stadt ohne intelligentes Leben, zerfallen und voller Ruinen. Und die Gefahren, die uns umgaben, bewegten sich in einem bestimmten, uns weitestgehend bekannten Rahmen – Dschungeltiere, giftige Dornen, Raubtiere und herabfallende Trümmer, vielleicht die eine oder andere Energiefalle, die durch Zufall noch funktionieren mochte. Und trotzdem ... trotz dieser höchst relativen Beruhigung blieb in mir ein merkwürdiges Gefühl zurück.

Es gab hier etwas Unheimliches, Fremdes, das ich mir nicht vorstellen konnte. Ich hatte keine Ahnung, welcher Natur diese Gefahr war, ob sie von dem Alter der Stadt herrührte oder ein giftiges Gas war, das die Pflanzen absonderten. Ich kannte nur dieses Gefühl, das mich nicht verließ. Ich kannte es sehr genau, trotz meiner Jugend. Vielleicht konnte Fartuloon etwas dazu sagen. Ich turnte die halsbrecherischen Stufen entlang, kletterte über die Steinbrocken und schwang mich schließlich wieder durch die Tür in die Transmitterhalle.

»Er ist zurück.« Halgarn Vil winkte. »Vielleicht hat er ein geöffnetes Gasthaus gefunden.«

Ich klopfte Blütenstaub und Blattreste vom Schutzanzug, blieb in der Mitte unserer Gruppe stehen und berichtete, was ich gesehen hatte. Jemand drückte mir etwas zu essen in die Hand und gab mir eine Flasche. Während ich trank und kaute, schilderte ich, was uns außerhalb der Transmitterstation erwartete.

»Du meinst, alles ist zerstört?« Akon-Akon kniff überlegend die Augen zusammen.

»Mehr oder weniger. Ich habe einige Stellen gesehen, die offensichtlich weniger von den Pflanzen überwuchert waren.«

»Vielleicht würde sich ein Erkundigungsgang lohnen?« Fartuloon polierte nachdenklich, aber ohne jeden Effekt seinen verbeulten Brustharnisch, den er über dem Schutzanzug trug. »Du hast den Verdacht geäußert, dass man dich beobachtet?«

Ich zuckte mit den Schultern. »Kein echter Verdacht. Es war nur ein Gefühl, nichts anderes. Ich kann mich täuschen, aber bisher hat mich dieses Gefühl noch nie getäuscht.«

Akon-Akon, der uns alle wieder im Griff seiner hypnosuggestiven Einflusssphäre hielt – die im Augenblick keineswegs unangenehm aufdringlich war! –, hob die Hand und unterbrach uns. »Ich versuche, den Kerlas-Stab einzusetzen. Er wird uns zeigen, ob es hier Spuren meines Volkes gibt. Alles andere interessiert mich nicht.«

Und euch hat es nicht zu interessieren, kommentierte der Logiksektor.

Er sah sich um, blickte Karmina etwas länger an, dann hob er langsam und nicht ohne Feierlichkeit den Henkelstab, setzte sich auf ein Gepäckstück und legte ihn vor sich auf den staubigen Boden. Schweigend starrte Akon-Akon darauf. Fartuloon sah scharf hin und knurrte etwas Unverständliches. Es klang wie eine deftige Äußerung der Skepsis. Akon-Akon zog die Brauen hoch und warf dem Bauchaufschneider einen scharfen Blick zu.

Fartuloon hob die Schultern und starrte wie wir alle auf den Kerlas-Stab, der noch immer unbeweglich auf dem Boden lag. Jetzt begann Akon-Akon zu murmeln; es wurde innerhalb weniger Augenblicke eine Art leiernder Gesang daraus, in einer Sprache, die keiner von uns verstand. Es war kein Altarkonidisch. Der Junge hob die Hände und spreizte die Finger. Jetzt schlug uns alle die Unwirklichkeit der Szene in den Bann. Niemand sprach. Alle starrten wir gebannt auf den Stab und die schlanken Finger, die einen schnellen Tanz über dem Stab ausführten. Das Gesicht des Jungen glühte förmlich vor schweigender Konzentration. Die Finger erstarrten, das monotone Murmeln hörte auf.

Ein schleifendes Geräusch setzte ein. Es kam von dem Stab, der sich auf dem Boden drehte. Die Bewegung begann ganz langsam, wurde schneller, und nach einigen Drehungen hatte der Stab die Unterlage in einem Kreis gesäubert. Er drehte sich noch einmal, wurde langsamer und hob sich dann um etwa eine Handbreit. Das Schleifgeräusch brach ab. Von einer unsichtbaren Kraft angehoben und bewegt, drehte sich der Stab um seine Mittelachse.

Fast eine Zentitonta lang hielt diese Bewegung an. Dann erkannten wir im Halbdunkel des Transmittersaals, das nur durch breite Balken Sonnenlicht erhellt wurde, dass die Spitze des Stabes, das dem Ring gegenüberliegende Ende, leicht aufglühte. Gleichzeitig erzitterte der Stab und verlangsamte seine Drehung. Die Bewegungen hörten schließlich auf, der Stab schwebte glühend und regungslos in der Luft und deutete wie die Nadel eines magnetischen Kompasses in eine bestimmte Richtung.

In die erwartungsvolle Stille hinein sagte Akon-Akon mit erschöpfter Stimme: »Das habe ich nicht erwartet. Es ist verblüffend.«

Niemand wusste, was er damit meinte. Fartuloon fragte rau: »Was ist verblüffend, Akon-Akon? Deine Taschenspielerkunststücke ... oder etwas anderes?«

»Dieser Stab ist«, antwortete Akon-Akon ohne jede Ironie, »unter anderem ein paramechanischer Indikator. Er hilft mir die Meister aufzuspüren. Ist euch jetzt die Funktion des Kerlas-Stabes klar? Wisst ihr, dass er wichtig ist für mich?«

Ich nickte schweigend und ahnte, dass dieses Gerät, wie immer es funktionieren mochte, gerade für den Jungen von entscheidender Bedeutung war. Noch immer wies der Stab in eine bestimmte Richtung. Es war, wenn ich genau überlegte, die Richtung, in der jenes weniger überwachsene und zerstörte Gebäude zu sehen gewesen war. Das Leuchten hörte langsam auf. Der Stab gewann sein altes Aussehen zurück. Plötzlich versagte auch das Schwebevermögen, mit einem blechern dröhnenden Geräusch prallte das Gerät auf den Boden. Gleichmütig packte es Akon-Akon, richtete sich auf und bekannte: »Ich bin mehr als überrascht.«

»Warum?«, fragte ich erwartungsvoll. Deutete diese Zeremonie darauf hin, dass es hier Akonen gab?

»Ich habe keine Hinweise auf Akonen oder auf Nachkommen von Akonen erwarten können.«

Fartuloon und ich wechselten einen kurzen Blick. Der Bauchaufschneider erkundigte sich: »Der Stab hat dir gezeigt, dass es hier Akonen gibt?«

»Ja. Ich würde sofort suchen – aber ich muss Sicherheit haben.«

Er meinte, dass er persönliche Sicherheit benötigte und sich nicht in Abenteuer stürzen durfte, die für ihn riskant ausgehen konnten. Wir ahnten, was kommen würde. Karmina da Arthamin hob die Hand. »Du wirst sicher Fartuloon und Atlan ausschicken. Ich möchte mit ihnen gehen.«

Einige andere aus unserer Gruppe drängten sich ebenfalls nach vorn. Ein gedanklicher Befehl, gegen den es keinerlei Abwehr gab, drängte sie sofort zurück. Akon-Akon deutete auf Fartuloon, Karmina und mich, dann, nach kurzem Zögern, auf Halgarn Vil, einen großen, kräftigen Mann, der uns sicher gut unterstützen würde und durch Besonnenheit und Entschlossenheit beeindruckte.

»Nehmt euch in Acht«, sagte Akon-Akon im Befehlston. »Geht kein sinnloses Risiko ein! Sucht nach den Spuren der Akonen. Meldet euch immer wieder über Funk, wir bleiben hier und versuchen, diese Maschine wieder in Gang zu bringen. Dazu brauche ich euch alle.«

Fartuloon packte den Griff des *Skargs*. »Sollen wir lediglich suchen? Oder wie weit gestehst du uns eigene Initiative zu?«

Akon-Akon beherrschte das Instrument seiner hypnosuggestiven Befehle in geradezu beklemmender Perfektion. Wir wussten es, kannten auch die geringen Grenzen unserer Entscheidungsfreiheit. Deswegen fragte der Bauchaufschneider, während Karmina und ich unsere Waffen ebenso wie die Ausrüstung einer kurzen Überprüfung unterzogen.

»Sucht. Solltet ihr etwas gefunden, meldet euch. Dann ich werde Entscheidung haben.«

»Hoffentlich«, murmelte ich und dachte, dass es besser war, nicht über seine unvollkommene Anwendung unserer klangvollen arkonidischen Sprache zu lächeln.

»Los!«, sagte Fartuloon. »War das ein guter Weg dort oben, Atlan?«

»Nein! Aber wir sollten uns erst einen kurzen Blick über die Szenerie gönnen, ehe wir versuchen, mehr oder weniger auf dieser Ebene auszubrechen.«

»Einverstanden, Akon-Akon?«, fragte Karmina. Sie war mir wie viele Frauen ein Rätsel. Entweder war sie ganz einfach launenhaft, oder ihre Stimmung schlug, was den Jungen betraf, innerhalb eines halben Pragos sechsmal um. Im Augenblick schien sie ihn wieder einmal zu hassen. Sie sah ihn mit einer Schärfe an, die niemand übersehen konnte.

»Einverstanden. Was ich will, ist höchster Wirkungsgrad!«

»Das nenne ich eine präzise Zielsetzung.« Ich packte die Sonnenträgerin am Arm und zog sie mit. »Die Sänfte wartet, liebste Freundin.«

Sie lächelte mich an, aber sie lächelte ohne eine Spur von Humor oder Begeisterung. Hintereinander gingen wir ins Freie, orientierten uns und erkannten einen Teil des Planes, der vor langer Zeit dem Bau dieser namenlosen Stadt zugrunde gelegen hatte. Der schwarze Mond war blasser geworden, aber er hing noch immer drohend über uns. Wieder spürte ich die Wirkung eines Gefühls, das ich jedes Mal hatte, wenn ich mich beobachtet fühlte.

»Du meinst die hohe Mauer mit den Kolonnaden und dem vorspringenden Dach, nicht wahr?«, fragte Fartuloon leise.

»Ja. Es ist deutlich zu sehen, dass dort weniger Pflanzen wachsen.«

»Also kennen wir unser Ziel. Ich nehme an, dass es das erste, aber nicht das einzige sein wird«, bemerkte Halgarn hinter mir.

»So etwas dachte ich gerade auch.«

Karmina packte einen Steinbrocken, hob ihn hoch und warf ihn mit äußerster Wut über das Geröll hinweg in einen Busch. Ein Schwarm kleiner Vögel stob kreischend hervor und zerstreute sich. Irgendwo schrie ein großes Tier seltsam trillernd.

»Dieser verdammte Akon-Akon«, murmelte sie hasserfüllt. »Es ist unsere Zeit, unser Leben, über das er bestimmt. Und wir haben einfach keine echte Chance.«

»Beruhig dich«, sagte Fartuloon. »Alles hört einmal auf. Auch Akon-Akon ist kein Halbgott. Gehen wir.«

Wir wanderten wieder zurück in die Halle, dann suchten wir an der Basis der moosbewachsenen Mauer einen Ausgang. Wir versuchten es dort, wo Sonnenstrahlen eindrangen. Zuerst gab es ein riesiges Tor, das sich nicht einen Fingerbreit bewegen ließ. Dann entdeckten wir in halber Höhe einen Mauerriss. Nachdem wir etwa fünfzig lockere Steine und Bauelemente in die Halle und auch nach außen geworfen oder geschoben hatten, klaffte eine genügend große Öffnung.

Ich schwang mich als Erster hinaus und sagte zu den anderen: »Wir haben Glück. Direkt an dieser Stelle gibt es einen massiven Baum. Er wird sogar dein Gewicht aushalten, Bauchaufschneider.«

Fartuloon murmelte eine Verwünschung und folgte mir. Wir turnten von Ast zu Ast abwärts. Akon-Akon würde uns niemals folgen, denn seine persönliche Sicherheit ging ihm über alles. Ich sprang auf den federnden Boden, der aus einer dicken Schicht von Pflanzenresten bestand. Die Luft war geradezu köstlich verglichen mit dem abgestandenen und muffigen Geruch im Inneren der Halle. Karmina sprang und wurde von mir aufgefangen. Wie ein Ball rollte sich Fartuloon ab und half dann Halgarn. Wir blieben stehen und sahen uns um.

»Ich habe gute Lust, mich in die Sonne zu legen und zu schlafen«, sagte Fartuloon. »Aber ich habe so ein merkwürdiges Gefühl. Irgendjemand, irgendetwas ist hier. Kein Raubtier! Es ist eine subtilere Bedrohung. Ich glaube, wir werden mehr finden, als wir suchen.«

»Was suchen wir eigentlich?«, erkundigte sich Halgarn, den Griff der Waffe in der rechten Hand.

Wir gingen langsam in die vorgeschriebene Richtung. Hier unten gab es wenig Büsche und kaum größere Pflanzen, die das Fortkommen behinderten.

»Reste, Spuren, Akonen oder Nachkommen von Akonen«, sagte ich.

Sei vorsichtig. Denk an dein Gefühl, sagte der Extrasinn, als wir schweigend zwischen den Baumstämmen, den verschieden großen Trümmern und anderen, unkenntlichen Resten der leeren Stadt entlanggingen, immer wieder nach oben und nach den Seiten sichernd. Aber das Gefühl, dass etwas Drohendes wie eine unsichtbare Wolke über unserem Zickzackweg schwebte, verließ uns keinen Schritt. Niemand sprach. Schon nach zwanzig Metern hatten wir den Eindruck, uns in einer verbotenen Zone zu befinden. Aber keins der Instrumente, die wir eingeschaltet mit uns trugen, schlug aus.

2.

»Sie kennen die Lage«, sagte Dankor-Falgh. Die Einsatzbesprechung war damit eröffnet. Jeder kannte die Lage und auch den Auftrag.

Es galt, den Großtransmitter auf Saruhl zu demontieren. Das war der Auftrag, den das 14. Demontagegeschwader Fereen-Tonkas zu erfüllen hatte. Für diese Aufgabe war vom Energiekommando eine Frist von sieben Saruhltagen angesetzt worden. Dann sollte ein Transporter Saruhl anfliegen und den demontierten Transmitter an Bord nehmen. Mit diesem Schiff sollte auch das Demontagegeschwader Saruhl verlassen.

Ein einfacher Auftrag, für den rund zweitausend qualifizierte Frauen und Männer abgestellt wurden. Wenn es ein Risiko gab, bestand es darin, dass bei der Demontage wertvolle Gerätschaften beschädigt oder gar zerstört wurden. Viel mehr konnte eigentlich nicht geschehen.

Eigentlich ...

Saruhl

Mervet Phan war Transmitterspezialist, Fachmann für Aufbau und Demontage von Großtransmittern. Ein ungewöhnlich friedfertiger junger Akone, der sanft und still seine Arbeit verrichtete und nur durch die bestechende Qualität seiner Arbeit angenehm auffiel. Privat war das Auffälligste an ihm der stets leicht verträumte Ausdruck seiner Augen, dazu kam eine gehörige Portion linkischer Schüchternheit. Beides zusammen hatte ihn zum stillen Schwarm des weiblichen Personals gemacht.

Momentan sah der Akone wenig begeisternd aus. Das dunkle Haar war von Schweiß durchtränkt und hing ihm in klebrigen Strähnen in die Stirn. Der linke Ärmel seines Jacketts war aufgerissen und zeigte einen Streifen blutigen Fleisches. Die Kleidung hing in Fetzen und war schmutzig. In der linken Hand hielt Mervet die Waffe. Entgeistert starrte er auf den Mann, den er vor wenigen Augenblicken getötet hatte. Im Hintergrund gingen die Kämpfe weiter, fielen Schüsse, wurde getötet und gestorben. Langsam setzte sich Mervet Phan auf den von Moos überwachsenen Stein. Das Wüten des Kampfes nahm er nicht mehr wahr.

Vor zwei Saruhltagen war Mervet Phan noch ein junger und sanftmütiger Transmittertechniker gewesen. Er hatte eine unauffällige, aber kleidsame blaue Uniform getragen und sich auf seinen ersten Einsatz außerhalb des Verstecks gefreut. Er war nervös gewesen, als er sich den Waffengurt umgeschnallt hatte. Mervet Phan hielt nichts vom Töten. Das war vor zwei Tagen gewesen ...

Er wechselte den Standort, wollte den Toten nicht länger ansehen. Unter einem Baum kauerte er sich hin. Irgendwo über seinem Kopf schimpften ein paar einheimische Vögel. Er öffnete den Verschluss des Tornisters und holte das Verbandszeug hervor. Sorgfältig wusch er die Wunde am Arm aus. Er verzog das Gesicht, als er das Brennen des Desinfektionsmittels spürte. Anschließend übersprühte er die Verletzung mit Wundplasma aus der Sprayflasche. Wenn es keine Zwischenfälle gab, würde die Wunde in zwei Tagen verheilt sein.

Mervet grinste bösartig, als er daran dachte. »Zwei Tage«, murmelte er, »machen aus zweitausend hochintelligenten Akonen die Besatzung eines Tollhauses!«

Er hatte den Anschluss an seine Gruppe verloren. Gruppe war genau genommen eine viel zu aufwendige Umschreibung für einen wild zusammengewürfelten Haufen; Personen, die allesamt bewaffnet waren und auf alles schossen, was nicht sehr schnell als befreundet identifiziert werden konnte.

Missmutig kaute Mervet auf den Lebensmittelkonzentraten. Die Einsatzverpflegung war berüchtigt schlecht, und unter den extremen Bedingungen Saruhls schmeckte sie besonders fad. Wäre der Hunger nicht gewesen, Mervet hätte keinen Bissen hinuntergebracht. In der Nähe des Baumes floss ein klarer Bach, an dem Mervet seinen Durst löschen konnte. Vorsichtshalber überprüfte er die Flüssigkeit mit dem Zähler. Das Wasser war strahlungsfrei, eine Seltenheit in dieser Landschaft, in der fast alles – Tiere, Pflanzen oder Steine – mehr oder minder stark radioaktiv war. Das war die erste Überraschung gewesen, auf die das Demontagegeschwader gestoßen war. Die kleinste Überraschung.

»Wenn du dich bewegst, schieße ich!«

Frauen mochten Mervet Phan, und Mervet Phan mochte Frauen – aber nicht die Sorte, die hinter einem stand und mit einer Waffe drohte.

Eine total verrückte Welt, dachte er. »Kann ich wenigstens aufstehen? In dieser Haltung werde ich in kürzester Zeit einen Muskelkrampf bekommen.«

»Meinetwegen steh auf, aber ich warne dich ...«

»Bei der kleinsten falschen Bewegung wirst du schießen.« Mervet seufzte und richtete sich auf.

»Zu welcher Gruppe gehörst du?«

Mervet konnte nur die Stimme hören, und er verband sie instinktiv mit einer sehr attraktiven jungen Frau. Erschöpfung schwang darin mit; der leise Unterton von Angst und Nervosität war deutlich zu hören.

»Zu welcher Gruppe, antworte!«

Wenn er nichts sagte, würde sie ihn erschießen. Wenn er aber antwortete, standen seine Chancen fünfzig zu fünfzig: Nannte er die richtige Gruppe, hatte er eine Verbündete gefunden. Nannte er den falschen Namen, würde sie ihn kurzerhand erschießen. Eine extrem unangenehme Situation, die weit über das hinausging, was Mervet Phan zu bewältigen imstande war. »Bringen wir es hinter uns. Ich halte zu Dankor-Falgh.«

»Falsche Antwort«, sagte sie.

Eine Pause entstand, eine Pause, die fast körperlich wurde und Mervet zu ersticken drohte. Er senkte langsam und deutlich sichtbar die linke Hand, griff an den Gurt. Wenige Augenblicke später fiel der Waffengurt auf den Boden. »Darf ich mich umdrehen?«

»Was soll das? Ich muss dich erschießen, das weißt du genau. Es wäre mir lieber ...« Sie beendete den Satz nicht, aber er wusste, wie sie ihn hatte fortführen wollen. Sie wollte ihm nicht ins Gesicht sehen, während sie ihn tötete. Mervet bewegte sich langsam und drehte sich um.

Sie war wirklich hübsch, ziemlich schmutzig und furchtbar ängstlich, aber auch gefährlich. Der Thermostrahler in ihrer Hand war entsichert. Mervet lächelte und sah ihr in die Augen. Hilflos zuckte er mit den Schultern. Einen winzigen Augenblick lang hielten sie sich die Waage, Liebe und Todestrieb, beide im Würgegriff der Angst. Die junge Frau lächelte unwillkürlich und ließ dabei die Waffe ein wenig sinken.

Mit dem Mut, der aus der Angst erwuchs, warf sich Mervet nach vorn. Der Thermostrahl streifte seine linke Schulter, es fühlte sich an, als würde sie in Flammen aufgehen. Mervet schrie in der Bewegung auf. Sein Schwung war groß genug, er prallte gegen die Frau, zusammen stürzten sie zu Boden. Trotz der tobenden Schmerzen brachte es Mervet fertig, ihr die Waffe abzunehmen. Sie blieb liegen, Mervet hörte ihr ersticktes Schluchzen. Er warf die Waffe zur Seite und streichelte langsam ihren Rücken. Mervet konnte das krampfhafte Zucken fühlen, und er wusste auch, welche Gedanken die Frau bewegten.

Wieder griff er zum Verbandsmaterial. Notdürftig versorgte er die Wunde an seiner Schulter. Es war nur ein Streifschuss gewesen, aber ärger konnte ein tödlicher Treffer schwerlich schmerzen. Mehrmals stöhnte Mervet unterdrückt auf. Das Weinen verebbte. Sie richtete sich auf und strich sich die Haare aus der Stirn. Einige Nadeln der umherstehenden Bäume lösten sich und fielen zu Boden. Sie wischte sich die Tränen aus dem Gesicht und erzeugte so eine feuchte Spur auf den staubbedeckten Wangen.

»Ich kann das besser.«

Während sie Mervet verband, musste der junge Mann daran denken, dass die gleichen schlanken Finger vor kurzer Zeit noch am Abzug des Strahlers gewesen waren und ihn auch betätigt hatten.

»Hunger?« Sie nickte, Mervet gab ihr einige seiner Konzentrate. Während sie mit großem Hunger aß, schnallte er wieder seinen Waffengurt um. Ihre Waffe steckte er in ihr Gürtelholster zurück, dann setzte er sich neben ihr auf das weiche Gras. »Mervet Phan.«

»Althea Phudor«, antwortete sie mit vollem Mund. »Ich bin Transmittertechnikerin.«

»Wer auf diesem Planeten wäre das nicht?«, kommentierte Mervet sarkastisch. »Du gehörst also zu den Leuten von Karoon-Belth?«

Sie nickte kurz.

»Heiliges Akon«, murmelte Mervet. »Kannst du mir verraten, wie es jetzt weitergeht?«

»Wir trennen uns«, sagte Althea ruhig. »Ich gehe dorthin, du in die andere Richtung.«

»Und dabei laufen wir unseren jeweiligen Feinden vor die Mündungen. Ihr hättet euch wenigstens ein Kennzeichen beschaffen können. Man will schließlich wissen, auf wen man schießt.«

Sie schnaufte laut. »Wir haben den Streit nicht angefangen, das wart ihr!«

»Das ist die schamloseste Lüge, die ich je gehört habe. Wer hat hier rebelliert, ihr oder wir? Welche Gruppe stellt die Verräter, wir vielleicht?«

»Wir wollen auf dieser Welt leben, frei und ohne Aufsicht durch das Energiekommando. Aber ihr versucht, uns daran zu hindern. Haben wir nicht das Recht, für unsere Freiheit zu kämpfen?«

Mervet sprang auf. »Sagtest du Freiheit? Mädchen, in dieser Galaxis wütet ein Krieg gegen Wasserstoffatmer. Jederzeit können hier Feinde auftauchen, denen ihr, ob ihr wollt oder nicht, die genauen Koordinaten von Akon verraten könnt. Wir haben den Auftrag, jeden Hinweis auf das Versteck zu beseitigen, aber ihr verlangt, dass man euch in Ruhe gewähren lässt, damit ihr einen Wegweiser für den Gegner bauen könnt.«

Althea seufzte und schüttelte den Kopf. »Abgesehen davon, dass du dich irrst. Wir haben keine andere Wahl mehr, wir müssen uns verteidigen. Wenn euch einer von uns in die Hände fällt, ist er verloren. Das Energiekommando ist gnadenlos, es wird jeden Einzelnen von uns zum Tode verurteilen. Wir kämpfen mit dem Rücken zur Wand.«

Mervet wusste, dass sie recht hatte. Er kannte die akonische Gerichtsbarkeit genau. Man würde Althea im Schnellverfahren zum Tode verurteilen und sie zum Hinrichtungsschacht führen, sie hineinstoßen, und sie würde fallen – lange, kilometertief. Die Verurteilten sollten die Todesangst auskosten, bevor ihr Körper am Boden des Schachtes zerschellte.

Er versetzte dem Baumstamm einen Fußtritt, um seiner Spannung irgendwie Luft zu machen. Was er damit erreichte, war lediglich ein schmerzender Fuß. »Jedenfalls müssen wir etwas unternehmen. Ich habe keine Lust, hier sitzen zu bleiben und zu warten, bis eine der Parteien gewonnen hat. Wenn ich Pech habe, werde ich dann erschossen, aber vielleicht sind wir bis dahin auch schon verhungert.«

»In der Stadt müsste es genügend Nahrung für alle geben«, warf Althea ein. »Ich mache dir einen Vorschlag. Wir erklären uns für neutral, schließen einen Waffenstillstand und versuchen, die Stadt zu erreichen. Dort sehen wir weiter.«

»Neutral. Ein Neutraler ist ein Mann, der seinem Henker hilft, das Schwert zu schärfen.«

»Wir können die Angelegenheit auch hier ausschießen«, versetzte Althea kühl. Ihre rechte Hand schwebte über dem Griff ihrer Waffe.

»Schon gut. Machen wir uns auf den Weg. Du gehst voran, Neutrale!«

Althea grinste. Sie sah gut aus, stellte Mervet fest, nur reichlich schmutzig.

Während des Marsches überlegte sich Mervet, wie die Lage wohl aussehen mochte. Er und Althea bewegten sich im Süden der Stadt, auf der linken Seite des Flusses, der die Stadt ziemlich genau halbierte. Auf dem östlichen Ufer hatten sich die Leute um Dankor-Falgh gesammelt, die westliche Seite wurde von den Rebellen gehalten. Auf dem westlichen Gebiet lag auch, ziemlich nahe am Ufer, die große Transmitterhalle. Das Gebiet rings um die Stadt kannte Mervet nicht, aber vermutlich war es, ebenso wie weite Teile des Stadtgebiets, von Pflanzen überwuchert und unbewohnbar.

»Diese Idioten«, murmelte Mervet.

Althea drehte sich um. »Von wem sprichst du? Meinst du etwa ...«

Mervet winkte ärgerlich ab. »Ich rede nicht von euch, ich meine diese Wahnsinnigen, die offenbar nach dem Abzug der Wächter auf Saruhl zurückgeblieben sind.«

»Ich denke, Saruhl wurde schon vor langer Zeit geräumt?«

»Sicher, auch der Wächter wurde später abgezogen. Aber ein paar Leute sind offenbar hiergeblieben, und deren Nachkommen müssen mit atomaren Einrichtungen gespielt haben, von denen sie nicht das Geringste verstanden. Anders kann ich mir nicht erklären, warum das Stadtviertel völlig zerstört ist, in dem nach den Unterlagen der große Reaktor gestanden haben muss.«

»Unterlagen können falsch sein.«

»Diese nicht, sie stammen vom Energiekommando!«

»Auch das Energiekommando kann irren.«

Mervets Körper versteifte sich. Dass Althea eine Rebellin war, wusste er, aber er hatte nicht geahnt, dass ihr Widerstand so weit gehen würde. Die Behauptung, dass das Energiekommando Fehler machte, erfüllte den Tatbestand des Hochverrats. Das Gesetz räumte in krassen Fällen dem Zeugen das Recht ein, den Täter auf der Stelle niederzuschießen.

»Versuch es nicht«, warnte Althea leise. »Ich werde dich diesmal genau treffen!«

Mervet machte einen Schritt auf sie zu. Vielleicht wog sie nicht genug, um die Höhlung zum Einsturz zu bringen, vielleicht hatte sie auch zufällig einen Schritt gemacht, der sie über das Loch im Boden hinweggeführt hatte. Mervet jedenfalls brach ein. Er spürte, wie der Boden unter seinen Füßen wegsackte. Eine Wolke feinsten Staubes wirbelte hoch und nahm ihm die Sicht. Seine Füße prallten auf etwas Hartes, sein Kopf mit der Stirn auf die Kante des Lochs. Er verlor fast die Besinnung.

Langsam nur klärte sich sein Blick. Er steckte bis an die Schultern in einem engen Schacht, der gerade groß genug war, um ihn aufzunehmen. Ein dickerer Mann wäre wahrscheinlich nur bis an die Hüften eingesunken, aber diese Erkenntnis half Mervet wenig. Sein rechter Arm war mit ihm eingeklemmt, nur der linke konnte bewegt werden. Er bewegte die Beine, versuchte, sich an den Wänden des Loches in die Höhe zu stemmen. Der Versuch scheiterte, die Wände des Schachtes waren außerordentlich glatt. Das konnte nur eins bedeuten – dies war keine zufällige Höhlung im Untergrund, hier hatte jemand oder etwas eine gut getarnte Falle angelegt. Mervet konnte sich ausrechnen, dass der Erbauer dieser Falle ziemlich bald kommen würde, um nachzusehen, was sich im Schacht verfangen hatte.

»Hilf mir!«

Althea kam vorsichtig einen Schritt näher, dann stoppte sie. »Warum sollte ich?«, fragte sie kalt zurück. »Gerade erst wolltest du auf mich losgehen. Hilf dir selbst, ich sehe zu, dass ich von hier wegkomme.«

Mervet überschüttete sie mit einer Flut von Verwünschungen. »Du kannst mich doch nicht hier einfach zugrunde gehen lassen.«

»Selbstverständlich kann ich. Wer sollte mich daran hindern? Außerdem bin ich eine Rebellin.«

Er spürte, dass sich an seinen Füßen etwas tat. Es fühlte sich an, als würde der enge Schacht langsam von einer Flüssigkeit geflutet. »Lauf doch!«, schrie er sie an. »Lauf doch! Aber beklag dich nicht, wenn du in einem solchen Loch verschwindest und keine Hilfe findest.«

Dieses Argument traf ins Ziel. Sie biss sich auf die Lippen, dachte kurz nach und steckte schließlich ihre Waffe weg. Sorgfältig prüfte sie die Tragfähigkeit des Bodens, während sie sich Mervet näherte. Die Flüssigkeit umspülte inzwischen Mervets Knie. Er griff nach ihrer Hand. Sie war erstaunlich kräftig, zerrte ihn langsam in die Höhe. Der unsichtbare Gegner reagierte sofort. Mervet fühlte, wie die Flüssigkeit dicker zu werden begann. Wenn er den Schacht nicht bald verließ, würde er in einem zähen Gelee stecken, aus dem es vermutlich kein Entrinnen mehr gab.

Mervets rechter Arm kam frei. So schnell er konnte, stützte er sich auf beide Arme und stemmte sich in die Höhe. Althea stand hinter ihm und zog ihn an den Schultern hoch. Gleichzeitig stieg die Zähigkeit der sich immer mehr verfestigenden Flüssigkeit an. Es war ein verzweifelter Wettkampf mit der Zeit. Zentimeter um Zentimeter kam Mervet frei, aber das Gewicht, das an seinen Beinen zerrte, wurde immer größer.

Er seufzte erleichtert auf, als er endlich wieder seine Beine bewegen konnte. Mit einem widerlichen Schmatzen lösten sich seine Füße aus dem gefährlichen Gelee, dann zog er sich dank Altheas Hilfe rasch in die Höhe. Gierig schnappte er nach Luft. Der stumme, hartnäckige Kampf hatte viel Kraft gekostet. »Danke«, keuchte er. »Ich werde mich bei passender Gelegenheit revanchieren!«

Als sich sein Blick langsam klärte, wurde Mervet bewusst, dass diese Gelegenheit nicht lange auf sich warten lassen würde.

Die Lichtung im Wald mochte eine Fläche von etwas über hundert Quadratmetern haben, teils lag der steinige Boden frei, teils wurde er von Gras und Moos bedeckt. Umgeben wurde die Lichtung von zahlreichen hohen Bäumen. Etwas hatte sich verändert seit dem Augenblick, da Mervet und Althea die Lichtung betreten hatte. Damals – es kam Mervet vor, als seien Tage vergangen – gab es große Zwischenräume zwischen den einzelnen Bäumen, breit genug, um mehrere Personen durchzulassen.

Diese Zwischenräume waren verschwunden. Außerdem hatten die Bäume beträchtlich an Höhe verloren. Mervet und Althea sahen sich einem immer dichter werdenden Gürtel aus Pflanzen gegenüber. Man konnte deutlich sehen, wie sich die Ranken entwickelten, sich mit den Ranken der benachbarten Bäume verfilzten und förmlich zusammenwuchsen. Obendrein entwickelten sich mit beängstigender Geschwindigkeit zahlreiche Dornen. Die Spitzen waren handtellerlang und glänzten feucht.

»Es hat sich bezahlt gemacht, dass du mir geholfen hast«, murmelte Mervet. »Jetzt sitzen wir beide in der Falle.«

Er sah in das Loch, aus dem er gerade erst entkommen war. Von der merkwürdigen Flüssigkeit war nichts mehr zu sehen, aber auf dem Boden des Loches entdeckte Mervet einen metallisch glänzenden Gegenstand. Mervet brauchte nur einen flüchtigen Blick, um zu erkennen, dass es sich um ein militärisches Abzeichen handelte, allerdings war dieses Abzeichen schon vor langer Zeit abgeschafft worden. Die Person, die es getragen hatte, war offenbar nicht fähig gewesen, sich aus der tödlichen Falle zu befreien – nur das Abzeichen war übrig geblieben.

Mervet begann zu kombinieren. Die Umgebung der Stadt war lange Zeit mit harter Strahlung überflutet worden, Mutationen hatten sich herausgebildet, und offenbar war es dabei zu Lebensformen gekommen, die jedes Vorstellungsmaß überstiegen. »Die beiden sind befreundet«, stellte er erbittert fest. Sie sah ihn fragend an. »Wenn es dieser klebrigen

Substanz nicht sofort gelingt, eine Beute zu machen, tritt der Partner dieser Symbiose in Aktion.«

Er deutete auf das wuchernde Dickicht. Rasch überschlug er die Abmessungen, kam zu dem Ergebnis, dass er und Althea vor der Aufgabe standen, einen fast zehn Meter dicken, dornengespickten Wall zu durchdringen. Wenn seine Vermutung zutraf, dass es sich bei dem feucht glänzenden Stoff auf den Dornen um Gift handelte, wurde dieses Hindernis nahezu unüberwindlich.

»Wir müssen uns etwas einfallen lassen«, sagte sie. »Und das möglichst bald. Wir haben nicht viel Zeit.«

Die Falle, in der die beiden Akonen steckten, war von perfider Perfektion. Mit jedem Augenblick, der verging, verdichtete sich der Wall aus Ranken und Dornen, der Mervet und Althea eingekreist hatte. Der Durchmesser verringerte sich, dafür wuchs die Dichte.

»Wir müssen durchbrechen.« Mervet zog seine Waffe. »Wir schießen eine Gasse, vielleicht kommen wir durch.«

Augenblicke später schlugen die ersten Schüsse in dem Dickicht ein. Rauch wallte auf, brennende Ranken wurden durch die Luft gewirbelt, und in das Geräusch der unablässig feuernden Handwaffen mischte sich das anschwellende Knistern ausbrechender Brände.

»Wir haben Glück«, rief Althea. »Das Zeug geht leicht in Flammen auf.«

Er nickte, obwohl er schnell erkannt hatte, dass sich diese Tatsache keineswegs positiv für die beiden Bedrängten auswirken konnte. Mervet hatte damit gerechnet, dass das Dornengeflecht so viel Zellsäfte enthielt, dass es nur an der Einschlagstelle Feuer fing. Wenn aber, was sich abzuzeichnen begann, das ganze Dickicht in Flammen stand, würde den Eingekreisten rasch der Sauerstoff ausgehen. Jetzt schon machte es sich bemerkbar, dass die immer höher steigenden Flammen riesige Mengen Sauerstoff verbrauchten.

»Wenigstens nicht bei lebendigem Leibe verdaut«, murmelte er und ließ seine Waffe sinken. Es war nicht länger nötig, auf das Dickicht zu schießen. Was brennbar war, brannte bereits.

»Sollen wir ausbrechen?« Althea stellte den Beschuss ein.

Mervet schüttelte den Kopf. »Sinnlos. Bis wir die andere Seite dieser Flammenwand erreicht haben, sind wir längst erstickt, oder wir haben so schwere Brandverletzungen, dass wir vor Schmerz ohnmächtig werden. Nein, wir müssen uns einen anderen Fluchtweg suchen, und ich habe auch schon eine Idee.«

Er deutete auf den Schacht, den er vor Kurzem erst verlassen hatte. »Es gibt zwei Möglichkeiten. Entweder braucht das Biest keinen Sauerstoff, dann haben wir Pech gehabt und werden gefressen. Braucht es aber Atemluft wie wir, hat sich der Höhlenbewohner längst in Sicherheit gebracht. Wir müssen versuchen, unter der Flammenwand durchzukommen. Vielleicht finden wir auf der anderen Seite ein Schlupfloch, wenn nicht, müssen wir uns einen Durchbruch freischießen oder graben.«

Althea schüttelte sich vor Ekel. »Du willst in dieses Loch zurück?«

»Hast du eine bessere Idee? Meinetwegen bleib hier und lass dich rösten!« Wie nötig es war, zu einer Entscheidung zu kommen, wurde ihm beim Sprechen klar. Der Sauerstoff wurde zusehends knapper. Mervet zögerte nicht lange, ließ sich in den Schacht gleiten. Vorsichtshalber hatte er die Waffe gezogen und auf den Schachtboden gerichtet. Wenn die zähflüssige Masse auftauchte, konnte er den Strahler vielleicht brauchen.

Die Falle war perfekt angelegt. Das obere Ende des Schachtes war so eng, dass sich das Opfer kaum bewegen konnte. Blieb es dort stecken, kam es weder vor noch zurück. Mervet rutschte etwas mehr als vier Meter in die Tiefe, dann hatte er den Boden des Schachtes erreicht. Dort bot sich ihm etwas mehr Bewegungsfreiheit. Die beiden Stollen, die er erkennen konnte, waren groß genug, um sie ohne besondere Schwierigkeiten durchkriechen zu können. Er schaltete den Handscheinwerfer ein und leuchtete den Stollen aus. Von dem Bewohner war nichts zu sehen. Über Mervet wurde es dunkel, offenbar war Althea inzwischen zu der Einsicht gelangt, dass es tatsächlich keine andere Fluchtmöglichkeit gab. Mervet kroch ein Stück in den Stollen, um Platz für sie zu machen. Althea schnappte keuchend nach Luft, offenbar war die Lage an der Oberfläche sehr kritisch geworden.

»Dann also vorwärts«, murmelte Mervet.

Mervet kam nur langsam voran. Die Wände des Stollens waren glatt, offenbar waren sie von der Verdauungsflüssigkeit angegriffen worden, die bereits einmal Mervets Beine umspült hatte. Immer wieder glitten seine Knie über die Fläche und brachten ihn zu Fall. Seine Brust musste von blauen Flecken übersät sein, denn er hielt in der linken Hand den Scheinwerfer und in der rechten seine Waffe. Jedes Mal, wenn er ausglitt, prallte er auf die beiden metallenen Gegenstände. Obendrein war es unangenehm warm geworden. Die Hitze, die von dem brennenden Dickicht ausging, war auch tief unter der Oberfläche zu spüren. Noch ließ sich die Wärme ertragen, aber Mervet schwitzte stark, und immer wieder lief ihm der salzige Schweiß in die Augen und brachte sie zum Tränen.

»Hier unten könnte man eine ganze Armee verstecken.« Er musste sich auf sein ziemlich gut entwickeltes Richtungsgefühl verlassen. Immer wieder verzweigte sich der Stollen, und jedes Mal hatte sich Mervet gefühlsmäßig für eine Abzweigung entschieden. Er konnte nur hoffen, dass er dabei keinen Fehler gemacht hatte. »Althea?«

»Keine Sorge, ich bin hinter dir.«

Es tat gut, ihre Stimme zu hören, selbst wenn sie krächzend klang wie in diesem Augenblick. Es tat gut zu wissen, dass er nicht allein in dieser scheußlichen Zwangslage steckte, die in jedem Augenblick eine überraschende, vielleicht tödliche Wendung nehmen konnte. Für einen Augenblick beschäftigte sich Mervet mit der plötzlichen Erkenntnis, dass angesichts der weitgehenden Verteidigungsunfähigkeit, in der er sich befand, der einzige Trost in Altheas Anwesenheit bestenfalls darin bestehen konnte, dass er nicht allein sterben würde, wenn es zum Äußersten kam.

Rasch verdrängte Mervet diesen zynischen Gedanken, konzentrierte sich auf das Wegstück, das vor ihm lag. Nach seiner groben Schätzung mussten sie den brennenden Dickichtstreifen bereits unterwandert haben. Es wurde langsam Zeit, an die Oberfläche zurückzukehren, bevor sich der Konstrukteur der Falle seiner Opfer erinnerte.

Plötzlich schrie Althea auf. »Etwas hat mich berührt! Mervet!«

Er ließ sich vornüberfallen, drehte sich hastig so herum, dass er auf den Rücken zu liegen kam. Der Scheinwerferstrahl wanderte über die Wand, streifte kurz Altheas vor Angst verzogenes Gesicht und leuchtete den hinteren Teil des Stollens aus.

»Los, klettere über mich hinweg! Beeil dich!«

Althea folgte sofort. Der Stollen war an dieser Stelle gerade hoch genug, um es ihr zu erlauben, über Mervet hinwegzurobben. Sie bewegte sich rasch und geschickt, aber sie zögerte, als er sie für einen kurzen Augenblick stoppte und sie küsste. Dann bedeutete er ihr mit einem Stoß weiterzukriechen.

»Such nach einem Ausgang, ich halte das Biest hier fest!«

Altheas Stiefel schrammten über Mervets Kopf, dann war das Schussfeld frei. Er konnte seinen Gegner sehen, eine dunkelgrüne Masse, die den ganzen Stollen ausfüllte und sich langsam auf ihn zuschob. Mervet leuchtete dem Wesen entgegen, von dem er nicht wusste, ob es ein Tier oder eine Pflanze war. Die Strahlung, die bei den Experimenten der früheren Stadtbewohner frei geworden war, hatte fürchterliche Folgen gehabt. Von einer solchen Lebensgemeinschaft hatte Mervet noch nie etwas gehört.

Der Scheinwerferstrahl hielt die grüne Masse nicht auf. Mervet zog den Abzug der Waffe durch. Er musste genau schießen, sehr genau. Wenn er den Strahler verriss, konnte die thermische Energie von der felsigen Wand des Stollens reflektiert werden und ihm schwere Brandverletzungen zufügen. Der Schuss traf. Ein schrilles Pfeifen war zu hören, vor Mervets Augen wallte grünlicher Dampf auf, der sich beißend in die Lungen fraß. Wieder schoss Mervet, er traf ein zweites Mal. Der ätzende Dampf wurde dichter, gleichzeitig schwoll das ohrenbetäubende Pfeifen der getroffenen Kreatur an. Halb blind konnte Mervet erkennen, dass sich die Masse zurückzog. Grünlich schimmernde Pfützen blieben auf dem Boden zurück und fraßen sich in den Fels.

Mervets Brust bewegte sich in krampfhaften Atemzügen. Die gequälten Lungen bekamen immer weniger Sauerstoff, den sie an den erschöpften Körper weiterleiten konnten. Mervet rollte sich auf den Bauch und robbte langsam vorwärts. Jede Bewegung rief Schmerzen hervor und verstärkte die Atemnot. Er brachte nur noch ein Stöhnen über die Lippen, dann verlor er das Bewusstsein.

»Quitt?«

Mervet nickte müde. Er wusste nicht, wie er lebend aus dem Stollen herausgekommen war, aber Althea hatte es ihm erzählt. Nach ihrem Bericht hatte sie ihn besinnungslos gefunden, gefesselt von einigen Dutzend Wurzelausläufern, die damit beschäftigt waren, ihn erst zu erdrosseln und dann auszusaugen. Ihr Messer hatte die Wurzeln gekappt; sie hatte ihn mühsam an die Oberfläche geschafft. Noch nie in seinem Leben hatte Mervet mit solcher Begeisterung Nahrungskonzentrate zu sich genommen, aber der rasende Hunger und seine Erschöpfung ließen ihn den faden Geschmack großzügig übersehen.

»Wir werden ziemlich aufpassen müssen«, sagte er mit vollem Mund. »Ich kann mir kaum vorstellen, dass es noch eine andere Welt gibt, auf der solche Mutationen auftreten. Wir müssen auf alles gefasst sein.«

»Das habe ich gemerkt«, sagte Althea mit einem anzüglichen Seitenblick. Mervet errötete leicht. Es war dunkler geworden, die planetare Nacht begann. Saruhl hatte einen Mond, dessen Reflexionsvermögen gerade ausreichte, um die Nacht nicht undurchdringlich finster werden zu lassen. »Ich bin noch einigermaßen bei Kräften!« Altheas Stimme ließ keinen Widerstand zu. »Du schläfst zuerst, ich werde wachen. Ich wecke dich später.«

Er erklärte sich nickend einverstanden, war sehr müde. Es bestand die Gefahr, dass ihn Althea im Schlaf erschoss, dass sich das weiche Moos unter seinem Körper als ebenso heimtückisch erwies wie die Falle, der sie gerade erst entronnen waren. Anhänger einer der beiden streitenden Parteien konnten auftauchen, wilde Tiere ... Mervet dachte nicht daran, sich von solchen Überlegungen den Schlaf rauben zu lassen. Er drehte sich um und war binnen weniger Augenblicke eingeschlafen.

Althea setzte sich einige Meter entfernt auf einen Baumstumpf und legte Bruchholz in das kleine Feuer. Nachdenklich betrachtete sie den Schläfer. Er sah gut aus, stellte sie fest, nur reichlich schmutzig.

3.

Mitten in der Bewegung hielt Akon-Akon inne. Eine Art Schock traf ihn, ein erschreckender Blitz der Vernunft, der das chaotische Durcheinander seiner Gedanken, Träume, Empfindungen und Sehnsüchte wie eine Momentaufnahme erhellte. Er wusste, wo er war – auf einem Planeten, der etwas mit seinem Lebensweg zu tun hatte. Er zwang sich dazu, seine plötzliche Erstarrung mit Besinnung und Nachdenklichkeit zu tarnen. Die anderen schliefen oder arbeiteten nach wie vor an den Schaltungen dieses riesigen Transmitters und daran, diese Technik zu begreifen.

Wer war er? Er entsann sich aller Dinge, die er gesehen hatte. Irgendwie heimatlos, durch Zeiten und kosmische Entfernungen von der Realisierung seiner Aufgabe und Zielsetzung getrennt.

Was hatte er vor? Nichts anderes als das, was vor ihm Millionen einzelner Wesen versucht hatten und was nach ihm ebenso viele versuchen würden, gleichgültig, welchem Volk sie angehören würden. Akonen hatten ihn programmiert. Sein Weg lag vor ihm, und er war keineswegs frei genug, um die Richtung variieren zu können. Etwas oder jemand zwang ihn, eine bestimmte Richtung einzuschlagen. Und er, ausgestattet mit vagen und verschwommenen Vorstellungen, für den schwierigen Prozess des Überlebens nur höchst unvollkommen ausgerüstet, keineswegs fähig, sich mit Gewalt gegen andere Gewalt wehren zu können, er war gezwungen, andere zu manipulieren und zu zwingen.

Wo befand sich sein Ziel? Er wusste es selbst nicht. Er ahnte es kaum. Sein Ziel waren die Akonen, denen er nachhetzte. Viele Rückschläge und eine große Handvoll Sackgassen lagen hinter ihm. Bedauerte er, andere gezwungen zu haben, ihn zu begleiten und zu unterstützen? Er hatte keine präzisen Vorstellungen davon, was diese anderen wollten.

Was bedeutete dieser Aufenthalt hier? Auch das wusste er nicht genau. Es war eine von vielen Stationen auf seinem langen, schwierigen Weg. Er wusste nur, dass ihn ein unheimlicher Impuls vorwärtstrieb wie einen Schwimmer, der das rettende Ufer erreichen musste. Er wollte und würde überleben. Und eines Tages würde er sein Ziel genau erkennen. Dann erst würde er Ruhe finden. Wann? Es konnte Tage dauern, was unwahrscheinlich war. Oder viele Perioden oder Jahre. Er hasste sich dafür, dass er die anderen wie Sklaven behandelte, aber er konnte nicht riskieren, sie aus seinem Zugriff zu entlassen.

Es ging ihm weniger um die Macht, die er ausüben sollte, sondern um das Erkennen seiner Bestimmung. Er musste diese Akonen finden oder deren Nachkommen. Und sie alle mussten diese Ruinenstadt bald verlassen, nicht aber ohne mehr Wissen und weitergehende Erkenntnisse. Er fühlte sich matt und elend. Niemand liebte ihn – war es nicht verständlich? Denn niemand liebte einen brutalen Diktator, der alle Lebewesen in Marionetten und Sklaven verwandeln konnte. Er hasste sich dafür, aber er erkannte, dass es für ihn keine andere Möglichkeit gab.

Akon-Akon schloss die Augen, verdrängte alle diese Überlegungen und machte sich mit steinerner Miene wieder an die Arbeit. Auch dies alles war nur ein Schritt. Ein Schritt war eine präzise beschreibbare Distanz. Ein Schritt konnte aufwärtsführen und näher ans Ziel. Aber ebenso auch abwärts ...

Foppon: 3. Prago der Prikur 10.499 da Ark

Plötzlich, als wir zum ersten Mal zwischen den Bäumen ins helle Licht traten, wurden wir von einer ungeheuren Menge Insekten überfallen. Sie waren von einem Augenblick zum anderen da und bildeten um unsere Köpfe eine gewaltige Wolke, in der es sirrte und summte. Es blieb nicht einmal Zeit, die Transparenthelme zu schließen. Als wir zu laufen begannen und um uns schlugen, teilten sie sich in vier Schwärme. Sie waren unerträglich, bewegten sich zu Tausenden um uns. Wir zerquetschten sie zu Hunderten, aber es gab zu viele von ihnen. Hinter mir fluchte Fartuloon wie ein Viehtreiber.

Wir wurden schneller und rannten die leidlich ebene und von Hindernissen freie Straße entlang. Als wir im Schatten eines Baumes waren, verschwanden die Tiere ebenso schnell, wie sie aufgetaucht waren. Ich schüttelte den Kopf, bohrte die toten Insekten aus den Ohren, spuckte die harten kleinen Körper aus und schüttelte mich vor Ekel.

Links von dir, flüsterte der Extrasinn.

Ich riss den Kopf herum und sah die Quelle oder wie immer dieses Wasser zu nennen war, das aus der Tiefe kam und Bruchsteine überspülte.

»Hierher!«, rief ich unterdrückt und war mit drei Sprüngen an dem winzigen Bach, der drei Meter weiter wieder in den Spalten der Straße versickerte. Die winzige Fontäne machte den Eindruck eines Wasserrohrbruchs, der seit Jahrhunderten hier sprudelte. Ich bückte mich und merkte überrascht, dass es warm war. Aber es war eine Erleichterung. Ich ging mit dem Gesicht tiefer und wusch mich gründlich. Als meine Nase wieder frei war, roch ich, dass dieses Wasser irgendwelche gelösten Salze oder Mineralien enthielt, denn es schmeckte danach, und diese Lösung schien blitzartig gegen die Insektenstiche zu helfen. Die Freunde kamen heran und reinigten sich ebenfalls.

»Eins ist sicher.« Fartuloon massierte die Umgebung seiner Augen. »Diese Stadt ist nicht nur voller Insekten, sondern auch voller Geheimnisse. Ich möchte wetten, dass noch eine ganze Menge technischer Einrichtungen existieren und, was wichtiger ist, funktionieren. Oder hast du für das warme Wasser eine andere Erklärung, mein Sohn?«

Unsere Gesichter waren rot und geschwollen. Aber die Haut schmerzte nicht mehr. »Nein. Ich glaube dasselbe. Wir sollten uns auf Strahlenbarrieren oder ähnliche Dinge einrichten.«

»Dieser verdammte Akon-Akon. Schon seine Existenz ist eine Zumutung.«

Die Sonnenträgerin stieß diesen Satz voller Wut hervor, bückte sich wieder und spritzte Wasser in ihr Gesicht. Etwa tausend Meter entfernt erkannte ich die obere Kante der unversehrten Mauer. Zwischen ihr und unserem Standort gab es nur die Straße, die in einer doppelten Kurve dorthin führte. Ich zog meine Waffe und drehte mich langsam einmal um dreihundertsechzig Grad. Meine Augen untersuchten jeden Punkt der grünen und steinernen Flächen, die sich uns boten. Aber ich bemerkte nichts Auffallendes. Alles fügte sich in das Schema ein. Eine von Dschungel überwucherte uralte Stadt voller ehemals schöner Bauwerke, die jetzt fast alle zusammengebrochen und nichts als Zeugen von Vergänglichkeit waren.

»Weiter, Freunde. Oder wollen wir noch einmal dieses feine Wasser benutzen?«, unterbrach Halgarn meine Überlegungen.

»Macht, was ihr wollt«, brummte Fartuloon, aber auch er badete seinen Kopf in dem streng schmeckenden Wasser.

Wir blieben in der Mitte der Straße und gingen langsam weiter. Immer wieder blickten wir auf die Anzuginstrumente, die uns Gaskonzentrationen ebenso anzeigten wie Metallansammlungen oder Strahlensperren. Aber kein einziger Indikator reagierte. Unsere Schritte waren kaum zu hören. Wir bewegten uns auf großen, unregelmäßigen Steinplatten. Diese Unterlage wirkte, als sei die Straße einst spiegelglatt gewesen und in einzelne Scherben verschiedener Größe und unterschiedlichen Aussehens zerbrochen wie ein Spiegel. Die einzelnen Bruchlinien waren deutlich von Grasbüscheln, Doldengewächsen, allen denkbaren Formen von Blumen und kleinen Büschen markiert. Erst an den Rändern dieses Bandes, das breiter als zwanzig Meter war, erhoben sich größere Gewächse.

»Atlan!«, sagte Halgarn plötzlich in einem Tonfall, als sei er tödlich erschrocken. Ich wirbelte herum, mein Finger krümmte sich um den Abzug. Er hob abwehrend die Hand. »Nur eine Frage. Hast du bemerkt, dass es hier keinerlei größere Tiere gibt? Nur kleine Vögel und Insekten.«

»Ja. Du hast recht. Es fällt mir auch auf – jetzt, da du mich darauf hingewiesen hast.«

Vorausgesetzt, die Stadt war tatsächlich uralt und zerfallen. Dann würde sie ein ideales Feld für große und kleine Tiere bilden. Diese Tiere würden seit Urzeiten keine Wesen wie uns gesehen haben. Also würde sich auch keinerlei Fluchtreflex herausgebildet haben. Das wiederum bedeutete, dass jedes Tier uns neugierig, aber nicht ängstlich entgegensehen würde.

»Und da wir keine Tiere gesehen haben«, schloss ich diesen Gedankengang ab, »wird es mit einiger Sicherheit auch wenige oder gar keine in diesem gigantischen Trümmerfeld geben.«

Fartuloon war ebenso misstrauisch und wachsam wie ich.

»Wenigstens keine größeren Tiere«, pflichtete er mir bei. Jetzt hatten wir genügend Platz, um nebeneinander gehen zu können. Das unheimliche Gefühl, als würden sich viele Augenpaare in unseren Rücken bohren, riss nicht ab. Es verstärkte sich sogar.

Die Odria, deren Schuppenfell jetzt intensiv schimmerte, saß vollkommen unbeweglich auf einem der vielen Säulenstümpfe. Diesmal war es ein Stumpf aus dunklem, blau geflecktem Stein. Der Körper, an dem nur die spitzen Ohren und die großen, traurigen Augen zu leben schienen, zuckte nicht einmal, wenn Insekten die Stachel zwischen die Platten bohrten. Kaum ein anderes Wesen wäre in der Lage gewesen, die Odria als selbstständigen Organismus zu identifizieren. Auch der kleine, rundliche Mann, der sich so behände und geschickt bewegte, erkannte sie nur als Teil der Säule. Er blickte direkt hierher.

Es sind keine Akonen. Wenigstens lassen sie sich nicht auf den ersten Blick erkennen, dachte der MULTIPLE. Sie sehen aber auch nicht aus wie Plünderer. Ich muss warten und feststellen, wer sie sind und was sie wollen. Jedenfalls waren die wenigen Worte, die ich mit den geschärften Ohren der Odria aufgenommen hatte, in keiner mir bekannten Sprache. Oder habe ich sogar die gesprochene Sprache verlernt?

Hinter dem rundlichen Mann ging ein jüngerer mit einem scharf geschnittenen Gesicht. Er bewegte sich selbstbewusst, aber unruhig. Vielleicht merkte er, dass ihn zwei stechende Augen beobachteten, die sich jetzt akkommodierten und wie ein Fernglas wirkten. Sie nahmen jede Einzelheit ausschnittsweise auf und glitten langsam an der sich bewegenden Gestalt entlang.

Dahinter ging eine schlanke Frau mit mürrischem Gesichtsausdruck. Sie war nicht hässlich, aber für den MULTIPLEN waren Frauen inzwischen nichts anderes als abstrakte Wesen. Als Angehörige eines in zwei biologische Komponenten geteilten Volks verstand er sie, nicht als Partner des anderen Geschlechts. Dafür war er zu alt. Diese Bedürfnisse hatte er nicht mehr.

Den Abschluss der kleinen Gruppe bildete ein breitschultriger Mann. Er war wachsam. Alle vier, zumindest die drei Männer, waren gewohnt, sich in einer fremden und unter Umständen gefährlichen Umgebung richtig zu verhalten. Ziponnermanx wusste jetzt, dass die Gruppe der Eindringlinge keine Schwächlinge und keine einfachen Räuber waren. Er beschloss, zu warten und zu beobachten. Er hatte viel Zeit. Er hatte schon eine unbekannte Anzahl von Jahren hier gewartet.

Wir schwiegen die nächsten fünfhundert Meter. Ab und zu waren es nicht Dinge, die plötzlich auftauchten und gefährlich erschienen, sondern das genaue Gegenteil – das Fehlen bestimmter Elemente kündigte Gefahren an. Aus dem Augenwinkel sah ich, dass rechts die Büsche und Mauerreste ganz plötzlich aufhörten. Eine freie Zone tat sich auf. Ich blickte sofort genauer hin und sah einen Platz, den es nur auf der rechten Seite der breiten Straße gab.

»Halt, Freunde. Seht nach rechts«, sagte ich laut. Wir blieben stehen und sahen zum ersten Mal einen Teil der verfallenen Stadt, der relativ gut erhalten und so gut wie gar nicht bewachsen war.

»Es macht auf mich den Eindruck einer Arena oder eines Amphitheaters«, sagte Fartuloon nachdenklich. Wir bogen in diesen Platz ein und näherten uns den ersten Stufen. Die Anlage sah aus wie ein flacher Trichter mit einer Wandung, die aus Stufen bestand.

»Oder vielleicht ein Eingang zu einer subplanetarischen Station. Dort sind Bögen und Säulen zu sehen.« Karmina deutete nach unten.

Wir wagten uns weiter vor. Ich beobachtete die schwach leuchtenden Felder des Kombiinstruments. Einige Zeiger, die verschiedene Arten von Strahlungen anzeigten, begannen zu zittern. Ich ging zehn Meter weiter. Jetzt war der Ausschlag stärker.

»Achtung! Hier ist eine Zone verstärkter Strahlung.« Meine Worte bildeten in dem Trichter ein leises Echo. Erstaunt sahen wir, dass einige Säulen und eine aus Blöcken bestehende Traverse eines benachbarten Gebäudes quer über den Trichter gefallen und zerbrochen waren. Aber nirgendwo war auch nur die kleinste Pflanze zu sehen.

»Augenblick, Atlan.« Halgarn kam näher und winkelte den Arm an. Er ging an mir vorbei, immer auf die Anzeige starrend. Schließlich blieb er direkt auf der obersten Stufe stehen. »Die Strahlung ist ungefährlich für unseren Organismus. Ich kenne sie. Sie verhindert die Entwicklung von pflanzlichen Zellen. Das ist die Lösung dieses Rätsels.«

Fartuloon nickte und knurrte: »Außerdem halten wir uns nur kurz in dem Strahlungsfeld auf. Riskieren wir es?«

»Natürlich.« Ich blickte fragend Karmina an. Sie nickte. Wir wurden schneller, als wir die Stufen hinunterliefen. Plötzlich schnellten die Zeiger wieder in die Ausgangslage zurück. Wir sahen uns überrascht an.

»Entweder eine zylinderförmige Barriere oder eine Kuppel.« Fartuloon versuchte, in das Dunkel eines der Eingänge am Grund des Trichters zu blicken.

»Mit Sicherheit eine Energiekuppel. Denn sonst könnten Sporen und Samen von oben hineingelangen, mit dem Wind oder durch Vögel«, sagte Karmina. Wir verteilten uns und versuchten, durch flüchtige, meist nur optische Untersuchungen etwas über die wahre Natur dieses Platzes zu erfahren. Eins war klar – es gab noch voll funktionierende Einrichtungen, und dieser Platz war mit Absicht vor der Zerstörung bewahrt worden.

»An der Oberfläche ist so gut wie nichts zu sehen«, rief ich nach einer Weile. Ich hatte in halber Höhe fast den gesamten Trichter umrundet.

»Dann liegen die Geheimnisse hier unten. Hinter den Säulen. Kommt, ich fühle mich etwas unsicher«, rief Halgarn von unten.

Wir liefen auf ihn zu und blieben auf der tiefsten Ebene stehen. Sie war kreisförmig; drei zylindrische Bruchstücke einer Säule lagen am Boden. Den Stumpf der Säule erkannten wir gerade noch oberhalb des grünen Gürtels, der zwischen der Ruine und dem Trichter gewachsen war. Das Sonnenlicht wurde zu einem großen Teil von der Bodenplatte und den hellen Treppen reflektiert. Hinter eckigen Trägern sahen wir, abgesehen von dünenartig zusammengewehtem Sand und Staub, die Umrisse von Maschinen, die einerseits fremdartig, aber doch irgendwie vertraut wirkten.

»Wenn mich nicht alles täuscht«, sagte Fartuloon, nachdem er verschiedene Teile der Anlage schweigend gemustert hatte, »sind das Elemente eines kleinen Transmitters.«

War es so, verdichtete sich unser Verdacht. Gab es Transmitter oder hatte es wenigstens bis vor einiger Zeit hier noch funktionierende Transmitter gegeben, bestand durchaus die Möglichkeit ...

»Eine Transmitterstation«, rief Halgarn aus einem anderen Teil der Anlage. »Sie ist in Betrieb. Jedenfalls glimmen hier eindeutig Anzeigeinstrumente.«

Ich hielt Fartuloon aufgeregt an der Schulter fest.

»Weißt du, was das bedeuten kann?«, rief ich und sah mich um, als warte ich darauf, angegriffen zu werden.

»Natürlich. Wenn die Maschinen noch funktionieren, kann es noch akonische Bewohner der Stadt geben.«

Wir rannten zum Pult. Dabei kamen wir an der Plattform vorbei, die allerdings nicht erkennen ließ, wann sie zum letzten Mal benutzt worden war. Sie war ebenso mit zusammengewehten Abfällen bedeckt wie alles hier unten.

»Ein Kleintransmitter!«, stellte Fartuloon fest. »Eindeutig.«

Karmina blickte von ihm zu mir und auf die Schaltanlage. Tatsächlich leuchteten hier die Skalen und Lichtfelder von Anzeigen. Aber wir konnten die angegebenen Bedeutungen und Werte nicht erkennen.

»Kann diese Anlage Teil einer Verbindung zwischen Planeten sein?«
Karmina sah sich wieder nach der Plattform um. Es war keineswegs sehr beeindruckend. Verglichen mit der großen Transmitteranlage, aus der wir kamen, war es eine Miniaturausgabe. Fartuloon und Halgarn verneinten.

»Dann sind es also bestenfalls lokale Transmitter. Eine Stadt-zu-Stadt-Verbindung wie auf Kledzak-Mikhon. Oder Teil einer Anlage, die zwischen verschiedenen Stadtteilen funktionierte.«

Dann sagte der Bauchaufschneider: »Ich bin sicher, dass es eine Stadtverbindung ist. Sie könnte heute noch benutzt werden. Aber wenigstens hier gibt es keine Anzeichen für Benutzung.«

Das erste Geheimnis der Ruinenstadt war also kein Geheimnis mehr. Ich schaltete mein Gerät an und funkte, was wir entdeckt hatten, unserem »Befehlshaber«. Erwartungsgemäß stellte Akon-Akon eine Reihe von Fragen, die sich auf Spuren von Akonen bezogen. Wir mussten sie alle verneinen. Und ebenso erwartungsgemäß befahl er uns, nach anderen Stationen dieser Art und anderen Spuren zu suchen. Es bereitete uns kein Missvergnügen, diesem unumgänglichen Befehl zu gehorchen, denn jetzt waren auch wir neugierig geworden. Trotz unseres Fundes stellte sich das unbehagliche, fast niederdrückende Gefühl wieder ein.

Ich spüre es auch. Ihr werdet beobachtet! Aber es gibt keinen Hinweis darauf, von wem und von welchem Platz aus, warnte der Extrasinn.

Mit steigendem Unbehagen verließen wir den Trichter und suchten weiter. Der dunkle Mond schwebte noch immer am Himmel – er musste über diesem Teil des Planeten eine quasigeostationäre Position haben und war möglicherweise sogar künstlicher Natur. Über der Stadt zogen zwei riesige Vögel ihre Kreise, einer etwas tiefer als der andere. Sie sahen aus wie farbenprächtig gefiederte Aasfresser.

Vor Kurzem hatte die Odria noch in die Richtung der hochragenden, von Löchern, Fensterhöhlen und Kanzelvorsprüngen durchbrochenen Wand gestarrt. Auf dem obersten Sims zeichnete sich die Form einer Halbkugel ab, mit der offenen Fläche nach oben. Die Halbkugel bestand aus Zweigen, Flechtwerk und zusammengetragenem Lehm, der mit Speichel und Exkrementen eine zementharte Masse bildete. Diese Masse hielt das Nest der beiden Adyh zusammen und fest an der Mauer. Die Mauer aber schwankte schon jetzt in den Jahreszeitenstürmen, und in einigen Jahren würde sie zusammenbrechen.

Plötzlich sprang die Odria kreischend zwei Meter in die Höhe. Sie schien wahnsinnig zu werden. Mit riesigen, schnellen Sprüngen schwang sie sich vom Zentrum der Stadt, wo sie eben die GRENZE ertastet hatte, zurück in den Außenbezirk. Das Tier war vollkommen verstört. Es hatte keine Vorstellung davon, was geschehen war, aber in einem Winkel des tierischen Gehirns breitete sich Panik aus. Es reagierte die Angst durch Bewegung und Flucht ab.

Schließlich verschwand die Odria in der Ferne, am Stadtrand, dort, wo sich das feste Land und die seichten Wasser des Flusses trafen. Dafür schwang sich das Adyh-Männchen aus dem Horst, entfaltete die Schwingen und kreiste in der Säule der heißen Luft, die wie fast jeden Tag vom Boden der Stadt aufstieg. Aus dem Kreis wurde eine Spirale, die sich höher und höher schraubte.

Ziponnermanx, der MULTIPLE, hatte sich wieder in ein Tier begeben, mit dessen Hilfe er seinerzeit den Planeten erkundet hatte. Mit den Raubvogelaugen des riesigen, in allen Farben schillernden Adyh sah er, wie die Eindringlinge die erste seiner Stationen verließen und sich zielstrebig auf den Weg zur zweiten machten. Aus dieser Höhe wirkten sie wie Insekten. Wie Insekten hatten auch alle anderen Tiere gewirkt, die er damals zum ersten Mal gesehen hatte. Weit außerhalb der Stadt. Damals. Die braungoldenen Herden, die über die nördlichen Ebenen von Foppon donnerten ...

Damals ...

In der Phase, in der er versuchte, seine neuen Fähigkeiten zu testen, anzuwenden und zu vervollkommnen. Die Erinnerungen waren neutral, aber intensiv.

Wenn sich Ziponnermanx an die Jahre – oder waren es Jahrzehnte? – erinnerte, die er als die »Jahre des MULTIPLEN« bezeichnete, hatte er eine durchaus gemischte Erinnerung. Er war unendlich einsam gewesen. Er hatte nach langer Suche endgültig feststellen müssen, dass er das einzige intelligente Wesen auf diesem Planeten war. Zudem fing sein Körper an, sich zu verändern.

Und er war voller Begeisterung gewesen, was diese neue Fähigkeit betraf. Er war jetzt ebenso leicht in der Lage, sein Ich oder sein gesamtes Wesen von dem hinfälligen, alternden Körper zu lösen, wie er einen Finger bewegte. Von Sprung zu Sprung lernte er es besser, sich in eine Pflanze oder ein Tier zu versetzen und den Organismus vollkommen zu kontrollieren. Sein eigener Körper wurde zunehmend bedeutungslos. Er war nur noch eine Hülle, ein Gefäß für das umherschweifende Ich.

Eines Tages erkannte der MULTIPLE einen weiteren Effekt, der durch den fehlgeschalteten Transmitter hervorgerufen worden war – der Alterungsprozess seines Körpers wurde drastisch verlangsamt. Genauer ausgedrückt – ein Altern war kaum mehr feststellbar. Aber der Körper veränderte sich, obwohl Ziponnermanx immer wieder in ihn zurückkehrte, ihn fütterte, wusch und zu sportlichen Leistungen zwang. Nichts half. Nach und nach schwollen die Gliedmaßen an, die Haut wurde weiß und schwammig, das Haar fiel aus. Aber der Körper lebte weiter, in dem Halbdunkel der gesicherten Räume. Ziponnermanx fuhr fort, sich fremder Körper zu bedienen.

Der MULTIPLE schwamm durch die seichten Meere von Foppon, streifte durch die Stadt Zaterpam und entdeckte viele noch arbeitende Anlagen. Aber auch die Stadt verfiel von Jahr zu Jahr mehr. Er schlüpfte in Vögel und kreiste über allen Teilen des Planeten, die ihn interessierten. Er hatte Zeit, unendlich viel Zeit. Bis zu seinem Tod. Wenn ihn ein Teil des Landes unter ihm besonders interessierte, schlüpfte sein Ich in ein Tier dieser Region und untersuchte alles, was ihm vor die Augen kam. Er benutzte buchstäblich Tausende Pflanzen und Tiere. Sein Bild von Foppon wurde vollkommen. Bald – nach einigen Jahrzehnten oder Jahrhunderten – gab es nichts mehr, was ihm fremd war.

Aber das alles war kein Ersatz für die Nähe anderer Akonen, für die Rückkehr in Kultur und Zivilisation. Seine Einsamkeit und das Gefühl der Verlorenheit wurden keineswegs geringer. Er litt nach wie vor. Immer wieder versuchte er, was er niemals geschafft, aber auch niemals aufgegeben hatte. Er suchte sich den besten und schnellsten Körper für einen solchen Einsatz, meist den einer erwachsenen Odria, und schlüpfte in den Saal des großen Transmitters, mit dem er angekommen war.

Aber die Maschine ließ sich nicht aktivieren, schien nur empfangen zu können. Doch obwohl er ununterbrochen lernte und versuchte, Zehntausende von Versuchsschaltungen durchführte, brachte er das Gerät nicht dazu, in Sendebereitschaft zu wechseln. Das konnte nur eins bedeuten: Der Transmitter gehörte nicht mehr zum ständig bereiten Netz. Die Leute im Versteck hatten ihn umprogrammiert. Er konnte nur empfangen, aber nicht senden. Oder hatte er selbst immer wieder denselben Fehler gemacht? Immer wieder sprang er zurück in das alte, langsam verwitternde Hauptgebäude der Stadt und versuchte es von Neuem. Mit demselben Ergebnis.

In den folgenden Jahren wiederholte sich alles. Ziponnermanx versuchte, neue Geheimnisse des Planeten zu entdecken, streifte durch alle Bereiche dieser leeren Welt, kehrte immer wieder zurück und versorgte seinen Körper, wartete untätig vor dem Transmitter auf den Besuch von Akonen, die ihn, den Wächter dieser Welt, suchten, um ihn zurückzuholen. Er verlernte den Gebrauch seiner Stimme – der Kehlkopf seines sich verändernden Körpers gehorchte ihm nicht mehr. Trotzdem dachte er noch immer in der akonischen Sprache.

Er bediente sich für die Fortbewegung anderer Körper, die viel besser waren als derjenige eines humanoiden Wesens. Stellenweise dachte und handelte er in tierischen und pflanzlichen Abläufen und Empfindungen. Und schließlich, nach einer qualvollen Ewigkeit, spürten die verkümmerten Sinne seines eigenen Körpers und die scharfen Sinne einer Handvoll anderer Tierkörper, dass der Transmitter arbeitete und eine größere Menge Wesen auswarf. Sie taumelten unter dem Schock, und als sie sich erholt hatten, drangen sie in die Stadt ein und sahen sich um.

Ziponnermanx wurde wieder von den alten, wichtigen Fragen gequält. Waren es Akonen? Waren sie ausgeschickt worden, um ihn zu holen? Oder handelte es sich um Fremde? Wenn ja, welcher Art waren ihr Interesse und ihre Neugierde? Würde er sie davon überzeugen können, dass sie ihn mitnahmen? Er wollte nichts anderes, als in der Gesellschaft der Akonen im Versteck zu sterben. Er war bescheiden geworden.

Aber er durfte kein Risiko eingehen. Es gab noch immer eins – die Hoffnung, auch wenn sie inzwischen winzig klein geworden war.

Der MULTIPLE befand sich im Körper des farbenfrohen Raubvogels und ließ sich jetzt fallen. Er beobachtete die vier mutigen Fremden, die sich inmitten des wuchernden Dschungels der Ruinen vorwärtskämpften. Sie hatten soeben eine der Transmitterstationen entdeckt, an denen er die Technik der Benutzung und Programmierung zu lernen versucht hatte.

Was würden sie tun? War es zu früh, sich mit ihnen in Verbindung zu setzen?

Jedenfalls hatten sie den Ort, an dem sich sein Körper verbarg, noch nicht entdeckt. Sie suchten auch nicht danach, denn sie wussten wohl nicht, dass es ihn gab, den Wächter Foppons, den MULTIPLEN, den Akonen, der einmal Ziponnermanx geheißen hatte. Hoffnung und Selbstmitleid durchfluteten ihn und bedrängten ihn so sehr, dass er fast die Kontrolle über den Adyh verloren hätte.

Der schwarze Mond stand weiterhin am wolkenlosen Himmel. Die Sonne war ein Stück gewandert und überschüttete die verlassene Stadt mit einem Schauer aus blendendem Licht und stechender Hitze. Nicht der geringste Windhauch regte sich. Ich sagte ins Mikrofon des Funkgeräts:

»Wir stehen jetzt unmittelbar vor dem zweiten gut erhaltenen Platz. Ich denke, wir werden wieder einen Transmitter finden. Sollen wir auch diese Station untersuchen, Akon-Akon?«

»Natürlich«, kam die Antwort. Karmina, Fartuloon und Halgarn hörten schweigend zu und wischten sich unaufhörlich Schweiß von der Stirn. »Wir versuchen, diesen Transmitter hier zu aktivieren. Gibt es sonst Spuren?«

»Nein«, antwortete ich. »Nichts als Trümmer, Ruinen, Dschungel und Insekten. Kein einziges Zeichen für intelligentes Leben. Keine Akonen. Trotzdem ...«

»Ja?« Akon-Akons Stimme war scharf. Wir hörten den Drang heraus, endlich einen Anhaltspunkt zu finden. Er befand sich auf der Suche, und er würde nicht eher aufgeben, bis er am Ziel war – oder tot.

»Trotzdem haben wir das Gefühl, dass wir beobachtet werden. Nicht von Tieren, sie starren uns immer an. Daran ist nichts Unnatürliches. Wir meinen, dass uns unsichtbar jemand folgt und jeden unserer Schritte genau analysiert.«

»Macht weiter wie bisher. Und meldet euch sofort, sobald etwas Besonderes passiert.«

»Verstanden.« Ich schaltete ab.

Wir sahen uns um, aber da gab es nichts zu sehen, nichts zu entdecken. Zwar wechselte diese namenlose Stadt ununterbrochen ihr Aussehen, aber die einzelnen Elemente blieben gleich: Ruinen und Dschungel, Pflanzen und Trümmer, Hitze und Insekten, die hellgelbe Sonne, der schwarze Mond und die beiden großen Vögel. Nichts sonst. Absolut nichts.

»Was mag in dieser Stadt vorgehen?« Fartuloon setzte sich auf einen abgebrochenen Säulenstumpf. »Eine gigantische Ansammlung von Ruinen. Nun gut, das ist die Norm bei alten Städten, auch bei akonischen. Aber warum diese intakten Transmitterstationen?«

Er deutete dorthin, wo wir am Boden des Trichters die erste Station entdeckt hatten. Dann starrte er zwischen den Säulen und unter dem Schatten spendenden Vordach ins Dunkel der dahinter liegenden Räume. Wir waren an unserem Ziel, das wir von der Terrasse des großen Transmitterbauwerks aus gesehen hatten. Gegen den Himmel hoben sich rund eineinhalbtausend Meter entfernt die beiden auffallenden Säulen ab.

»Ich kann dir diese Antwort leider nicht geben.« Ich unterdrückte das stärker werdende Gefühl der Unruhe. Jetzt bildete ich mir nicht nur ein, beobachtet zu werden, sondern ich wusste, dass dort im Dunkel des gut erhaltenen Hauses eine tödliche Gefahr auf uns lauerte.

»Es riecht so merkwürdig aus diesem Eingang.« Karmina deutete mit dem Lauf der Waffe auf die sechs dunklen Vierecke zwischen den Säulen.

»Überall stinkt es nach Verwesung, nach Aas und nassen Pflanzen«, sagte Halgarn leise.

»Jedenfalls ist dort unser Ziel.« Ich setzte mich in Bewegung. Wir hatten keine andere Wahl. Der hypnosuggestive Befehl Akon-Akons galt; er ließ uns aber immerhin genügend Spielraum, was die Ausführung betraf. Ich ging langsam auf den mittleren Eingang zu und entsicherte meine Waffe. Ich hatte endlich begriffen, dass etwas geschehen musste. Wenn es diesen unsichtbaren Beobachter wirklich gab, mussten wir versuchen, ihn aus seiner passiven Position herauszulocken.

Vorsicht! Der Geruch ist tierisch! Raubtiere?, rief warnend der Logiksektor.

Ich durchschritt als Erster die Linie zwischen den Sonnenstrahlen und dem pechschwarzen Schatten unter dem Vordach. Wieder durchquerten wir eine Zone verstärkter Strahlung. Ich schloss die Augen, dann blinzelte ich, um mich an die veränderten Lichtverhältnisse zu gewöhnen. Der Raubtiergeruch wurde schärfer und durchdringender.

»Vorsicht, Atlan!«, flüsterte Fartuloon hinter mir. Wir gingen langsam in die Dunkelheit. Allmählich unterschied ich einzelne Umrisse, Gegenstände und Maschinenteile vor mir. Im Inneren des Bauwerks war es kühl und feucht.

Nach einigen Augenblicken erkannten wir, was vor uns lag.

»Die zweite Transmitterstation, Freunde.« Karminas Worte hallten in dem großen Raum wider. Die Anlage war diesmal kreisförmig. Sieben Stufen führten zu einer Plattform, auf der die Projektoren der Transmittersäulen befestigt waren. Rechts von uns, hinter einer etwa brusthohen Rampe, befanden sich die Steuergeräte. Auch auf diesen Pulten und in den Fronten der in die Mauern integrierten Schaltschränke glühten Anzeigen und Skalen. Auch diese Anlage war in Betrieb.

»Richtig«, sagte ich laut. Im gleichen Augenblick ertönte ein neues, fremdes Geräusch. Es erschreckte uns, weil wir es in dieser Stadt weder gehört noch vermutet hatten.

Es war ein lang gezogenes, brummendes Grollen. Der Laut war so tief, dass er unsere Zwerchfelle erschütterte. Im ersten Augenblick wussten wir nicht, aus welcher Richtung er kam, denn der zylindrische Raum bildete Echos und ließ diesen heiseren Wutschrei förmlich vibrieren. Suchend drehten wir uns um, aber wir sahen nichts. Der Gestank nach Raubtier und Kadavern schien zuzunehmen. Ich erwartete jeden Augenblick einen Angriff, aber woher konnte er kommen? Ich handelte instinktiv und sprang mit riesigen Schritten die staubigen Stufen hinauf und blieb im Mittelpunkt der obersten Plattform stehen. Suchend glitten meine Augen über die Konturen der Stufen, der Blöcke und Pulte, der Mauern und der Säulen. Schließlich sah ich etwas. Es waren vier grünlich glühende Punkte.

Raubtieraugen!, zischte der Extrasinn.

Ich wirbelte halb herum und hob die Waffe. Im hintersten Winkel, der erst von hier oben zu erkennen war, bewegten sich große Schatten. Vier Augen starrten mich an. Die drei Freunde standen zwischen mir und dem Eingang; ihre Silhouetten zeichneten sich scharf gegen die hellen Vierecke ab.

»Hierher!«, schrie ich aufgeregt. Dann feuerte ich knapp über den vier Punkten in die Wand. Ein blendender Feuerstrahl zuckte quer durch die Halle und schlug röhrend und krachend in das Material, bildete dort einen Explosionsherd, eine grelle Feuerkugel und einen Funkenregen. Augenblicklich sprangen zwei gewaltige Tiere auf, überwanden mit einem einzigen Sprung die Mauer und rasten brüllend auf Fartuloon, Karmina und Halgarn zu. Wieder schoss ich.

Der erste Schuss traf das Tier, das sich der flüchtenden Gruppe am meisten genähert hatte. Es wurde im Sprung getroffen. Das Fell begann zu brennen und zu qualmen. Das Raubtier stieß einen markerschütternden Schrei aus und warf sich herum, erkannte mich und griff an. Gleichzeitig handelte Fartuloon mit der präzisen Schnelligkeit, die ich von ihm kannte. Er ließ sich blitzschnell auf ein Knie nieder, hob die Waffe und feuerte auf das zweite, einer schlanken, überlangen Großkatze ähnliche Tier, das ihn angriff. Karmina und Halgarn flüchteten zu mir.

Ich wich aus, feuerte dreimal und traf mit jedem Schuss. Die Schreie und das Geräusch schwerer Pranken auf dem glatten Boden hörten auf. Dann folgten zwei schwere Schläge. Die getroffenen Tiere schlugen auf den Boden, rollten zur Seite und zuckten mit den langen Gliedmaßen. Die Echos der Schüsse tobten durch den Raum und machten uns halb taub. Karmina schrie gellend auf. Die Körper wanden sich im Todeskampf auf dem Boden und röchelten. Dann erscholl ein lang gezogenes

Gurgeln. Ich senkte die Waffe und streichelte den Rücken der jungen Frau, die sich angstvoll an mich geklammert hatte.

»Sie sind tot«, sagte ich.

Fartuloon sprang auf die Füße und rief: »Wer hätte das gedacht! Eine funktionierende Transmitterstation als Höhle von Raubkatzen.«

»Der nächste Ort in dieser verdammten Stadt wird ein Nest voller Vipern sein!«, schrie Karmina. »Dieser verdammte Akon-Akon. Statt uns um unsere eigenen Probleme zu kümmern, müssen wir diesem arroganten Jungen gehorchen.«

»Aber nur unter Protest.« Ich grinste kurz und starrte auf die zwei Körper. Sie lagen reglos auf den Stufen beziehungsweise vor den Stufen der Transmitterplattform.

Wir schwiegen kurz, bis Fartuloon murmelte: »Was jetzt?«

Ich hob die Schultern. »Bei diesen beiden Exemplaren handelt es sich nachweislich nicht um Akonen. Also wird uns nichts anderes übrig bleiben, als ihn zu benachrichtigen und weiterzusuchen.«

»Genau das sollten wir tun.« Halgarn schaltete sein Funkgerät ein. Fartuloon ging in den Winkel hinüber, der den Tieren als Höhle gedient hatte, aber er kam sofort wieder zurück. Die Gefahr war beseitigt. Es gab kein drittes Raubtier in diesem Raum. Wir hörten zu, wie Halgarn leise mit dem Jungen sprach und ihm schilderte, was wir gefunden hatten und was vorgefallen war.

»Sucht weiter! Ich weiß es genau. Es muss Akonen oder deren Nachkommen in der Stadt geben«, rief Akon-Akon.

»Aber hierher deutete die glühende Spitze des Kerlas-Stabes«, widersprach Halgarn. Wir warteten darauf, was unser Diktator befehlen beziehungsweise welchen Schluss er aus unseren Erlebnissen ziehen würde. Er überraschte uns keineswegs.

»Wenn der Stab dorthin gezeigt hat, wo ihr euch jetzt befindet«, kam die Stimme des Jungen aus den Lautsprechern, »bedeutet es, dass dort zu dieser Zeit ein Akone gewesen ist. Sucht weiter!«

»Vielleicht sollten wir eine neue Standortbestimmung machen«, schlug der Bauchaufschneider vor, während er die leuchtenden Signalfelder und die verschiedenen Schalter betrachtete.

»Ich brauche den Stab, um den Transmitter zu aktivieren. Bislang funktioniert er noch nicht, als sei er nur für den Empfang geeignet.«

Also blieb uns nichts anderes übrig, als die fast sinnlose Suche nach dem Phantom der Ruinenstadt fortzusetzen.

»Wir sind jetzt gezwungen«, sagte Halgarn laut und vorwurfsvoll, »blind zu suchen. Die erste Station entdeckten wir auf dem Weg zu dieser Station hier. Wo sich die dritte, falls es eine gibt, und die weiteren befinden, wissen wir nicht.«

Akon-Akon wurde ärgerlich und scharf. »Ich weiß es auch nicht! Ihr seid in solchen Techniken erfahren. Sucht weiter und findet schnell, was wir suchen ... Ich werde sonst ungeduldig und ärgerlich. Die Stadt muss voller Hinweise sein. Strengt euren Verstand an!«

»Jawohl.« Halgarn schaltete das Funkgerät ab.

Wir überlegten schweigend, während wir die Halle verließen und im Schatten des Vordachs stehen blieben. Wir waren durstig, hungrig und unausgeschlafen. Außerdem hatten wir ein elementares Bedürfnis nach Ruhe und gewissen Annehmlichkeiten der Zivilisation, die wir schon viel zu lange entbehrt hatten. Aber wir hatten zu gehorchen. Akon-Akons Befehl war dringlich und einschränkend gewesen. Wenig später schlug ich vor: »Wir gehen einfach weiter, auf einer gut erhaltenen Straße. Wir versuchen, die nächste Station oder was auch immer zu finden. Aber dabei sollten wir uns nicht zu sehr vom Zentralgebäude entfernen!«

Fartuloon starrte Karmina ins Gesicht und deutete, ohne aufzuschauen, mit dem rechten Zeigefinger zum Firmament. »Wir haben noch rund acht Tontas Licht.«

»Tageslicht«, murmelte Karmina. »Ich habe nicht die geringste Lust, in diesem Chaos auch noch nach der Abenddämmerung zu suchen.«

Fartuloon wischte mit einer brüsken Handbewegung ihren Einwand weg. »Der Junge ist nicht so verrückt, uns auch noch im Dunkeln weitersuchen zu lassen. Dort, die Vögel – sie sind noch immer da.«

»Und ich glaube noch immer, dass unsichtbare Augen jeden einzelnen unserer Schritte sehr genau beobachten«, schloss ich. »Machen wir weiter. Unterhalten können wir uns auch unterwegs!«

»Einverstanden.«

Wir verließen den Schatten und traten auf den zerrissenen, mosaikartig gebrochenen Belag der einstigen Straße. Jetzt bewegten wir uns auf völlig unbekanntem Gebiet. Wir mussten darauf achten, dass wir den Weg zurückfanden. Von dieser zweiten Transmitterstation aus war es kein Problem. Aber mit jedem weiteren Schritt wuchs die Möglichkeit, dass wir uns entweder verirrten oder nur unter erheblichen Gefahren zurückfanden. Außerdem gab es da noch das andere Problem, das mit dem Transmitter zusammenhing. Wir alle weigerten uns instinktiv, daran zu denken.

Wenn es Akon-Akon nicht gelang, dieses verdammte Gerät zu justieren und einzuschalten, waren achtunddreißig Personen die Gefangenen dieses Planeten. Aber zumindest ich vertraute den zusammengerechneten technischen und speziellen Fähigkeiten unserer Gruppe, dieses Gerät zu aktivieren. In diesem Zusammenhang war uns klar geworden, dass verborgene Kraftstationen noch immer jene großen Mengen von Energie erzeugten, die nötig waren, um einen Großtransmitter zu betreiben. Jedenfalls würde keiner von uns auf den abwegigen Einfall kommen, gern auf diesem Planeten zu bleiben.

Auch und gerade Akon-Akon nicht. Er suchte, war unsicher, wurde von seiner Idee vorwärtsgepeitscht und hatte noch eine Menge bisher unentdeckter Gaben, die uns deshalb retten würden, weil er ohne uns noch hilfloser und einsamer sein würde als mit uns. Wir gingen erst einmal etwa fünfhundert, sechshundert Meter geradeaus und folgten der Straße, die uns hierher gebracht hatte. Dann erreichten wir eine Kreuzung, die vor einigen Jahrhunderten einen verblüffend schönen und großartigen Anblick geboten haben musste.

Die einstigen Bänder der Straßen waren zerbrochen und bewachsen. In den Fugen wucherten Pflanzen. Auch über die feinen, wie ziseliert wirkenden Geländer wuchsen kletternde, betäubend riechende, von vielfarbigen Blüten übersäte Schlingpflanzen und Kletterreben. Pfeiler und Pylonen lagen zerbrochen auf den Resten der Straßen, die sich übereinander spannten, untereinander schmalere Verbindungen aufwiesen und in alle Richtungen abzweigten. Dort, wo vor langer Zeit Rasen und Beleuchtungskörper gewesen sein mochten, wucherte ein ineinander verfilzter Dschungel. Die beiden breitesten Abzweigungen wiesen, bezogen auf unsere Position, nach rechts oder links.

»Wohin?«, knurrte Halgarn. Unsere Augen suchten die Ruinenfronten nach Zeichen geringerer Zerstörung ab. Ich drehte mich um und suchte schweigend nach der Kuppel des großen Transmitters.

»Dorthin.« Der Bauchaufschneider deutete nach rechts. Soweit wir es erkennen konnten, verlief die Straße, die ehemalige Straße, in einem Bogen. Wir würden also nach einigen tausend Metern von dem Transmitterbau ebenso weit entfernt sein wie jetzt. Diese Entfernung konnten wir, wenn wir liefen, in weniger als einer Tonta zurücklegen.

»Einverstanden.« Karmina setzte sich mit uns in Marsch. Hier konnten wir keine der gesuchten Stellen entdecken: Überall wuchs der Dschungel. Überall waren die Ruinen, die Steinhaufen, die zusammengebrochenen Mauern, die umgestürzten Säulen und alle anderen Reste dieser Stadt, die ein sehr phantasievoller Baumeister errichtet haben musste, von wuchernden Grünpflanzen überwachsen. Bis zur Unkenntlichkeit rankten sich Zweige um jeden Stein. Die einzige Einschränkung war der zur Verfügung stehende Boden. Er ernährte nur eine bestimmte Anzahl von Bäumen, Büschen oder kriechenden Lianen. Alles andere starb ab.

Nach mehr als einer Tonta, in glühender Hitze, ohne eine Spur Wasser, fast immer ohne Schatten, hungrig und durstig, verärgert und müde, entdeckten wir den dritten Bereich, der so aussah, als habe eine funktionierende Anlage den wuchernden Dschungel bis zum heutigen Tag zurückhalten können. Dieses Mal befand sich das Ziel unseres Verstoßes weder am Boden eines Trichters noch in einem hochragenden Gebäude oder einem entsprechenden Rest.

Wir entdeckten rechts von der Straße, zwischen uns und dem Transmitter, einen Hügel, der aus Treppen und Rasenflächen bestand. Natürlich waren die Treppen fast unkenntlich, und die Rasenflächen waren verfilzte, verwilderte Grünflächen, in denen es von Käfern, Insekten, Schlangen und huschenden kleinen Tieren wimmelte. Wir meldeten auch diesen Fund. Ich stand auf der Treppe zwischen der Basis und der Spitze, als mich der Anfall packte.

Achtung! Etwas Fremdes! Rette dich!, schrie der Extrasinn.

Ich konnte es nicht anders beschreiben – es war so ähnlich wie eine zusammengesetzte Ohnmacht oder Bewusstlosigkeit. Ich begann zu taumeln. Meine Gedanken und Überlegungen rissen ab. Ein Vakuum entstand. Ich stand völlig gelähmt da und spürte, wie sich ein kompakter Nebel immer wieder gegen mich warf. Nicht gegen meinen Körper, sondern gegen mein ganzes Bewusstsein, gegen die Barriere meines Monoschirms. Es war eine Erschütterung, als träfe ein schweres Geschoss eine Mauer und versuche dies immer wieder. Aber das Geschoss drang nicht durch.

»Nein, nicht«, hörte ich mich leise aufstöhnen. »Hilfe!«

Aber da es ein geistiger Prozess war, konnten mir weder Fartuloon noch Halgarn oder Karmina helfen ...

Ich merkte, dass jemand oder etwas, das ungefähr war wie mein Extrasinn, in mich eindringen und über mich die absolute Herrschaft übernehmen wollte. Ich wankte innerlich unter der letzten, schwersten Erschütterung, dann war der Schock vorbei. Mein Monoschirm hielt.

»Was war das?«, stöhnte ich auf und setzte mich, da meine Knie zu zittern begannen, auf die Treppenstufe.

Eine fremde Intelligenz versuchte, in dich einzudringen und dich zu übernehmen, erwiderte mein Extrasinn.

»Wer kann das sein?« Vor meinen Augen rotierten geometrische Figuren in allen möglichen Farben. Der Himmel wurde für einen Augenblick schwarz; die Helligkeitswerte kehrten sich um.

Ich weiß es nicht. Denk daran, dass du überzeugt warst, beobachtet zu werden.

Ich stand auf und sah mich um. Es war wie das Aufwachen am Morgen nach einer Nacht voller Alkohol, Albträumen und Anfechtungen. Die Dinge und Bestandteile der Umgebung rückten langsam wieder an ihre Plätze. Ich erkannte wieder, wo ich mich befand. Das Ganze hatte keine zwei Wimpernschläge gedauert. Ich schüttelte mich und merkte plötzlich, dass die Luft um mich kalt wie Eis war. Ich fror. Die drei anderen Teilnehmer an dieser Expedition hatten inzwischen ungerührt und ohne zu merken, dass etwas mit mir geschehen war, ihren Weg aufwärts über die rund fünfzig Stufen fortgesetzt. Ich drehte mich um und folgte ihnen.

Ich war vollkommen verwirrt. *Die Spur des Akonen!* Hatte ich sie entdeckt, ohne es zu wollen? Oder anders – hatte mich dieser verlorene Akone, der einzige Überlebende dieser Ruinen, entdeckt und versucht, mir etwas zu sagen, meinen Verstand zu übernehmen, mich zu übernehmen? Vollkommen verwirrt folgte ich Fartuloon, Karmina und Halgarn. Was war eigentlich wirklich passiert? Ich war restlos verblüfft. In die unausgesprochene Freude, meinen Verstand und meine Selbstkontrolle nicht verloren zu haben, mischten sich die tiefen und besorgniserregenden Zweifel.

Der Adyh taumelte, vollführte in der Luft eine Reihe von grotesk anmutenden Bewegungen und zog erschrocken die Flügel ein. Sofort verwandelte sich der kreisende Flug in einen Fall. Der Körper des riesigen Raubvogels fiel wie ein Stein aus dem Himmel und raste dem Boden entgegen.

Der MULTIPLE begriff, dass er zum ersten Mal seit jenem denkwürdigen Augenblick zurückgeworfen worden war. Er wollte nichts anderes, als in den Verstand eines der Ankömmlinge einzudringen, um dort festzustellen, wer sie waren, woher sie kamen, was sie eigentlich wollten und ob sie geneigt oder befähigt waren, ihm zu helfen.

Aber dieser fremde Verstand hatte ihn abgestoßen!

Ziponnermanx hatte den Körper des Tieres verlassen und konnte den Körper dieses Intelligenzwesens nicht übernehmen. Er war heimatlos und schwebte – seit undenklich langer Zeit – völlig isoliert.

Das Adyh-Männchen stürzte aus einer Höhe von etwa zweihundert Mannslängen wie ein Meteorit senkrecht in die Tiefe, schlug mit einem gewaltigen schmetternden Schlag auf einen uralten Dachträger, brach sich dort das Genick, glitt ab und fiel, sich drehend und überschlagend, auf den Boden. Auf seinem Weg zerbrach und zerfetzte der Raubvogelkadaver Blätter und Äste und landete schließlich als totes Bündel aus Röhrenknochen, Federn und Fleisch im Unterholz.

Es war ein kleiner runder Hügel. An der Spitze wurde er von einem ziemlich gut erhaltenen Bauwerk gekrönt, das wie ein Zylinderschnitt aussah, allerdings mit einem schräg aufwärts geschwungenen Dach. Wir näherten uns von drei Seiten dem Innenraum, der diesmal lichtdurchflutet war. Ich blieb stehen und lehnte mich an eine Säule.

»Ich muss mit dir reden, Bauchaufschneider«, sagte ich leise, aber in einem Tonfall, der ihm augenblicklich sagte, dass es mir ernst war.

Er kam schnell auf mich zu und blieb zwischen mir und den beiden anderen stehen. Seine Augen musterten mich besorgt. Er erkannte entweder an der Farbe oder am Ausdruck meines Gesichtes, dass es mehr als ernst war. »Was ist los, mein Sohn?«

Ich atmete tief ein und aus. Die Nachwirkungen des Schocks schüttelten mich noch immer. »Ich habe eben gemerkt, dass ein fremder Verstand, ein fremdes Ich, in mich eindringen wollte.«

Fartuloon glaubte mir. Er kannte mich besser als jeder andere lebende Arkonide und wusste genau, dass ich keineswegs scherzte, sondern seinen Rat brauchte. »Ich verstehe. Was kannst du sagen?«

Ich berichtete ihm leise, dass ich weder den Namen noch die wahre Natur des geheimnisvollen Eindringlings hatte feststellen können. Als ich alle Eindrücke und Folgerungen ausgesprochen hatte, schwieg der Bauchaufschneider lange und sagte endlich: »Ich weiß nicht genau, was ich davon halten soll.«

Ich lachte sarkastisch auf. »Ich auch nicht. Ich weiß nur, was passiert ist. Vielleicht war es kein bösartiger Angriff, sondern eine Art Notschrei. Ich habe keine Ahnung. Es war in diesem Versuch keine erkennbare Bedeutung. Es konnte ebenso ein tödlicher Angriff wie eine Aktion gewesen sein, die ein verzweifelter Verstand eines Akonen unternimmt.«

»Ein Akone, der Parafähigkeiten hat?«

»Akon-Akon ist der Beweis, seine Kräfte entstammen einem akonischen Programm. Übrigens ... hast du gesehen, dass nur noch einer der zwei Raubvögel seine Kreise zieht?«

Fartuloon betrachtete aufmerksam den Himmel, an dem nur noch der verschwimmende Schatten des schwarzen Mondes und ein kreisender Riesenvogel zu sehen waren. »Vergiss es vorläufig, Atlan. Bei dir wird diese fremde Intelligenz wohl keinen zweiten Versuch unternehmen.«

Ich drehte mich um und sah den anderen Partnern zu, die erwartungsgemäß den dritten funktionsfähigen Transmitter gefunden hatten und zwischen den einzelnen Elementen der Anlage herumgingen. »Und wenn er es bei Karmina oder Halgarn versucht?«

Fartuloon breitete in einer vielsagenden Geste der Resignation die Arme aus und entgegnete leise: »Dagegen können wir nichts unternehmen. Jedenfalls wissen wir jetzt, dass es im Bereich der Ruinenstadt tatsächlich eine fremde Intelligenz gibt.«

»Danke für die tröstlichen Worte.« Ich hörte in der nächsten Zeit zu, wie Fartuloon Akon-Akon berichtete, dass wir die dritte Station entdeckt hatten. Inzwischen waren wir alle erschöpft. Aber Akon-Akon war ein unbarmherziger Tyrann. Er befahl uns, zur Gewissheit noch eine vierte Station zu suchen oder auf unserem Rückweg einen anderen, wichtigen Bezirk zu untersuchen – ganz gleich, was wir finden würden. Auf alle Fälle sollten wir es so einrichten, dass wir noch vor Einbruch der Dunkelheit wieder im zentralen Bauwerk sein konnten.

Von dem lautlosen Angriff auf mich erwähnte der Bauchaufschneider nichts. Ich wusste nicht, ob es klug war oder nicht, Akon-Akon diesen Zwischenfall zu verschweigen. Karmina setzte sich neben mich und sagte erschöpft: »Die einzigen Teile der Ruinenstadt, die noch leidlich sauber und intakt sind, bestehen aus kleinen Transmittern. Bisher haben wir nichts anderes gefunden.«

Ich zuckte mit den Schultern. Was sollte ich darauf erwidern?

»Wir werden auch nichts anderes finden.« Halgarn hatte bisher am wenigsten geklagt. Offensichtlich sagte er sich, dass Proteste ohne die Aussicht auf Änderung sinnlos waren. Natürlich hatte er recht. Aber Fartuloon, Karmina und ich versuchten noch immer zu rebellieren, obwohl wir es eigentlich viel besser wissen mussten.

»Jedenfalls sprach Akon-Akon bereits von Rückkehr«, sagte ich. »Die Hauptsache ist überstanden.«

»Davon bin ich noch lange nicht überzeugt. Trotzdem ... wir sollten uns beeilen«, sagte Fartuloon.

»Gut. Gehen wir. Dort drüben ist unser Nachtquartier.«

Karmina wandte sich ab. Sie war vor Zorn weiß im Gesicht, aber noch beherrschte sie sich. »Verdammter Akone!«

Wir gingen die Treppe wieder hinunter und hielten Ausschau nach dem nächsten Punkt inmitten des Chaos aus Trümmern und Dschungel, der geschützt und bewahrt aussah. Ich kämpfte noch immer mit mir selbst und versuchte zu ergründen, was tatsächlich passiert war.

4.

Er hatte keinen Namen. Wer mit ihm zu tun hatte, nahm sich nicht die Zeit, ihm einen Namen zu geben, und nachher war keiner mehr dazu in der Lage gewesen. Vielleicht hätten sie ihn den lautlosen Würger genannt, die unsichtbare Bestie. Wissenschaftler hätten ihn eher als wild gewordenes Abstraktum bezeichnet.

Er bestand aus Luft. Buchstäblich.

Geboren worden war er in einem Inferno von Hyperstrahlung. Eine unmessbar kleine Zeitspanne lang hatte die entfesselte Energie des explodierenden Großreaktors die Grenzen zusammenbrechen lassen, die die Dimensionen und Kontinua voneinander trennten. Aus diesem Gebräu aus Naturgesetzen, Prinzipien, Dimensionen und übergeordneten Strukturen war er hervorgegangen.

Eigentlich hätte es ihn nicht geben dürfen. Die Entropie war gegen ihn, jenes Naturprinzip, das besagt, dass im Lauf der Zeit alles Geordnete, Komplizierte, Strukturierte langsam in einen ungeordneten, einfachen und unstrukturierten Zustand übergeht.

Rein theoretisch war das Experiment denkbar – man schüttet alle jene Atome und Moleküle, aus denen sich ein lebendes Wesen zusammensetzt, in einen großen Topf und rührt gründlich um. Irgendwann vielleicht ballen sich die einzelnen Atome so zusammen, wie sie in einem belebten Körper geordnet sein würden. Wird nur lange genug gerührt, muss jede, absolut jede Kombination von Atomen in diesem Gefäß vorkommen, auch die komplizierteste. Theoretisch ...

Praktisch ist schon die Zeit im Wege. Allein für das Berechnen der möglichen Kombinationen würde alle Zeit des Universums nicht ausreichen. Möglich wäre, dass die Zahl, die bei dieser Berechnung herauskäme, größer ist als das Universum selbst. Gegen ein solches Experiment spricht auch die Entropie. Sie sorgt dafür, dass die Atomsuppe im Experimentiertopf zu keinem hoch komplizierten lebenden Wesen zusammenwächst.

Er brauchte sich um solche Gesetzmäßigkeiten nicht zu kümmern. Zum Zeitpunkt seiner »Geburt« waren die Gesetzmäßigkeiten einiger Kontinua aufgehoben. Er, das war nichts weiter als ein Bündel men-

taler Energie, erfassbar nur von solchen Instrumenten, die bei der Er-
forschung parabegabter Personen verwendet wurden, bei Telepathen
beispielsweise. Seine besondere Begabung bestand darin, Luft für seine
Zwecke einzusetzen, sie zusammenzuballen und unter Druck zu setzen,
sich Gliedmaßen aus ihr zu formen, die er als Waffen verwenden konnte.
Er brauchte diese Waffen, denn auch er verlor immer wieder Energie
und damit Lebenskraft.

Er wollte leben, und er nahm sich das Recht, fremdes Leben zu ver-
nichten, um das seine erhalten zu können. So betrachtet tat er das glei-
che wie seine Opfer.

Saruhl

Mervet erwachte schweißgebadet. Der Traum war fürchterlich gewesen, er hatte ihm nur die Flucht in die Realität offengelassen. Er richtete
sich mit steifen Gliedern langsam auf. »Althea?«

Sie antwortete nicht. Mervet spürte Ärger in sich aufsteigen. Wahrscheinlich hatte sie sich davongemacht, während er geschlafen hatte.
Aber vielleicht war es besser so, schließlich war Althea eine Rebellin.
Mervet wusste nicht, was im Kopf eines Aufrührers, noch dazu eines
weiblichen, vorgehen mochte.

Routinemäßig sah er sich um. Dann entdeckte er Althea. Sie war mehr
als hundert Meter entfernt, und er hätte sie schwerlich bemerkt, wäre ihr
Körper nicht zufällig vor die Scheibe des gerade aufgetauchten Mondes
geraten. Mervet traute seinen Augen nicht. Wenn es stimmte, was er zu
sehen glaubte, schwebte Altheas regloser Körper knapp zwei Meter über
dem Boden und entfernte sich mit erheblicher Geschwindigkeit. Ohne
Antigrav oder Flugaggregat.

Viel Zeit zu handeln blieb nicht. Mervet griff an die Tasche an der
Außenseite des linken Oberschenkels, gleichzeitig zog er mit der Rechten die Waffe aus dem Holster. Es kostete ihn nur wenige Augenblicke,
das Zielfernrohr einrasten zu lassen und den Strahler auf größtmögliche
Entfernung einzustellen. Mervet spreizte die Beine und hielt den linken
Arm angewinkelt in Kopfhöhe. Auf der knapp sechs Quadratzentimeter
großen Sichtfläche des Zielfernrohrs konnte er deutlich Altheas Körper
sehen. Mervet zielte genau, feuerte den ersten Schuss ab.

Der fein gebündelte Strahl ging einen halben Meter unter Altheas Körper durch. Daran, dass sie einen halben Meter absackte, konnte Mervet er-

kennen, dass der Treffer nicht ohne Wirkung geblieben war. Dennoch war zu sehen, dass der Strahl durch den unsichtbaren Träger gegangen war.

»Vielleicht sind es zwei?«, überlegte Mervet laut, zielte erneut. Ihm war klar, dass sich irgendjemand, der sich hinter einem Deflektorfeld getarnt hatte, Altheas bemächtigt hatte. Wahrscheinlich hatte er sie zuvor bewusstlos geschlagen. Mervet nahm eine Fläche unter Feuer, die etwa vier Quadratmetern entsprach. Wer auch immer die junge Frau im Schutz des Deflektorfeldes wegschleppte, musste getroffen worden sein. Dennoch entfernte sich der Körper Altheas immer mehr. Mervet schüttelte entgeistert den Kopf. »Das gibt ...«

Er kam nicht mehr dazu, den Satz zu beenden. Eine riesige Faust prallte gegen seine Brust und riss ihn von den Beinen. Er flog mehrere Meter weit zurück und überschlug sich mehrmals.

Wieder schlug die Faust zu. Mervets Waffe wirbelte durch die Luft, ein Schuss löste sich und setzte einen morschen Baum in Brand. Nur kurz züngelten die Flammen in die Höhe, dann wurden sie von dem Orkan ausgelöscht, der über die Landschaft hereinbrach. Mervet hörte sich selbst entsetzt aufschreien, verlor die Kontrolle über seinen Körper. Er wurde über den Boden gerollt, spürte harte Steine, gegen die er prallte. Er hörte das Heulen des entfesselten Windes, das Krachen von brechendem und splitterndem Holz. Blätter und Zweige peitschten sein Gesicht und seinen Körper. Dann prallte er mit dem Kopf gegen etwas Hartes. Übergangslos wurde er bewusstlos.

Es dauerte lange, bis Althea in die Wirklichkeit zurückkehrte. Sie fühlte sich, als habe sie an einem fürchterlichen Zechgelage teilgenommen. Ihr Kopf dröhnte von innen heraus, in ihrem Unterleib schienen sämtliche Organe einen erbitterten Kleinkrieg gegeneinander auszufechten. Althea hatte schon nach kurzer Zeit auf Saruhl unter dem Druck der Ereignisse rasch gelernt, sich sofort nach dem Erwachen genau umzusehen. Die Umgebung war Stein, ein sehr weißer, heller Stein, durch den schwaches Licht fiel.

»Marmor«, murmelte Althea, während sie sich langsam aufrichtete. Sämtliche Wände waren rund und glatt, auch der Boden. Es kostete Mühe, auf der unregelmäßig gewölbten Fläche nicht auszurutschen. Es gab nichts, was auf die Anwesenheit eines lebenden Wesens hingedeutet hätte, kein Geräusch war zu hören, außer den hastigen Atemzügen Altheas.

Sie tastete ihren Körper ab. Offenbar hatte sie keine Verletzungen, und zu ihrem Erstaunen stellte sie fest, dass man – wer oder was auch immer sich hinter diesem Wort verbergen mochte – ihr sogar die Ausrüstung gelassen hatte. Althea griff zu dem kleinen Funkgerät. Bei ihrer Ankunft auf Saruhl war die Batterie voll aufgeladen gewesen. Wenn das Gerät die Püffe und Stöße der letzten Tage überstanden hatte, musste es noch funktionieren.

»Hier Althea«, flüsterte sie in das kleine Mikrofon. »Mervet, bitte melden!«

Sie wiederholte den Spruch, wieder und wieder. Sie war sich darüber im Klaren, dass jedermann auf Saruhl ihren Ruf würde hören können, denn vor Beginn der Unternehmung waren die Funkgeräte auf eine Hyperfrequenz synchronisiert worden. Sie hoffte, dass die einzelnen Gruppen sich inzwischen dazu entschieden hatten, für die jeweiligen Parteien andere Frequenzen auszuwählen, die nicht ohne Weiteres von jedermann abgehört werden konnten. Den allgemeinen Notruf zu aktivieren, wagte Althea nicht. Zwar würde dieses Signal überall empfangen werden, aber Althea konnte nicht vorausberechnen, zu welcher Partei ihre Retter gehören würden. Sie behielt sich diese Verzweiflungsmaßnahme für später vor, wenn ihr überhaupt keine andere Möglichkeit mehr verblieb. Einstweilen war sie zwar verschleppt, aber sie lebte noch und war leidlich wohlauf.

Allerdings wuchsen ihre Sorgen, je länger sie Mervet anzufunken versuchte.

Mervet kam zu sich und bereute es sofort. Er spürte fürchterliche Kopfschmerzen, der Rest seines Körpers schien nur noch aus Beulen und anderen kleinen Verletzungen zu bestehen.

Ringsum erstreckte sich eine chaotische Landschaft. Bäume waren umgeknickt worden, obwohl sie Stämme aufwiesen, die zwei Männer mit ausgestreckten Armen nicht hätten umfassen können. Kleine Bäume und Buschwerk waren wie Spielzeug durch die Luft geflogen und lagen nun wirr verstreut. Selbst der Boden war in Mitleidenschaft gezogen worden, teilweise war der blanke Fels freigelegt. Mervet stand langsam und ächzend auf. Jeder einzelne Muskel schien seinen Beitrag zum Konzert der Schmerzen beitragen zu wollen. Er klopfte sich den Staub von den Kleidern und aus dem Haar, während er sich umschaute.

Die Spur, die der Orkan hinterlassen hatte, begann knapp hundert Meter vor Mervet und endete fünfzig Meter hinter ihm. Ihre Breite betrug nicht mehr als zwanzig Meter. Mervet hatte noch nie von Stürmen gehört, die ihre Wirkung auf ein so klar abgegrenztes und so kleines Gebiet beschränkt hätten, die sich mit keinem Zeichen ankündigten und obendrein noch Frauen verschleppten. Sein angeschlagener Schädel brauchte einige Zeit, bis die Ohren wieder so gut arbeiteten, dass sie das Summen des Funkgeräts wahrnehmen konnten. Misstrauisch griff er nach dem Gerät und schaltete es ein.

»... bitte melden!« Wenn ihn sein Gedächtnis nicht trog, musste das Altheas Stimme sein. Er seufzte erleichtert, grinste und schüttelte gleichzeitig den Kopf. Es war erstaunlich, wie rasch sein Verhältnis zu dieser jungen Frau von einem Extrem zum anderen wechselte.

»Hier Mervet«, meldete er sich. »Althea, wo steckst du?«

»Ich weiß es nicht. Irgendwo in einem Berg.«

»In einem Berg?«

»Du hörst richtig. Ich bin gesund und unverletzt, wenn man von den Kopfschmerzen absieht, aber trotzdem möchte ich hier raus. Offenbar besteht der Berg aus Marmor, und ich stecke dicht an der Oberfläche. Vermutlich ist die Wand nur knapp zwei Handbreit stark.«

»Kannst du dich freischießen?«

»Ich wage es nicht. Vielleicht scheuche ich damit meinen Entführer auf. Es wäre mir lieber, wenn du kämest, um mir Rückendeckung zu geben.«

Mervet zog die Karte zur Rate. Bald hatte er gefunden, was er suchte.

»Du musst im Weißen Berg stecken. Das ist ein Marmorberg in der Nähe der Stadt, genauer gesagt im Nordwesten. Wenn ich dich herausholen soll, musst du dich auf eine lange Wartezeit gefasst machen. Es wird etwas dauern, bis ich die halbe Stadt umrundet habe. Sollte ich unterwegs auf Widerstand stoßen, wird es noch länger dauern. Hörst du mich noch?«

Offenbar hatten ihr diese Eröffnungen die Sprache verschlagen, erst nach einer Weile sagte sie: »Ich höre dich gut und klar. Ich habe einen Vorschlag. Ich versuche, mich selbst zu befreien. Wir treffen uns später am Stadtrand. Bis dahin halten wir die Funkverbindung aufrecht, allerdings würde ich eine andere Frequenz vorschlagen.«

»Einverstanden.«

Es dauerte nicht lange, bis die beiden Geräte wieder aufeinander abgestimmt waren. Anschließend trennte Mervet die Verbindung und machte sich sofort auf den Weg.

Nachdenklich betrachtete Althea das stumme Funkgerät. Einstweilen war sie auf sich selbst angewiesen. Irgendwie musste sie versuchen, diesem marmornen Gefängnis zu entrinnen. Von Mervet wusste sie, dass draußen die Sonne schien. Das erklärte auch, warum es im Innern des Berges so hell war. Lichtstrahlen konnten bis zu einer Tiefe von dreißig Zentimetern in reinen weißen Marmor eindringen. Diesem Effekt verdankte der hochwertige Marmor seine Beliebtheit bei Bildhauern. Ein großer Teil des eingedrungenen Lichtes wurde allerdings von der blendend weißen Oberfläche des Marmors reflektiert, daher konnte Althea nur mit Mühe erkennen, wie Boden und Wände verliefen.

»Schießen kann ich nicht«, murmelte sie. »Der Strahl würde reflektiert werden und mich verbrennen, aber ...« Sie kramte in ihrem Gedächtnis. Irgendwo mussten die Informationen stecken, die sie einmal über Marmor gehört hatte. Innerlich verfluchte sie sich, dass sie damals nicht besser aufgepasst hatte. »Chemie für Anfänger. Was ist Marmor? Calciumcarbonat, wenn ich mich richtig erinnere.«

Langsam verband sich das bruchstückhafte Wissen zu einem Plan. Wenn Calciumcarbonat ausreichend erhitzt wurde, spaltete es sich in Calciumoxid und Kohlendioxid. Dieser gebrannte Kalk war wesentlich weniger hart als Marmor. Vielleicht gelang es ihr, sich mit dem Messer einen Weg durch den Kalk zu bahnen.

Bevor Althea sich an diese Arbeit machte, prüfte sie erst andere Möglichkeiten. Sehr vorsichtig bewegte sie sich durch den Raum, tastete sich an den glatten Wänden entlang. Wenn sie in diesen Berg hineingekommen war, musste es logischerweise eine Öffnung geben, durch die man ihn wieder verlassen konnte. Schon nach kurzer Zeit stieß sie auf eine Sperre.

Zu sehen war von dem Hindernis nichts, aber es war deutlich zu fühlen. Eine perfekt durchsichtige, aber unerhört harte Wand verlegte Althea den Weg. Sie zuckte erschrocken zurück, als ihre Finger auf den Widerstand trafen, aber ihre Furcht war unbegründet. Das war kein Energieschirm, bei dem sie mit Überschlagblitzen rechnen musste. Es handelte sich auch nicht um ein besonderes Glas. Der Widerstand war nicht gleichmäßig, Althea konnte mit erheblicher Mühe die unsichtbare Wand einige Zentimeter weit eindrücken, zu mehr war sie allerdings nicht in der Lage.

Sie griff in eine der Gürteltaschen und brachte einen Konzentratwürfel zum Vorschein. Mit aller Kraft warf sie den kleinen Würfel auf das Hindernis. Der Körper beschrieb zunächst eine völlig normale Bahn in der Luft, dann aber wurde sein Sturz erheblich schneller, als es bei normaler Schwerkraft erwartet werden durfte. Offenbar war das Medium, aus dem die Sperre bestand, von erheblich höherer Dichte als die Luft.

Der Würfel berührte den Boden und zerfloss im gleichen Augenblick zu einem hauchdünnen bräunlichen Fladen. Althea schluckte nervös, sah genauer hin. Auf dem Boden entdeckte sie bei scharfer Betrachtung eine klare Flüssigkeit, die sich lebhaft bewegte. Langsam begann sie zu begreifen, welcher Art die Sperre war, und ihr wurde auch bewusst, dass sie keine Aussichten hatte, dieses Hindernis zu überwinden.

Die Sperre bestand aus Luft, die unter unglaublich hohem Druck stand. Anhand des Flüssigkeitsspiegels schätzte Althea ab, dass dieser Druckbereich einer Schicht von mehr als drei Metern Dicke entsprach. Innerhalb dieses Bezirks wurde die Luft so stark zusammengepresst, dass sich das darin enthaltene Kohlendioxid verflüssigt hatte. Kohlendioxid hatte, wie sich Althea erinnerte, eine kritische Temperatur von 31 Grad. Unterhalb dieser Temperatur konnte es durch großen Druck verflüssigt werden. Das war hier geschehen. Dass die anderen Bestandteile der Luft nicht ebenfalls flüssig geworden waren, lag daran, dass ihre kritischen Temperaturen weit unterhalb des Gefrierpunkts lagen. Oberhalb dieser Temperaturen ließen sie sich selbst durch noch so großen Druck nicht verflüssigen, sofern keine hyperphysikalischen Pressfelder zum Einsatz kamen.

Wie diese raffinierte Sperre zustande gekommen war, blieb für Althea rätselhaft. Klar war ihr allerdings, dass sie bei dem Versuch, den Druckbereich zu durchqueren, ähnlich zerquetscht worden wäre wie der Konzentratwürfel.

»Hier geht es also nicht weiter«, murmelte sie niedergeschlagen. Sie wollte sich gerade abwenden, als sie ein starkes Brausen hören konnte. Vor ihren Augen verwehte das flüssige Kohlendioxid, die Überreste des Konzentratwürfels wurden von der heftig bewegten Luft mitgerissen und verschwanden aus ihrem Blickfeld. Vorsichtig streckte Althea die Hand aus. Die Sperre bestand nicht mehr. Altheas Furcht stieg langsam an. Sie fragte sich, wie dieses physikalische Phänomen entstand, ohne dabei einen aufwendigen Maschinenpark zu verwenden. Von Projektoren, die die Luft auf engstem Raum hätten zusammenpressen können, war nichts zu sehen.

Vor allem wuchs ihre Angst vor dem Etwas, das dieses Phänomen hervorgerufen und nun wieder beseitigt hatte. Langsam bewegte sie sich vorwärts, jederzeit bereit, sich mit aller Kraft zurückzuwerfen, falls die Sperre wieder errichtet werden sollte.

Nichts dergleichen geschah, kein Hindernis stellte sich Althea in den Weg. Es war schwierig, sich in dem merkwürdigen Licht zu bewegen, das im Innern des Weißen Berges herrschte und die Konturen verschwimmen ließ. Immerhin konnte sie sicher sein, sich ständig in der Nähe der Oberfläche zu bewegen. Tiefere Schichten des Berges wurden vom Sonnenlicht nicht mehr erreicht.

Ab und zu verzweigte sich der Gang. Willkürlich entschied sich Althea für eine der Abzweigungen und marschierte weiter. Eine Kammer tauchte auf, abgeriegelt durch die gleiche Sperre, die zuvor Althea aufgehalten hatte. Diesmal aber galt das Hindernis offensichtlich nicht ihr. Entsetzt starrte sie auf das Wesen, das sich auf der anderen Seite der Luftbarriere bewegte. Das Gesicht, das sie sehen konnte, erinnerte an ihr eigenes. Es war das Gesicht einer jungen Frau, der Mund war zu einem Lächeln verzogen. Der restliche Körper aber war grundlegend anders.

Althea sah die grün geschuppten Säulenbeine, auf denen das Wesen stand, sie sah den langen Schwanz, ebenfalls mit grünen Schuppen besetzt, dazu mit einigen Dutzend spitzen Stacheln. Die Kreatur stützte sich auf diesen Schwanz, um den unförmigen Körper im Gleichgewicht halten zu können. Dort, wo Arme zu erwarten gewesen wären, zog sich ein Kranz von Tentakeln um den Körper. Einige richteten sich auf Althea, wurden nach ihr ausgestreckt.

Sie wich unwillkürlich zurück, konnte sehen, wie die Spitzen der Tentakel von der Druckluft zusammengepresst wurden und sich verformten. Das Wesen zuckte zurück und öffnete den Mund. Althea erwartete, einen Schmerzenslaut zu hören, vergleichbar dem, den sie selbst ausgestoßen hätte, wären ihre Hände derart zusammengepresst worden. Was sie zu hören bekam, glich eher dem Wutgeheul eines tollwütigen Tieres. Mit mehreren Tentakeln gleichzeitig schlug die Mutation auf die Sperre ein, erlitt neue Schmerzen und gab ein wahnwitziges Kreischen von sich.

Althea ergriff die Flucht, aber nach wenigen Metern wurde sie erneut aufgehalten. Ein neuer Käfig, ein neuer Bewohner, ebenfalls eine Mutation. Althea wandte sich sofort ab, taumelte von einem Käfig zum anderen, starrte in Gesichter, in denen sich Gier und ungezügelte Wildheit paarten, betrachtete Körper, die einem fürchterlichen Albtraum entsprungen zu sein schienen.

Althea flüchtete zurück in den Raum, in dem sie eingesperrt gewesen war. Unterwegs entdeckte sie weitere Käfige, einige bewohnt, andere, in denen sich Skelette häuften. Sie fühlte sich fast erleichtert, als sie endlich das Ziel erreicht hatte.

Eine Weile brauchte sie, um sich wieder sammeln zu können. Als sich das Beben ihrer Hände gelegt hatte, griff sie zur Waffe, justierte den Thermostrahler auf schwache Leistung. Am Zielpunkt würde die Temperatur annähernd eintausend Grad betragen, das musste für Altheas Plan ausreichen. Sie betätigte den Abzug, schoss Dauerfeuer. Der Thermostrahl traf die marmorne Wand, erhitzte sie immer stärker. Der Marmor begann die Farbe zu wechseln.

Althea wusste, welches Risiko sie einging. Beim Umwandlungsprozess entstand Kohlendioxid, das aus dem Raum nur langsam entweichen konnte. Sie konnte daran ersticken. Wenn zusätzlich auch noch Kohlenmonoxid frei wurde, stieg die Gefahr beträchtlich. Eine Monoxid-Vergiftung verlief heimtückisch, ohne Warnung und frühe Symptome, die noch eine Flucht erlaubt hätten. Althea schnappte zwar immer heftiger nach Luft, aber sie brachte ein schwaches Lächeln zuwege. Ihr Experiment schien zu gelingen. Die Strukturänderung an der beschossenen Stelle war nicht zu übersehen. Mit etwas Glück würde sie bald frei sein.

Den lautlosen Angriff merkte sie erst spät.

Es fiel Althea immer schwerer, die Hand mit der Waffe ruhig zu halten. Der Strahl wanderte und tanzte, ihr fielen die Augen zu. Eine ungeheure Müdigkeit machte sich allmählich in ihr breit. Es war nicht die bleierne Schwere, die einem Tag mit harter körperlicher Arbeit folgte, sondern jenes dumpfe Benommensein, das sie sehr gut kannte. Es trat auf, wenn sie zu lange mit höchster Konzentration technische Probleme bearbeitet hatte. Es war eine rein psychische Müdigkeit, die keine klaren Gedanken mehr zuließ.

Althea ließ die Waffe sinken und nahm den Finger vom Abzug. Immer stärker wurde der dumpfe Druck in ihrem Schädel, immer größer das Verlangen, sich auszustrecken und zu schlafen. Als ihr das bewusst wurde, erkannte sie, dass sie angegriffen wurde. Irgendetwas saugte sie förmlich aus, stahl ihre Konzentration, die geistige Spannkraft. Sie brauchte nur wenige Augenblicke, um die Folgen dieser Attacke zu erkennen.

Entweder würde der Angreifer sie völlig leer saugen, bis von ihr nichts mehr blieb als eine Ansammlung von Zellen, die zu keiner geordneten Zusammenarbeit mehr fähig wären. Oder man würde sie als mentale Kuh halten, sie füttern und immer wieder melken. Althea raffte ihre Kräfte zusammen. Ihr Wille bäumte sich auf, und im gleichen Augenblick spürte sie, dass der Druck in ihrem Schädel nachließ, doch der Angreifer gab nicht auf, attackierte sie erneut.

5.

Ziponnermanx war wie gelähmt. Er begriff zwar augenblicklich, was geschehen war, aber er blieb eine lange Zeit unfähig, diese verblüffende Wahrheit zu verdauen. Zum ersten Mal seit langer Zeit – seine Erinnerung versagte hier, und er fühlte wieder einmal, dass nicht nur sein Körper hinfällig, sondern auch sein Verstand brüchig und langsam geworden war – hatte sich ein lebendes Wesen erfolgreich dagegen gesträubt, von ihm beherrscht oder kontrolliert zu werden.

Er war zurückgeschmettert worden!

Sofort wechselte er von seinem neutralen Ort in den zweiten der Raubvögel. Das Tier veränderte seinen Kurs, und obwohl es Hunger spürte, folgte es den vier Eindringlingen. Sie wurden immer rätselhafter. Und zu allem Überfluss schlugen sie genau die Richtung zum Turm ein, in dem er seinen Körper aufbewahrte, dieses Relikt aus der Vergangenheit, das er brauchte, um nicht sterben zu müssen. Der Umstand, dass die Fremden den Körper und die sorgfältig instand gehaltene Station entdecken würden – daran bestand kein Zweifel –, konnte zwei Bedeutungen haben.

Wenn sie den Körper entdeckten und vernichteten ...

Nein. Das würden sie nicht tun. Sie hatten auch bisher nichts anderes getan als untersucht und beobachtet. Der Angriff der beiden Lammash war nicht zu vermeiden gewesen. Die Tiere waren getötet worden, weil die vier Leute in Notwehr gehandelt hatten. Wenn sie sich in seinem eigenen Versteck einfanden, konnte er ihnen sagen, wie es um ihn stand und was sie für ihn bedeuteten. Falls es Akonen waren. Aber von diesen vier Humanoiden sah keiner so aus, als wären sie von seinem Volk. Allen anderen musste er die Möglichkeit, das Versteck seines Volkes zu entdecken, verweigern. In diesem Fall musste er mit allem, was er hatte, gegen sie kämpfen.

Was sollte er tun? Er wusste es nicht. Durch die Augen des Raubvogels, der jetzt tief kreiste und sich immer dicht oberhalb der vier zielstrebig weitergehenden Fremden befand, sah der MULTIPLE, dass eigentlich nur einer von diesen Fremden für einen Kontaktversuch ge-

eignet war. Aber nicht für eine Übernahme oder zeitweilige Kontrolle.
Dass der Verstand dieses jungen, weißhaarigen Mannes sein eigenes
Bewusstsein abstieß, hatte er eben gespürt. Er war stark und schien es
nicht einmal selbst zu wissen. Noch jetzt rasten die Gedanken des MUL-
TIPLEN umher wie Sand im Wirbelsturm.

Jedenfalls gingen die Fremden einen Weg, der sie genau dorthin füh-
ren würde, wo es ihm leicht sein würde, mit ihnen in Verbindung zu tre-
ten. Außerdem gab es sämtliche technischen Möglichkeiten. Diejenigen,
mit denen er seinen denaturierten Körper am Leben erhielt, würden ihm
helfen. Er verließ das Adyh-Weibchen und ergriff wieder Besitz von sei-
nem eigenen Körper ...

Foppon: 3. Prago der Prikur 10.499 da Ark

Wir entdeckten das vierte Objekt schon eine Tonta später. Es lag nicht
sehr weit von den beiden schlanken Säulen entfernt und war weder ein
Trichter noch das Bodengeschoss eines Hauses, noch eine Art Tempel
auf einem Stadthügel. Es war eine sorgfältig gepflegte Anlage.

»Seht euch das an«, sagte Karmina verblüfft und ging langsam näher
an das erste Bauwerk. »An den meisten Stellen ist das Grünzeug kurz
gehalten. Als würden hier Tiere weiden.«

»Tatsächlich«, staunte der Bauchaufschneider. Auch hier durchschritten wir eine Strahlenbarriere. Diese Gebäude, die wie ein System aus
ineinandergeschobenen Schachteln aussahen, waren tatsächlich nur zu
geringem Teil verfallen; die Trümmer schienen zudem sorgfältig bei-
seitegeräumt worden zu sein. Wieder wurde das Gefühl der Erwartung
höher, wieder waren wir sicher, einem unsichtbaren Beobachter auf der
Spur zu sein.

»Was beweist das?«, fragte Karmina.

»Es beweist mir, dass hier tatsächlich jemand lebt, der für den Zustand
der Gebäude verantwortlich ist. Das hat zweifellos etwas zu bedeuten.«

»Sehen wir nach.«

Auch diese Anlage lag abseits der zerstörten Straße. Wir hatten sie
mehr zufällig gefunden. Nichts deutete darauf hin, dass diese Ansammlung von Mauern, Säulen und schrägen Dächern von der Straße aus betreten worden war. Der breite Gürtel aus brusthohen Pflanzen und Büschen war an keiner Stelle durchbrochen. Wir standen unter dem Befehl
Akon-Akons und brauchten nicht zu überlegen, was zu tun war. Ich zog

meine Waffe und ahnte, dass wir hier mehr finden würden als an den drei anderen Stellen.

Wir drangen nacheinander durch die Barriere aus Blättern. Dornen rissen an unseren Anzügen. Zweige peitschten hin und her. Wütend summten Insekten auf und stürzten sich auf uns. Mit einigen Sprüngen setzten wir über einen Weg, der ebenfalls verdächtig sauber war; zwischen den vielen Bruchstellen wuchs kein Gras. Eine Art Säulenhalle breitete sich halbkreisförmig aus. Wir wurden langsamer und gingen zwischen den kantigen, aus dunklem Stein bestehenden Stützelementen hindurch. Von rechts und links drang Tageslicht in die Halle und zeigte uns, dass sie verhältnismäßig sauber war.

»Ich weiß noch nicht recht, was ich davon halten soll.« Fartuloon lief schnell und in wachsamer Haltung durch den Raum, der sich tief in das Haus ausdehnte. Quer vor uns erstreckten sich flache Stufen einer Treppe.

»Auch ein Transmitter.« Merkwürdigerweise war mein Eindruck, von unsichtbaren Augen angestarrt zu werden, vergangen.

Es ist die Erregung, sagte der Extrasinn. *Sie nimmt dich in Anspruch.*

Langsam, die Waffen in den Händen, stiegen wir die Stufen hoch. Es gab hier ebenfalls nur die Steuergeräte und die Pulte, die uns zeigten, dass auch diese Transmitterstation betriebsbereit war. Wen beförderte sie? Wozu waren die Anlagen intakt gehalten worden? Wir blieben auf der ovalen obersten Plattform stehen und blickten uns um. Es gab keine Spuren.

Fartuloon zog den Kopf zwischen die Schultern und blickte an uns vorbei tiefer ins Innere des Gebäudes. Dort war es ebenso dunkel wie in den bisher gefundenen Stationen. »Ich fühle es! Hier ist etwas ...«

»Nicht hier«, sagte ich leise. »Hier gibt es keine Möglichkeit, etwas zu verstecken.«

»Suchen wir weiter«, schlug Halgarn ruhig vor. »Wir haben den Auftrag, alles abzusuchen. Bisher haben wir nur einen Verdacht, aber nicht die geringste Spur eines Akonen.«

Leise und mit gespannten Nerven überquerten wir die Transmitterplattform, bewegten uns auf der anderen Seite wieder abwärts und kamen aus der lichterfüllten Zone ins Dunkel. Daran, dass unsere Sohlen nicht wie gewohnt auf einer dicken Schicht angesammelter Abfälle knirschten, merkten wir, dass auch hier größere Sauberkeit herrschte. Was das bedeuten konnte, wussten wir genau.

»Ich glaube, wir finden hier etwas, womit Akon-Akon und sein ›Stab der Macht‹ etwas anfangen können«, flüsterte Karmina nach einigen Metern. Unsere Augen gewöhnten sich an die Dunkelheit. Unsere kleine Gruppe war keineswegs machtlos, und keiner von uns erwartete, von einer riesigen Menge schießwütiger Stadtbewohner angegriffen zu werden. Wir waren sicher, dass wir vielleicht nur einen oder zwei verwahrloste Akonen antreffen würden – falls sie nicht ununterbrochen vor uns flüchteten und uns aus ihren zahlreichen Trümmerverstecken heraus beobachteten.

»Es ist besser, wir verständigen den Jungen«, sagte Fartuloon, nachdem wir in einen breiten Verbindungsgang zwischen zwei Gebäudeteilen eingedrungen waren und vor uns eine schräge Rampe sahen, die sich neben einer Reihe von Fenstern befand. In diesen Fenstern erkannten wir schmutziges Glas. Nirgendwo sonst gab es noch Glasflächen in der Ruinenstadt!

»Ja. Einverstanden.« Ich fühlte, wie sich die feinen Härchen im Nacken aufstellten.

Fartuloon schaltete das Armbandfunkgerät ein. Ein scharfes Zischen und ein leises, andauerndes Knacken ertönten. Fartuloon schüttelte den Kopf, nahm ein paar Einstellungen vor und sagte in unser halb erwartungsvolles, halb entsetztes Schweigen hinein: »Versuch du es, Halgarn. Mein Gerät scheint zu versagen.«

»Augenblick!«

Es ist kein Versagen. Hütet euch!, flüsterte der Extrasinn.

Im selben Augenblick, als auch das Gerät von Halgarn zu zischen begann, ertönte ein hartes, knallendes Geräusch. Der Transmitter hatte sich mit einem charakteristischen Geräusch eingeschaltet. Ich wirbelte herum und sprang einige Stufen hinauf. Aber niemand stand an den Geräten oder am Justierpult. Das dunkelrote Leuchten der Transmittersäulen erfüllte den Raum bis zum hintersten Winkel mit einem blutigen Licht.

»Der Funkverkehr ist unterbrochen! Ich kann Akon-Akon nicht erreichen. Wir sind in einer toten Zone!«, schrie Halgarn zu mir herüber. Ich starrte auf die beiden Säulen, zwischen denen sich das schwarz wallende Nichts ausbreitete, während sich der grellweiße Bogen darüber aufspannte. Jeden Augenblick musste der Transmitter aktiv werden und denjenigen auswerfen, den wir suchten.

»Achtung! Warten wir!« Ich hielt die anderen mit einer Handbewegung auf. Wir blieben an verschiedenen Stellen rund um die oberste

Plattform stehen und warteten auf den Ankömmling. Vielleicht war es der Tätigkeit dieser alten Anlage zuzuschreiben, dass unsere Geräte derartig nachhaltig gestört wurden. Und wieder meldete sich mein Gefühl, das ich nicht durch eine einzige Beobachtung belegen konnte. *Es ist jemand hier!* Wachsame, misstrauische Augen starrten uns an. *Sie kontrollieren jede Bewegung!*

»Das ist entweder ein schlechter Scherz«, grollte Fartuloon und blieb regungslos stehen, »oder derjenige, der die Anlagen der Ruinenstadt benutzt, lässt sich erbärmlich lange Zeit.«

»So sieht es aus«, murmelte ich. Die Transmittersäulen flackerten zweimal kurz auf, aber nichts, was wir mit unseren Sinnen wahrnehmen konnten, schwebte, fiel oder sprang zwischen den Energiesäulen hervor.

Plötzlich fühlte ich, dass etwas nach mir griff. Es war wie ein kühler Hauch, als wäre ein Unsichtbarer dicht an mir vorbeigegangen. Schräg vor mir stand Fartuloon; wir blickten uns direkt in die Augen. Ich sah in seinem Gesicht das gleiche Erschrecken, wollte nach der anderen Seite ausweichen.

Lähmung! Gefahr!, schrillte der Logiksektor.

Ich konnte mich nicht bewegen. Ich war tatsächlich gelähmt und spürte die Anspannung meiner Muskeln, die sich gegen die unsichtbaren und ungreifbaren Fesseln stemmten. Aber ich konnte noch sprechen. Im selben Augenblick schrie Karmina auf. Sie hatte sich schnell wieder unter Kontrolle und rief: »Ich bin gefesselt! Etwas hält mich gepackt. Ich kann mich nicht bewegen.«

Ich gab den nutzlosen Widerstand auf und sagte, mich mühsam zur Ruhe zwingend: »Wir befinden uns im Griff von Fesselfeldern. Der Unsichtbare ist nicht gekommen – er will uns zu sich bringen lassen. Deswegen der Transmitter.«

»Du dürftest recht haben.« Fartuloon ächzte. Noch geschah nichts. Wir standen nur reglos wie vier Spielfiguren auf verschieden hohen Stufen und an verschiedenen Stellen. Vor uns und über uns summte die Energie der Transmittersäulen. Aus dem Augenwinkel erkannte ich, dass die Leuchtanzeigen auf dem Pult die Farben und die Intensität wechselten. Etwas ging vor oder wurde vorbereitet.

»Wir werden verschleppt. Aber wenn er uns hätte töten wollen ...«, begann Fartuloon und brach ab. Er begann zu schweben. Sein Körper drehte sich. Auch ich merkte, dass sich die Wirkungsrichtung des Fesselfeldes änderte. Ich ergänzte in Gedanken, was der Bauchaufschneider hatte sagen wollen.

»Keine Panik«, rief ich und sah, wie sich Fartuloons Körper horizontal ausstreckte.

»Was haben sie mit uns vor?«, schrie Karmina.

»Beruhig dich«, rief ich zurück. »Er hätte uns längst töten können. Vielleicht traut er uns nicht. Oder er will uns befragen. Oder er will uns etwas zeigen, was weiß ich.«

»Wir wissen nichts. Das ist es«, murmelte Halgarn fatalistisch. Er hatte sich fabelhaft in der Gewalt. Das gesteuerte Fesselfeld packte jetzt meinen Freund und zog ihn genau auf den Mittelpunkt des Raumes zwischen den Transmittersäulen zu. Auch Halgarn und die Sonnenträgerin begannen zu schweben und mit waagrecht ausgestreckten Körpern auf das Gerät zuzudriften. Ich selbst stand noch immer regungslos da und sah zu, ohne etwas anderes tun zu können, als zu denken und zu reden.

»Ich komme als Erster dran«, verkündete Fartuloon zwei Schritte vor der wabernd dunklen Öffnung des kleinen Transmitters, dessen Energiebogen nun grün leuchtete. Seltsam – keiner von uns dachte in diesem Moment daran, dass wir auf einen anderen Planeten oder vielleicht auf den schwarzen Mond dieser Welt verschleppt werden konnten. Wir waren sicher, dass es sich bei diesen Geräten um innerstädtische Verbindungen handelte.

»Fartuloon!«, schrie die Sonnenträgerin. Auch ihre Hand hielt eine Waffe, deren Projektormündung an die Decke deutete.

Fartuloon wurde vorwärtsgerissen, schoss auf den Transmitter zu und verschwand zwischen den Energiesäulen. Mit einen dumpfen, pochenden Geräusch hatte ihn die Anlage geschluckt. Karmina merkte, dass sie die Nächste sein würde, und keuchte auf, als das Fesselfeld ihren Körper beschleunigte und auf den Transmitter zusteuerte. Auch sie verschwand, nur einige Augenblicke nach dem Bauchaufschneider.

»Ich bewundere deine Gelassenheit«, sagte ich zu Halgarn, als er an mir vorbei denselben Weg schwebte. Ich kippte langsam nach hinten.

»Geschrei und Angst machen die Situation nicht lustiger«, erwiderte er ungerührt und schwebte schneller.

»Richtig!« Ich folgte ihm, nachdem der Transmitter ihn geschluckt hatte. Aber je näher meine Füße der Öffnung zwischen den leuchtenden Säulen kamen, desto unruhiger wurde ich. Es war wirklich nicht mein erster Transmitterdurchgang, aber in den meisten Fällen hatte ich wenigstens eine gewisse Vorstellung gehabt, was mich am anderen Ende der Transmitterstrecke erwartete.

Hier hatte ich diese Vorstellung keineswegs. Der Entzerrungsschmerz packte mich. Ich verlor das Bewusstsein. Dieser Schock fiel mit dem Augenblick zusammen, in dem ich ohne Zeitverlust aus dem Empfänger geschleudert wurde. Ich merkte nicht, was mit den Freunden geschehen war, ich spürte nichts mehr. Im letzten Augenblick ahnte ich undeutlich, dass mich eine gefährliche Überraschung erwartete.

Ich wusste nicht, wie viel Zeit zwischen jetzt und dem Augenblick vergangen war, in dem ich den Empfangstransmitter erreicht hatte. Erst als ich ohne Beklemmung wieder atmen konnte, versuchte ich, die Umgebung und meine Situation genau zu erkennen. Ich war offensichtlich allein. Der erste Eindruck war, dass ich an meinen Handgelenken, an den Knöcheln, quer über der Brust und über den Oberschenkeln zwischen Knien und Hüftgelenken einen Druck spürte.

Breite Fesseln, wisperte der Logiksektor. *Kein Schutzanzug mehr!*

Ich bewegte die Arme und Beine, das heißt, ich versuchte es. Die Bewegungen wurden sofort gestoppt. Ich konnte gerade die Muskeln ein wenig spannen, atmete durch und öffnete die Augen. Fast vollkommenes Dunkel. Ich sah nur vage Umrisse, schien mich in einem großen Raum zu befinden. Mein Geruchssinn funktionierte; die Luft roch abgestanden, war selten oder niemals bewegt oder ersetzt worden. Aber es stank nicht. Es war kühl, wesentlich geringere Temperaturen als draußen in der stechenden Sonne. Ich konnte weder sehen noch hören, ob sich Fartuloon, Halgarn oder Karmina in meiner Nähe befanden. Unter meinem Rücken war eine harte, aber nicht schmerzende Unterlage. Sie schien Ähnlichkeit mit dem Untersuchungstisch eines Bauchaufschneiders zu haben.

Nach einiger Zeit gewöhnten sich meine Augen an das Dunkel. Ich stellte fest, dass ich auf einer Art Gestell gefesselt war, das seinerseits in einer muldenförmigen Vertiefung ruhte. Ich lag auf dem Rücken, flach ausgestreckt.

Lautlos, aber schmerzend ergoss sich plötzlich eine weiße Lichtflut über mich. Ich stöhnte auf und schloss geblendet die Augen. Trotz der geschlossenen Lider kreisten Ringe und wirbelten Punkte auf meinen Netzhäuten. Eine Batterie gewaltiger Scheinwerfer schien direkt vor meinem Gesicht angeschaltet worden zu sein. Der Extrasinn hatte keine Erklärung und schwieg daher.

Ein Reflex, mit dem ich versuchte, der grellen Lichtflut auszuweichen, deren Strahlung auf meiner Haut zu brennen begann, überzeugte mich. Ich konnte den Kopf bewegen, blickte gerade über den Rand der Mulde hinaus und erkannte, ehe mich die Lichtflut abermals halb blind machte, dass die anderen in derselben Lage waren wie ich. Aber ich vermochte nicht zu sprechen. Ich versuchte, die aufkommende Panik zu unterdrücken, dachte nach. Ich wusste nicht genau, was ich vor dem Transmittersprung erwartet hatte – das jedenfalls ganz sicher nicht.

Ich bin wehrlos! Mit größter Sicherheit waren meine Freunde dort, rechts neben mir aufgereiht und an die Gestelle gefesselt, ebenso ausgeliefert wie ich. *Jemand hat mir die Ausrüstung abgenommen!* Ich fand keinerlei Sinn in dieser Situation; ohne Ausrüstung, bewegungslos, ohne Gelegenheit, sprechen zu können, angestrahlt von sonnenähnlichen Scheinwerfern ... eine sehr merkwürdige Art der Gefangenschaft. *Wozu das alles?*

Plötzlich hörte ich gedämpfte Geräusche.

Keine Panik!, dröhnte die Stimme des Extrasinns in meinem Kopf.

Ich wurde zu stark geblendet, als dass ich hätte sehen können, woher die Geräusche kamen beziehungsweise wer sie verursachte. Nur die Schwingungen sagten mir, dass jemand am Fußende meines Fesselgestells hantierte. Jemand oder etwas. Es konnte ebenso gut unser geheimnisvoller Akone sein oder ein Roboter – oder ein Tier! Ich versuchte, indem ich die Augenlider zusammenkniff, den Kopf zur Seite legte und den Atem anhielt, festzustellen, was dort vor sich ging. Ich glaubte zu hören, dass diese Geräusche auch an den Fußenden der anderen drei Gestelle erzeugt wurden.

Was ging hier vor? Wer hatte uns gefangen genommen? Meine Fantasie versagte. Die Scheinwerfer brannten unbarmherzig, waren wie eine künstliche Sonne, machten es vollkommen unmöglich, etwas zu erkennen. Ich wartete, spannte ein einziges Mal meine Muskeln und stemmte mich revoltierend gegen die breiten Fesseln, aber es brachte nichts. Die bandartigen Klammern über den Gelenken rührten sich nicht. Ich gab es auf. Schließlich verstummten die Geräusche. Das Licht umfing mich weiterhin, wurde ungemütlich heiß.

Ich wartete. Was blieb mir anderes übrig? Meine Zweifel vermehrten sich. Ich hatte nicht die geringste Ahnung, aus welchem Grund wir hier waren und worauf wir warteten. Ich versuchte, Geduld zu entwickeln, aber es war sinnlos. Mitten in meine Überlegungen hinein begann sich das Gestell zu bewegen. Ich glaubte, das Geräusch von Rädern oder Rollen zu erkennen. Aber ich wusste es nicht genau. Ich registrierte lediglich mit großer Erleichterung zwei Dinge.

Erstens geschah endlich etwas. Und zum Zweiten schoben sich die Gestelle unter der heißen Lichtflut heraus und legten langsam eine bestimmte Strecke zurück. Die Bewegung verlief ziemlich geradlinig, denn ich konnte keinerlei Gewichtsverlagerungen spüren, die auf einen kurvigen Kurs schließen ließen. Wie lange waren wir unterwegs? Ich wusste es nicht. Ich bemerkte irgendwann, dass mein Fesselgestell anhielt und an der Kopfseite hochgehoben wurde. Schließlich hörte die Bewegung auf. Ich schätzte, dass ich in einem Winkel von etwa vierzig Grad gekippt worden war.

Klick.

Die Lichtflut erlosch. Noch einige Augenblicke zeichneten sich die gleißenden Eindrücke in meinen Augen ab, die Dunkelheit schlug wieder über mir zusammen. Und wieder sah ich nichts, hörte nur an dem unregelmäßigen Atem, dass die Fesselgestelle meiner Freunde ebenfalls hierher gebracht worden waren. Was folgte jetzt?

Einige Augenblicke später hatte ich Gewissheit. Vor uns erhellte sich eine Wand. Sie wirkte wie ein großer Bildschirm, aber ich war nicht sicher, ob es sich um einen solchen oder eine Projektionswand handelte. Aber von dieser rund fünfundzwanzig Quadratmeter großen Fläche strahlte Helligkeit nach allen Richtungen. Es war jetzt leicht zu erkennen, dass wir uns erstens in einer mittelgroßen, kuppelförmig gebauten Halle befanden, und zweitens, dass Fartuloon, Karmina und Halgarn rechts und links von mir ebenso in ihren hochgeklappten Gestellen gefesselt waren wie ich.

Wir sahen keinen Roboter, kein lebendes Wesen, keinerlei auffallende Maschinen oder Geräte. Nur wir und die hell erleuchtete Projektionswand. Das war alles. Ich glaubte, dass sich jetzt eine Art Demonstration anschließen musste. Aber der Fremde musste sich keineswegs an das Schema halten, das ich erwartete. Wieder begann eine Phase der absoluten Ereignislosigkeit.

Warte! Hab Geduld. Du lebst noch, tröstete mich mein Extrasinn.

Ich drehte den Kopf nach beiden Richtungen und fing Blicke von Fartuloon und Karmina auf, die mir deutlich machten, dass auch sie nicht die geringste Ahnung hatten, wo wir uns befanden und was alles sollte. Aber sie waren ebenso wie ich noch am Leben. Niemand hatte uns gequält, wir waren nicht angegriffen worden.

Alles war ferngesteuert worden. Aber hinter all den mechanischen Schaltungen steckte eine Intelligenz. Sie sah uns zu und spielte mit uns. Meine Angst, angegriffen zu werden und mich nicht wehren zu können – ich hatte sie seit dem Augenblick, in dem ich von dem fremden Bewusstsein getroffen worden war –, nahm nur langsam ab. Noch während ich diese Überlegung untersuchte, fühlte ich, wie das Gestell zu zittern begann.

Schwingungen durchtobten meinen Körper. Zuerst waren sie langwellig, als schlüge jemand mit einem Hammer auf das Gestell. Ein tiefes, fast nicht mehr wahrnehmbares Brummen ertönte. Dieser Laut wurde kräftiger, zugleich kletterte er die Tonleiter aufwärts. Die Vibrationen, von denen erst das metallene Gestell und dann mein Körper erschüttert wurden, verstärkten sich.

Ich hörte, über dem helleren Summen unmittelbar unter mir, das Anlaufen anderer Geräte. Sie schienen Fartuloon, Halgarn und Karmina zu belästigen. Ich wurde abgelenkt, denn das strahlende Weiß des Projektorschirms änderte seine Farbe. Viele kleine Punkte erschienen, wimmelten durcheinander und bildeten völlig unbegreifliche Muster. Die Schwingungen, die meinen Körper erschütterten, setzten sich fort, riefen in meinem Verstand merkwürdige Reaktionen hervor. Wollte uns der unsichtbare Beherrscher der Ruinenstadt etwas erklären?

Konzentrier dich auf die Botschaft!, rief der Extrasinn.

Ich verstand, was diese modulierten Schwingungen bedeuteten. Sie versetzten zumindest meinen Verstand in eine gesteigerte und aktivierte Aufnahmebereitschaft. Alle Überlegungen und Gedanken wurden ausgeschaltet und unmöglich gemacht. Aus den wirren Licht- und Farbpunkten auf dem Riesenschirm wurden Bilder. Noch waren sie wild und unverständlich. Sie schienen die gedanklichen Projektionen eines Wesens zu sein, das nicht geübt war, sich auf diese Weise mitzuteilen.

Die Schwingungen und die Bildelemente schienen sich in meinen Gedanken zu synchronisieren. Ich begriff plötzlich aus dem Zusammenwirken der Vibrationen und der optischen Eindrücke, dass hier eine Geschichte erzählt und dargestellt werden sollte. Verstanden es die Freunde auch? Impressionen formierten sich in meinen Gedanken. Es waren keineswegs die Bilder, die dort auf dem Schirm wirbelten. Die Augen und der Verstand verwandelten die Reize, formten sie in verständliche Impulse und in begreifbare Gedankenbilder um.

Ich bin Ziponnermanx, der Wächter des Planeten Foppon. Ich lebe in der Ruinenstadt Zaterpam. Ich bin allein ... Als sich die Akonen in das Versteck zurückgezogen hatten, brachen sie hinter sich keineswegs alle Brücken ab. Diese Zeit, die hektischen Jahre der Flucht, des Aufbruchs und der zielstrebigen Versuche, die Spuren zu verwischen ...

Ich hörte und verstand. Derjenige, der uns hierher geschleppt hatte, berichtete uns, wer er war und was er wollte. Aber ich spürte hinter dem verständlichen Wunsch, uns die Wahrheit zu sagen, noch eine unbestimmte Gefahr. Der akonische Wächter, dessen Spur wir endlich entdeckt hatten, plante noch etwas anderes. Unwillkürlich dachte ich an Akon-Akon, an Vorry und Ra.

Während ich die Geschichte des Akonen erfuhr, schien ein winziger Teil meines Verstandes – oder war es mein Extrasinn? – unabhängig von der hypnotischen Flut aus Schwingungen und Bildfolgen zu funktionieren. Ich war durch den Vorstoß von Ziponnermanx gewarnt worden, der sich meines Bewusstseins bemächtigen und mich kontrollieren wollte. Ich wurde bewusst auf einen kühnen Gedanken gebracht, als mir die Schilderung des planetaren Wächters sagte, dass er in der Lage sei, *multiple Organismengruppen* zu bilden, also jeden anderen Organismus, der eine bestimmte Entwicklung nicht unterschritt, zu beherrschen.

Es war der Wächter gewesen, der versucht hatte, mich zu übernehmen und sich nicht nur in meinem Verstand auszubreiten, sondern dort zu forschen und meinen Körper zu manipulieren. Die Schilderung der nächsten Bilder und Überlegungen sagte mir, dass meine Vermutung keineswegs abwegig war. Ich sah, was Ziponnermanx gesehen hatte – den Planeten mit den Augen von Raubtieren und großen Vögeln, das Leben im Dschungel, erfahren durch die Sinne von blauschuppigen Affenähnlichen, das Leben von Pflanzen, vermittelt durch die eigentümlichen Zelläußerungen von Licht, Kohlendioxid und Wasser.

Die Erzählung ging weiter. Ich schätzte, dass Jahrhunderte vergangen sein mussten, seit Ziponnermanx die Stadt Zaterpam betreten hatte. Vielleicht sogar Jahrtausende!

Seine Situation glich in gewisser Weise der des Bio-Inspektors Gemmno Làs-Therin auf Kledzak-Mikhon. Er war der Beobachter des Projekts »Loghan« gewesen.

... Unsere Versuchskreaturen, die sich geschlechtlich fortpflanzen können, sollen dagegen in der Lage sein, bestimmte Entscheidungen ohne Rückfragen treffen zu können. Sie können also auch auf unvorhergesehene Zwischenfälle reagieren ...

Wir erfuhren, dass Gemmno Làs-Therin das Projekt »Loghan« für gescheitert hielt. Die grünpelzigen Wesen hatten sich in einer Art weiterentwickelt, die den akonischen Interessen zuwiderlief. Die einst künstlich gezüchteten Versuchskreaturen waren jetzt ein eigenständiges Volk und würden sich nur gewaltsam zu Sklavendiensten pressen lassen. Außerdem war inzwischen so viel Zeit vergangen, dass Gemmno Làs-Therin nicht mehr wusste, ob sein Volk überhaupt noch etwas von diesem Projekt wusste. Er starb mit der schrecklichen Gewissheit, dass sein Leben verpfuscht war.

Verständlich war Ziponnermanx' dringlicher Wunsch, ins Versteck zurückzukehren. Er hatte also denselben dringenden Wunsch wie Akon-Akon.

Ich bin nicht sicher. Aber er forscht in euren Erinnerungen. Nicht in deinem Verstand, denn ihn hat er fürchten gelernt und meidet ihn, meldete sich überraschend der Extrasinn.

Ich wartete und konzentrierte mich wieder auf die Erzählung. Etwas anderes zu versuchen hatte keinen Sinn. Wir waren gefesselt, und solange es Ziponnermanx nicht beliebte, uns freizulassen, waren wir weiterhin hilflos. Warum aber ging er nicht einfach zu Akon-Akon und bat ihn, sich ihrer Gruppe anschließen zu dürfen? Ich wusste es nicht.

6.

Er war enttäuscht. Als er das Wesen angepeilt hatte, hatte er sich über die ungewöhnliche Menge mentaler Energie gefreut, die dieses Wesen anzubieten hatte. Er war zum ersten Mal auf diese Spezies gestoßen. Wenn es mehr Exemplare davon gab, waren seine elementaren Lebensprobleme für lange Zeit gelöst. Dass sich sein Opfer wehrte, wunderte ihn nicht. Das hatten die anderen auch versucht, aber früher oder später waren sie zusammengebrochen. Diese Kreatur aber setzte ihm erbitterten Widerstand entgegen. Sie benutzte ihre Kräfte, um ihn abzuwehren, nicht um ihn zu nähren.

Er war ratlos. Wenn er stärker angriff, konnte er das Wesen töten, dann waren seine wertvollen Kräfte sinnlos vergeudet. Ließ er es aber gewähren, nutzte es seine mentalen Kräfte nur zur Abwehr und verbrauchte sie selbst. Auch das nutzte ihm wenig. Er war mit diesem Problem so beschäftigt, dass er die Gefahr für ihn selbst völlig übersah. Er brauchte Wasser. Er brauchte Wassermoleküle, um leben, um seine selbst geschaffene Körperlichkeit aufrechterhalten zu können. Dank der besonderen elektrischen Eigenschaften des Wassermoleküls konnte er das Medium beherrschen, aus dem er bestand.

Das stete Erhitzen des Marmors hatte das Calciumcarbonat in Calciumoxid umgewandelt, in einen Stoff, der nach Wasser gierte. Er holte ihn sich aus allem, was ihn berührte. Eine lebende Zelle, die mit Calciumoxid in Berührung kam, verlor schlagartig ihr gesamtes Wasser und verkohlte. Calciumoxid, auf eine immer leicht schweißfeuchte Haut gestreut, rief grauenvolle Verletzungen hervor.

Er spürte, wie das Calciumoxid nach ihm griff, das lebensnotwendige Wasser aus ihm saugte, und er war nicht fähig, diesen Verlust rasch zu ergänzen. Er überließ sein Opfer sich selbst und konzentrierte sich darauf, einen gewaltigen Luftwirbel zu erzeugen, der aus einer nahe gelegenen Quelle das Wasser herbeischaffen sollte. Der Rettungsversuch kam zu spät. Seine Energien verloren sich, verwehten. Sein Ende entsprach seinem Beginn. Der Zufall war das Werkzeug.

Saruhl

Althea wankte erschöpft zurück. Der Druck in ihrem Kopf war gewichen, aber sie war völlig erschöpft. Warum ihr unsichtbarer Gegner sich zurückgezogen hatte, verstand sie nicht. Aber sie wusste, dass sie nicht in der Nähe des Kalkbrockens bleiben durfte, den sie mit ihrer Waffe geschaffen hatte. Eine unerträgliche Hitze strahlte ihr entgegen. Ein großer Teil der Energie, die sie zur Spaltung des Marmors verwendet hatte, wurde wieder frei, als sich das Calciumoxid mit Wasser verband. Das Calciumhydroxid, das bei diesem Prozess entstand, spritzte in kleinen Tropfen durch den Raum. Hätte sie nicht den schützenden Anzug getragen, hätte sie schon etliche Brandverletzungen davongetragen.

Althea presste sich an die Wand und starrte fasziniert auf die chemische Reaktion, die sich vor ihren Augen vollzog. Nach kurzer Zeit fiel der erste Lichtstrahl in Altheas Gefängnis, und das Loch in der Marmorwand wurde zusehends größer. Ein Brüllen ließ sie zusammenzucken. Sie fuhr herum. In einiger Entfernung sah sie einen Körper, der sich bewegte – in ihre Richtung. Althea verstärkte die Strahlungsintensität ihrer Waffe, sie ahnte, was geschehen war. Offenbar hatte der Unsichtbare nicht nur von ihr abgelassen, sondern auch die Sperren an den anderen Käfigen beseitigt. Wahrscheinlich hatte er sich nur wenig um die Mutanten gekümmert, sie waren mit Sicherheit hungrig. Das ließ sie für Althea umso gefährlicher werden.

Die Bestie mit dem Mädchengesicht stürmte an der Spitze. Althea konnte die Krallen sehen, die sich aus den Zehen geschoben hatten, und sie sah auch das freundliche Mädchengesicht darüber. Sie ließ sich von diesem Anblick nicht irritieren. Das Gesicht mochte die Sanftmut in höchster Konzentration ausdrücken, der Rest des Mutanten aber war ein reißendes Raubtier, das keinen Augenblick zögerte, wenn es galt, Nahrung zu beschaffen.

Dennoch zögerte Althea, bevor sie den ersten Schuss abgab. Er traf die Mutation und warf sie um. Wenige Augenblicke später war ihr Körper verschwunden, die anderen Mutanten fielen besinnungslos vor Gier über sie her. Während sich ein erbitterter Kampf um den Körper entspann, griff der Rest Althea an. Wieder musste sie die Waffe gebrauchen.

Der Weiße Berg schien Hunderte Käfige zu enthalten. Immer neue Mutationen tauchten auf und griffen in die mörderische Auseinandersetzung ein. Es schien ihnen gleich zu sein, in welches Fleisch sie ihre Zähne schlugen, ein Kampf aller gegen alle begann, der mit rücksichtsloser

Härte und Grausamkeit geführt wurde. Einige der Mutanten schienen über Ansätze von Intelligenz zu verfügen. Sie hielten sich geschickt aus der Schlacht heraus und warteten auf ihre Chance. Diese Mutanten waren es, die immer näher an Althea heranrückten.

»Zurück!«, rief sie und richtete ihre Waffe auf den Mutanten, der ihr am nächsten stand. »Zurück, oder ich schieße.«

Althea hatte nicht den Eindruck, dass man sie verstanden hatte. Sie feuerte auf den Boden und ließ eine Funkenkaskade vor den Mutanten aufsprühen. Nur für kurze Zeit ließen sich die Mutanten von dieser Warnung beeindrucken, dann sprang der erste mit einem weiten Satz durch den Funkenregen und griff an. Althea schoss ihn nieder, aber zwei andere traten an die Stelle des Getöteten.

Sie sah ein, dass sie schnellstens verschwinden musste. Gegen eine solche Übermacht half auf lange Sicht auch ein Strahler nur wenig. Sie drehte sich um und begann zu laufen. Vor ihr war das Loch in der Marmorwand, eine annähernd kreisförmige Öffnung von knapp einem Meter Durchmesser. Ursprünglich hatte sie geplant hindurchzukriechen. Das durfte sie jetzt nicht mehr wagen.

Es hätte zu viel Zeit gekostet, Zeit, in der sie sich die Bestien vom Leibe halten musste, Zeit, in der die chemische Reaktion des Calciumoxids auf ihren Anzug und ihren Körper übergreifen konnte. Im Laufen steckte Althea den Strahler zurück, warf sich nach vorn. Helles Sonnenlicht schlug ihr entgegen, als sie durch die Öffnung flog, ohne die Ränder zu berühren. Sie fiel eine kurze Strecke, prallte hart auf Marmor und begann zu rutschen. Die Zeit schien sich während des Falls ins Endlose dehnen zu wollen.

»Glück gehabt«, murmelte Althea erleichtert.

Ein vom Wind fast glatt geschliffener Fels hatte sie aufgehalten. Über sich sah sie das Loch in der Marmorwand, hinter ihr verlief der sanfte Abhang noch ein Dutzend Meter, um dann in eine steile Schlucht überzugehen. Althea verzichtete darauf, sich näher anzusehen, wo ihr Körper bei etwas weniger Glück zerschellt wäre.

Einer der Mutanten hatte versucht, ihr zu folgen, aber er war stecken geblieben. Sie konnte das grauenvolle Schreien hören, als sich der Ätzkalk in seine Haut fraß. Mit einem gezielten Schuss beendete sie die Leiden des Geschöpfs, das umgekehrt keinen Augenblick gezögert hätte, sie anzufallen und zu zerreißen. Vorsichtig bewegte sich Althea auf dem Abhang. Sie suchte nach einer Möglichkeit, ohne große Gefahr den Berg hinabsteigen zu können, bevor die Mutanten die Kuppe unsicher machten. Bald hatte sie ein Felsband gefunden, das sich am Berg entlangzog und in die Tiefe führte.

Bevor sie sich an den Abstieg machte, griff Althea nach dem Funkgerät, rief nach Mervet, immer wieder. Der junge Mann antwortete nicht.

Mervet kam erstaunlich rasch voran. Anhand der Karte hatte er sich einen Weg ausgesucht, der ihn in möglichst kurzer Zeit zum Weißen Berg führen konnte, ohne dass er sich dabei den umkämpften Bezirken der Stadt gefährlich nähern musste. Ein gewisses Risiko, in die Kampfhandlungen verwickelt zu werden, ging er immer noch ein, aber das ließ sich nicht vermeiden. Andernfalls hätte er den Weißen Berg erst nach Tagen erreicht, nach einem Marsch durch bisher nahezu unerforschte Gebiete Saruhls.

Immer wieder warf er einen Blick auf sein Dosimeter. Noch hatte er nicht so viel Strahlung abbekommen, dass seine Gesundheit gefährdet gewesen wäre. Aber der Wert kletterte, langsam zwar, aber stetig. Wenn sich an den Daten nichts änderte, würde er in absehbarer Zeit eine entsprechende Behandlung brauchen. Bis dahin, hoffte Mervet, würde sich das Problem Saruhl von selbst erledigt haben, spätestens dann, wenn das Transportschiff eintraf, um die Teile des Großtransmitters und das 14. Demontagegeschwader an Bord zu nehmen.

Dann allerdings würde auch die Entscheidung fallen. Mit den Rebellen, die die Stadt besetzt hielten, würde man kurzen Prozess machen, das stand fest. Was aber wurde aus den Akonen, die sich irgendwo auf Saruhl versteckt hielten? Würde man nach ihnen suchen, bis man auch den letzten gefunden hatte, entweder um ihn als Rebellen hinzurichten oder als Freund mitzunehmen?

Mervet konnte sich nicht vorstellen, dass man derart gründlich vorgehen würde. Schiffe waren rar und außerhalb des Verstecks stets gefährdet. Vermutlich würde Dankor-Falgh die Rebellen, die er rasch fangen konnte, hinrichten lassen, den demontierten Transmitter verladen und Saruhl verlassen. Die restlichen Rebellen konnte er getrost Saruhl überlassen.

»Hm«, machte Mervet. »Strahlungsgefährdet ist nur das Gebiet um die Stadt. Andernorts müsste man eigentlich überleben können, primitiv zwar, aber immerhin.« Theoretisch hätte er sich mit Althea in den Wäldern verstecken können, bis das Transportschiff wieder abgeflogen war. Anschließend ... »Narr. Bist du völlig verrückt geworden?«

Er hatte immerhin einiges zu verlieren, stand erst am Anfang seiner Karriere als Transmitterexperte, und er war selbstsicher genug, um berechtigte Hoffnungen auf einen glanzvollen Aufstieg hegen zu können. Das alles wegen einer Rebellin mit völlig unvernünftigen Ansichten aufgeben zu wollen war schierer Unfug.

Der Hunger lenkte Mervet von diesen Gedanken ab. Nachdenklich betrachtete er die Konzentratwürfel, steckte sie in den Behälter zurück. Er wusste nicht, wie lange dieser Ausnahmezustand anhalten würde. Vielleicht war es besser, ein paar der Würfel für spätere Notzeiten zurückzubehalten, für den Winter beispielsweise, wenn die Wälder nicht genug Nahrung hergaben.

Der Umstand, dass bis dahin noch einige Monate vergehen würden, wurde Mervet nicht bewusst. Außerdem reizte ihn der Versuch, einmal unter primitiven Bedingungen zu leben. Er wollte herausfinden, ob er dazu überhaupt in der Lage war. Pfeifend machte sich Mervet an die Arbeit. Er trug Holz für ein Feuer zusammen, sammelte einige Früchte, die er für essbar hielt, und schoss das erste Tier, das ihm über den Weg lief und so aussah, als könne man einen Braten daraus herstellen.

Das Ausweiden des geschossenen Tieres ekelte ihn an, aber er brachte die Arbeit trotz des Würgens in seiner Kehle zu Ende. Den Versuch, nur mit Holzstäben Feuer zu machen, gab er bald auf. Ein Schuss mit dem Strahler genügte, um das Holz sofort in Brand zu setzen.

Verglichen mit den Konzentratwürfeln schmeckte der Braten hervorragend, besonders in der Zwischenzone zwischen dem verbrannten und dem noch rohen Fleisch. Erst als er das Feuer gelöscht und die ungenießbaren Bratenreste fortgeworfen hatte, wurde ihm klar, dass er unter Umständen eine gehörige Portion Gift geschluckt hatte. Es hätte in den Beeren stecken können, im Fleisch oder im Rauch, der vom Feuer aufgestiegen war.

»Wir werden sehen«, murmelte Mervet und machte sich wieder auf den Weg.

Während er marschierte, versuchte er mehrere Male, Althea anzufunken, aber sie meldete sich nicht. Allmählich begann Mervet zu fürchten, dass ihr etwas zugestoßen war. Daher beschleunigte er sein Marschtempo, obwohl ihm klar war, dass es völlig aussichtslos war, nach ihr zu suchen, wenn er keinen Anhaltspunkt hatte, wo er sie vielleicht würde finden können.

Die große Ebene, in der die Stadt lag, wurde von Gebirgskämmen eingesäumt. Ein Ausläufer dieser Gebirgskette reichte in westöstlicher Richtung bis an den nördlichen Rand der Stadt. Auf der Karte war verzeichnet, dass es einen Pass gab, der durch den Ausläufer führte. Mervet war entschlossen, diesen Pass zu benutzen, wenn er noch existierte. Auf diese Weise konnte er vermeiden, Bezirke der Stadt durchwandern zu müssen, die vielleicht von einer der streitenden Parteien besetzt waren. Zielstrebig marschierte er auf den Pass zu.

Misstrauisch betrachtete Mervet die Umgebung. Die Erfahrungen der letzten Tage hatten ihn gelehrt, mehr als nur vorsichtig zu sein. Saruhl war ein Planet, auf dem alles, was sich bewegte, zur tödlichen Überraschung für Leichtsinnige werden konnte. Der Pass war leer, Mervet hatte es nicht anders erwartet. Es erstaunte ihn aber, dass er überhaupt kein Anzeichen für Leben finden konnte. Theoretisch hätten in dieser Höhe Bäume wachsen können, mindestens aber die für gebirgige Landschaften typischen Krüppelgewächse. Mervet sah nichts als graubraunes Felsgestein, nicht den geringsten grünen Fleck.

Das Dosimeter zeigte an, dass die Strahlung nur wenig über dem üblichen Durchschnitt lag, für die Verhältnisse Saruhls also erstaunlich niedrig. Auch das trug nicht dazu bei, Mervets Misstrauen zu zerstreuen. Er, der vor einigen Tagen noch als personifizierte Arglosigkeit galt, konnte förmlich wittern, dass der Pass eine Falle war. In den letzten Tagen hatte er so viele Überraschungen erleben müssen, dass ihm eine ruhige, friedliche Landschaft mehr Sorgen bereitete als der lebensgefährliche Wald, der sich rings um die Stadt erstreckte und genug heimtückische Überraschungen zu bieten hatte, um ein dickleibiges Handbuch damit zu füllen.

»Es hilft nichts«, murmelte Mervet. »Ich muss durch.«

Leicht fiel ihm dieser Entschluss nicht, aber er wusste, dass er keine andere Wahl hatte. Er hielt aber ständig die Hand an der Waffe, als er seinen Marsch fortsetzte, jederzeit bereit, sie zu ziehen und sich seiner Haut zu wehren. Der feine Staub, der auf dem felsigen Boden lag, kam in Bewegung. Kleinere Steine wurden knirschend unter seinen Stiefeln zermahlen. Dieses Geräusch und der leise, fast klagende Ton, mit dem der Wind durch die Felsen strich, waren die einzigen Klänge, die an Mervets Ohr drangen.

Plötzlich musste er lachen. Wahrscheinlich war seine Besorgnis nur eine überschießende Reaktion auf die Gefahren der letzten Tage. Er machte sich selbst etwas vor. Wenn es hier Gefahren gab, bestanden sie nur in seiner überreizten Fantasie ...

Der Schuss traf Mervet voll, aber der Schütze aus dem Hinterhalt hatte seinen Schocker offenbar auf mittlere Intensität eingestellt. Er spürte, wie seine Knie nachgaben, hilflos kippte er vornüber. Seine Glieder waren gelähmt, aber Mervet konnte noch hören und sehen. Zu hören war lange Zeit nichts, vor seinen Augen befand sich nur nackter Fels. Dann schob sich etwas Metallisches in Mervets Gesichtsfeld. Es handelte sich um den rechten Fuß eines Robots. *Roboter?*, dachte er. *Wo, bei Akon, kommen die jetzt her?*

Kräftige Metallhände griffen nach Mervet und hoben ihn hoch. Es mussten mindestens drei Maschinen sein, stellte er fest. Er konnte den verschiedenartigen Klang ihrer Schritte deutlich voneinander unterscheiden. Er ärgerte sich, dass er nicht sehen konnte, wohin man ihn schleppte. Zu gern hätte er gewusst, aus welchen Löchern die Robots gekrochen waren, vor allem aus dem naheliegenden Grund, dass er vermutlich bald darauf angewiesen sein würde, die Ein- und Ausgänge der Örtlichkeit zu kennen, zu der man ihn schleppte. Dass man ihn nicht betäubt hatte, um ihn zum Kaiser der Galaxis auszurufen, lag auf der Hand. Was immer auf ihn wartete, angenehm war es mit Sicherheit nicht.

Althea gab ihre Versuche auf. Zum fünften Mal hatte sie Mervet angefunkt, aber der junge Mann hatte sich nicht gemeldet. Verärgert hakte sie das Gerät am Gürtel fest. Den Weißen Berg und seine wenig angenehmen Bewohner hatte Althea hinter sich gelassen. In südöstlicher Richtung marschierte sie der Stadt entgegen. Etwas anderes war ihr nicht eingefallen.

Sie hatte wenig Lust, allein in der Wildnis zu leben. Die unerbittliche Spannung, zu der die Gefahren im Freien zwangen, zerrte an ihren Nerven. Was sie in der Stadt wollte, war ihr völlig unklar, aber sie spürte, dass sie inzwischen bereit war, beträchtliche Risiken einzugehen, um endlich wieder ein Bad nehmen und eine wohlschmeckende Mahlzeit essen zu können. Sie hatte sich notdürftig in einem Bach gewaschen, der sein eisig kaltes Wasser dem Fluss zuführte, aber mit den ausgedehnten Reinigungszeremonien, die sie zu Hause regelmäßig praktiziert hatte, ließ sich das nicht vergleichen.

Die Vorstellung, auf Saruhl zu bleiben, die ihr anfangs so verlockend erschienen war, dass sie sich den Rebellen angeschlossen hatte, hatte nun bei Weitem nicht mehr die frühere Faszination. Sie hatte es sich anders vorgestellt, auf einer Welt zu leben, die nicht durch endlose Stadtsiedlungen und Fabrikationsanlagen zersiedelt war.

»Du kannst ja bei Dankor-Falgh um Gnade winseln«, murmelte sie selbstironisch. Leider gab es kein Zurück mehr für sie, sie musste auf Saruhl bleiben, es sei denn, es ereigneten sich einige Wunder. Aber Althea war zu sehr wissenschaftlich-logisch orientiert, um daran glauben zu können. Trotz aller Kenntnisse fühlte sich Althea ausgesprochen unbehaglich, während sie sich langsam der Stadt näherte. Die vielfältigen Geräusche, die den Wald erfüllten, beunruhigten sie. Es traf sie wie ein Schock, als sie die Stimme hörte.

»Hallo!«

Es war eine angenehme, freundliche Stimme, aber beim ersten Hören konnte Althea nicht bestimmen, ob der Sprecher ein Mann oder eine Frau war.

»Bleib doch stehen.«

Unwillkürlich blieb Althea stehen, aber sie griff sofort zur Waffe. Sie rätselte, mit wem sie es zu tun hatte. Die Stimme hatte sehr jung geklungen, aber Althea konnte sich nicht erinnern, dass zum 14. Demontagegeschwader Jugendliche gehörten.

»Du bist hübsch«, sagte die Stimme. »Und klug.«

Althea begann zu grinsen. Wollte der geheimnisvolle Sprecher mit ihr flirten, hier, in diesem von Unheimlichkeiten und Scheußlichkeiten wimmelnden Wald rings um die Stadt? »Wieso bin ich klug?«

»Ich mag dich. Du gefällst mir. Wir werden sicher gute Freunde werden.« Auf Altheas Frage ging der Sprecher überhaupt nicht ein. Wieder erklang die Stimme. »Ich bin erfreut, Ihre Bekanntschaft zu machen.«

Langsam keimte Misstrauen in ihr auf. Dieser Dialog war um einiges absurder und dümmer als das übliche Geschwätz auf großen Empfängen, bei denen eine Unterhaltung mit dem gefüllten Glas erkenntnisreicher sein konnte als das Gerede des Nachbarn.

»Darf ich mich vorstellen?«

»Nur zu.« Althea drehte sich langsam um ihre Längsachse, aber von dem kuriosen Sprecher war nichts zu sehen. Sie konnte nicht einmal Schritte hören. Zog der Unbekannte es vor, sich zu verstecken? Sie kombinierte, dass es sich wahrscheinlich um einen Nachfahren jener Akonen handelte, die vor langer Zeit auf Saruhl zurückgeblieben waren. Vielleicht hatte er dank glücklicher Umstände seine Intelligenz bewahren können, war dafür aber körperlich mutiert und scheute sich jetzt, ihr gegenüberzutreten. Als der Sprecher sichtbar wurde, wusste sie sofort, dass sie sich geirrt hatte.

Das Wesen war erheblich größer als sie selbst. Es sah einer Kugel ähnlich, deren Oberfläche von Hunderten langer dünner Gliedmaßen bedeckt war, die sich rhythmisch bewegten. Von dem eigentlichen Körper war fast nichts zu sehen. Mit erstaunlicher Geschwindigkeit kam das Wesen näher.

»Es ist mir ein Vergnügen«, sagte das Wesen, ohne dass Althea ein Organ hätte erkennen können, das die Worte geformt und ausgestoßen hatte.

»Bleib stehen.« Sie hob ihre Waffe.

»Sehr angenehm«, sagte das Wesen.

Eine bläuliche Masse flog Althea entgegen und traf ihre Waffenhand. Ein Schuss löste sich, jagte aber wirkungslos in die Luft. Sie versuchte, ihre Hand zurückzuziehen, aber die blaue Masse klebte fest. Ein langer, dünner Faden verband die klebrige Masse mit dem Körper der Gliederkugel. Neue Fäden schossen auf die junge Frau zu, legten sich um ihre Beine und ihren Rumpf. Althea spürte, wie sich das Material zusammenzog und ihre Beine zusammenschnürte. Sie verlor das Gleichgewicht und fiel vornüber, schüttelte sich vor Ekel, als das Wesen rasch näher kam und sie mit immer neuen Fäden sorgfältig einspann. Nur den Kopf ließ die Kugel frei. Althea konnte fühlen und sehen, wie sie in die Höhe gehoben und abtransportiert wurde. Zweige peitschten in ihr Gesicht, als das Wesen sie rücksichtslos durch das Unterholz schleppte. Ein dünner Blutfaden sickerte über Altheas Stirn, als sie nach einer endlos lang erscheinenden Zeit wieder abgesetzt wurde.

»Hallo«, sagte die Kugel. »Bleib doch stehen.«

Es war Zufall, dass Althea sehen konnte, wie sich die Kugel langsam von ihr entfernte. Während sie versuchte, sich aus der Fesselung zu befreien, hörte sie, wie die Kugel fast die gleichen Worte, mit denen sie übertölpelt worden war, wiederholte. Offenbar beherrschte die Kugel die Sprache nur unvollkommen, aber sie erreichte damit ihr Ziel. Kurz darauf kehrte die Spinnkugel zurück, hatte ein zweites Opfer gefunden und mit der gleichen Präzision in einen blauweißen Kokon eingesponnen.

»Ich bin sehr erfreut«, sagte die Gliederkugel, als sie ihre neue Beute neben Althea ablegte.

Altheas Theorie über die Abstammung der Gliederkugel brach zusammen. Die Kugel wiederholte die Worte und Sätze rein mechanisch, ohne zu begreifen, was sie sagte. Irgendwie hatten sich die Laute durch die Zeiten gerettet, vielleicht weil die Vorfahren der Gliederkugel festgestellt hatten, dass diese Klänge eine beruhigende Wirkung auf die zu erwartende Beute hatten. Sie benutzte sie wie ein Jäger den Lockruf des Wildes, das er schießen wollte. Wichtig war, dass die Beute darauf hereinfiel, die genaue Bedeutung des Lockrufs war nebensächlich.

Althea unternahm einen letzten Versuch, bat flehentlich: »Lass mich frei!«

»Es wird mir ein Vergnügen sein«, gab die Spinnkugel zurück und hob Althea hoch. Augenblicke später lag auch die zweite Beute auf der Spinnkugel.

Althea sah eine gelben, scharf geschnittenen Schnabel, der verzweifelt auf- und zuklappte, darüber zwei wütend funkelnde, gelbgrüne Augen. Das Gefieder der vogelähnlichen Kreatur, von der sie nur den Kopf sehen konnte, schimmerte wie metallisches Kupfer. Offenbar verfing der Lockruf nicht nur bei Akonen. Soweit ihre Fesselung das zuließ, versuchte Althea, ihren Körper aus dem Bereich herauszuhalten, den der Vogelköpfige mit seinem Schnabel erreichen konnte.

Die Einstellung, auf die unausweichlich erscheinende Fahrt ins Jenseits so viele Begleiter wie möglich mitzunehmen, gleichgültig, um wen oder was es sich handelte, beschränkte sich zwar im Allgemeinen auf humanoide Lebensformen, aber Althea konnte nicht wissen, wie viel davon aufgrund der Mutation auch in dem Vogelköpfigen vorhanden war.

Althea begann fast an ihrem Verstand zu zweifeln, als die Spinnkugel zu singen begann. War die Kugel wirklich so intelligent und grausam zugleich, oder war es wieder einmal purer Zufall, dass die Spinnkugel ein uraltes Wiegenlied sang, dessen Herkunft sich in unerforschter Vorzeit verlor? Felsen gerieten in Altheas Blickfeld, dann wurde es sehr rasch dunkel. Sie begriff, dass sie – gerade erst den Höhlen im Weißen Berg entronnen – erneut unter die Oberfläche verschleppt wurde. Angst stieg in ihr auf – Angst vor dem, was sie erwartete.

Das unregelmäßige Stampfen und Klappern der Robotfüße zerrte an Mervets Nerven, dazu kam die Hilflosigkeit, die ihn gefangen hielt. Es würde geraume Zeit vergehen, bis er seine Gliedmaßen wieder würde kontrolliert einsetzen können, und ihm stand noch die wenig angenehme Zeit bevor, in der sich die Schockerstarre langsam und schmerzvoll löste. Die Robots legten Mervets reglosen Körper auf dem Boden ab. Dass er sich bei dem unsanften Absetzen fast das Nasenbein brach, kümmerte sie nicht. Mervet konnte hören, wie sie sich entfernten, dass ihre Schritte leiser und leiser wurden und schließlich ganz verklangen.

Er versuchte, sich anhand der Geräusche zu orientieren. Am lautesten waren der schnelle, hämmernde Schlag seines Herzens und das Keuchen, mit dem er Atem holte. Davon fast verdeckt wurde ein dumpfes Brummen, das stets die gleiche Lautstärke und Tonhöhe behielt. Es lag nahe, darin die Arbeitsgeräusche von Maschinen zu vermuten, und diese Maschinen mussten demnach noch funktionstüchtig sein. Mervet wusste, dass kein normales Aggregat ununterbrochen arbeitete, wenn es nicht gewartet wurde. Lediglich einige hoch spezialisierte Maschinen liefen notfalls einige tausend Jahre ohne jede Aufsicht.

Dazu zählten beispielsweise die Transmitterwächter und die Transmitteranlagen selbst. Alle anderen Maschinen schalteten sich nach einiger Zeit von selbst ab und verfielen in eine Art robotischen Schlaf, aus dem sie rasch wieder erweckt werden konnten. Die Rückkopplungssysteme waren perfekt, es konnte nicht etwa geschehen, dass eine Wasserpumpe, die einen subplanetarischen Stützpunkt zu versorgen hatte, einfach weiterarbeitete und die Anlage überflutete. Sobald die Tanks gefüllt waren, schaltete sich die Pumpe aus. Sie wurde erst wieder aktiv, wenn der Wasserspiegel in den Tanks unter ein vorher bestimmtes Minimum gesunken war. In ähnlicher Weise waren auch andere Anlagen gegen Überfunktion gesichert.

Die Arbeitsgeräusche, die Mervet hörte, ließen nur den einen Schluss zu, dass es hier intelligentes Leben gab, das sich der alten akonischen Maschinen bediente. Mervet wollte den Gedanken weiterspinnen und ihn in allen Konsequenzen beleuchten, aber er kam nicht dazu. Die erste

Schmerzwelle der weichenden Schockerstarre ließ ihn aufstöhnen. Es fühlte sich an, als würde jede Nervenfaser in siedendem Öl gebadet. Eine ganze Weile musste Mervet diese Tortur über sich ergehen lassen, bis die Schmerzen so schwach geworden waren, dass er sich wieder bewegen konnte, ohne bei jeder Anspannung eines Muskels das Gesicht verziehen zu müssen.

Mervet stand auf und prüfte seine Ausrüstung. Noch war alles vorhanden, die Waffe, das Messer, Funkgerät, Medokasten, das Päckchen mit den Nahrungskonzentraten und die anderen Kleinigkeiten, deren Fehlen oft verhängnisvoll werden konnte. Mervet sah sich um. Er stand in einer Kammer, die aus dem massiven Fels herausgeschlagen worden war. Welchem Zweck der Raum diente, war unklar. Es gab keinerlei Einrichtungsgegenstände, die einen Hinweis hätten geben können, nur eine Leuchtröhre, die den Raum erhellte.

»Ziemlich kärglich.« Mervet entschloss sich, diese Örtlichkeit so bald wie möglich zu verlassen. In der Kammer zu bleiben war ohnehin völlig sinnlos. Also verließ er den Raum und trat auf den Gang. Auch er war aus dem Fels herausgeschlagen worden, etwas uneben und ausreichend beleuchtet. Bewegung oder gar Leben war nicht zu erkennen. Mervet zögerte einen Augenblick. Er hatte seine Zweifel, ob man ihm gestatten würde, das subplanetarische Labyrinth wieder zu verlassen. Man fing keinen Mann ein, um ihn später einfach fliehen zu lassen. »Also kopfüber ins Abenteuer.«

Er orientierte sich an den Maschinengeräuschen und schritt den Gang entlang. Der Weg schlängelte sich durch den Fels, von einer rationellen Planung konnte keine Rede sein. Jedenfalls konnte sich Mervet nicht erinnern, dass es auf von Akonen besiedelten Welten jemals so konfuse Konstruktionen gegeben hätte. Meist waren solche Anlagen rechtwinklig gebaut, manchmal strahlenförmig, von konzentrischen Kreisen durchschnitten, aber ein derartiges Auf und Ab, Hin und Her war mehr als ungewöhnlich.

Dann stieß Mervet auf die ersten Roboter. Er brauchte einige Zeit, bis er die Modelle identifiziert hatte. Es handelte sich um Arbeits- und Wartungsroboter aus Serien, die schon vor Urzeiten aus der Fertigung genommen worden waren. Schwerfällige Maschinen mit ungewöhnlich klobigen Bein- und Armkonstruktionen, ausgerüstet mit längst veralteten Positroniken, nur beschränkt verwendungsfähig und hochgradig störanfällig. Es erschien Mervet fast wie ein Wunder, dass die Roboter offenbar immer noch funktionierten.

»Sie bewegen sich noch«, murmelte der junge Mann. »Ob sie noch funktionieren, ist eine ganz andere Frage.«

Zumindest Schocker konnten die Maschinen handhaben, das wusste Mervet aus eigener Erfahrung. Was andere Arbeiten anging, hatte er große Zweifel. Es war nicht zu übersehen, dass der größte Teil der Maschinen mehr oder minder stark beschädigt und anschließend mit mehr Fantasie als Sachkenntnis repariert worden war. Mervet konnte einen Massagerobot sehen, der einer anderen Maschine auf den Leib rückte, um sie zu reparieren. Zum Lösen einer Schraube verwendete der Robot die abgebrochene Zinke einer Gabel. Er hatte sie offenbar der Ausrüstung des beschädigten Kollegen entnommen, der früher einmal Speisen serviert und aufgeschnitten hatte. Jetzt entsprachen seine angekoppelten Werkzeugarme der Ausstattung eines Servos.

Mervet hätte auflachen mögen. Die Szenerie hatte etwas ungemein Skurriles, aber er wusste, dass dieses Bild nicht der Fantasie eines Spötters entsprungen war, sondern auf ganz anderen Voraussetzungen beruhte. Wenn es etwas gab, vor dem sich Mervet besonders fürchtete, waren es stark beschädigte Roboter, besonders dann, wenn sich diese Beschädigung bis in die Regel- und Steuerungsprozesse erstreckte. Ein positronisch geschädigter Robot glich einer atomaren Kleinbombe in der Hand eines neugierigen Säuglings.

Eine Zeit lang betrachtete Mervet das Spektakel. Roboter liefen planlos durcheinander, reparierten sich gegenseitig und lädierten zu diesem Zweck andere, die daraufhin ebenfalls reparaturbedürftig wurden – ein Kreis ohne Ende. Aus dem Durcheinander lösten sich zwei metallische Gestalten. Mervet erkannte Wachroboter, die zu seinem Leidwesen einen noch sehr intakten Eindruck machten, vor allem die offenbar entsicherten Strahler in den dafür vorgesehenen Halterungen. Sprechöffnungen hatten die Maschinen nicht, aber ihre Gestik war mehr als deutlich.

Mervet zuckte mit den Schultern und folgte. Sie führten ihn durch ein labyrinthartiges System von Gängen und Räumen, die teils leer standen, teils mit verwirrenden Apparaturen vollgestopft waren. Die gesamte Anlage machte einen völlig chaotischen Eindruck.

Ein weiträumiger Saal bildete das Ziel des Marsches. Unwillkürlich zuckte Mervet zusammen. Es handelte sich um eine riesige Lagerhalle, fast hundert Meter lang und mindestens zwanzig Meter hoch. Die Breite schätzte Mervet auf annähernd fünfzig Meter. So weit er sehen konnte, war der verfügbare Platz mit Robotern vollgestopft. Wohin er sah, blinkte ihm Metall entgegen. Die Maschinen lagen so dicht aufeinander, wie dies technisch überhaupt möglich war. Zum weitaus größten Teil handelte es sich um Kampfroboter. Einzelheiten konnte Mervet nicht erkennen, aber selbst wenn diese Maschinen nur beschränkt einsatzbereit waren, lag hier eine gewaltige Armee einsatzbereit und wartete auf den entscheidenden Aktivierungsimpuls.

Ein langer schmaler Gang führte zwischen den gestapelten Robots durch. An seinem Ende befand sich ein erhöhter Sitzplatz. Im Näherkommen sah Mervet, dass der Thron von einer Gestalt besetzt war. Auf diese Gestalt wurde er zugeführt.

Die Spinnkugel pfiff fröhlich, als sie ihren Unterschlupf verließ. Althea konnte sie nicht sehen, wohl aber hören, und sie seufzte erleichtert, als das Pfeifen nicht mehr zu vernehmen war. Neben ihr erklang das hässliche Schnabelklappern des Vogelköpfigen, der es ebenso wenig wie Althea vermocht hatte, sich aus dem Kokon zu befreien.

Althea wusste nicht, wo sie sich befand, aber sie wusste sehr wohl, dass sie hier nicht bleiben durfte. Während der endlos lang erscheinenden Zeit, in der sie von der Spinnkugel umhergeschleppt worden war, hatte sie sich einen Plan zurechtgelegt. Ihr Vorhaben war nicht ungefährlich und barg zahlreiche Risiken, aber es war immerhin aussichtsreicher, als einfach zu warten, bis die Spinnkugel zurückkehrte, um entweder an ihr oder an dem Vogelköpfigen ihren Nahrungsbedarf zu decken.

Althea war fast bewegungsunfähig, aber ein winziger Rest Freiheit war ihr geblieben. Sie zerrte und ruckte, spannte die Muskeln an und versuchte sich herumzuwerfen. Zwar bewegte sie sich auf diese Weise nur millimeterweise, aber sie bewegte sich. Nach einer Weile angestrengter Arbeit musste sie die erste Pause einlegen. Der Schweiß lief ihr über das Gesicht, und im Innern des Kokons war es so warm, dass ihre Kleidung vom Schweiß tropfnass geworden war.

Wieder nahm Althea ihre verzweifelten Rettungsversuche auf. Sie brauchte lange, unterbrochen von zwei weiteren Erschöpfungspausen, bis sie ihr erstes Teilziel erreicht hatte. Das Klappern erklang jetzt unmittelbar neben ihr, sie konnte sogar den schwachen Luftzug spüren, den die hektischen Bewegungen des Vogelköpfigen hervorriefen.

»Los, alter Freund«, keuchte Althea. »Jetzt darfst du beißen.«

Etwas später lag sie so neben dem Vogelköpfigen, dass sein Schnabel ihren Oberkörper und vor allem ihre eng an den Körper gefesselten Hände berühren konnte. Auf die Solidarität ihres Mitgefangenen konnte Althea nicht hoffen, sie zählte auf seine Aggressivität, und sie behielt recht. Wütend biss und hackte ihr Leidensgefährte auf die zähe, elastische Masse ein, die Althea von den Füßen bis zum Hals einschnürte. Sie schrie unterdrückt auf, als die scharfen Kanten des Schnabels die Kokonmasse durchtrennten und dabei einige Fetzen aus Altheas Haut rissen. Aber der Schmerz verging rasch, als Althea fühlen konnte, dass sie sich etwas mehr bewegen konnte als zuvor. »Weiter!«, stieß sie hervor. »Beeil dich!«

Es lag auf der Hand, dass der Vogelköpfige sie nicht verstand. Die Worte sollten ihr selbst Mut machen. Stück um Stück zerbiss ihr Mitgefangener die Fesseln. Althea holte tief und erleichtert Luft, als sie ihre Hände wieder bewegen konnte. Zwar schmerzte es, als das Blut wieder in die Gliedmaßen floss, aber die Gefahr, in der sie immer noch schwebte, ließ sie den Schmerz sehr rasch vergessen. Hastig zog sie das Messer aus dem Gürtel und befreite sich vollständig.

Althea stand auf und schaltete den Handscheinwerfer ein. Der Vogelköpfige schloss geblendet die Augen und stieß ein Krächzen aus. Sie biss sich leicht auf die Unterlippe. Was sollte sie jetzt tun? Folgte sie ihrem Gefühl, musste sie den gefangenen Mutanten befreien, schließlich verdankte sie ihre neu gewonnene Freiheit nicht zuletzt ihm. Ihr Verstand sagte ihr, dass der Vogelköpfige Begriffe wie Dankbarkeit nicht kannte und über sie herfallen würde, sobald sich dazu eine Möglichkeit bot.

Sie kniete sich neben dem Vogelköpfigen auf den Boden und begann seinen Kokon mit dem Messer zu bearbeiten. Zweimal versuchte der Mutant, nach Althea zu hacken, dann blieb er still liegen. Offenbar hatte er trotz seiner geringen Intelligenz begriffen, dass sie ihm helfen wollte. Althea hatte den größten Teil des Kokons zerstört, als in der Ferne wieder ein freundliches Pfeifen zu hören war. Die Spinnkugel kehrte in ihren Bau zurück.

»Jetzt musst du dir selbst helfen«, sagte Althea und stand auf.

Es hatte keinen Sinn, der Spinnkugel entgegenzulaufen. Althea drang tiefer in die Höhle ein in der Hoffnung, irgendeinen Platz zu finden, wo sie der Spinnkugel eine Falle stellen konnte.

Althea lief los. Der Handscheinwerfer leuchtete den Gang aus, er führte langsam in die Tiefe. Hinter ihr erklang ein wütendes Krächzen, dann ein raubtierhaftes Fauchen. Offenbar hatte ein Kampf zwischen der

Spinnkugel und ihrem Opfer begonnen. Althea hatte keine Zeit, sich darum zu kümmern, wie dieser Kampf ausgehen würde, sie musste zusehen, dass sie sich so schnell wie möglich entfernte. Der schrille Schrei, der zu ihr herübergellte, stammte wahrscheinlich von der Spinnkugel. Althea grinste vergnügt. Wenn ihr der Vogelköpfige die Arbeit abnahm, konnte es ihr nur recht sein.

Für einen Augenblick war Althea abgelenkt, und in ebendiesem Augenblick erreichte sie den Schacht. Er führte ziemlich steil in die Tiefe, und ehe sie reagieren konnte, rutschte sie bereits ab. Mit steigender Geschwindigkeit glitt sie auf dem Schachtboden in die Tiefe ...

Er sah aus wie ein Akone, aber er war ein Roboter. Genauer gesagt, er hatte einmal einem Akonen ähnlich gesehen, aber von dem Gewebe, mit dem man Muskeln und Haut angedeutet hatte, war der größte Teil zerstört. Eine merkwürdige grüne Flechte hatte sich auf dem durchschimmernden Metall des Robotkörpers ausgebreitet. Einen ähnlichen Bewuchs hatte Mervet schon bei anderen der Maschinen festgestellt. Eigentlich bei allen ...

»Khon ha Burot bin ich, der Herr über Saruhl und alles, was darauf lebt«, sagte der Robot feierlich.

Mervet, der am Fuß des Thrones stand, musste den Kopf in den Nacken legen, um das metallene Gesicht des Herrschers sehen zu können. Was er erkannte, waren der annähernd eiförmige Grundkörper, eine halbe Nase und ein durchlöchertes Ohr auf der linken Gesichtshälfte. Auf der rechten Seite war das Plastikgesicht besser erhalten, aber auch hier gab es hässliche Schäden.

Mervet lächelte verzerrt. Dass eine Maschine sich zum Herrn eines Planeten aufschwang, war eine positronische Ungeheuerlichkeit. Eigentlich waren solche Defekte ausgeschlossen, die Programmierung wurde selbsttätig gelöscht, wenn ein Robot Anfälle dieser Art hatte. Diese Automatsperre galt als narrensicher und war ihrerseits mehrfach gegen Beschädigungen und Defekte gesichert. Mervet fand nur eine halbwegs plausible Erklärung für das Phänomen.

Bei der Zerstörung des Großreaktors musste eine beachtliche Menge von Positronen frei geworden sein. Zwar hatten diese Teilchen keine lange Lebensdauer, wenn sie spontan entstanden, aber die Dosis konnte ausreichen, um einen Roboter, der sich in der Nähe des Explosionszentrums befand, völlig zu vernichten. Möglich war aber auch, dass die Positronenschauer im Hirn des Roboters sämtliche Schaltungen durcheinanderbrachten – der Robot wurde wahnsinnig. Ganz offenkundig litt Khon ha Burot an einer solchen positronischen Geisteskrankheit – allein die Tatsache, dass er sich offenbar als Persönlichkeit empfand und sich einen Namen zugelegt hatte, sprach für diese Vermutung.

Die Folgen waren naturgemäß verheerend. Ein verrückter Akone konnte noch lichte Momente haben, ein fehlgeschalteter Robot aber reagierte auf den gleichen Reiz mit stets der gleichen Fehlreaktion. Die Programmierung zwang ihn dazu, gleichgültig, ob sie so vorgesehen oder durch einen Defekt entstanden war. Ihm gut zuzureden war aussichtslos, er ließ sich nicht zur Vernunft bringen. Lediglich einige Fachleute brachten es fertig, durch gezielte Fragen eine wunde Stelle in der gestörten Robotpersönlichkeit zu finden, ein Problem, für das der gesunde und der gestörte Teil der Programmierung zwei verschiedene, einander entgegengesetzte Lösungen boten. Dann brach der defekte Robot zusammen.

Das Unangenehme an Mervets Situation war, dass er von Robotpsychologie nicht die geringste Ahnung hatte. Seine Kenntnisse beschränkten sich darauf, Befehle zu geben und im Notfall den betreffenden Robot einfach abzuschalten. »Ich komme nicht von Saruhl.«

»Das ist nebensächlich. Du lebst hier, also bin ich dein Herr.«

Mervet ließ sich durch dieses Argument nicht beeindrucken. Offenbar waren jene Schaltungen defekt, die bei akonoid verkleideten Robots dazu bestimmt waren, wenigstens einen annähernden Gesichtsausdruck zu imitieren. Nicht einmal die Demutsschaltung, die die meisten Akonen für besonders wichtig hielten, funktionierte noch. »Was soll ich tun?«

Vielleicht bekam er einen Auftrag, der ihn an die Oberfläche führte, wo er dem verrückten Robot und seinen Helfern entwischen konnte.

»Ich langweile mich«, behauptete Khon ha Burot. »Wir langweilen uns unsäglich.«

Wir? Mervet stutzte. War die ohnehin fast unerklärliche Persönlichkeitsstruktur des Robots zu allem Überfluss auch noch gespalten? Er kam nicht dazu, sich weiter mit dieser Frage zu beschäftigen. Zwei Wachroboter näherten sich ihrem Herrn. Sie schleppten ein unansehnliches Bündel, irgendeine dunkelbraune Masse, mit blauen Streifen überzogen. Erst als sich das Bündel zu bewegen begann, erkannte Mervet, dass es sich um einen Akonen handelte, und als sich die Person aufrichtete, erkannte er Althea. Sie machte einen völlig erschöpften Eindruck und war offensichtlich sehr deprimiert.

»Herzlich willkommen«, sagte er bitter. »Dies hier ist Khon ha Burot, unser neuer Herr und Gebieter.«

Er deutete auf den Robot, der unbeweglich auf seinem Thron saß. Ihm fiel plötzlich ein, dass sich die Maschine bis jetzt nicht um Haaresbreite bewegt hatte. Althea riss erstaunt die Augen auf, als sie Mervet erkannte – und sackte kraftlos zusammen.

»Kann ich mich um meine Partnerin kümmern?«, erkundigte er sich. »Sie ist erschöpft, und ich bin es auch.«

»Ihr könnt gehen. Sobald ihr eure Energiezellen wieder aufgeladen habt, meldet ihr euch wieder bei mir.«

Mervet lächelte verzerrt, zog sich zurück. Die ohnmächtige Althea trug er auf der Schulter. Merkwürdigerweise verzichtete Khon ha Burot darauf, sie von seinen Wächtern begleiten zu lassen.

Ziellos wanderte Mervet durch die Räume, bis er etwas gefunden hätte, was sich mit einiger Mühe als Wohnraum bezeichnen ließ. Er sah einen halbwegs intakten Robot vorbeiwanken und rief ihn heran. Zu seinem Erstaunen gehorchte die Maschine. »Bring mir zwei weiche Unterlagen.«

»Weich, Herr?« Der Sprachmodulator war dringend reparaturbedürftig, Mervet konnte die Antwort kaum verstehen, brauchte eine Weile, bis er der Maschine klargemacht hatte, was er wollte. Der Robot verschwand. Nach erstaunlich kurzer Zeit erschien er wieder und lieferte zwei Schaumstoffblöcke bei Mervet ab.

Kurz darauf waren Mervet und Althea eingeschlafen. Niemand störte sie.

7.

Für Ziponnermanx war innerhalb eines Tages das Chaos ausgebrochen. Zu viel drang auf ihn ein. Alle Sehnsüchte, die er längst tief begraben glaubte, brachen plötzlich wieder hervor und waren so jung und ausschließlich wie damals. Als er versuchte, einen der Fremden zu übernehmen, wie er es gewohnt war, wurde er zurückgeschmettert.

Er hatte die vier Eindringlinge ganz einfach in seine Gewalt gebracht und versuchte jetzt, zwei Dinge zu tun: ihnen zu schildern, dass er harmlos war und nichts anderes wollte, als durch den Transmitter zurück ins Versteck zu gehen – und er musste einen von ihnen benutzen, weil er sich nicht mehr bewegen konnte. Nicht mit seinem alten Körper.

Er versuchte ein zweites Mal, einen multiplen Organismus zu bilden. Wieder wurde er zurückgeworfen. Zum zweiten Mal! Es war der nächste Schock, der ihn traf. Zwei Fremde, die ihm widerstehen konnten. Er war vollkommen verwirrt. Aber der dritte Körper – er war zunächst versucht gewesen, die Frau zu übernehmen – weigerte sich nicht!

Der Verstand des Wesens Halgarn war offen. Ziponnermanx schlüpfte in diese Organismengruppe und fühlte sich dort ebenso sicher wie in der Odria oder in dem Gehirn und Körper des Adyh. Während er versuchte, allen vier Fremden seine leidvolle Geschichte zu Ende zu erzählen, suchte er nach Informationen, die er brauchte. Er hatte diese Technik bisher nur an Tieren und Pflanzen ausprobieren können. Natürlich waren sie in der Lage, ihm Informationen zu liefern, aber jeder Eindruck war nach den Bedingungen des Tieres gefärbt und eingeschränkt. Hier entdeckte Ziponnermanx einige wichtige Gruppen von Blöcken, die er nach und nach analysierte.

Das Wesen Halgarn war durstig, hungrig, unausgeschlafen und wütend über die Behandlung, der es unterworfen wurde. Er wollte einen Befehl ausführen, den er von einem anderen Fremden mit Namen Akon-Akon hatte.

Akon-Akon! Akon ...

Alles, was hier passierte, hielt ihn davon ab. Akon-Akon mit dem Kerlas-Stab wartete im Transmittergebäude. An diesem Punkt der Nachforschungen wurde Ziponnermanx von einer rasenden Erregung gepackt.

Der Kerlas-Stab!

Akon-Akon! Kerlas-Stab!

Er forschte weiter nach und entdeckte mühelos das Bild dieses heiligen Geräts, jenes Zeichen des Lebens und der Macht. Der Kerlas-Stab war für ihn der Schlüssel zur Rückkehr! Er musste ihn haben! Nur mit ihm würde es gelingen, den Transmitter zu justieren und ins Versteck zurückzukehren. Er holte noch mehr Informationen aus Halgarn, bis sein Plan fertig war. Er würde das breite Spektrum der Möglichkeiten benutzen, die ihm Foppon, Zaterpam und die Fähigkeit als MULTIPLER gaben ...

... und Halgarn stürzte wie ein Rasender aus dem Gebäude, sah sich um. Die Sonne berührte bereits die Gipfel der am Horizont stehenden Bäume und tauchte hinter die zackigen, bröckelnden Ruinen. Während er sich orientierte, schaltete er das Funkgerät ein und rannte los.

»Ich rufe Akon-Akon! Transmitterstation, bitte melden!«, rief er und lief den Weg zurück, auf dem sie gekommen waren. Halgarn schien jeden Stein zu kennen, denn er setzte seine Schritte außerordentlich genau. Der in ihm herrschende Drang schien nicht daran zu denken, dass er auch das Flugaggregat seines Schutzanzugs hätte einsetzen können.

»Endlich! Warum habt ihr euch nicht früher gemeldet ...?«, schrie die Stimme Akon-Akons.

»Atlan, Fartuloon und Karmina sind verunglückt! Eine Mauer hat sie erschlagen!« Halgarn hastete auf die große Kreuzung zu. Vor seinen hallenden Schritten flüchteten unzählige kleine Tiere. Ein Schwarm dunkler Vögel begleitete ihn einige Augenblicke und löste sich auf.

»Wie konnte das passieren? Wo bist du, Halgarn?«, rief Ra laut dazwischen. Der Barbar war offensichtlich in einer Stimmung, die Erregung mehr ähnelte als Trauer. Aber Halgarn glaubte, dass er es ihnen allen richtig erklären konnte. Er rannte weiter und bog auf die breite, gekrümmte Straße ein, die genau auf den großen Transmitter zuführte.

»Ich bin in gleich bei euch. Die Mauer war alt und brüchig«, gab Halgarn zurück. Seine Muskeln gehorchten ihm in einer Weise, wie er sie nie gekannt hatte. Er flog förmlich über die Bruchstücke der alten Straße dahin, während die Schatten länger wurden und sich das Aussehen der beiden riesigen Säulen änderte.

»Der Transmitter wird bald betriebsbereit sein«, gab Akon-Akon zurück. »Soll ich jemanden schicken, der Atlan und die anderen herausholt?«

»Nein!«, rief Halgarn. »Tonnen von Gesteinsbrocken und ein paar Säulenreste liegen auf ihnen. Es ist sinnlos. Sie sind tot!«

»Verstanden.«

Halgarn wusste, dass er unter der Kontrolle eines fremden Verstandes stand. Diese Kontrolle des MULTIPLEN war vollkommen. Sie umfasste die geringsten Zellgruppen, machte ihn vollkommen willenlos. Gleichzeitig spürte er, dass sein Körper viel rationeller ausgenutzt wurde. Noch niemals in seinem Leben hatte er ein solch direktes Gefühl gehabt. Er glaubte, in direkter Verbindung mit jedem einzelnen Muskel zu stehen.

Er rannte dahin, kam an der Quelle vorbei und sah bald die dunkle Mauer des Transmittergebäudes, den Abhang aus Trümmersteinen und die Öffnungen, die zwischenzeitlich geschaffen worden waren. Einige Pflanzen waren umgehauen und Tore weit aufgerissen und aufgeschoben. Vor dem Eingang stand Vorry, der Magnetier.

»Wann ist das passiert?«, war seine erste Frage. Halgarn drängte sich an ihm vorbei, aber eins der eisenharten Gliedmaßen packte ihn und hielt ihn fest.

Der Arkonide hob die Schultern. »Eben, ganz plötzlich. Störung im Funkgerät, dann krachte die Mauer zusammen.«

»Warum lebst du noch?«

»Weil ich zwei Meter von Fartuloon entfernt war und gerade nicht mehr getroffen wurde.«

Vorry gab ihn frei. Halgarn wusste, dass sich der Rest Bewusstsein, über den er noch verfügte, nicht gegen den kontrollierenden MULTIPLEN stellen konnte. Er ging durch den Saal auf die aktivierten Schaltpulte zu. Überall beugten sich Mitglieder der kleinen Expedition über die Anzeigen, sprachen miteinander und führten Probeschaltungen durch. Scheinwerfer waren eingeschaltet worden.

Es ist fast wie in alten Zeiten, als dieser Transmitter der gesellschaftliche Mittelpunkt und ein Endpunkt einer wichtigen Kommunikationsverbindung gewesen war, dachte er. Nein, nicht er dachte es, sondern das Fremde, das sich in ihm ausgebreitet hatte.

Akon-Akon sprang auf, lief die wenigen Schritte auf Halgarn zu und fragte scharf: »Wie konnte es zu dem Unfall kommen? Ich habe euch befohlen, vorsichtig zu sein.«

Halgarn schüttelte langsam den Kopf. »Du kannst den alten Mauern nicht befehlen, stehen zu bleiben. Ich habe keine Ahnung, warum gerade jene Mauer zusammenbrach und umkippte!«

»Sie sind tot? Es kann nichts mehr getan werden?« Der Junge hob langsam den Kerlas-Stab.

»Nichts mehr«, bestätigte Halgarn leise.

Akon-Akon warf ihm einen Blick zu, den das Bewusstsein des MUL-TIPLEN nicht deuten konnte. Halgarns Augen konzentrierten sich auf den Kerlas-Stab. Hier war der Schlüssel zur Rückkehr ins Versteck. Wer ihn hatte, verfügte über die Macht. Was war zu tun? Es gab nur eine einzige Möglichkeit, die er, Ziponnermanx, beherrschte. Er wandte die Technik an, konzentrierte sich auf das Wesen vor ihm, versuchte blitzschnell, eine neue Organismengruppe zu bilden. Es war ein Versuch, mit aller Energie ausgeführt, über die der Wächter verfügte. Aber zum dritten Mal spürte er den chaotischen Schock, mit dem sein Bewusstsein zurückgeschleudert wurde. Es landete wieder in dem Organismus Halgarn. Der Arkonide taumelte unter der Wucht des Rückschlags. Jetzt deutete die Spitze dieses Stabes genau auf seine Brust.

»Ich habe es gespürt«, sagte Akon-Akon mit merkwürdiger Ruhe. Nur jemand, der sich ungeheuer stark fühlte, konnte mit dieser Gelassenheit reagieren. Kaum einer aus der arbeitenden Gruppe hatte hergeblickt und den Zwischenfall bemerkt.

»Was gab es zu spüren?« Ziponnermanx versuchte auszuweichen, aber er hatte schon begriffen, dass er verloren hatte.

Die Spitze des Kerlas-Stabes leuchtete grell auf und erlosch schnell, als der Junge das heilige Gerät senkte. »Du bist nicht derjenige, der du zu sein scheinst. Du gibst vor, Halgarn zu sein. Ich befehle dir, dorthin zurückzugehen, woher du kamst!«

Der letzte, verzweifelte Versuch, Akon-Akon in den multiplen Organismus einzubeziehen, war gescheitert. Oder vielleicht gab es noch eine Chance? Ziponnermanx hatte noch drei Individuen in seiner Gewalt. Vielleicht konnte er sie dazu benutzen, doch noch einen Weg zurück ins Versteck aller Akonen zu finden.

Er ließ den Körper Halgarns stehen und beobachtete durch dessen Sinne, was vorging. Die Pulte waren besetzt. Die subplanetarische Anlage versorgte diesen großen Transmitter ebenso zuverlässig mit Energie, wie sie es bei den anderen Anlagen von Zaterpam tat und mit den Geräten in seinem Versteck, in dem sein untauglicher Körper ruhte. Ein frischer Geruch herrschte; Spuren zogen sich durch den angewehten Schmutz, der an einigen Stellen gänzlich beseitigt war.

Rund drei Dutzend dieser Fremden beschäftigten sich, als stünden sie unter einem strengen Befehl, mit den Schaltungen. Diese Schaltungen! Sie hatten Ziponnermanx tausend Rätsel aufgegeben. Niemals hatte er es geschafft, die richtigen Daten und Kodebegriffe einzustellen. Dann war die Toleranzgrenze da. Er musste dem Befehl gehorchen, den ihm der junge Mann gegeben hatte. Er gehorchte. Er wich zurück – dorthin, woher er gekommen war.

In seinen eigenen Körper.

Der letzte, schwere Schock dieses Tages traf Ziponnermanx mit gro-ßer Gewalt. Es gab nichts mehr, was er ihm entgegensetzen konnte ...

... und Halgarn, der verlassene Körper, taumelte und setzte sich mit zitternden Knien auf eine Stufe. Der Arkonide stöhnte auf und verbarg sein Gesicht in den Händen.

Foppon: 3. Prago der Prikur 10.499 da Ark

Fartuloon fühlte förmlich, dass die Zeit unbarmherzig ablief. Er hatte eine schwache Möglichkeit entdeckt. Er musste sich befreien. Er kannte den Trick seit langen Jahren, aber er funktionierte nicht immer. Es ging um das rechte Handgelenk.

Immer wieder spannte und entspannte er die Unterarmmuskeln. Millimeterweise bewegte sich der Stoff der Kombination unter dem breiten Metallband hervor. Es gab keine andere Unterstützung; Fartuloon konnte weder die Zähne noch die linke Hand benutzen, um zu ziehen, zu zerren. Aber er arbeitete jetzt seit dem Augenblick an seiner Befreiung, an dem die Vibrationen aufgehört hatten und die Bilder von der Projektionsfläche verschwunden waren. Sein ganzer Körper arbeitete mit. Der Spielraum für jede Bewegung war viel zu gering, aber unendlich langsam glitt der rechte Arm aus der Klammer. Zuerst musste der Stoff herausgezogen werden, sodass die bloße Haut des Handgelenks mit dem Metall in Kontakt kam.

Weiter. Immer wieder. Zusammenziehen der Muskeln, ein Druck, eine winzige Drehung des Armes. Der Bauchaufschneider schwitzte am ganzen Körper. Er fühlte, wie sich der Schweiß sammelte und in breiten Rinnsalen über die Haut lief. Es war dunkel hier und warm. Er konnte nicht erkennen, was die anderen taten, aber er nahm an, dass auch ihre Metallgestelle noch schräg standen. Im Fortgang des Unternehmens, das Ziponnermanx angefangen hatte, schien eine ernsthafte Unterbrechung eingetreten zu sein.

Ich muss es schaffen, schwor sich der Bauchaufschneider. Unter dem Befehl Akon-Akons, unendlich weit von Kraumon und allen Planungen entfernt, dazu noch in dieser toten Stadt und durch die Technik eines Wächters gefesselt, der nicht mehr normal war, weil ihm die lange Einsamkeit geschadet hatte. Keuchend arbeitete Fartuloon weiter. Immer wieder führte er mit maschinenhafter Regelmäßigkeit dieselben Bewegungen aus. Fünfzigmal, hundertmal, zweihundertfünfzigmal. Und endlich gab es einen Ruck von einigen Millimetern. Die Schulter zuckte nach oben.

Die metallene Fessel legte sich auf die Haut des rechten Handgelenks. Aber noch immer war Fartuloon nicht frei. Er war seinem Ziel jedoch viel näher gekommen. Er wusste, dass jetzt alles von ihm abhing. Noch immer war er sich nicht klar darüber, welcher Art die Geräusche gewesen waren, die er kurz vor Ende der Projektion gehört hatte.

Das Metall war warm. Die Haut, schweißbedeckt, rieb sich an dem Metall. Fartuloons Handgelenke hatten denselben Durchmesser wie die Hand, wenn es ihm gelang, die Fingerknochen und die Handwurzelknochen entsprechend zusammenzupressen. Fartuloon drehte und zog den Arm weiter, lockerte die Muskeln und fühlte, wie sich die Hand in winzigen Intervallen immer mehr dem vorderen Rand des Metallbands näherte. Teile der Haut wurden aufgeschürft. Der Schweiß biss in den Wunden. Der Bauchaufschneider drehte und zog weiter. Jetzt berührte die Vorderkante die Fingerknochen. Ein stechender Schmerz fuhr bis hinauf ins Schultergelenk. Wütend warf Fartuloon den Kopf hin und her.

Mit einem letzten Ruck befreite er seine Hand, lag einige Augenblicke ruhig da, um sich ein wenig zu entspannen. Dann griff er mit der freien Hand an den Bügel, der über seiner Brust lag. Plötzlich hörte er sein eigenes Keuchen. Das konnte nur bedeuten, dass ein Teil der Lähmung genommen war. Er schwieg noch und tastete mit den Fingern entlang des Bandes. Er fand einige Halterungen, verschiedene Knöpfe und Kontakte und forschte systematisch nach, welche sich bewegen ließen.

Hin und wieder gab etwas unter seinen Fingern nach. Er verlor das Zeitgefühl und schuftete verbissener und hastiger. Schließlich gab es unter dem Metallgestell ein schnappendes Geräusch. Der breite Bügel sprang auf und glitt in die schlitzförmige Verbindung zurück. Fartuloon richtete seinen Oberkörper halb auf und sagte laut: »Ich glaube, wir sind in Kürze frei, Freunde.«

Seine Stimme schien Karmina erschreckt zu haben. Sie schnappte nach Luft und rief laut:»Ich komme nicht frei. Hast du es geschafft, Fartuloon?«

»Noch nicht.« Er ging dazu über, die Halterungen des Bügels zu lösen, der die linke Hand festhielt. Auch hier gelang es ihm nach erstaunlich kurzer Zeit. Der Rest bereitete ihm nicht mehr die geringsten Schwierigkeiten. Endlich sagte er leise und erschöpft:»Ich bin frei. Wo seid ihr? Rechts? Oder dort hinten in der Finsternis?«

Es war stockdunkel.

»Hier bin ich«, sagte ich. Fartuloon tastete sich offenbar in meine Richtung. Er stolperte, fluchte. Seine Hände fanden zweifellos etwas, gleichzeitig lösten sich meine Fesseln.

»Halgarn ist weg.« Ich stand auf und reckte mich. »Du hast die Geräusche sicher auch gehört. Er war plötzlich frei und rannte weg.«

Fartuloon befreite Karmina und murmelte:»Und jetzt durchsuchen wir das Bauwerk. Ich bin sicher, dass wir hier auf die Lösung der Rätsel stoßen. Licht! Wo ist Licht?«

Wir gingen kreuz und quer durch die Halle, stießen irgendwann gegen die Wand und entdeckten die gesuchten Schaltelemente, aktivierten die Beleuchtungskörper. Die Halle wurde strahlend hell ausgeleuchtet, verschiedene Ausgänge wurden sichtbar. Alles war hell und sauber. Es schien sich um das Versteck von Ziponnermanx zu handeln.

Fartuloon blieb stehen, umfasste die Einrichtung der Halle mit einem langen, prüfenden Blick und sagte:»Wenn die Erzählung, die wir aufgenommen haben, richtig war, hat sich der alte, halb wahnsinnige Wächter Halgarns Körper bemächtigt. Halgarn bekam seine Ausrüstung und rannte zurück zur Station. Schließlich ist es gleichgültig, in welchem Körper der MULTIPLE diesen Planeten verlässt.«

Ich hob die Hand und deutete nach rechts. »Genau das denke ich auch. Wir werden hier den nicht mehr leistungsfähigen Körper des Akonen finden.«

Langsam ging ich zu Karmina, die verloren in der Mitte der Halle stand und versuchte, den Schock der letzten Tontas zu überwinden. Ich legte meinen Arm um ihre Schultern und zog sie kameradschaftlich an mich. »Sonnenträgerin«, sagte ich leise neben ihrem Ohr, »das sind alles nur unwichtige Abenteuer. Wir haben bald alles überstanden!«

Sie drehte langsam den Kopf und blickte mir in die Augen. Ihre Selbstsicherheit war von ihr abgefallen. Sie wirkte jetzt wie ein junges, eingeschüchtertes Mädchen.

Lass ihr Zeit. Sie wird langsamer mit den Schrecken fertig, sagte der Logiksektor drängend.

Ich streichelte ihren Arm.»Komm, suchen wir! Die Anlage ist völlig intakt, soweit ich es sehen kann. Wir sind dem Geheimnis des Schreckens auf der Spur.«

Ich wandte mich um und blickte in einen der Korridore, den Fartuloon soeben betrat. In dieser Halle, die keinen direkten Ausgang aufwies, war nichts zu erkennen, was uns weitergeholfen hätte. Auch unsere Waffen und die Ausrüstung sahen wir nicht.

»Ja. Du hast recht.« Karmina ließ sich von mir dorthin ziehen, wo Fartuloon stand. Wir liefen in den Korridor. Er war nicht lang und machte nach einigen Metern einen scharfen Knick nach rechts.

»Wir sollten so schnell wie möglich vorgehen.« Fartuloon massierte sein rechtes Handgelenk.

»Du glaubst, dass uns Ziponnermanx und Halgarn gefährlich werden können? Ich meine, der Gruppe im Zentraltransmitter?«, fragte ich, während wir in einen runden Raum rannten. Er wirkte wie eine Werkstatt, war aber völlig unaufgeräumt. Ein paar Tiefstrahler verbreiteten unregelmäßiges Licht. Wir erkannten verschiedene Teile oder Geräte, aber nichts sah so aus, als könne es für uns besonders wichtig sein.

»Nicht unbedingt. Der MULTIPLE hat Halgarns Körper in seiner Gewalt. So, wie er es uns mit den Tieren und Pflanzen geschildert hat.«

»Wir müssen ihm zuvorkommen!« Karmina nickte zur Bekräftigung ihrer Worte und stieß hervor: »Wir sollten den Transmitter suchen. Auf diesem Weg sind wir hereingekommen. In der Nähe des Transmitters müssten auch unsere Waffen und der Rest sein.«

Die hektische Suche lenkte uns nur wenig ab. Wir waren erschöpft, unsere Lippen waren rissig vor Durst. Unsere Mägen knurrten vernehmbar; seit dem Morgengrauen hatten wir nichts gegessen. Der nächste Raum war leer, eine schräg nach oben führende Rampe schloss sich an. Wir hasteten die Rampe hoch und fanden uns in einem flachen, gleichmäßig ausgeleuchteten Saal wieder. Er war ziemlich groß und durch verschiedene Zonen der Helligkeit, kleine Brüstungen und schrankähnliche Elemente in mehrere Bereiche eingeteilt.

Plötzlich, während wir auseinanderliefen, um gleichzeitig verschiedene Teile untersuchen zu können, rief der Bauchaufschneider: »Er hat versucht, auch mich zu kontrollieren. Von dem Versuch, dich zu übernehmen, wissen wir, Atlan.«

»Ich habe keinen fremden Besucher in meinem Verstand gehabt«, rief Karmina aus der anderen Ecke. »Mir reicht völlig, dass mich Akon-Akon zum Sklaven gemacht hat.«

Ich ging langsam eine Flucht von offenen, mit Staub gefüllten Fächern entlang, in denen sich seltsam verschnürte Bündel befanden. Es roch abgestanden und nach verwesendem Fleisch. Verfaulten hier die Kadaver eingedrungener Tiere? Wir durchkämmten den Saal von hinten nach vorn, fanden Möbel und Maschinen, unangetastete Vorräte und Behälter, deren Verpackungen vor undenkbar langer Zeit aufgerissen worden waren. Maschinen standen herum, deren Zweck wir nur ahnen konnten. Wir erreichten die jenseitige Wand der Halle und standen abermals vor breiten Stufen. Je näher wir dieser Öffnung gekommen waren, desto stärker war das Brummen von Maschinen geworden.

»Ich glaube, wir sind auf der heißen Spur.« Ich deutete nach vorn.

»Die Energie für den Transmitter muss irgendwoher kommen«, antwortete Fartuloon. Wir sprangen nebeneinander die Stufen hinauf und fühlten uns tatsächlich völlig schutzlos. Wir standen in einem Raum mit weißen Wänden, die ohne erkennbaren Plan vor- und zurücksprangen. Sämtliche Mauerkanten waren gerundet. Ein großer Tisch auf halbkugelförmigen Elementen rollte oder schwebte auf uns zu, kaum dass wir einige Schritte in diesen merkwürdig geformten Raum gemacht hatten.

»Der MULTIPLE will sich offensichtlich versöhnen«, rief Fartuloon verwundert aus und wies auf die Platte. Säuberlich geordnet lagen darauf unsere Waffen, die Schutzanzüge und der Rest der Ausrüstung. Wir waren mit drei Sätzen an dem Tisch. Alles war unbeschädigt. Fartuloon griff als Erstes nach dem *Skarg*.

»Vielleicht funktioniert diese Station halb robotisch.« Ich blickte auf die Ladekontrolllampe meines Kombistrahlers, nachdem ich den Schutzanzug übergestreift hatte.

»Vielleicht auch nicht. Dort vorn, das ist der Transmitter!«

Wir rannten um den Tisch und weiter geradeaus. Zwischen uns und dem Transmitter befand sich eine massive Wand aus durchsichtigem Material. Aber etwa zwanzig Meter dahinter erkannten wir zweifelsfrei den Raum wieder, den wir von der ausgestorbenen Stadt aus betreten hatten.

»Hier geht es nicht weiter«, sagte die Sonnenträgerin. »Aber ... dort, in dieses Gerät sind wir hineingezerrt worden. Wo ist das Gegengerät?« Wir hatten bisher annehmen müssen, dass es mindestens in einem anderen Stadtteil stand. Wir hatten uns also geirrt. In diesem Bauwerk gab es zwei dicht nebeneinanderstehende Transmitter, die aufeinander justiert waren. Fartuloon winkte, wir nahmen von drei möglichen Wegen denjenigen, der uns am plausibelsten erschien. Wir wollten dieses Labyrinth verlassen.

Vielleicht hat Akon-Akon den Planeten bereits verlassen. Er wird euch möglicherweise für tot halten, wisperte der Extrasinn.

Ich erschrak und blieb stehen. Das war ein neuer Aspekt. Ich schaltete sofort mein Funkgerät ein. Es funktionierte, aber als ich die Ruftaste drückte, bekam ich keine Antwort. Während ich mit dem Gerät beschäftigt war, rannten Fartuloon und Karmina weiter. Es waren nur wenige Augenblicke vergangen, als ich den lang gezogenen Schrei und den Schuss hörte, der abgefeuert wurde, noch bevor der Schrei abriss. Als ich hochblickte, sah ich, dass der Verbindungsgang leer war.

Ich rannte los und wusste nicht, was ich vorfinden würde. Als ich die Stelle erreichte, an der Fartuloon und Karmina verschwunden waren, sah ich Licht von links. Ich sprang in den Raum und sah mich suchend um. Ich befand mich in einem runden Raum, von dem aus eine schräge Rampe geradeaus abwärtsführte. Dort standen Fartuloon und Karmina. Fartuloons Hand umklammerte das Handgelenk der Frau. Ich hörte noch, wie er sagte: »Du bist wahnsinnig. Woher weißt du, dass dieses ... Ding gefährlich ist?«

Ich rannte auf sie zu. »Was ist los? Warum hast du geschossen, Karmina?«

Sie ließ zu, dass Fartuloon ihr den Strahler aus der Hand riss. »Dieses Tier hier. Es sah mich an und streckte die Tentakel aus. Ich hatte Angst! Unbeschreibliche Angst!«

»Was ist das?« Ich blickte auf das Ding, das in dem etwas tiefer gelegenen Raum lag. Sonnenähnliche Lampen strahlten den Organismus von allen Seiten an. Er bewegte sich schwach zuckend wie ein riesiger Oktopus mit verknoteten Tentakeln. Der weiße Körper lag in einer rechteckigen Vertiefung, die mit weichen, deckenartigen Materialien gepolstert war. Der Organismus hatte etwa die Größe und Masse von sechs ausgewachsenen Männern. Ich erkannte, dass sich aus der zuckenden, an mehreren Stellen furchtbar verbrannten Körpermasse ein Tentakel vorschob.

Nein! Es waren fünf weiße, mehrgelenkige Gliedmaßen. Sie wirkten auf mich wie bis ins Unerträgliche aufgeblähte Finger einer Hand.

»Fartuloon!« Ich packte seinen Arm. »Sieh genau hin. Das sieht aus wie eine riesenhaft vergrößerte Hand!«

Ratlos betrachtete er den von mir bezeichneten Teil des zuckenden Fundes, der jetzt aus einer nicht sichtbaren Öffnung ein wimmerndes Geräusch ausstieß.

Schmerz! Der Schuss hat die Haut verbrannt, kommentierte der Extrasinn.

Die »Hand« hob sich noch höher aus der bleichen und haarlosen Masse und streckte sich Karmina entgegen. Sie ging zitternd rückwärts und flüsterte: »Es bedroht mich. Es ist wirklich eine Hand.«

Wir waren erschüttert und unsicher. Ganz langsam drängte sich die Einsicht in unsere Überlegungen, dass wir hier nicht vor einer Bestie standen, sondern vor dem völlig deformierten Körper des unglücklichen Ziponnermanx. Ich entsann mich einer Passage der Schilderung. Ziponnermanx hatte davon gesprochen, dass sich sein Körper mehr und mehr veränderte, vermutlich deswegen, weil die Rematerialisierung im Transmitter ihn beschädigt hatte, mutieren ließ. Snayssol hatte auf Kledzak-Mikhon von vergleichbaren Missbildungen gesprochen; die Opfer der Schwarzen Tore. Befördert von defekten Transmittern, die ihre Körper falsch zusammengefügt hatten ...

Je mehr sich der Körper bewegte, desto genauer konnten wir sehen, dass es sich um eine ehemals humanoide Form handelte. Die Gliedmaßen waren erschreckend aufgedunsen und kaum beweglich. In den Fleischmassen waren tiefe Falten, in denen es grünlich schimmerte. Jetzt entdeckten wir zwischen den kugelförmigen Schultern auch den Kopf. Er hatte sich ebenfalls auf erschreckende Weise verändert.

»Kein Zweifel«, sagte Fartuloon erschüttert. »Das ist Ziponnermanx! Oder er war es. Der Körper ist ... Sein Ich ist ganz sicher im Körper Halgarns, und Halgarn befindet sich beim Großtransmitter.«

»Dann habe ich ja auf den Akonen geschossen«, stöhnte Karmina auf. »Das konnte ich nicht wissen.«

Der Kopf hob sich auf dickem, ringförmigem Hals aus den Gewebemassen und drehte sich. Die lappenförmigen Ohren schienen jedes Wort, das wir sagten, begierig aufzufangen. Die großen, dunklen Augen, versteckt zwischen Fettwülsten und von schlaffen, haarlosen Lidern halb verschlossen, starrten uns an und bewegten sich suchend. Es war keinerlei Intelligenz in ihnen zu sehen. Aus dem weit offenen Mund kam wieder ein tonloses Winseln.

»Nein. Das konntest du nicht wissen. Trotzdem hat der Körper Schmerzen.«

Ich drehte mich um und sah die dicken Leitungen, die aus einem Nebenraum kamen und unterhalb des Körpers verschwanden. Seit dem Augenblick, in dem sich der Körper des Wächters zu verändern begann, schien Ziponnermanx mit den übernommenen Tierkörpern als Hilfe eine Versorgungseinrichtung für diesen tonnenschweren, unbeweglichen Organismus geschaffen zu haben.

»Es ist klar, dass sich der Körper hier nicht einmal mehr zum großen Transmitter würde schleppen können«, sagte ich.

»Und was erneute Transmitterbenutzung daraus machen könnte, ist nicht auszudenken.« Fartuloon nickte grimmig und versuchte, aus den planlosen Bewegungen, den einzigen Lebensäußerungen dieser amorphen Masse, eine Frage oder Mitteilung herauszulesen.

»Selbst wenn es uns gelingen sollte, den Transmitter zu justieren, würden die Akonen im Versteck diesen Körper auf keinen Fall als Akone identifizieren können. Der Transport wäre sinnlos, selbst wenn er gelänge.« Ich zuckte mit den Schultern. An den Stellen, die der Thermostrahl aus Karminas Waffe versengt hatte, erschienen riesige, purpurfarbene Blasen. Der Raum zwischen ihnen füllte sich mit einer milchigen Flüssigkeit. In der Umgebung der Blasen färbte sich die fahlweiße Haut rötlich.

Karmina schlug die Hände vor ihr Gesicht und flüsterte erschüttert und schuldbewusst: »Der Körper ist verletzt! Vielleicht habe ich ihn getötet! Ich bin an allem schuld!«

»Du hast auf eine vermeintliche Drohung reagiert«, sagte ich. »Du konntest nicht wissen, dass es Ziponnermanx war, dass das sein deformierter Körper ist.«

»Ich habe es nicht gewusst!«, schrie sie.

Die Akonen würden ihn niemals als einen ihrer Wächter aus längst vergangener Zeit identifizieren. Der Traum von Ziponnermanx, sein uralter Traum von der Rückkehr ins Versteck der Akonen, würde ein Traum bleiben. Dieser deformierte Körper hatte nicht mehr lange zu leben. Keiner von uns hatte die Möglichkeit, ihm zu helfen.

Fartuloon deutete auf den Körper. »Was können wir tun?«

»Nichts. Wir können ihm nicht helfen. Aber wir sollten Akon-Akon anfunken und ihm sagen, dass wir einen Akonen gefunden haben.«

»Wenn auch unser Fund nicht ganz das sein dürfte, was er gesucht hatte.« Ich schaltete das Funkgerät ein.

»Ich glaube, Akon-Akon weiß bereits mehr als wir.« Karmina berührte mich an der Schulter. Ich drehte mich um und sah über Karminas Arm hinweg. Sie zeigte auf das Wrack des Akonenkörpers. »Er hat sich verändert! Seht genau hin. Er bewegt sich ganz anders!«

Wieder vergaß ich mein Vorhaben. Wir sprangen zurück und sahen, dass sich diese ungefüge, zitternde Masse aus fahlem Fleisch und schwabbeliger Haut aufzurichten versuchte. Immer wieder sackte sie zusammen. Aus dem Haufen kaum unterscheidbarer Glieder hoben sich jetzt in einer förmlich flehenden Bewegung die beiden riesigen Hände. Der Mund stieß einen lang gezogenen seufzenden Laut aus.

»Er versucht, uns etwas mitzuteilen. Passt auf!«, stieß Fartuloon hervor. Die Augen, die bisher ziellos umhergeirrt waren, hatten einen festen Blick bekommen und sahen uns nacheinander an.

Aus dem Seufzer wurden einzelne, abgehackte Worte mit einer seltsamen Betonung. Ich stand ganz ruhig da und wartete. Ziponnermanx hatte erkannt, dass wir nicht seine Sprache sprachen, und uns die Projektion vorgeführt – er würde auch jetzt einen Weg finden, um uns zu sagen, was er sagen wollte.

Plötzlich wisperte Karmina: »Etwas Telepathisches. Eine Stimme in mir ... Er spricht mit mir!«

»Dann hör zu und berichte!«, schrie Fartuloon sie an.

»Ja, natürlich ...«

Es war eine erstaunliche Szene. Wir starrten abwechselnd Karmina und die undefinierbare Masse des Akonenkörpers an. Mit einem Rest seiner Energie schien er den Verstand der Sonnenträgerin in seine multiple Organismengruppe einbezogen zu haben. Nur in dieser Form war es ihm möglich, ihr ohne Worte zu erklären, was er zu sagen hatte. Niemand sprach. Das Funkgerät zischte unbeachtet. Karmina stand starr und regungslos da, hielt die Augen geschlossen, begann mit veränderter Stimme zu sprechen.

Ich weiß, dass ich sterben muss. Ich habe geahnt, dass ihr meinen Körper finden werdet. Ihr musstet ihn finden. Du konntest nicht wissen, dass es mein Körper war – ich fand in deinem Verstand die Information, dass du aus Schreck geschossen hast. Du hast ihn nicht getötet, du hast nur das Sterben beschleunigt. Ich war krank, du hast gesehen, wie sich der Körper verändert hat.

Jetzt bin ich wieder in diesem Wrack. Akon-Akon hat erkannt, dass der Körper eures Freundes übernommen ist. Er befahl mir zurückzugehen. Ihr wisst, dass ich diesem Befehl gehorchen musste. Ich kam also zurück und merkte, dass das Leben aus der Ruine meines Körpers schwindet. Ich könnte mich selbst unsterblich machen und ununterbrochen ein Tier nach dem anderen, eine Großpflanze nach der anderen zum Weiterleben benutzen ...

Eine Pause entstand. War es ein Schwächeanfall oder nur eine Unterbrechung, um sich auf die nächsten Informationen und Mitteilungen besser konzentrieren zu können?

Ich will nicht mehr. Meine Zeit ist abgelaufen. Ich bin zu alt, und ich weiß jetzt, dass Akon meinen Planeten nicht mehr braucht. Ich verzichte darauf, noch Jahrzehnte oder Jahrhunderte so unwürdig weiterzuexistieren. Dieser Körper wird nicht mehr lange leben können, er hat seine Zeit längst überzogen.

Auch ihr werdet den Transmitter nicht benutzen können, auch nicht mihilfe des Kerlas-Stabes. Was ich in langjähriger, ununterbrochener Arbeit nicht geschafft habe, wird auch Akon-Akon nicht schaffen. Dennoch hoffe ich, dass ihr Glück haben werdet. Ich erreiche das Versteck nicht mehr. Solltet ihr es erreichen, sagt ihnen dort, dass Ziponnermanx bis zum letzten Atemzug versucht hat, der Wächter von Foppon zu bleiben. Geht jetzt zurück zum Transmitter.

Karmina schwankte. Wir fassten nach ihr und hielten sie fest. Sie riss die Augen auf und schüttelte sich, holte tief Atem. Ich bemerkte mein zischendes Funkgerät und schaltete endlich auf Empfang.

»Ja! Hier Ra! Atlan, bist du es?«

Ich war unendlich erleichtert. Die Möglichkeit, die wir immerhin erwartet hatten, war nicht eingetreten. »Wir sind hier in der vierten Transmitterstation. Sag es Akon-Akon. Wir haben den sterbenden Körper des akonischen Wächters gefunden, der den Verstand Halgarns übernahm. Wir kommen sofort zurück, denn wir waren bis eben gefesselt und unfähig, unseren Platz zu verlassen.«

»Verstanden. Ich konnte nicht glauben, was Halgarn gesagt hat. Er ist jetzt noch vollkommen verwirrt.«

»Begreiflich. Denn es war nicht Halgarn, der sprach, sondern der uralte Wächter des Planeten Foppon.«

Ra konnte seine Freude, uns zu hören und am Leben zu wissen, nicht verbergen. »Ich werde mir von Akon-Akon befehlen lassen, dass dir ein paar von uns mit Scheinwerfern und starken Waffen entgegengehen.«

Ich zuckte mit den Schultern; es war keine üble Idee, aber es blieb zweifelhaft, ob der Junge auf diesen Vorschlag eingehen würde. »In Ordnung. Wir kommen. Wir benutzen die breite Straße bis zur Kreuzung und gehen direkt auf dem Weg zurück, auf dem wir vorgestoßen sind.«

»Alles verstanden, Atlan. Ende.«

Ich schaltete das Gerät ab und wandte mich an Fartuloon und Karmina. Sie sahen mit bedrücktem Schweigen den weißen Körper an. Das Zucken und die Bewegungen der faltigen Masse waren stärker und schneller geworden. Die Augen waren geschlossen, der Schlitz des zusammengepressten Mundes schien mit dem Ausdruck größter Schmerzen nach unten gekrümmt zu sein. Ich sagte leise: »Kommt, Freunde. Lassen wir den Wächter allein. Seine Zeit ist vorbei. Er stirbt.«

»Es ist wohl das Beste«, erwiderte Fartuloon, und wir gingen, suchten einen Gang aus diesem Labyrinth und fanden nach etwa einem halben Dutzend vergeblicher Versuche einen Korridor. Er brachte uns in den Transmitterraum, den wir zuallererst betreten hatten.

Kurz darauf standen wir im Freien und im Licht von zwei Monden. Die Trabanten beleuchteten schwach das gebrochene und unregelmäßige Mosaik der uralten Straße. Wir gingen, so schnell wir konnten, auf die ferne Kreuzung zu. Jetzt, nach Verlassen des Gebäudes und auf dem Weg zu Akon-Akon und den anderen, schwiegen wir und dachten über die Geschehnisse der letzten Tontas nach. Schließlich murmelte der Bauchaufschneider: »Um eine pragmatische Bemerkung zu machen – wir sind ziemlich heil aus den Ereignissen hervorgegangen. Aber das Problem bleibt, ob wir den Transmitter benutzen können.«

»Akon-Akon legt, seit er den Kerlas-Stab benutzt, eine bemerkenswerte Zielstrebigkeit an den Tag. Ich meine, er wird es schaffen.«

Karminas Reaktion verblüffte mich. Wir alle kannten sie als harte und überlegene Raumschiffskommandantin. Große Milde oder gar Furchtsamkeit würde ihr wohl niemand zubilligen. Doch in den Tagen seit Beginn der stummen, aber dramatischen Herrschaft Akon-Akons schien sie sich in durchaus positivem Maß verändert zu haben. Der beste Beweis war, dass sie sich noch immer Vorhaltungen über ihren voreiligen Schuss machte.

»Ich bin nicht sicher«, sagte Fartuloon, während wir weiterliefen und ab und zu einen flüchtigen Blick zum Nachthimmel warfen. »Ich bin durchaus nicht sicher.«

Über uns begann ein feiner gelbweißer Kreis zu wandern, dessen eine Seite eine Spur breiter geworden war. Der erste Mond war auf seinem Weg zwischen den funkelnden Lichtpunkten. Die Ruinenstadt um uns vibrierte von unsichtbarem Leben. Tausende winziger Tiere krochen, huschten und flatterten in den Büschen oder in den Geröllhaufen. Wir hielten uns in der Mitte der Straße und fanden uns überraschend gut zurecht. Das Licht der Sterne und der Monde war ausreichend.

Aus der schmalen Sichel des eisblau strahlenden Mondes war eine breitere Sichel geworden. Der schwarze Mond bewies seine Anwesenheit am Firmament nur dadurch, dass er einen kreisförmigen Ausschnitt der Sterne verdeckte. Wir hasteten weiter. Sehr undeutlich und kaum wahrnehmbar zeichnete sich jenseits des Gewirrs aus Ruinen und Gewächsen ein Deckenausschnitt der innen hell ausgeleuchteten Transmitterkuppel ab. Nur der volle Mond mit seinen auffallend vernarbten Maria und den riesigen Kratern strahlte metallisch hell herunter. Er war es, der unseren Weg deutlicher machte.

Wir erreichten gerade das Gelände der halb zerstörten Straßenkreuzung, als hinter uns ein kreischender, lang gezogener Schrei ertönte. Er endete in einem rasenden Triller. Der Laut jagte uns Gänsehaut über den Rücken. Unsere Hände lagen schon lange auf den Griffen der Waffen. Jetzt rissen wir die Strahler hervor und blieben horchend stehen.

»Ein nachtjagendes Tier«, flüsterte ich.

»Oder ein gejagtes Tier. Weiter! Sonst erwischt uns noch eine Raubkatze!« Fartuloon trieb uns zu noch größerer Eile an. Wir liefen schneller, obwohl Durst und Hunger inzwischen fast unerträglich geworden waren. Keine zwanzig Meter weiter kreischte das unsichtbare Tier abermals auf und zerbrach auf seinem Weg durch die Bäume eine Menge Äste. Es waren die Geräusche einer rücksichtslosen Flucht. Wir blieben kurz am höchsten Punkt der Straßenkreuzung stehen und sahen uns wachsam um. Mitten in den dritten, noch schauerlicheren Schrei hinein summte das Funkgerät.

Fartuloon meldete sich augenblicklich. »Fartuloon hier. Wir haben etwa die Hälfte der Strecke hinter uns.«

Ich stand da, die Waffe in der Hand, und meine Augen suchten das Netzwerk von Schatten und gebrochenen helleren Steinflächen ab. Endlich entdeckte ich eine Bewegung. Sie kam von dem Teil der größeren Säule mit dem Bogenrest darauf. Ein Tier, größer als ein Affe, kletterte dort aufwärts. Ich ließ die Waffe wieder sinken.

Der Tierschrei drückte Todesfurcht aus, sagte der Extrasinn geheimnisvoll.

»Akon-Akon spricht. Kommt so schnell wie möglich. Wir haben den Transmitter geschaltet. Das Gerät funktioniert jetzt als Sender.«

»Ausgezeichnet«, gab der Bauchaufschneider zurück. »Ra und Vorry sollten einige Schritte aus dem Gebäude herauskommen und uns den Weg ausleuchten. Ist das zu viel verlangt?«

»Keineswegs. Es wird geschehen.«

Der Akone schaltete das Funkgerät ab. Noch immer kletterte das Tier schreiend an der riesigen Säule hinauf, die als heroischer Rest mit einigen anderen Gebäudeteilen über die Trümmerwüste aufragte. Es war faszinierend, zuzusehen, mit welcher Geschwindigkeit und Sicherheit sich die dunkle Silhouette des Tieres höher bewegte. Fartuloon deutete nach vorn. Wir gingen mit schnellen Schritten auf das ferne Licht zu, noch immer verfolgt von den irrsinnigen Schreien.

8.

»Der Transmitter steht noch, ist aber abgeschaltet«, sagte Dankor-Falgh. »Verständlich, schließlich haben die Rebellen keine Lust, irgendwelche Hinweise zu geben.«

Dankor-Falgh entstammte dem akonischen Adel, daraus ergab sich zwangsläufig seine Einstellung zu Karoon-Belths Rebellion. Er war fest entschlossen, die Aufrührer bis auf den letzten Mann niederzumachen. Wenn er es schaffte, die Meuterei niederzuschlagen, ohne der akonischen Justiz Mehrarbeit aufzuladen, konnte das seiner Karriere nur nützlich sein. Dankor-Falgh war ehrgeizig, er wollte in das Energiekommando berufen werden. Die Voraussetzungen, die damit verbunden waren, kannte er – rücksichtsloses Vorgehen gegen jeden, der Akons Interessen gefährdete, dazu unbedingte Ergebenheit gegenüber dem Energiekommando.

»Wir halten eine Hälfte der Stadt besetzt, die Rebellen die andere. Zusätzlich treiben sich in der Landschaft ringsum zahlreiche Versprengte beider Lager herum. Diese Frage können wir einstweilen zurückstellen. Unsere vordringliche Aufgabe besteht darin, die Transmitterhalle zurückzuerobern.«

»Wir könnten funken«, schlug einer der Offiziere vor.

»Damit wir die Maahks und andere herlocken?«, gab Dankor-Falgh zurück. »Ausgeschlossen. Wir brauchen den Transmitter, bevor die Rebellen ihn zerstören können. Wir müssen ihn erobern!«

»Das hört sich so leicht an«, murmelte ein Mann.

Saruhl

Missmutig betrachtete Karoon-Belth die Szenerie durch das Fernglas. Die Fronten hatten sich verfestigt. Seine Freunde hielten das westliche, Dankor-Falghs Anhänger das gegenüberliegende Ufer des Flusses besetzt. Sie hatten sich in den Ruinen der Stadt festgesetzt und beschossen sich, wann immer sich eine Gelegenheit dazu bot. Ab und zu gab es Ausfälle, aber sie hielten sich in Grenzen. In dieser Form hätte der

Kleinkrieg noch lange geführt werden können, genau das aber musste Karoon-Belth vermeiden.

Er fühlte sich ziemlich unwohl in der Rolle des Feldherrn und Strategen, obwohl er äußerlich genau diesen Eindruck machte. Karoon-Belth war groß und muskulös, der Gesichtsausdruck und die von weißen Strähnen durchzogene Haar- und Barttracht machten ihn zu einer beeindruckenden Erscheinung. Seit dem Beginn des Kampfes trug er den Beinamen »Bas-Thet von Saruhl«.

Trotz dieses ehrenden Kriegsnamens war Karoon-Belth ein ungewöhnlich friedfertiger Akone, man konnte ihn fast ein wenig weltfremd nennen. Als er die entscheidende Aussprache mit Dankor-Falgh geführt hatte, die letztlich die Trennung der beiden Gruppen herbeigeführt hatte, war ihm nicht bewusst gewesen, dass er damit eine bürgerkriegsähnliche Auseinandersetzung heraufbeschwor. Jetzt war es nicht mehr möglich zu verhandeln. Karoon-Belth und seine Anhänger galten als *Rebellen,* der Weg zurück war unwiderruflich verlegt.

»Sie werden versuchen, den Fluss zu überqueren«, murmelte er. »Sie müssen es versuchen, aber ich frage mich, wie sie es anstellen wollen.«

Das Fernglas zeigte ihm, dass die wenigen Boote, die es am Ufer gegeben hatte, zerschossen waren. Ebenfalls zerstört und nicht mehr verwendungsfähig waren die beiden breiten Brücken. Beide Parteien waren naturgemäß auf eine solche Auseinandersetzung nicht vorbereitet gewesen. Es gab nur ein halbes Dutzend Personen, die flugfähige Kampfanzüge trugen, schwere Waffen fehlten völlig, desgleichen Kampfgleiter, Einmannraketenwerfer – die Liste der Kriegsgeräte, die nicht zur Verfügung standen, war ellenlang.

»Vielleicht tauchen sie«, sagte Karoon-Belths Adjutant. Vor einigen Tagen noch hatte der junge Mann sein Hirn hauptsächlich dazu verwendet, über Schaltplänen zu brüten, jetzt musste er sich auf Taktik und Strategie konzentrieren. »Einen Vorteil haben wir. Die klügeren Köpfe sind auf unserer Seite.«

»Waffengebrauch ist das letzte Mittel der Kopflosen«, gab Karoon-Belth zurück. »Was nützt der klügste Kopf gegen eine entsicherte Waffe in der Hand eines fanatischen Dummkopfs?«

Der Adjutant hörte die Verbitterung in den Worten und zog es vor, nicht zu antworten.

»Wie steht es am Transmitter? Wurde mit der Demontage bereits begonnen?«

»Einstweilen noch nicht. Ein paar verstreute Anhänger von Dankor-Falgh halten die Leute in Atem. An einen geregelten Demontagebetrieb ist vorläufig nicht zu denken. Wir können das Ding auch nicht einfach sprengen, ohne vorher die Energiezufuhr abgeschaltet zu haben. Wir würden sonst riskieren, dass die halbe Stadt in die Luft fliegt.«

Dankor-Falghs Anhänger feuerten über den Fluss hinweg auf alles, was sich bewegte. Ein Schuss schlug neben Karoon-Belth in das brüchige Mauerwerk und ließ verflüssigtes Gestein aufspritzen. Dennoch ging Karoon-Belth nicht in Deckung. Seine Gedanken beschäftigten sich mit wichtigeren Fragen als dem Problem der persönlichen Sicherheit. »Wir werden uns in der Stadt umsehen. Hier muss es noch alte Industrieanlagen geben. Vielleicht finden wir etwas, das uns weiterhelfen kann. Wir müssen langsam die Initiative ergreifen. Wenn sich die Lage nicht bald zu unseren Gunsten verändert, können wir aufgeben. Bis das Transportschiff eintrifft, müssen wir den Gegner beherrschen.«

»Es wird schwer werden«, wagte der Adjutant einzuwerfen.

Karoon-Belth nickte. »Natürlich wird es schwer werden, aber wir haben keine andere Wahl. Eine paradoxe Situation – Freiheitskämpfer ohne Entscheidungsfreiheit.«

Vielleicht, überlegte der Adjutant, *hätte ich bei Dankor-Falgh bleiben sollen. Mit diesem Führer werden wir nie gewinnen, er denkt zu viel.*

Dankor-Falgh unterdrückte einen Fluch. Es sah übel aus für ihn und seine Leute. Die Rebellen kämpften, ihrer Situation entsprechend, wie in die Enge getriebene Tiere. Selbst in völlig aussichtslosen Lagen griffen sie unerschrocken an. Im Gegensatz zu ihnen hatten Dankor-Falghs Leute etwas zu verlieren, sie wurden nicht vom Henker bedroht.

Er zerknüllte wütend die Meldung, die ihm sein Adjutant gereicht hatte. Die Männer hatten zwei Rebellen in einer Ruine einkreisen können, aber es war ihnen nicht gelungen, die Aufrührer gefangen zu nehmen. Im Gegenteil, die Rebellen hatten die Ruine verlassen, wild um sich schießend, und waren in den zahlreichen Verstecken, die die halb zerstörte Stadt reichlich anbot, wieder verschwunden. In diesem Fall hatte Dankor-Falghs Truppe vier Männer durch Verletzungen verloren. Die Verwundungen waren nicht schwer, aber die Männer fielen für die weiteren Kämpfe aus.

»Die Kerle machen einfach schlapp«, grollte Dankor-Falgh.

»Sie stehen nicht mit dem Rücken zur Wand«, kommentierte der Adjutant. »Die anderen aber können sich nicht gefangen nehmen lassen, weil sie wissen, dass dies ihr sicherer Tod ist. Vielleicht ...«

Dankor-Falgh sah den Adjutanten finster an. »Verhandlungen? Mit Rebellen? Sie kennen offenbar die geltenden Befehle des Energiekommandos nicht?«

»Ich kenne sie«, versetzte der Adjutant. Den Zusatz, dass die Befehle nicht jede mögliche Situation vorhersehen konnten, unterdrückte er. Er verschwieg auch, dass sich die beiden feindlichen Lager aufzuspalten begannen.

Die annähernd zweitausend Mitglieder des 14. Demontagegeschwaders arbeiteten größtenteils seit Jahren eng zusammen. Lediglich die Fanatiker beider Parteien empfanden keine Hemmungen, auf frühere Kollegen, vielleicht sogar ehemalige Freunde zu schießen. Es gab Zweifler unter Karoon-Belths Leuten, die Saruhl bei Weitem nicht so interessant fanden wie zum Beginn der Rebellion, es gab stumme Kritiker in Dankor-Falghs Gruppe, die ihren lakonisch-brutalen Auftrag – aufspüren, stellen, erschießen – nur schwer mit ihrem Gewissen vereinbaren konnten.

Der Adjutant schätzte, dass sich das 14. Demontagegeschwader so in vier fast gleich starke Gruppen aufteilen ließe, deren Grenzen naturgemäß sehr fließend waren. Vier Gruppen, jede etwa vierhundertfünfzig Köpfe stark. Die restlichen zweihundert schienen sich versteckt zu haben, vielleicht waren sie auch der sechsten Gruppe zum Opfer gefallen, die sich immer stärker in die Kämpfe einschaltete – die Bewohner Saruhls. Die durch starke Strahlung Mutierten waren Kreaturen, die bei einer galaktischen Abnormitätenschau mit Sicherheit erste Plätze belegt hätten. Der Adjutant wusste, dass die meisten Ausfälle bei beiden Parteien auf die Mutanten Saruhls zurückzuführen waren.

All das wusste der Adjutant, aber er sagte es nicht. *Feige und stumm,* dachte er. *Fast alle von uns machen den Mund nicht auf und sehen tatenlos zu, bis wir selbst an der Reihe sind. Dann fluchen wir über die, die ebenfalls schweigen und nicht handeln. Wenn es mich trifft, weiß ich wenigstens, dass ich dafür selbst die Schuld trage.*

»Wie viele Männer haben es geschafft, die andere Seite des Ufers zu erreichen?«, wollte Dankor-Falgh wissen.

»Annähernd vierhundert.« Der Adjutant wusste, dass es Dankor-Falgh nicht interessierte, dass siebzehn dabei von Mutationen zerrissen worden waren, die im Wasser des Flusses lebten, daher erwähnte er diese Tatsache nicht. Sein Bruder war bei diesen siebzehn gewesen, aber das würde Dankor-Falgh noch weniger interessieren. Vermutlich hätte er mit gleicher Ruhe und Kaltblütigkeit reagiert, hätte man ihm den Tod eines nahen Verwandten gemeldet. »Sie haben aber bisher nur wenig Gelände erobern können. Unsere Abwehr ist noch nicht gestaffelt, hat keine Tiefe.«

»Das weiß ich. Geben Sie an unsere Leute durch, dass ich, wenn der Transmitter nicht binnen eines Saruhltages in unserer Hand ist, entsprechende Maßnahmen ergreifen werde. Weisen Sie die Leute darauf hin, dass ich sehr weitreichende Vollmachten habe.«

Es entsprach Dankor-Falghs Wesensart, in kritischen Situationen keine gründliche Überprüfung der Lage vorzunehmen. Er zog es vor, Hindernisse durch verstärkten Einsatz seiner Untergebenen zu überwinden. So auch hier. Er machte sich nicht erst die Mühe, über Fehler, vielleicht sogar eigene, nachzudenken. Er versuchte, das Problem durch Gewalt zu lösen.

»Unsere Verluste sind erschreckend hoch.« Karoon-Belth sagte es leidenschaftslos, aber seine Mitarbeiter wussten, dass ihn die immer länger werdende Liste von Toten, Verwundeten und Vermissten entsetzte.

»Sollen wir uns zurückziehen?«, fragte eine Stimme aus dem Hintergrund. »In den Wäldern verschwinden und abwarten, bis das Transportschiff Dankor-Falgh, seine Leute und den Transmitter an Bord genommen hat? Ich kann mir nicht vorstellen, dass man lange nach uns suchen wird, wenn wir uns verstreuen.«

Karoon-Belth schüttelte den Kopf, starrte auf den großen Transmitter. Für ihn bedeutete er eine ständige Bedrohung, für seinen Gegner eine erstklassige Hilfsquelle, wenn es ihm gelang, den Transmitter zu erobern und Hilfe aus dem Versteck herbeizurufen. »Wie viele können wir abziehen, um das verdammte Ding endlich zu desaktivieren?«

»Keinen einzigen«, lautete die Antwort. »Dankor-Falghs Leute setzen uns hart zu, sie können an fast jeder Stelle unsere Verteidigungslinien durchbrechen, wenn wir Leute abziehen.«

Karoon-Belth hätte nicht erst zu fragen brauchen. Er wusste sehr genau, dass er die Frontlinie schon sehr weit hatte zurücknehmen müssen. Die verkürzte innere Linie bot zwar die Möglichkeit, die Verteidigung massieren zu können, aber sie war nicht mehr weit von dem Punkt entfernt, wo aus der positiven Linienverkürzung ein bedrohlicher Kessel wurde, aus dem es kein Entrinnen mehr gab.

Über der Stadt standen mächtige Rauchsäulen. Brände waren ausgebrochen, die von niemandem gelöscht wurden. Einer dieser Brände wütete in den Vorratslagern von Dankor-Falgh. Zwei Frauen und ein Mann aus Karoon-Belths Gruppe hatten sich in einem selbstmörderischen Einsatz durch die feindlichen Linien geschlichen und das Lager angezündet. Noch standen ihre Namen auf der Liste der Vermissten, aber Karoon-Belth wusste, dass er sie eigentlich auf die Totenliste zu setzen hatte.

Karoon-Belth war sich nicht darüber im Klaren, was er unternehmen sollte. Der Gegner nahm ihm diese Arbeit ab. Ein Schrei gellte durch die Transmitterhalle, die Mitglieder von Karoon-Belths Stab fuhren herum und spritzten auseinander. Zehn Männer stürmten durch das Loch in der Außenmauer, das sie vor wenigen Augenblicken gesprengt hatten, in die Transmitterhalle. Sie feuerten auf alles, was in ihr Blickfeld geriet. Ihr Ziel war offenkundig Karoon-Belth.

Karoon-Belth zog seine Waffe und schoss zurück. Er tat es langsam und bedächtig, und seine Schüsse trafen. Seine Mitarbeiter griffen rasch in den Kampf ein, erwiderten das rasende Feuer. Strahlschüsse zuckten durch den Raum, Instrumente zersprangen klirrend, Verwundete schrien, wenn sie getroffen wurden. Helle Linien weißglühenden Metalls zogen sich über Boden und Wände, wenn Schüsse ihr Ziel verfehlten.

Es erschien Karoon-Belth wie eine Ewigkeit, aber der ganze Kampf dauerte nicht lange. Anschließend lagen die zehn Eindringlinge reglos auf dem Boden, daneben zwei Männer von Karoon-Belths Gruppe.

»Zwölf Tote!«, murmelte Karoon-Belth niedergeschlagen. »Zwölf zu viel.«

Mervet wartete geduldig, bis Althea erwachte. Er wusste zwar nicht, was sie in den letzten Tagen erlebt hatte, aber ihre Erschöpfung war offensichtlich gewesen, und er wollte die nötige Erholungspause nicht unnötig abkürzen. Sie brauchte etwas, bis sie sich orientiert hatte, dann wusste sie wieder, wer sie war und wo sie sich befand. Sie lächelte zufrieden, als sie ihn sah.

»Es tut gut, wieder einmal ein normales Gesicht zu sehen.« Sie reckte die Glieder.

Mervet grinste. »Du hast recht. Aber trotzdem, es wird Zeit für uns. Wir müssen den Herrschaftsbereich von Khon ha Burot verlassen, bevor sich die wild gewordene Maschine etwas Besonderes für uns einfallen lässt. Es gibt nichts Gefährlicheres als einen fehlgeschalteten Robot.«

Althea schüttelte den Kopf. Nachdenklich knabberte sie an der Oberlippe, dann lächelte sie. »Ich habe eine Idee, wie wir den Robot überwinden können. Komm mit!«

Mervet machte ein skeptisches Gesicht, aber er folgte ihr. Auf dem Gang hielt sie den ersten Robot an, der ihr über den Weg lief.

»Führ uns zu Khon ha Burot!«, befahl sie der Maschine, die sich sofort in Bewegung setzte und voranging. Gemächlich folgten Mervet und Althea der Maschine, die früher einmal als Massagerobot verwendet worden war. An den zahlreichen Stellen, an denen früher die Massagearme gesessen hatten, waren nun zahlreiche Werkzeuge befestigt, deren Zweck und Aufgabe auf den ersten Blick nicht ersichtlich waren.

Kurze Zeit später standen Althea und Mervet wieder vor Khon ha Burot. Mervet stellte fest, dass sich der Robot seit dem letzten Zusammentreffen um keinen Zentimeter bewegt hatte. Althea wartete nicht erst, bis sie angesprochen wurde. Sie zog ihre Waffe und feuerte auf Khon Burot. Mervet wollte ihr in den Arm fallen, aber er reagierte zu spät. Der defekte Robot begann plötzlich um sich zu schlagen, stand auf und fiel scheppernd vor Mervet auf den Boden. Er rührte sich nicht mehr, nur der Kopf kollerte weiter und verschwand unter einem Regal.

Grinsend steckte sie die Waffe in den Gurt zurück. »Das war alles«, sagte sie fröhlich. »Mehr war nicht nötig.«

Mervet zwinkerte fassungslos, konnte nicht glauben, was er gerade gesehen hatte. Althea hatte, ohne zu zögern, den Befehlsgeber einer gewaltigen Roboterarmee zerschossen, dennoch war nichts geschehen. Nervös sah sich Mervet um, aber von den Leibwächtern des Robotkönigs war nichts zu sehen. Althea wischte den Staub von der Sitzfläche des Thrones und nahm selbst darauf Platz.

»Darf ich um eine Erklärung bitten?«, erkundigte sich Mervet.

Althea nickte, genoss es sichtlich, dass diesmal sie die Lage beherrschte. »Was ich zu tun hatte, wurde mir klar, als du mir berichtetest, dass einer der Roboter dir ohne Zögern gehorcht hat. Eigentlich ist das ein ganz normaler Vorgang; man gibt einem Robot einen Befehl, und er führt ihn aus. So ist er programmiert. Ein Robot selbst aber kann keine Befehle geben, jedenfalls nicht im Normalfall. Seine

Programmierung lässt dies einfach nicht zu. Wird er aber so geschaltet, dass er Befehle seines Herrn an andere Roboter weitergibt, wird was geschehen?«

»Die anderen Roboter werden gehorchen. Es sei denn, eine Anweisung mit höherer Präferenz liegt vor, beispielsweise ein direkter Befehl des Besitzers, der der Anordnung des Kommandoroboters entgegengesetzt ist. Dann befolgt er natürlich die Befehle des Besitzers und ignoriert den Befehl des zweiten Robots.«

»Richtig. Hier auf Saruhl ist offenbar Folgendes geschehen – zunächst starben die Befehlsgeber mit Präferenz, das heißt sämtliche noch lebenden Akonen. Und gleichzeitig wurde ein Robot durch einen Unfall so umprogrammiert, dass er von sich aus Anweisungen gab, unser Freund Khon ha Burot. Präferenzen gab es nicht mehr, also folgten sie seinen Kommandos.«

Langsam begriff Mervet. »Die alte Programmierung aber besteht noch bei den Maschinen, die wir gesehen haben«, überlegte er halblaut.

»Unsere Anordnungen sind in jedem Fall den Befehlen eines Robots überlegen, auch wenn er sich Khon ha Burot nennt.«

»Darum konnte ich den fehlgeschalteten Robot ohne Schwierigkeiten erledigen. Jetzt hören die Robots auf unser Kommando.«

»Ein faszinierender Gedanke. Und was fangen wir damit an?«

Althea schien sich auch mit diesem Problem schon beschäftigt zu haben. Sie hatte sofort eine Möglichkeit anzubieten. »Wir schicken die Robotarmee aus und lassen sie jeden Akonen gefangen nehmen, den sie finden können. Wir werden Dankor-Falgh und Karoon-Belth dazu zwingen, sich zusammenzusetzen und zu reden. Das Blutvergießen muss endlich aufhören.«

Es gab einiges, was Mervet gegen Altheas Plan einzuwenden gehabt hätte, aber er schwieg, hauptsächlich aus dem Grund, dass er selbst nicht die leiseste Ahnung hatte, wie man die verfahrene Lage auf Saruhl wieder ins Lot bringen konnte. Vielleicht gab es tatsächlich die Chance, dass sich die streitenden Parteien wieder versöhnten, wenn sie zu einem Gespräch gezwungen wurden.

Althea rief einen der Roboter heran, die Maschine gehorchte sofort. »Ich befehle, dass alle verfügbaren Roboter das Gebiet rings um die Stadt absuchen. Sie sollen jeden Akonen, auf den sie treffen, entwaffnen und gefangen nehmen. Die Maschinen sollen bei den Gefangenen verharren, bis weitere Befehle erteilt werden.«

Der Robot wartete noch kurz, wie es seine Programmierung vorschrieb. Als keine weiteren Befehle kamen, entfernte er sich rasch. Es dauerte nicht lange, bis Bewegung in das gewaltige Roboterarsenal kam. Lebewesen, durch ein plötzliches Alarmsignal aufgeschreckt, hätten zweifellos ein beträchtliches Durcheinander angerichtet. Roboter verhielten sich anders. Nacheinander wurden die Maschinen aktiviert, formierten sich und verließen das Arsenal. Der Abmarsch verlief zügig und schnell, es kam zu keinen Störungen.

Althea lächelte vergnügt. Zum ersten Mal seit dem Ausbruch der Rebellion fühlte sie sich wieder wohl. Der Albdruck, entweder zu töten oder getötet zu werden, schien sich zu verflüchtigen. Die Lage wandelte sich zum Bessern. Mervet indes war skeptisch.

9.

Die Armasj wurde von einer Strömung erfasst, die das gesamte Gewächs in nervöse Zitterbewegungen versetzte. Völlig unkoordiniert rissen die langen, knorrigen Wurzeln ihre Endstücke aus dem Morast, hoben sie hoch und setzten sie platschend wieder ein.

Die Armasj schüttelte sich. Kleine Nebenäste der stelzenartigen Hochwurzeln brachen ab. Die große Pflanze schwankte hin und her, während sich die Fangblase aufwölbte und wieder verkleinerte. Die Lamellen des Kopfteils, der wie geronnener Schaum aussah, federten durch, als die schweren Zuckungen die Tentakel aus Holz ergriffen und sie zu schnellen, peitschenden Bewegungen reizten. Zwanzig Hochwurzeln wurden aus dem Boden gerissen, verformten sich zu Lianen und wirbelten durch die Luft, wickelten sich umeinander und brachen ab.

Das Schwanken der Pflanze wurde stärker. Immer wieder schlug sie gegen den dicken Baumstamm neben ihr. Einige der Peitschenarme wanden sich um den Stamm, andere brachen ab.

Kein fremdes Etwas hockte mehr in den Nervenbahnen der Pflanze. Die Ströme, die ihre hölzernen Zellen entlangliefen, verwandelten den stationären Organismus in eine rasende Furie. Die Fangblase zerriss, die Flügelzellen blähten sich auf, aber niemand sah es in der Dunkelheit der Nacht. Die Verdauungsflüssigkeit lief aus der zerrissenen Blase und hinterließ auf dem Boden kochende, Blasen werfende Spuren.

Dann, nach einem letzten wilden Reigen aus wirren Bewegungen selbstzerstörerischer Art, starb die Pflanze. Jede Art von Leben hörte schlagartig auf: Bewegung, Reaktionen auf Reize und der innere Halt der Milliarden Zellen. Mit brechenden Stelzenwurzeln kippte die Armasj um und schlug schwer in das hoch aufspritzende Wasser ...

... und die Odria hatte jetzt, von einem rasenden Gefühl der Panik vorwärtsgepeitscht, die Stelle erreicht, an der sich die Säule und der Bogenrest aus Stein teilten. Das Tier wusste nicht, was geschah. Aber ein undeutlicher Impuls machte ihr Todesangst. Sie kannte keine andere Reaktion auf dieses Gefühl als möglichst schnelle Flucht bis zu einem möglichst sicheren Platz. Mit blutenden Fingern und abgerisse-

nen Krallen zog sich die Odria weiter hinauf und rannte auf allen vieren über den Bogen. Fast am äußersten Platz blieb das Tier stehen und starrte heulend und kreischend zum schwarzen Mond, in dieses Loch in der Dunkelheit.

Das Gefühl, dieser brennend heiße Schmerz in ihrem Innern, nahm zu. Er kam und ging in immer kürzer aufeinanderfolgenden Wellen. Wieder traf sie eine brutale Schmerzwelle. Der Körper krümmte sich zusammen, der heulend trillernde Schrei riss ab. Niemand hatte sie angegriffen. Sie war in der besten Zeit ihres Lebens; es konnte nicht der tödliche Schlag des hohen Alters sein, der sie getroffen hatte. Keine Viper hatte sie gebissen, sie hatte kein Gift gefressen. Es gab keinen erkennbaren Grund zu sterben. Nicht einmal die Wesen, die dort vorn über die Straße rannten und in ihren hoch entwickelten Ohren Geräusche wie eine Herde Shaarn erzeugten, hatten ihr etwas getan.

Warum also dieser reißende, würgende Schmerz, der sie von innen heraus verbrühte, der die Muskeln und Nerven unbeweglich machte und die Augen trübte? Ein letzter, stechender Schmerz schlug zu wie ein Hammer, der einen langen, weißglühenden Nagel in den Schädel der Odria trieb. Das Tier schrie ein letztes Mal auf, die verkrampften Griffe um die Pflanzenteile lösten sich. Die Odria kippte nach hinten, überschlug sich während des langen Falles, aber sie war schon tot, als sie auf den Steinbrocken der Ruine schlug.

Foppon: 3. Prago der Prikur 10.499 da Ark

Die Szene innerhalb des großen Transmitterbauwerks hatte sich nur in einigen Teilen ein wenig verändert. Einige Frauen der Gruppe versuchten, mithilfe der Kocher, mit Vorräten und einigen drahtgestützten Folienbeuteln frischen Wassers Essen zuzubereiten. Keiner achtete darauf, dass Halgarn plötzlich aufstand, zu stöhnen begann und mit den Händen den Kopf umklammerte.

Plötzlich wimmerte er wie ein kleines Tier. Ra hörte dieses ungewohnte Geräusch zwischen all den summenden Schaltungen und den schnellen, heiseren Kommandos und Zahlenreihen, mit denen sich die Arbeitenden verständigten. Akon-Akon merkte es nicht. Er hatte, nachdem er den Kerlas-Stab auf die Brust Halgarns gerichtet hatte, den Arkoniden einfach stehen lassen und sich mit wahrem Arbeitseifer auf die Geräte des Transmitters konzentriert. Ra sprang auf, war mit ein paar weiten Sätzen neben Halgarn und fing den Zusammenbrechenden auf.

»He, was ist mit dir?« Er schüttelte Halgarn an den Schultern.

Halgarn stöhnte und lallte mit langen Pausen zwischen den Worten: »In meinem Kopf ... und hier am Herzen ... furchtbare Schmerzen ... brennend heiß, zu viel ...«

Wieder wimmerte er. Sein muskulöser Körper krümmte sich zusammen. Der Barbar konnte die Bewegung nicht aufhalten, so stark waren die verkrampften Muskeln.

»He, ihr dort! Bringt kaltes Wasser! Und ein Schmerzmittel! Es geht ihm schlecht!« Ras Stimme dröhnte durch das Murmeln, Summen und Klappern. Er ließ vorsichtig den schweren Körper auf den Boden gleiten und legte die Hand auf die Stirn des Partners. Sie war eiskalt.

Noch ehe die anderen zur Stelle waren, bäumte sich Halgarn auf, stöhnte lang gezogen, flüsterte: »Als ob ... etwas aus mir ... herausgesaugt wird!«

Sein Körper vollführte eine Reihe schneller, weit ausholender Bewegungen – und streckte sich aus. Sein verzerrtes Gesicht glättete sich. Aber es gab kein glückliches, entspanntes Lächeln. Er war unter grässlichen Schmerzen gestorben.

»Aus«, sagte Ra, stand auf und winkte Vorry.

Der Magnetier kam und fragte leise: »Kann ich helfen?«

Ra hob den Arm und winkte Akon-Akon. »Wenn er es uns befiehlt, begraben wir Halgarn draußen. Außerdem müssen wir Atlan, Fartuloon und Karmina entgegengehen.«

Der Akone kniete neben dem ausgestreckten Körper und schob schweigend mit einem unergründlichen Gesichtsausdruck seine Hand unter den Kopf, die Fingerspitzen berührten die Halsschlagader. »Er ist tatsächlich tot. Aber der Verstand, der ihn kurz besessen hatte, ist zuletzt nicht mehr in ihm gewesen.«

»Atlan wird uns alles berichten«, sagte Ra. »Wir dürfen also tun, was vorgeschlagen wurde?«

»Ja, natürlich. Begrabt ihn und geht Atlan entgegen.«

Vorry und Ra hoben den Körper auf und gingen an den entsetzt schweigenden Angehörigen der Gruppe vorbei durch das schmale und auf Bodenniveau liegende Tor hinaus in den Dschungel.

Ziponnermanx war in seinen sterbenden Körper zurückgekehrt und jetzt, gleichzeitig mit Halgarn, der Armasj und der Odria, gestorben.

Und mit ihm starben Hunderte großer Tiere, Tausende von kleineren, zwischen siebenhundert und achthundert der größten und kompliziertesten Pflanzenorganismen. Tiefseefische starben ebenso und trieben langsam an die Oberfläche. Vögel, Raubtiere und Schlangen, all jene Tiere, die Ziponnermanx einmal zum Teil seines multiplen Organismus gemacht hatte, fielen tot um.

Alles, was auf der Welt von Ziponnermanx, dem toten Wächter dieser Welt der vier Monde, schon einmal besetzt worden war, starb gleichzeitig mit ihm.

Aber das begriff niemand. Noch nicht.

Halt! Dort vorn bewegen sich Lichter!, schrillte der Extrasinn.

»Stehen bleiben!«, sagte ich. »Wir sind richtig. Ich habe eben eine Lampe gesehen.«

»Umso besser«, sagte Fartuloon. Zehn Meter vor uns ertönte ein tiefes Grollen, krachend brachen Zweige. Ein schwerer Körper schien hinter dem Busch zu fallen. Mehrmals schlug eine große Masse auf Steine. Wir sprangen zur Seite und hoben die Waffen.

Einen Augenblick später fiel ein großer, gestreifter Körper aus den Büschen vor dem Hang aus riesigen Quadern direkt auf die Mitte der Straße. Das Tier zuckte mehrmals mit den Läufen und dem langen Schwanz. Der stechende Raubtiergeruch kam uns entgegen. Ich feuerte einen Schuss auf die Steine, einen Meter vor dem Kopf des Tieres. Das weiße Feuer der Explosion zeigte uns, dass das Raubtier tot war.

»Es ist eins von der Art, die uns im Transmitter überfallen wollte«, sagte Karmina mit Nachdruck und schob sich in einem kleinen Bogen am Kopf des katzenartigen Tieres vorbei. Wir folgten ihr. Vor uns blitzte eine Lampe, die jemand im Kreis schwenkte.

»Atlaaan!«

Ra! Die Stimme des Barbaren!, sagte der Logiksektor.

»Hier sind wir!«

Vor uns ragte die riesige Masse des Gebäudes auf. Wir waren an unserem Ziel. Ra sprang uns entgegen und strahlte den schmalen Weg zwischen den üppigen Pflanzen an.

»Wir begraben Halgarn«, sagte er statt einer Begrüßung. Wir waren starr vor Schrecken. Aber wir hatten eine solche Möglichkeit schon erwogen.

»Was ist passiert? Gab es ... eine Auseinandersetzung?«, fragte Karmina aufgeregt. Der nächste Schock. Ich begrüßte halb geistesabwesend Vorry, der damit beschäftigt war, ein Grab auszuheben.

»Nein. Es geschah ganz plötzlich. Er griff sich an den Kopf, wimmerte und schrie und sagte, er müsse sterben. Es wäre, als ob jemand das Leben aus ihm heraussaugen wolle!«

Ich fühlte mich plötzlich, als ich neben Ra auf den Eingang zuging, alt und müde. Nicht so sehr physisch müde, das natürlich auch, sondern psychisch erschöpft. Auch dieser Tod war sinnlos gewesen; falls es überhaupt einen sinnvollen Tod gab. Der Verstand Ziponnermanx' hatte Halgarn übernommen. Halgarn war gestorben, als Ziponnermanx starb. Aber auch Karmina hatte sich in der Gewalt des MULTIPLEN befunden.

Ich befand mich bereits in der strahlend ausgeleuchteten Halle und drehte mich um. Karmina kam vor Fartuloon herein und blieb verblüfft stehen, als sie die veränderte Szene erkannte.

Der geistige Kontakt war nicht ausschließlich, sagte der Logiksektor.

Karmina sah ebenso erschöpft, zerkratzt und hungrig aus, ebenso schmutzig wie wir alle. Aber sie wirkte höchst lebendig. Meine Gedanken schwirrten weiter. Starb Halgarn deswegen, weil er Teil eines multiplen Organismus gewesen war, würden erst recht alle Tiere und Pflanzen sterben müssen, die einmal im Besitz des Wächters gewesen waren. Das affenartige Tier, das von der Säule fiel! Die schwere Raubkatze, die uns praktisch vor die Füße gefallen war. Beide tot. Und die Mehrzahl, die überwiegende Mehrzahl, würden wir ohnehin nicht gesehen haben und niemals sehen. Ich warf noch einmal einen langen, prüfenden Blick auf Karmina, aber sie war sehr lebendig.

Das eigenartige Phänomen, dass alle Teile der multiplen Organgruppe starben, galt nicht für sie. Sie war nicht übernommen worden, sondern er hatte ihr nur die letzte Botschaft übergeben wollen.

»Wenigstens eine Freude«, murmelte ich. Im selben Moment bauten sich mit einem dumpfen Dröhnen die beiden Energiesäulen auf und vereinten sich zum Torbogen. Sie blieben mindestens eine Zentitonta lang präzise in der charakteristischen Form. Unter ihr wallte das schwarze Nichts. Dann, auf einen Wink Akon-Akons, schaltete der Techniker ab. Ich ging auf Akon-Akon zu.

Der Junge drehte sich um und blieb stehen, ließ nicht erkennen, welches Gefühl er augenblicklich hatte. Er deutete auf den Transmitter und erklärte ruhig: »Der Kerlas-Stab, das heilige Gerät, und wir alle haben unter meiner Leitung den Transmitter schalten können. Auch die Justierung ist so gut wie abgeschlossen.«

»Der Wächter des Planeten, derjenige Akone, dessen Spuren wir einen Tag lang suchten, ist tot. Möglicherweise bist du an den Ergebnissen unserer Suche interessiert?«

Akon-Akon nickte nicht ohne Hochmut. »Hol dir etwas zu trinken, dann könnt ihr berichten. Wir haben auf dem Planeten ...«

Ich ging zu der kleinen Gruppe am Feuer und erhielt einen großen Kunststoffbecher mit einer erhitzten Konzentratlösung in die Hand gedrückt. Welch eine jämmerliche Verpflegung.

»Guten Appetit«, murmelte Fartuloon neben mir sarkastisch. Ich ging zurück zu dem Steuerpult, an dem Akon-Akon lehnte. Seine Energie und Ausdauer waren verblüffend groß.

Der Junge fuhr unbeeindruckt fort: »... Foppon eine sehr wichtige Feststellung machen können.«

»Welche ist das? Ich kann mich nicht daran erinnern, dass Ziponnermanx für den Fortgang unserer Suche eine große Hilfe gewesen ist«, gab ich bissig zurück. Ich trank diese denkwürdige Brühe in kleinen Schlucken. Sie war heiß, aber darüber hinaus gar nicht einmal so übel.

»Unsere Erfahrung ist es«, sagte Akon-Akon, nachdem Fartuloon und ich berichtet hatten, was wichtig gewesen war, »dass es viele ungemein wichtige Welten gibt. Es sind Planeten, die das Tor zum Versteck der Akonen aufstoßen können.«

Fartuloon deutete auf den Transmitter und fragte mit blankem Unglauben: »Du meinst, dieser Transmitter bringt uns nach Akon?«

Der Junge schüttelte den schmalen Kopf. »Nein. Das kann ich nicht hoffen. Auf den betreffenden Welten, die ein Teil des Netzes sind, leben die Wächter. Welche Aufgaben Ziponnermanx im Einzelnen hatte, verriet er nicht?«

»Nein.« Fartuloon sah mich fragend an. »Ich glaube, er hatte keine andere Möglichkeit, als das Gerät zu sprengen oder auf andere Weise zu zerstören.«

Sinnend und etwas abwesend sagte Akon-Akon schließlich: »Jedenfalls ist Foppon eine wichtige Transmitterstation auf der Strecke zum Versteck! Die Wächter der Planeten müssen, schon weil alles so unendlich lange her ist, unablässig abgelöst werden. Warum nicht der MULTIPLE?«

»Keine Informationen«, sagte ich.

»Also ist der Planet eine Ausnahme. Ein Austausch des Wächters war nicht notwendig. Oder er wurde einfach vergessen.«

Fartuloon blieb skeptisch. Er schien noch andere Möglichkeiten zu kennen. Ich beschränkte mich auf das Zuhören und sagte nichts. »Ich glaube nicht, dass ein Wächter so ganz einfach vergessen werden kann.«

»Nein? Warum nicht?«

»Weil sowohl eine solche Anlage, zudem eine Siedlung und darüber hinaus die Möglichkeit, Akon und das Versteck zu entdecken, nicht unter diejenigen Dinge zu fallen pflegen, die ein Volk vergisst.«

Akon-Akon biss sich auf die Unterlippe und dachte kurz nach. »Vielleicht gibt es für die Akonen aber auch keinen Grund mehr, alte Wächter zu ersetzen oder abzulösen?«

»Das würde bedeuten, dass Wächter zum Schutz des Verstecks nicht mehr nötig sind?«, mutmaßte der Bauchaufschneider.

»Richtig. Das könnte es auch sein. Jedenfalls werden wir diesen Transmitter bald eingestellt haben. Mangels vergleichbarer Angaben glaube ich allerdings nicht, das ich mit euch direkt im Versteck ankommen werde.«

»Vermutlich nicht.«

Immer wieder verließ einer unserer Gruppe seinen Platz, holte sich Essen und Trinken und kehrte zurück an den Platz. Mein Schlafbedürfnis nahm zu. Außerdem war der Junge so überaus sicher, dass er ausgerechnet mich nicht dazu brauchen würde, ihm zu helfen.

»Du bist fest entschlossen, das Versteck zu finden?«, fragte ich leise und gähnte.

»Ja. Früher oder später werde ich es entdecken. Auch wenn der Wächter das Gegenteil behauptet. Er wusste die Koordinaten sicher nicht, weil er sie dann niemandem verraten konnte.«

»Ein Gesichtspunkt, der beachtenswert bleiben sollte.« Fartuloon deutete auf die Pulte, an denen ununterbrochen Hunderte von Lichtsignalen blitzten. »Wann?«

»Noch vor dem Morgengrauen!«

»Brauchst du mich, Akon-Akon?« Ich fragte unmissverständlich und gähnte abermals.

»Nein.«

»Dann lege ich mich irgendwo hin und versuche etwas zu schlafen. Ich hoffe, ihr weckt mich. Ich möchte nicht der Nachfolger für Ziponnermanx sein.«

»Keine Sorge. Ich vergesse dich nicht«, versicherte mein Pflegevater und Lehrmeister.

Ich ging zurück zum Feuer, aß eine Kleinigkeit, trank noch einen Becher dieses seltsamen Gebräus und rollte mich in einer Ecke zusammen. Ich schlief augenblicklich ein.

»Und jetzt befehle ich euch, durch den Transmitter zu gehen. Ich bin sicher, dass wir einen weiten Schritt vorwärtskommen werden.« Akon-Akon sprach den Befehl laut und deutlich aus. Niemand hatte die Chance, ihn nicht befolgen zu müssen. Alles in seiner Haltung und in der herrischen Geste, mit der er auf die Zone zwischen den beiden Säulen deutete, drückte seine kalte Entschlossenheit aus. Die Entschlossenheit, das Versteck der Akonen aufzuspüren und zu erreichen.

Die ersten Teilnehmer der unfreiwilligen Expedition schulterten ihre Ausrüstung, gingen die Stufen hoch und verschwanden einer nach dem anderen zwischen den glühenden Säulen. Fartuloon und ich blieben seitlich stehen und sahen einen nach dem anderen verschwinden. In einigen Augenblicken waren wir an der Reihe. Akon-Akon stand uns gegenüber wie der Feldherr einer kleinen Armee.

»Nur noch siebenunddreißig Leute«, sagte Fartuloon mürrisch. »Wie wird das enden? Und wo, vor allen Dingen?«

Ich hob den Kopf und deutete mit den Augen auf den Jungen. »Das weiß nicht einmal er.«

»Aber er glaubt, das Versteck zu finden. Nun denn ...«

Wir gingen auf die Säulen zu. Akon-Akon schloss sich uns an. Er war der Letzte. Noch immer stand er unter dem Zwang seiner Programmierung. Sie motivierte ihn für alle seine Handlungen und auch für diesen Versuch. Wir würden, sobald der Schockschmerz vorüber war, wissen, wo wir herausgekommen waren. Eine halbe Tonta nach dem letzten Transmitterdurchgang würde hier eine Uhr das Gerät wieder ausschalten.

Wir gingen hintereinander in die Schwärze hinein, die zwischen den Säulen waberte. Die Energie des Transportfelds griff nach uns. Wir hatten Foppon verlassen – für immer.

Interludium

Aus: *Geheimes Offensivprogramm – das Wache Wesen*, Entwicklungs-
studie von Tarmin cer Germon, Rat von Akon; versehen mit ergänzen-
dem Nachtrag, anonymer Verfasser

*... ist das Ziel, die Abtrünnigen von innen her zu unterwandern und in
unserem Sinne zu beeinflussen. Hierzu soll ein Waches Wesen geschaffen
werden, welches die Führung der Abtrünnigen übernehmen kann – ausgestattet mit überragenden Fähigkeiten und mit überragender Macht
über seine Mitbürger, damit ihm alles gelingt, was es sich vornimmt. Da
keinem Lebewesen alle diese Gaben gleichzeitig in höchster Potenz von
Natur aus mitgegeben werden, wird es notwendig sein, das Wache Wesen bereits im Embryonalstadium einer modifizierenden und program-
mierenden Behandlung zu unterziehen.*

*Die Abtrünnigen nennen sich Arkoniden, was so viel wie Freie bedeu-
tet. Sie haben sich vom Mutterreich gelöst und dabei unsere gemeinsame
Zivilisation fast ausgelöscht. Aber sie werden so wenig frei sein wie als
Mitglieder des Mutterreichs auch, denn absolute Freiheit gibt es nicht.
Nirgends und nirgendwann ist ein Lebewesen frei. Der Wurm gehorcht
seinen Instinkten, höhere Lebewesen gehorchen Instinkten und Erfahrungen – und Intelligenzwesen gehorchen den Geboten der Vernunft,
wenn sie nicht scheitern wollen. Das Wache Wesen wird die Abtrünnigen
in die alte Gemeinschaft zurückführen, denn nur in der Gemeinschaft
können wir uns gegen die Gefahren der inneren und äußeren Natur
durchsetzen.*

*Alle Lebewesen werden ununterbrochen manipuliert, sei es durch die
universellen Einflüsse wie die verschiedenen Strahlungsarten, die Mag-
netfelder von Planeten, Sonnen und Galaxien oder sei es durch Gesell-
schaftsordnungen, Traditionen, die ökologischen Umweltverhältnisse
oder andere Lebewesen. Nur deshalb gibt es eine Evolution und letztlich bewusste Intelligenz. Die bewusste Intelligenz aber ist in der Lage,
Ursachen und Wirkungen in ihren Zusammenhängen zu durchschauen
und sich der Kausalitäten zu bedienen, um durch Erzeugung gesteuerter
Ursachen gewollte Wirkungen zu erzielen.*

Viren heften sich beispielsweise an die Wandungen von Zellen und entladen ihren Inhalt. Dieser besteht aus einem genetischen Programm, das dem Kern der betroffenen Zelle aufoktroyiert wird, woraufhin die Zelle im Regelfall nicht mehr sich selbst reproduziert, sondern identische Viren erzeugt, die beim Zerfall der Zelle frei werden und weitere Zellen befallen. Normalerweise wirkt sich das schädlich auf den betreffenden Organismus aus, oft sogar tödlich. Aber im Lauf der Evolution gab es immer wieder bestimmte Viren, die sich in Organismen ausbreiteten, diese aber nicht schädigten, sondern ihnen Informationen und Fähigkeiten vermittelten, zu denen die Organismen auf normalem Wege nicht oder erst viel später gekommen wären.

Dieser Umstand war Grundlage für umfangreiche Forschungen. Es gelang, ein Phasus-3 genanntes Virus zu züchten, das einen genau ausgewählten, möglichst im Embryonalstadium befindlichen Organismus befallen kann, indem es seine Gene in alle Zellen des Embryos schießt und seine Informationen so im genetischen Kode verankert, dass sie bei der Zellvermehrung immer wieder weitergegeben werden. Hierbei schädigt es den Organismus nicht, sondern übermittelt ihm ausschließlich Informationen und Fähigkeiten sowie beeinflusst sein Gehirn. Wird das Phasus-3-Virus in einen geeigneten Embryo eingebracht, sorgt es mit seiner Programmierung dafür, dass sich das Kind zum Wachen Wesen entwickelt. Phasus-3 ist so stabil, dass sich das Virus unverändert erhalten und vermehren wird, solange das Wache Wesen lebt.

Sobald dieses die körperliche und geistige Reife erreicht hat, wird es über alle Voraussetzungen verfügen, die Abtrünnigen zu führen sowie ihm hypnosuggestiv seinen Willen und seine Denkungsart aufzuzwingen. Andererseits wird das Wache Wesen dank einer zusätzlichen Mentorschulung – unbewusst, aber jederzeit abrufbereit – über umfangreiches Wissen unserer Wissenschaft und Technik verfügen. Es wird ein Superwesen sein, das die Abtrünnigen auf unsere Linie zurückführen muss, ob es will oder nicht. Niemand, der in die Nähe des Wachen Wesens kommt, wird beispielsweise noch in der Lage sein, an einen Mordanschlag zu denken. Er wird im Gegenteil alles tun, um es zu beschützen und seine Wünsche zu erfüllen.

Neben der Schaffung des Wachen Wesens und seiner Ausbildung gibt es als weiteren Faktor den Kerlas-Stab, der auf einer entsprechend geeigneten Welt zu deponieren sein wird. Das dem Wachen Wesen innewohnende Programm wird es zum Standort des Zeichens der Macht, *heiliges Symbol aus fast vergessener Vergangenheit, führen. Der Kerlas-Stab ist als Unterstützung des Wachen Wesens gedacht, dient als paramechanischer Indikator und gleichzeitig seiner Legitimation – den unterworfenen und auf unsere Linie zurückgeführten Abtrünnigen wie auch uns gegenüber. Mit ihm wird das Wache Wesen unter anderem bei Bedarf Zugang zu Stützpunkten finden, Roboter lenken und Transmitter programmieren können ...*

Ergänzender Nachtrag: *Die vom Wissenschaftlichen Kommandanten Tekla von Khom geführte Kommandoaktion muss nach Auswertung aller Daten als Fehlschlag verbucht werden; weder ist der exakte Standort des deponierten Kerlas-Stabes bekannt, noch liegen Erkenntnisse darüber vor, ob die Schaffung des Wachen Wesens überhaupt gelungen ist.*

Der Krieg gegen die Abtrünnigen endete jedenfalls mit einer fürchterlichen Niederlage, erneuerte die Doktrin der Isolation und führte zum Rückzug in das Akon-System, das durch den systemumspannenden blauen Energieschirm völlig von der Außenwelt isoliert ist, seither »das Versteck« genannt. Die ohnehin eher geringe Raumfahrt wird noch mehr reduziert, viele Siedlungs- und Nachschubwelten wedren aufgegeben oder mit Wächtern ausgestattet. Die verbliebenen sind allerdings durch ein hoch entwickeltes System von Ferntransmittern mit der Mutterwelt verbunden.

10.

Karoon-Belth wollte gerade die Waffe in den Gurt zurückstecken, als der Transmitter plötzlich aktiviert wurde und zu arbeiten begann. Karoon-Belth verfärbte sich.

»Das ist Hilfe von Akon«, murmelte eine junge Frau, die neben ihm stand. Ihr Gesicht war fahl. »Hilfe für Dankor-Falgh.«

Es war nicht anders möglich. Irgendwie hatte man im Versteck von der Rebellion erfahren und schickte nun frische, ausgeruhte Kämpfer, um den Aufstand niederzuschlagen.

»Weg von hier!«, schrie eine sich überschlagende Stimme. »Lauft, Leute!«

Karoon-Belth schloss sich der Flucht an. Im Laufen griff er nach dem Funkgerät. »Karoon-Belth an alle! Dankor-Falgh bekommt Hilfe von Akon. Setzt euch ab!«

Die keuchende Stimme Karoon-Belths machte seinen Anhängern sofort klar, dass es sich um eine akute Gefahr handelte. Sie zögerten nicht, seinem Befehl zu folgen.

Saruhl

Dankor-Falgh rieb sich verwundert die Augen, als er die Flucht sah. Wie gehetztes Wild verließen die Rebellen ihre Verstecke und versuchten, in den Ruinen der Stadt zu verschwinden.

»Mir soll es recht sein.«

Zum ersten Mal seit dem Beginn der Rebellion verließ Dankor-Falgh aufrecht gehend den Unterstand. Er beeilte sich, mit dem Flugaggregat die halb zerstörte Transmitterhalle zu erreichen, um den Hilfstrupp zu empfangen, wie es sich gehörte.

»Wir sollten aufgeben, Karoon-Belth!«

Karoon-Belth schüttelte den Kopf. »In unserer Lage gibt man nur einmal auf, und dann ist es für immer. Ich stelle es jedem frei, sich nach Belieben umzubringen. Ich für meinen Teil werde jede nur denkbare Chance nutzen, meine Freiheit und mein Leben zu verteidigen.«

»Welche Chancen haben wir denn überhaupt noch? Dankor-Falgh hat inzwischen den größten Teil der Stadt besetzt, er hat Hilfe von Akon bekommen, und in absehbarer Zeit wird überdies das Transportschiff auf Saruhl landen. Unsere Lage ist hoffnungslos.«

»Ein Akone kann hoffnungslos sein, eine Lage niemals«, gab Karoon-Belth zurück. Er wusste nicht, wo er den Spruch aufgeschnappt hatte, aber er schien ihm zu diesem Zeitpunkt sehr passend, um die angeschlagene Moral seiner Gruppe zu heben.

Den größten Teil der Stadt hatten seine Leute fast kampflos geopfert. Entsprechend groß waren die Schwierigkeiten, sie wieder zurückzuerobern. Erobert werden musste sie, denn nur mit den technischen Hilfsmitteln der Stadt war es möglich, eine Siedlung aufzubauen, ohne dabei innerhalb von zwei Generationen auf das Niveau einer Primitivkultur zurückzufallen. Noch hatten die Ruinen der Stadt viel zu bieten, Handwerkszeug, kleinere Maschinen, Vorräte an Werkzeugen und Rohstoffen.

Karoon-Belth war Wissenschaftler, er wusste, was es bedeutete, wenn technische Grundlagenkenntnisse verloren gingen, weil man sie nicht verwenden konnte. Was half es, dass er aus dem Gedächtnis eine komplette Bauanleitung für einen modernen Gleiter erstellen konnte, aber gleichzeitig weder Material noch Kenntnisse vorhanden waren, um auch nur den für Transformatorspulen nötigen Kupferdraht herstellen zu können? Gingen die Informationen verloren, wie man Kupfer förderte, läuterte, reinigte und verarbeitete, würden Jahrhunderte vergehen, bis die Bewohner Saruhls einen erträglichen Lebensstandard erreicht hatten.

Karoon-Belth wurde aus den Gedanken gerissen. Eine schwache Stimme war aus dem Funkgerät zu hören, ein Mann, der seine Schmerzen nur mühsam unterdrücken konnte.

»Karoon-Belth«, klang es flüsternd aus dem kleinen Lautsprecher. »Hier Mergan, erinnern Sie sich?«

»Sprechen Sie!«

Mergan war einer der Männer gewesen, die bei der plötzlichen Attacke auf die Transmitterhalle von Dankor-Falghs Männern niedergeschossen worden waren. Karoon-Belth hatte ihn für tot gehalten.

»Ich habe alles gesehen. Es sind keine Akonen angekommen! Die Leute sind Arkoniden!«

»Wiederholen Sie!«, forderte Karoon-Belth erregt.

»Es sind Arkoniden, ich habe sie deutlich gesehen. Dankor-Falgh hat die ganze Gruppe gefangen genommen und irgendwo eingesperrt.«

»He, da lebt ja noch einer«, erklang eine andere Stimme, das Funkgerät verstummte abrupt.

Karoon-Belth unterdrückte eine Verwünschung und wandte sich zu seinen Begleitern um. »Jetzt haben wir wieder eine Chance.« Nur an dem leisen Zucken der Lippen war zu erkennen, dass ihn der Tod eines seiner Anhänger nicht unberührt ließ. »Dankor-Falgh weiß noch nicht, dass wir informiert sind. Er hat unsere überstürzte Flucht gesehen und wird daraus folgern, dass wir so schnell nicht wieder zurückkommen werden. Starten wir jetzt einen Angriff, wird er Dankor-Falgh und seine Leute völlig überraschend treffen. Wer stimmt mir zu?«

Die meisten Hände wurden gehoben.

»Also los!«, befahl Karoon-Belth. »Wir haben nicht viel Zeit.«

Für eine der beiden Parteien bedeutete die Landung des Transportschiffs die Rettung, für die andere war sie das Ende ihrer Hoffnungen. Dankor-Falghs Männer hatten die verstreichende Zeit als Verbündeten, für Karoon-Belths Anhänger bedeutete sie steigende Verzweiflung.

Die Kämpfe konzentrierten sich auf das Gebiet, das die große Transmitterhalle umgab. Sie wurden mit Erbitterung geführt, mit allen Hilfsmitteln, Listen und Tricks, die den Akonen zur Verfügung standen. Einer von Karoon-Belths Anhängern war auf die Idee gekommen, ein uraltes Vorratslager zu plündern. Seit Kurzem bewarfen die Rebellen eine Verteidigungsstellung der Loyalisten mit längst verdorbenen Konserven. Über der Kampfstätte lag ein Gestank, der Roboter zur Flucht hätte treiben können. Der Geruch mischte sich mit dem Qualm und Rauch der Brände, die der Wind langsam über die ganze Stadt verbreitete.

Irgendwie schienen die Mutationen Saruhls erfahren zu haben, was sich in der zerstörten Stadt abspielte, dass dort reiche Beute winkte. In immer größeren Scharen drangen die Mutanten in die Stadt ein und beteiligten sich auf ihre Weise an der Auseinandersetzung.

Vier Männer und zwei Frauen standen Rücken an Rücken und wehrten sich verzweifelt gegen zehn Mutanten, die sie mit meterlangen Ranken zu erwürgen versuchten. Als diese Gefahr beseitigt war, spritzten die Kämpfer auseinander und gingen in Deckung. Augenblicke später bekämpften sie sich wieder mit der gleichen verbissenen Wut, mit der sie sich gemeinschaftlich gegen die Mutanten zur Wehr gesetzt hatten.

In einem anderen Winkel der Stadt verfeuerte ein Loyalist ein ganzes Magazin auf einen Dornen spuckenden Baum. Der Baum ging in Flammen auf und krachte zu Boden. Der Loyalist lud sorgfältig nach und wartete, bis der Qualm den Rebellen aus dem Versteck trieb, das der Dornenspeier attackiert hatte. Als der Rebell hustend und würgend das Versteck verließ, schoss ihn der Loyalist nieder. Anschließend bedeckte er den Leichnam mit Steinen, um ihn vor den Tieren zu verbergen, verließ zufrieden den Platz. Er hatte der schizophrenen Logik des Kampfes Genüge getan.

Zwei Fehler hatte Althea gemacht, zwei kapitale Fehler, die auch von Mervet nicht entdeckt wurden, obwohl sie klar zu erkennen waren. Da war zunächst die Frage, woher die vielen tausend Kampfroboter überhaupt kamen, wer sie gebaut hatte – und vor allem, für welchen Zweck.

Mervet hätte nur einen Blick in seine Einsatzunterlagen werfen müssen. Dort war von einem subplanetarischen Kampfroboterarsenal keine Rede. Die stählerne Armee war erst entstanden, als die Akonen Saruhl längst geräumt hatten.

Außerdem hätte sowohl Mervet als auch Althea auffallen müssen, dass die Mehrzahl der Roboter an einigen Stellen von einem überaus merkwürdigen Bewuchs befallen waren. Zwar hatte Mervet die grünliche Flechte am Körper Khon ha Burots gesehen, aber er hatte es versäumt, sich zu fragen, wie eine Pflanze auf dem glatten Stahl eines Roboters überhaupt Halt finden konnte und wie sie sich ernährte. Althea und Mervet wären entsetzt gewesen, hätten sie unter einem Mikroskop die hauchdünnen Fäden gesehen, die das Flechtengewebe mit der Positronik des jeweiligen Roboters verband.

So dachten sie nicht daran, die Aktion der Robots zu stoppen.

Mit stiller Wut sah Dankor-Falgh zu, wie aus der Decke der Transmitterhalle ein Stück brach. Eine halbe Tonne Gestein und Mauerwerk stürzte in die Tiefe und zersprang auf dem Boden der Halle. Steinsplitter sirrten durch die Luft, einige Männer zuckten erschreckt zusammen.

»Weitermachen!«

Die Frauen und Männer nahmen ihre Arbeit wieder auf. Es war schwierig, unter so extremen Bedingungen einen Großtransmitter zu demontieren. Schwierig, weil in der Nähe der Halle gekämpft wurde, weil ab und zu Schreie gellten und das hektische Donnern und Krachen der Schüsse unterbrachen, Schreie, die von verwundeten und sterbenden Freunden ausgestoßen wurden. Im Innern der Halle lagen etliche Verwundete, die nur notdürftig versorgt werden konnten und deren Stöhnen und Wimmern die arbeitenden Techniker belastete.

Wegen der Kämpfe war das für die Demontage verfügbare Personal beschränkt. Nur wenige Leute standen für diese Aufgabe zur Verfügung. Sie mussten mit unzureichenden Mitteln arbeiten und liefen ständig Gefahr, einen Fehler zu machen, der sie und den Transmitter in Stücke reißen konnte. Allein für die Demontage der Hypersender und ihrer Peripherie, die das entmaterialisierte Objekt an den Zieltransmitter beförderten, wurden unter normalen Umständen zwei Dutzend hoch qualifizierter Spezialisten benötigt. Dankor-Falgh hatte nur einen Mann für diese Aufgabe, und er hatte sie ihm übertragen. Dem Techniker blieb nichts anderes übrig, als den Befehl auszuführen. Machte er einen Fehler und wurde getötet, hatte er Pech gehabt – der Tod bei Verweigerung des Befehls war ihm ohnehin sicher, also hatte der Mann gehorcht.

Dankor-Falgh verließ die Halle, vorsichtig und sorgsam auf seine Deckung achtend. Die vorderste Linie der Gegner war vierhundert Meter entfernt, weiter waren Karoon-Belths Rebellen nicht vorgedrungen. Dankor-Falgh suchte hinter einem Mauerrest Schutz und winkte einen Mann heran. Die Abzeichen wiesen ihn als den Lebensmittelverwalter des Demontagegeschwaders aus, ein dicklicher Mann mit spärlichem Haar, der zeit seines Lebens niemals eine Waffe in der Hand gehalten, geschweige denn auf jemanden abgefeuert hatte.

»Wie sieht es aus?«, wollte Dankor-Falgh wissen.

Die Antwort kam keuchend: »Die Rebellen kommen nicht vorwärts, aber sie weichen auch nicht zurück. Daran wird sich wahrscheinlich in der nächsten Zeit nichts ändern.«

Dankor-Falgh nickte nachdenklich. Stimmte diese Lagebeschreibung, hatte er das Spiel gewonnen. Der einzige unsichere Faktor in seiner Rechnung war das Problem des Landeplatzes für das Transportschiff. Es musste an einem Ort aufsetzen, den Dankor-Falghs Gruppe schneller erreichen konnte als die Rebellen. Während er überlegte, was er dem Kommandanten des Transportschiffes melden sollte, schweifte sein Blick ziellos umher. Erst als er zum dritten Mal den gleichen Ort betrachtete, fiel ihm etwas auf, ein Blitzen, das aus der Luft kam.

Das Transportschiff? Jetzt schon?

Dankor-Falgh griff nach dem Fernglas. Das Bild, das ihm die Optik lieferte, ließ sein Gesicht blutleer werden. Es war deutlich zu erkennen, dass sich durch die Luft mindestens eine Tausendschaft Roboter näherte. Ihr Ziel war offenkundig die Transmitterhalle. Dankor-Falgh sah, dass die Maschinen bewaffnet waren. Er schloss für einen Augenblick die Augen, suchte den ganzen Luftraum über der Stadt ab. Zählen konnte er die Roboter nicht, aber er schätzte nun, dass von allen Seiten mindestens zweitausend Maschinen im Anflug waren, wahrscheinlich sogar deutlich mehr. Dankor-Falgh wusste, dass dies das Ende war, und griff nach dem Funkgerät. »Dankor-Falgh an Karoon-Belth! Dankor-Falgh an Karoon-Belth. Melden Sie sich!«

Karoon-Belth glaubte an einen üblen Scherz, als ihm gemeldet wurde, dass Dankor-Falgh Funkkontakt mit ihm suchte – auf der Wellenlänge, die vor dem Start nach Saruhl vereinbart worden war. Er witterte eine List, eine perfide Falle.

»Anhören kann ich ihn immerhin«, murmelte er nachdenklich und stellte sein Gerät auf die Standardfrequenz.

»Melden Sie sich!«, quäkte es aus dem kleinen Lautsprecher.

»Hier Karoon-Belth. Sie wollen mich sprechen?«

»Endlich!« Der erleichterte Seufzer in der Stimme Dankor-Falghs war nicht zu überhören. Karoon-Belth sah verwundert seine Leute an, er begriff nicht ganz, was diese Erleichterung in Dankor-Falghs Stimme zu besagen hatte. »Hören Sie. Ich finde, wir haben uns lange genug bekämpft und viele gute Leute verloren. Ich meine, ähem, so schlimm und rebellisch sind Ihre Ansichten nicht, ich meine, wenn man sie einmal in Ruhe betrachtet. Und, ähem, ich kann Sie gut verstehen, und, ähem, wenn man es genau betrachtet, haben Sie irgendwo ja auch recht ...«

Karoon-Belth kannte Dankor-Falgh seit vielen Jahren, aber er konnte sich nicht erinnern, dass Dankor-Falgh jemals so nervös und konfus geredet hatte. »Kommen Sie zur Sache! Was haben Sie vorzuschlagen?«

»Ja, ich meine, vielleicht, wenn Sie wollen ... eine Art Friedenskonferenz.«

Hätte man seelischen Steinschlag hörbar machen können, wäre das Funkgerät in Karoon-Belths Hand detoniert. Auch ohne diese Verdeutlichung war klar zu erkennen, wie erleichtert Dankor-Falgh war, dass er diese Worte über die Lippen gebracht hatte. Karoon-Belth hatte zwar nicht die leiseste Vermutung, wie sein erbitterter Gegner zu diesem Vorschlag kam, aber ihm konnte es nur recht sein, wenn das gegenseitige Abschlachten ein Ende nahm. »Einverstanden. Fürs Erste schlage ich einen Waffenstillstand vor. Ab sofort.«

»Genau das wollte ich Ihnen vorschlagen. Wo sollen wir uns treffen?«

Karoon-Belth nannte einen Ort, der zwischen den feindlichen Linien lag. Auch damit war Dankor-Falgh sofort einverstanden. Langsam kam die Angelegenheit Karoon-Belth reichlich mysteriös vor.

»Da wir uns auf einen Waffenstillstand geeinigt haben, würden Sie bitte Ihre Roboter zurückrufen?«

Karoon-Belth runzelte die Stirn. »Meine was?«

»Ihre Kampfroboter. Ich weiß nicht, woher Sie die Maschinen haben, aber sie kommen immer näher. Wenn Sie sie nicht zurückrufen, richten sie ein Blutbad an.«

Karoon-Belth hetzte mit einer Handbewegung seine Leute aus dem Raum. Sie wussten, was jetzt zu tun war. »Hören Sie zu, Dankor-Falgh. Diese Roboter sind nicht von mir. Ich wiederhole, sie wurden nicht von mir ausgeschickt.« Er hörte, wie Dankor-Falgh nach Luft schnappte. »Sammeln Sie Ihre Leute an der Transmitterhalle. Wir kommen Ihnen zu Hilfe!«

Er schaltete das Funkgerät aus, es gab nichts mehr zu sagen. Die Feindschaft zwischen Loyalisten und Rebellen konnte zu den Akten gelegt werden. Ein neuer Gegner war aufgetaucht, und er war stärker und besser bewaffnet als das, was vom 14. Demontagegeschwader Fereen-Tonkas noch übrig geblieben war.

Annähernd zehntausend Roboter waren im Einsatz, sie griffen die Stadt von allen Seiten an. Ihre Kampfkraft litt zwar darunter, dass zahlreiche Maschinen mehr oder weniger defekt waren, aber dennoch war die Roboterarmee erheblich stärker als das gesamte Demontagegeschwader. Es war nur eine Frage der Zeit, wann die Roboter alle Akonen gefangen genommen und entwaffnet haben würden.

Eine unscheinbare Flechte war die Ursache: Erst in der Verbindung der Flechte mit dem Robotgehirn hatte das Pflanzenwesen so etwas wie Intelligenz entwickeln können. Es war sich seiner Existenz bewusst ge-

worden, und es dachte nicht daran, diese neu gewonnene Erkenntnis wieder aufzugeben. Aus den Daten, die in den Speichern der Positroniken enthalten waren, hatte die Flechte folgern können, dass die Akonen, waren sie erst einmal Herren der Lage, natürlich die Maschinen von Verunreinigungen befreien würden. Zu diesen Verunreinigungen musste sich die Flechte zählen.

Zu ihrem Leidwesen aber war sie niemals in der Lage gewesen, die Roboter vollständig zu kontrollieren. Sie hatte zwar Khon ha Burot übernehmen können, aber sie war darauf angewiesen gewesen, dass in dem defekten Hirn des Roboters spontan Befehlsimpulse entstanden. Diese Impulse konnte die Flechte lenken und beeinflussen, aber nur unvollständig. Sie hatte, als Khon ha Burot den Bau neuer Maschinen anordnete, diese Befehle so umwandeln können, dass alle neu gebauten Maschinen bewaffnet waren. Den Einsatzbefehl für diese Armee zu geben hatte aber die Kräfte der Flechte überstiegen.

Jetzt aber war dieser Befehl ausgesprochen worden. Es war Sache der Flechte, ihn nach ihren Vorstellungen abzuändern. In jedem der vielen tausend Roboter spielte sich während des Anflugs auf die Stadt der gleiche Vorgang ab. Die untereinander mental verbundenen Flechten bildeten zwei Stränge aus, die sie tief in das Positronenhirn schickten. Einer dieser Stränge verband sich mit der Schaltung, die dem Robot Selbsterhaltung befahl. Die Aufgabe dieses Stranges war es, den Selbsterhaltungstrieb des Robots so weit zu steigern, wie dies möglich war.

Die Aufgabe des zweiten Stranges war weit wichtiger und beschäftigte den größten Teil der Energien der Flechten. In einem unerhört komplizierten Verfahren, an dem die Flechte jahrzehntelang gearbeitet hatte, wurde das Basisprogramm geschickt umgangen. Nach und nach wandelte die Flechte das Informationspaket um, das die Roboter gespeichert hatten. Aus den befehlsberechtigten Akonen, denen die Roboter in jedem Fall zu gehorchen hatten, wurden tödliche Feinde.

Als die ersten Roboter auf Akonen stießen, war die Umprogrammierung abgeschlossen. Die Roboter handelten, wie es ihnen nun vorgeschrieben war ...

Mervet und Althea hatten den ausrückenden Kampfrobotern einige Beobachter nachgeschickt. Sie wollten wissen, wann sie sich wieder zeigen durften, ohne ihr Leben zu riskieren. Die Beobachter lieferten präzise

Bilder von dem, was sich in und um die Stadt abspielte. Mervet starrte entsetzt auf den Bildschirm. Er hatte geglaubt, die Roboter würden die Mitglieder des Demontagegeschwaders gefangen nehmen und entwaffnen, aber was sich in diesem Augenblick auf den Bildschirmen abspielte, war nicht anders denn als Blutbad zu bezeichnen.

»Was hat das zu bedeuten?«, stieß er hervor und wandte sich zu Althea um, die mit bleichem Gesicht das Geschehen auf den Monitoren verfolgte. »Sind die Maschinen verrückt geworden?«

Es war sinnlos, sie danach zu fragen. Sie wusste ebenso wenig wie er eine Antwort. Sie begriff nur, dass sie die Kontrolle über die Roboter verloren hatten und dass sich eine Katastrophe anbahnte. Sie hielten sich in einem Kontrollraum auf, einem exakt kreisförmigen Raum mit sechs Metern Durchmesser, dessen Wände mit Bildschirmen und Instrumenten übersät waren. Die meisten Monitoren zeigten das gleiche Bild – verzweifelte Akonen, die sich erbittert gegen die wütend angreifenden Roboter zur Wehr setzten. Es war auch klar zu sehen, dass dieser Widerstand nicht von langer Dauer sein würde. Die Übermacht der Kampfroboter war zu groß.

Mervet trommelte mit den Fingerspitzen auf dem Oberschenkel, er suchte verzweifelt nach einer Möglichkeit, die sich abzeichnende Katastrophe zu verhindern. Als Erstes schaltete er die Bildschirme ab, er wollte das Gemetzel nicht länger ansehen. Als alle Monitoren dunkel waren, fiel ihm etwas auf. Er aktivierte erneut einen Bildschirm und sah sehr genau hin. Ohne sich um die verwundert dreinblickende Althea zu kümmern, schaltete der junge Mann den Monitor wieder ab. Er hatte genug gesehen. Hastig erklärte er ihr seinen Plan. Er barg Gefahren, aber er enthielt die einzige Möglichkeit, das Blutvergießen zu beenden.

Althea rang nach Luft. Seit sie, ohne behindert zu werden, das subplanetarische Reich des Robotkönigs Khon ha Burot verlassen hatten, waren sie in höchstem Tempo marschiert. Mervet hatte weder sich noch sie geschont, er wusste, wie wenig Zeit blieb. Unterwegs waren sie mehrfach aufgehalten worden. Zweimal schon hatten sie ihre Waffen nachladen müssen, ein deutliches Zeichen für die Härte der Auseinandersetzungen, die sie zu bestehen gehabt hatten.

Mervet blutete aus einer Wunde an der Schulter. Altheas Beine waren von kleinen Stichwunden übersät. Sie war in ein Dornengestrüpp gelaufen, jetzt konnte sie nur hoffen, dass die Stacheln nicht vergiftet waren. »Ich brauche eine Pause«, ächzte sie. »Meine Beine lassen sich kaum noch bewegen.«

»Keine Pause«, entschied er hart. »Wenn wir uns nicht beeilen, können wir bald überhaupt nichts mehr bewegen.«

Er war froh, dass sie nach einer Pause verlangt hatte. Das gab ihm die Möglichkeit, hart und entschlossen zu sein, obwohl er selbst danach gierte, sich hinzulegen und die schmerzenden Muskeln zu entspannen. Reserven, die er noch hätte aktivieren können, hatte er nicht mehr. Unterbrach er jetzt den Gewaltmarsch, würde es keine Fortsetzung mehr geben. Er wusste genau, dass er sofort einschlafen würde, wenn er auch nur kurz pausierte.

Die ersten Gebäude der Stadt waren bald erreicht. Schon von Weitem sah Mervet die Rauchsäulen, die sich aus den Ruinen in die klare Luft schraubten. Der Lärm des Kampfes klang herüber, an vielen Stellen schlugen Flammen empor. Die Brände beleuchteten die Stadt, die langsam in der hereinbrechenden Dämmerung versank. Die Sehzellen der Roboter ließen sich auf Nachtsicht umstellen. Diese Möglichkeit war den eingekesselten Akonen verwehrt. Im gleichen Maß, in dem die Dunkelheit zunahm, verschlechterten sich ihre Chancen.

Mervet drosselte das Tempo. Jetzt galt es, ein ganz bestimmtes Gebäude zu finden – nach Möglichkeit, ohne in die Kämpfe verwickelt zu werden. Zum Glück konnte er sich ausrechnen, dass sich die noch lebenden Mitglieder des Demontagegeschwaders in der Nähe der Transmitterhalle gesammelt hatten. Wer nach dem Angriff der Robotarmee noch im Freien gewesen war, würde kaum eine Chance haben, den mordlustigen Maschinen zu entgehen.

Dass diese Überlegung richtig war, erwies sich bei jedem Schritt. Immer wieder mussten Mervet und Althea über zerstörte Roboter steigen, ab und zu stießen sie auf akonische Körper, die reglos auf den Straßen lagen. Die Brände, die bei den Kämpfen ausgebrochen waren, fraßen sich vor. Niemand hinderte die Schwelbrände, die Straße um Straße erreichten und alles Brennbare in Flammen aufgehen ließen. Das Toben der Kämpfe mischte sich mit dem Prasseln der Feuer zu einem Konzert der Vernichtung.

In dem unsicheren, flackernden Licht studierte Mervet die Karte. »Nach rechts«, entschied er. »Bald sind wir am Ziel.«

»Und dann?«, fragte Althea schwach.

»Abwarten.« Das Bewusstsein, das Ziel in greifbarer Nähe zu haben, ließ ihn einen Teil der Erschöpfung vergessen, obwohl er und Althea schwer zu tragen hatten. Sie hatte sich anfangs geweigert, aber er hatte sie gezwungen, die kleinen Flugaggregate wie auch diverse Sprengkörper zu schleppen, die sie aus abgeschossenen Robotern ausgebaut hatten. Nur die Tatsache, dass sich Mervet ebenfalls mit schweren Lasten belud, hatte sie dazu gebracht, das brisante Material zu tragen.

Sie erreichten eine dicht bewachsene Fläche, die vom Flammenschein beleuchtet wurde. Der Bewuchs war nicht hoch, dafür aber sehr dicht. »Dort«, sagte Mervet zufrieden. »Jetzt müssen wir nur noch den Eingang suchen.«

»Eingang?«, wiederholte Althea erschöpft. »Wozu?«

Er hatte die Zugangsschleuse bereits gefunden. Im Stillen dankte er dem Standardisierungsdrang, Anlagen nach stets dem gleichen Muster zu bauen. Wer einmal wusste, wo der Zugang zu einem subplanetarischen Lager war, fand die Schleuse überall, wenn sie von Akonen angelegt worden war. Mit einigen gezielten Schüssen zerschoss Mervet die Riegel. Eine kreisrunde, stählerne Platte sackte nach unten und verschwand im Boden. Er zog prüfend die Luft ein, nickte zufrieden und stieg als Erster in die Öffnung. Nach kurzem Suchen hatte er die Sprossen gefunden, an denen er sicher absteigen konnte. Althea folgte zögernd.

Kurz darauf wanderten die Handscheinwerfer durch den ausgedehnten Lagerraum.

»Hierhin wolltest du?«, fragte sie entgeistert. »Hast du nichts anderes im Kopf als ... Essen?«

»Nichts anderes. Während der ganzen Zeit habe ich mich auf genau diesen Anblick gefreut.«

Die gewaltigen Kühlanlagen wurden von einem separaten Reaktor versorgt. Die nahezu perfekte Isolierung brachte es mit sich, dass nur geringe Mengen Energie gebraucht wurden, um die Temperaturen im Innern des Lagerhauses konstant zu halten. Seit undenklichen Zeiten arbeitete die Anlage und funktionierte noch immer.

Im Handscheinwerfer leuchtete Tiefkühlfleisch auf, unübersehbare Mengen von geschlachteten und tiefgefrorenen Tierleibern, die seit Jahrhunderten auf Konsumenten warteten. Althea begann an ihrem Verstand zu zweifeln. Was hatte Mervet vor?

Bilder wie diese hatte Dankor-Falgh noch nie gesehen. Je länger er sie betrachtete, desto größer wurde seine Entschlossenheit, um jeden Preis zu vermeiden, noch einmal in eine solche Lage zu geraten. Wie aufgeregte Mücken schwirrten die Kampfroboter um die Transmitterhalle. Andere Maschinen näherten sich zu Fuß. Die vorgeschobene Linie der Verteidiger war nur noch hundert Meter von der Transmitterhalle entfernt. Vorzudringen war ausgeschlossen, das rasende Feuern der Roboter ließ es nicht zu. Dass die Verteidigung noch nicht zusammengebrochen war, lag hauptsächlich an der Organisation, die Karoon-Belth und Dankor-Falgh in rasender Eile aufgebaut hatten.

Karoon-Belth hatte still gelächelt, als Dankor-Falgh das Kommando an sich gerissen hatte. Gegen den ehrgeizigen Mann ließ sich vieles vorbringen, aber Karoon-Belth war ehrlich genug, sich einzugestehen, dass er sicherlich nicht mit der gleichen Schnelligkeit und Perfektion eine organisierte Verteidigung aus dem Boden gestampft hätte. Mit Dankor-Falgh war eine eigentümliche Verwandlung geschehen. Er war ehrgeizig und feige gewesen – aber der psychische und physische Druck, unter dem er nun stand, hatte die Maske zerbröckeln lassen. Zum Vorschein gekommen war ein Mann, der seine Haut retten wollte wie jeder der Eingeschlossenen und der eingesehen hatte, dass dazu alle Beteiligten ihr Bestes geben mussten.

Im Innern der Transmitterhalle lagen die Verwundeten und wurden versorgt. Diejenigen, die keine großen Schmerzen hatten und sich noch bewegen konnten, luden leer geschossene Waffen nach, betreuten andere Verletzte und versorgten die Kämpfenden mit Nahrungsmitteln und Wasser. Eine zweite, größere Gruppe war ausschließlich damit beschäftigt, den Luftraum über der Halle frei von Robotern zu halten. Eine dritte Gruppe versuchte, aus den Geräten des Transmitters ein Ortungsgerät zusammenzubasteln, mit dem die Metallmassen der Roboter geortet werden konnten, bevor die Maschinen sichtbar wurden.

Die Verteidigungsorganisation arbeitete schnell, nahezu perfekt. Aber es war allen Beteiligten klar, dass sich dieser Kampf nicht über einen längeren Zeitraum hinziehen durfte. Die Kämpfenden brauchten ein Höchstmaß an Konzentration, um die unglaublich schnellen Maschinen rechtzeitig sehen und unter Sammelbeschuss nehmen zu können.

Mervet hatte für sich und Althea ein sicheres Versteck gefunden, das nicht nur Schutz bot, sondern auch einen relativ guten Überblick über die Stadt. Die Platzierung der diversen Ladungen war vergleichsweise schnell gelungen.

Aus ihrer Deckung beobachteten sie nun, wie die Decke der subplanetarischen Lagerhalle – von einer gewaltigen Stichflamme getragen – in die Luft flog, zu Trümmern zerfiel und fast gleichzeitig der Inhalt der Halle folgte. Althea begriff zwar nicht, was dieses Manöver zu bedeuten hatte, aber sie hatte fleißig geholfen, die mitgeschleppten Flugaggregate so zu befestigen, dass sie gemeinsam mit der Druckwelle der Explosion die Ladung aus dem Lagerraum beförderten und in alle Winde zerstreuten.

Jetzt erkannte sie, dass der größte Teil der Lagerbestände in der Nähe der großen Transmitterhalle niedergegangen sein musste. Vermutlich war dort eine beträchtliche Verwirrung entstanden.

Kommandantin Vandra von Laggohn wollte sich das kupferfarbene Haar aus der Stirn streichen. Sie stoppte die Bewegung, als sie sich erinnerte, dass sie ihr Haar vor Kurzem erst hatte schneiden lassen, um eben jene unbewusste Bewegung zu vermeiden. Die Kommandantin eines akonischen Schiffes war gut beraten, dass sie solche überflüssigen Bewegungen aus ihrem Repertoire strich.

Auf den Bildschirmen zeichnete sich der Planet Saruhl ab, auf den das Transportschiff zuflog. Es hatte die Form einer an den Polen abgeplatteten Kugel von fünfhundert Metern Durchmesser. Seiner Funktion entsprechend war die Bewaffnung gering, es gab kaum Beiboote, aber leistungsfähige Triebwerke und Schutzschirme. Das Hauptvolumen wurde von den großen Hallen für die demontierten Transmitter eingenommen, einen weiteren Teil bestimmten die Unterkünfte für die Mitglieder der Demontagegeschwader.

Gesteuert wurde der Raumer von einer nur achtköpfigen Crew – von Vandra von Laggohn und sieben ihr unterstellten Männern. Normalerweise war das angesichts des hohen Grads der Automatisierung an Bord des Transportschiffs völlig ausreichend, zumal beim Energiekommando darauf geachtet wurde, dass möglichst wenige Akonen das Versteck verließen.

Geriet ein voll automatisiertes und unterbesetztes Schiff jedoch in einen heftigen Hypersturm, zeigten sich rasch die Grenzen von Technik wie Personal. Sie hatten die Situation dennoch gemeistert, aber es gab eine Reihe von Schäden, die zwar bislang noch keine akuten Aussetzer zur Folge hatten, aber dringend einer Reparatur bedurften. Jede unnötige Belastung konnte in absehbarer Zeit zur tödlichen Gefahr werden.

Die Kommandantin hatte sich deshalb entschlossen, vor dem angesetzten Termin Saruhl anzusteuern, um die Zeit entsprechend zu nutzen. Jetzt allerdings betrachtete die Frau irritiert die optische Wiedergabe der Werte, die der Energietaster lieferte. Auf Saruhl waren offenbar Gefechte im Gang, die mit Energiewaffen ausgetragen wurden.

»Was hat das zu bedeuten?«, fragte sie halblaut. »Kämpfe?«

»Soweit ich weiß, gibt es dort kein intelligentes Leben«, meldete sich der Astrogator.

»Lassen Sie das nicht die Leute vom Demontagegeschwader hören.«

»Vielleicht handelt es sich um Rebellen?«

»Ausgeschlossen. Personal, das auf Außenwelten eingesetzt wird, ist über jeden Zweifel erhaben!«

Das »Hm!« des Astrogators zeigte deutlich, dass er diese Ansicht durchaus nicht teilte.

»Wir landen in der Nähe der Stadt«, bestimmte Vandra. »Und warten ab, wie sich die Dinge entwickeln. In der Dunkelheit können wir ohnehin nichts unternehmen.«

»Da kommen sie!« Mervet stieß Althea an.

Sie schrie erschreckt auf, als sie das Heer sah, dass sich mit beängstigender Geschwindigkeit dem Stadtzentrum näherte. Es schien, als habe sich alles, was rings um die Stadt lebte, in Bewegung gesetzt. Unübersehbar war die Zahl der Mutanten, die aus allen Richtungen in die Ruinenstadt strömten, angezogen von dem sich verstärkenden Geruch des Fleisches, das in den Straßen verstreut lag. Dieser Geruch breitete sich umso stärker aus, als das tiefgefrorene Fleisch in den Flammen rasch auftaute.

»Bist du wahnsinnig geworden?«, fragte Althea entsetzt. »Die Bestien werden alles zerreißen, was sich ihnen in den Weg stellt. Uns und das ganze Demontagegeschwader.«

Mervet schüttelte lächelnd den Kopf. Er hatte bereits bemerkt, dass seine Taktik richtig gewesen war. Zwischen den Mutanten und dem Frischfleisch standen die Roboter, die beim Herannahen der Mutanten sofort das Feuer eröffneten. So rasend wie das Feuer der Roboter war auch der Angriff der Mutanten. Sie waren weit in der Überzahl, der Geruch des Fleisches machte sie wahnsinnig vor Gier. Tentakel schlangen sich um Waffenarme, Pranken ließen stählerne Gliedmaßen brechen.

Die Roboter waren schlecht konstruiert, die Metalle, aus denen sie hergestellt worden waren, waren keineswegs rein gewesen. Lediglich die positronischen Gehirne entsprachen normalen technischen Maßstäben. Den Eingekesselten in der Transmitterhalle hatte das wenig geholfen, die Mutanten aber konnten diese Schwäche ausnutzen. Sie kümmerten sich nicht um Verluste, sie begriffen nur, dass diese Maschinen sie daran hinderten, über das Fleisch herzufallen.

Die Reihen der Mutanten wurden fürchterlich gelichtet, aber angesichts der ungeheuren Kopfstärke besagte dies wenig. Vor allem wurden viele Roboter allein angetroffen und waren so eine relativ leichte Beute. Obwohl die Maschinen Dauerfeuer eröffneten, hatten sie keine Chance, der sicheren Vernichtung zu entgehen.

Mervet verfolgte den Vernichtungskampf mit steigender Spannung. Seine Rechnung ging nur dann auf, wenn sich Mutanten und Roboter gegenseitig so dezimierten, dass von beiden nicht mehr genug blieben, um die Eingeschlossenen ernsthaft zu gefährden. Es sah aus, als wäre Mervets riskante Berechnung richtig gewesen. Durch das Fernglas beobachtete er, dass sich die Eingeschlossenen nach kurzer Überlegung in die Kämpfe einmischten. Zuerst feuerten sie auf die Roboter, als sich deren Zahl rapide vermindert hatte, wechselten sie auf die Mutanten. Bereits nach kurzer Zeit türmte sich rings um die Transmitterhalle ein Wall aus Leibern. Die Mutanten ließen von der Halle ab, sie beschäftigten sich damit, ihren Hunger an den Körpern ihrer Artgenossen zu stillen.

Damit schien die Gefahr für die Mitglieder des Demontagegeschwaders vorerst abgewendet. Kurzfristig wurde es noch einmal gefährlich, als viele Roboter plötzlich aus dem Untergrund auftauchten, aber die inzwischen kampferprobten Transmittertechniker wurden auch dieser Bedrohung Herr.

Langsam wurde es still in der Stadt. Nur das Prasseln und Knistern der Brände störte diese Stille, bis ein neues Geräusch zu hören war.

Das Transportschiff kam – beträchtlich früher, als es erwartet wurde. Das Röhren der Triebwerke war deutlich zu hören. Alle schwiegen, sahen sich stumm und oft auch verzweifelt an. Niemand hinderte die Rebellen daran, ihre Habseligkeiten zusammenzusuchen. Niemand hielt sie auf, als sie sich in das Dunkel der Nacht zurückzogen.

Dankor-Falgh sah ihnen mit gemischten Gefühlen nach. Er fürchtete sich vor der Rückkehr in das Versteck. Es würde schwerfallen, dem Energiekommando klarzumachen, was sich auf Saruhl abgespielt hatte – und vor allem, wie es zu dieser Verknüpfung von Ereignissen, Fehlentscheidungen und Katastrophen hatte kommen können. Der Transmitter war noch immer nicht demontiert. Zwar konnte er nicht mehr in Betrieb genommen werden, aber der größte Teil der Einrichtung stand noch. Dankor-Falgh war der Mann, der sich für diese Pleite zu verantworten haben würde; er wusste, wie hart das Energiekommando zu urteilen pflegte.

»Packt eure Sachen, Leute. Wir lassen den Transmitter stehen, wie er ist. Ich will nicht länger auf diesem verfluchten Planeten bleiben, als es unbedingt nötig ist.«

Verwunderte Blicke waren der Kommentar zu Dankor-Falghs Worten, aber er kümmerte sich nicht darum. Er vertraute darauf, dass er sowohl dem Kommandanten des Transportschiffs als auch dem Energiekommando ausreichend klarmachen konnte, warum er diese Entscheidung getroffen hatte. Das Energiekommando kannte Dankor-Falgh; er war gespannt auf den Kommandanten des Transportschiffs.

»Eine Möglichkeit haben wir noch, eine winzige Chance«, sagte Karoon-Belth. »Wir müssen das Transportschiff kapern.«

Nicht ohne Grund hatte er die Transmitterhalle mit seinen Mitarbeitern so bereitwillig geräumt. Er wollte Dankor-Falgh zuvorkommen, vor ihm das Transportschiff erreichen und in seine Gewalt bringen. Die Rebellen gaben ihr Äußerstes, um den Landeplatz des Schiffes so schnell wie möglich zu erreichen. Sie mussten es vor Dankor-Falghs Loyalisten schaffen, es gab für sie keine andere Möglichkeit, ihr Leben zu retten. Sie rannten durch den nachtdunklen Wald. Wer zu schwach oder zu erschöpft war, wurde zurückgelassen. Später konnte sich um die Zurückgebliebenen gekümmert werden. Besetzten die Loyalisten das Schiff, würde es ohnehin kein Später mehr für die Rebellen geben.

»Dort ist es«, keuchte eine junge Frau neben Karoon-Belth. »Wir sind als Erste am Ziel.«

Karoon-Belth stoppte seinen Lauf und schüttelte den Kopf. Obwohl sein Atem pfeifend ging und sein Herz wütend hämmerte, hatte er Geräusche gehört, die nur einen einzigen Schluss zuließen.

Das Transportschiff machte sich startklar, es stand im Begriff, Saruhl zu verlassen!

Karoon-Belth stellte eine Funkverbindung zu den Loyalisten her. Dankor-Falgh meldete sich persönlich. »Dankor-Falgh, wo sind die Arkoniden, die Sie gefangen genommen haben?«

»Was soll diese Frage? Sie stecken in einem Keller und werden gut bewacht.«

Im Hintergrund konnte Karoon-Belth Arbeitsgeräusche hören. Offenbar hielt sich Dankor-Falgh noch in der Transmitterhalle auf. »Lassen Sie nachsehen. Es ist wichtig!«

Die Geräusche vom Schiff wurden immer lauter. Der Start musste unmittelbar bevorstehen.

Endlich meldete sich wieder Dankor-Falgh. »Bei allen Monstersternen der Galaxis, sie sind ausgebrochen!«

»Wollen Sie wissen, wo sie sind?«

»Haben Sie die Leute? Wenn ja, lassen Sie sie nicht entwischen. Eine Gruppe Arkoniden, die offenbar nach Belieben unsere Großtransmitter benutzen kann, ist eine große Gefahr für uns alle. Die Sicherheit des Verstecks steht auf dem Spiel.«

»Nicht nur das, Dankor-Falgh. Hören Sie genau hin.«

Mit verzerrtem Lächeln richtete Karoon-Belth das kleine Mikrofon des Funkgeräts auf das Schiff, das soeben startete. Die Geräusche waren unverkennbar, Dankor-Falgh musste erkennen, was er hörte. Als er sich wieder meldete, war seine Stimme so farblos wie vermutlich auch sein Gesicht. »Heißt das ...?«

»Ihre Gefangenen haben die Besatzung des Transportschiffs überwältigt. Sie starten gerade, und wir können sie nicht zurückhalten. Ich beglückwünsche Sie zu Ihrer Umsicht und Sorgfalt, Dankor-Falgh.«

Die Friedenskonferenz fand in der Transmitterhalle statt. Mit finsteren Gesichtern saßen sich Dankor-Falgh und Karoon-Belth gegenüber. Annähernd eintausendvierhundert Personen drängten sich in der Halle.

Das war alles, was von den zweitausend Mitgliedern des Demontage-geschwaders Fereen-Tonkas geblieben war. Zu diesen vierzehnhundert Personen gehörten sechshundert Verwundete, davon zehn Prozent Schwerverletzte.

»Wir sind abgeschnitten«, stellte Karoon-Belth ruhig fest. »Das Transportschiff ist verschwunden, wir sitzen auf Saruhl fest. Der große Transmitter ist nicht mehr zu verwenden. Wichtige Teile sind beschädigt und können nicht ersetzt werden. Obendrein sind einige der besten Techniker tot. Dieser Weg ist also gesperrt.«

»Man wird nach uns suchen«, warf ein Mann ein.

Dankor-Falgh schüttelte den Kopf. »Man wird nicht«, sagte er düster. »Im Versteck ist leicht herauszufinden, dass der Großtransmitter auf Saruhl nicht mehr verwendungsfähig ist. Das war unsere Aufgabe, die haben wir gelöst. Man wird vermuten, dass das Transportschiff verunglückt ist. Warum ein zweites Schiff riskieren? Jedes Schiff ist kostbar, jeder Start kann dazu führen, dass die galaktische Position des Verstecks bekannt wird. Gebt euch keinen Illusionen hin, Leute. Man wird uns nicht suchen, wir sind für alle Zeiten abgeschnitten. Sollte man uns finden, wird es erst in einigen hundert Jahren und nur durch Zufall passieren. Wir werden Akon niemals wiedersehen.«

»Überlebenschancen haben wir nur, wenn wir zusammenarbeiten«, sagte Karoon-Belth. »Also ...?«

Dankor-Falgh lächelte müde und resigniert. Er schüttelte die Hand, die ihm Karoon-Belth entgegenstreckte. Der Waffenstillstand war perfekt, es musste sich zeigen, ob er in einen dauerhaften Frieden überging.

In ihrem Rücken lag hinter den Gebirgsausläufern die Stadt. Althea und Mervet blickten in die entgegengesetzte Richtung. Eine weite Ebene lag vor ihnen, mit dichtem Gras bewachsen, und in weiter Ferne glänzte der Wasserspiegel des Meeres.

»Dorthin?«, fragte Mervet und sah Althea an. Sie nickte.

Gemeinsam machten sie sich an den Abstieg. Sie sahen müde aus, aber glücklich – und ziemlich schmutzig.

11.

1246. positronische Notierung, eingespeist im Rafferkodeschlüssel der wahren Imperatoren. Die vor dem Zugriff Unbefugter schützende Hochenergie-Explosivlöschung ist aktiviert. Fartuloon, Pflegevater und Vertrauter des rechtmäßigen Gos'athor des Tai Ark'Tussan. Notiert am 5. Prago der Prikur, im Jahre 10.499 da Ark.

Bericht des Wissenden. Es wird kundgegeben: Ich habe in meinem Leben schon viel erlebt. Immer wieder waren ziemlich absurde Situationen dabei. Doch manchmal scheinen die Sternengötter zur Übertreibung zu neigen. Nur so lässt sich die Abfolge der Ereignisse erklären, die unserem Transmitterdurchgang auf Foppon folgten. Nun ja, genau genommen betraf das ja schon die ganze Zeit davor, seit wir von Klinsanthor im wiederbelebten Körper Gonozals in den Zentrumsbereich der Öden Insel entführt und in die hypnosuggestiven Fänge dieses Jungen von Perpandron geraten waren.

Wie auch immer: Es blieb nicht aus, dass ich mir wie die anderen Gedanken darüber machte, was uns auf der anderen Seite erwartete. War es wieder eine halb zerstörte Station im Dschungel? Irre Roboter wie auf Oskanjabul? Oder eine Welt wie die der Grünpelze? Würde es abermals irgendwelche durchgedrehten Wächter, Bio-Inspektoren oder sonstige Absonderlichkeiten geben? Oder würden wir diesmal gleich Akonen in die Arme laufen?

Dass Letzteres über kurz oder lang passieren musste, war eine pure Frage der statistischen Wahrscheinlichkeit. Geschehen würde es – spätestens dann, wenn Akon-Akon sein Ziel erreichte. Wie es allerdings geschah, vor allem mit Blick auf die damit verbundenen Begleitumstände, konnte selbst ich mir in meinen verrücktesten Träumen nicht ausmalen. Mitunter hat es seinen Vorteil, kein Haupthaar auf dem Kopf zu haben – es gibt dann nichts, was zu Berge stehen kann, sondern es sträubt sich bestenfalls mein Vollbart.

Kommen wir also zur Zusammenfassung der Ereignisse auf jener Welt, die von den Akonen Saruhl genannt wird ...

Rematerialisation: 4. Prago der Prikur 10.499 da Ark

Es gelang mir mit einiger Mühe, das Stöhnen zu unterdrücken. Der Entzerrungsschmerz war so fürchterlich, als hätten wir mit dem Schritt durch den Transmitter die halbe Galaxis durchquert.

Das kann am Gerät liegen, informierte mich der Logiksektor. *Denk an die Veränderung von Ziponnermanx.*

Das ließ den Schmerz nicht geringer werden. Im Gegenteil – große Sorge kam hinzu. Ein Schicksal wie das des Wächters von Foppon wünschte ich nicht einmal meinem schlimmsten Feind. Ich torkelte mehr, als dass ich ging; meine Begleiter waren ebenfalls benommen. Das Erste, was ich sah, war ein blauer Himmel, dann die Reste von Mauerwerk. Offenbar war auch diese Transmitterhalle, in der wir herausgekommen waren, stark beschädigt.

Dann sah ich die meist dunkelhaarigem Frauen und Männer, die uns jubelnd entgegenrannten und aufgeregt durcheinanderriefen.

Vorsicht, warnte der Extrasinn mit einem schmerzhaft starken Impuls. *Keine Gegenwehr!*

Als der Jubel jäh abbrach, wusste ich, wovor mich der Extrasinn gewarnt hatte. Die Sprache, das von Arkoniden völlig verschiedene Aussehen – es konnte sich nur um Akonen handeln. Immer mehr stürmten in die große Halle, jeder war schwer bewaffnet. Der Extrasinn hatte die Lage richtig analysiert. Gegenwehr war aussichtslos. Mit unseren Waffen konnten wir nichts ausrichten. Meine Begleiter waren ebenso wie ich noch halb benommen. Bis wir unsere Waffen gezogen hatten, waren wir bereits erschossen.

Jetzt gab es nur noch eine Person, die uns helfen konnte – Akon-Akon. Ich sah, wie der Kerlas-Stab in seiner Hand aufleuchtete. Wenn Akon-Akon seine hypnosuggestiven Kräfte einsetzte, würde es nicht mehr lange dauern, bis wir Herren der Lage waren.

Wenn, dann Akon-Akon!, erinnerte mich der Logiksektor.

Während sich mein Blick langsam klärte, wartete ich auf Akon-Akons Eingreifen. Ich sah, dass er sich anstrengte, die Akonen in seine Gewalt zu bekommen. Aber ...

»Willkommen in der Traufe«, murmelte Fartuloon finster, als er gefesselt wurde. »Ich bin gespannt, wie es weitergeht.«

Ich war nicht minder interessiert, vor allem, weil ich sah, wie Akon-Akon zwar nachdrücklich, aber doch ziemlich höflich zur Seite geführt wurde. Vermutlich verdankte er diese Vorzugsbehandlung dem Kerlas-Stab. Ich war enttäuscht, dass er seine hypnosuggestiven Kräfte nicht hatte einsetzen können, jedenfalls nicht so wirkungsvoll, wie wir es am eigenen Leib erfuhren. Das erschwerte unsere Lage beträchtlich.

Wir wussten nicht, wo wir waren und wie es weitergehen sollte. Durch die Löcher in der Wand der Transmitterhalle war zu sehen, dass wir uns in einer halb zerfallenen Stadt befanden. Aus den Toten, die in der Halle lagen, ließ sich folgern, dass hier ein Kampf entbrannt war. Was die Akonen in der Ruinenstadt suchten, wie viele von ihnen hier lebten, was für Parteien es gab, welche Zielsetzungen die jeweiligen Gruppen verfolgten – es gab Fragen über Fragen, aber einstweilen keine Antworten.

Nacheinander wurden wir entwaffnet und gefesselt – leider mit großer Sachkenntnis. Allein würden wir uns nicht befreien können, Vorry ausgenommen. Aber der Magnetier machte einen bösen Fehler. Er ließ sich zwar ebenfalls fesseln, zerriss jedoch zum Erstaunen der Akonen die Fesseln wie Spinnfäden. Sie versuchten es noch einmal, diesmal mit fingerdickem Stahldraht, aber bevor ich Vorry warnen konnte, hatte er sich auch davon befreit. Die Akonen lösten das Problem auf ihre Art, schnell und rücksichtslos. Fast fünfzig Paralysatorschüsse trafen den Magnetier – und das war selbst für ihn ausreichend. Er brach zusammen und musste getragen werden.

Wie eine Herde Schlachtvieh wurden wir abgeführt – zu einem in der Nähe der Transmitterhalle aufragenden mittelgroßen Gebäude mit intaktem Gemäuer. Es gab hier einen tief unter die Oberfläche reichenden kalten Keller, gerade richtig, um darin unbequeme Gäste einzuquartieren. Als die stählerne Tür hinter uns zufiel – Tresorpforte umschrieb den wuchtigen Block besser! –, wusste ich, dass uns nichts anderes übrig blieb, als geduldig die weitere Entwicklung der Dinge abzuwarten. Aus eigener Kraft konnten wir nichts unternehmen.

Immerhin gab es eine Lichtquelle, die den Raum notdürftig erhellte. Mit missmutigen Gesichtern hockten meine Gefährten auf dem kalten Boden und starrten vor sich hin. Ich sah, wie sich Fartuloon über die gefesselten Handgelenke eines Mannes beugte.

»Versuch es gar nicht erst«, riet ich ihm. »Diese Fesseln kannst du nicht einfach durchnagen.«

»Das hatte ich auch nicht vor, mein Sohn. Ich wollte lediglich feststellen, was für Strahlungswerte hier herrschen. Wir müssen uns vorsehen.

Wenn wir länger als einige Pragos in diesem Keller zubringen müssen, wird eine Behandlung notwendig.«

Das war eine böse Überraschung, denn es war mehr als fraglich, ob es uns im Notfall gelang, die dafür nötigen Einrichtungen und Medikamente zu beschaffen. Allerdings glaubte ich nicht daran, dass unsere Gefangenschaft so lange dauern würde.

Wir warteten, etwas anderes blieb uns nicht übrig. Über uns schienen wütende Kämpfe zu toben. Wir hörten die Schüsse, Schmerzensschreie und ab und zu laute Explosionen.

Detonierende Robotaggregate, informierte mich der Extrasinn.

Auch das half uns nicht weiter. Wir hockten niedergeschlagen in dem Keller, in den wir gesperrt worden waren, und warteten. Es zerrte an den Nerven, die Kämpfe zu hören und zur Untätigkeit verdammt zu sein. Vorry war vor Kurzem wieder zu sich gekommen, und für den Magnetier war es ein Leichtes, unsere Fesseln zu zerreißen. Angesichts der zu uns dringenden Geräusche hatten wir noch nicht versucht, die verschlossene Tür zu durchbrechen – auch das wäre für den Magnetier ein Leichtes gewesen, zumal er laut über Hunger klagte.

Karmina stieß mich an. »Ich habe ein neues Geräusch gehört«, flüsterte sie in mein Ohr. »Leg dein Ohr an die Wand, dann hörst du es auch.«

Ich presste mich an die Mauer. Die Sonnenträgerin hatte sich nicht geirrt. Mit etwas Konzentration war ein leises, schleifendes Geräusch zu hören. Es schien noch ziemlich weit entfernt zu sein, aber es kam näher, das war nicht zu überhören.

»Was kann das sein?«, flüsterte sie.

Ich zuckte mit den Schultern, die gleiche Bewegung machte Fartuloon, der ebenfalls etwas gehört und das Ohr an die Wand gepresst hatte. »Ich verwette meinen Kopf, dass wir es bald erfahren werden.«

Allmählich wurde das Geräusch so laut, dass ich es hören konnte, ohne die den Schall besser leitende Wand benutzen zu müssen. Irgendjemand oder irgendetwas schien sich unter uns durchgraben zu wollen. Es konnte nicht mehr lange dauern, bis die eifrigen Tunnelbauer uns erreicht haben würden.

»An die Wand stellen!«, befahl ich. »Niemand sagt oder tut etwas!«

Ich erntete verwunderte Blicke, aber die Leute befolgten meine Anordnung. Ich stellte mich ebenfalls mit dem Rücken an der Wand auf.

Der Extrasinn hatte mir diesen Rat gegeben, und nach allen Erfahrungen, die ich mit ihm hatte sammeln können, zögerte ich nicht, diese Ratschläge augenblicklich zu befolgen.

Gespannt warteten wir auf den Durchbruch. Das Geräusch war nun sehr laut, die Gräber mussten dicht hinter der Wand arbeiten. Dann sahen wir die Risse, Mörtel bröckelte auf den Steinboden, erste Trümmer polterten herab. Eine Staubwolke wallte auf und nahm uns für kurze Zeit die Sicht. Als ich wieder klar sehen konnte, erkannte ich zwei schwer bewaffnete Roboter, die sich schnell durch die Öffnung schoben.

Maschinen dieser Bauart hatte ich noch nie gesehen, sie erinnerten mich an die skurrilen Konstruktionen, von denen mich der Kyriliane-Seher Vrentizianex hatte verschleppen lassen. Magantilliken fiel mir ein, der Henker der Varganen – aber das war Vergangenheit, interessierte in diesem Augenblick nicht. Ich stand reglos wie eine Statue. Meine Augen waren offen, ich sah meine Gefährten, die es mir gleichtaten.

Nicht bewegen!, befahl der Extrasinn scharf, vermutete zweifellos, dass wir nur so unser Leben retten konnten.

Eine Ewigkeit schien zu vergehen, in der immer neue Roboter aus der Öffnung krochen. Die zuerst angekommenen Maschinen betrachteten uns kurze Zeit, machten sich aber daran, den Tunnel auf der anderen Seite fortzusetzen.

Nach kurzer Zeit waren sie verschwunden und gruben sich weiter. Mein fotografisches Gedächtnis ließ mich erkennen, dass sie gradlinig auf die Transmitterhalle zielten. Offenbar wollten die Maschinen dort an die Oberfläche vordringen und weiterkämpfen. Irgendwo in der Halle oder in ihrer Nähe hielt sich vermutlich Akon-Akon auf. Stieß ihm bei diesen Kämpfen etwas zu, konnten wir aufgeben – seine hypnosuggestiven Kräfte und der Kerlas-Stab waren zurzeit unsere einzigen Waffen.

Ich zählte mindestens einhundert Maschinen, die sich in einer waffenstarrenden Prozession vorbeibewegten. Eine gewaltige Streitmacht, wenn ich die Treffsicherheit und die positronische Schnelligkeit der Maschinen richtig einschätzte. Ich warf einen Blick zu Fartuloon hinüber. Er sah so gleichgültig drein, als beobachte er eine Kinderparade. Ra grinste still, aber das war nichts Neues. In den Gesichtern der anderen spiegelten sich Angst, ein Anflug von Wut und die ersten Anzeichen von Resignation.

Wir seufzten erleichtert auf, als die letzte Maschine in dem Tunnel verschwand. Dieser Gefahr waren wir vorerst entgangen, aber ich wusste, dass uns das Schlimmste noch bevorstand.

Wenige Zentitontas waren seit dem Verschwinden der Roboter vergangen, als wieder Geräusche hörbar wurden, diesmal aber kamen sie von der wuchtigen Pforte. Sie öffnete sich wenig später, Akon-Akon trat ein, als sei nichts geschehen.

Er hielt sich nicht lange damit auf, uns zu begrüßen. Eine Bewegung mit dem Kopf deutete uns herrisch an, dass wir ihm folgen sollten. Natürlich hatte er sofort gesehen, dass wir nicht mehr gefesselt waren. Vor der Tür fanden wir einen bewusstlosen Posten, neben dem eine stattliche Anzahl Waffen lag – darunter auch Fartuloons *Skarg*. Leider mussten wir auf die übrige, in Taschen und Boxen mitgeschleppte Ausrüstung verzichten.

Wir brauchten nur wenig Zeit, um uns auszurüsten und unser Gefängnis über eine Rampe zu verlassen.

Es war dunkel, aber die überall flackernden Brände lieferten genügend Licht, um die von Trümmern übersäten Straßen und Wege erkennen zu können. Zudem wurde die Landschaft immer wieder schlagartig erleuchtet, wenn ein Robot getroffen wurde und explodierte. An anderer Stelle zuckten gleißende Schussbahnen auf und beleuchteten die Umgebung mit kalkigem Licht, während alle Gegenstände und Personen scharfkantige Schatten warfen.

Wohin wir uns wenden sollten, war mir ein Rätsel, aber Akon-Akon schien genau zu wissen, welches Ziel er ansteuerte. Vielleicht hatte er wieder einmal etwas von dem Kerlas-Stab erfahren? Eine Erklärung gab er nicht, auch nicht zu der Zeit, die er bei den Akonen verbracht hatte. Ein Gefangener wie wir schien er nicht gewesen zu sein.

Unter seiner Führung marschierten wir durch die Ruinenstadt. Wir hatten gerade das Flussufer erreicht, als hinter uns eine Flammensäule zum Himmel stieg. Wenig später erreichte das Donnern einer gewaltigen Explosion unsere Ohren. Instinktiv gingen wir in Deckung. Dass das durchaus berechtigt war, merkten wir wenig später, als die von der Explosion in die Höhe gerissenen Trümmer herabregneten. Merkwürdigerweise hörten wir nur dumpf aufprallende Körper.

Plötzlich begann Fartuloon hemmungslos zu lachen. »Das gibt es nicht. Das darf nicht wahr sein, hier wirft jemand mit Fleisch um sich!«

Jetzt erst erkannte ich die Körper, die in unserer Nähe aufgeschlagen waren. Fartuloon hatte recht, es handelte sich um Fleisch. Im ersten Augenblick dachte ich an Personen, die von der Explosion in Stücke gerissen worden waren, sah aber, dass die Fleischstücke sorgfältig enthäutet waren. Offenbar war ein Vorratslager in die Luft geflogen und hatte seinen Inhalt verstreut.

»Der Kerl, der diese Sprengung eingeleitet hat, muss wahnsinnig sein«, murmelte Fartuloon.

Der Bauchaufschneider hat recht, gab der Extrasinn durch. *Ihr müsst so schnell wie möglich das Stadtgebiet verlassen!*

Ich wartete nicht lange auf eine Erklärung, sondern gab meinen Begleitern mit einem Handzeichen zu verstehen, dass wir den Marsch fortsetzen sollten. Akon-Akon schloss sich dem ohne Zögern an. Nach kurzer Zeit beschleunigten wir unser Tempo, fielen in einen kräftezehrenden Laufschritt. Immer wieder drängte mich der Extrasinn zu höchster Eile. Ich war gespannt zu erfahren, worin die Gefahr bestand, vor der wir flüchteten.

Als ich die ersten Mutanten sah, wusste ich es.

Hinter uns loderten und prasselten zahlreiche Großfeuer, durchsetzt von den sich überschneidenden Strahlbahnen aus Handfeuerwaffen. Meist nur als huschende Schatten erkennbar, aber noch deutlich und unübersehbar, bewegten sich Körper von mitunter ziemlicher Größe. Es gehörte nicht viel Fantasie dazu, sich die skurrilen Formen und Gestalten vorzustellen. Und als erste Schreie aufgellten, gefolgt von knurrenden und fauchenden und kreischende Geräuschen, wollten wir lieber nicht wissen, was hinter uns geschah ...

Niemand achtete auf die Anzugmessgeräte, die uns die Landung eines Raumschiffs hätten ankündigen können, dafür aber konnten wir plötzlich deutlich hören, dass es zur Landung ansetzte. Das Tosen der Impulstriebwerke war unverkennbar, hinzu kam ein durchdringendes Sirren. Letzteres wollte mir gar nicht so gefallen. Meiner Erfahrung nach verbanden sich damit schadhafte Antigravaggregate.

Ich ahnte bereits, was als Nächstes kommen würde. Akon-Akons Befehl ließ nicht lange auf sich warten. »Wir erobern das Schiff und benutzen es für unsere Zwecke!«

Dagegen gab es keinen Widerspruch. Wir hatten Glück, denn das Schiff landete weiter südlich etwas außerhalb der Stadt, aber in unserer Nähe – wir hatten einen entschieden kürzeren Weg zurückzulegen als die Akonen aus der Transmitterhalle.

Bereits aus der Distanz waren die gedrosselten Glutlanzen der Impulstriebwerke des Ringwulstes sowie Landescheinwerfer zu sehen, als das Schiff langsam sank und die Teleskopstützen ausfuhr. Die Triebwerksimpulse fielen heftiger aus, als es der Situation entsprach; abermals verstärkte sich das Sirren, wurde noch schriller, glitt in den Ultraschallbereich und war nicht länger zu hören.

Es musste ein ziemlich großes Schiff sein, vielleicht fünfhundert Meter durchmessend, für unsere kleine Truppe fast schon zu groß. Es stand zu befürchten, dass die Besatzung erheblich kopfstärker war als wir. Das bedeutete erbitterte Kämpfe mit dem Risiko, dass wir lebenswichtige Einrichtungen des Schiffes beschädigten, wenn wir es zu erobern versuchten. Sofern es nicht ohnehin nur bei einem Versuch blieb ...

Die Besatzung ist gering, behauptete der Logiksektor. *Es ist ein akonischen Transportschiff. Aller verfügbarer Raum wird für die Bauteile eines demontierten Transmitters und die Unterkünfte der Techniker gebraucht. Und es scheint gewisse technische Probleme an Bord zu geben.*

Stimmte das – und ich hatte wenig Grund, an den Angaben des Extrasinns zu zweifeln –, würde unsere Aufgabe vielleicht doch nicht so schwierig werden, wie sie auf den ersten Blick ausgesehen hatte. Nur die Sache mit den »technischen Problemen« wollte mir nicht gefallen.

Kurz darauf hatten wir das gelandete Schiff erreicht.

»Abwarten!«, befahl Akon-Akon. »Sie werden sich schon rühren.«

Wir sahen, wie sich etwas an der Außenhaut des Schiffes bewegte – knapp oberhalb der Schnittfläche, die den unteren Pol der abgeflachten Kugel bildete. Eine Öffnung entstand, aus der grelles Licht fiel. Zweifellos nur eine Mannschleuse. Akon-Akon trat vor und hielt den Kerlas-Stab in die Höhe. Ein Mann erschien in der Öffnung und starrte verwundert auf uns herab. Er rührte sich nicht, als Akon-Akon sein Anzugflugaggregat einschaltete und in die Höhe schwebte. Wie gebannt starrte der Mann auf den Henkelkreuzstab ...

... uns scheint er überhaupt nicht wahrzunehmen! Das ist sein Fehler.

Im nächsten Augenblick riss mich Akon-Akons heftiger hypnosuggestiver Befehl nach vorn. Vorrys Tonnenleib schoss vorbei, ein urtümliches Brüllen erklang.

12.

1246. positronische Notierung, eingespeist im Rafferkodeschlüssel der wahren Imperatoren. Die vor dem Zugriff Unbefugter schützende Hochenergie-Explosivlöschung ist aktiviert. Fartuloon, Pflegevater und Vertrauter des rechtmäßigen Gos'athor des Tai Ark'Tussan. Notiert am 5. Prago der Prikur, im Jahre 10.499 da Ark.

... war quasi alles vorbei, als wir ebenfalls die Zentrale erreichten. Vorry hatte sich mit der Schnelligkeit und Stärke eines Orkans auf die völlig verblüffte Mannschaft gestürzt. Bevor die Männer wussten, was mit ihnen geschah, waren sie bereits außer Gefecht gesetzt. Nur einer Frau gelang es, sich in einen Winkel zu flüchten. Um keine wichtigen Instrumente zu beschädigen, verzichtete sie auf den Einsatz ihrer Waffe.

Unterdessen hatte Ra die Zentrale ebenfalls erreicht – und sammelte mit dem ihm eigenen unverschämten Grinsen die Waffen der bewusstlosen Besatzungsmitglieder ein. Akon-Akon, so der Barbar in seinem Bericht, stand einfach da, auf den Kerlas-Stab gestützt. Er war es aber dennoch, der die Kommandantin – Vandra von Laggohn ist ihr Name – daran hinderte, mit ihrer Waffe Instrumente zu zerstören, um auf diese Weise den Abflug des Raumers zu verhindern.

Ich erreichte soeben ebenfalls die Zentrale, als sie die Waffe hob.

»Das würde ich lassen«, sagte der Junge von Perpandron mit durchdringender Stimme. Er sprach Altarkonidisch beziehungsweise Akonisch. Die kupferhaarige Frau starrte ihn an, vor allem aber den aufglühenden Kerlas-Stab in seiner Hand. »Lassen Sie die Waffe fallen!«

Scheppernd fiel die Waffe auf den Boden. Vandra von Laggohn hob die Hände. Der Kampf um ihr Schiff war schnell gewesen. Sie hatte ihn verloren.

Was dann geschah, war nicht ganz klar. Ich bin mir nicht sicher, ob Akon-Akon auch Akonen hypnosuggestiv beeinflussen kann oder nicht oder ob es nur an dem Henkelkreuz lag. Fest steht, dass sich die Kommandantin nicht weigerte, als ihr der Alarmstart befohlen wurde. In Raumer heulten und brüllten Aggregate auf, kurz darauf schoss das

Transportschiff ins All, raste mit wachsender Beschleunigung noch eine
Weile weiter und ging über in den freien Fall.
Daran hat sich seither nichts geändert.

An Bord des akonischen Transportschiffs:
5. Prago der Prikur 10.499 da Ark

Mir war nicht klar, was Akon-Akon mit uns vorhatte. Seinen Plan, einen Planeten zur Besiedlung zu suchen, hatte er längst aufgegeben. Sein Ziel waren nun die Akonen, genauer: ihr Versteck, in das sie sich nach dem verlorenen Zentrumskrieg zurückgezogen haben mussten.

Ich hatte zusammen mit Astrogator Brontalos die Wache in der Zentrale übernommen. Vandra von Laggohn kümmerte sich nicht um uns. Akon-Akon hatte einen Kurs vorgegeben, der uns vorerst nirgendwohin führte. Wahrscheinlich legte er Wert darauf, erst einmal Distanz zwischen sich und Saruhl zu bringen. Eine Verfolgung stand nicht zu befürchten, die Akonen auf dem Planeten hatten kein eigenes Raumfahrzeug gehabt, sondern mussten von diesem oder einem ähnlichen Transportschiff abgesetzt worden sein, um den Großtransmitter zu demontieren.

Nachdenklich musterte ich die fremden Kontrollen und Schalteinheiten. Inzwischen glaubte ich, gewisse Basiselemente entdeckt zu haben, die den arkonidischen glichen. Es gab Pulte, Kontursessel, die umlaufende Panoramagalerie. Doch hinsichtlich der Details waren die Abweichungen ziemlich groß. Hinzu kam, dass das Schiff, wie von meinem Extrasinn behauptet, weitgehend automatisiert und für eine kleine Besatzung ausgelegt war.

Sorgen bereitete mir die bei der Landung gehörten Geräusche. Sollte es tatsächlich technische Probleme geben, hatte der Alarmstart gewiss nicht positiv gewirkt, ganz im Gegenteil. Vandra von Laggohn ließ sich nichts anmerken. Verständlich. Sie saß nicht weit entfernt, zeigte einen gelangweilten Ausdruck und bemühte sich, Brontalos und mich geflissentlich zu ignorieren.

Ihr kupferfarbenes Haar war straff nach hinten gelegt. Die eng anliegende blaue Kombination brachte ihre schlanke Figur gut zur Geltung, aber das interessierte mich im Augenblick weniger als der plötzlich erschienene entschlossene Ausdruck ihres Gesichts, der anzudeuten schien, dass sie früher oder später den Versuch unternehmen würde, ihr Schiff wieder zurückzugewinnen. Ich konnte es ihr nicht übel nehmen.

Brontalos beugte sich zu mir. »Sie könnte gut eine Prinzessin sein«, flüsterte er bewundernd. »Aber ich traue ihr nicht.«

»Das tut keiner von uns«, gab ich ebenso leise zurück. »Behalt den Navigator im Auge.«

»Es ist noch zu früh für Tricks.«

Der Meinung schien Akon-Akon ebenfalls zu sein, denn er hatte sich in eine der unbesetzten Kabinen zurückgezogen und verließ sich ganz auf uns. Obwohl er quasi niemals schlief, brauchte er hin und wieder Ruhe. Doch selbst in solchen Augenblicken ließ sein Einfluss auf uns nicht nach.

»Tricks, Brontalos, die gegen Akon-Akon oder gegen uns gerichtet sind?«

Er machte eine unsichere Geste. »Gegen ihn und uns, nehme ich an.«

Ich nickte und schwieg, um mich nicht zu sehr von dem ablenken zu lassen, was in der Zentrale vor sich ging. Zwar hatten wir die Akonen entwaffnet und eingesperrt, aber es war immer noch ihr Schiff. Sie kannten es besser als wir, konnten uns durchaus hereinlegen, wenn sie wollten. Ich machte nicht den Fehler, sie zu unterschätzen. Die Akonen hatten es über die Jahrtausende hinweg verstanden, ihr Versteck geheim zu halten. Niemand wusste, wo es sich befand. Orbanaschol III., Imperator des Großen Imperiums, hätte sicherlich einen Arm dafür geopfert – nicht seinen natürlich! –, wenn er die Koordinaten des Verstecks erfahren könnte. Mich persönlich interessierte es weniger. Ich hatte andere Aufgaben, und zur vordringlichsten gehörte die, die Mörder meines Vaters unschädlich zu machen – darunter eben Orbanaschol.

Vandra von Laggohn drehte sich zu mir um. »Haben Sie eine Ahnung, was dieser junge Mann genau von uns will? Er trägt den Kerlas-Stab, das verpflichtet uns, und wir müssen ihm gehorchen, aber was haben Sie damit zu tun, Arkonide?« Sie sprach es wie ein Schimpfwort aus. »Wohin fliegen wir?«

»Ich weiß nicht mehr als Sie«, gab ich zurück. »Aber es wird besser für uns alle sein, wenn wir tun, was Akon-Akon anordnet. Er wird uns noch früh genug in seine Pläne einweihen.«

»Und das Demontagegeschwader, das wir auf Saruhl zurückgelassen haben?«

»Wird für sich selbst sorgen müssen.«

Sie warf mir einen durchdringenden Blick zu und wandte sich wieder ab. Fartuloon kam als Ablösung, ich fragte: »Was Neues?«

»Nein. Akon-Akon scheint sich noch immer zu überlegen, was er tun soll. Er redet immer von ›seinem Volk‹.«

Fartuloon ließ sich in einem der Sessel nieder und stützte sich auf den Griff seines *Skarg*. »Karmina und Ra warten in deiner Kabine.«

Ich nickte und verließ die Zentrale. Nach einem kleinen Kontrollgang betrat ich meine Kabine. Karmina da Arthamin und Ra sahen mir erwartungsvoll entgegen, stellten aber keine Fragen. Ich wusste auch so, was sie gern erfahren hätten. »Akon-Akon hat noch keinen bestimmten Kurs befohlen. Wir entfernen uns mit Unterlichtgeschwindigkeit von Saruhl, das ist alles.«

Die Sonnenträgerin war für meinen Geschmack ein wenig zu hager und groß, aber ich war froh, sie als Verbündete gewonnen zu haben. Trotz ihres zart und fast gebrechlich wirkenden Gesichtes war sie sachlich und von erstaunlicher Härte, wenn es darum ging, ein Ziel zu erreichen.

Ra erhob sich, als ich die Tür hinter mir schloss. »Wo ist Akon-Akon?«

»Er hat sich zurückgezogen, aber du brauchst dir keine falschen Hoffnungen zu machen. Er hat uns unter Kontrolle, und die setzt in dem Augenblick ein, in dem du auf dumme Gedanken kommst.«

Ich setzte mich Karmina gegenüber. Auch Ra nahm wieder Platz.

»Kommandantin Laggohn ist sehr hübsch ...«, sagte sie ohne Zusammenhang und sah mich dabei an.

Ich nickte. »Hässlich ist sie nicht gerade. Was soll deine Feststellung?«

»Nur so«, erwiderte sie etwas verlegen.

Ich wechselte das Thema. »Akon-Akon wird vermutlich bald seine Anordnungen treffen, dann erfahren wir, wohin die Reise geht.«

Ich stand auf, ging zum Bett und streckte mich darauf aus.

»Du möchtest schlafen? Dann gehen wir.«

»Bleibt, bitte. Ich will nicht schlafen, nur liegen. In den nächsten Tontas wird sicher einiges geschehen, und ich möchte es nicht verpassen.«

»Was soll denn geschehen?« Ra schüttelte den Kopf. »Ich glaube nicht, dass etwas passiert.«

»Abwarten.«

Karmina wollte etwas sagen, blieb aber stumm, weil der Interkom eine Verbindung ankündigte. Als der kleine Bildschirm hell wurde, erkannten wir das Gesicht Akon-Akons.

»Ich habe meine Entscheidung getroffen«, sagte er in fast akzentfreiem Satron. »Kommt alle in die Zentrale und bringt die Gefangenen mit. Ich möchte meine Anweisungen geben.«

Das Gerät schaltete sich wieder ab.

»So, er möchte seine Anweisungen bekannt geben«, knurrte Ra, wütend über unsere Hilflosigkeit. »Der Herr befehlen, wir haben zu gehorchen. Möchte wissen, wann meine Geduld zu Ende geht.«

»Im richtigen Moment, hoffe ich.« Wir verließen meine Kabine. Auf dem Weg zur Zentrale trafen wir die anderen. »Warten wir ab, was Akon-Akon uns zu sagen hat.«

»Uns und den acht Akonen«, erinnerte mich Karmina.

Die Zentrale bot allen genug Platz. Fartuloon, Brontalos und einige andere bewachten die Gefangenen. Vandra saß da, als ginge sie das alles nichts an, und schwenkte den Sessel erst herum, als Akon-Akon kam und sich so hinsetzte, dass er uns alle im Auge behalten konnte. Er trug die Standardausrüstung der arkonidischen Flotte und unterschied sich rein äußerlich kaum von uns. Den Kerlas-Stab hielt er in der rechten Hand.

»Vandra von Laggohn«, begann Akon-Akon mit sanfter Stimme, »höre meinen Befehl: Du wirst uns mit diesem Schiff in das Versteck bringen. Programmier den Kurs!«

Vandras Gesicht verlor ein wenig an Farbe. »Du verlangst Unmögliches, Träger des Kerlas-Stabes. Ich darf deinen Befehl nicht ausführen.«

Akon-Akon war von der Weigerung offenbar so überrascht, dass er für einige Augenblicke stumm blieb und die gefangene Kommandantin nur anstarrte. »Ich befehle es dir, Kommandantin! Programmier den Kurs zum Versteck der Akonen! Sofort!«

»Die Koordinaten sind seit Jahrtausenden das streng gehütete Geheimnis meines Volkes. Verlangst du von mir, dass ich zum Verräter werde? Das kannst du nicht tun ...«

»O doch, ich kann es, denn ihr alle seid meine Diener.« Er sah nun auch mich an, und ich verspürte das Unbehagen, das seine Worte auslösten. »Jeder wird das tun, was ich von ihm verlange. Auch du, Vandra von Laggohn.«

»Ich muss mich an die Gesetze halten.«

»Du wirst dich an die meinen halten!« Akon-Akons Stimme gewann an Schärfe. »Wer außer mir ist Träger des Kerlas-Stabes?«

»Ich kenne niemanden«, gab Vandra zu.

»Damit ist die Diskussion beendet. Programmier den Kurs!«

Vandra von Laggohn wirkte jetzt für meine Begriffe unentschlossen, was ich nicht ganz verstand. Bisher hatte sie sich standhaft geweigert, dem Befehl Akon-Akons Folge zu leisten, darum erschien mir die plötzliche Unentschlossenheit unlogisch. Es war mir klar, dass sie eine Entscheidung zu treffen hatte, ich fragte mich aber, welche. Dass sie freiwillig Akon-Akons Befehl nicht ausführen würde, war mir klar. Niemals würde sie die Koordinaten des unbekannten Sonnensystems verraten, das von den Akonen »Versteck« genannt wurde.

»Nun, wird es bald?«, erkundigte sich der Junge mit unheimlicher Ruhe. »Du solltest nicht so lange überlegen, Vandra von Laggohn, sonst wirst du nie mehr Kommandantin eines akonischen Schiffes sein.«

»Und wenn ich mein Volk verrate, werde ich es erst recht nie mehr sein«, gab sie entschlossen zurück. »Ich achte dich als Träger des heiligen Symbols, Akon-Akon, aber ich verweigere dir in diesem Augenblick den Gehorsam. Gehörtest du zu unserem Volk, würdest du mich sicherlich verstehen. Vergiss nicht, dass sich in diesem Schiff *Arkoniden* aufhalten. Sie sind die Letzten, die ich ins Versteck bringen würde.«

»Sie werden keine Gelegenheit mehr erhalten, es jemals zu verlassen.«

Das sind ja herrliche Aussichten, die Akon-Akon da von sich gibt, dachte ich erschüttert. Er wollte uns den Akonen ausliefern, die alles andere als Freunde der Arkoniden waren, während bei meinem Volk die Erinnerung an die »Stammväter« systematisch unterdrückt wurde. Ich hätte gern protestiert, aber es war unmöglich, sich gegen Akon-Akons Einfluss zu wehren. Diesen massiven Einfluss hatte er jedoch nicht auf die Akonen, und auch der Kerlas-Stab schien kein Allheilmittel zu sein, obwohl momentan an der Henkelschlaufe viele kleine Punkte aufleuchteten.

»Du bist frei, sobald wir das Versteck erreichen«, sagte Akon-Akon.

Sie lehnte ab. »Ich gebe nichts auf deine Versprechungen, auch wenn du Träger des Kerlas-Stabes bist. Ich darf ihnen keinen Glauben schenken. Die Sicherheit meines Volkes ist wichtiger als deine Wünsche.«

Ich bemerkte, dass Akon-Akon die Zornesröte ins Gesicht schoss. Nur noch mühsam beherrschte er sich, aber ich wusste, dass es nicht mehr lange dauern würde, bis er explodierte. Fartuloon, der neben mir stand, stieß mich sachte an. Eine überflüssige Geste, denn wir konnten nicht eingreifen, obwohl ich es diesmal gern zugunsten der Akonen getan hätte.

»Du wirst gehorchen, Vandra von Laggohn!«

»Nein!«

Mit der rechten Hand hob er den Kerlas-Stab. »Du kennst die Kräfte des Stabes nicht, aber ich versichere dir, sie sind machtvoll. Und ich werde sie benutzen, um dich zu zwingen! Niemand kann der Macht des Stabes widerstehen. Ich sage dir zum letzten Mal: Bring das Schiff zum Versteck!«

Sie erwiderte seinen zwingenden Blick mit plötzlicher Entschlossenheit.

»Lieber werden wir alle sterben!« Dann rief sie in scharfem Tonfall ein mir unbekanntes Wort.

Es musste ein Kodewort sein, ein akustischer Impuls zum Unterbewusstsein der acht Akonen. Kaum ausgesprochen, erstarrten die sieben Besatzungsmitglieder und Vandra selbst zur völligen Bewegungslosigkeit, fielen um. Ich konnte noch hinzuspringen und Vandra auffangen, aber ich spürte, dass ihr Körper steif geworden war, die Augen geschlossen. Das Leben schien entflohen zu sein. Während ich sie auf den Boden legte, führte ich meine Hand an ihren Hals – und spürte den extrem verlangsamten Puls. Langsam richtete ich mich wieder auf.

Akon-Akon war von dem, was sich vor seinen Augen abspielte, wie gelähmt. Er ließ die Hand mit dem Stab wieder sinken. »Was war das?«

»Wahrscheinlich ein posthypnotischer Befehl, gebunden an das Kodewort«, sagte ich. »Jedenfalls werden wir jetzt nicht mehr so schnell die Koordinaten des Verstecks der Akonen erfahren.«

»O doch, wir werden sie erfahren. Bringt die Akonen in ihre Zelle, untersucht sie, kümmert euch um sie. Vielleicht können wir einen aufwecken. Und wenn nicht, müssen wir selbst den Navigationsspeicher erforschen, ebenso die Technik und Bedienung, um ohne die Akonen fliegen zu können. Der Speicher muss die Koordinaten enthalten. Wir werden sie finden.«

»Die Technik der Akonen unterscheidet sich von unserer«, erinnerte ich ihn. »Um sie kennenzulernen und zu verstehen, benötigen wir Zeit.«

In gewisser Weise war das auch der dezente Hinweis: *Mach's doch selbst!* Immerhin war Akon-Akon der, der sich von uns noch am besten mit akonischer Technik auskannte. Bei ihm mochte es zwar ein mehr unbewusster Vorgang sein, aber immerhin. Seine Antwort dagegen erstaunte mich nicht unbedingt.

»Beginnt mit der Arbeit, oder ihr zieht euch meinen Zorn zu.«

Fartuloon nickte mir zu. Wir brachten die starren Körper der Akonen in die Kabine, legten sie auf die Betten. Bauchaufschneiderin Karelia und ihre Assistentin begannen mit der Untersuchung.

»Es gibt, wie dir sicher aufgefallen ist, natürlich eine gewisse Verwandtschaft zwischen akonischer und arkonidischer Technik«, sagte Fartuloon, als wir wieder auf dem Weg zur Zentrale waren. »Das sollte uns die Arbeit erleichtern.«

»Wir sind erledigt, sollten wir wirklich das Versteck finden«, gab Karmina zu bedenken. »Habt ihr das vergessen?«

»Natürlich nicht«, beruhigte ich sie. »Sobald wir einigermaßen mit dem Schiff umgehen können, wird uns schon was einfallen, was wir durchführen können, ohne direkt den Anordnungen Akon-Akons zuwiderzuhandeln. Ich muss allerdings zugeben, dass mich die Koordinaten schon interessieren würden ...«

»Vergiss es lieber.«

Nicht in bester Stimmung erreichten wir die Zentrale. Einige unserer Techniker erwarteten uns bereits. Brontalos beschäftigte sich mit dem, was er für den Navigationscomputer hielt.

»Wo ist Akon-Akon?«, fragte ich.

»Der Herr hat sich zurückgezogen. Er muss wohl nachdenken. Oder schmollen. Oder was auch immer.«

»Das kann er gleich für uns mitbesorgen«, sagte Ra bissig. »Es kommt so oder so nichts Vernünftiges dabei heraus.«

»Kommst du mit dem Computer klar?«, fragte ich.

Brontalos hob beide Hände in einer Geste des Bedauerns. »Noch nicht, Atlan, aber es gibt Parallelen zu unseren Bordrechnern. Es sollte möglich sein, das Ding zur Preisgabe seiner Geheimnisse zu bewegen.«

»Ich lege keinen gesteigerten Wert auf die Koordinaten des Verstecks. Sollten wir sie finden, löschen wir sie am besten. Noch besteht kein hypnosuggestiver Zwang, es nicht zu tun.«

»Die einzige Möglichkeit«, gab Fartuloon ein wenig neidisch zu, weil er nicht selbst auf den Gedanken gekommen war.

Akon-Akons Einfluss wurde erst zwingend, wenn er Befehle erteilt hatte. Zwar hatte er uns die Anordnung gegeben, die betreffenden Koordinaten zu finden, aber er war so leichtsinnig gewesen, uns nicht die

Übergabe ausdrücklich zu befehlen. Das war ein kleiner, aber wichtiger Unterschied. Ich kümmerte mich nicht mehr um die Koordinaten, sondern setzte mich hinter die Hauptkontrollen des Schiffes. Im Nebensessel saß bereits Karmina.

In der Projektion der Panoramagalerie standen die Sterne eines Teils der *Öden Insel,* den ich nicht kannte. In diesem zentrumsnahen Gebiet, das wusste ich inzwischen, hatte es viele Siedlungsplaneten der Akonen gegeben, die inzwischen von ihnen aufgegeben worden waren. Deshalb waren die Demontagekommandos unterwegs. Niemand sollte noch intakte Transmitter finden. Sie führten vielleicht mitten in dieses ominöse Versteck.

In aller Ruhe studierte ich die Kontrollen. Obwohl sie in der Anlage und Konstruktion eine gewisse Ähnlichkeit mit jenen unserer Schiffe hatten, waren sie doch fremd. Auffallend war, dass eine ganze Reihe von Anzeigen in unterschiedlichen Gelbnuancen leuchtete, während der Rest meist blau glomm. Für ein Positivsignal waren die gelben nicht zahlreich genug, deshalb vermutete ich darin Warnungen. Und in diesem Fall wiederum war die Zahl unangenehm groß. Bestätigte sich somit meine Vermutung hinsichtlich technischer Schwierigkeiten oder Problemen?

»Kompliziert«, sagte Karmina, und es klang nicht sehr optimistisch. »Ich fürchte, Akon-Akon mutet uns ein wenig zu viel zu. Vor allem mit Blick auf den Zeitfaktor.«

»Du hast recht. Momentan fliegen wir ohne Antrieb mit Unterlichtgeschwindigkeit. Es gibt kein Ziel, das programmiert worden wäre. Vandra und ihre Leute liegen in totenähnlicher Starre in ihrem Gefängnis. Sie können uns nicht helfen. Selbst wenn sie wollten, könnten sie es nicht.«

»Sie dürfen es nicht!«, berichtigte sie mich.

Brontalos sprach leise mit Fartuloon, der kurz darauf zu mir kam. »Es gibt gespeicherte Daten, aber wie sollen wir herausfinden, welche zum Versteck gehören? Der bisher zurückgelegte Kurs jedenfalls ist im Speicher nicht enthalten. Höchste Geheimhaltung auch hier. Es ist, als hätten die Akonen mit der Kaperung ihres Schiffes gerechnet – oder wenigstens vorbeugen wollen. Es gibt allerdings einige hervorgehobene Koordinaten, die als Koordinationspunkte bezeichnet sind.«

»Sie sind vorsichtig. Wäre ich an ihrer Stelle auch. Wir befinden uns außerhalb des Gebiets des Großen Imperiums. Niemand weiß, wer oder was sich hier alles herumtreibt. Selbst wenn die Akonen nicht mit Arkoniden gerechnet haben sollten, dürfte ihnen unser Kampf gegen die Methans nicht entgangen sein. Diese wiederum würden kaum einen Unterschied machen.« Ich lauschte einem Impuls meines Logiksektors. »Wie steht es mit den Entfernungen der Koordinationspunkte?«

»Das nächststehende System ist 32 Lichtjahre entfernt. Das weiteste in rund vierhundert Lichtjahren. Das System hier mit Saruhl wurde soeben als Koordinationspunkt gelöscht. Kannst du damit etwas anfangen?«

»Vielleicht«, gab ich zurück, während in meinem Gehirn ein Plan zu reifen begann, der nicht im Widerspruch zu den Befehlen Akon-Akons stand. »Brontalos soll mir die genauen Daten der nächststehenden Sonne geben. Ich nehme an, es handelt sich um eins jener Systeme, in denen sich einer der ehemaligen Siedlungsplaneten befindet.«

Er ging zurück zu Brontalos.

»Es wäre logisch«, sagte Karmina. »Vandra, wie du sie zu nennen pflegst, hat ja schließlich die Aufgabe, derartige Welten anzufliegen, um die Demontageleute nach Erfüllung ihres Auftrags abzuholen. Verständlich auch, dass da jeweils nur ein beschränktes Gebiet infrage kommt; angrenzende oder weiter entfernte werden von anderen betreut.« Sie sah mich forschend an. »Was hast du eigentlich vor, Atlan?«

Ich lächelte vorsichtig. »Ehrlich gesagt, das weiß ich selbst noch nicht genau. Aber wir müssen Zeit gewinnen. Wir müssen Akon-Akon in Sicherheit wiegen und dafür sorgen, dass Vandra bald erwacht. Vielleicht verrät sie sich.«

Sie warf mir einen undefinierbaren Blick zu und schwieg. Ich begriff ihre Eifersucht auf die Akonin nicht, ganz abgesehen davon, das sie völlig grundlos war. Mit beiden Frauen verband mich lediglich der Umstand, dass wir Gefangene Akon-Akons waren.

»Wir müssen Akon-Akon nicht unbedingt auf die Nase binden, wie viel wir herausfinden oder bereits herausgefunden haben.« Ich deutete auf die Kontrollen, mit denen sich Brontalos beschäftigte.

Karmina nickte. »Da wir genaue Koordinaten haben, dürfte es nicht schwierig sein, die Transition zu diesen 32 Lichtjahre entfernten Planeten zu berechnen. Ich frage mich nur, ob uns das wirklich weiterhelfen wird.«

»Versuchen müssen wir so ziemlich alles«, gab ich zurück.

Sie nickte mir zu und machte sich wieder an die Arbeit.

Fartuloon rief: »Es hat wenig Sinn, Funksprüche loszujagen. Wer weiß, wer sie auffängt ... Bestimmt keiner, den wir zu sehen wünschen. Und was die Orter angeht: nichts! Keine Fremdschiffe in der Nähe. Aber die Fernortung erfasst das System, von dem wir sprachen, einwandfrei. Wenn Brontalos mit der Programmierung nicht zurechtkommt, könnten wir fast eine Transition auf Sicht wagen.«

»Ziemliches Risiko.«

Er zuckte mit den Schultern. »In der Sonne werden wir nicht gerade landen. Und Korrekturen können wir immer noch vornehmen.«

»Keine Sorge«, mischte sich der Astrogator ein. »Ich glaube, ich komme mit der Programmierung klar. Gut, dass ich aufgepasst habe.«

»Du hast die Akonen beobachtet?«, fragte ich.

»Natürlich. Wir hätten sie doch nicht ewig hinter den Kontrollen lassen können. Zwar hatte ich mir den Kommandowechsel anders vorgestellt, aber das spielt nun keine Rolle mehr. In einer halben Tonta bin ich so weit. Aber mehr als die 32 Lichtjahre möchte ich absolut nicht riskieren.«

»Das wird vorerst auch nicht notwendig sein.« Ich sah Fartuloon an. »Kommst du mit? Ich will mir die Akonen ansehen.«

Ich ignorierte Karminas Seitenblick und verließ mit dem Bauchaufschneider die Zentrale.

»Blöde Situation«, knurrte er, als wir im Ringkorridor waren. »Wenn das so weitergeht, verlieren wir unser eigentliches Ziel völlig aus den Augen. Wir kommen keinen Schritt vorwärts.«

»Seien wir froh, wenn es nicht rückwärtsgeht«, versuchte ich ihn zu trösten, aber es klang nicht sehr überzeugend. Deshalb fügte ich hinzu: »Unser eigentliches Ziel beinhaltet auch, die Sicherheit des Imperiums im Auge zu behalten. So betrachtet sind wir genau an der richtigen Stelle. Denn niemand von uns will, dass Akon-Akon seinen ursprünglichen Auftrag erfüllt. Du erinnerst dich?«

Er brummte etwas Unverständliches in den Bart.

Als wir eintraten, richtete sich Karelia auf. »Es tut uns leid, aber wir können die Ursache der ... der Suspendierung nicht feststellen. Alle Lebensfunktionen sind nahezu erloschen, aber sie sind nicht tot. Wir müssten Spezialapparaturen zur Verfügung haben, dann ließe sich Näheres feststellen.«

»Müssten an Bord sein.« Ich bückte mich, um Vandras Hals abzutasten. »Die Körpertemperatur ist stark abgesunken.«

»In diesem Zustand können sie vermutlich sogar viele Perioden ohne Nahrung und Wasser auskommen. Eine künstliche Hibernation, würde ich sagen.«

Ich richtete mich wieder auf. »Starke Aufputschmittel müssten sie aufwecken.«

Fartuloon schüttelte energisch den Kopf. »Das könnte sie töten. Der posthypnotische Befehl besteht ja weiter.«

»Wir haben uns in der Medoabteilung des Schiffs umgesehen«, sagte Karelia. »Viel ist da nicht vorhanden, was uns nützlich sein könnte. Minimalausstattung. Der Pott ist tatsächlich ein reiner Transporter. Wir sind auf unsere eigenen Mittel angewiesen.«

Ich betrachtete Vandras Gesicht. Die Augen waren geschlossen, aber es kam mir so vor, als bewegten sich die feinen Nasenflügel der Akonin. Ihre Haut fühlte sich aber kalt und leblos an. Der Körper war steif wie ein Brett.

Fartuloon untersuchte die Akonin ebenfalls und sagte: »Wir können hier nichts tun. Wir können nur warten, bis sie von selbst wieder erwachen.«

»Hoffentlich tun sie das im richtigen Augenblick«, murmelte ich. »Vielen Dank, Karelia. Du bleibst hier?«

»Solange Akon-Akon uns nicht daran hindert, ja.«

»Er hat ebenfalls ein Interesse daran, dass sie wieder aufwachen. Ich glaube daher nicht, dass er etwas dagegen hat, wenn ihr hierbleibt.«

Wieder auf dem Gang, hörte ich das Summen eines Interkoms. Schnell drückte ich auf den Empfangsknopf. Auf dem Bildschirm erschien Karminas Gesicht. Sie sah mich forschend an. »Brontalos ist mit der Berechnung fertig. Sollen wir die Transition durchführen?«

»Ohne Akon-Akon zu fragen?«

»Warum sollen wir ihn fragen? Er hat uns die Transition nicht verboten.«

Das stimmte allerdings. Er hatte uns freie Hand gelassen, um nach einer Lösung zu suchen. Wir hatten eine gefunden. »Wartet, bis wir in der Zentrale sind.«

Wir beeilten uns, denn ich hatte das Gefühl, keine Zeit mehr verlieren zu dürfen.

Brontalos blickte uns entgegen. »Sichere Transition mit einem Faktor von plus oder minus einem Lichtjahr. Allerdings macht das Transitionstriebwerk auf mich den Eindruck, als sei es nur ein Notaggregat ...«

Könnte sogar zutreffen, raunte der Extrasinn. *Denk an die andere Triebwerkstechnologie der Varganen.*

Nachdenklich musterte ich die Anzeigen. Weiterhin leuchteten für meine Begriffe viel zu viele in Gelb.

»Wie geht es den Akonen?«, fragte Karmina.

»Keine Änderung«, gab ich kurz zurück.

Brontalos erklärte mir die Funktionen der Transitionskontrollen, und ich musste ihm recht geben. Die Ähnlichkeit mit den arkonidischen Anlagen war unverkennbar. Bildflächen zeigten ein wuchtiges Aggregat in einem Maschinenraum. Für einen 500-Meter-Raumer war es bemerkenswert klein. Auf benachbarten Bildflächen waren umfangreichere Maschinen zu erkennen – aber diese waren eindeutig keine eines Transitionsaggregats.

»Also gut, versuchen wir es«, sagte ich. »Gibt es schon genauere Daten des Systems, das wir anfliegen wollen?«

»Ein paar.« Karmina zeigte auf die neuen Einblendungen in der Panoramagalerie. »Eine Sonne mit drei Planeten. Der zweite scheint recht gute Lebensbedingungen zu bieten.«

»Sofern unsere Vermutungen richtig sind, galt das zumindest vor einigen tausend Jahren«, schränkte ich ihren Optimismus ein. »Bald wissen wir mehr.«

»Die Bezeichnung des zweiten Planeten ist laut Speicher Gonwarth.«

»Wir werden sehen«, sagte ich. »Brontalos ... fertig für Beschleunigung?«

»Schon lange!«

»Dann los.«

Die Impulstriebwerke brüllten auf und beschleunigten den Raumer in kurzer Zeit auf mehr als neunzig Prozent der Lichtgeschwindigkeit. Misstrauisch behielt ich die Anzeigen im Auge – und es kamen tatsächlich einige weitere gelbe hinzu. Sofern ich mich nicht täuschte, betrafen die meisten Geräte, die zum Komplex künstliche Schwerkraft, Andruckabsorption, Antigravitation sowie sonstige gravomechanische Anwendungen gehörten. Die Erinnerung an das ungewohnte sirrende Geräusch bei der Landung des Transportraumers war wach, meine Vermutung wurde fast schon zur Gewissheit.

Ich schaltete den Interkom ein, um die Besatzung auf die bevorstehende Transition vorzubereiten. Das war schon bei einer normalen Transition üblich, ganz zu schweigen von der bevorstehenden. Niemand konnte vollkommen sicher sein, ob sie gelang oder nicht. Insgeheim befürchtete ich das Eingreifen Akon-Akons, aber er meldete sich nicht. Ich war sicher, dass er uns via Interkomschaltung abhörte und somit unterrichtet war, was wir planten. Dass er keine Reaktion zeigte, schien mir ein Zeichen für sein Einverständnis zu sein.

Unsere Geschwindigkeit war nun ausreichend groß, um eine Transition gefahrlos durchführen zu können. Ich nickte Brontalos zu. »Sprung einleiten!«

Wir hatten die Gurte angelegt. Nun konnten wir nichts anderes tun, als auf die Panoramagalerie zu starren und abzuwarten. Die Sterne verschwanden. Gleichzeitig setzte der Entzerrungsschmerz ein, und zwar mit solcher Intensität, dass ich fast das Bewusstsein verlor. Der entstofflichte Zustand dauerte nur eine kaum messbare Zeit, dann wurde der Panoramaschirm wieder hell. Neue Konstellationen, und genau in ihrer Mitte stand eine helle, flammend gelbe Sonne.

»Für ein Notaggregat eine anständige Leistung«, murmelte Brontalos zufrieden.

Wir rasten genau auf die Sonne zu. Ich suchte eine Distanzanzeige und fand sie. Vier Lichttontas, also Zeit genug, Vorbereitungen zu treffen. Das Schiff bremste automatisch ab, flog kurz darauf nur noch mit halber Lichtgeschwindigkeit. Ich löste die Gurte, Fartuloon und die anderen folgten meinem Beispiel.

»Scheint gut gegangen zu sein«, sagte Brontalos, während er weiterhin die Kontrollen und Anzeigen studierte, und ich konnte seiner Stimme entnehmen, dass er darüber genauso erleichtert war wie ich. »Keine weitere Transition nötig.«

Das Schott öffnete sich. Akon-Akon betrat die Zentrale.

»Ist die Transition gelungen?«, erkundigte er sich und musterte die hellgelbe Sonne. »Was ist das?«

»Der Stern des Planeten Gonwarth, auf dem wir landen werden, um das Schiff besser kennenzulernen.« Ich wies auf die gelben Markierungen und Anzeigen. »Ich fürchte, dass der Raumer eine Reihe von Schäden aufweist, über deren genaue Natur wir uns Klarheit verschaffen müssen. In einigen Tagen wissen wir mehr, vielleicht sogar die Koordinaten des Verstecks, das uns die Akonen nicht verraten wollten.«

Wir mussten die Technik des Akonenschiffs studieren. Notfalls mussten wir in der Lage sein, es ohne Schwierigkeiten zu jedem Platz der Galaxis zu steuern. Mit oder ohne Akon-Akon, der uns allen allmählich auf die Nerven ging. Er machte keine weitere Bemerkung und verschwand wieder. Zu meiner Befürchtung äußerte er sich ebenfalls nicht, widersprach allerdings auch nicht. *Ein gutes oder schlechtes Zeichen?*

Fartuloon sah ihm skeptisch nach. »Er hat nichts zu meckern?«, wunderte er sich. »Das nenne ich ein Wunder.«

»Ich hoffe, wir erleben noch mehr solche Wunder. Achtet auf die gelben Anzeigen, Freunde. Die gefallen mir nämlich gar nicht! Dürften Hinweise und Warnungen sein.« Ich stand auf und ging zu Brontalos, um ihm auf die Schulter zu klopfen. »Gut gemacht, mein Freund.«

»In spätestens zehn Tontas können wir landen.« Das war Karmina, die sich anscheinend übergangen fühlte. »Oder soll ich die Geschwindigkeit erhöhen?«

»Das ist überflüssig. Fartuloon und ich kümmern uns um Orter und Massetaster. Vorsichtshalber bleiben wir auf Funkempfang, damit es keine Überraschungen gibt. Wir müssen davon ausgehen, dass auf Gonwarth bald ein Demontagekommando der Akonen arbeiten könnte.«

»Das fehlte uns gerade noch«, entfuhr es dem Bauchaufschneider.

»Soweit wir den Speichern entnehmen können, wurde Saruhl als Koordinationspunkt gelöscht. Daraus ist zu folgern, dass nur jene Welten noch als Koordinationspunkte gelten, die noch angeflogen werden müssen. Und dazu gehört Gonwarth. Wir dürfen also hoffen, dass uns dort niemand erwartet, dass andererseits aber jemand irgendwann in der Zukunft eintreffen wird.«

»Genauso unangenehm«, sagte Fartuloon.

Die Tontas vergingen mit Messungen. Mit den betreffenden Instrumenten kamen wir einigermaßen klar. Akon-Akon ließ sich nicht sehen. Karelia berichtete über Interkom, dass keine Veränderung im Befinden der acht Akonen eingetreten sei.

Der Planet Gonwarth hatte eine atembare Sauerstoffatmosphäre, normale Gravitation nahe dem Standardwert, eine Rotation von etwa fünfzehn Tontas und erträgliches Klima. Es gab Meere und zwei Hauptkontinente. Die Instrumente verrieten eine gleichmäßig über die Landoberfläche verteilte Vegetation.

»Hört sich gut an«, sagte Fartuloon. »Da halten wir es notfalls eine Weile aus, sofern nichts dazwischenkommt.«

»Wir haben keine Zeit zu verlieren – und doch haben wir Zeit«, erwiderte ich mit zwiespältigen Gefühlen. »Jedenfalls versäumen wir in unserer augenblicklichen Lage nicht viel, denn solange Akon-Akon bei uns ist, ist jeder Zeitverlust zugleich ein Zeitgewinn.«

Fartuloon grinste. »Sehr weise gesprochen, mein Sohn. Ich hätte es nicht besser ausdrücken können.«

Sein Spott kränkte mich nicht, ich kannte ihn schließlich lange genug. Er war mein Lehrmeister, seit er mich im Alter von vier Arkonjahren in Sicherheit gebracht hatte, kurz nachdem mein Vater ermordet worden war. Ich gab sein Grinsen zurück und wandte mich an Karmina. »Wann erreichen wir die Standardumlaufbahn?«

»In einer halben Tonta.«

»Wir suchen uns einen guten Platz aus. Die Massetaster haben bereits angesprochen, Übereinstimmung mit Speicherdaten ist gegeben. Kann sein, dass wir auf Anhieb die alte Station der Akonen finden, samt Transmitter. Oder wenigstens eine der Stationen.«

In der Panoramagalerie wurde Gonwarth größer. Meere und Kontinente waren deutlich zu unterscheiden. Es gab nur dünne Wolken, der Blick auf die Oberfläche blieb fast ständig frei. Ein Bild, wie ich es schon ungezählte Mal gesehen hatte, und doch war es eine fremde, unbekannte Welt. Eine Warnung kam von meinem Extrasinn, doch ich ignorierte sie.

»Die Massetaster zeigen eine ziemlich gleichmäßig verteilte Metallansammlung auf dem größeren Kontinent an«, informierte mich Fartuloon. »Es könnte sich in der Tat um eine ausgedehnte Station handeln. Bislang keine Energieortung.«

Das Schiff erreichte die Umlaufbahn. Auf der Oberfläche waren nun Einzelheiten zu erkennen. Mehr als nur einmal glaubte ich in der Vergrößerung Bauten oder zumindest Ruinen zu entdecken, war mir aber nicht sicher. Aus großer Höhe gesehen wirkten manche natürlichen Formationen wie künstlich angelegt – und umgekehrt. Die hereinkommenden Daten wurden vom Bordrechner bearbeitet und ausgewertet.

»Jetzt ist die Metallansammlung genau unter uns«, sagte Fartuloon.

Rein optisch konnte ich keine Besonderheiten bemerken, die auf eine künstliche Beeinflussung der Oberfläche hingedeutet hätten. Im Gegenteil – ich erblickte nur riesige Savannen, Steppen, flache Gebirge und Wälder. Auffallend waren allerdings gewaltige Einbrüche auf den sonst ebenen Flächen, dann wieder glaubte ich lange Reihen von kleinen Türmen und Pyramiden zu sehen. Wenn die Akonen sie einst errichtet hatten, blieb mir ihr Zweck vorerst ein Rätsel.

»Die Berechnung für den Landeanflug ist fertig«, unterbrach Karminas Stimme meinen fruchtlosen Gedankengang. »Soll ich einleiten?«

Ich nickte ihr zu. Die Tatsache, dass Akon-Akon uns gewähren ließ, bereitete mir Sorgen, so paradox das klingen mochte. Sonst hatte er uns ständig beaufsichtigt. Noch mehr Sorgen bereitete mir allerdings der technische Zustand des Transportraumers. Inzwischen war es uns gelungen, einige Logdateien aufzurufen. Demnach war das Schiff vor Kurzem in einen Hypersturm geraten, der etliche Aggregate beschädigt hatte. Noch funktionierten sie, wie es allerdings bei größerer Belastung aussah, stand in den Sternen ...

Das Schiff verlangsamte die Fahrt und sank tiefer; erstmals war wieder das Sirren zu hören, brach aber ab. Wir überflogen das Meer und den kleineren Kontinent. Als am Horizont abermals Land auftauchte, wussten wir, dass es der große Kontinent mit der Station war – wenn die Metallansammlung eine war. Aber alle Anzeichen deuteten darauf hin. Die Küstenlinie lag nur noch wenige Kilometer unter uns, als wir den Ozean hinter uns ließen. Der programmierte Landeplatz lag im Landesinnern, mehr als tausend Kilometer vom Meer entfernt.

Als die Impulstriebwerke von Karmina weiter gedrosselt und die Antigravaggregate hochgefahren wurden, erklang abermals das durchdringende Sirren, steigerte sich und entschwand im für uns unhörbaren Ultraschallbereich. Dutzende Gelbmarkierungen begannen zu blinken. Die Sonnenträgerin verstärkte unwillkürlich den Schub der Impulstriebwerke. Das hektische Blinken blieb.

»Oh, oh«, machte Karmina; dem war nichts hinzuzufügen.

»Wird Zeit, das wir heil runterkommen«, murmelte Fartuloon und runzelte besorgt die Stirn.

Inzwischen schwebten wir senkrecht über dem Landeplatz, und ich nutzte die Gelegenheit, das Gelände genau zu sondieren. Die Bildschirme zeigten die Umgebung in allen Einzelheiten. In drei Kilometern Entfernung gab es einen der Einbrüche, die mir schon aufgefallen waren. Er erreichte einen Durchmesser von etwa zwei Kilometern und war nahezu kreisrund, sah aus wie ein Krater, aber der typische Ringwall fehlte völlig. Das Gelände war offenbar einfach eingebrochen, als habe es darunter einen riesigen Hohlraum gegeben, dessen Decke das Gewicht der darüber lagernden Massen nicht mehr tragen konnte.

Nahezu senkrecht fielen die Wände nach unten, allerdings nicht besonders tief. Zwanzig oder dreißig Meter unter dem Oberflächenniveau erhoben sich am Boden des Einbruchs einzelne Hügel, deren gleichmäßige Form auf einen künstlichen Ursprung schließen ließ. Sie waren mit Sand bedeckt und zum Teil mit Gras bewachsen.

Laut der Anzeige der Massetaster bestanden die Hügel im Kern aus Metall. Somit sprach vieles dafür, dass wir die – oder eine – Station gefunden hatten. Ich konnte mir allerdings nicht vorstellen, dass die hoch technisierten Akonen sie über einem Hohlraum errichtet hatten, von dem sie annehmen mussten, dass er eines Tages einstürzen könnte. Also musste der Hohlraum erst später entstanden sein. Aber wie? Natürliche Auswaschung durch Grundwasser? Mir kam der Gedanke, dass die Katastrophe absichtlich herbeigeführt worden war. Auf der anderen Seite hätten die Akonen, um ihre Station zu vernichten, einfach eine Bombe zünden können.

Unser Landeplatz war weit genug von der Einbruchstelle entfernt, um das Schiff nicht zu gefährden. Die Massetaster verrieten, dass hier der Boden rasch in Fels überging. Weiter südlich senkte sich Grassteppe allmählich ab. Vielleicht dreieinhalb Kilometer vom Einbruchrand entfernt erhoben sich in unregelmäßiger Anordnung aus der riesigen Senke pyramidenähnlichen Gebilde. Sie standen in unregelmäßiger Anordnung in der riesigen Senke, manche bis zu zehn Meter hoch. Es waren mindestens zwanzig Stück. Spontan vermutete ich in ihnen Insektenbauten.

Viereinhalb Kilometer weiter westlich, halbwegs zwischen Senke und Landeplatz, erhob sich ein lang gestreckter Felsbuckel in Nordsüdrichtung; die rötlich braune Sandsteinformation, etwa zweitausend Meter lang, bis zu sechshundert Meter breit und entlang des Hauptkamms zweihundert Meter hoch, war an einigen Stellen gefurcht und zerklüftet, ansonsten aber abgeschliffen und gerundet. Am Fuß gab es Trümmerablagerungen in charakteristischer Schüttkegelform.

Das hektische Blinken der Gelbmarkierungen wurde noch schneller. Nun war ein dumpfes Dröhnen zu hören. Während das Schiff absank und die Teleskopstützen ausfuhren, feuerten die Impulstriebwerke nochmals heftig, als Karmina versuchte, die fehlende Antigravwirkung zu kompensieren. Der Raumer trieb etwas nach Süden Richtung Senke ab, unter uns wurde der Boden in flüssige Schmelze verwandelt. Dann erklang ein Aufheulen, gefolgt von mehreren heftigen Schlägen, die die gesamte Schiffszelle erschütterten, sowie aufheulenden Sirenen. Während der Raumer durchsackte, entstanden unter der unteren Schnittfläche der abgeflachten Kugelzelle Prallfelder.

Dennoch gab es einen harten Stoß, als das Schiff aufsetzte, die Teleskopstützen ziemlich stauchte, etliche Meter nach oben federte und dann zur Ruhe kam. Strapaziertes Metall entspannte sich laut knackend. Die Sirenen verstummten, neue Gelbanzeigen lieferten die Information, dass nahezu sämtliche Antigravaggregate in Notabschaltung stillgelegt worden waren, dennoch einige förmlich durchgeschmort seien. Fast bedrohlich die altarkonidische Haupteinblendung in der Panoramagalerie: *Neustart ausschließlich mit Impulstriebwerken möglich!*

Karmina desaktivierte die Kontrollen und sah mich betroffen an. Ich stand auf und ging zu ihr, um ihr die Schulter zu drücken. »Gut gemacht«, lobte ich und meinte es nicht einmal ironisch. »Du bist ein erstklassiger Pilot.«

»Ein Start dürfte allerdings schwierig werden ...«

»Abwarten, nach der Schadensanalyse wissen wir mehr.«

»Sehen wir uns die Gegend an?«, fragte Fartuloon und wies zur Panoramagalerie.

»Später! Ich glaube, es ist ratsam, dass wir Akon-Akon informieren. Bis jetzt hat er uns ja freie Hand gelassen, aber wir müssen ihm zeigen, dass wir auf seine Anordnungen warten, sonst schiebt er unserer Freiheit einen Riegel vor.«

»Das klingt vernünftig«, stimmte der Bauchaufschneider zu.

»Ich gehe zu ihm.« Ich ging langsam, um Zeit zu gewinnen. »Was sage ich ihm?«

Wir erhielten von Akon-Akon die Genehmigung zum Verlassen des Schiffes, aber er machte uns darauf aufmerksam, dass unsere Hauptaufgabe nach der Schadensanalyse das Studium der Antriebskontrollen und der übrigen technischen Anlagen sei, nicht das Erforschen einer längst verlassenen Station der Akonen. Wusste er mehr? Beispielsweise, dass es in dieser Station keinen Großtransmitter gab? Ich warf einen fragenden Blick auf den Kerlas-Stab, doch der Junge von Perpandron reagierte nicht.

»Es wäre aber möglich«, warf ich ein, »dass in dieser Station Unterlagen über das Versteck zu finden sind ...«

»Das ist der Grund, warum ich euch den Ausflug erlaube. Ich jedenfalls werde im Schiff bleiben und es bewachen.« Diesmal sah er be deutungsvoll zum Stab der Macht. »Sollten die Akonen wieder zu sich kommen, erhalten sie keine Gelegenheit zur Flucht.«

»Wir kümmern uns um sie.«

»Auch ihr versteht es, mit Raumschiffen umzugehen«, gab er kühl zurück. »Ihr könntet auf dumme Gedanken kommen, wenn ich von Bord gehe.«

Von seinem Standpunkt aus hatte er natürlich recht, aber leider war der seine nicht der unsere. Solange er sich im Schiff aufhielt, bestand nicht die geringste Chance, es eventuell zu kapern und damit seinem Einfluss zu entfliehen.

Zurück in der Zentrale, war eine erste Analyse der Schäden angeschlossen. In der Hauptsache betroffen waren die Antigravaggregate. Sofern sie nicht schon durchgeschmort waren, würden sie es spätestens nach einer weiteren Inbetriebnahme sein oder gar explodieren. Auch diverse weitere Maschinen wiesen Leistungseinbußen auf, die auf Materialauslaugung infolge des Hypersturms hinwiesen. Weil auch die Impulstriebwerke betroffen waren, diese ohne die Antigravunterstützung beim Start aber besonders belastet sein würden, musste hier ebenfalls mit Totalausfällen gerechnet werden.

Ich informierte Akon-Akon und wies darauf hin, dass ein Flug zum Versteck über eine noch unbekannte Distanz zu einem schwer kalkulierbaren Risiko werden würde. »Möglicherweise wäre es deshalb ratsam, nach dem hiesigen Großtransmitter zu suchen, um eine Alternative zu haben. Wir kennen die Technik der Akonen viel zu wenig, um an eine Reparatur zu denken – sofern diese überhaupt mit Bordmitteln durchzuführen ist.«

Er sah mich wortlos an – bis mich der scharfe Suggestivimpuls dazu veranlasste, die Kabine des Jungen zu verlassen.

Zusammen mit Fartuloon und Ra unternahm ich später den ersten Ausflug auf die Oberfläche von Gonwarth. Karmina wollte unter allen Umständen dabei sein, doch ich widersprach: »Uns allen ist wohler, wenn jemand an Bord ist, den wir für besonders zuverlässig halten.«

Damit gab sie sich zufrieden. Mit dem Anzugfunkgerät konnte ich notfalls Verbindung mit ihr aufnehmen.

Wir schritten über die auf Maximallänge ausgefahrene Rampe vor der Bodenschleuse und musterten die breite Schmelzspur, von der dünner

Dampf kräuselte. Direkt daneben war das Gras hoch und üppig, aber nicht höher als einen halben Meter. Darüber spannte sich ein blauer Himmel mit feinen Wolkenschleiern, die jedoch die Sonneneinstrahlung kaum abschwächten. Es war angenehm warm und die Luft gut.

Fartuloon übernahm die Führung, das *Skarg* in der Hand. Wir verzichteten auf den Einsatz der Flugaggregate und folgten zu Fuß einer Art Pfad nach Norden. Vermutlich gab es hier Tiere, Gras zum Weiden jedenfalls würden sie genügend finden. Vom Raum aus hatten wir allerdings nichts von einer Fauna registrieren können. Der Bauchaufschneider blieb stehen. »Und so wunderbare Welten haben die Akonen damals aufgegeben, nur um sich in ihr Versteck zurückzuziehen – die müssen verrückt gewesen sein!«

»Sie hatten ihre Gründe. Denk an die Niederlage im Zentrumskrieg.«

»Diese Welt erinnert mich an meine Heimat«, sagte Ra versonnen. »Auch dort gibt es weite Steppen, aber auch viele Wälder und Flüsse. Es ist eine wilde, urwüchsige Welt, meine Heimat.«

Immer wieder konnte ich seinen Wunsch spüren, die Heimat wiederzusehen, aber ich konnte ihm nicht helfen. Niemand kannte die Koordinaten des Sonnensystems, aus dem er einst von Sklavenhändlern entführt worden war. Es befand sich weit außerhalb der Region, die vom Großen Imperium beherrscht wurde. Hatte ich meine mir selbst gestellte Aufgabe erfüllt, blieben mir vielleicht Zeit und Gelegenheit, Ras Herzenswunsch zu erfüllen und zumindest nach seiner Heimat zu suchen.

»Hier gibt es ebenfalls Wälder, aber wir haben andere Dinge zu tun. Dort vorn ist der Einbruch.«

Fartuloon war weitergegangen. Ohne sich umzudrehen, sagte er: »Ob es wirklich ein Einbruch ist, müssen wir noch herausfinden.«

Ich sah ein, dass es wenig Sinn hatte, weiter über Ursache und Wirkung nachzudenken. Wir näherten uns unserem ersten Ziel, dem Rand des Einbruchs, blieben stehen und sahen hinab. Stumm betrachteten wir das sonderbare Tal, die Reste des einst sicherlich imposanten Bauwerks und versuchten, eine Erklärung für das zu finden, was hier geschehen war.

»Wir werden es genauer ansehen müssen«, murmelte der Bauchaufschneider.

»Es ist nicht unsere eigentliche Aufgabe«, erinnerte ich ihn. »Wir sollen das Schiff und seine Anlagen studieren.«

»Immerhin sollen wir aber versuchen, die Koordinaten des Verstecks zu finden, und du hast selbst die Vermutung geäußert, die könnten in den Speichern der Station enthalten sein.«

»Du weißt genau, warum ich das sagte, Fartuloon.«

Er nickte.

Wir gingen weiter, immer in der Nähe des Randes, und umrundeten das Loch; für die mehr als sechs Kilometer benötigten wir fast eine Tonta. Die Sonne sank allmählich dem westlichen Horizont entgegen. Unseren Berechnungen nach musste in zwei Tontas die Dämmerung einsetzen. Heute würden wir nicht mehr viel unternehmen können.

»Gehen wir zurück zum Schiff«, schlug ich vor. »Morgen ist auch noch ein Tag.«

Auf dem Rückweg sprachen wir nicht viel. Vor dem Schiff sah ich einige Gestalten. Akon-Akon hatte unseren Leuten also erlaubt, sich ins Freie zu begeben. Vielleicht wollte er uns bei guter Laune halten.

Brontalos kam uns entgegen. »Nun? Habt ihr etwas gefunden?«

»Die Station«, sagte Fartuloon an meiner Stelle, als ich nicht sofort antwortete. »Sie ist wahrscheinlich zerstört. Morgen sehen wir sie uns näher an.«

»Ich habe inzwischen festgestellt, dass hier nicht alles geheuer ist.«

Fartuloon warf ihm einen auffordernden Blick zu. »Nicht geheuer? Wie meinst du das?«

Und er berichtete, was geschehen war.

13.

Karmina da Arthamin wollte raus aus dem Schiff und sich die Beine vertreten. Alle, die sie fragte, stimmten ihr zu. Akon-Akon hörte sich ihre Bitte an und gab zehn Personen die Erlaubnis, das Schiff zu verlassen, befahl ihnen aber, in der Nähe zu bleiben und uns auf keinen Fall zu folgen.

Brontalos nahm in einer romantischen Anwandlung seine Tagesration an Konzentratwürfeln mit, um »im Freien das Abendbrot« zu verzehren, wie er sich ausdrückte. Er fand einen geeigneten Platz nahe einer der Teleskopstützen, setzte sich in das dichte Gras und genoss die Aussicht. Das Paket mit den Konzentratwürfeln legte er neben sich.

Karmina und einige der Wissenschaftlerinnen entfernten sich fast fünfhundert Meter vom Schiff, ehe Akon-Akon sie über Funk zurückrief. Er beobachtete sie also ständig.

Brontalos saß da und döste vor sich hin. Es war warm, fast wäre er eingeschlafen, hätte er nicht ein schleifendes Geräusch gehört. Aber er sah nichts. Das Gras war viel zu niedrig, als dass sich jemand an ihn hätte heranschleichen können. Raumfahrer, die wieder festen Boden unter den Füßen spürten, kamen manchmal auf derartig kindische Gedanken. Brontalos suchte nicht weiter. Arglos griff er nach seinem Lunchpaket – aber seine Hand fand es nicht sofort. Er blickte fassungslos auf die Stelle, an der es gelegen hatte. Das Gras war noch niedergedrückt, ein schmaler Pfad ebenfalls flach liegenden Grases schloss sich an.

Brontalos blieb ganz ruhig sitzen und überlegte. Einer der Männer konnte ihm das kleine Paket nicht gestohlen haben, dazu war die Spur zu schmal. Sie war nicht breiter als eine Hand. Und derjenige, der sie verursacht hatte, konnte auch nicht schwer gewesen sein, denn das Gras richtete sich bereits wieder auf. Der ersten Verblüffung folgte der Ärger über die Frechheit, er stand auf und sah sich suchend nach allen Seiten um, ohne etwas Verdächtiges entdecken zu können. Dann folgte er der Spur, die jedoch bereits nach einigen Dutzend Metern in einem kleinen Loch endete.

Damit war Brontalos endlich klar, was geschehen sein musste. Es gab Leben auf Gonwarth – in primitiver Form.

Gonwarth: 5. Prago der Prikur 10.499 da Ark

Ich hatte mir seine Geschichte angehört, ohne ihn zu unterbrechen. Fartuloon sagte ironisch: »Ich sorge dafür, dass du eine neue Ration bekommst. Schließlich bist du der Erste, der tierisches Leben auf Gonwarth festgestellt hat – eine umwälzende Entdeckung.«

Dass es Tiere auf dieser Welt gab, bereitete mir keine Sorgen. Es handelte sich wahrscheinlich um dieselbe Gattung, die die Pfade in der Steppe verursacht hatte, wenngleich diese breiter waren als die Spur, die Brontalos gefunden hatte. Doch das hatte nicht viel zu bedeuten. Wo ein Tier nur einmal ging, entstand eine schmale Spur. Benutzten viele Tiere immer wieder die gleiche Spur, entstand zwangsläufig ein Pfad.

»Spotte nur, Fartuloon«, beschwerte sich Brontalos. »An meiner Stelle hättest du ebenfalls einen Schreck bekommen, nicht nur wegen der verschwundenen Konzentrate. Schließlich hätte das Tier ja gefährlich sein und mich anfallen können. Zum Glück ist das nicht geschehen. Wir müssen herausfinden, was es ist und wovon es lebt.«

»Heute jedenfalls von Raumfahrerverpflegung«, sagte ich. »Ist sonst noch etwas passiert?«

Brontalos reagierte verdrossen. »Nicht dass ich wüsste.«

Karmina kam zu uns. »Komische Sache, nicht wahr?« Sie deutete auf den Astrogator. »Wir haben sonst keine Spuren gefunden, obwohl wir alles abgesucht haben.«

Fartuloon sagte ungeduldig: »Nun lasst uns endlich mit diesem Getier in Frieden, wir haben andere Sorgen. Morgen untersuchen wir die Station. Vielleicht finden wir einen Eingang, der sich freigraben lässt. Was machen die Akonen?«

»Da müsst ihr Karelia fragen«, sagte sie schnippisch und stolzierte davon, um bald darauf über die Bodenrampe im Schiff zu verschwinden.

Fartuloon sah ihr nach. »Wenn die einen Mann bekommt, ist der schon heute zu bedauern. Sie wird sein Kommandant sein.«

Später saßen wir in der Messe zusammen und unterhielten uns über die Ereignisse des Tages. Zum Leidwesen von Brontalos schien sich niemand für sein verschwundenes Päckchen und den geheimnisvollen Dieb zu interessieren. Die eingebrochene und verschüttete Station war es, die jeden faszinierte.

Wir nutzten die in einem Hangar gelagerten Gleiter und Antigravplatten und schwebten mit Ausrüstung voll beladen zu dem Loch, an dessen Rand sie landeten. Bald häuften sich dort die Geräte, die wir vermutlich benötigen würden. Bevor wir sie zu der Station schafften, wollten wir eine genauere Erkundung vornehmen.

Ra und ich schwebten mit den Flugaggregaten unserer Anzuge in die Tiefe. Langsam glitten die festen Steilwände vorbei, während wir nach unten sanken, auf einem der Hügel landeten und zur eigentlichen Talsohle rutschten. Ich winkte Fartuloon zu, dass alles in Ordnung sei. Jetzt war die künstliche Natur der Hügel unübersehbar, denn etliche senkrechte Metallwände waren nicht bedeckt oder überwuchert. Dumpf und kalt blinkten sie im schräg einfallenden Sonnenlicht.

»Wird ja wohl eine Tür zu finden sein«, knurrte Ra, zog seinen Kombistrahler, fasste ihn am Lauf und klopfte mit dem Griff vorsichtig gegen die Metallwand. »Nicht sehr dick. Im Notfall schmelzen oder desintegrieren wir sie durch.«

Wir wanderten weiter und erreichten das größte der Gebäude im Zentrum des Tals, vormals vermutlich ein flacher Kuppelbau, von dem nun nur noch die überwachsene oberste Wölbung zu erkennen war. Einen Eingang konnten wir nicht finden, und noch widerstrebte es mir, mit Gewalt einzudringen. Wahrscheinlich war die abgelagerte Bodenschicht mehrere Meter dick und hatte alles Übrige verschüttet. Was wir sahen, waren nur die obersten Etagen.

»Nun, was ist?«, fragte Fartuloon über Funk.

Ich berichtete ihm, was wir gefunden hatten, und bat ihn, entsprechende Gerätschaften und einige unserer Leute herabzuschicken. Anchließend begannen wir, den unteren Teil des großen Bauwerks freizulegen.

Die Sonne stand schon hoch, als wir es endlich geschafft hatten und einen Eingang fanden. Er lag mehr als sieben Meter unter der Talsohle und war geöffnet, als habe gerade jemand das Gebäude verlassen wollen, als der Hohlraum darunter zusammenbrach. Vorsichtig stiegen wir über Steine und Geröll und drangen ein. Es war dunkel, wir schalteten die Lampen ein. Über Funk hörte ich Fartuloon sagen: »Wartet, ich komme mit. Das will ich mir ansehen.«

Wir standen in einem nicht übermäßig großen Raum ohne jede Einrichtung. Sein ursprünglicher Verwendungszweck dürfte der eines Verteilers gewesen sein. Immerhin gab es drei Türen, die in verschiedene Richtungen führten. Fartuloon erschien schnaufend, als sei er den Hang herabgeklettert und nicht geschwebt. Auch er schaltete seine Lampe ein. »Weiter. Was stehen wir hier nutzlos herum?«

Wir öffneten die mittlere Tür ohne Mühe und betraten einen breiten Korridor, der vor einer Sicherheitswand endete, die wir nur mit den Kombistrahlern beseitigen konnten, weil wir trotz allen Suchens keine Kontrollen fanden. Anschließend standen wir in einem ausgeräumten Depot, von dem aus die ehemalige Kolonie versorgt worden war. Lange Reihen leerer Regale zeugten von der einst reichhaltigen Auswahl der hier aufbewahrten Gegenstände, ohne die eine Niederlassung nicht existieren konnte.

Wir ließen uns Zeit mit der Durchsuchung, aber es war offensichtlich, dass der Auszug vor vielen tausend Jahren in aller Ruhe und mit peinlicher Sorgfalt durchgeführt worden sein musste. Wir fanden nichts, keinen einzigen lockeren Gegenstand, der vielleicht vergessen worden war. Treppen, Rampen und desaktivierte Antigravschächte führten nach unten in Räume, in denen noch Maschinenanlagen standen, die jedoch keinen funktionsfähigen Eindruck mehr machten. Die Schalttafeln sahen aus, als habe sie jemand systematisch mit Strahlwaffen bearbeitet.

Akon-Akon rief uns über Funk. »Habt ihr die Speicheranlagen gefunden? Was ist mit den Koordinaten, die ich haben will?«

Fartuloon wollte antworten, aber ich kam ihm zuvor: »Noch nicht, Akon-Akon, aber wir suchen weiter. Sofern die Speicher nicht gelöscht oder mitgenommen wurden, finden wir sie auch.«

»Ich hoffe es im Interesse aller.« Er schaltete wieder ab.

»Da kann er aber lange warten«, murmelte Fartuloon kaum hörbar.

Wir durchforschten den ganzen Komplex, aber so etwas wie eine Transmitteranlage war nicht zu entdecken, allerdings auch keine Speicher mit Koordinaten oder anderen Daten, die uns weitergeholfen hätten. Hier jedenfalls, das war uns allen klar, würde ein akonischer Demontagetrupp nicht mehr viel zu tun haben. Wir durchsuchten noch einige der halb verschütteten kleineren Gebäude ringsum, fanden aber nichts von Bedeutung.

Enttäuscht und müde standen wir später wieder am Rand des Riesenlochs. Die anderen kehrten zum Schiff zurück, Fartuloon, Ra und ich blieben noch, setzten uns ins Gras.

»Alles verdammt merkwürdig«, fasste der Bauchaufschneider zusammen.

»Ist das Loch von selbst entstanden?«, fragte Ra.

Ich schüttelte den Kopf. »Ich glaube es nicht. Jedenfalls steht fest, dass die Katastrophe erst eintrat, als die Akonen Gonwarth bereits verlassen hatten. Darauf deutet so ziemlich alles hin. Der Einbruch ist keineswegs die Ursache für die Aufgabe der Station. Den Spuren nach zu urteilen, muss es vor etlichen tausend Jahren passiert sein.«

»Aber warum?«, bohrte Fartuloon. »Die Akonen waren doch nicht so dumm, eine derartige Anlage über Hohlräumen zu errichten.«

»Das haben wir schon einmal festgestellt«, sagte ich. »Und der Aufbau der Station schließt aus, dass sie diese Hohlräume selbst geschaffen haben. Jemand muss also später hierhergekommen sein und die Station bewusst zerstört haben. Aber wer?«

Darauf wusste natürlich niemand eine Antwort. Wir rätselten hin und her, kamen aber zu keinem Ergebnis.

Jemand rief uns über Funk; ich glaubte, Brontalos' Stimme zu erkennen. Fartuloon meldete sich. Es war Brontalos. »Könnt ihr rüberkommen? Wir haben etwas Interessantes entdeckt.«

»Was denn?«

»Kommt und seht es euch an. Etwas mehr als fünfhundert Meter vom Schiff entfernt, bei den Pyramiden im Süden.«

Fartuloon stand ächzend auf. »Die halten uns ganz schön in Bewegung.«

Wir gingen zu Fuß. Am Schiff vorbei erreichten wir auf der anderen Seite die Grassteppe, die sich allmählich absenkte. Ra beschleunigte seine Schritte. Ich sah, wie Brontalos auf ihn einredete und immer wieder auf die pyramidenähnlichen Gebilde deutete. Sie waren durch Wege verbunden. Richtige Wege waren es natürlich nicht, aber das Gras war niedergetreten oder sogar beseitigt worden. Jedenfalls waren sie deutlich als benutzte Pfade zu identifizieren.

Kurz darauf erreichten wir die Gruppe. »Was ist das?«

Mir war klar, dass es keine Gebilde waren, die von den Akonen hier zurückgelassen worden waren. Das Material waren Lehm und Sand. Dazwischen bemerkte ich eingeflochtene Grashalme, die dem Ganzen Halt zu geben schienen. Ich bröckelte ein wenig ab und zerrieb es auf der Hand. Durchaus haltbar. »Insektenbauten«, wiederholte ich meine erste Vermutung. »Das haben Insekten errichtet.«

Zu sehen war zwar keins der Tiere; immerhin besser, als würden riesige Saurier die Gegend unsicher machen. Die anderen mochten ähnlich denken, denn in Grüppchen kehrten sie wieder zum Schiff zurück. Fartuloon und ich folgten ihrem Beispiel. Ra gesellte sich zu uns.

»Auf meinem Heimatplaneten gab es Tiere, die ähnliche Bauten errichteten«, sagte er und beschrieb sie als solche, die manchmal bis zur Länge eines Fingers heranwuchsen. »Gefährlich waren sie nicht. Aber sie waren nicht aufzuhalten, selbst Flüsse konnten sie überqueren. Als mir die Goldene Göttin das Feuer brachte, vertrieben wir sie damit.«

»Ähnliche Insekten gibt es fast überall, warum nicht auch hier«, schloss Fartuloon.

Als wir im Schiff waren, verlangte Akon-Akon von mir einen Bericht. Ich suchte ihn in seiner Kabine auf.

»Ihr habt keine Anzeichen eines Koordinatenspeichers gefunden«, stellte er fest, ehe ich beginnen konnte. »Es wird also besser sein, ihr vergesst die verschüttete Station und kümmert euch um die Kontrollen und Anlagen des Schiffes, das ist wichtiger.«

»Ohne einen Hinweis auf die ungefähre Lage werden wir das Versteck der Akonen niemals finden. Es würde ein sinnloses Suchen werden, verbunden überdies mit der Gefahr, dass das beschädigte Transportschiff irgendwo mitten im Weltall havariert. Vielleicht gibt es noch andere Stationen auf Gonwarth. Wir müssen sie alle durchsuchen.«

»Ich lasse euch noch einen planetaren Tag, dann darf niemand mehr aus dem Schiff.«

»Zwei Tage«, versuchte ich zu handeln, und ich hatte Glück.

»Also gut, zwei Tage, aber dann ist Schluss.«

Ich teilte den anderen Akon-Akons Entschluss mit. Niemand war sonderlich überrascht, denn jeder wusste, wie verrückt der Junge danach war, das Versteck der Akonen ausfindig zu machen. Das erinnerte mich an Vandra und ihre sieben Besatzungsmitglieder.

Karelia meldete keinerlei Veränderung im Zustand der Erstarrten. Keiner von ihnen hatte sich bisher gerührt oder auch nur die Augen geöffnet. Aber sie lebten noch. »Das kann Votanii dauern«, vermutete die Bauchaufschneiderin. »Es hat sogar schon Fälle gegeben, die von einem Erwachen aus einem vergleichbaren Koma erst nach Jahren berichten.«

Ich wusste davon. Sosehr ich auch bedauerte, dass Vandra sich gezwungen gesehen hatte, sich und ihre Leute auf diese seltsame Art und

Weise jeder Verantwortung zu entziehen, so froh war ich auf der anderen Seite darüber. Niemand von uns hatte wirklich ein Interesse daran, das Versteck der Akonen zu finden, denn wir würden es nie mehr lebendig verlassen dürfen. Das stand fest.

An diesem Abend begaben wir uns alle ziemlich ratlos zur Ruhe.

Wir durchsuchten am nächsten Tag noch einmal alle verschütteten Gebäude und drangen in jene ein, deren Eingänge wir vorher nicht hatten finden können. Bei dem Einbruch des Hohlraums waren sie regelrecht umgekippt und von den Bodenmassen begraben worden.

Eine zweite Gruppe unter der Leitung Karminas wanderte ein Stück nach Osten in die Steppe, wo in einigen Kilometern Entfernung ein kleinerer Einbruch stattgefunden hatte. Vielleicht gab es dort eine zweite Station.

Gegen Mittag – längst war nach Arkon-Zeitmaß der 6. Prago der Prikur angebrochen – meldete sich Karmina über Funk. »Es handelt sich um ein einzelnes Gebäude, das etwa zehn Meter tief unter die Oberfläche sank. Die Umstände erinnern an das große Loch. Wir haben keine Erklärung.«

»Könnt ihr eindringen?«

»Wir haben eine Öffnung geschmolzen. Es muss sich um eine Art Labor oder Werkstatt gehandelt haben, aber viel ist davon nicht mehr vorhanden. Einige Maschinen und Metallblöcke. An manchen Stellen sieht es so aus, als seien Wände oder Boden mit Säure übergossen worden.«

»Säure?« Ich warf Fartuloon, der neben mir stand, einen bedeutsamen Blick zu. »Wie meinst du das, Karmina?«

»Das Metall wirkt zerfressen oder doch zumindest angegriffen. Wollten die Akonen keine Spuren hinterlassen wollten, als sie abzogen?«

»Das hätten sie wirkungsvoller haben können. Es muss eine andere Erklärung dafür geben. Sucht weiter.«

Ich kehrte früher als die anderen zum Schiff zurück, weil Brontalos wegen der Insektenbauten keine Ruhe ließ. »Ich wollte es den anderen nicht sagen«, begann er, als ich ihn auf halbem Wege zwischen dem Schiff und den Insektenbauten traf. »Eben habe ich eins gesehen.«

»Ein Insekt?«

»Ich bin sicher, dass es ein Insekt war, denn es verschwand in einem der Löcher, die wir rings um die Pyramiden entdeckt haben. Nun weiß ich auch, wer mir das Paket mit den Konzentraten gestohlen hat.«

»Wie groß war es denn?«

Er hielt mir seinen Unterarm vor die Nase und tippte zuerst an die Fingerspitzen und dann an den Ellenbogen. »So groß, vielleicht etwas größer. Sie haben einen dunkelbraun schimmernden Panzer – wenigstens nehme ich an, dass es einer ist. Kaum sah es mich, flitzte es schon davon und verschwand.«

»Chitinpanzer«, vermutete ich. »Wie viele Beine?«

»Das konnte ich nicht genau erkennen, aber ich glaube, acht. Die beiden vorderen sind sehr breit und erinnern an Schwimmflossen. Aber hier in der Nähe gibt es doch gar kein Wasser ...«

Ich dachte mir meinen Teil, behielt aber meine Vermutung für mich. »Wir sollten eins dieser Tiere einfangen. Aber Vorsicht! Das Beste wird sein, wir betäuben es.«

»Paralysestrahler oder Schocker?«

»Paralysator. Es sollte geschehen, bevor sie Gelegenheit haben, sich zu organisieren.«

Er starrte mich an. »Wie ist das gemeint? Du hältst sie doch wohl nicht für intelligent?«

Ich schüttelte den Kopf. »Die Insekten auf fast allen uns bekannten Welten haben eine ähnliche Entwicklung durchgemacht und verfügen meist über eine Schwarmintelligenz. Das einzelne Insekt allein ist nicht von Bedeutung, wichtig ist das ganze Volk. Sie sind Kollektivwesen, das unterscheidet sie von uns. Sie sind in der Lage, sich zu organisieren und vielleicht sogar anzugreifen.«

Brontalos wirkte nicht gerade überzeugt von meiner Warnung, aber er versprach, sich um die Sache zu kümmern. Von nun an würde er hier mit dem Kombistrahler auf der Lauer liegen und versuchen, eins der Tiere einzufangen.

Ich kehrte ins Schiff zurück und traf Karmina. Sie berichtete noch einmal ausführlich, was sie entdeckt hatte. »Es sieht nach einer absichtlichen Zerstörung aus«, schloss sie ihre Schilderung. »Nicht nur das mit der Säure, sondern überhaupt der ganze Einbruch. Nur noch Metall ist geblieben, alles andere ist verschwunden.«

»Habt ihr Insektenbauten gesehen?«, fragte ich.

»Nein, dort sind keine. Aber wir haben ein paar von den Tieren gesehen, ziemlich große. Sie rannten davon, als sie uns bemerkten, als hätten sie schon schlechte Erfahrungen mit Wesen wie uns gemacht. Ob sie sich noch an die Akonen erinnern können, die schon vor Jahrtausenden Gonwarth verlassen haben?«

»Durchaus möglich – eine Art Generationengedächtnis. Wir sollten das untersuchen.«

Sie blieb stehen. »Ich glaube kaum, dass Akon-Akon sein Einverständnis geben wird. Warum sollte er sich für die Insekten interessieren?«

»Weil sie vielleicht eine Antwort darauf geben können, was hier passiert ist.«

Ich war weitergegangen. Sie folgte mir und sprach kein Wort mehr, war sehr nachdenklich geworden.

Der nächste Tag sollte zugleich der letzte sein, den wir auf Gonwarth selbst verbringen durften. So wenigstens wollte es Akon-Akon. Im Grunde genommen hatte auch ich inzwischen jedes Interesse an der nutzlos gewordenen Station der Akonen verloren, und schon gar nicht hoffte ich, dort noch Koordinaten zu finden. Warum ich versuchte, Akon-Akon hinzuhalten, war mir selbst nicht ganz klar. Wollte ich lediglich Zeit gewinnen? Zeit – wozu? Wartete ich unbewusst auf eine Gelegenheit, ihn auszuschalten, gegen seinen Einfluss und Hypnobefehl, ihn niemals anzugreifen? Nur der Zufall konnte uns da zu Hilfe kommen, und ich wusste, dass alle Zufälle Zeit benötigten.

Ich war gerade außerhalb des Schiffes, als mir Brontalos mittags über Funk mitteilte, dass es ihm gelungen sei, ein Insekt zu paralysieren.

»Wo?«

»Vor den Pyramiden. Bringt etwas mit, in das wir es legen können.«

»Wir sind gleich da.«

Ich nahm zwei Männer mit, die tatenlos herumstanden. Einer hatte einen Beutel aus dem Schiff geholt. Wir sahen Brontalos winken. Das Insekt sah genauso aus, wie er es beschrieben hatte. Der dunkelbraune Panzer schimmerte im Licht der Sonne. Die Vorderbeine erinnerten an Schaufeln. Ich war mir sicher: *Damit graben sie ihre Gänge und bauen die Pyramiden.* Zwei starre Facettenaugen blickten mich an, als ich mich bückte. Das Tier war bei Bewusstsein, konnte sich aber nicht mehr bewegen. Die zwei feinen Fühler waren in sich zusammengefallen.

»Sehen aus wie Antennen«, sagte einer der beiden Männer, die mich begleitet hatten. »Sollen wir es einpacken?«

»Aber vorsichtig«, bat ich und dachte über die Grabfüße und die Fühler nach.

Brontalos berichtete, dass er mehrere Tontas gewartet habe, ehe sich eins der Tiere sehen ließ. Es schien ihn nicht bemerkt zu haben und kam ziemlich nahe. Dann habe er es paralysiert.

»Es war allein?«, vergewisserte ich mich.

»Ganz allein.«

Das passte nicht ganz in das Bild, das ich mir von einem Schwarmwesen gemacht hatte. Entwickelten einzelne Insekten etwa Eigeninitiative? Oder war es ein Späher im Auftrag des Schwarms?

Akon-Akon hatte natürlich wieder etwas einzuwenden, als ich ihn unterrichtete, aber ich konnte ihn davon überzeugen, dass es wichtig für uns alle sei, mehr über die Insekten zu erfahren, die vor Jahrtausenden vielleicht für den Rückzug der Akonen verantwortlich waren.

Abends – nach Arkon-Zeitmaß hatte der 7. Prago der Prikur 10.499 da Ark begonnen – waren wir wieder alle im Schiff versammelt. Die einzelnen Berichte der Untersuchungsgruppen ergaben keine Neuigkeiten.

Brontalos, der den Biologen beim Studium des gefangenen Insektes geholfen hatte, informierte uns: »Solange es paralysiert war, konnten wir es in aller Ruhe betrachten und untersuchen. Pflanzenfresser, soweit wir feststellen können, aber sicher sind wir nicht. Sehr empfindliche Sehorgane, was von einem Leben in Dunkelheit zeugt. Grabfüße, ganz klar. Die Antennenfühler scheinen zum Senden und Empfang von elektromagnetischen Impulsen eingerichtet zu sein, doch auch das ließ sich nicht endgültig feststellen, da unser Objekt plötzlich sehr schnell wieder lebendig wurde. Im letzten Augenblick gelang es uns, den *Coumarg* in einen durchsichtigen Plastikbehälter zu werfen und den Deckel zu schließen.«

»Wen?«

»Wir haben das Tier *Coumarg* getauft.«

Coumarg war die Bezeichnung einer auf Arkon II heimischen Insektenart, die durch ihre unermüdliche Wühlarbeit unter der Oberfläche bekannt war.

»Wie reagierte der Coumarg?«, fragte ich.

»Wie ein Raubtier, das man in einen Käfig gesperrt hat. Er wollte uns wütend angreifen, wurde aber durch das Plastik gehindert. Natürlich konnte er uns sehen, und ich denke noch jetzt an die starren Facettenaugen, in denen ich so etwas wie tödlichen Hass zu bemerken glaubte. Er begann sogar, das transparente Plastik anzunagen.«

»Und?«

»Wir mussten das Tier wieder paralysieren, sonst wäre es ausgebrochen.«

Fartuloon riet: »Wir sollten es freilassen, ehe es Schaden anrichten kann. Warum sollten wir es töten?«

»Das hat niemand vor«, sagte ich. »Aber du hast recht. Weitere Untersuchungen sind überflüssig. Vielleicht legt es bei seinen Artgenossen ein gutes Wort für uns ein ...«

Das war natürlich ironisch gemeint, denn keiner von uns traute den Coumargs mehr als eine allgemeine kollektive Intelligenz zu. Brontalos ging, um das Tier ins Freie zu bringen. Wir saßen noch einige Zeit zusammen, bis wir uns trennten, um schlafen zu gehen. Keiner von uns wusste, was der morgige Tag bringen würde.

14.

Aus: *Die Beschreibung der Welt*, Jarkon dom Auschiya, zitiert nach Sheffal da Sisaals *Botanische Exkurse*, niedergeschrieben mit Chimon-Tinte auf echtem Khasurn-Blatt, 3800 da Ark

Bei der Begegnung von Vertretern einander völlig fremder Völker gilt es als Erstes, die Kommunikationsbarriere zu überwinden. Guten Willen, Toleranz und Geduld auf beiden Seiten vorausgesetzt, lässt sich dieses Hindernis mithilfe von Translatoren mehr oder weniger schnell überwinden. Ob es dann im zweiten Schritt zu einer wirklichen Verständigung kommt, hängt sehr davon ab, wie stark sich Denkweise, Mentalität, Weltsicht, Ethik und dergleichen voneinander unterscheiden oder nicht. Durchaus möglich, dass die Unterschiede zu groß sind. In einem solchen Fall wird sich die Kommunikation auf den Austausch allgemeiner Informationen beschränken und eine echte Annäherung wohl eher nicht zustande kommen.

Es liegt auf der Hand, dass die Begegnung von Volksvertretern, die einer völlig anderen Evolution von unterschiedlichen Welten entstammen, ein beachtliches Potenzial an Konflikten und grundsätzlichem Unverständnis aufweist. Schon die voneinander abweichenden Auffassungen, welche Bedeutung ein Individuum und das gesellschaftliche Ganze haben sollen oder dürfen, zeitigt gravierende Auswirkungen. Gesteigert wird diese Schwierigkeit noch um ein Vielfaches, sobald eine der Seiten den Regeln einer Schwarmintelligenz *folgt.*

Abhängig von der Ausprägung, kann von Gruppen- *oder* kollektiver Intelligenz *gesprochen werden – bis hin zum »Superorganismus«. Letzterer zeigt als Ganzes intelligente Verhaltensweisen, die zwar von der Kommunikation und den spezifischen Handlungen der Individuen abhängen, aber unter dem Strich auch deutlich darüber hinausgehen, getreu dem Motto, dass das Ganze mehr als nur die bloße Summe seiner Teile ist. Hauptkennzeichen ist hierbei das Fehlen einer zentralisierten Form der Oberaufsicht im Sinne einer Hierarchie oder eines Befehlsbaums – an ihre Stelle tritt eine hochgradig entwickelte Form der Selbstorganisation.*

Aus der Tierwelt sind eine ganze Reihe klassische Beispiele bekannt, vor allem bei Staaten bildenden Insekten. Die Handlungen der Einzelindividuen bleiben beschränkt und folgen einem häufig sehr begrenzten Verhaltens- und Reaktionsrepertoire, dennoch erfüllen sie ihre Aufgaben sehr zielgerichtet und effizient. Das Schwarmverhalten von Fischen und Vögeln zeigt beispielsweise eine bemerkenswerte Perfektion, obwohl das Prinzip auf nur drei Regeln basiert, die es den Individuen eines solchen Schwarms ermöglichen, sich in Synchronizität zu bewegen.

Erstens: Beweg dich Richtung Mittelpunkt derer, die du ringsum siehst. Zweitens: Beweg dich weg, sobald dir jemand zu nahe kommt. Drittens: Beweg dich grob in jene Richtung wie deine Nachbarn. Aus diesen Regeln auf individueller Ebene folgt die Gesamtstruktur des Schwarms. Der Vorteil des Schwarmverhaltens ist beispielsweise der Schutz, weil Fressfeinden eine geringere Angriffsfläche geboten wird.

Auch unser Gehirn basiert auf dem Zusammenspiel eines »Superorganismus«, dessen Individuen – nämlich die einzelnen Neuronen – letztlich vergleichsweise »dumm« sind und abhängig von ihrer Reaktionsschwelle »feuern« oder »nicht feuern«. Erst im Zusammenwirken von Abermilliarden Nervenzellen, die komplexen und spezifischen Regeln folgen, entsteht das, was wir dann Intelligenz nennen.

Bei Lebensformen, die unter der Rubrik Schwarmintelligenz einzuordnen sind, haben die Individuen nur eine beschränkte Wahrnehmung, aber dennoch funktioniert ihr Zusammenspiel in einer fast perfekten Weise. Erst die Schwarmintelligenz als Ganzes ist in der Lage, bis zu einem gewissen Grad zu interagieren. Was den Individuen persönlich fehlt, gleicht die Schwarmintelligenz aus. Grundlage ist ein meist ausgefeiltes Kommunikationssystem. Die Individuen erbringen keinerlei sonderliche Denkleistung, aber die unglaubliche Menge gleichzeitig aufgenommener Informationen, obwohl meist auf Befindlichkeiten, Beobachtungen und Instinktregungen beschränkt, formt die eigene Handlung wie jene des Schwarms insgesamt.

Gonwarth: Ein paar Jahrtausende vorher ...

Das Depot und die Nebenanlagen waren fertiggestellt worden, die für die nächsten Jahre benötigten Vorräte eingelagert. In regelmäßigen Abständen trafen Transportschiffe ein, brachten weitere Gebrauchsgüter und Bauteile für einen Großtransmitter.

Das alles interessierte den Biologen Karlakon nur am Rande. Mehr als einmal war er beim Kommandanten der Station vorstellig geworden, um seine Forderung vorzutragen, aber den Kommandanten wiederum interessierten die Insekten nicht, die Karlakon studieren wollte. »Unsere Aufgabe ist es, diese und andere Stationen zu errichten, sonst nichts. Ich verstehe Ihren Wunsch nicht.«

»Wir leben auf dieser Welt, und meine Aufgabe ist es, das tierische und pflanzliche Leben zu untersuchen. Sie wissen das, und Sie wissen auch, dass mir die Unterstützung der Basis und ihrer Einrichtungen zusteht. Ich habe bis jetzt feststellen können, dass die großen Insekten, die wir beobachten, eine gewisse Intelligenz aufweisen. Wir haben sie *Coumargons* genannt, weil sie den größten Teil ihres Daseins unter der Oberfläche verbringen und riesige Tunnel graben. Sie scheinen harmlos und verständigungsbereit zu sein. Darum bitte ich Sie noch einmal, mir den Bau einer Forschungsstation zu genehmigen und entsprechende Schritte zu unternehmen.«

»Was beabsichtigen Sie?«

»Mir ist der Gedanke gekommen, dass wir die Insekten unter Umständen beim Bau subplanetarischer Anlagen einsetzen können.«

Der Kommandant starrte den Biologen verständnislos an. »Sind Sie verrückt geworden? Selbst wenn Ihnen die Verständigung mit den Coumargons gelänge, ist der Gedanke absurd. Wir haben entsprechende Maschinen, wozu brauchen wir da die Insekten?«

Karlakon, dem es in erster Linie um das Studium, weniger um einen Arbeitseinsatz der Insekten ging, verteidigte seinen Standpunkt mit allen möglichen Argumenten, bis er den Kommandanten halbwegs überzeugen konnte. Eine entsprechende Anfrage beim Flottenoberkommando wurde positiv beantwortet. Karlakon erhielt die erforderlichen Mittel zum Bau eines Forschungslabors, außerdem wurde ihm Tonkan als Assistent zugeteilt, der zugleich Spezialist für Funkwesen war. Tonkan war ebenfalls von der Lebensweise der Coumargons fasziniert und froh, eine Spezialaufgabe erhalten zu haben, der er sich nun voll und ganz widmen konnte. Seine Faszination stieg, als er von Karlakon weitere Einzelheiten erfuhr.

»Es gibt Stellen, an denen wir in ihre subplanetarische Welt eindringen können, ohne Zerstörungen anzurichten, Tonkan. Sie wissen, dass die Eingänge meist nur schmal und klein sind, aber Sie werden sich wundern, wie geräumig die Gänge und Kammern unter der Oberfläche sind. Das ist es, was mich auf den Gedanken brachte, die Tiere zum Bau unserer Anlagen einzusetzen.«

»Ein kühner Gedanke.«

»Nicht wahr? Aber Sie werden sehen, er ist zu verwirklichen. Doch zuerst müssen wir versuchen, Verbindung mit ihnen aufzunehmen, besonders mit einer ihrer Königinnen. Ich halte sie für ziemlich intelligent.«

»Sie denken an Funk?«

»Ja. Dass sie untereinander durch Gedankenimpulse kommunizieren, habe ich bereits herausgefunden. Ich konnte sogar vereinzelte Impulse auffangen, leider aber noch nicht entziffern.«

»Gedankenimpulse?«, wunderte sich Tonkan. »Es sind doch eher elektromagnetische Funkimpulse, die organisch erzeugt werden?«

Karlakon winkte ab. »Die aber für ihre Gedanken stehen, deshalb Gedankenimpulse. Wichtig ist, dass wir ihnen antworten können. Während mit dem Bau des Labors begonnen wird, unternehmen wir die ersten Ausflüge zu den Coumargons. Später fangen wir einzelne Exemplare ein und untersuchen sie genau. Wenn wir sie gut behandeln und wieder freilassen, müssten sie unseren guten Willen erkennen und entsprechend kooperieren. Wenigstens hoffe ich das.«

Am nächsten Tag flogen sie mit einem der Gleiter ein Stück nach Norden. Am Rand des großen Walds hatte Karlakon durch Messungen festgestellt, dass große Teile des unwegsamen Geländes unterhöhlt waren. Manche der Gänge führten bis tief unter den Wald und sogar in das im Westen ansteigende Gebirge. Demnach waren die Coumargons in der Lage, selbst Fels zu bearbeiten. Hunderte Pyramiden zeugten von dem unermüdlichen Fleiß der Tiere und erinnerten, von oben gesehen, an eine seit Jahrhunderten verlassene Stadt, in der es kein Leben mehr gab.

Tonkan trug ein kleines Funkgerät, das in einem schlanken Zylinder untergebracht war. Kroch er durch einen der Gänge, wurde es nicht beschädigt. Sie landeten und stiegen aus. In der Nähe des Landeplatzes waren Coumargons damit beschäftigt, eine neue Pyramide zu errichten. Sie gingen dabei systematisch und geschickt vor. Trotzdem wurden die beiden Forscher den Eindruck nicht los, dass sie nicht selbstständig, sondern nach genauen Anweisungen arbeiteten. Einige der Tiere scharrten das aus dem Gang geworfene Material und schoben es auf einem Haufen zusammen. Andere wiederum krabbelten auf diesem Haufen herum, der sich allmählich zu formen begann, bis er zu einer der bekannten Pyramiden wurde. Kaum damit fertig, begannen die Coumargons mit dem Bau der nächsten. Um die beiden Akonen kümmerten sie sich nicht.

»Sie haben keine Angst mehr vor mir«, sagte Karlakon triumphierend. »Sie kennen mich bereits, und an Sie werden sie sich auch mit der Zeit gewöhnen.«

»Wie sollen wir einen Eingang finden, der groß genug für uns ist?«

»Drüben am Abhang, der zum Fluss führt. Die Höhleneingänge sind dort größer als in der Ebene und führen meist waagrecht in den Berg. Viele sind wohl natürlichen Ursprungs.«

Sie ließen den Gleiter unter dem Schutz des Energieschirms zurück und gingen dicht an den arbeitenden Coumargons vorbei. Einige Tiere stellten für wenige Augenblicke ihre Tätigkeit ein, um die beiden Männer neugierig zu betrachten. Dabei bewegten sich ihre langen Fühler wie spielerisch hin und her. Karlakon vermutete, dass sie ihrer Königin Informationen übermittelten und Anweisungen von ihr erhielten. Dann nahmen sie ihre Arbeit wieder auf. Noch war sich Karlakon nicht genau darüber im Klaren, ob die vermutete Königin tatsächlich ein Geschöpf mit höherer Eigenintelligenz war oder ob sie letztlich ebenfalls nur Bestandteil des Kollektivs blieb.

Als das Gelände zum Fluss abfiel, hielten die Männer an. Karlakon hatte nicht zu viel versprochen. Der Abhang, unterschiedlich steil, war mit Löchern regelrecht übersät. Die meisten waren nicht größer als eine Hand, andere wiederum hätten zwei Männern gleichzeitig Platz geboten. Tonkan blieb stehen und beobachtete einige Coumargons, die auf Verbindungspfaden dahineilten, um von einem Bau in den anderen zu gelangen. Sie nahmen kaum Notiz von den Akonen, ähnlich wie die emsigen Pyramidenbauer.

»Sie haben noch keine schlechten Erfahrungen mit Akonen gemacht«, konstatierte Karlakon befriedigt. »Umso leichter werden wir es mit ihnen haben.«

»Was planen Sie eigentlich wirklich? Glauben Sie im Ernst daran, sie in Arbeitstiere für unsere Zwecke verwandeln zu können?«

»Der Gedanke ist immerhin frappierend, das müssen Sie zugeben.«

»Ich halte nicht viel davon, wenn ich Ihnen auch am Anfang zustimmte. Mir geht es in erster Linie um den Kontaktversuch. Gelingt er, ergeben sich daraus ungeahnte Möglichkeiten zur Entwicklung entsprechender Funkeinrichtungen. Ich denke da an Kommandoübermittlung per Funk.«

»Wir könnten der Königin Befehle erteilen, die sie befolgen müsste«, stimmte Karlakon begeistert zu. »Sie wiederum leitet diese Befehle an ihr Volk weiter. Sehen Sie, das ist ja genau das, was ich plane!«

»Eigentlich ja, trotzdem interessiert mich der Arbeitseinsatz der Coumargons nicht besonders, nur das Experiment selbst. Haben Sie sich schon einen Bau ausgesucht?«

Karlakon ging weiter. »Wir nehmen den da vorn. Der Gang dahinter scheint groß genug zu sein. Haben Sie Ihr Gerät eingeschaltet?«

»Noch nicht.«

»Dann tun Sie es. Versuchen Sie, Impulse aufzufangen. Haben Sie den Translator dazwischengeschaltet?«

»Wie besprochen, aber ich glaube nicht, dass es so einfach sein wird. Impulse werden wir empfangen und registrieren können, aber ob uns der Translator helfen wird, sie zu verstehen, möchte ich bezweifeln. Versuchen können wir es ja ...«

Karlakon kümmerte sich nicht um die Bedenken seines Assistenten. Zielstrebig ging er auf den Tunneleingang zu und wich den entgegenkommenden Coumargons aus. Tonkan folgte ihm, so schnell er konnte. Das Funkgerät arbeitete und empfing erste Impulse. Wie erwartet ergaben sie keinen Sinn, aber eine gewisse Systematik war durchaus erkennbar. Im Eingang saß eins der Insekten, sah ihnen entgegen. Die Fühler bewegten sich spielerisch auf und ab, hin und her.

Karlakon zögerte ein wenig, als er den Eingang erreichte, bückte sich und sprach auf das Tier ein, was Tonkan völlig sinnlos erschien. Er registrierte stärkere Funkimpulse, als antworte das Insekt. Sonst gab es keine Reaktion. Vorsichtig stieg Karlakon über den Coumargon hinweg und drang in den schräg nach unten führenden Stollen ein. Tonkan folgte ihm mit einem flauen Gefühl im Magen. Er begriff nicht, warum die Coumargons so teilnahmslos zusahen, wie Fremde ihr Reich betraten.

Schon nach wenigen Metern mussten sie die Lampen einschalten und konnten nur noch gebückt weitergehen. Der Boden, die Wände und die Decke des Ganges waren glatt. Für Insekten musste die Bearbeitung alles andere als einfach gewesen sein. Tonkan fragte sich, warum sie so große und hohe Tunnel benötigten. Mehrmals begegneten ihnen Coumargons, die zum Ausgang eilten. Das Licht schien sie zu irritieren, aber sie liefen unbeirrt weiter, ohne die Eindringlinge weiter zu beachten. Die beiden Forscher hatten selten so friedfertige Lebewesen kennengelernt, was ihre Hoffnung auf einen Erfolg steigerte.

»Waren Sie schon einmal in diesem Bau, Karlakon?«

»Nein, aber sie ähneln sich alle in der Anlage. Sofern dieser hier keine Ausnahme darstellt, werden wir bald den Verteiler erreichen und uns entscheiden müssen.«

»Verteiler?«

»Eine Art Halle, von der aus weitere Gänge in verschiedene Richtungen führen; einer davon direkt zur Festung der Königin.«

»Woher wissen Sie das?«

»Dies ist nicht mein erster Besuch bei den Coumargons, wie Sie wissen. Die Königin ist größer als ihre Untertanen, vor allen Dingen hat ihr Panzer eine andere Farbe. Er ist fast weiß.«

Tonkan hätte gern noch mehr erfahren, aber er musste sich um sein Gerät kümmern, dessen Anzeige immer heftiger ausschlug. Aus dem Lautsprecher kamen seltsame Pfeiftöne als akustische Umsetzung der empfangenen Impulse durch den Translator. Sie klangen fast wie Warnrufe, aber das konnte Einbildung sein.

Als sie den Verteilerraum erreichten, hielt Karlakon an. Eine Weile lauschte er den Geräuschen, die aus dem Funkgerät kamen. »Warum antworten wir eigentlich nicht? Vielleicht werden wir gerufen.«

»Welchen Gang nehmen wir nun?«, fragte Tonkan, ohne auf Karlakons Bemerkung einzugehen. »Ich sehe vier.«

»Drei führen fast eben weiter, nur einer weiter nach unten. Das ist der richtige. Obwohl ich keinen Grund dafür erkennen kann, scheinen sich die Königinnen möglichst tief unter der Oberfläche am sichersten zu fühlen. Vielleicht ist das ein Überbleibsel der uns nicht bekannten Vergangenheit der Coumargons. Heute haben sie keine natürlichen Feinde mehr, aber das kann früher anders gewesen sein.«

»Möglich. Ich zeichne auf jeden Fall ab jetzt alles auf, später können wir es uns in aller Ruhe anhören. Jetzt bleibt uns doch zu wenig Zeit zum Studium.«

Die Reichweite der Sendungen betrug ungefähr zwei Kilometer, wie Tonkan durch seine Beobachtungen feststellte. Die der Königin schien größer zu sein. Karlakon war davon überzeugt, dass die Königinnen der verschiedenen Völker untereinander in ständigem Kontakt standen. Das bedeutete, dass sich eine Information sehr schnell ausbreiten konnte, selbst wenn die einzelnen Stämme und Siedlungen weiter als zwei Kilometer auseinander lagen. Die Tiefenmesser zeigte einhundert Meter an, die Luft wurde stickiger. Der säuerliche Beigeschmack war unverkennbar. Immer öfter begegneten ihnen nun Insekten; es schienen keine gewöhnlichen Arbeiter zu sein. Ihr Panzer war etwas heller, die Fühler kürzer. Die meisten waren damit beschäftigt, Schäden am Gang auszubessern und die Wände mit ihren deutlich größeren Grabschaufeln glatt zu polieren. Sie achteten ebenfalls nicht auf die Eindringlinge. Tonkan vermutete, dass sie von ihrer Königin entsprechende Anweisungen erhalten hatten.

Der Gang mündete in eine große und hohe Halle, in der es von Coumargons geradezu wimmelte. Es mussten Millionen sein! Die beiden Akonen bemerkten, dass sie nicht wahllos durcheinanderliefen, sondern eine gewisse Ordnung in ihren Bewegungen beibehielten. Karlakon und Tonkan blieben unwillkürlich stehen. Etwas erhöht auf einem Podest sahen sie den weißen Panzer der Königin schimmern, die ihnen aus starren Facettenaugen entgegenblickte. Sie hatte besonders lange Fühler, die sie den Fremden entgegenstreckte. Tonkan musste die Lautstärke seines Geräts vermindern, denn die Pfeiftöne wurden so schrill, dass sie zu schmerzen begannen. Es war offensichtlich, dass die Königin versuchte, Kontakt zu ihnen aufzunehmen.

Tonkan versuchte es mit der Tongebertaste, schickte Signale in gleichbleibendem Rhythmus aus, die zwar ohne Bedeutung blieben, dessen Systematik jedoch Verständigungsbereitschaft und Intelligenz übermitteln sollte. Die schrillen Pfeiftöne kamen nach einer Weile im exakt gleichen Rhythmus zurück. Der Anfang war gemacht.

Nachdem die beiden Forscher ihr fertiggestelltes Labor bezogen hatten, waren sie technisch in der Lage, die auf mehreren Ausflügen gesammelten Aufnahmen systematisch auszuwerten. Auf Karlakons Bitte teilte ihm der Kommandant einen weiteren Spezialisten namens Per zu.

Per hatte sich sein Leben lang mit der Entwicklung und dem Bau ferngesteuerter Roboter befasst, eine Tätigkeit, die selbstverständlich genaue Kenntnisse der Funktechnik beinhaltete. Tonkan erklärte ihm, worum es ging, nachdem es endlich gelungen war, einige Signale der Coumargons zu entschlüsseln und ihre Bedeutung zu erkennen. Sie entwickelten gemeinsam einen Kode, der den aufgefangenen und enträtselten Signalen entsprach, darunter Befehlssignale der Königin an ihre Untertanen, Soldaten wie Arbeiter. Die Sendeimpulse wurden entsprechend gespeichert, dass auf Abruf jederzeit das gewünschte Signal ausgestrahlt werden konnte. Umgekehrt übersetzte ein von Tonkan modifizierter Translator die eintreffenden Signale der Königin.

Karlakon zeigte sich über die Zusammenarbeit seiner beiden Gehilfen äußerst befriedigt. Was er allerdings mit ferngesteuerten Robotern im Sinn hatte, verriet er vorerst noch nicht.

Einige Tage nach dem Umzug wurde die Funkanlage praktisch erprobt. Die »Unterhaltung« mit der Königin des am Flussufer wohnenden Coumargonvolkes beschränkte sich nur auf gut zwei Dutzend Begriffe, die sich allerdings miteinander kombinieren ließen und so weitere Bedeutungen erhielten. Karlakon versicherte der Königin, ein Freund ihres Volkes zu sein und ihm keinen Schaden zufügen zu wollen. Dann stellte er die Frage, was getan werden könne, um die guten Absichten unter Beweis zu stellen.

Es stellte sich heraus, dass die Coumargons Versorgungsprobleme hatten. Sie lebten – nur der Not gehorchend – von der Vegetation, die auf ihrer Welt wuchs. Einige Tierarten, die es früher gegeben hatte und als Hauptnahrung dienten, waren ausgestorben. Es gab nur noch selten tierische Nahrung in den Wäldern zu erbeuten, und jedes Volk schickte im Sommer Jäger aus. Dabei kam es oft zu Zusammenstößen und heftigen Auseinandersetzungen der Coumargons untereinander.

Karlakon versprach der Königin Hilfe, sobald er mit dem Kommandanten gesprochen habe, anschließend machte er einen Vorschlag. Wenn die Coumargons bereit waren, beim Bau der Stationen zu helfen, würde er dafür sorgen, dass sie Lebensmittel erhielten. Dazu sei es allerdings notwendig, dass gewisse technische Apparate in den subplanetarischen Bauten installiert würden, um eine ständige Kontaktaufnahme zwischen den Insekten und den Akonen zu ermöglichen. Die Königin erbat sich Bedenkzeit und ließ durchblicken, dass sie sich mit den Königinnen der benachbarten Völker beraten müsse.

Zufrieden mit dem ersten Ergebnis seiner Bemühungen, verließ Karlakon mit seinen Begleitern den Bau der Coumargons und kehrte zum Labor zurück. Hier hörte er sich noch einmal die von Tonkan gemachte Aufzeichnung an, ehe er sagte: »Per, Ihnen steht alles Material zur Verfügung, das Sie benötigen, um kleine flugfähige Roboter zu bauen. Tonkan wird Mikrofunkgeräte bauen, die unsere Befehlsimpulse abstrahlen können. Damit haben wir die Königinnen unter Kontrolle und können sie zwingen, unseren Anordnungen Folge zu leisten. Natürlich geschieht das zu Beginn freiwillig, denn wir versorgen sie mit Lebensmitteln. Mit der Zeit jedoch werden diese Impulse zu einem Zwang, und es wird keiner Königin mehr möglich sein, sich unseren Anordnungen zu widersetzen.«

Tonkan gab zu bedenken, dass sie mit dieser Methode das Gesetz verletzten, das einwandfrei die Versklavung eines anderen intelligenten Volkes verbot. Karlakon verspottete ihn und fragte, seit wann Tonkan Insekten mit einer Schwarmintelligenz als »intelligentes Volk« vergleichbar den Akonen bezeichne. Per enthielt sich jeden Kommentars, denn er wusste nur zu gut, dass es dem Biologen darum ging, seinen Ehrgeiz zu befriedigen. Ob die Akonen arbeiten mussten oder nicht, war ihm ziemlich egal. Er versprach, sofort mit der Konstruktion der Roboter zu beginnen.

Nach einiger Zeit lieferte Per einen Prototyp, den er mit Tonkan in einen weiter entfernten Coumargonbau brachte, um ihn zu testen. Mehr aus einer Laune heraus hatte er dem Roboter Form und Größe der Königin gegeben, was die Insekten im ersten Augenblick zu irritieren schien. Im Innern dieses künstlichen Coumargons befanden sich Sender, Empfänger und Speicheranlage mit Abrufautomatik.

Die Königin des Volkes, mit der vorher noch kein Kontakt bestanden hatte, war offensichtlich von dem Vorhaben unterrichtet worden, denn sie verhielt sich neutral und abwartend. Das war ein weiterer Beweis dafür, dass die einzelnen Bauten und Völker in Verbindung standen. Trotzdem atmeten die Akonen erleichtert auf, als sie wieder im Freien standen. Sie kletterten in ihren Gleiter, der startbereit auf sie wartete. Hier erst begannen sie mit dem geplanten Experiment. Durch die raffinierte Kombination der entschlüsselten Impulse gab Tonkan der Königin den Befehl, von einem dicht unter der Oberfläche liegenden Seitengang einen Querstollen zur Oberfläche zu treiben und vier Pyramiden zu errichten. Dann warteten sie, nachdem sie Karlakon vom bisherigen Verlauf des Experiments berichtet hatten.

Vorerst geschah nichts, was sie hätten beobachten können. Immerhin würde die Länge des Querstollens etwa zehn Meter betragen. Aber bald bewegte sich an der errechneten Stelle der Boden, ein winziger Hügel entstand – und ein Coumargon kroch durch ein kleines Loch an die Oberfläche. Er begann sofort damit, Gras und Lehm miteinander zu vermischen und das Fundament der Pyramide anzulegen. Immer mehr Coumargons erschienen, der Haufen wurde größer.

»Es klappt!«, berichtete Tonkan später über Funk. »Sie haben einen schmalen Gang gegraben, den sie nun vergrößern. Zwei Pyramiden stehen bereits ...«

Per sagte nicht viel, betrachtete voller Faszination die Insekten, die ohne jeden Widerspruch den Befehl des Funkroboters ausführten, so sinnlos der Querstollen zur Oberfläche für sie auch sein mochte.

»Sehr gut«, hörten sie Karlakons Stimme. »Kommt zurück. Ich bin mir sicher, dass sie Stollen und Pyramiden noch heute fertigstellen, ohne eine Pause zu machen. Wir haben es geschafft!«

Nach dem Vorbild des Prototyps wurden mehr als zwei Dutzend Funkroboter gebaut, die in einer Entfernung von jeweils rund zwei Kilometern in den Bauten installiert wurden. So war ein ziemlich großes Gebiet unter Kontrolle zu bekommen, ohne auf die einzelnen Königinnen angewiesen zu sein.

Der Kommandant der Station zeigte sich hocherfreut über den Erfolg des Wissenschaftlers, obwohl er keinen besonderen Nutzen sehen konnte. Die Coumargons wurden zu allen möglichen Arbeiten eingesetzt und erhielten anfangs die versprochenen Lebensmittel. Irgendwann wurden die Lieferungen eingestellt. Die Königinnen protestierten schwach, aber es war bereits zu spät – sie waren zu willenlosen Sklaven der Funkroboter geworden, die sie positronisch überwachten. Längst mussten sie den Befehlsimpulsen gehorchen, ob sie wollten oder nicht.

Ehe weiter entfernte Völker, durch die Vorgänge alarmiert, die Revolte organisieren konnten, geschah etwas anderes: Der Kommandant der Station erhielt den Befehl, den Planeten zu räumen. Die Akonen zogen sich in ihr Versteck zurück. Unbesiedelte Planeten wurden als Erstes aufgegeben.

Als das letzte Schiff im Himmel verschwunden war, gab es für die Königinnen der Coumargons keine Befehlsimpulse mehr. Sie waren plötzlich wieder frei, aber sie ließen die nun toten Roboter an ihren Plätzen – vielleicht, um in alle Ewigkeiten an sie und an das Unheil, das sie gebracht hatten, erinnert zu werden. Der Sturm auf die Station der verschwundenen Akonen begann.

Die Coumargons trieben von allen Seiten Gänge vor. Tief unter der Anlage entstand schnell ein gewaltiger Hohlraum, der jeden Augenblick einstürzen konnte – was dann auch geschah. Wie viele Untertanen bei dieser absichtlich herbeigeführten Katastrophe den Tod fanden, interessierte die Königinnen nicht; das Ziel wurde erreicht. Kehrten die Zweibeiner zurück, würden sie nur noch Trümmer vorfinden.

Doch auch für den Fall der Rückkehr sorgten die Königinnen gemeinsam vor. Von Generation zu Generation wurden die Geschehnisse übermittelt, damit sie niemals in Vergessenheit gerieten. Die oben und unten abgeflachten Kugelschiffe der Fremden blieben im Gedächtnis der Coumargons, wurden das Symbol für Vorsicht – und für blindwütigen Hass. Sollte jemals wieder ein solches Schiff auf ihrer Welt landen, würden die Coumargons wissen, was zu tun war ...

15.

Aus: *Die Zwölf Ehernen Prinzipien* der Dagoristas; um 3100 da Ark entstandener Kodex des Arkon-Rittertums
Fünftes Prinzip: Dauerhaftigkeit und Standfestigkeit.
Jeder Grashalm beugt sich, sofern der Druck zu stark wird, statt zu brechen – nur so kann er sich wieder aufrichten und seine Standfestigkeit dauerhaft beweisen.

Gonwarth: 7. Prago der Prikur 10.499 da Ark

Akon-Akon befahl, die Luken zu schließen, und erließ noch einmal das Verbot, das Schiff zu verlassen. Die gesamte Mannschaft sollte sich intensiv in das Studium der Kontrollen und die Schiffstechnik vertiefen. Akon-Akon unternahm nun öfter allein Spaziergänge auf Gonwarth, nachdem wir von ihm den zwingenden Befehl erhalten hatten, nicht ohne ihn zu starten. Es wäre natürlich für uns die einfachste Lösung gewesen – aber es war unmöglich, den Zwang zu überwinden. Wir mussten ihm gehorchen, ob wir wollten oder nicht.

Aber wir konnten miteinander reden.

»Ich glaube, dass die Akonen sofort wieder zu sich kämen, wären wir ohne Akon-Akon im Raum.« Fartuloon sagte es mit der ihm eigenen Bitterkeit, die seine ganze Hilflosigkeit ausdrückte. »Wie geht es ihnen?«

»Unverändert.«

»Ich würde es ja mit einem Belebungsmittel versuchen, wäre es nicht so gefährlich. Vandra und ihre Leute unterliegen nicht dem hypnotischen Zwang Akon-Akons. Sie könnten trotz seines Verbots das Schiff starten. Und dann ...«

»Vergiss es gleich wieder«, unterbrach ich ihn. »Wir dürfen ihr Leben nicht aufs Spiel setzen. Sie müssen den Zeitpunkt ihrer Rückkehr zum Leben selbst bestimmen – und haben es wahrscheinlich bereits.«

Fartuloon biss sich auf die Unterlippe. Ra, der sich zu uns gesetzt hatte, sagte hitzig: »Aber wir hängen davon ab, dass wir hier wegkommen, und zwar ohne Akon-Akon! Er hat uns den Start verboten, aber

207

nicht das Aufwecken der gefangenen Akonen. Das ist unsere einzige Möglichkeit.«

Ich nickte ihm zu. »Das wissen wir, aber das Risiko ist zu groß. Sorgen bereitet mir vor allem die beschädigte Technik. Ohne sonderliche Belastung könnte sie zwar eine Weile durchhalten, aber ob das reicht, ist eine andere Frage. Die letzten Entscheidungen trifft wie immer Akon-Akon. Eines Tages wird er einen verhängnisvollen Irrtum begehen, darauf sollten wir warten.«

Bevor es dunkelte, kam Akon-Akon ins Schiff zurück. »Wie weit seid ihr? Könnt ihr das Schiff fliegen, ohne dass die Gefahr von Fehltransitionen oder sonstigen Problemen besteht? Kennt ihr nun die Steuerung? Wann können wir starten?«

Vorsichtig erwiderte ich: »Es wird nicht mehr lange dauern, Akon-Akon. Unsere Teams haben hart arbeiten müssen, aber nun beherrschen sie ihre Spezialgebiete. Es wäre gut, wenn jeweils ein Ersatzteam bereitstünde, falls das eine oder andere ausfallen sollte. Also: Jede Gruppe muss mindestens zwei Gebiete absolut sicher im Griff haben. Das dauert eben noch ein oder zwei Tage. Ob nach einem Start die Technik durchhält, ist allerdings eine ganz andere Frage. Für eine intensive Prüfung und Reparatur fehlen uns die Mittel. Da wäre ein Werftaufenthalt nötig ...«

Das sah Akon-Akon ein. Wir erhielten eine neue Frist.

Die Schulung konnte am 9. Prago der Prikur abgeschlossen werden. Nicht ohne gewisse Beklemmung machte ich Akon-Akon die Vollzugsmeldung. Er schien befriedigt und ordnete den Start für den kommenden Tag an. Wir sollten uns ausschlafen.

Ich konnte an diesem Abend nicht einschlafen, obwohl es spät geworden war. Ruhelos wälzte ich mich im Bett hin und her. Die Ungewissheit, was morgen alles geschehen würde, lastete schwer auf mir. Welche Koordinaten würde Akon-Akon bestimmen ...? Jene, die wir suchten, hatten wir noch immer nicht. Und wenn wir sie in dem Depot der Akonen gefunden hätten, wäre mir nicht wohler zumute gewesen. Ob ein Ziel oder nicht, unsere Zukunft lag in absoluter Dunkelheit.

Gegen Mitternacht musste ich endlich eingeschlafen sein, aber umso erschreckender war das Erwachen kurz vor Morgengrauen.

Zuerst weckte mich ein fernes Grollen, gefolgt von einer Erschütterung, die mich aus dem Bett schleuderte. Krampfhaft hielt ich mich an dem verankerten Tisch fest, um nicht fortzurutschen, als meine Kabine sich zu neigen begann. Lose herumstehende Gegenstände folgten dem Gesetz der Schwerkraft und fielen zu Boden. Der Schwerkraft des Planeten, denn die künstliche Gravitation an Bord war sicherheitshalber desaktiviert, um die Aggregate nicht unnötig zu belasten.

Dann hatte ich plötzlich das Gefühl, dass wir fielen – wir alle und das Schiff! Gefolgt vom heftigen Aufprall und dem damit verbundenen gewaltigen Krachen und Dröhnen. Ich war gewarnt, trotzdem wurde ich derart zusammengestaucht, dass ich fast das Bewusstsein verloren hätte.

Die Coumargs! In diesen wenigen Augenblicken wurde mir fast alles klar, wenngleich mir die Motive noch verborgen blieben. *Die Station der Akonen wurde durch die Insekten vernichtet! Sie haben einen Hohlraum geschaffen, der unweigerlich eingestürzt ist. Damals mit den Stationen und heute mit unserem Schiff.*

Ich versuchte aufzustehen und hielt mich an den verankerten Einrichtungsgegenständen fest. Die Beine und der Rücken schmerzten. Der Boden war um etwa dreißig Grad geneigt. Langsam arbeitete ich mich zur Tür vor und öffnete sie. Auf dem Gang waren Schreie zu hören. Ich vermutete, dass es Verletzte gegeben hatte. Das Schiff war beachtlich abgesackt – wie tief, würde sich noch zeigen.

Fartuloon kam aus der Nebenkabine. »Was war das? Hat jemand versucht, das Schiff zu starten?«

»Eher das Gegenteil«, sagte ich und erklärte ihm meine Theorie. »Wir sitzen fest, nehme ich an, aber darüber rege ich mich kaum auf. Wir haben eine neue Frist bekommen.«

»Hoffentlich dauert sie keine Ewigkeit.« Er rieb sich die Hüfte. »So blitzartig bin ich noch nie aus dem Bett gefallen.«

Ein kurzer Inspektionsgang überzeugte uns davon, dass niemand ernstlich verletzt worden war. Akon-Akon nahm unseren Bericht mit unbewegtem Gesicht entgegen, verschob jede Entscheidung und verschwand wieder.

Karelia kümmerte sich um die erstarrten Akonen. Sie waren in ihrem Gefängnis durcheinandergekollert, hatten aber keine Knochenbrüche oder Verrenkungen davongetragen. Ihr sonstiger Zustand war unverändert. Sie wurden wieder in ihre Betten gelegt.

Ich überzeugte mich davon, dass der Panoramaschirm noch arbeitete, und erhielt so einen ersten Überblick. Das Schiff war halb unter die
Oberfläche von Gonwarth gesunken und saß fest. Aufgrund der Neigung
war mindestens die Hälfte des Ringwulstes komplett verschüttet, während der Rest knapp das Bodenniveau überragte.

Ohne fremde Hilfe würden wir so schnell nicht wieder freikommen.
Das Aktivieren der Impulstriebwerke musste unter den gegebenen Umständen lebensgefährlich sein, weil es keine Unterstützung durch die
Antigravaggregate gab – ganz abgesehen davon, dass die Impulstriebwerke ebenfalls Schäden davongetragen haben dürften.

*Die Coumargs müssen sofort nach der Landung mit dem Graben be-
gonnen haben,* behauptete der Logiksektor. *Abermillionen, die eine gewaltige Leistung vollbracht haben.*

Profitiert hatten sie überdies wohl davon, dass wir bei der Landung etwas
nach Süden abgedriftet waren und nicht komplett auf dem Felsuntergrund
standen wie ursprünglich geplant. Dennoch war es mehr als bemerkenswert,
dass die Insekten einen oder viele miteinander verbundene Hohlräume dieser Größe und vor allem völlig unbemerkt hatten schaffen können.

Schlafen konnte ich nicht mehr. Karmina und ich überprüften die
Schiffsfunktionen und kamen zu dem Ergebnis, dass sich die neuen
Schäden in Grenzen hielten. War der Ringwulst freigelegt, bestand vielleicht sogar die Möglichkeit eines Starts, ohne dass die Gefahr eines ver-
nichtenden Energierückschlags drohte. Wie wir das allerdings anstellen
sollten, war mir vorerst noch ein Rätsel.

Die Coumargs! Sie hatten uns in diese Lage gebracht, daran konnte
kein Zweifel bestehen. Dass sie uns gegenüber neutral geblieben waren, wenigstens dem Schein nach, bestärkte mich nur noch in meiner
Meinung, dass sie über eine gewisse Intelligenz verfügten. *Aber warum
wollen sie uns am Start hindern? Was überhaupt wollen sie von uns?*

Selbst die sinnloseste Tat hatte eine Ursache, ein Motiv. Ich wollte es
herausfinden.

Fartuloon und Brontalos begleiteten mich am Vormittag hinaus ins
Freie. Akon-Akon hatte keine Einwände erhoben. Wir sollten das Schiff
so schnell wie möglich wieder flottmachen, das war sein Befehl.

Wir sahen keinen einzigen Coumarg. Die Insekten schienen sich
ausnahmslos in ihr subplanetarisches Reich zurückgezogen zu haben.

Hatten sie Angst vor unserer Rache? Am Rand der Einbruchstelle entdeckten wir Eingänge zu Hunderten Stollen. Sie waren von allen Seiten gekommen und hatten tatsächlich eine riesige Höhle geschaffen, die das halbe Schiff aufnahm. Meine Frage, wo sie das Material gelassen hatten, blieb unbeantwortet. Ich konnte keine neuen Pyramiden oder sonstige Aufschüttungen in der näheren Umgebung sehen.

»Fartuloon, wir müssen versuchen, Kontakt mit ihnen aufzunehmen. Sie verständigen sich unter anderem durch elektromagnetische Impulse, das haben wir herausgefunden. Mit einem empfindlichen Empfänger und einem modifizierten Translator samt Funksender müsste es gelingen.«

Ganz so einfach war es allerdings nicht. Brontalos machte Verbesserungsvorschläge, um die Empfangsqualität zu steigern und die Leistung des Geräts zu verstärken. Während er daran arbeitete, drangen Fartuloon und ich, mit Strahlern bewaffnet, in einen Bau der Insekten ein.

Die Coumargs wussten von unserem Kommen, das wurde uns sofort klar, da wir keinem einzigen begegneten. Sie wurden gewarnt. Wir erreichten die Kaverne der Königin, und hier wurden wir aufgehalten. Eine ganze Armee von Abermillionen Insekten erwartete uns in drohender Haltung, ohne jedoch anzugreifen. Die Königin betrachtete uns mit starr blickenden Facettenaugen. Ihre Fühler bewegten sich in unsere Richtung.

Seitlich auf einem zweiten Podest sah ich plötzlich etwas, das auf den ersten Blick wie ein versteinerter Coumarg aussah, aber es war keiner. Bei näherer Betrachtung wurde klar, dass er aus Metall bestand. Am »Kopf« saßen zwei unbewegliche Antennen – ebenfalls aus Metall. Als nichts geschah, nahm ich den Gegenstand vom Podest und trat den Rückzug an. Fartuloon folgte mir mit gezogenem Kombistrahler. Die Coumargs blieben bei ihrer Königin und ließen uns ziehen.

Wir kehrten zum Schiff zurück.

Brontalos geriet sichtlich in Aufregung, als wir ihm den künstlichen Coumarg vor die Füße legten. Er begann sofort mit der Untersuchung und vergaß sein eigenes Funkgerät, an dem er herumbastelte. Schließlich sagte er: »Wenn es von dem Ding einen Schaltplan gäbe, würde er dem meinen sehr ähnlich sehen.« Er deutete auf einige Notizen, die er sich zum Umbau des Funkgeräts gemacht hatte. »Da muss schon einmal jemand den gleichen Gedanken wie wir gehabt haben – wahrscheinlich damals, als die Akonen noch hier waren.«

Wir waren der Lösung um einen Schritt näher gekommen.

Gonwarth: 10. Prago der Prikur 10.499 da Ark

Akon-Akon schickte uns alle ohne Ausnahme aus dem Schiff und folgte als Letzter. Wir sollten versuchen, die nachgerutschten Massen fortzuräumen, damit der Antriebswulst wieder frei wurde. Maschinen für großmaßstäblichen Bodenaushub und Arbeitsroboter gab es keine an Bord. Wir arbeiteten also mit einfachstem Gerät – unter anderem mobilen Traktorstrahl- und Prallfeldprojektoren –, mussten den Willen Akon-Akons erfüllen. Er selbst entfernte sich ein Stück vom Schiff und bezog mit dem Gleiter eine Position auf dem Felsbuckel im Westen, von wo aus er uns ständig im Auge behalten konnte.

Fartuloon, Brontalos und ich studierten den Funkroboter der Akonen. Sein Zweck wurde uns klar, als wir die ersten Impulse auffangen konnten, die von den Coumargs unter der Oberfläche abgestrahlt wurden. Brontalos entdeckte den gespeicherten Kode, nun war es nur noch eine Frage der Zeit, bis wir ihn entschlüsseln konnten. Wir hatten das größte Hindernis genommen, denn fortan konnten wir Kontakt zu den Coumargs aufnehmen.

Noch am gleichen Nachmittag versuchten wir es, nachdem wir Akon-Akon unterrichtet hatten. Wir drangen nicht in den Bau ein. Fartuloon setzte aus den vorhandenen Symbolen einen kurzen Spruch zusammen, den wir abstrahlten. Brontalos hatte den inzwischen gesäuberten und wie neu blinkenden Roboter auf dem Schoß.

Die Botschaft lautete übersetzt: *Wir kamen in friedlicher Absicht und wollen diese Welt für immer verlassen. Seid ihr bereit, uns dabei zu helfen?*

Eine Zeit lang geschah nichts, außer dass unzählige chaotisch wirkende Impulse zurückkamen, die sich nicht entziffern ließen. Nach einer Pause empfingen wir ungleich stärkere und viel deutlichere Signale, die wir speicherten, um sie später entschlüsseln zu können. Sonst geschah nichts.

»Den Sinn habe ich ungefähr begriffen«, sagte Fartuloon, als wir zum Schiff zurückgingen. »Sie wollen, dass wir sie in Ruhe lassen, weil sie uns hassen. Grund: Wir hätten sie versklavt.«

Sie verwechseln uns mit den Akonen, die vor uns hier waren!

Die Arbeit nahm ihren Fortgang, während wir weiterhin versuchten, einen brauchbaren Kontakt zu den Coumargs herzustellen. Den Kode hatten wir einigermaßen entschlüsseln können, allerdings mit der unfreiwilligen Hilfe der Insekten, die zu unserer Verblüffung allen Befehlen folgten, die wir über den Funkrobot ausstrahlten.

Das machte uns zuversichtlicher. Mit einiger Mühe versuchte ich der Königin, aus deren Bau wir den Roboter geholt hatten, klarzumachen, dass wir nicht jene waren, für die sie uns hielt. Es war sehr kompliziert, aus den wenigen bekannten Kodebegriffen eine vernünftig klingende Information zu kombinieren. Aber wir hofften, dass wir richtig verstanden wurden. Auf unsere Aufforderung hin schickte die Königin zehn Coumargs an die Oberfläche, was uns einwandfrei bewies, dass sie verstand und gehorchte. Vielleicht sogar gegen ihren Willen.

Der Anfang war gemacht.

Brontalos übernahm die weitere Kontaktaufnahme mit den zehn Coumargs und nahm sie mit zum Bodeneinbruch, um ihnen zu zeigen, was wir von ihnen wollten, während ich Akon-Akon Bericht erstattete. Er zeigte sich zufrieden über den Erfolg unserer Bemühungen und ordnete an, dass wir versuchen sollten, die Coumargs als Hilfskräfte einzusetzen. Schließlich hatten uns die Insekten in diese Klemme gebracht, nun sollten sie dafür sorgen, dass wir wieder freikamen.

Als ich zu den anderen zurückkehrte, hielt ich verblüfft inne. Brontalos hatte bereits gehandelt. Von überall kamen unübersehbare Kolonnen gekrochen, ließen sich den Abhang des Einbruchs hinabrutschen und begannen unverzüglich damit, das Material auf und unter dem Ringwulst abzutragen. Sie schoben es einfach in die Gänge hinein, von wo aus es andere Arbeiter weiterbeförderten.

Fartuloon und Ra kamen zu mir.

»Gratulation!« Fartuloon setzte sich ins Gras und deutete in das Loch. »Ich kann mir nun vorstellen, was hier vor einigen Jahrtausenden passiert ist. Die Akonen haben die Coumargs als Hilfskräfte eingesetzt, so, wie wir es jetzt tun. Irgendein kluger Kopf hat ähnlich gedacht und gehandelt wie wir, allerdings konnte er nicht damit rechnen, dass sich die Insekten rächen und die Station zerstören würden. Erstaunlich ist nur, dass die Coumargs die Geschehnisse vor so langer Zeit nicht vergaßen. Im Gegenteil – die Erinnerung daran muss so frisch sein, dass sie sofort zu handeln begannen, kaum dass wir gelandet waren.«

Brontalos kam zu uns, den Funkroboter im Arm. »Sie arbeiten nun ohne Aufsicht weiter«, teilte er uns mit. »In ein oder zwei Tagen ist das Schiff frei.«

»Von mir aus können sie länger brauchen«, murmelte Ra.

An Bord hatten wir zwei zuverlässige Männer zurückgelassen, obwohl selbst das überflüssig schien. Auch Karelia hatte ihre erstarrten Schützlinge allein gelassen und war ins Freie gekommen.

Karmina da Arthamin erschien ebenfalls. Ihre Bordkombination war verschmutzt. Verärgert sagte sie: »Ihr bildet euch wohl ein, eine Ausnahme machen zu können, was?«

Ra grinste breit und hielt ihr seine schwieligen Hände hin. Ich machte ihr klar, dass weder sie noch die anderen künftig einen Finger zu rühren brauchten, weil die Coumargs die Arbeit für alle übernommen hatten. Ihre Miene glättete sich, denn nun begriff sie die Zusammenhänge.

»War nicht so gemeint«, gab sie versöhnt zu.

16.

Sinclair Marout Kennon wusste, dass er alles eigentlich nur träumte. Er wusste auch, dass sein Gehirn in der Vollprothese auf Meggion war. Dennoch hatte er vorausgesehen und erhofft, dass ihm das Experiment mit der vom Ischtar Memory *programmierten und veränderten Traummaschine* Zharadins *seinen* alten Körper *wiedergeben würde. Und sie hatte.*

Seit dem 10. Prago des Ansoor 10.498 da Ark arkonidischer Zeitrechnung lebte er nun hier, nannte sich Lebo Axton. *In den Augen der Arkoniden war er ein* Zayna. *Diese abwertende Bezeichnung für Behinderte und Krüppel war von* Zay *– »Patient« bei den Arkoniden oder »Klient« bei den Aras – und* Essoya *abgeleitet, der nach der grünen Blätterfrucht benannten und durchaus als Schimpfwort verwendeten Umschreibung nichtadliger Arkoniden des einfachen Volkes.*

Axton-Kennon wusste um seine Hässlichkeit, aber er liebte diesen verwachsenen Körper, denn es war in gewisser Weise sein eigener, zumindest entsprach er exakt dem, in dem er geboren und aufgewachsen war. Er hatte nichts gemein mit der vollendeten Vollprothese, in der er als Gehirn mehrere Jahrhunderte lang existiert hatte. Nach wie vor fragte sich Axton, welcher Natur sein Körper tatsächlich war, und ebenso, wie es der Traummaschine möglich war, ihn zu erzeugen und aufrechtzuerhalten. War es nur ein Traum? Oder war er doch körperlich hier? Auf eine Weise in die Vergangenheit geschleudert und materialisiert, die über seinen Verstand ging? Lordadmiral Atlans Vermutung, er müsse eine naturgetreue Materieprojektion sein, hatte einiges für sich.

Lebo Axtons Abenteuer hatte auf Arkon III begonnen, der Kriegswelt des Großen Imperiums. Längst hatte er mit Arkon I die Kristallwelt erreicht und Zug um Zug seine Position verbessert. Im Rang eines Cel'Orbton *war er der* Ark Addag-Cel'Zarakh *zugeteilt, der Innenaufklärung des Arkonsystems, und unterstand* Cel'Mascant Quertan Merantor. *Als* Ka'Celis-moas *war dieser Mitglied des* Berlen Than *im Ministerrang und Chef des* Gon'thek Breheb'cooi-Faehgo, *des berüchtigten »Amts für Fremdvölkerbelehrung«, das traditionell engstens mit den Celista-Geheimdiensten zusammenarbeitete.*

215

Da der Erste Hohe Inspekteur *ohnehin oft gleichzeitig Chef eines Geheim- oder Nachrichtendienstes war, hatte auch Merantor – wenngleich nicht von Adel – diese mächtige Position inne. Im Rang eines Reichsadmirals hatte der Geheimdienstchef der* Tu-Ra-Cel-Sektion Innenaufklärung *unter Nutzung seiner Vollmachten sogar das Recht, Urteile zu fällen und vollstrecken zu lassen.*

Merantor war ein gefährlicher Mann. Wie gefährlich, sollte Axton bald erfahren ...

Arkon I: 10. Prago der Prikur 10.499 da Ark

»Gib mir den Metallkleber!«, befahl Lebo Axton. Er kauerte auf dem Boden seiner Wohnung, die zum Gwalon-Kelch des feinen Squedon-Kont-Viertels gehörte. Schweiß rann ihm über die Stirn in die Augen, aber er konnte ihn nicht wegwischen, weil er die Metallteile, die er verbinden wollte, mit beiden Händen halten musste.

Gentleman Kelly ergriff die Tube mit der Spezialmischung und reichte sie dem Verwachsenen.

»Du Ausgeburt der Dämlichkeit!«, rief Axton kreischend vor Wut. »Siehst du nicht, dass ich keine Hand frei habe? Du sollst den Klebstoff auftragen. Und beeil dich, du Fehlkonstruktion. Ich kann die Teile kaum noch halten.«

»Ich gebe mir die größte Mühe, Liebling«, erwiderte der Roboter. »Etwas oder viel?«

Lebo Axton antwortete nicht auf diese Frage, weil für ihn ganz selbstverständlich war, dass man nicht zu viel von der Masse nehmen durfte. Kelly interpretierte die ausbleibende Auskunft auf seine Weise. Er drückte kräftig auf die Tube, bis etwa doppelt so viel hervorschoss, wie benötigt wurde. Danach merkte er selbst, dass zu viel Klebstoff auf den Kontaktstellen lag. Er streckte seine freie Hand aus, um etwas davon wegzuwischen.

Axton schrie auf. »Untersteh dich, du Dummkopf! Das ist Metallkleber! Ein Tropfen davon genügt, deine Finger unlösbar miteinander zu verbinden.«

Die Metallhand des Roboters zuckte zurück. »Ich habe einen Fehler gemacht, Liebster.«

»Einen Fehler?« Axton stöhnte. »Wann machst du einmal keinen Fehler?«

Er presste die Metallteile einige Augenblicke zusammen und ließ sie los. »Es passt«, sagte er befriedigt. »Alles sitzt so fest, wie es sein soll.«

»Was ist das?«

»Kannst du es nicht sehen?«

»Nein, Schätzchen. Wirklich nicht.«

»Tatsächlich, Kelly. Das hätte ich nicht erwartet. Du kannst doch sehen, dass dies ein Bein ist, das mit einem breiten Fuß versehen ist. Die gesamte Konstruktion hängt jetzt an einem Hebelwerk. Sollte dir das wirklich entgangen sein?«

»Das alles habe ich gesehen, Liebster, aber ich weiß nicht, was das soll.«

»Liebling! Schätzchen! Liebster!« Axton schleppte sich mit schleifenden Füßen zu einem Sessel. Ächzend kroch er in die Polster, massierte seinen Nacken und wischte sich den Schweiß mit den Händen aus dem Gesicht. Die Finger zitterten vor Schwäche. »Das alles werde ich dir noch austreiben, Kelly.«

Fast schien es, als grinse der Roboter. Axton blinzelte. Ihn schwindelte. Doch dann beruhigte er sich rasch. Er wusste, dass er einer optischen Täuschung erlegen war. Das »Gesicht« Kellys war unbeweglich. Nur die optischen Linsen als Teil seines Wahrnehmungssystems konnten ihre Brennweiten verändern, damit aber auf gar keinen Fall einen Gesichtsausdruck nachahmen.

»Davon bin ich überzeugt, mein Häschen.«

Axton wurde blass. »Das hast du bisher noch nicht gewagt«, sagte er mit heiserer Stimme. Dann schrie er: »Ich verbiete dir, mich mit irgendwelchen Kosenamen zu belegen! Hast du das jetzt endlich verstanden?«

»Ja, mein Schatz.«

Sinclair Marout Kennon alias Lebo Axton sank tiefer in die Polster. Seine Augen glühten. In diesen Augenblicken war er nahe daran, zu vergessen, welch wertvolle Dienste ihm dieser eigenartige Roboter schon geleistet hatte. Er drängte bis weit an die Grenzen seines Bewusstseins zurück, dass Kelly absolut nicht dafür verantwortlich war, dass ihm sein früherer Besitzer diese Unarten programmiert hatte.

»Kelly«, befahl er flüsternd. »Stell dich an die Wand. Nein, nicht mit dem Gesicht zur Wand. Sieh mich an, mein kleiner Schatz, ja?« Er wedelte mit den Händen. »Tritt noch etwas zur Seite. So ist es gut. Und jetzt bück dich ein wenig.«

Kelly gehorchte, blickte Axton an und wartete auf weitere Befehle.

»Ich tue alles, was du anordnest. Das ist doch selbstverständlich.«

»So, wirklich?«, fragte Axton lauernd.

»Ja, natürlich. Ich bin ein Roboter und muss tun, was du willst.«

»Kelly, dann möchte ich, dass du jetzt Liebling zu mir sagst!«

»Tatsächlich?«

»Stell keine dämlichen Fragen, du wild gewordenes Stück Blech!«

»Liebling, du erstaunst mich«, sagte Kelly.

Axtons Gesicht verzerrte sich. Er schlug auf einen Schalter, den er an der Armlehne des Sessels angebracht hatte. Im gleichen Moment zuckte das Bein an der Wand mit außerordentlicher Wucht nach vorn, und der stählerne Fuß krachte gegen den unteren Teil des Ovalkörpers von Gentleman Kelly. Der Roboter hob förmlich ab und flog bis vor Axtons Füße. Er landete auf dem Boden, richtete sich rasch wieder auf und blickte den Terraner an.

»Nun?«, fragte Axton. »Hast du es gespürt?«

»Das hab ich.«

»Gut, dann stell dich wieder an die gleiche Stelle.« Der Roboter gehorchte. »Wenn du noch einen Tritt ins Hinterteil haben möchtest, mein Schatz, brauchst du mich nur noch einmal Liebling zu nennen.«

»Ich erkenne, dass du zu Erziehungsmaßnahmen gegriffen hast.«

»Es haut mich um. Du hast es begriffen!«, rief Axton. »Nun, wie wär's mit einem Liebling, Schätzchen, Herzchen oder so?«

»Lieb...«, begann Kelly, doch ein Schrei Axtons unterbrach ihn.

»Ruhe!« Der Terraner rutschte aus dem Sessel und schaltete das Visifon ein. Die dreidimensionale Projektion eines bekannten Gesichts entstand. »Vortoik«, sagte Axton überrascht, lächelte und strich sich das verschwitzte Haar aus der Stirn. »Was kann ich für Sie tun?«

»Axton.« Der Arkonide war ein Mann von etwa siebzig Jahren. Sein Gesicht war von den Spuren schwerer Entscheidungen gezeichnet. »Ich muss Sie unbedingt sprechen. Können Sie zu mir kommen? Jetzt gleich?«

»Selbstverständlich. Geben Sie mir einen Tipp. Worum geht es?«

»Ich bin in Schwierigkeiten. Verstehen Sie, ich möchte nur unter vier Augen offen sein.«

»Ich bin schon unterwegs. Bis gleich.« Axton gab Kelly mit einem Zeichen zu verstehen, dass er den Apparat ausschalten sollte. Der Roboter gehorchte.

Beunruhigt fragte sich der Terraner, was Vortoik veranlasst haben konnte, ihn anzurufen. Dafür musste ein gewichtiger Grund vorhanden sein, zumal der Arkonide erklärt hatte, dass er am Visifon praktisch nichts sagen konnte oder wollte.

Vortoik war ein Mann, der in der von Axton geschaffenen und gegen Orbanaschol III. gerichteten Untergrundorganisation eine wichtige Position einnahm. Axton erinnerte sich daran, wie es ihm gelungen war, diese Organisation durch raffinierte Schachzüge ins Leben zu rufen.

Die Ursprünge gingen zurück auf die von *On-tharg* Perko da Larkyont gegründete *Organisation Gonozal VII.* Larkyont hatte zu der Zeit, als Gonozal VII. noch Imperator war, eine Reihe von Verbrechen begangen. Es waren wirtschaftliche Vergehen größten Ausmaßes, Betrügereien, in einigen Fällen bestand sogar Mordverdacht. Hinzu kamen politische Dinge, an deren Aufklärung Offiziere und Agenten beteiligt waren, die zu Gonozal standen.

Als Orbanaschol an die Macht kam, sorgte er zunächst einmal für eine Säuberung. Er ließ alle Gegner von Arkon verbannen. Offiziere, Adlige, Beamte und andere Persönlichkeiten, die unter Gonozal Einfluss und Macht hatten, wurden auf andere Planeten des Großen Imperiums geschickt, sodass sie sich auf Arkon I nicht vereinigen und an seiner Macht rütteln konnten.

Da Larkyont von der völlig richtigen Voraussetzung ausging, dass diese Männer in der Zwischenzeit gewiss nicht Orbanaschol-Anhänger geworden waren, rief er die *Organisation Gonozal VII.* ins Leben und wurde ihr Präsident. Von Anfang an hatte er dabei allerdings nicht im Sinn, sie zu einer echten Gegenströmung werden zu lassen, sondern sie sollte eine Art Klub für jene werden, die gern der alten, guten Zeit anhingen, von früher schwatzten und sich in fruchtlosen Vorstellungen ergingen, was wäre, wenn ...

Eine Gonozal-Nostalgie-Vereinigung, eine Einrichtung und Langeweilevernichtungsorganisation, die ein paar Schwärmer und Ewiggestrige zusammenfasste – basierend jedoch auf der völlig richtigen Überlegung, dass zurückkehrende Gonozal-Anhänger bei dieser leicht auszumachenden Organisation auftauchen würden. Sie würden kommen, vielleicht nur, um sich zu informieren oder ein paar Freunde von früher zu finden. Und dann hatte Larkyont die Möglichkeit, seine alten Widersacher auszuschalten.

Axton war dem auf die Spur gekommen. Larkyont starb, als er von Cel'Mascant Quertan Merantor aus dem Gleiter gestoßen wurde. Der Verwachsene hätte ihn vielleicht noch durch Kelly retten können, doch er griff nicht ein, denn damit hätte er alles aufs Spiel gesetzt und seine eigene Existenz infrage gestellt. Axton wollte, dass eine echte Untergrundorganisation entstand.

Orbanaschol wusste, dass die *Organisation Gonozal VII.* kein wirklich ernst zu nehmender Gegner war. Die Organisation und der ganze Trubel, den sie veranstaltete, waren ihm nur lästig. Weiter nichts. So sahen fast alle Arkoniden diese Organisation auch. Sie engagierten sich nicht wirklich, sie ließen sich nur unterhalten. Vordergründig sollte das so bleiben. Doch im Kern arbeitete Axton mit zuverlässigen Leuten daran, eine echte und schlagkräftige Untergrundorganisation entstehen zu lassen.

Sie sollte Axton Rückendeckung bei seinen gewagten Aktionen gegen das Regime des Imperators und für Atlan geben, und sie sollte ihm bei seinen Recherchen behilflich sein. Die Mitglieder der Organisation sollten ihm Einsätze abnehmen, denen er aus körperlichen Gründen nicht gewachsen war, und sie sollten die Basis der Macht bilden, auf der eines Tages Atlan aufbauen konnte. Das Potenzial war da. Unzuverlässige Kräfte wurden in einem ersten Schritt eliminiert ...

»Knie dich hin, Kelly!«, befahl Axton. Er kletterte auf den Rücken des Roboters und stellte sich auf die Stahlbügel, die er an seinem Körper befestigt hatte. Seine Hände krallten sich um die Bügel auf den Schultern der Maschine. »Zu Vortoik.«

»Mit dem Gleiter?«

»Nein. Es ist nicht weit. Flieg zu ihm hinüber. Wir wollen keine Zeit verlieren.«

Der Roboter trug Axton durch den direkten Zugang zur Gleiterparklücke. Hier schaltete er sein Antigravtriebwerk ein und stieg auf. Es war dunkel draußen – soweit das für einen Planeten im Zentrum eines Kugelsternhaufens behauptet werden konnte –, aber das spielte für Kelly keine Rolle. Auch Axton war in Dunkelheit nicht hilflos. Sein Sonderhirn, das über Jahrhunderte nach terranischer Zeitrechnung hinweg passiv geblieben war, erwachte allmählich. Die Ärzte des Solaren Imperiums hatten vor langer Zeit unbekannte Hormondrüsen innerhalb seines Gehirns entdeckt, aber nicht klar identifizieren können. Inzwischen hatte Axton eine erste Ahnung. Wenn er wollte, konnte er in der Nacht fast so gut sehen wie am Tag.

Jetzt aber schloss er die Augen und überließ sich ganz den technischen Flugeinrichtungen des Roboters. Er dachte angestrengt nach. Vortoik musste einen Grund gehabt haben, so vorsichtig zu sein. Sollten die Celistas der Untergrundorganisation auf die Spur gekommen sein? Dann wäre alles umsonst gewesen, was er in letzter Zeit geleistet hatte. Axton hatte das Gefühl, dass ihm alle Fäden der Macht zu entgleiten drohten, die er während seines Aufenthalts im Großen Imperium errungen hatte.

Wieder einmal fragte er sich, ob er sich in einer realen Welt befand oder in einer Traumwelt. Hatte ihm die Traummaschine die Möglichkeit gegeben, manipulierend in die Geschichte Arkons einzugreifen, ohne dabei Zeitparadoxa zu schaffen? Oder hatte er bisher nur das unverschämte Glück gehabt, in das Räderwerk der Macht eingreifen zu können, ohne dabei eine Katastrophe auszulösen?

Von Zweifeln geplagt, öffnete Axton die Augen und blickte in die Tiefe. Das Trichtergebäude war fast vierhundert Meter hoch. Weit unter dem Verwachsenen flogen einige Gleiter vorbei. Ihre Scheinwerfer schufen grelle Lichtbahnen. Kelly landete auf dem Dachgarten des Trichters in einem dunklen Parkwinkel, in dem sich sonst niemand aufhielt. In einer Entfernung von etwa hundert Metern saßen mehrere Arkoniden in einem offenen Restaurant. Schwermütige Musik klang zu Axton herüber, die bei einem Großteil der arkonidischen Jugend äußerst beliebt war.

Er lächelte unmerklich. Mit der Faust schlug er Kelly auf den Schädel. »Schnell«, sagte er leise. »Zum Apartment von Vortoik. Nein, nicht zum Antigrav. Ich habe es mir anders überlegt. Flieg innen an den Terrassen hinab. Du weißt, wo Vortoik wohnt. Ich will ihn durch die Fenster beobachten. Wir können dann über die unteren Parknischen zu ihm gehen.«

Gentleman Kelly gehorchte wortlos, schwebte einige Zentimeter in die Höhe und glitt über die Dachkante des Trichtergebäudes. Lautlos sank Kelly nach unten und hielt sich dicht an die auskragenden Terrassenstufen des Trichters. Axton war sich dessen absolut sicher, dass keiner der Bewohner ihn und den Roboter sehen konnte. Nur wenige Fenster waren erhellt. In einigen Räumen konnte Axton Arkoniden erkennen. Niemand von ihnen richtete seine Aufmerksamkeit nach außen.

»Da ist es«, rief Axton, als er Vortoik entdeckte.

Der Arkonide war allein in einem Salon, saß in einem Sessel, der vor einem in den Boden eingelassenen Zierbecken stand. Das Trivid lief, aber Vortoik achtete nicht darauf. Seine Hände fuhren unruhig über die Lehnen seines Sessels.

»Dichter ran!«, befahl der Terraner. Kelly näherte sich den Fenstern bis auf etwa fünf Meter. Axton war sich dessen bewusst, dass er von Gleitern aus gesehen werden konnte, weil er sich gegen die helle Fläche abhob. Da sich jedoch keine Flugkabine in unmittelbarer Nähe befand, machte er sich noch keine Sorgen. »Es scheint alles in Ordnung zu sein. Zur Parknische.«

Kelly schwebte bereits zur Seite, als Axton sah, dass sich eine Tür öffnete. Er befahl: »Halt!«

Durch die Tür trat Cel'Mascant Quertan Merantor ein. Er hielt einen Kombistrahler in der Hand, zielte jedoch nicht auf Vortoik, sondern ließ ihn lässig herunterbaumeln.

»Aufzeichnen!«, ordnete Axton geistesgegenwärtig an.

Vortoik war aufgesprungen. Schweigend blickte er den Cel'Mascant an.

Merantor lächelte zynisch. Er hob den Kombistrahler und gab Vortoik einen befehlenden Wink. Vortoik hob die Arme über den Kopf und drehte sich zögernd um. Merantor trat von hinten heran und tastete ihn rasch nach Waffen ab. Als er keine fand, zog er sich einige Schritte zurück. Vortoik ließ die Arme sinken, drehte sich um und setzte sich wieder in den Sessel. Deutlich konnte Axton erkennen, dass seine Augen tränten. Das war ein unübersehbares Zeichen dafür, dass der Arkonide höchst erregt war.

Nun war der Terraner überzeugt davon, dass Merantor der *Organisation Gonozal VII.* auf die Spur gekommen war. Fieberhaft überlegte er, wie er seinem Freund helfen konnte. Dieser Mann war ihm in der kurzen Zeit, in der er ihn kannte, ans Herz gewachsen. Vortoik war ehrlich, energisch, willensstark und voller Liebe für Kristallprinz Atlan. Bei aller Verachtung, die er für Orbanaschol III. empfand, lehnte er unsaubere Methoden seiner Bekämpfung ab. Er wäre bereit gewesen, eine Bombe gegen den Imperator zu werfen, aber nur, wenn er hundertprozentig sicher sein konnte, dass dabei kein Unschuldiger gefährdet wurde.

Merantor packte Vortoik und riss ihn hoch, schrie auf ihn ein und stieß ihn wieder von sich. Vortoik stürzte in den Sessel, richtete sich jedoch sofort wieder auf und wandte sich ab. Axton glaubte, dass er zu einem Schrank gehen wollte. Doch dazu kam er nicht mehr. Der Cel'Mascant griff unter seine Jacke und zog ein Desintegratormesser hervor.

Lebo Axton schrie unwillkürlich auf, als könne er Vortoik dadurch warnen. Der Freund hörte jedoch nichts, weil die Fensterscheiben die Wohnung gegen jeglichen Lärm von außen abschirmten. Merantor war sich auf Vortoik und ermordete ihn auf so grausame Weise, dass Axton vor Entsetzen fast den Halt am Roboter verloren hätte und in die Tiefe gestürzt wäre.

»Zurück!«, befahl er Kelly mit heiserer Stimme. »Schnell weg hier!« Der Roboter reagierte sofort, beschleunigte scharf und flog direkt zur Wohnung Axtons.

Der Terraner war außer sich vor Zorn und Entsetzen, setzte sich in einen Sessel und vergrub sein Gesicht in den Händen. Der Hass gegen Merantor drohte ihn zu überwältigen. Es war das zweite Mal, dass er Zeuge eines Mordes geworden war, den der Cel'Mascant begangen hatte. Dieses Mal aber war ein guter Freund das Opfer des heimtückischen Anschlags gewesen – und überdeutlich standen Axton die Bilder des ersten Mords vor Augen.

... lenkt die Maschine schnell näher an die andere. Mühelos überholt er die Gleiter der Presse, bis er auf etwa fünfzig Meter an Merantor herangekommen ist. Er sieht, dass Merantor Larkyont anbrüllt. Dieser scheint nicht sehr beeindruckt zu sein, lacht sogar.

Merantor stößt ihm die flache Hand so kräftig ins Gesicht, dass der Kopf Larkyonts nach hinten fliegt und gegen die Scheibe der Tür prallt. Plötzlich öffnet sich die Tür. Die Faust Merantors schießt vor. Larkyont kippt aus dem Gleiter, wirft sich herum. Sein Mund öffnet sich weit, die Arme wirbeln Halt suchend um seinen Körper. Dann entdeckt er Lebo Axton. Abscheu und Verachtung zeichnen sich in seinem Gesicht ab. Er stürzt in die Tiefe. Der Terraner sieht deutlich, dass Merantor lacht.

Axton schließt die Augen, zittert am ganzen Körper. Eine namenlose Wut überkommt ihn. Der Verwachsene öffnet die Augen. Für Augenblicke spielt er mit dem Gedanken, Larkyont von Kelly retten zu lassen. Er hat das Gefühl, dass der blaue Gürtel zu pulsieren beginnt, reißt das Hemd auf und krallt seine Finger um das blaue Band, doch auch jetzt kann er es nicht ablösen. Keuchend neigt er sich zur Seite. In diesem Moment endet der Sturz Larkyonts vierhundert Meter tiefer auf den Felsen, die einen See begrenzen ...

»Auswerten!«, befahl Axton nach einiger Zeit, als er sich wieder etwas erholt hatte. »Ich will wissen, worum es ging.«

»Ich habe alles vorbereitet«, antwortete Gentleman Kelly.

Er stellte eine Verbindung zur Projektionswand her, und die Szene, die Axton beobachtet hatte, erschien im Projektionsfeld. Erneut erschien die Auseinandersetzung und schließlich der Mord vor den Augen des Terraners. Er schaute mit wachsender Erregung zu. In seinem langen Leben hatte er mehr als einen Mord gesehen, aber nur selten war ihm ein derartiges Ereignis so nahegegangen. Er konnte sich selbst nicht erklären, warum das so war. Vielleicht war der Grund in seiner Abneigung gegen Merantor zu suchen, vielleicht in der Freundschaft und der Sympathie, die er für Vortoik empfunden hatte.

»Noch mal!«, befahl Axton. »Aber jetzt mit Ton. Ich will hören, was die beiden gesagt haben.«

»Ich kann nur das wiedergeben, was von den Lippen abzulesen war.«

»Das weiß ich!«, schrie Axton gereizt. »Anfangen, los!«

Kelly führte die Aufzeichnung nun langsamer vor, unterbrach sie immer wieder, um Axton zu sagen, welche Worte gefallen waren. Der Terraner staunte von Satz zu Satz mehr.

»Es ging also nicht um die *Organisation Gonozal VII.,* sondern um private Dinge«, sagte er schließlich.

»Richtig«, bestätigte der Roboter. »Enrate da Kojolskanei war die Geliebte Merantors.«

»... bis sie Vortoik kennenlernte. Ich kenne diese Frau. Sie ist nicht nur ungewöhnlich schön, sondern gehört zu den reichsten Familien der Kristallwelt. Vortoik, Vortoik – ausgerechnet Merantors Geliebte!«

»Die Worte Merantors lassen erkennen, dass er es nicht nur auf die Frau abgesehen hatte, sondern auf ihr Vermögen.«

»Das ist mir entgangen. Führ mir die entsprechende Stelle vor.«

Augenblicke später erschien die Szene unmittelbar vor dem Mord. »Kein Zweifel«, sagte er lobend. »Du hast recht. Merantor genügt es nicht, Geheimdienstchef der *Tu-Ra-Cel-Sektion Innenaufklärung* zu sein. Er will viel höher hinaus. Der Mann ist größenwahnsinnig geworden. Offenbar meint er, dass er sich sogar einen Mord leisten kann, und vermutlich hat er damit sogar recht. Falls ihm die Kriminalisten auf die Spur kommen, kann er die Sache als Geheimdienstangelegenheit erklären, alles selbst in die Hand nehmen und vertuschen.«

Der Türmelder schlug an. Axton befahl Kelly hastig, die Aufzeichnung anzuhalten und die Tür zu öffnen. Wenig später trat Nert Avrael Arrkonta ein. Der Industrielle, dem unter anderem ein Unternehmen gehörte, das Positroniken und positronische Module herstellte, begrüßte Axton herzlich. »Ich kam gerade vorbei, bin also ohne besondere Absicht hier. Ich hoffe, ich störe nicht?«

»Im Gegenteil.«

Arrkonta war ihm ein guter und wichtiger Freund geworden, der ihm durch seine Beziehungen und seine finanziellen Möglichkeiten außerordentliche Dienste geleistet hatte. Als sie sich kennengelernt hatten, hatte Arrkonta Axton als Feind eingestuft und sogar versucht, ihn ermorden zu lassen. Erst danach waren die Masken gefallen, und beide hatten sich als Feinde Orbanaschols und Freunde Atlans zu erkennen gegeben.

Ihm vertraute Axton absolut. Auf der linken Brustseite des schlichten weißen Anzugs trug der schlanke Arkonide, dessen Augen tiefrot waren und der das weiße Haar im Pagenschnitt trug, die gelbe Sonnenscheibe mit zwölfzackigem statt nur glattem Rand, überdeckt vom Symbol eines Vulkanträgers. Er war nicht nur ein »Nert-Vulkanträger Erster Klasse«, sondern ein hochdekorierter Orbton im Rang eines *Has'athor* und somit als Admiral Vierter Klasse zu Recht ein Einsonnenträger. Er galt als Stratege von überragender Bedeutung, Siege in mehreren Schlachten mit den Methans waren ihm zu verdanken.

»Merantor ist größenwahnsinnig geworden«, sagte Axton. »Zufällig wurde ich Zeuge eines abscheulichen Verbrechens. Sehen Sie selbst, Avrael.«

Kelly führte die Aufzeichnung erneut vor und gab die entsprechenden Erklärungen ab.

»Vortoik hat etwas von der Gefahr geahnt, die auf ihn zukam.« Axton seufzte. »Er wollte mich dringend sprechen. Wahrscheinlich erhoffte er sich Hilfe von mir, aber ich kam zu spät.«

Die Reaktion Arrkontas war kaum anders als die von Axton. Vortoik war auch sein Freund gewesen. »Das Abscheuliche dabei ist, dass Merantor damit durchkommt«, sagte Arrkonta, als er sich wieder etwas beruhigt hatte. »Wer sollte ihm etwas anhaben?«

»Er darf nicht damit durchkommen«, erwiderte der Terraner heftig.

»Was haben Sie vor, Lebo?«

Axton zog die Beine auf den Sessel und stützte seine Arme auf die spitzen Knie, verzog das Gesicht zu einer Grimasse. »Obwohl ich mir immer wieder sage, dass es tödlich wäre, sich von Gefühlen leiten zu lassen, bin ich fest entschlossen, Merantor zu stürzen. Ein anderer Mann muss her, einer, der uns weniger Schwierigkeiten macht, der weniger heimtückisch ist, der nicht ganz so gefährlich ist, der vielleicht gar unser Mann ist.«

»Jetzt sind Sie größenwahnsinnig geworden.«

»Warum?«

»Weil Sie diesen Mann schon ausgesucht haben, noch bevor Sie überhaupt wissen, ob Merantor zu stürzen ist.«

»Und wen habe ich ausgesucht, Ihrer Meinung nach?«

»Sich selbst!«

»Ach, tatsächlich?«

Lebo Axton blickte den Arkoniden sprachlos an. Unsicher fuhr er sich mit der Hand durch das schüttere Haar, und sein linkes Lid begann heftig zu zucken, wie immer, wenn er nervös war. »Mich? Wie kommen Sie darauf?«

»Das frage ich Sie. Sie sind doch auf diesen Gedanken gekommen. Oder haben Sie etwa nicht die Absicht, Cel'Mascant zu werden?«

»Ich habe sie. Ich gebe es zu. Aber sie lässt sich niemals verwirklichen. Orbanaschol wird niemals einen Mann mit einem so hohen und machtvollen Amt betrauen, dessen Vergangenheit nicht vollkommen geklärt ist. Von meinem Aussehen ganz zu schweigen.«

»Warum decken Sie nicht alles auf?«

»Das kann ich nicht.«

»Wer sind Sie, Lebo?«

Axton lächelte, schüttelte den Kopf. »Ich habe keine Geheimnisse vor Ihnen. Das wissen Sie. Dennoch kann ich Ihnen nicht alles sagen. Ein Arkonide bin ich jedenfalls nicht.«

»Das könnte der einzige Grund sein, dass der Imperator Sie nicht als Nachfolger Merantors einsetzt.«

»Das alles ist mir klar. Deshalb habe ich auch nicht wirklich an mich gedacht. Ich habe einen ganz anderen Mann im Auge, einen Mann aus Ihrer Verwandtschaft.«

»Wen?«

»Unstog da Arranelkan. Halbbruder einer Ihrer Frauen, nicht wahr?«

»Unstog? Ich weiß, dass er in Orbanaschols Diensten steht, aber mir ist unbekannt, was er eigentlich macht. Er hat es selbst mir noch niemals gesagt.«

»Er ist Cel'Athor und damit Geheimnisträger Zweiter Klasse. *Tu-Ra-Cel!* Ein tüchtiger Mann, der alle Chancen hat, Nachfolger Merantors zu werden. Vermutlich nicht als *Erster Hoher Inspekteur* im Berlen Than, aber als Geheimdienstchef der *Tu-Ra-Cel-Sektion Innenaufklärung.* Und er ist gleichzeitig ein Mann, der heimlich mit Atlan sympathisiert. Ich weiß es zuverlässig, obwohl ich noch niemals direkt mit ihm direkt Kontakt gehabt habe.«

In Gedanken lächelte Axton. Wer tiefer in den Wust der unterschiedlichen Organisationen der Geheim- und Nachrichtendienste des Tai Ark'Tussan und ihre Kompetenzen einstieg, erkannte schnell, dass im Großen Imperium von *dem* Geheimdienst gar nicht gesprochen werden konnte, obwohl natürlich die TRC-Celistas des Innen- und Sicherheitsministeriums eine wichtige Rolle spielten.

Andere machtvolle »Dienste« waren ebenso bekannt wie gefürchtet – vor allem die TGC von *Ka'Mascantis* Offantur Ta-Metzat oder jene des *Gos'Laktrote* des *Berlen Than,* der schon von Amts wegen in die vielfältigen Sicherheits- und Abwehrmaßnahmen eingebunden war, zum Schutz des Imperators durch die *Kristallgarde,* im weiteren Umfeld durch die damit verbundene militärische Komponente einschließlich der der *Thek-Laktran*-Admiräle des Flottenzentralkommandos von Arkon III sowie seiner diversen Geheimdienste und ihrer Aktivitäten.

Arrkonta sprang auf und eilte nervös im Raum auf und ab. »Nein. Schlagen Sie sich den Gedanken aus dem Kopf, Merantor zu stürzen. Dabei brechen Sie sich das Genick. Dieser Brocken ist zu groß. Sie wissen nicht, auf wen er sich alles stützen kann und wer plötzlich hinter ihm steht, wenn er in Gefahr gerät. Dieser Mann hat ein Leben daran gearbeitet, seine Macht aufzubauen. Er ist nicht so einfach zu stürzen. Er ist kein Adliger und hat sich dennoch durchgesetzt! Und vergessen Sie nicht: Sobald Merantor etwas von einer heraufziehenden Gefahr bemerkt, wird er mit einer Härte reagieren, die Sie sich nicht vorstellen können.«

»Das alles ist mir klar.«

»Ich beschwöre Sie, Lebo. Lassen Sie sich nicht von Ihrem Hass zu einem solchen Fehler verleiten. Er wäre tödlich für Sie. Denken Sie daran, dass es einzig und allein um den Kristallprinzen geht.«

»Ich denke nur daran.«

Arrkonta presste die Lippen zusammen. Eine steile Falte bildete sich über der Nasenwurzel. Er spürte, dass er an Axton vorbeiredete. Der

Verwachsene hörte ihm überhaupt nicht zu. Und wenn er etwas erwiderte, nur aus Höflichkeit, nicht aber, weil er auf seine Argumente einging.

»Verstehen Sie denn nicht, Lebo? Ich möchte Sie, den besten Freund, den ich vielleicht je hatte, nicht verlieren, und ich werde Sie verlieren, wenn Sie sich auf ein Duell mit Merantor einlassen.«

»Warum so dramatisch?« Der Terraner lächelte. »Noch ist keine Entscheidung gefallen.«

»Ich fürchte, das ist sie doch.«

»Bitte, setzen Sie sich. Wir wollen etwas trinken. Lassen Sie uns über etwas anderes reden.«

»Vielleicht ist das wirklich besser.« Arrkonta fühlte, dass sich eine unsichtbare Wand zwischen ihnen aufgebaut hatte und dass er diese nicht überwinden konnte. »Ich war eigentlich gekommen, um Ihnen eine freudige Nachricht zu überbringen.«

»Ich dachte, Sie hatten keinen echten Grund?«

»Das war eine Ausrede.«

»Und was gibt es?«

»Sie werden zusammen mit dem Imperator verreisen.«

»Wie soll ich das verstehen?«

»Ta-Fürst Vauthlen Jorriskaugen, Lehnsherr des Okant-Systems mit dem Hauptplaneten Ophistur, feiert in den nächsten Pragos seinen sechzigsten Geburtstag. Orbanaschol wird nach Ophistur reisen und an den Feierlichkeiten teilnehmen.«

»Sie scherzen«, sagte Axton belustigt. »Sie wollen mir tatsächlich weismachen, dass der Imperator die Kristallwelt verlässt, um den Geburtstag eines anderen Mannes zu feiern?«

»Das ist kein Witz. Ta Jorriskaugen ist ein ungewöhnlich reicher und mächtiger Mann. Er gehört zu den ganz gewichtigen Persönlichkeiten des Imperiums. Mitglied des Großen Rats, Konstrukteur und Hersteller von Raumschiffen. Viele Dutzend Industriewelten als Zulieferer für Arkon Drei! Auf ihn muss selbst der Höchstedle Rücksicht nehmen, denn er ist eine bedeutende Stütze seiner Macht.«

»Orbanaschol macht sich erhebliche Sorgen wegen Magnortöter Klinsanthor«, sagte Axton. »Er fürchtet sich vor ihm, und er weiß, dass er besonders gefährdet ist, wenn er das Arkonsystem verlässt. Glauben Sie wirklich, dass er alle Bedenken zur Seite schiebt und dennoch aufbricht?«

»Er kann nicht anders. Reist er nicht nach Ophistur, beleidigt er den Ta damit nicht nur, sondern er würde sein Gesicht verlieren. Sogar ein

Mann wie Orbanaschol lebt nicht gern mit dem Gefühl, von den mächtigen Fürsten als Feigling angesehen zu werden.«

»Zumal er weiß, dass man gegen einen Feigling eher rebelliert als gegen einen mutigen Mann.«

»Jetzt haben Sie begriffen. Packen Sie also schon mal Ihre Sachen. Morgen wird die Einladung kommen. Dann haben Sie nicht mehr viel Zeit.«

»Wer wird noch mit von der Partie sein?«

»Sie können unbeschreiblich naiv sein, lieber Freund. Tausende werden dabei sein. Wenn ein Mann wie Orbanaschol reist, ist der gesamte Hofstaat dabei. Dazu kommen Offiziere, verdiente Persönlichkeiten, Wissenschaftler, Wirtschaftler, Künstler, Narren und eine Reihe weiterer Frauen und Männer, die im Grunde genommen lieber zu Hause bleiben würden. Die halbe Kristallwelt wird entvölkert sein!«

17.

Als Vandra von Laggohn kurz aus der Starre erwachte und spürte, dass ihr Bett, auf dem sie lag, geneigt war, fiel sie nicht wieder sofort in den ursprünglichen Zustand zurück. Nur sie allein war es, die in gewissen Zeitabständen für kurze Zeit »lebte«, um die Situation zu überprüfen. Sie blieb liegen. Die sieben Männer rührten sich nicht. Erst wenn sie das entsprechende Kodewort aussprach, würden sie erwachen.

Das Schiff stand schief auf der Oberfläche eines Planeten, das war ihr klar. Hatte es eine Bruchlandung gegeben, weil die Arkoniden nicht richtig mit den Kontrollen umgehen konnten? Oder waren die vorhandenen Schäden an den Aggregaten verantwortlich? Jedenfalls musste etwas geschehen sein, was nicht eingeplant war. War das die Chance, auf die sie gewartet hatte?

Sie blieb so lange liegen, bis das Blut wieder richtig zirkulierte und der Körper ihren Befehlen gehorchte. Dann erhob sie sich vorsichtig und hielt sich an der Wand fest, um nicht das Gleichgewicht zu verlieren. Sie fühlte sich schwach und unsicher. Wie lange sie »geschlafen« hatte, wusste sie nicht, denn die Arkoniden hatten ihnen alle Instrumente abgenommen. Sichtluken hatte die Kabine ebenfalls nicht, in die sie eingesperrt waren.

Vandra untersuchte die Tür und stellte fest, dass sie nicht durch ein positronisches Sperrschloss abgesichert war. Der Mechanismus der Normalverriegelung war ihr bekannt. Die Tür konnte mit einigen Tricks von innen geöffnet werden. Aber noch zögerte die Akonin. Sie wusste nicht, was geschehen war und ob der richtige Augenblick zum Handeln noch abgewartet werden musste. Sollte sie die Männer aufwecken oder warten?

Sie überlegte, dass ihr Risiko geringer war, wenn sie versuchte, die Lage allein zu erkunden. Sie konnte sich jederzeit in die Starre versetzen, sollte sich das als notwendig erweisen – ihre Mannschaft jedoch nicht. Behutsam öffnete sie die Tür. Auf dem Gang herrschte völlige Stille. Sie hatte das Gefühl, allein in dem riesigen Schiff zu sein. Ihre Zuversicht stieg. Ohne ein Geräusch zu verursachen, schlich sie weiter, vorbei an geschlossenen Kabinentüren und Seitengängen, bis sie den Hauptkorridor erreichte. Niemand begegnete ihr.

Sie kannte sich bestens aus, darum wählte sie den kürzesten Weg zu einer der bevorzugten Kabinen, die Sichtluken hatten. Auf die Aktivierung der Interkom-Außenbeobachtung verzichtete sie wohlweislich; das wäre bemerkt worden. Draußen war Tag, die Sonne schien. Vandra sah hinaus und stellte mit einem Blick fest, dass etwas nicht stimmte. Sie befand sich im oberen Teil des Schiffes – und doch war die Oberfläche des ihr unbekannten Planeten nur knapp fünfzig Meter unter ihr. Dann entdeckte sie die Arkoniden. Die Dummköpfe mussten für die Bruchlandung verantwortlich sein! Und nun versuchten sie, das Schiff wieder auszugraben.

Vandra überlegte blitzschnell und wog die Chancen ab. Vor allen Dingen musste sie jetzt sicher sein, dass sich außer ihr und ihren Leuten niemand mehr im Schiff aufhielt, besonders nicht dieser junge Mann, der ihr mehr als nur unheimlich war. Sie entdeckte ihn bei den Arkoniden, die am Rand des Einbruchs standen. Das gab den Ausschlag.

So schnell sie konnte, eilte sie in ihr bisheriges Gefängnis zurück und sprach das Kodewort aus. Es dauerte nicht lange, bis sich die Akonen zu rühren begannen und einer nach dem anderen erwachte. Sie mussten noch eine Weile, die Vandra wie Ewigkeiten erschien, ruhig liegen bleiben, bis sie die Kontrolle über ihre Körper zurückerlangten. Vandra nutzte die Wartezeit, um ihren Leuten zu berichten, was geschehen war. Es war ihnen klar, dass sie nun keine Zeit mehr verlieren durften, wenn sie die einmalige Gelegenheit, das Schiff zurückerobern zu können, nicht sofort nutzten.

»Wir besorgen uns zuerst Waffen«, befahl Vandra. »Falls die Arkoniden vorzeitig ins Schiff zurückkommen wollen, müssen wir sie daran hindern. Sämtliche Luken und Tore müssen verriegelt werden. Seid ihr bereit?«

Sie standen auf und massierten sich gegenseitig, bis sie sich wieder richtig bewegen konnten. In der Waffenkammer nahm jeder einen Handstrahler an sich. Kein Arkonide war zu sehen, es würde eine Weile dauern, bis diese bemerkten, was geschehen war. Als sie sich der Zentrale näherten, vernahmen sie Geräusche.

»Mehr als zwei oder drei Wachen können es nicht sein«, vermutete Vandra. »Wir müssen sie überraschen, ehe sie in der Lage sind, die Energiebarriere einzuschalten. Gelingt ihnen das, war alles umsonst.«

Sie bewegten sich mit äußerster Vorsicht und hofften, dass die Wachen in der Zentrale so sorglos gewesen waren, den Interkom nicht einzuschalten. Aber wenn sie ihre Gefangenen ständig beobachtet hätten, wäre ihnen nicht entgangen, dass Vandra aus ihrer Starre erwacht war.

Das Schott zur Zentrale war offen. Vandra gab zwei der Männer einen Wink. Sie selbst blieb mit den anderen zurück, während die beiden mit entsicherten Waffen weiterschlichen. Sie hatten nicht die Absicht, die Arkoniden zu töten.

»Aufstehen und herkommen!«, befahl einer. Die Arkoniden warfen sich einen Blick zu und zögerten. Sie sahen nur zwei Akonen, die anscheinend frühzeitig aus ihrer Starre erwacht waren. Natürlich mussten sie annehmen, es nur mit diesen zu tun zu haben – das gab den Ausschlag. Wie auf Kommando sprangen sie in verschiedenen Richtungen davon und hoben die Kombistrahler. Sie kamen aber nicht mehr dazu, sie zu entsichern, denn ihre Gegner waren schneller und nahmen keinerlei Rücksicht. Die beiden Arkoniden waren tot, ehe sie schießen konnten.

Vandra war darüber nicht gerade glücklich, aber sie machte den Männern keinen Vorwurf. Ruhig und entschlossen gab sie ihre Befehle. Sie war die umsichtige und kluge Kommandantin, die nichts als ihren Auftrag kannte und sich durch nichts an seiner Durchführung hindern ließ. Die Außenschotten des Schiffs wurden verriegelt, anschließend die Energiesperre des Zentralsektors aktiviert. Sie isolierte die Zentrale vom übrigen Schiff. Selbst wenn es den Arkoniden gelang, doch an Bord zu kommen, würde ihnen das nichts nutzen. Sämtliche Funktionen konnten von der Zentrale aus gesteuert werden. Die Arkoniden hatten keine Chance, das Schiff zurückzuerobern.

Vandra wusste, dass sie sich nun Zeit lassen konnte. Nur an eins hatte sie in der Eile nicht gedacht – an Lebensmittel. Die lagerten in den Kühl- und Vorratsräumen, und um zu ihnen zu gelangen, musste die Sperre abgeschaltet werden ...

Gonwarth: 11. Prago der Prikur 10.499 da Ark

Als ein Viertel des Antriebswulstes freigelegt worden war, summte die Rufanlage meines Anzugfunkgeräts. Ich drückte den Knopf und meldete mich. Als ich Vandra von Laggohns Stimme hörte, hielt ich für Augenblicke die Luft an. Ich wusste sofort, dass etwas Entscheidendes geschehen war.

»Wir haben das Schiff zurückerobert und stellen nun unsere Bedingungen, Atlan«, sagte sie, als sie meine Stimme erkannte. »Leider kamen Ihre Leute in der Zentrale ums Leben. Sie waren unvernünftig genug, sich zur Wehr zu setzen.«

Ich hatte mich inzwischen von der Überraschung erholt. Wenn Vandra glaubte, alle Trümpfe in der Hand zu haben, sollte sie sich geirrt haben. Aber ich beschloss, erst einmal abzuwarten, was sie von uns wollte. Drüben auf dem Felsbuckel sah ich Akon-Akon aufmerksam lauschen. Er hatte den Anruf gehört und sein Gerät ebenfalls eingeschaltet.

»Sie sind also aus der Starre erwacht«, erwiderte ich vorsichtig. »Was haben Sie nun vor?«

»Wir bleiben hier, Sie draußen. Setzen Sie die Arbeiten fort.«

»Warum? Damit Sie starten und uns hier zurücklassen? Abgelehnt.«

» Wir können Sie von hier aus genau beobachten. Zwingen Sie uns, mit Gewalt zu drohen?«

»Wenn Sie das Feuer auf uns eröffnen, kommen Sie nie mehr von hier weg, Vandra. Das garantiere ich Ihnen. Bequemen Sie sich zu einem für beide Seiten annehmbaren Kompromiss, verhandeln wir weiter.«

Ich gab Brontalos einen Wink, den er sofort verstand. Als sei weiter nichts geschehen, stand er auf und spazierte mit dem Funkroboter davon. Ra flüsterte ich zu: »Geh mit ihm. Stoppt die Insekten!«

Vandra hatte zwar meine Worte nicht verstanden, wohl aber gesehen, dass zwei von uns aufstanden und weggingen. »Was soll das bedeuten? Wohin gehen sie?«

»Aber Vandra, Sie stellen zu indiskrete Fragen. Wollen Sie uns in rein persönlichen Angelegenheiten nachspionieren? Ihre Haltung zeugt von wenig Selbstsicherheit.«

Das hatte gesessen, denn sie stellte keine Fragen mehr. Ich auch nicht. Wir saßen in einer Klemme, und es würde schwer sein, da wieder herauszukommen. Abgesehen davon, dass das Schiff nicht starten konnte, waren wir den Akonen auf Gnade oder Ungnade ausgeliefert. Sie waren in ihren Methoden nicht gerade zimperlich, denn zwei von uns hatten bereits den Tod gefunden. In der Zentrale verschanzt, bestand für uns so gut wie keine Möglichkeit, das Schiff zurückzuerobern. Wahrscheinlich konnte uns da sogar Akon-Akons Kerlas-Stab nicht weiterhelfen. *Oder doch ...?*

Ra schlenderte herbei und flüsterte mir zu: »Die Coumargs ziehen sich zurück und verschwinden in noch freien Gängen. Die Akonen werden das vorerst nicht bemerken.«

»Du kannst laut reden, ich habe den Funk abgeschaltet. Mal sehen, was Akon-Akon zu sagen hat.«

Ich flog zu ihm.

Den Kerlas-Stab zwischen den Knien, saß er auf dem Felsbuckel. Sein Gesichtsausdruck verriet keine Unruhe; er verzichtete sogar darauf, Vorwürfe zu machen. Schließlich wusste er, dass er zumindest die gleiche Last von Schuld trug. Wir hätten alle vorsichtiger sein müssen. Er sagte bedächtig: »Die Akonen haben uns überlistet, nun gilt es, noch listiger zu sein als sie. Was sollen wir tun?«

»Die Arbeiten wurden eingestellt, Akon-Akon. Das Schiff kann sich nicht selbst befreien. Falls die Akonen das versuchen sollten, geschieht eine Katastrophe. Ohne Antigravunterstützung wird die Energie der Impulstriebwerke gestaut und zurückschlagen. Explosionen innerhalb des Schiffes wären die Folge. Die Akonen wissen das. Sie werden es also nicht allein sein, die Bedingungen stellen können.«

Akon-Akon nickte. »Sie sind auf uns angewiesen – und wir auf sie. Welche Lösung gibt es?«

»Das bleibt abzuwarten.«

»Red mit der Kommandantin. Versprich ihr alles, was sie haben möchte. Ob wir später unser Wort halten, bleibt uns überlassen. Ich bleibe hier und hoffe.«

Nicht sonderlich ermuntert kehrte ich zu den anderen zurück. Es half nichts, dass Karmina auf Vandra zu schimpfen begann und immer wieder betonte, sie hätte von Anfang an gewusst, dass wir noch Ärger mit ihr haben würden.

Fartuloon grinste nur müde.

Es wurde Nachmittag und dann Abend. Zum Glück waren die Nächte auf Gonwarth recht warm; wir konnten im Freien bleiben, ohne frieren zu müssen – und wir hatten Zugriff auf einen Teil unserer Ausrüstung sowie zwei Gleiter.

Aus Sicherheitsgründen zogen wir uns bis hinter den Felsbuckel zurück; hier waren wir sicher, sollten die Akonen auf die Idee kommen, uns unter Beschuss zu nehmen. Ein vorgeschobener Posten diente der Beobachtung des Transportraumers. Akon-Akon blieb auf dem Felsen.

In dieser Nacht meldete sich die Akonin nicht mehr. Ich hätte das Anrufsignal mit Sicherheit gehört, da es mich geweckt hätte. Die Akonen schienen noch nicht bemerkt zu haben, dass die Coumargs die Grabungsarbeiten eingestellt hatten, wenn sie überhaupt davon wussten.

Als der Morgen graute, ging ich um den Felsbuckel und sah zum Schiff. Dort hatte sich nichts verändert. Es lag schief in der Grube, die Luken und Tore waren geschlossen. Auf dem Felsbuckel saß Akon-Akon, den Stab zwischen den Beinen, als hätte er die ganze Nacht so zugebracht.

Karmina wickelte sich aus der Decke. Das erste Problem tauchte auf, Brontalos fragte laut: »Wo kriegen wir ein Frühstück her? Alles ist im Schiff.«

Fartuloon schnippte mit den Fingern. »Wie kommen wir rein? Die Akonen haben die Luken verschlossen. Aber wer arbeitet, soll auch essen. Wir machen Vandra darauf aufmerksam, dass wir keinen Handschlag mehr tun können, wenn sie uns keine Lebensmittel gibt.«

Ehe wir darauf reagieren konnten, erklang der Signalruf. Ich gab den anderen einen Wink und meldete mich.

»Ihr arbeitet noch nicht«, stellte Vandra sachlich fest. »Beginnt, oder wir müssen deutlicher werden.«

»Ohne Essen können wir nicht arbeiten, Vandra. Gestatten Sie, dass zwei von uns das Schiff betreten und Konzentrate holen. Sie kommen unbewaffnet.«

»Wir werden auf keinen Trick mehr hereinfallen«, gab sie kalt zurück. »Niemand betritt das Schiff. Wenn Sie heute fleißig arbeiten, teilen wir Ihnen am Abend Ihre Rationen zu. Das ist unser letztes Angebot.«

Ich glaubte, ihrer Stimme ein wenig Unsicherheit entnehmen zu können, die ich mir allerdings nicht erklären konnte. Fartuloon hielt mir einen Zettel hin, auf dem geschrieben stand: *Erklär dich einverstanden!*

»Also gut, wir tun, was Sie verlangen. Aber es wird Tage dauern, bis das Schiff startklar ist. Wir müssen noch darüber verhandeln, was dann geschieht.«

»Das bestimmen wir.«

Ich schaltete ab.

Der Bauchaufschneider sagte: »So, und nun unternehmen wir etwas. Die Coumargs hat Vandra noch nicht bemerkt und somit nicht ins Kalkül gezogen. Wir tun so, als setzten wir die Arbeit fort. Der Antriebswulst behindert die Sicht, die Luken darunter stecken im Boden. Zwei von uns dringen in das Schiff ein und versuchen, an die Lebensmittel zu kommen. Und wenn wir die Luke mit Gewalt sprengen müssen.«

»Wozu eigentlich?«, fragte ich. »Wir erhalten doch noch heute die Konzentrate.«

»Um die geht es gar nicht! Die Akonen sollen wissen, dass wir nicht so ohne Weiteres aufgeben und uns ihrem Diktat beugen. Außerdem nehme ich an, dass sie sich in der Kommandozentrale verschanzt haben. Sobald sie feststellen, dass jemand im Schiff ist, müssen sie bleiben, wo sie sind. Es sei denn, sie stellen sich offen zum Kampf. Aber das traue ich ihnen nicht zu. Wir haben ihr Schiff schon einmal blitzartig erobert, warum also sollte es nicht zum zweiten Mal gelingen?«

»Beim ersten Mal haben wir sie überrascht.«

»Das ist richtig, aber diesmal überraschen wir sie noch viel mehr. Außerdem will ich sie nur bluffen. Sie sollen sich nicht aus der Zentrale herauswagen; sie müssen glauben, im Schiff lauere jemand auf sie. Glaubt ihr, das sie in der Eile so umsichtig waren, an Lebensmittel und Wasser zu denken? Die Notvorräte im Kommandoteil sind schnell aufgebraucht. Ich habe Vandras Stimme gehört und analysiert, als sie davon sprach. Sie klang unsicher.«

Ich wusste, dass Fartuloon ein sehr guter Beobachter war. Er irrte sich nur selten, zumal ein zustimmender Impuls des Logiksektor mein Wachbewusstsein erreichte. »Wer geht?«

»Ich begleite den Dicken«, rief Ra.

Damit war der Fall erledigt.

Wir verließen nach einiger Zeit die schützenden Felsen und kehrten zum Schiff zurück, wo wir wieder mit der Arbeit begannen.

18.

Aus: *Die Zwölf Ehernen Prinzipien* der Dagoristas; um 3100 da Ark
entstandener Kodex des Arkon-Rittertums
Zweites Prinzip: Fürsorge des Starken für Schwache und Kranke.
Erkenne die eigenen Grenzen – nur dann zeigst du Demut, die in
Barmherzigkeit mündet und sich mit Würde und Ehre eines Dagoristas
vereinbart.

Arkon I: 11. Prago der Prikur 10.499 da Ark

Das Nachrichtenlicht am Visifon blinkte. Axton, der unmittelbar neben dem Projektionsschirm stand, schaltete es ein. Vier Textnachrichten
waren eingegangen. Er rief sie der Reihe nach ab. Drei waren relativ
unwichtig, stammten von Freunden und Bekannten. Die vierte aber kam
von einem hohen Hofbeamten. In einem hochnäsigen Ton teilte ihm
Evshra Ishantor mit, dass er sich anhand von einigen Abbildungen davon überzeugt habe, wie hässlich der Roboter Kelly sei.

»Ein monströses Gebilde dieser Art ist eine Beleidigung für den Gastgeber«, fuhr er fort. »Daher erteile ich Ihnen den dienstlichen Befehl,
den Roboter entweder zu verschrotten oder ihn durch kosmetische Korrekturen zu verschönern. Vorteilhaft wäre beispielsweise eine goldene
Lackierung.«

Axton lachte Tränen, als er diese Worte las. »Kelly!« Der Roboter kam
aus dem Nebenraum. »Lies dir das durch, du monströses Gebilde.«

Die Maschine war etwa zwei Meter groß – im Vergleich zu Axton
ein Koloss. Schon auf den ersten Blick war zu erkennen, dass er aus
zahlreichen Einzelteilen unterschiedlichen Alters zusammengesetzt war.
Einige Teile passten überhaupt nicht zu diesem Robotertyp. Gentleman
Kelly stammte vom Schrottplatz, und das war ihm auch anzusehen.

Auf dem Ovalkörper aus Arkonstahl von einem Meter Länge und
rund vierzig Zentimetern Durchmesser saß ein dreißig Zentimeter langer Spiralhals. Der Kopf war kugelförmig und hatte in der Mitte ein
umlaufendes Organband mit Quarzlinsen, Sprechmembran, Antennen

und Geruchssensoren. Aus dem Ovalkörper entsprangen zwei Arme und zwei krumme Beine. Bügelförmige Fußstützen in Höhe der Beinansatzgelenke und Griffe auf den Schultern gestatteten es, dass Axton hinter Kellys Rücken bequem stehen, sich festhalten und über den Kopf des Roboters hinwegsehen konnte. Thi-Laktrote Gun Eppriks »Bastelstube« entstammte das Antigrav-Flugaggregat, und auch in anderer Hinsicht hatte Axton den Roboter beträchtlich aufgerüstet.

»Ein Goldton steht mir nicht.«

»Du hast vollkommen recht«, erwiderte der Terraner schmunzelnd. »Du bleibst, wie du bist. Hast du meine Sachen zusammengepackt?«

»Es ist alles fertig, Liebling.«

Axton blickte zu dem Roboterbein hinüber, das er an der Wand befestigt hatte. »Meine Erziehungsmaßnahmen scheinen nicht viel bewirkt zu haben«, sagte er selbstkritisch. »Offenbar verstehe ich noch zu wenig von Robotpädagogik.«

Das Verbindungslicht blinkte auf. Axton schaltete das Visifon augenblicklich um, und das scharf geschnittene Gesicht von Cel'Mascant Quertan Merantor erschien im Projektionsfeld.

»Axton«, sagte er knapp und kalt. »Finden Sie sich in einer Tonta auf Startfeld Gelb ein, Raumhafen des Hügels der Weisen. Wir fliegen mit dem gleichen Schiff.«

»Ich werde da sein.«

Der Cel'Mascant schaltete aus. Axton setzte sich auf den Fußboden. Er stöhnte leise, eins der Lider zuckte heftig. Fast schlagartig war ihm der Gedanke gekommen, dass ihm die Reise nach Ophistur Gelegenheit bieten würde, Merantor auszuschalten. Er dachte daran, dass dem Arkoniden etwas passieren konnte. Er dachte an etwas, das wie ein Unfall aussehen würde, und er verwarf diesen Gedanken sofort wieder, wie er es schon mit so vielen Plänen in letzter Zeit getan hatte. Tontalang hatte er darüber nachgedacht, welche Falle er dem Cel'Mascant stellen konnte. Er hatte in seiner Erinnerung nach einem ähnlichen Fall gesucht. Zahllose Aktionen hatte er im Auftrag der USO als Spezialist durchgeführt, aber keine, die ihm Hinweise für die bestehende Situation geben konnte.

Unwillkürlich strich er sich mit den Fingern über den blauen, schimmernden Gürtel, den er unter der Bluse auf der nackten Haut trug. Eine magische Kraft schien von ihm auszugehen, die Axton sich nicht erklären konnte. Welche Kraft wohnte in diesem Gurt, der aussah, als sei er aus Millionen winziger, blau leuchtender Kristalle zusammengesetzt? Das Band war etwa einen Millimeter dick und wog fast nichts. Der Gurt war eigentlich zu weit für Axton, doch er ließ sich seltsamerweise zusammenschieben, bis er passte, wobei das zunächst lose Ende sich wie von selbst anschmiegte und dann fest saß.

Das Problem Merantor erschien ihm wie dieser geheimnisvolle Gürtel. *Unlösbar.* Dennoch hielt Axton hartnäckig an dem Gedanken fest, den Cel'Mascant zu beseitigen. Er fühlte, dass es ein Fehler war, sich allzu sehr auf diesen Plan zu konzentrieren oder ihn überhaupt ins Auge zu fassen. Immer wieder sagte er sich, dass es vernünftiger war, Merantor weiterhin schalten und walten zu lassen, und dass er alles aufs Spiel setzte, was er bisher aufgebaut hatte. Er versuchte, sich einzuhämmern, dass er Atlan zuliebe alle persönlichen Rachegefühle zurückzustellen habe. Aber das alles half nichts. Fast war es, als zwinge ihn eine fremde Kraft, sich immer wieder Quertan Merantor zuzuwenden.

»Wir gehen«, sagte er, nachdem er sich davon überzeugt hatte, dass Kelly alles in seinem Reisebehälter verstaut hatte, was er benötigte. Darüber hinaus befanden sich noch einige neue technische Spezialitäten in den Körperhöhlungen des Roboters. Axton kletterte auf den Rücken Kellys. Wie unter einem fremden Zwang blickte er sich noch einmal in der Wohnung um. Er erschrak, als er sich dessen bewusst wurde, was er tat.

»Es ist, als würde ich Abschied nehmen«, sagte er leise und bäumte sich gegen das aufkommende Gefühl des Verlorenseins auf. »Los, Kelly, geh endlich!«

Der Roboter trug ihn bis zur Gleiternische. Axton verzichtete jedoch auf die Bequemlichkeiten, die ihm die Flugkabine bot. Da es nicht regnete, ließ er sich vom Roboter bis zum Raumhafen fliegen. Schon von Weitem sah er, dass sich ein wahrer Strom von Arkoniden und Robotern zu den Raumschiffen begab, von denen etliche sogar noch abseits des Hügels der Weisen in der Atmosphäre schwebten. Von allen Seiten rückten Gleiterkolonnen heran, die jedoch rasch zu den verschiedenen bereits gelandeten Raumschiffen geleitet wurden. Axton hatte mit einem hohen Aufgebot gerechnet. Jetzt aber war er doch überrascht und schätzte, dass mehrere hunderttausend Arkoniden mit ihren Frauen die Reise antreten wollten. Arrkonta hatte mit der »halben Kristallwelt« zwar übertrieben, aber das Unternehmen Ophistur hatte dennoch fast den Charakter einer Völkerwanderung.

»Soeben habe ich die Platzanweisung bekommen«, sagte Kelly. »Für uns ist eine Kabine an Bord der SWEA vorgesehen.«

»Dann begib dich dorthin!«, befahl Axton.

Der Roboter reihte sich in einen Gleiterstrom ein und flog zwischen zwei voll besetzten Maschinen, in denen junge Arkoniden und einige Mädchen saßen.

Axton sah, dass diese sich gegenseitig auf ihn aufmerksam machten und sich vor Lachen ausschütten wollten. Er ahnte, was für Witze sie über ihn rissen. Gelassen ließ er alles über sich ergehen, obwohl ihm der Verdacht kam, dass die Einladung, an dieser Reise teilzunehmen, für ihn nicht eine Auszeichnung war, sondern dass er in die Kategorie der Hofnarren eingereiht worden war.

Sein Unbehagen wuchs. Bisher hatte er sich nur wenig Gedanken über dieses Unternehmen gemacht. Jetzt wurde ihm allmählich klar, dass Orbanaschol diesen Aufwand nicht nur betrieb, weil er meinte, für einen Imperator müsse das nun mal so sein. Axton begriff, dass der Höchstedle seinen Anhängern etwas bieten wollte. Er dachte nicht nur an sich, sondern an seine Begleitung. Nicht nur er wollte feiern, sondern sie sollten sich für einige Tage ausgiebig amüsieren. Selbstverständlich auf Kosten des Gastgebers.

Spontan winkte er den jungen Leuten zu, rückte zu ihnen auf und flog schließlich neben ihnen her. Ein vielleicht Achtzehnjähriger, dessen Hände mit kostbaren Schmuckstücken verziert waren, ließ das Fenster herunter. »He, *Zayna*«, rief er. »Willst du etwa behaupten, dass der Imperator dich eingeladen hat?«

»Er konnte nicht anders«, antwortete Axton, ohne auf die abwertende Bezeichnung zu reagieren.

»Das muss wohl ein Irrtum sein«, sagte der Arkonide lächelnd. »Warum sollte Orbanaschol dich eingeladen haben?«

»Er will damit zeigen, dass der Hässlichkeit keine Grenzen gesetzt sind.«

»Hässlich bist du allerdings.« Seine Augen verengten sich, er wurde plötzlich nachdenklich. Der Doppelsinn der Worte des Verwachsenen ging ihm auf. Auch seine Begleiter wurden plötzlich ernst. Alle gehörten vermutlich höchsten Adelskreisen an. »Mir scheint, du bist gar nicht so dumm, wie du hässlich bist.«

»Vielen Dank für das Kompliment. Man sagt, dass hinter hässlichen Fassaden oft die klügsten Köpfe stecken, während sich hinter Schönheit oft nur gähnende Leere verbirgt. Das scheint bei Ihnen jedoch nicht der Fall zu sein, Erhabener, denn zur Leere gehört die Arroganz. Und die kann ich nicht entdecken.«

Der Arkonide presste die Lippen zusammen und blickte Axton starr an, bis sich seine Lippen zu einem kaum merklichen Lächeln entspannten. Er nickte Axton anerkennend zu. »Ich glaube, ich weiß jetzt, warum du eingeladen worden bist.«

Er schloss das Fenster und gab seinem Freund am Steuer ein Zeichen, etwas schneller zu fliegen. Der Terraner ließ sich zurückfallen. Die Begegnung hatte ihm Spaß gemacht. Diese jungen Leute waren ihm sympathisch. Er nahm ihnen nicht übel, dass sie Witze über ihn gerissen hatten. So etwas war er gewohnt. Es hätte ihn viel mehr gestört, wenn man ihn überhaupt nicht beachtet hätte.

»Ich habe die Anweisung bekommen, nach vorn zu kommen«, teilte Kelly mit.

»Dann los. Ich wusste doch, dass es bequemer ist, auf deinem Rücken zu reisen als mit dem Gleiter.«

Kelly flog über die Kolonne der Gleiter hinweg, die sich nun vor der SWEA, einem Schlachtkreuzer von fünfhundert Metern Durchmesser, stauten. Er landete direkt in der Bodenschleuse am Ende der ausgefahrenen Rampe des Kugelraumers, wo ein älterer Arkonide mit etlichen Robotern den Zugang der Passagiere kontrollierte. Es war Evshra Ishantor, der die Stirn krauste, als er Kelly sah.

»Habe ich Ihnen nicht die Anweisung erteilt, Axton, den Roboter zu verschönern?«, fragte er streng.

»Von diesem wandelnden Schrotthaufen ist alle Farbe sofort wieder abgefallen«, antwortete der Verwachsene. »Ich habe wirklich alles versucht, was in meinen Kräften stand.«

Der Arkonide blickte ihn verblüfft an; er durchschaute die Lüge, wusste aber nichts darauf zu sagen.

»Welche Kabine bekomme ich?«

»Kabine 37. Verschwinden Sie aus meinen Augen und wagen Sie es ja nicht, sich vor dem Imperator blicken zu lassen. Er würde Sie zerstrahlen, bevor ihm übel wird.«

Axton grinste nur und ließ sich von Kelly ins Schiff tragen.

Axton blieb bis zum Start in der Kabine. Die SWEA hatte jedoch kaum abgehoben, als er vom Bett rutschte, weil der Interkom ansprach. Ärgerlich über die Störung, befahl er Kelly mit einer Geste, ihn einzuschalten. Der Roboter drückte eine Taste, das Bild Merantors erschien.

»Wir treffen uns in der Offiziersmesse«, sagte der Cel'Mascant knapp.

»Ich bin schon auf dem Weg«, erwiderte Axton.

»Das ist gut.« Merantor schaltete ab.

Nachdenklich blickte Axton auf das Gerät. Wieder beschlich ihn ein Gefühl größten Unbehagens. Er glaubte, körperlich spüren zu können, dass etwas nicht in Ordnung war. War er zufällig auf diesem Raumschiff einquartiert worden, oder braute sich etwas gegen ihn zusammen? Baute jemand einen Plan nach typischer Geheimdienstmanier gegen ihn auf, so, wie er es oft gegen andere gemacht hatte?

Voller Unruhe verließ er die Kabine. Kelly blieb allein zurück. Im Antigravschacht schwebte Axton nach oben. Kaum jemand hielt sich auf den Gängen auf. Die meisten Passagiere befanden sich in ihren Kabinen. Erst viel später würde es im Schiff wirklich lebendig werden.

Als Axton die Messe betrat, war Merantor bereits da. Er saß an einem Tisch, an dem für wenigstens acht Personen Platz war. Die meisten anderen Tische waren kleiner; an ihnen war nur für vier bis sechs Personen Platz.

»Kommen Sie zu mir, Axton«, rief der Cel'Mascant.

Der Terraner schob sich mühsam an einigen Arkoniden vorbei, die einen anderen Tisch besetzt hatten. Außer ihnen und Merantor hielt sich niemand im Raum auf.

»Jetzt bin ich gespannt, ob Sie es allein schaffen, auf diese hohen Stühle zu kommen«, sagte Merantor gehässig. Seine Augen funkelten. »Nun, soll ich Ihnen helfen?«

»Da Sie das sicherlich nur mit dem größten Widerwillen tun würden, verzichten Sie lieber darauf«, erwiderte Axton in heiterem Ton.

Merantor lachte schallend auf, hatte sichtlich gute Laune. Der Verwachsene zog sich an der Stuhllehne hoch und stützte sich mit der anderen Hand auf der Tischplatte ab. So schwang er sich einigermaßen geschickt hinauf. Dieser Kraftakt strengte ihn allerdings dermaßen an, dass er danach völlig außer Atem war. Merantor merkte davon jedoch nichts. »Kennen Sie Ta Jorriskaugen?«, fragte er. »Haben Sie von ihm gehört?«

»Ich habe inzwischen einen Blick ins Dossier geworfen.«

»Jorriskaugen hat eine Vorliebe für Krüppel und groteske Gestalten«, behauptete Merantor. »Passen Sie auf, dass er Sie nicht auf Ophistur als Hofnarren behält. Das Leben dort ist bei Weitem nicht so interessant wie auf der Kristallwelt.«

Er lachte, als er sah, wie Axton die Stirn krauste.

Das Türschott öffnete sich, und einige junge Arkoniden kamen lärmend herein. Axton blickte sich flüchtig um und erkannte die Adligen wieder, die ihn aus dem Gleiter heraus angesprochen hatten. Ausgelassen kamen sie zu dem Tisch, an dem er und Merantor saßen.

»Was ist das?«, rief der Junge, mit dem Axton einige Worte gewechselt hatte. »Die Intelligenzbestie an unserem Tisch?« Er klopfte dem Verwachsenen scherzhaft auf den Kopf und zupfte ihn gleichzeitig mit der anderen Hand am Ohr. »Aber das wollen wir noch akzeptieren.« Er blickte Merantor an. »Was aber treibt dieser Opa hier?«

Der Cel'Mascant erhob sich langsam. Mit drohend verengten Augen blickte er den Arkoniden an. Er war über zwei Meter groß und mochte etwa 130 Kilogramm unter Standardgravitation wiegen, sah dabei jedoch nicht übergewichtig, sondern unglaublich kräftig aus.

»Welch ungehobeltes Volk doch an dieser Reise nach Ophistur teilnehmen darf«, fuhr der junge Adlige unbeeindruckt fort. »Verschwinde von hier, Alter.«

»Was fällt Ihnen ein?«, herrschte Merantor den Jungen an. Er wollte noch mehr sagen, doch die anderen Arkoniden fielen ihm ins Wort, empfahlen Merantor, möglichst schnell aus der Messe zu verschwinden, und benutzten dabei Formulierungen, die Merantor Tränen der Erregung in die Augen trieben. »Schluss jetzt! Ich verbitte mir solche Worte. Sie werden ...«

»Nichts werden wir«, erwiderte der junge Arkonide, der hinter Axton stand, in eiskaltem Ton. »Dieser Tisch ist für uns reserviert. Ich bin Faylein da Nokoskhgan. Ich hoffe, das sagt Ihnen, wie Sie sich zu benehmen haben.«

Der Cel'Mascant erbleichte. Lebo Axton beobachtete, dass seine Hände leicht zitterten. Merantor war ein außerordentlich mächtiger Mann, aber nun mal nicht von Adel. Nokoskhgan jedoch stammte aus einer der höchstangesehenen Familien des Imperiums; sein erzfürstlicher Vater war ein *Ta-moas* und somit ein »Ta-Fürst Erster Klasse«. Und das war entscheidend. Gegen einen Hochadligen war Merantor durchaus nicht machtlos – immerhin gehörte er dem Zwölferrat an! –, aber auf gesellschaftlichem Gebiet musste er sich ihm beugen. Sich einem Mitglied einer solchen Familie zu widersetzen war aus der Sicht des arkonidischen Adels skandalös und durch nichts zu entschuldigen. Das wusste Merantor. Und er wusste auch, dass er durch eine falsche Entscheidung alles zerstören konnte, was er sich in jahrzehntelanger Arbeit aufgebaut hatte. Er gab nach, ließ sich demütigen.

»Ich bitte um Entschuldigung ... Hochedler«, sagte er und verneigte sich. Axton sah, dass seine Augen vor Zorn flammten. Merantor befand sich am Rand seiner Fassung, beherrschte sich mit geradezu unglaublicher Kraft.

»Gehen Sie endlich!«, befahl Nokoskhgan.

Merantor gehorchte, sagte mit bebender Stimme: »Kommen Sie mit, Axton.«

Nokoskhgan hob abwehrend die Hand, aber Axton zwinkerte ihm zu, ohne dass Merantor es sehen konnte. Der junge Mann gab nach und ließ ihn gehen. Einige der anderen Adligen witzelten boshaft, als Merantor die Messe verließ.

Der Cel'Mascant stürmte geradezu über die Gänge bis zu seiner Kabine, sodass der Abstand zwischen ihm und Axton immer größer wurde. Als er schließlich seine Suite erreicht hatte, war der Verwachsene fast dreißig Meter hinter ihm. Keuchend und schwitzend erschien Axton bei Merantor. Kaum hatte sich das Türschott hinter ihm geschlossen, kam der gefürchtete Wutausbruch. Lebo Axton musste Beschimpfungen über sich ergehen lassen, obwohl er an der Demütigung Merantors keine Schuld trug.

»Das werden mir diese Kerle büßen«, zischte der Arkonide schließlich. »Haben wir das System schon verlassen?«

»Nein, noch nicht.« Axton zögerte kurz, fuhr fort: »Wir müssten in der Nähe von Arkon Drei sein.«

»Das ist ausgezeichnet. Sorgen Sie sofort dafür, dass ich eine Direktverbindung zur Kriegswelt bekomme. Geben Sie den Befehl an den Kommandanten weiter, dass die SWEA den Planeten vorläufig nicht passieren darf.«

»Was haben Sie vor?«

»Das geht Sie nichts an!«, brüllte Merantor außer sich vor Zorn. »Sie haben nur meine Befehle auszuführen.«

Axton verließ die Kabine fluchtartig, eilte zum nächsten Antigravschacht und schwebte nach oben bis zur Zentrale. Da er den Öffnungskode nicht kannte und normalerweise keine Zugangsberechtigung hatte, konnte er sie nicht betreten, sondern musste sich über Interkom anmelden und seine TRC-Plakette aus Zalos-Metall vorzeigen. Auf diese Weise erfuhren alle in der Zentrale anwesenden Orbtonen, dass er für den Geheimdienst arbeitete, aber das war unter den gegebenen Umständen nicht zu verhindern.

Der Kommandant der SWEA war ein schwergewichtiger Mann, der Axton abweisend empfing. Er empfand offenbar keinerlei Sympathien für den Geheimdienst. Das machte ihn Axton fast schon wieder sympathisch.

»Was führt Sie zu mir?«, fragte er schroff.

Axton unterrichtete ihn über die Anweisung, die Merantor erteilt hatte.

»Was hat das zu bedeuten?«

»Das kann ich Ihnen nicht sagen«, erwiderte der Terraner ausweichend.

»Es muss doch ein triftiger Grund vorliegen, wenn wir in dieser Weise aufgehalten werden. Wollen Sie etwa jemanden von Bord holen?«

»Ich habe Ihnen nur einen Befehl übermittelt. Ich bin nicht darüber informiert, welche Pläne der *Erste Hohe Inspekteur* verfolgt.«

»Er will jemanden von Bord holen lassen«, sagte der Kommandant überzeugt. »Wissen Sie, was das für den entsprechenden Mann bedeutet? Da wir Persönlichkeiten aus den höchsten Adelskreisen an Bord haben, wäre das eine schwere Demütigung, ein gesellschaftlicher Skandal. Ich würde mir so etwas genau überlegen ...«

»Ich gebe Ihre Warnung an Merantor weiter.« Damit verließ Axton die Zentrale. Langsam und zögernd kehrte er zu der Kabine des Cel'Mascants zurück. Dieser saß bereits am Visifon. Der Kommandant hatte die direkte Funkverbindung mit Arkon III geschaltet. Axton hörte gerade noch die letzten Anweisungen. Seine Lippen zuckten. Er dachte nicht daran, Merantor jetzt noch in die Arme zu fallen. Wollte dieser sich selbst eine Grube graben, war das allein seine Angelegenheit.

Als Merantor abgeschaltet hatte, ließ er sich langsam im Sessel zurücksinken und rieb sich die tränenden Augen. »Es wird Zeit, dass der Adel einmal erfährt, wo die Grenzen seiner Macht sind. Wohin führt es, wenn sich Jugendliche in dieser Art und Weise gegen verdiente Männer des Imperiums aufführen dürfen, nur weil sie zufällig in einem adligen Khasurn zur Welt kamen?«

Axton schwieg auch jetzt, ließ den Mann sprechen und antwortete nur, wenn Merantor ihn etwas fragte. Dann bemühte er sich ebenso geschickt wie erfolgreich darum, dass sich dessen Aggressionen gegen den Adel nicht abbauten.

Eine Tonta später näherte sich ein Beiboot der SWEA. Quertan Merantor und Lebo Axton verließen die Kabine und gingen zu einem Quergang, von dem aus sie den Hangar einsehen konnten, in dem das Beiboot landete. Nur wenige Zentitontas verstrichen, bis zwei schwarz uniformierte Männer im Gang erschienen. Axton kannte beide. Sie waren Celistas und schritten an ihm und ihrem Chef vorbei, als hätten sie sie nie gesehen.

Ein Zwischenschott schloss sich, und wiederum verstrichen einige Zentitontas, in denen scheinbar nichts geschah. Dann aber kehrten die beiden zurück und führten zwei junge Männer ab. Die Adligen gehörten zu den Freunden von Faylein da Nokoskhgan. Zornig schrien die Jungen auf die Beamten ein, doch diese reagierten überhaupt nicht. In ihrer Erregung bemerkten die Adligen Merantor nicht, der etwas zurückgetreten war. Die Proteste halfen den Verhafteten nicht. Sie verschwanden zusammen mit den Geheimdienstleuten im Hangar, und wenig später konnte Axton auf einem Interkomschirm sehen, dass sich das Beiboot von der SWEA entfernte.

Zusammen mit Merantor kehrte er in dessen Kabine zurück. Der Cel'Mascant drückte eine Taste, augenblicklich erschien das Gesicht eines der beiden Celistas auf der Projektionsfläche. »Befehl ausgeführt«, meldete er. »Die beiden Verdächtigen befinden sich an Bord.«

»Verdächtige?«, schrie einer der Jungen wütend im Hintergrund. »Wessen verdächtig sind wir denn? Wer ist dafür verantwortlich?«

»Ich«, sagte Merantor genüsslich. Das Bild der beiden erschien auf der Projektionsfläche. Jetzt war Merantor im Beiboot auch von den Jungen zu sehen. Ihre Gesichter wurden fahl.

»Wer ist dieser Mann?«, fragte einer.

»Darauf wird Ihnen niemand antworten.« Merantor schaltete ab und wandte sich Axton zu. »Das wird sie lehren, mich das nächste Mal etwas respektvoller zu behandeln. Die Arroganz dieser jungen Leute ist mir schon seit langer Zeit unerträglich. Sie können jetzt gehen, Krüppel. Ruhen Sie sich aus. Auf Ophistur wird es für Sie anstrengend werden.«

»Danke.« Axton verließ aufatmend die Kabine des Mannes, den er abgrundtief hasste und verachtete. Er hatte Hunger, verspürte aber wenig Lust, diesen in seiner Kabine zu stillen. Deshalb ging er in die Offiziersmesse. Als er sie betrat, sah er Faylein da Nokoskhgan mit seinen Freunden am Tisch sitzen. Die jungen Leute diskutierten erregt miteinander. In diesem Moment wurde Axton bewusst, dass er nicht in erster Linie wegen seines Hungers hierher gegangen war.

Nokoskhgan bemerkte ihn sofort. »Krüppel, komm her!«

Axton ging gemächlich zu dem Tisch und stemmte sich auf einen Stuhl. »Was gibt es?«

»Das weißt du genau«, entgegnete Nokoskhgan hitzig. »Sag mir endlich, wer und was du bist.«

Axton nannte seinen Namen. »Und sonst?«, fügte er lächelnd hinzu und hob abwehrend die Hände. »Ich stehe im Dienst des Imperators.«

»Wer ist der Mann, den ich von diesem Tisch verjagt habe?«

»Es gibt Männer, die für den Imperator arbeiten, ohne dass je bekannt würde, was sie eigentlich genau tun. Quertan Merantor ist einer von ihnen, und er hat das höchste Amt in seiner Sparte.«

»Geheimdienst?«, forschte Nokoskhgan.

»Der *Erste Hohe Inspekteur,* Mitglied des *Berlen Than!* Er ist ein gefährlicher Mann, wie er bewiesen hat. Man sollte ihn nicht unterschätzen.«

»Er hat Ansagar und Harnor verhaften lassen. Sie können also nicht mit nach Ophistur fliegen und an den Feierlichkeiten teilnehmen. Das ist ein Skandal allerersten Ranges. Dafür wird Merantor büßen.«

»Ich kann nur vor Rache warnen.« Axton genau wusste, dass er mit diesen Worten die Angriffslust der jungen Adligen nicht dämpfte. »Obwohl Merantor natürlich nicht unverwundbar ist, ist er ein Gegner, der sich zu wehren weiß.«

»Das wissen wir auch«, sagte Nokoskhgan stolz. »Meinst du nicht, dass man ihm beikommen kann?«

»Möglich ist alles. Während der kommenden Tage wird es allerlei Durcheinander geben. Merantor glaubt, sich gerächt zu haben. Aber er fühlt sich nicht sicher. Dennoch hält er es nicht für möglich, dass er von Ihnen direkt angegriffen wird. So, wie ich ihn kenne, setzt er voraus, dass Sie und Ihre Freunde Ihre Eltern und Verwandten mobilisieren werden. Und davor fürchtet er sich zurzeit noch nicht.«

»Wie sagten Sie doch: Hinter hässlichen Fassaden stecken oft die klügsten Köpfe. Mir scheint, das ist ein Wort, das ich noch viel mehr beachten sollte. Axton, es könnte sein, dass ich in den kommenden Tagen einige Fragen an Sie habe. Werden Sie mir antworten?«

»Das werde ich.« Zufrieden registrierte der Terraner, dass der Adlige vom abwertenden Du zum respektvolleren Sie übergegangen war. Plötzlich schien er den verwachsenen Mann in einem ganz anderen Licht zu sehen. Er achtete nicht mehr auf den viel zu großen Kopf, die aus den Höhlen quellenden wasserblauen Augen, das dünne, strohgelbe Haar oder die abstehenden, übergroßen Ohren. Denn wieder einmal trat die Persönlichkeit, die sich hinter diesem Äußeren verbarg, scharf hervor, ließ alles andere vergessen.

Axton rutschte vom Stuhl, hob grüßend die Hand und verließ die Messe. Eilig kehrte er in seine Kabine zurück. Hier ließ er sich von der Automatik ein kleines Essen servieren. Während er aß, wurde ihm siedend heiß bewusst, dass er einen schweren Fehler begangen hatte. Allzu eindeutig hatte er sich dazu verleiten lassen, Partei für die jungen Adligen und gegen Merantor zu ergreifen. Damit hatte er erstmals nicht an Atlan und dessen Interessen gedacht, sondern nur an sich selbst und die Befriedigung seiner Rachegelüste. Das aber war genau das, was ein USO-Spezialist grundsätzlich nie tun durfte.

Er schob das Essen zurück, weil er plötzlich keinen Appetit mehr hatte. Er hatte nicht nur Partei ergriffen, sondern war sogar so weit gegangen, den Jungen den Rat zu geben, sich zu rächen. Axton vergrub das Gesicht in die Hände, verstand sich selbst nicht mehr. Damit hatte er alles aufs Spiel gesetzt und sich auf eine Auseinandersetzung eingelassen, die er niemals gewinnen konnte. Sobald Merantor erfuhr, was er getan hatte, war alles vorbei.

Am liebsten wäre Axton aufgesprungen und zu den Adligen in der Messe geeilt. Aber er wusste, dass es dafür zu spät war. Er konnte die Lawine nicht aufhalten, die er in Gang gesetzt hatte. Er musste daran denken, wie Merantor Vortoik ermordet hatte. Der Cel'Mascant würde mit ihm ebenso verfahren, erfuhr er, was er getan hatte. Vergeblich grübelte Axton darüber nach, wie er verhindern konnte, dass Merantor informiert wurde. Er sah keine Möglichkeit. Ein einziges Wort in einer hitzigen Debatte genügte, um Merantor aufmerksam zu machen.

Axton begann haltlos zu fluchen. Unwillkürlich krallten sich seine Finger um den blauen Gürtel. War dieses seltsame, schimmernde Gebilde etwa schuld daran, dass alles so gekommen war?

19.

Fartuloon und Ra schlichen sich bis zur Einstiegluke einer Mannschleu-
se und benutzten ihre Kombistrahler im Desintegratormodus, um sie
zu öffnen. Später, wenn sich das Schiff wieder im Weltraum befand,
brauchte nur darauf geachtet zu werden, dass das innere Schott verrie-
gelt blieb. Ungehindert erreichten sie die Lagerräume und schleppten so
viele Kisten mit Konzentraten, wie sie nur tragen konnten, in die Luft-
schleuse, wo sie in Empfang genommen wurden. Sie gingen dreimal, bis
die Interkomanlage summte.

»Aha, jetzt haben sie es bemerkt«, knurrte Fartuloon und meldete
sich. »Ja, Vandra von Laggohn, was gibt es?«

»Sie haben meine Anordnungen nicht befolgt. Was fällt Ihnen ein?«

»Wir hatten keine Lust, ohne Frühstück zu arbeiten. Möchten Sie, dass
wir Ihnen aus der Küche eine kräftige Mahlzeit servieren lassen?«

»Ihnen wird der Spott noch vergehen«, kam es wütend zurück. »Ver-
lassen Sie das Schiff, sofort!«

»Sicher werden wir das, aber einer von uns bleibt bei der Mann-
schleuse.«

»Dann schalten wir weitere Energiesperren dazu.«

»Schön, und wir arbeiten langsamer.«

Zornig schaltete sie ab. Fartuloon grinste, als er mit Ra die letzten
Kisten aus der Luke schob. Sie wurden hinter den Felsbuckel transpor-
tiert.

Gonwarth: 11. Prago der Prikur 10.499 da Ark

Brontalos, Ra und ich hatten uns hinter die Hügel zurückgezogen.
Fartuloon blieb bei den anderen und kommandierte herum wie ein Ge-
neral, um bei den beobachtenden Akonen den Eindruck zu erwecken, es
würde kräftig gearbeitet. Brontalos nahm den Roboter und strahlte einige Impulse ab. Es dauerte nicht lange, bis etwa ein Dutzend Coumargs
erschienen und damit begannen, den schräg in den Boden führenden
Gang zu vergrößern.

Ra sah mit Interesse zu. »Hätten wir Fartuloon mitgenommen, müssten die armen Tierchen sich noch mehr anstrengen, weil er dicker ist. Die Königin will uns also empfangen?«

»Jedenfalls vergrößert sie den Gang, wie ich anordnete«, gab Brontalos zurück. »Sie scheint also einverstanden zu sein.«

Ich versprach mir einiges davon, direkten Kontakt mit den Coumargs aufzunehmen. Es musste ihnen noch einmal klargemacht werden, dass es Akonen waren, die sie vor Jahrtausenden versklavt hatten, nicht Arkoniden. Außerdem sollten sie erfahren, dass sich die Akonen im Schiff befanden. Vielleicht würden sie unter diesen Umständen bereit sein, uns noch mehr als bisher zu helfen.

»Wie weit sind sie?«, fragte ich nach einer halben Tonta.

»Die Königin gibt gerade bekannt, dass wir kommen können«, sagte Brontalos, nachdem er die Impulse entschlüsselt hatte.

Sehr groß hatten sie in der kurzen Zeit den Gang nicht gebaut. Wir mussten uns zuerst bücken, später kamen wir sogar nur noch auf allen vieren voran. Dann stießen wir auf einen früher entstandenen Hauptkorridor, so dass wir uns wieder aufrichten konnten. Kurz darauf erreichten wir die Kaverne der Königin. Es war eine andere als jene, der wir schon einmal begegnet waren. Ich sah mich um, konnte aber keinen Funkroboter entdecken. Es gab sie also nicht in jedem Bau.

Auch hier lag die Königin auf einem Podest, um sich die Leibwache. Die nun folgende Unterhaltung war mühsam und zeitraubend, da nicht sehr viele Begriffe zur Verfügung standen. Aber Brontalos hatte bereits ausreichend Übung im Kombinieren, sodass Fehlinterpretationen völlig ausblieben.

»Wir sind nicht jene, für die ihr uns haltet, Königin. Wir wissen, dass ihr vor langer Zeit von Wesen versklavt wurdet, die uns ähnlich sahen. Sie ließen euch diese Metallköniginnen zurück, die jederzeit wieder aktiviert und zu euren Diktatoren werden können.«

»Ihr seid nicht Angehörige desselben Volkes?«

»Nur acht, aber sie sind unsere Feinde. Sie befinden sich in der großen Metallkugel, können aber nicht starten, weil ihr sie unterhöhlt und halb verschüttet habt, ähnlich wie die Stationen.«

»Wenn sie eure Feinde sind, ist das gut so.«

»Auf der einen Seite ist es gut. Aber irgendwann wird es uns gelingen, das Schiff zurückzuerobern. Bis dahin werden wir euch nicht um Hilfe bitten. Wir könnten befehlen, und ihr müsstet gehorchen, aber wir möchten eure freiwillige Hilfe.«

Die Königin versprach, sich mit ihren Kolleginnen der anderen Völker zu beraten. Eigentlich konnte uns das Ergebnis gleichgültig sein, denn wir hatten jederzeit die Möglichkeit, sie zu zwingen. Aber es war meine Absicht, die von Natur aus friedlichen Coumargs für immer von der drohenden Gefahr einer künftigen neuen Versklavung zu befreien. Im Augenblick jedoch mussten wir in erster Linie an uns selbst denken, denn besonders rosig war unsere Lage gerade nicht.

Ich erklärte der Königin, dass sie und ihr Volk und die benachbarten Völker vorerst nichts unternehmen sollten, um die Akonen im Schiff nicht noch weiter zu beunruhigen. Sobald wir neue Aktionen wünschten, würden sie entsprechende Anweisungen erhalten. Anschließend begann ich in der Vergangenheit zu forschen.

Nach und nach erfuhren wir die Geschichte mit den Akonen, dem Biologen Karlakon und seinen beiden Assistenten, denen es gelungen war, die Coumargs unter ihre Kontrolle zu bringen.

Als wir zum Schiff zurückkehrten, dunkelte es bereits.

»Ist es nicht immer so?«, fragte Ra, als wir das Lagerfeuer schon sehen konnten. »Die Schwächeren werden stets unterdrückt und ausgebeutet, obwohl beide Seiten mehr Nutzen hätten, wenn kooperiert würde.«

»Sicher«, sagte ich, schränkte aber sofort ein: »Den Stärkeren geht es aber in erster Linie um ihren eigenen Vorteil, nicht um den der Schwächeren, darum die Versklavung. Die Geschichte hat jedoch bewiesen, dass diese Methode mit der Zeit immer wieder zur Niederlage der herrschenden Schicht führt – früher oder später.«

»Ich bin nicht ganz deiner Ansicht, Atlan«, griff Brontalos nachdenklich das Thema auf. »Es gab schon Versuche der Kooperation zwischen Herrschenden und Unterdrückten. Die Starken räumten den Schwächeren gleiche Rechte und Pflichten ein. Und was war die Folge? Die vorher Versklavten machten den Fehler, nur die Rechte zu sehen, die Pflichten jedoch zu ignorieren. Sie missachteten das uralte Gesetz, dass Rechte auch Pflichten mit sich bringen. Unter gleichen Rechten verstanden sie die Rache an jenen, die sie vorher ausgebeutet hatten und die ihnen nun die Freiheit zurückgaben. Das Resultat waren Chaos, der Rückzug der vorherigen Unterdrücker und schließlich die eigene Diktatur der vormals Versklavten. Sie hatten nichts gewonnen.«

»Im Gegenteil«, sagte Ra, »nun hatten sie alles verloren.«

Ich antwortete nicht, denn ich wusste, dass Brontalos recht hatte. Zu oft hatte ich von solchen Dingen gehört. Sie wiederholten sich immer wieder im Großen Imperium. Sie wiederholten sich wahrscheinlich in allen Imperien. Die Frage nach Ursache und Wirkung und damit nach dem endgültig Schuldigen blieb jedoch offen. Keine der beiden Seiten schien lernen zu wollen.

Karmina stand auf, als sie uns kommen sah. »Die Akonin hat sich wieder gemeldet«, berichtete sie. »Du hast es wahrscheinlich nicht hören können, da du im Bau der Coumargs warst. Sie verlangt, dass keiner das Schiff betritt.«

»Und warum?«

Sie zuckte mit den Schultern. »Das hat sie nicht verraten. Aber Fartuloon meint, er wüsste die Erklärung.«

Wir setzten uns ans Feuer. Fartuloon sagte: »Es ist, wie ich vermutet habe. Sie sitzen in der Zentrale ohne Lebensmittel fest und wagen es nicht, den Energieschirm abzuschalten. Ich wundere mich, dass sie nicht den Hauptschirm aktivieren, dann wären sie völlig sicher. Möglich, das die Projektoren beschädigt sind, vielleicht spielt eine Rolle, dass das Schiff halb im Boden steckt. Wie auch immer – mit Schutzfeld könnte niemand mehr aus dem Schiff, und noch sind sie auf unsere Hilfe angewiesen. Wenn wir sie nicht freischaufeln, bleiben sie im Dreck stecken.«

»Vielleicht wollen sie nur Energie sparen«, vermutete Ra.

»Die haben mehr Energie, als sie jemals verbrauchen können«, sagte Karmina. »Ich glaube, Fartuloons Theorie stimmt.«

»Ist jemand von uns im Schiff?«, erkundigte ich mich.

»Akon-Akon wollte mit ihnen sprechen«, sagte Fartuloon.

»Er wird kein Glück haben, denn sie lassen ihn mit seinem Kerlas-Stab bestimmt nicht zu sich. Vor ihm haben sie Respekt.«

Ich beugte mich vor. »Karmina, glaubst du, dass es möglich ist, gegen den Willen der Akonen einen weiteren Gleiter aus dem Hangar über dem Ringwulst zu holen?«

»Was willst du damit?«

»Bitte, beantworte meine Frage.«

Sie schürzte die Lippen, was ihr ganz gut stand. »Vielleicht ist es möglich, ich weiß es nicht. Aber was sollten sie dagegen haben? Mit einem Gleiter kann niemand den Planeten verlassen. Wir sitzen so oder so fest.«

»Schön, ich wollte nur deine Meinung hören. Morgen besorgen wir uns den Gleiter. Ich habe da das leistungsfähige Vehikel im Sinn – mit diesem können wir eine vielleicht noch intakte Station der Akonen suchen.«

»Wenn du Vandra schöne Augen machst, gibt sie ihn dir vielleicht freiwillig.«

Ich grinste vor mich hin und antwortete nicht. Fartuloon hingegen hatte begriffen. »Ich weiß schon, was du willst. Es könnte ja sein, dass nicht alle Depots und Stationen so zerstört wurden wie diese hier. Vielleicht finden wir sogar den Großtransmitter. Allerdings wüssten wir kaum, wohin er uns bringt, falls er überhaupt noch funktioniert.«

»Wir brauchen den Transmitter nicht, denn wir holen uns das Schiff zurück«, eröffnete ich ihm voller Optimismus. »Allein kommen sie nicht weg von hier, und wenn wir ihnen helfen, nur unter gewissen Bedingungen.«

Akon-Akon unterrichtete mich, dass sein Vermittlungsversuch gescheitert war. Vandra hatte sich strikt geweigert, die Energiebarriere abzuschalten und ihn zu empfangen. Sie schien sich offensichtlich vor dem Anblick des Kerlas-Stabes zu fürchten. Und dann teilt er uns mit: »Wenn sie starten, wollen sie nur mich mitnehmen. Ihr sollt auf Gonwarth zurückbleiben, bis ein Schiff des Demontagegeschwaders eintrifft – falls jemals eins kommen sollte. Das ist alles, was ich in Erfahrung bringen konnte.«

Die Nachricht war alles andere als erfreulich. Nun kam es nur noch darauf an, wie Akon-Akon sich entschieden hatte. Ich fragte ihn – und sah ihn ein wenig lächeln, was selten genug geschah.

»Keine Sorge. Ich habe das Angebot abgelehnt. Ich bleibe auf Gonwarth und fliege nicht mit ihnen – falls sie überhaupt wegkommen. Es liegt an uns, ob sie starten können oder nicht. Jedenfalls ist die Reihe an Vandra, den nächsten Vorschlag zu machen.«

Gonwarth: 12. Prago der Prikur 10.499 da Ark

Der »Diebstahl« des Gleiters verlief ohne Komplikationen. Ohne bemerkt zu werden, drang ich mit drei Männern in das Schiff ein. Vandra schien in der Tat nicht zu wissen, ob immer jemand von uns im Schiff wachte oder nicht. Sollte die interne Überwachung des Raumers tatsächlich ausgefallen sein, ließ das nichts Gutes für die Technik vermuten. Ich fürchtete, dass es mit der Raumtauglichkeit des Transporters nicht mehr weit her war.

Als wir den Hangar betraten, schaltete sich allerdings der automatische Alarm ein. Vandra meldete sich und fragte nach der Ursache. Ich erklärte ihr, dass wir den Gleiter benötigten, um in einer weiter entfernten Station nach technischen Hilfsmitteln zu suchen, die das Ausgraben des Schiffes beschleunigen könnten. Nach einigem Zögern gab sie ihre Erlaubnis.

Fartuloon und ich bestiegen erleichtert den Gleiter, um einen ersten Erkundungsflug zu unternehmen. Wir waren davon überzeugt, dass es auf Gonwarth weitere Stationen geben musste, aber wir hatten nicht die geringste Ahnung, was wir dort finden konnten. Vielleicht war es nur die erzwungene Untätigkeit, die uns dazu bewog, etwas zu unternehmen. Akon-Akon hatte keine Einwände.

Brontalos versuchte uns zu überreden, ihn mitzunehmen, damit wir über »seinen« Funkroboter Kontakt zu fremden Völkern der Coumargs aufnehmen konnten, aber ich konnte ihn davon überzeugen, dass es dazu noch zu früh war. Außerdem wussten wir nicht, wie jene Coumargs reagieren würden, die niemals versklavt worden waren.

Wir flogen in nördliche Richtung.

Fartuloon überzeugte sich davon, dass die Funkanlage und unsere Armbandfunkgeräte abgeschaltet waren, ehe er sagte: »Sie ist ganz schön auf unseren Trick hereingefallen, deine hübsche Vandra.«

»Fang du nicht auch noch mit diesem Unsinn an. Mir genügen Karminas dumme Bemerkungen. Mit Vandra verbindet mich überhaupt nichts, und warum sollte ich mir ihren Hass zuziehen? Damit wäre keinem gedient.«

Mein alter Lehrmeister lachte aus vollem Hals. »Junge, kannst du dir nicht vorstellen, dass solche Anspielungen einen ungeheuren Spaß bereiten? Nun ja, vielleicht hat Karmina andere Motive, ich jedenfalls habe mitunter meine Freude daran, dich wütend zu machen.«

»Merkwürdige Art von Humor«, knurrte ich. »Wir fliegen übrigens auf eine Gebirgskette zu. Du musst höher steigen.«

Die Warnung war überflüssig, denn Fartuloon war ein ausgezeichneter Pilot. Sehr hoch waren die Berge nicht, aber sie bildeten eine fast lückenlose Wand, die sich von Osten nach Westen erstreckte und den Kontinent in zwei Teile spaltete. Wir glitten dicht über die Gipfel dahin, bis wir die andere Seite erreichten. Vor uns erstreckten sich bis zum Horizont endlose Steppen und dichte Wälder. Rechts war in der Ferne der dunkle Streifen des Ozeans zu erkennen.

»Ich möchte wissen, ob es einen Kontakt zwischen den Coumargs nördlich und südlich des Gebirges gibt. Glaubst du, dass sie bereits so viel soziales Verhalten entwickelt haben?«

Ich wusste es genauso wenig wie er. Allerdings konnte ich mir nicht vorstellen, dass es den Insekten gelungen war, Tunnel durch das Felsmassiv zu graben, und weiter als zwei Kilometer reichten ihre Funkimpulse nicht.

»Da vorn.« Fartuloon deutete nach Nordwesten. »Was ist das?«

Ich sah es sofort. Ein kuppelartiger Bau erhob sich aus der Grasebene. Sein Durchmesser betrug fast einen Kilometer, er war mindestens halb so hoch. Die riesige Anzahl der Insektenpyramiden, die sich darum gruppierten, wirkte dagegen wie ein Haufen winziger Splitter, die jemand in die Oberfläche von Gonwarth gesteckt hatte.

»Eine Station, eine intakte. Wer weiß, wie viele es davon auf Gonwarth gibt? Diese jedenfalls haben wir gefunden. Wir landen.«

Nachdem die Akonen abgezogen waren, hatten sich hier die Coumargs nicht um die verlassene Station gekümmert. Der akonische Biologe Karlakon war also niemals bis hierher gekommen. Wir landeten im hohen Gras bei den Pyramiden der Insekten, die uns ignorierten und ihrer Tätigkeit nachgingen. Ohne Brontalos und den Funkroboter fehlte uns natürlich jede Möglichkeit, mit den Coumargs Kontakt aufzunehmen, aber schon an ihrem Verhalten uns gegenüber glaubten wir zu bemerken, dass sie mit den Akonen keine schlechten Erfahrungen gemacht hatten. Aber darauf waren wir schon einmal hereingefallen.

Wir fanden den Eingang zur Kuppel. Er war ordnungsgemäß verschlossen, was für uns jedoch kein unüberwindliches Hindernis darstellte, wohl aber für die Insekten. Es gelang Fartuloon sogar, die Sicherheitssperre ohne jede Beschädigung zu beseitigen.

Die Kuppel war in fünf jeweils fast hundert Meter hohe Hauptetagen und Dutzende Einzeldecks unterteilt, die durch Treppen, Rampen und Antigravschächte miteinander verbunden waren. Die Räume hinter den Türen der Rundgänge waren leer. Ich nahm an, dass sie als Unterkünfte gedient hatten. Aggregate fanden wir unter der Oberfläche, aber die Maschinen und Geräte waren verstaubt. Die am tiefsten gelegene Anlage war sogar von Grundwasser überflutet.

Im Zentrum auf Oberflächenniveau fanden wir die Halle mit dem Großtransmitter. Ob er allerdings noch funktionierte, konnten wir nicht sagen. Immerhin war es eine Alternative, sollte es mit dem Transportschiff nicht klappen.

Vom Gleiter aus stellte ich eine Funkverbindung mit Karmina her, gab ihr einen kurzen Bericht, verschwieg allerdings unsere Hauptentdeckung, weil ich nicht wusste, ob die Akonen den Funk abhörten.

Sie bestätigte ihn und sagte: »Hast du schon jemals in deinem Leben etwas von einem Sonnensystem gehört, das komplett von einem blauen Schutzschirm umgeben ist?«

»Noch nie«, gab ich zurück. »Was soll das sein?«

»Akon-Akon erwähnte es. Er behauptet, Vandra hätte davon gesprochen. Es müsse sich dabei um das Versteck der Akonen handeln.«

»So leichtsinnig würde Vandra nicht sein«, sagte ich angesichts dessen, wie vorsichtig sie bisher gewesen war. »Das Versteck ist das größte Geheimnis der Akonen, sie lassen es sich nicht entreißen.«

»Ich kann nur wiederholen, was Akon-Akon gesagt hat. Sie wollen ihn ja mitnehmen und ihm die Geschichte vielleicht schmackhaft machen. Verstehst du übrigens, warum er ablehnt, wenn er vorher doch so scharf darauf war, die Koordinaten zu erfahren?«

»Uns kann er hypnosuggestiv beeinflussen. Vielleicht hält er uns doch für die wertvolleren Verbündeten.«

»Sklaven wäre wohl der treffendere Ausdruck.«

Ich widersprach nicht. »Wir fliegen noch ein Stück nach Westen und kommen dann zurück.«

Eine weitere Station fanden wir nicht, dafür aber Bauten der Coumargs sowie zum ersten Mal auch andere Lebewesen. Als wir wieder nach Süden flogen, entdeckten wir auf einer grasigen Hochebene am Gebirgsrand riesige Herden kleiner, vierbeiniger Pflanzenfresser.

»Hier im Norden haben sie sich gehalten«, sagte Fartuloon. »Es gibt kaum Coumargs, ich sehe keine Bauten. Die Vierbeiner sind schneller als sie und wahrscheinlich keine leichte Beute. Sie haben sich ins Gebirge geflüchtet und leben relativ sicher. Darum konnten sie sich so zahlreich vermehren.«

»Und die Coumargs stellen sich auf vegetarische Nahrung um«, fügte ich hinzu.

Fartuloon nickte. »So lange, bis das ökonomische Gleichgewicht abermals gestört wird, weil es keine Pflanzen mehr gibt.«

»Der Natur wird immer wieder etwas Neues einfallen.«

Wir überflogen das Gebirge nun von Norden nach Süden und verringerten die Geschwindigkeit, um besser beobachten zu können, aber unsere Vermutung, die Akonen könnten vielleicht in großer Höhe eine Station errichtet haben, traf nicht zu. Auch die Massetaster zeigten nichts an.

Wohlbehalten landeten wir schließlich wieder hinter dem Felsbuckel, wo uns Karmina und die anderen mit Erleichterung in Empfang nahmen.

Es war kein Geheimnis, dass wir einen toten Punkt erreicht hatten. Vandra und ihre Besatzungsmitglieder hatten das Schiff, konnten damit aber nicht starten. Wir dagegen hockten untätig im Freien und warteten. Jedenfalls konnten wir nichts unternehmen. Zu meinem Missvergnügen experimentierte Brontalos weiter mit den Coumargs. Ich wollte ihn daran hindern, aber Ra meinte, es sei ganz gut, wenn die Insekten in Übung blieben. Niemand könne wissen, wozu das noch einmal gut sei.

Selbstverständlich sorgte ich dafür, dass immer einige von uns in dem Loch »arbeiteten«. Wenn Vandra sich erkundigte, erhielt sie die Auskunft, dass es noch einige Tage dauern würde, bis der Antrieb eingeschaltet werden konnte. Ich spürte, dass ihre Geduld allmählich zu Ende ging. Nicht mehr lange, dann musste es zur Katastrophe kommen. Sie brauchte nur einen ihrer Männer aus dem Schiff zu schicken, um nachzusehen, und sie wusste, was gespielt wurde. Trotzdem war es gerade das, worauf wir warteten.

Fartuloon und ich unternahmen noch weitere Flüge mit dem Gleiter, aber wir fanden nichts, was uns weitergeholfen hätte. Und in der kurzen Zeit war es nicht möglich, die gesamte Oberfläche von Gonwarth systematisch abzusuchen.

20.

Aus: *Die Zwölf Ehernen Prinzipien* der Dagoristas; um 3100 da Ark entstandener Kodex des Arkon-Rittertums

Drittes Prinzip: Gleichgewicht der Werte.

Nicht die Dominanz von Einzelwerten zählt, sondern ihr Gleichgewicht zueinander – handle pragmatisch auf der Basis der Zwölf Ehernen Prinzipien.

An Bord der SWEA, Okant-System:
13. Prago der Prikur 10.499 da Ark

Lebo Axton hatte Merantor noch nicht wiedergesehen. Der Cel'Mascant hatte sich in seiner Kabine aufgehalten und diese nicht ein einziges Mal verlassen. Die Unsicherheit Axtons wuchs, und so fiel es ihm schwer, sich auf die Landung und auf den Planeten Ophistur zu konzentrieren, den vierten von insgesamt sechzehn der orangefarbenen Sonne Okant.

Er beobachtete zwar auf dem Bildschirm in seiner Kabine, wie sich die Flotte nach einem Flug über 46 Lichtjahre mit dem Schiff des Imperators als Erstes auf den Planeten hinabsenkte, sah jedoch kaum, was geschah. Immer wieder überlegte er, wie er einem Angriff Merantors begegnen konnte, und er zweifelte schließlich überhaupt nicht mehr daran, dass dieser erfolgen würde. Doch auch als er die SWEA endlich verließ, wusste er noch nicht, wie er sich verteidigen sollte. Er hatte das Gefühl, dass sein großes Spiel verloren war.

Auf Ophistur herrschte nur in dem Bereich, in dem sich Orbanaschol befand, eine gewisse Ordnung. Axton war etwa einen Kilometer davon entfernt. Er sah eine ungeheure Menge, die sich am Schiff des Imperators versammelt hatte, und er hörte die Musik, mit der der Höchstedle empfangen wurde. Ordnungsdienste für die Begleitschiffe des Imperators gab es dagegen praktisch überhaupt nicht.

»Halten Sie die Augen offen«, sagte Merantor plötzlich neben Axton. Der Verwachsene stand in den Haltebügeln auf dem Rücken seines Roboters, zuckte unmerklich zusammen, als er die Stimme des Cel'Mascants hörte, und drehte sich hastig um. Merantor blickte ihn mit verkniffenen Augen an. Axton erkannte auf Anhieb, dass etwas nicht stimmte. »In diesem Chaos ist alles möglich«, fuhr Merantor mit drohender Stimme fort. »Auch Sie sind selbstverständlich dafür verantwortlich, dass dem Höchstedlen nichts passiert. Verstanden?«

»Selbstverständlich.« Mühsam gewann Axton die Herrschaft über sich selbst zurück.

»Wir sprechen uns später, Krüppel.« Merantor eilte grußlos davon.

Nun war der Terraner endgültig davon überzeugt, dass alles vorbei war. So war ihm Merantor noch nie begegnet. Er kannte den Arkoniden als einen brutalen und schonungslos offenen Mann, der noch nie ein Blatt vor den Mund genommen hatte. Bei dieser kurzen Begegnung aber war alles anders gewesen als sonst. Vorübergehend kämpfte Axton mit dem Verlangen, einfach mit Kelly in die Wildnis zu fliehen und sich dort zu verstecken. Er wusste jedoch, dass damit absolut nichts gewonnen war, und er bemühte sich, solche Gedanken zu vertreiben.

»Jetzt hilft nur ein kühler Kopf«, sagte er leise. »Alles lässt sich überstehen; Angriff ist nach wie vor die beste Verteidigung.«

Er ließ sich im Strom der Passagiere mittreiben. Vor den Empfangsgebäuden parkten Tausende Gleiter für die Gäste. Es war selbstverständlich, dass sie vom Gastgeber so programmiert worden waren, dass sie die Gäste zu ihren Quartieren brachten. Axton blickte sich suchend um. Er war der Einzige, der nicht mit einem Gleiter fliegen wollte. So wartete er ab, bis er Faylein da Nokoskhgan und seine Freunde in einen Gleiter steigen sah. Er folgte ihm über bewaldetes Gelände hinweg bis zu einer ausgedehnten Stadt aus unterschiedlich großen Kuppelzelten.

Die Anlage bildete einen riesigen Halbkreis um einen Villenkomplex von ungewöhnlicher Schönheit. Die Häuser waren jedoch nicht in dem für Arkoniden sonst so typischen Trichterbaustil errichtet worden, sondern glichen in ihrer Anlage einem flachen Regenbogen, der sich über einem riesigen See mit zahlreichen Inseln wölbte. Die Häuserfassaden waren in den Farben des Regenbogens gehalten. Lebo Axton war erstaunt über die ungewöhnliche Schönheit dieser Bauten, deren statische Existenz nur durch Antigrav- und Prallfeldtechnik möglich war.

»Für uns ist ein Zelt nahe denen des Imperators vorgesehen«, teilte Kelly plötzlich mit.

»Wer hat dir das mitgeteilt?«

»Ich habe funktechnisch eine Reihe von Informationen erhalten. Sie waren nicht speziell auf uns abgestellt, sondern enthielten Anweisungen für alle. Die anderen Gäste erhalten sie indirekt durch die Computer ihrer Gleiter.«

Axton hätte beruhigt sein müssen über diese Antwort, aber er war es nicht, denn aus ihr ging auch hervor, dass er als Sonderfall angesehen wurde. Geschah das nur wegen seiner äußeren Erscheinung, die es für die Arkoniden offenbar unzumutbar machte, mit ihm ein Quartier zu teilen? Oder verbargen sich andere Gründe hinter dieser Anweisung? Axton begann haltlos zu fluchen, als er sich dessen bewusst wurde, wie unsicher er in den letzten Tagen geworden war.

Kelly landete vor einem kleinen roten Zelt, das etwa fünfzig Meter von der riesigen Zeltkuppel entfernt stand, in die zur gleichen Zeit Imperator Orbanaschol III. mit seinem Gefolge unter fröhlichen Klängen einzog. Axton betrat das Zelt und war überrascht, wie geräumig und wie gut es eingerichtet war. Als sich eine Tür aus Weichplastik hinter ihm schloss, wurde es still. Von dem Lärm, der draußen herrschte, war nun kaum noch etwas zu hören.

Das Visifon schaltete sich ein, das Gesicht einer freundlich lächelnden Frau erschien auf dem Schirm. »Wir freuen uns, dass Sie zu uns gekommen sind, Lebo Axton. Ich heiße Sie im Namen von Ta Vauthlen Jorriskaugen willkommen und wünsche Ihnen angenehme Tage auf Ophistur.«

»Danke«, erwiderte der Terraner überrascht. »Mit einem so freundlichen Empfang habe ich überhaupt nicht gerechnet.«

»Wenn Sie etwas wünschen, bedienen Sie sich bitte am Automaten.«

»Danke, es ist alles da, was ich benötige.«

Die Frau lächelte ihm noch einmal zu und blendete sich aus, dafür erschienen Bilder aus dem Zelt Orbanaschols. Die Unterhaltungs- und Informationsorganisation zeigte, wie der Imperator in seine Unterkunft einzog und dabei von Jorriskaugen begleitet wurde.

Vauthlen da Jorriskaugen war ein schwergewichtiger, ungewöhnlich großer Mann. Das schlohweiße Haar wallte ihm bis fast zu den Knie-kehlen. Ein zierlicher Junge eilte ständig hinter ihm her und sorgte mit einer Bürste dafür, dass ihm das Haar nicht nach vorn über die Schultern rutschte, sondern ständig geordnet über den Rücken herabfloss wie ein molkiger Strom.

»Da bist du beeindruckt, was?«, ertönte eine piepsige Stimme hinter Axton. Dieser fuhr herum.

Auf dem Tisch stand ein seltsames Wesen. Es glich einem aufrecht stehenden Stift von etwa vierzig Zentimetern Länge, der auf zwei etwa vier Zentimeter langen, haarfeinen Beinen ruhte. Von den Augen, dem Mund, einer Nase oder überhaupt einem Kopf war nichts zu erkennen. Das Wesen endete oben nur mit einer Spitze, aus der vier violette Federbüsche ragten. Etwa sieben Zentimeter unter dieser Spitze gab es einen fingerlangen weißen Dorn, der sich in ständiger Bewegung befand, mal nach oben schnellte, mal müde nach unten sank und dann wieder unglaublich schnell nach links oder rechts ausschlug.

»Wer bist du denn?«, fragte Axton verblüfft.

»Ich? Meinst du mich?«

»Allerdings. Wen sollte ich sonst wohl meinen? Außer dir ist ja niemand hier.«

»Das ist in der Tat richtig. Du meinst also mich. Nun, mein Name ist Fieps.«

»Und was treibst du hier?«

»Nichts.«

»Hm«, machte Axton ratlos. »Bist du auch eine der Aufmerksamkeiten deines Herrn Jorriskaugen.«

»Jorriskaugen ist nicht mein Herr.«

»Nicht? Wer denn sonst?«

»Augenblicklich – du.«

»Ach.« Axton seufzte, kletterte vom Rücken Kellys und setzte sich in einen Sessel. »Und was fange ich mit dir an?«

»Nichts.«

»Nichts? Und wie stellst du dir vor, dass es weitergehen soll?«

»Überhaupt nicht.«

»Gib mir einen Schnaps, Kelly!«, befahl Axton. »Ich benötige unbedingt einen.«

Nachdenklich betrachtete er das eigenartige Wesen, das intelligent zu sein schien. Am liebsten hätte er es hinausgeschickt. Er wusste jedoch nicht, ob das richtig war. Eine solche Geste konnte eine Beleidigung für den Gastgeber sein. »Schön, Fieps«, sagte der Terraner, als er das alkoholische Getränk zu sich genommen hatte. »Was mache ich denn nun mit dir?«

»Nichts.«

»Willst du hierbleiben?«

»Das wäre ganz lustig.«

Axton seufzte erneut. Er rutschte aus dem Sessel und drückte eine Taste am Visifon. Das Gesicht der Arkonidin erschien wieder. Sie erkannte ihn sofort.

»Was kann ich für Sie tun, Lebo Axton?«

»Ich habe Besuch. Aber ich weiß nichts damit anzufangen.«

»Oh, ein Fippy. Freuen Sie sich. So etwas ist selten auf Ophistur. Wir sehen ein Zeichen des Glücks darin, wenn wir einen solchen Besuch bekommen.«

»Dann ist dieses Wesen harmlos?«

»Völlig. Ein Fippy hat einem Arkoniden noch nie etwas getan. Es ist allerdings nicht ratsam, ihn anzufassen. Der Dorn ist äußerst giftig. Nehmen Sie den Besuch als Unterhaltung. Der Fippy wird nach einiger Zeit von selbst wieder verschwinden.«

»Dann bin ich beruhigt.« Axton schaltete ab. Als er sich umdrehte, war Fieps nicht mehr im Zelt. »Wo ist er, Kelly?«

»Hinausgelaufen.«

»Hoffentlich ist er nun nicht beleidigt. Das wäre schade.« Axton blickte auf den Bildschirm. Orbanaschol III. und Jorriskaugen saßen an einem runden Tisch und tranken aus voluminösen Bechern. Axton fiel auf, dass eine ungewöhnlich hohe Zahl von Sicherheitsbeamten die beiden Männer abschirmte. Es schien, als befürchte der Imperator einen Anschlag auf sich.

»Axton!«

Der Terraner fuhr herum. Neben der Tür befand sich ein weiteres Visifon. Es war bedeutend kleiner als der Hauptapparat. Auf dem Bildschirm erschien das Gesicht Merantors.

»Kommen Sie sofort zu mir, Axton! Sie finden mich in dem violetten Zelt. Es ist das einzige dieser Farbe, das Sie sehen können, wenn Sie Ihr Zelt verlassen haben.«

Er schaltete ab. Axton hatte das Gefühl, einen Schlag in den Magen bekommen zu haben. Wie lange hatte Merantor ihn schon beobachtet, ohne dass er es gemerkt hatte? Er beschloss, das Gerät noch an diesem Tag so zu verändern, dass ein Signal ertönte, sobald es sich einschaltete.

»Los, knie dich hin!«, befahl er hastig und kletterte auf den Rücken des Roboters, während sich seine Gedanken nahezu überschlugen. War es jetzt so weit? Merantor hatte so düster und drohend ausgesehen wie noch niemals zuvor.

»Kelly«, flüsterte er, als er vor dem Zelt war und glaubte, von niemandem sonst gehört zu werden. »Wenn er mich erledigen will, soll er es nicht zu leicht haben. Ich will in einem solchen Fall seinen Kopf. Verstanden? Sobald ich dir ein Zeichen gebe, greifst du ein. Sollte er mich erschießen oder auf andere Weise töten, tötest du ihn ebenfalls!«

»Ich habe verstanden.« Kelly hatte aufgrund der Spezialprogrammierungen, die Axton vorgenommen hatte, durchaus die Möglichkeit, diese Befehle auszuführen.

Axton tastete mit der linken Hand nach dem blauen Gürtel, der seine Hüften umschloss. Er hatte das Gefühl, dass mit diesem Gürtel alles Unglück begonnen hatte, obwohl es doch zunächst so ausgesehen hatte, als wäre es umgekehrt.

Kelly betrat das violette Zelt.

Merantor saß massig hinter einem Arbeitstisch, der mit Kommunikationsinstrumenten übersät war. Seine Hände waren in ständiger Bewegung. »Es wurde aber auch Zeit, dass Sie kommen.« Er sprang auf. »Sie scheinen keine Ahnung davon zu haben, wie ernst die Lage ist. Setzen Sie sich in einen Sessel.«

Er ließ sich selbst wieder auf seinen Platz sinken. Nervös schaltete er einige Geräte ein, blickte mit verkniffenen Augen auf die Bildschirme und schaltete sie wieder aus. Vor ihm auf dem Tisch lag ein schwerer Kombistrahler. Axton stellte fest, dass er entsichert und somit schussbereit war. In den ersten Augenblicken überschlugen sich seine Gedanken förmlich, dann jedoch wurde er immer ruhiger. Je länger Merantor schwieg, desto sicherer wurde der Terraner. Er begann zu ahnen, dass sich Merantors Nervosität gar nicht auf ihn bezog. Hatte der Cel'Mascant doch nichts bemerkt? Hatte er selbst mit anderen Problemen zu kämpfen?

»Wollen Sie mir nicht sagen, was vorgefallen ist?«, fragte Axton.

»Gedulden Sie sich gefälligst!« Merantors cholerisches Temperament ging mit ihm durch. »Ihnen sind die Erfolge der letzten Zeit wohl zu Kopf gestiegen? Bilden Sie sich etwa ein, dass Sie hier bestimmen können? Ihre Zeit gehört mir. Merken Sie sich das.«

Lebo Axton lehnte sich in dem Sessel zurück. Seine Nackenmuskeln entspannten sich. Sein Atem ging ruhiger und leichter, doch seine Aufmerksamkeit ließ nicht nach. Er glaubte nicht mehr daran, dass er sich in unmittelbarer Gefahr befand. Merantor selbst war es, der bedroht war. Der bullige Arkonide griff nach dem Kombistrahler, sicherte ihn und legte ihn in eine Schublade.

»Es ist etwas passiert«, eröffnete er Axton stöhnend. »Sie erinnern sich daran, dass ich zwei dieser adligen Flegel verhaften ließ?«

»Allerdings.«

»Diese Aktion ist von der Presse auf der Kristallwelt aufgegriffen und aufgebauscht worden. Der gesellschaftliche Skandal ist einmalig. Immerhin sind ein Ophas und ein Meldun betroffen.«

»Wäre das nicht ein Grund für Sie, sich zu freuen?«

»Verdammt, ja, das wäre es.« Merantor antwortete mit zornig erhobener Stimme. »Für mich wäre es ein Kinderspiel, die Burschen abzuservieren und sie später laufen zu lassen. Unter normalen Umständen hätte ich sie sogar gesellschaftlich erledigen können, obwohl sie absolut unschuldig sind.«

»Unter normalen Umständen?«

»Allerdings.« Merantor ballte die Hände zu Fäusten und schlug die Rechte krachend auf den Arbeitstisch. »Leider habe ich es mit Mitarbeitern zu tun, die Stümper und Idioten sind.«

Axton schwieg, wusste Bescheid. Auf Arkon III war es zu einem unerwarteten Zwischenfall gekommen, der aus einer harmlosen Verhaftungsaktion einen echten Skandal gemacht hatte.

»Stellen Sie sich vor, Axton«, fuhr der Cel'Mascant mit heiserer Stimme fort. »Zwei der größten Dummköpfe unter den Celistas haben die Jungen verhört. Selbstverständlich haben sie ein Sektorverhör angesetzt. Und dabei ist es passiert ...«

»Was?«

»Einer ist tot. Diese Trottel haben falsche Schaltungen durchgeführt oder nicht genau genug aufgepasst. Was auch immer. Das Gehirn des Jungen wurde förmlich verbrannt.«

Bestürzt blickte Axton den Cel'Mascant an. Er hatte nicht mit einem tödlichen Unfall gerechnet. Damit war schlagartig eine Situation entstanden, die für Merantor ebenfalls tödlich sein konnte. Aber auch für ihn, Axton, konnten extreme Schwierigkeiten entstehen, weil er an der Situation beteiligt gewesen war, die die eigentliche Ursache für die spätere Verhaftung gewesen war.

Auf der einen Seite gönnte Axton es dem Mörder Merantor, dass er nun selbst in eine Falle geraten war, auf der anderen Seite aber war er entsetzt über den Tod des jungen Mannes. Er machte sich heftigste Vorwürfe, weil er die Möglichkeit gehabt hatte, die Verhaftung zu verhindern. Er sagte sich, dass es genügt hätte, wenn er den jugendlichen

Adligen erklärt hätte, wer Merantor war. Er warf sich vor, dass er sie nicht dazu gedrängt hatte, sich bei diesem zu entschuldigen. Jetzt war alles zu spät.

»Verstehen Sie, was das bedeutet?«, fragte Merantor. »Für mich geht es jetzt um alles. Ich allein habe diesen Vorfall zu verantworten, und dieses Mal gibt es wohl kaum etwas zu vertuschen.«

»Sie haben noch Zeit, alles in Ruhe zu überlegen. Niemand wird es wagen, die Nachricht vom Tod des Jungen, sofern sie der Öffentlichkeit überhaupt schon bekannt ist, jetzt nach Ophistur zu bringen. Orbanaschol würde äußerst ungehalten darüber sein, dass man ihm die Festfreude verdirbt.«

»Sie haben recht. Sie sind zwar ein mit Komplexen beladener Krüppel, aber Sie können zuweilen klar denken. Noch wissen nur wenige von dem Tod des Jungen. Bald aber wird die Nachricht durchsickern. Doch bis dahin haben wir noch Zeit, uns etwas auszudenken. Vielleicht lässt sich eine Selbstmordversion mit einer Schuldkonstruktion kombinieren. Mal sehen, ob sich der Junge nicht vielleicht mit der von Ihnen zerschlagenen *Organisation Gonozal VII.* in Verbindung bringen lässt. Notfalls werden Sie mir einige Beweise liefern.«

»Das wird sich machen lassen.« Axton ließ sich nicht anmerken, wie es in ihm aussah. Jäh war in ihm die Hoffnung erwacht, den Kampf gegen Merantor schnell und unauffällig beenden zu können. Er konnte nicht mehr zurück, musste Merantor stürzen. Jetzt hatten sich völlig neue Chancen ergeben, die es zu nutzen galt, solange das noch möglich zu sein schien.

Andererseits aber war Axton auch klar geworden, dass er den Kampf schnell beenden musste. Jetzt ging es für Merantor nicht mehr nur um eine Demütigung, sondern tatsächlich um alles. Gerade deshalb würde Merantor noch viel wütender und härter reagieren, wenn er erfahren sollte, wem er im Grunde genommen alle Schwierigkeiten zu verdanken hatte.

21.

Imperator Orbanaschol III. beugte sich vor und blickte Fürst Jorriskaugen durchdringend an. Seine Augen waren hinter den Fettwülsten über und unter den Lidern kaum noch zu erkennen. »Der Mann ist korrupt«, sagte er mit keifender Fistelstimme. »Er ist so korrupt wie niemand sonst im Imperium, und als Tato saugt er die Bevölkerung von Caphatalk aus wie ein blutrünstiges Ungeheuer.«

»Dann wird es Zeit, dass er endlich beseitigt wird.« Ta Jorriskaugen hob seinen Becher und prostete dem Imperator zu, trank und stopfte sich danach mit bloßen Fingern ein Stück gebratenes Fleisch in den Mund.

»Aber warum denn?« Orbanaschol war klein und untersetzt. Er saß in einem Prunksessel, der extra für ihn angefertigt worden war. Mit der linken Hand strich er sich sorgsam durch sein lichtes Haar. An seinen Fingern blitzten kostbare Ringe. »Warum sollte ich diesen Mann aus seinem Amt beseitigen?«

Der Höchstedle des Großen Imperiums war für einen Arkoniden ungewöhnlich fett. Seine Stimme klang dünn und fistelnd und schlug über, sobald er in Erregung geriet, aber niemand in seiner Nähe wagte es, auch nur eine Miene zu verziehen.

»Weil er korrupt ist. Oder nicht? Macht ihn vielleicht gerade das geeignet?«

»Absolut«, bestätigte der Imperator grinsend. »Das lenkt den Hass der Bevölkerung dieses schönen Planeten auf ihn und nicht auf mich, obwohl ich der Eigentümer dieser Minen und Fruchtplantagen bin. Bis jetzt scheint noch niemand auf den Gedanken gekommen zu sein, mal die Preise durchzurechnen, die ich für die Produkte zahle, die von Caphatalk exportiert werden.«

»Genial«, stellte Jorriskaugen bewundernd fest.

»Nicht wahr?« Orbanaschol lachte schallend, trank seinen Becher aus. Ein Diener nahm ihm das Gefäß vorsichtig aus der Hand und füllte es erneut, um es vor ihm abzustellen. Der Imperator griff sofort wieder danach, musste die zweite Hand zu Hilfe nehmen, weil er bereits un-

ter Alkoholeinwirkung stand. »Auf diesen Gouverneur sind inzwischen schon fünf oder sechs Attentate verübt worden. Selbstverständlich vergeblich. Es gibt eine Untergrundbewegung, deren einziges Ziel es ist, ihn zu beseitigen, mit legalen oder illegalen Mitteln.«

»Ihr wollt es zulassen, Euer Erhabenheit, dass er – hm – verunglückt?«

»Auf gar keinen Fall, Vauthlen. Dann hätte ich einen wertvollen Mitarbeiter verloren. Nein, ich warte nur auf ein Zeichen von ihm. Teilt er mir mit, dass er nun glaubt, genügend Geld auf diesem Planeten verdient zu haben, werde ich ihn abziehen und ihm einen anderen Posten geben.«

»Genial«, wiederholte Jorriskaugen. »Auf diese Weise erreicht Ihr, dass er sich seines eigenen Risikos bewusst ist. Sie lassen ihn gewähren und versichern sich damit seiner Dankbarkeit. Und wenn er den Planeten tatsächlich verlässt, haben Sie einen absolut zuverlässigen Freund gewonnen.«

»So ist es.« Der Imperator trank erneut. Auch Jorriskaugen leerte seinen Becher. »Machtpolitik muss oft seltsame Wege verfolgen, um ihr Ziel zu erreichen. Ich kann keine Männer gebrauchen, die in Armut und Anstand leben. Vor ihnen hat niemand Respekt. Und die Treue solcher Männer ließe sich nur mit einem hohen Propagandaaufwand erreichen. Ich müsste Ideologien entwickeln, mit denen ich die Köpfe dieser Männer vernebeln kann.«

»Und das wäre teuer.«

»Eben. Viel billiger ist es, wenn sich die Männer mit eigenen Mitteln Reichtümer erwerben. Ich brauche dazu nur beide Augen zuzumachen und abzuwarten. Das ist alles.«

Jorriskaugen und Orbanaschol brachen in ein schallendes Gelächter aus, in das die anderen Gäste einstimmten, obwohl sie kein einziges Wort der Unterhaltung mitgehört hatten. Das Zelt, in dem der Ta-Fürst am Vorabend seines Geburtstags mit dem Imperator feierte, war bis zum letzten Platz gefüllt. Ungefähr fünfzig Frauen und Männer, die zum engsten Freundes- und Vertrautenkreis der beiden Mächtigen gehörten, saßen in den Sesseln um den Mittelpunkt und amüsierten sich. Unter ihnen befand sich Khasurn-Laktrote oder Kelchmeister Kethor Agh'Frantomor – wie Merantor Mitglied des Zwölferrates, im Gegensatz zu ihm aber ein »Agh-Fürst Zweiter Klasse«. Ein ebenso enger wie guter Freund von Orbanaschol; unberechenbar, extrem gefähr-

lich, durchaus als »Kumpan« bekannt – vor allem, wenn es um Vergnügungen ging ...

Der einzige Gast, der ernst und zurückhaltend blieb, war Quertan Merantor. Er befand sich in der Nähe des Imperators, saß zusammen mit zwei Mitarbeitern von Jorriskaugen an einem Tisch und schwieg fast ständig. Die Männer kümmerten sich nicht um ihn, schienen ihn langweilig zu finden und amüsierten sich auf ihre Weise mit den alkoholischen Getränken und dem reichhaltigen Essen, das von jungen Frauen gereicht wurde.

Merantor beobachtete Orbanaschol und seine Umgebung. Dabei konzentrierte er sich besonders auf einen jungen Mann, der zu den Freunden von Faylein da Nokoskhgan gehörte. Ihm war ein Gedanke gekommen, den er nicht mit Axton diskutieren wollte. Es gab eine Möglichkeit, das Problem des Todes des Jungen auf einfache, aber drastische Weise zu lösen.

In der Messe der SWEA hatten er und Axton an einem Tisch für acht Personen gesessen. Es waren jedoch nur sieben junge Adlige hereingekommen. Zwei von ihnen waren auf Arkon III. Und von diesen beiden war einer tot. Blieben fünf junge Männer. Verunglückten alle fünf im Laufe der festlichen Pragos auf Ophistur, gab es keine Zeugen für den Vorfall in der Messe mehr. Merantor glaubte nicht daran, dass die Jungen inzwischen verbreitet hatten, was dort geschehen war.

Jetzt dachte er fortwährend daran, wie die Untersuchung verlaufen würde, die nach dem Tod der jungen Männer mit Sicherheit angesetzt werden würde. Axton kalkulierte er in diese Phase der Entwicklung nicht mit ein. Er war überzeugt davon, dass Axton für ihn kein Problem war, das gesondert durchdacht werden musste. Seine einzige Frage war: Konnte er die Untersuchung des Todes der Jungen unbeschadet überstehen?

Er blickte Orbanaschol III. an, sah ihn lachen, aber ihm war, als befände er sich tatsächlich weit von ihm weg.

Lebo Axton war selbstverständlich nicht der einzige Agent der Geheimdienste, der sich zurzeit auf Ophistur befand, aber er gehörte zu den ranghöchsten. Merantor persönlich standen vierzig Männer und zwölf Frauen zur Verfügung, von denen jeder Einzelne für einen Mordanschlag angesetzt werden konnte. Davor schreckte Merantor jedoch zurück. Er wollte keine Zeugen durch andere beseitigen lassen, weil er damit wiederum Zeugen gehabt hätte, die ihm zum Verhängnis werden konnten.

Er beschloss, alle Unglücksfälle nach und nach allein zu arrangieren.
Als er so weit mit seinen Überlegungen gekommen war, erhob sich der
junge Adlige, den er beobachtet hatte. Merantor verließ seinen Platz
ebenfalls.

Ophistur: 13. Prago der Prikur 10.499 da Ark

Lebo Axton schreckte hoch, als ein leises Piepsen ertönte. Suchend blickte er sich in seinem Zelt um. »Ach, du bist es, Fieps. Und ich dachte schon, du hättest mich ganz verlassen, nur weil ich mich nach dir erkundigt habe.«

»Nein.« Fieps trat hinter einer Vorhangfalte vor und wedelte mit den winzigen Federbüschen, die seine Kopfspitze zierten.

»Was kann ich für dich tun?«

»Nichts.«

»Dann bist du ganz ohne Absicht hier?«

»Ja.«

»Wie ist es draußen?«

»Kalt.«

»Kalt?« Axton richtete sich vollends auf, schwang die Beine über die Kante seiner Liege und schlüpfte in seine Stiefel. »Ich werde ein wenig frische Luft schnappen. Kommst du mit?«

»Nein.«

»Warum bist du so einsilbig? Kannst du nicht mehr sprechen?«

»Doch.«

»Aber du hast keine Lust dazu?«

»Nein.«

»Dann will ich dich nicht länger nötigen, Kleiner.«

»Danke.«

»Du bleibst also hier?«

»Ja.«

Lebo Axton lächelte. Das seltsame Wesen machte ihm Spaß, bot ihm ein wenig Unterhaltung und Abwechslung, ohne dass er ständig auf der Hut sein musste. Er legte einen Umhang an und verließ das Zelt. Kelly, der am Eingang, stand, warf er keinen Blick zu.

Draußen war es Nacht, die hier am Rand von Thantur-Lok deutlich sternenärmer als auf den Arkonwelten war. Scheinwerfer erhellten Wandelwege zwischen den Zelten. Doch nur wenige Frauen und Männer hielten sich draußen auf. Fast alle waren entweder in dem großen Festzelt, in dem der Imperator und Jorriskaugen feierten, oder in den zu mehreren Hallen zusammengekoppelten Zeltanlagen, in denen sich die Masse der Gäste eingefunden hatte. Von allen Zelten wehte gedämpfte Musik herüber.

Zwei Männer eilten an Axton vorbei und musterten ihn neugierig. Einer machte einen derben Witz über die verwachsene Gestalt. Axton hatte sich inzwischen an derartige Taktlosigkeiten gewöhnt. Sie taten ihm nicht mehr weh, aber er verspürte auch keine Lust, ein Objekt der Volksbelustigung abzugeben. Daher ging er um sein Zelt, trat ins Dunkle und atmete tief durch.

Als sein Fuß gegen ein Sicherheitsseil stieß, wäre er fast gefallen. Er konnte sich gerade noch abfangen, schloss die Augen und strich sich mit den Fingerspitzen über die Schläfen. Als er die Lider wieder öffnete, war die Dunkelheit wie weggewischt. In den Dunkelzonen zwischen den Zelten schien heller Tag zu herrschen. Axton hütete sich allerdings, dorthin zu sehen, wo die Scheinwerfer leuchteten. Er wäre geblendet worden. So aber konnte er über einige Befestigungsseile steigen, ohne durch sie behindert zu werden. Die Bewegung tat ihm gut, die verspannten Rückenmuskeln entkrampften sich.

Als Axton etwa fünfzig Meter gegangen war, wollte er sich umdrehen und zu seinem Zelt zurückkehren. In diesem Moment erschien ein junger Arkonide zwischen den Zeltkuppeln – er kam aus dem Zelt Orbanaschols. Axton stutzte, erkannte den Arkoniden wieder. Er gehörte zu den Freunden von Faylein da Nokoskhgan. Axton trat zur Seite, wollte ihm nicht begegnen. Als sich der Junge bis auf etwa zehn Meter genähert hatte, tauchte die massige Gestalt von Merantor hinter ihm auf. Axton lag der Warnschrei schon auf der Zunge, er unterdrückte ihn im letzten Moment, weil er sich schlagartig bewusst wurde, dass er sich damit in eine tödliche Gefahr begeben würde. Fieberhaft überlegte er, was er tun konnte, doch er war wie gelähmt, und alles verlief viel zu schnell.

Merantor rief den Adligen leise an. Als sich der junge Mann umdrehte, packte der Cel'Mascant dessen rechte Hand und riss sie wuchtig zu sich heran. Damit schleuderte er den Freund Nokoskhgans förmlich zu Boden, wobei Merantor den Fall mit einem weiteren Ruck am Arm korrigierte. Lebo Axton wandte sich stöhnend ab, als er hörte, wie der Kopf gegen den Verankerungspfahl eines Zeltes schlug. Plötzlich zitterte er am ganzen Leib, der Hass gegen Merantor drohte ihn zu überwältigen.

Seine Hand fuhr zum Gürtel, doch er hatte seine Waffe nicht bei sich. Sie lag im Zelt auf dem Tisch.

Axton ließ sich in die Hocke sinken und drückte sich an ein Zelt. Mit weit geöffneten Augen blickte er Merantor entgegen, der direkt auf ihn zukam. In diesen Augenblicken vergaß der Terraner völlig, dass er infrarotsichtig war, der Arkonide jedoch nicht. Etwa zwei Meter vor ihm blieb der Cel'Mascant stehen. Seine bullige Gestalt überragte ihn weit. Axton hörte den keuchenden Atem des Mörders. Er sah, wie die Finger Merantors zuckten, dann schritt der Arkonide dicht an ihm vorbei, ohne ihn zu bemerken. Axton drehte den Kopf und blickte ihm nach. Aufstöhnend schloss er die Augen. Er hatte das Gefühl, dass sich ihm zwei Dolche in den Schädel bohrten, als er direkt in die Scheinwerfer gesehen hatte.

Er wartete einige Zentitontas ab, als ihm die tobenden Kopfschmerzen fast die Besinnung zu rauben drohten. Schließlich öffnete er vorsichtig die Augen, konnte jedoch nichts erkennen. Alles war pechschwarz. Voller Entsetzen fragte er sich, ob er blind geworden war.

»He«, piepste es neben ihm. Und er spürte, dass ihm etwas am Arm hochkroch.

»Bist du es, Fieps?«

»Ja.«

»Ich kann nichts sehen, Fieps.«

»Ja.«

»Du wusstest es?«

»Nein.«

»Aber du wusstest, dass ich Schmerzen habe?«

»Ja.«

»Kannst du mich in mein Zelt bringen, ohne dass uns jemand sieht?«

»Ja.«

»Dann tu es, bitte.«

»Steh auf!«, befahl das seltsame Wesen, gab Axton genaue Anweisungen für die nächsten Schritte. Zentimeter um Zentimeter tastete sich der Verwachsene vor. Fieps teilte ihm mit, wann er über ein Seil steigen und wann er einem Hindernis ausweichen musste. Er sagte ihm, wann er stehen bleiben musste, um nicht von anderen gesehen zu werden, und er führte ihn schließlich ins Zelt zurück.

»Ich danke dir, Fieps«, sagte Axton aufatmend.

»Bitte«, antwortete dieser so einsilbig wie immer.

Axton ließ sich aufs Bett sinken, nachdem er das Licht im Raum ausgeschaltet hatte. Er öffnete die Augen und versuchte, etwas zu erkennen, aber es gelang ihm nicht. Er war völlig blind.

Axton wartete etwa eine Tonta mit geschlossenen Augen ab, aber auch danach änderte sich nichts. Nun glaubte er, ersticken zu müssen. Keuchend riss er sich die Bluse auf, seine Hände verkrampften sich um den blauen Gürtel. Sie zuckten sofort zurück, weil ihm schien, als habe er einen elektrischen Schlag bekommen. Dann aber tasteten sie sich wieder zum Gürtel vor und spannten sich fest darum. Er hob den Kopf und öffnete die Augen, glaubte, das blau schimmernde Gebilde sehen zu können. Es pulsierte wie ein lebendes Wesen um seine Hüften.

Der Terraner ließ den Kopf aufstöhnend in die Kissen zurückfallen und schloss seine Hände noch fester um den Gürtel. Nun konnte er den Energiestrom, der von diesem ausging, deutlich spüren. Es war, als kehre das Leben in seinen Körper zurück. Er glaubte, dass blaue Flammen vom Gürtel bis zu seinen Augen züngelten, und er erinnerte sich daran, wie er dieses rätselhafte Gebilde zwischen den Dimensionen gefunden hatte.

Als Axton die Augen nach geraumer Zeit abermals öffnete, konnte er bereits einige Einzelheiten nebelhaft erkennen. Er hätte aufschreien können vor Erleichterung. Jetzt störten ihn die bohrenden Kopfschmerzen kaum noch. Er glaubte wieder daran, dass sich sein Zustand bessern würde, und das half ihm entscheidend.

Etwa eine halbe Tonta später vernahm er die Stimme von Quertan Merantor. »Ist der Krüppel da, Robot?«

»Er hat sich zur Ruhe gelegt«, antwortete Kelly.

Merantor stürmte herein, das Licht schaltete sich ein. Axton schloss die Lider bis auf einen winzigen Spalt, legte eine Hand schützend vor die Augen und richtete sich wie schlaftrunken auf.

»Kommen Sie hoch, Axton.«

»Ich habe geschlafen«, sagte der Verwachsene. »Was ist passiert?«

»Wachen Sie erst einmal auf. Los, machen Sie sich frisch.«

Axton blinzelte unsicher. Er konnte zwar wiederum etwas besser sehen, aber das helle Licht schmerzte in den Augen. Von Merantor erkannte er kaum mehr als die Umrisse. Er ging mit tastenden Schritten zur Hygienekabine, wusch sich aber nur Gesicht und Kopf. Merantor sollte den blauen Gürtel auf gar keinen Fall sehen, denn er würde fraglos eine Erklärung verlangen, die Axton ihm nicht geben konnte. Und Axton zweifelte nicht daran, dass ihm der Arkonide das wiederum nicht glauben würde. Mit gesenktem Kopf, um seine Augen vor dem hellen Licht zu schützen, trat er aus der Hygienekabine.

»Also, hören Sie zu«, sagte Merantor. »Es ist etwas äußerst Unangenehmes passiert.«

»Was?«

»Sie erinnern sich an diese jungen adligen Flegel?«

»Allerdings.«

»Zwei haben sich gegenseitig erschlagen. Vielleicht war es auch ein Unglücksfall. Das kann ich jetzt noch nicht beurteilen. Ich habe die beiden jedenfalls hinter den Zelten gefunden, aber Sie werden verstehen, dass nicht ich es sein darf, der sie entdeckt hat.«

»Nein, Sie dürfen es nicht gewesen sein. Das würde Komplikationen und böswillige Vermutungen geben«, antwortete Lebo Axton geistesgegenwärtig. Ihm wurde übel, denn ihm war vollkommen klar, dass Merantor nicht nur einen, sondern zwei der Jungen ermordet hatte. Und jetzt verlangte er auch noch, dass er ihm helfen sollte, den Doppelmord zu vertuschen. Was aber blieb ihm anderes übrig? Er konnte nicht vor den Imperator treten und Merantor, seinen Vorgesetzten, anklagen, da er keinerlei Beweise hatte.

»Sie werden Ihren Roboter hinter die Zelte schicken. Er wird die Leichen finden und die Leute von Jorriskaugen alarmieren.« Axton blickte mit verengten Augen auf und sah, dass Merantor abfällig grinste. »Diese werden den Vorfall verschweigen, um die Festlichkeiten nicht zu stören. Niemand will schließlich den Imperator verärgern, und das würde man tun, fielen die Schatten von zwei Toten über diese Tage. Orbanaschol hat ein Recht darauf, sich einmal unbeschwert freuen zu können.«

Axton ging an dem Mann vorbei zu Kelly und setzte bereits zu einem Befehl an, als ihm einfiel, dass er nicht wissen durfte, wo einer der Toten lag. Er drehte sich um und fragte in gleichmütigem Ton: »Wohin soll ich den Roboter schicken?«

Quertan Merantor bezeichnete genau die Stelle, an der er einen der Jungen niedergeschlagen hatte. Kelly verließ das Zelt.

»Sie können sich auf mich verlassen«, sagte Axton.

»Es wäre ja noch schöner, wenn ich das nicht könnte.« Merantor eilte hinaus.

Axton ließ sich wieder auf sein Ruhelager sinken, löschte das Licht und schloss die Augen. Wieder krampften sich seine Hände um den Gürtel, und wieder spürte er den Strom der Kraft, der auf ihn überging.

Eine halbe Tonta verstrich, dann kehrte Kelly zurück. »Es ist alles in Ordnung, die Agenten von Jorriskaugen sind bereits am Unfallort. Du sollst dich dort auch einfinden, Liebling. Merantor will es so.«

»Du wagst es, mich Liebling zu nennen?«

»Warum nicht? Hier gibt es schließlich keine Tritt-Maschine, oder?«

»Bei passenderer Gelegenheit werde ich lachen«, sagte Axton ärgerlich, warf sich einen capeartigen Mantel über und eilte hinaus. Kelly folgte ihm. Als Axton gegen die erste Leine lief und fast gestürzt wäre, besann er sich, winkte den Roboter heran und kletterte auf seinen Rücken. Aus dieser erhöhten Position heraus konnte er viel besser sehen.

Außer vier Agenten von Ta Jorriskaugen befand sich niemand in der Nähe der beiden Toten. Inzwischen kannte Axton die Namen: Lerpo da Grishkan und Hanasheyn da Khaal. Faylein da Nokoskhgan war offenbar nicht benachrichtigt worden. Axton kämpfte das spontan in ihm aufsteigende Verlangen nieder, ihn zu benachrichtigen, und dirigierte Kelly zu der Gruppe um die Toten. Die Agenten arbeiteten mit kleinen Taschenlampen, die nicht viel Licht spendeten.

»Es war ein Unglücksfall«, sagte einer der Agenten, als er Axton sah. »Die Jungen waren vermutlich betrunken, sind über die Spannseile gestürzt und haben sich dabei tödlich verletzt.«

»Bringt sie weg!«, befahl ein anderer Agent. »Vorläufig erfährt niemand etwas. Nur die Freunde der beiden werden unterrichtet. Ich übernehme das.«

Axton lenkte Kelly zu seinem Zelt zurück. Plötzlich trat Merantor aus dem Dunkel. Axton erschrak, beherrschte sich aber dennoch so gut, dass der Arkonide nichts merkte.

»Es gibt Komplikationen«, sagte Merantor. »Der Vater des Jungen, der beim Verhör auf Arkon Drei verunglückt ist, ist unterwegs. Er kommt hierher.«

»Weiß er, dass sein Sohn tot ist?«

»Allerdings. Wir mussten ihn informieren. Die Gruppe Ark Blau sollte allerdings verhindern, dass er die Kristallwelt verlässt.«

»Der Vater wird den anderen Jungen sagen, was passiert ist; unter Umständen sogar bis zu Orbanaschol gehen und einen Skandal auslösen«, bemerkte Axton, dem siedend heiß wurde bei dem Gedanken, dass Merantor herausfinden könnte, wer im Grunde genommen für alle Schwierigkeiten verantwortlich war.

»Wir müssen den Mann abfangen. Und das wird Ihre Aufgabe sein, Axton. Sie haben zu verhindern, dass der Mann zum Imperator vordringt.«

»Was ist mit den Jungen?«

»Er darf nicht mit ihnen sprechen.«

»Ich glaube, dass das ein Fehler wäre«, erwiderte Axton vorsichtig.

»Warum?«

»Dieser Mann ist ein einflussreicher und wichtiger Adliger.«

»Allerdings. *Ma-tiga* Nowoshan Ophas, entstammt einer der ältesten Familien Arkons. Er ist mit Faylein da Nokoskhgan verwandt; dessen Vater ist mit Ophas' Schwester verheiratet. Aus dem Ophas-Khasurn sind in den letzten Jahrhunderten ungefähr zehn der berühmtesten und erfolgreichsten Flottenoffiziere gekommen. Der Ma-Fürst ist dreifacher Sonnenträger.«

»Ich weiß.« Axton erinnerte sich daran, den Namen Ophas öfter im Zusammenhang mit großen Raumschlachten gehört zu haben. Auch einige Imperatoren hatten sie im Laufe der Geschichte des Großen Imperiums gestellt; insgesamt sieben oder acht.

»Dann wissen Sie, mit wem wir es zu tun haben.«

»Einen solchen Mann kann man nicht daran hindern, mit den jungen Leuten zu sprechen. Wichtig ist allein, dass der politische Skandal ausbleibt. Ophas darf nicht zu Orbanaschol gehen.«

»Einverstanden«, sagte Merantor, nachdem er einige Zeit überlegt hatte. »Lassen Sie ihn mit den drei jungen Männern reden. Dabei lässt er vermutlich schon etwas Dampf ab.«

»Drei?«, fragte Axton, einem spontanen Einfall folgend. »Es sind vier.«

»Vier?« Diese Frage glich einer Explosion, schoss förmlich aus Merantor heraus. »In der Messe an Bord der SWEA waren insgesamt sieben Adlige. Zwei davon sind auf Arkon Drei. Einer tot, einer lebt. Heute Nacht sind hier zwei gestorben. Bleiben drei. Faylein da Nokoskhgan, Tushk da Krayt und Erriy da Forsenik.«

»Vier. In der Messe waren acht Plätze reserviert. Ich habe erfahren, dass es tatsächlich auch acht Personen waren. Einer gesellte sich erst später hinzu.«

»Wer ist es?«

»Ich weiß es nicht, aber wenn Sie Wert darauf legen, werde ich es herausfinden.«

Merantor winkte ab, heuchelte Gleichgültigkeit, doch das gelang ihm bei seinem cholerischen Temperament ganz ausgesprochen schlecht. »Es ist nicht so wichtig. Kümmern Sie sich um Nowoshan da Ophas. Er kommt morgen.«

Damit wandte er sich ab und eilte davon.

Axton blickte ihm nach. Ein kaum merkliches Lächeln umspielte seine Lippen. Er hatte gelogen, als er behauptete, dass noch drei Freunde von Faylein da Nokoskhgan auf Ophistur seien. Er hatte diese Behauptung lediglich aufgestellt, um Merantor daran zu hindern, Nokoskhgan und seine beiden Freunde in dieser Nacht ebenfalls »verunglücken« zu lassen.

Lebo Axton setzte sich auf seine Liege und betrachtete das kleine Wesen, das vor ihm auf dem Tisch stand. »Fieps, kann ich mich revanchieren? Kann ich dir einen Gefallen tun?«

»Ja.«

»Tatsächlich?« Axton freute sich. »Was möchtest du denn haben?«

»Schnaps.«

»Du möchtest ...?«

»Schnaps!«

»Ich weiß nicht, ob ich dir so etwas geben darf.«

»Wenn du fragst, verschwinde ich und komme nie wieder.«

Axton, der seine Hand bereits zum Visifon ausgestreckt hatte, zuckte zurück. »Das will ich natürlich nicht riskieren. Also, du willst Schnaps.«

»Ja.«

»Wann?«

»Sofort.«

»Kelly, du hast gehört, was unser Gast will. Nun mach schon. Beeil dich.«

Kelly nahm das kleinste Glas, das er im Zelt finden konnte, und füllte es mit einer alkoholischen Flüssigkeit, die er dem Servomaten entnahm. Er stellte das Glas vor Fieps ab. Dieser sprang in die Höhe und ließ sich mitten ins Glas fallen. »Wunderbar!«

Axton beobachtete, wie der Flüssigkeitsspiegel sank. Fieps sog den Schnaps in sich. Danach wirkte er angeschwollen. »Hoffentlich war das genug, Fieps.«

»Vollkommen. Ich bin zufrieden.« Fieps sprang aus dem Glas, eilte auf wackligen Beinen bis zum Tischrand, stürzte sich in die Tiefe, prallte auf den Teppich, stand jedoch sogleich wieder auf und eilte unter die Liege Axtons.

»Was macht er?«, fragte der Terraner.

Kelly legte sich auf den Boden und blickte unter das Bett. »Er liegt. Wahrscheinlich schläft er seinen Rausch aus.«

»Warum sollte er den Geburtstag des Herrn von Ophistur nicht auch feiern.« Axton lächelte flüchtig, glitt von der Liege. »Du bleibst hier, Kelly.«

Er löschte das Licht, wartete einige Zentitontas und verließ danach das Zelt. Draußen war es noch dunkler als zuvor. Einige Scheinwerfer waren ausgeschaltet worden. So wagte Axton es, seine Extrasinne erneut einzusetzen und die Augen bewusst auf Nachtsichtigkeit umzustellen. Er drang in die für andere Augen absolut dunklen Bereiche zwischen den Zelten ein und eilte sicher zu dem Zelt hinüber, in dem, wie er wusste, Nokoskhgan untergebracht worden war.

Nachdem er sich davon überzeugt hatte, dass sich niemand in der Nähe des Zeltes aufhielt, trat er ein. Im Innern brannte Licht, Axton musste seine Augen wieder an normale Bedingungen gewöhnen. Darüber verstrich fast eine Zentitonta, während der er still und mit geschlossenen Augen in einem Vorraum stand. Aus dem Nebenraum hörte er die Stimmen von drei jungen Männern. Er schob einen Vorhang zur Seite und klopfte danach an die Tür aus Weichplastik. Er wartete nicht erst ab, bis sich Nokoskhgan meldete, sondern trat sofort ein. Überrascht blickten ihn die jungen Männer an.

»Entschuldigen Sie meine Unhöflichkeit«, bat Axton. »Ich konnte nicht viel Umstände machen. Die Zeit drängt.«

Nokoskhgan und seine Freunde sahen bleich und niedergeschlagen aus. »Sie wissen schon?«

»Allerdings. Wurden Sie benachrichtigt?«

»So ist es.«

Axton setzte sich, als Nokoskhgan ihm Platz anbot. Er nahm auch das Getränk entgegen, das ihm der junge Mann vorsetzte. »Ich will Ihnen die volle Wahrheit sagen. Dabei gehe ich ein hohes Risiko ein. Aber ich will verhindern, dass Sie auch noch verunglücken.«

»Wollen Sie damit sagen, dass meine Freunde nicht verunglückt sind?«

Lebo Axton wartete einige Augenblicke, dann berichtete er, was er beobachtet hatte. So behutsam er war, er löste dennoch große Erregung bei den drei Arkoniden aus.

»Ich gehe sofort zu Orbanaschol«, sagte Nokoskhgan zornig. »Er soll wissen, was seine Männer anrichten.«

»Wollen Sie den Zorn des Imperators auf sich lenken? Orbanaschol ist nicht mehr nüchtern, und er will auf gar keinen Fall gestört werden.«

»Wir müssen doch etwas tun«, sagte Tushk da Krayt, ein hochgewachsener Junge von rund siebzehn Arkonjahren.

»Glauben Sie, wir lassen uns das bieten?«, fragte der etwa gleichaltrige Erriy da Forsenik.

»Die Situation ist so schwierig, dass sich jeder Fehler verheerend für Sie alle auswirken kann«, sagte Axton. »Ich will es Ihnen ganz offen sagen. Merantor ist ein eiskalter Mörder, der auch hier auf Ophistur über genügend Leute verfügt, die jederzeit bereit sind, für ihn einen Mord zu begehen, ohne nach dem Warum zu fragen. Ihr Einfluss, Nokoskhgan, ist zwar groß, aber er hilft Ihnen nichts mehr, wenn Sie tot sind.«

»Was sollen wir denn tun?« Nokoskhgan wirkte verzweifelt.

»Sie haben nur eine Möglichkeit, Erhabener. Merantor muss weg.« Die drei Arkoniden blickten Axton fassungslos an. An diese Konsequenz hatten sie offensichtlich noch nicht gedacht.

»Wir sollen ihn beseitigen?«

»Ihnen bleibt keine andere Wahl. Sie haben keine Zeit, alles in Ruhe abzuwarten.« Axton blickte einen nach dem anderen an, fuhr fort: »Nowoshan da Ophas ist unterwegs nach Ophistur.«

»Onkel Nowoshan?«, fragte Nokoskhgan überrascht. »Wie ist das möglich? Er hat sich entschieden geweigert, an den Feierlichkeiten teilzunehmen, weil er Streit mit Jorriskaugen hat.«

Axton berichtete, was mit den beiden Verhafteten auf Arkon III geschehen war.

»Sie wurden verhört? Wie richtige Verbrecher?«, unterbrach ihn Krayt empört.

»So war es«, bestätigte Axton. »Und einer ist dabei gestorben. Ophas' Sohn. Für seinen Tod ist Merantor verantwortlich. Das wird Ihnen klarmachen, weshalb er sich hier so benimmt. Weshalb er mordet.«

»Was schlagen Sie uns vor, Axton?«, fragte Forsenik.

»Bewahren Sie erst einmal Ruhe. Merantor wird Ihnen zunächst nichts tun, denn er glaubt, dass zu Ihrem Freundeskreis noch ein Vierter gehört. Da er nicht weiß, wer das ist, kann er nichts unternehmen. Ich werde mir überlegen, wie wir gegen Merantor vorgehen müssen. Sie werden mir helfen, den Anschlag gegen ihn durchzuführen. Er muss so verlaufen, dass Orbanaschol ihn akzeptiert. Wenn der Imperator das nicht tut, lässt er umfangreiche Nachforschungen anstellen. Diese werden zwar auch die Verbrechen Merantors an den Tag bringen, Ihnen gleichzeitig aber das Genick brechen.«

»Und Ihnen«, stellte Nokoskhgan trocken fest.

»Mir vielleicht auch. Doch das ist eine andere Frage. Ich kann mich mit guten Tricks wehren. Sie aber werden trotz Ihres hohen Standes machtlos sein. Versprechen Sie mir, dass Sie warten. Dann wird alles gut.«

Die drei jungen Männer blickten sich fragend an.

»Einverstanden«, sagte Nokoskhgan. »Wir warten, aber wir werden mit Onkel Nowoshan reden.«

»Dagegen habe ich nichts einzuwenden«, sagte Axton.

Lebo Axton stand im Morgengrauen am Rand des Raumhafens vor dem Hafengebäude, als sich ein Leichter Kreuzer auf Ophistur herabsenkte. Voller Unbehagen wartete der Terraner, bis sich die Bodenschleuse öffnete und ein hochgewachsener Arkonide mit schlohweißem Haar das Schiff über die Rampe verließ. Ein Shuttlegleiter brachte ihn zum Hafengebäude. Mit raumgreifenden Schritten näherte sich Nowoshan da Ophas dem Eingang, war auf den ersten Blick als wichtige Persönlichkeit zu erkennen. Das Rangsymbol der drei gelben Sonnenscheiben auf seiner Brust wies ihn als dreifachen Sonnenträger aus.

»Sonnenträger Nowoshan da Ophas?«, fragte Axton, als der Arkonide an ihm vorbeigehen wollte.

Überrascht drehte sich *Ma-tiga* Ophas um, schien den Verwachsenen auf dem Roboter erst jetzt zu bemerken. »Allerdings.«

»Ich habe den Auftrag, Sie zu empfangen.«

»Wer sind Sie?«

Axton nannte seinen Namen.

»Und was wollen Sie von mir?«

»Ich weiß, weshalb Sie nach Ophistur gekommen sind, und ich möchte verhindern, dass etwas geschieht, was sich nicht mehr rückgängig machen lässt.«

»Sie wissen, dass mein Sohn ermordet wurde und wer es war. Und Sie glauben, dass Sie mir in den Arm fallen können?«

»Müssen wir das hier besprechen? Unerwünschte Zeugen können viel zerstören.«

»Sie können mir auf dem Weg zum Festplatz sagen, was Sie meinen sagen zu müssen«, sagte Ophas kühl. »Dazu aber müssen Sie von Ihrem Roboter steigen und mit mir in einem Gleiter fliegen.«

»Ich hatte nicht vor, Sie auf den Rücken meines Roboters zu bitten«, erwiderte Axton spöttisch. Der Mann war ihm auf Anhieb sympathisch. Er glich in seiner Art und seinem Auftreten dem Atlan, den Axton aus seiner Zeit als USO-Spezialist kannte. Axton stieg von dem Roboter, als dieser sich auf die Kniegelenke sinken ließ.

»Gehen Sie aber bitte nicht so schnell.« Er folgte Ophas auf den Vorplatz des Raumhafengebäudes, wo zahlreiche Gleiter bereitstanden. Als Axton endlich einen der Gleiter erreicht hatte, war er so erschöpft, dass er kaum noch sprechen konnte. Der Sonnenträger startete die Maschine und flog sofort in die Richtung der Zeltstadt.

»Also? Was wollen Sie von mir?«, fragte Ophas, als der Atem Axtons wieder etwas ruhiger ging. »Sie wussten, dass ich nach Ophistur komme. Das lässt doch wohl den Schluss zu, dass Sie von Merantor informiert wurden. Sie sind also ein Mann Merantors, des Mannes, der für den Tod meines Sohnes Ansagar verantwortlich ist. Was können Sie mir zu sagen haben?«

»Ich bin in erster Linie ein Freund von Faylein da Nokoskhgan, Tushk da Krayt und Erriy da Forsenik. Mir geht es einzig und allein darum, das Leben dieser jungen Leute zu retten.«

Ophas erschrak. »Das Leben Fayleins ist bedroht? Durch wen?«

»Durch wen wohl?«

»Merantor?« Ophas schüttelte den Kopf. »Das wagt er nicht.«

»Er hat es bereits gewagt.«

Der Arkonide blickte Axton entsetzt an, stellte aber keine weiteren Fragen.

»Merantor muss gestürzt werden«, sagte der Verwachsene. »Er hat sein hohes Amt mehrfach für persönliche Zwecke missbraucht. Glauben Sie aber nicht, dass es so einfach ist, ihn zu beseitigen. Er ist mächtig.

Bei ihm genügt es nicht, einfach zu Orbanaschol zu gehen und ihn anzuklagen. Der Imperator hat in diesen Pragos überhaupt kein Ohr für solche Dinge. Er will sich amüsieren und von Amtsgeschäften nicht das Geringste hören. In der augenblicklichen Stimmung wäre er in der Lage, Ihnen ins Gesicht zu schleudern, Ihr Sohn habe selber Schuld gehabt, dass Merantor ihn für die Demütigung so bestraft hat.«

»Sie wollen behaupten, mein Sohn ...?«, fuhr Ophas auf, aber Axton unterbrach ihn mit einer energischen Geste.

»Ich will überhaupt nichts behaupten. Übersehen Sie nicht, dass Merantor nur die Absicht gehabt hat, Ihrem Sohn eins auf die Finger zu geben. Er wollte ihn nicht töten. Absolut nicht! Es war ein Unglücksfall, wie er immer passieren kann.«

»Schweigen Sie!«

»Ich habe Ihnen nur versucht klarzumachen, wie der Höchstedle wahrscheinlich denkt, wenn Sie ihm die Sache jetzt vortragen. Sie könnten sich eine böse Abfuhr einhandeln.«

»Das würde der Imperator nicht wagen. Sie wissen doch, wer ich bin.«

»Das weiß ich. Und ich weiß auch, dass der Imperator einen Mann wie Sie äußerst behutsam behandeln muss. Das aber ist alles nicht so bedeutend. Mir kommt es nur darauf an, dass Sie einen oder zwei Tage abwarten. Bis dahin ist die Entscheidung gefallen. Sie muss gefallen sein.« Axton zögerte kurz, blickte Ophas prüfend an. »Merantor ist am Ende. Ich werde ihn stürzen. Dazu habe ich vielleicht nur einen Prago oder vielleicht sogar nur einige Tontas Zeit. Ich bitte Sie um nicht mehr als diese Tontas. Sollte ich es nicht schaffen, bin ich ein toter Mann. Zu diesem Zeitpunkt können Sie immer noch eingreifen. Dann haben Sie die Chance, ihn zu vernichten oder sich eine Abfuhr zu holen.«

Der Sonnenträger flog langsamer, die Zeltstadt war bereits zu sehen. Er überlegte. »Was soll ich tun?«

»Gehen Sie zu Merantor, *Zhdopanda,* beschimpfen Sie ihn, drohen Sie ihm die schlimmsten Folgen für seine Tat an, geben Sie ihm aber auch zu verstehen, dass Sie nicht daran denken, den Imperator in dieser für Sie so psychologisch ungünstigen Situation zu informieren. Sagen Sie ihm, dass Sie sich den Angriff gegen ihn für später aufheben. Lassen Sie sich auf nichts sonst ein. Ziehen Sie sich zurück und gehen Sie zu Faylein und seinen Freunden. Bei diesen warten Sie ab, bis ich zugeschlagen habe.«

»Sie haben alles genau durchdacht«, sagte Ophas lobend. »Ich habe von Anfang an gewusst, dass Sie ein kluger Mann sind. Sie hätten sich Ihren Körper längst durch orthopädische Operationen verbessern lassen können, aber Sie tun es nicht, weil Sie mit Ihrer Erscheinung bluffen wollen. Sie wollen Harmlosigkeit vortäuschen, und wahrscheinlich fallen die meisten darauf herein.«

Lebo Axton lächelte anerkennend. »Sie haben mich durchschaut.« Der Gleiter landete zwischen den Zelten. »Versäumen Sie nicht, mich zu beschimpfen. Merantor darf auf gar keinen Fall merken, dass wir uns geeinigt haben. Nennen Sie mich ruhig einen *Zayna*. Das stört mich nicht, aber Merantor hört dieses Wort besonders gern.« Axton öffnete die Tür und stieg aus. »Da kommt er.«

Ophas kam um den Gleiter. »Geh mir aus dem Weg, Krüppel!«, schrie er und stieß Axton mit einer heftigen Bewegung zur Seite. Der Verwachsene stürzte zu Boden. Kelly, der dem Gleiter fliegend gefolgt war, half ihm wieder auf. Zu diesem Zeitpunkt aber stand Sonnenträger Ophas bereits Merantor gegenüber und schleuderte ihm mit eiskalter Verachtung seine Anschuldigungen ins Gesicht.

Der Cel'Mascant bat ihn zu sich ins Zelt. Ophas lehnte ab. Axton hörte, dass er Merantor genau das sagte, was er mit Ophas abgesprochen hatte. Der Adlige beherrschte sich mustergültig. Merantor dagegen kämpfte geschickt, versuchte zu retten, was noch zu retten war, prallte jedoch an der Persönlichkeit des Adligen ab.

Das Gespräch endete, als Faylein da Nokoskhgan zwischen den Zelten hervortrat, seinen Onkel entdeckte und zu ihm eilte. Ohne Merantor zu beachten, fragte der junge Mann erregt: »Du willst zum Imperator?«

»Ich werde die Sache dem Imperator vortragen, Faylein«, versprach Ophas. »Aber nicht jetzt, sondern zu einem Zeitpunkt, an dem ich genau weiß, dass ich Erfolg habe.«

Er ließ den Cel'Mascant stehen und ging mit Nokoskhgan davon.

Merantor kam langsam auf Axton zu. Sein Gesicht war vor Zorn entstellt. »Sie sind ein kompletter Versager, Axton. Sie hatten den Auftrag, Ophas abzufangen und zu beruhigen.«

»Das ist mir nicht ganz gelungen. Ich gebe es zu. Allerdings verstehe ich nicht, warum Sie ihn nicht derart provoziert haben, dass er in blinder Wut zum Imperator gelaufen ist. Orbanaschol würde auf eine solche Belästigung zu diesem Zeitpunkt wahrscheinlich ganz in Ihrem Sinne reagieren. Ophas würde in Ungnade fallen, und Sie hätten Ihr Ziel erreicht.«

Die Miene Merantors entspannte sich. Nachdenklich blickte er Axton an. »Sie sind das hässlichste Ungeheuer, das mir je über den Weg gelaufen ist. Aber Sie haben manchmal verdammt gute Ideen. Ich werde mir die Sache überlegen. Noch ist Zeit, Ophas so lange zu reizen, bis er einen Amoklauf in sein eigenes Verderben beginnt.«

Merantor begann plötzlich zu lachen, wandte sich um und kehrte zu seinem Zelt zurück.

Axton blickte ihm nach. Ein leichtes Lächeln lag auf seinen Lippen. »Das haben wir gerade noch einmal geschafft, Kelly.«

22.

Aus: *Die Zwölf Ehernen Prinzipien* der Dagoristas; um 3100 da Ark
entstandener Kodex des Arkon-Rittertums
Siebtes Prinzip: Primat der Politik.
Führung und Erhaltung des Gemeinwesens dienen dem öffentlichen
Wohl aller; in Ausgewogenheit glänzt der Kristall. Darum beachte und
bewahre, Dagorista, und verteidige notfalls das Prinzip gegen Extreme
– des Einzelnen wie auch der Masse.

Ophistur: 14. Prago der Prikur 10.499 da Ark

Der Lärm von vielen Fanfaren schreckte Axton aus dem Schlaf. »Was
hat das zu bedeuten, Kelly?«

»Das Wettschießen beginnt.«

»Woher weißt du das?«

»Das Programm wurde mir funktechnisch übermittelt, ebenso wie allen anderen Robotern und Speichern der Gäste.«

Axton streifte seine Sachen ab und eilte in die Hygienekabine. Er
wollte sich den Wettstreit nicht entgehen lassen. »Besorg mir etwas
Warmes«, rief er unter der Dusche heraus. »Ich habe Hunger.«

Als er wenig später die Kabine verließ, stand das Essen bereits auf
dem Tisch. Axton aß schnell, genoss die Mahlzeit aber dennoch. Als er
sie beendet hatte, trat Faylein ein. Er war bleich, seine Augen tränten.
»Axton, was ist los? Merantor war soeben bei uns. Er hat meinen Onkel
bis aufs Blut gereizt und provoziert.«

»Damit habe ich gerechnet«, erwiderte der Terraner. »Bleiben Sie
ganz ruhig. Merantor will nur, dass Ihr Onkel zum Imperator rennt und
dort seine Beschwerde vorträgt. Er weiß, dass Ophas eine Abfuhr bekommen und vielleicht sogar in Ungnade fallen würde. Die Provokation
ist eine Taktik im Kampf gegen Sie, weiter nichts.«

»Wir sollen ruhig bleiben?«

»Sie müssen! Lassen Sie sich zu nichts hinreißen, was Sie später bedauern müssten.« Axton stieg auf den Rücken des Roboters. »Vertrauen

Sie mir, Faylein. Ich sorge dafür, dass Merantor die Strafe bekommt, die er verdient.«

»Ich werde es den anderen sagen.« Nokoskhgan verließ das Zelt. Axton blickte ihm nachdenklich nach. Er hoffte, dass sich Ophas und die Jungen wirklich beherrschten.

Vor den Zelten herrschte lebhaftes Treiben. Die meisten Gäste zogen lachend und lärmend zum Schießplatz. Fast alle hatten Getränke dabei, ein erheblicher Teil der Gäste hatte diesen bereits allzu heftig zugesprochen. Axton verzichtete darauf, Kelly fliegen zu lassen, obwohl er auf diese Weise sicherlich viel schneller ans Ziel gekommen wäre. Wie üblich machten einige Arkoniden Witze, verspotteten ihn und lachten über seine verkrüppelte Gestalt. Er ging lächelnd darüber hinweg und antwortete nur selten.

Als er den Schießplatz erreichte, war bereits die Hälfte der Plätze besetzt. Orbanaschol und Jorriskaugen befanden sich mitten unter den Gästen. Sie unterhielten sich ausgelassen miteinander. Axton lenkte Kelly bis in die Nähe des Imperators. Orbanaschol bemerkte ihn, hob seinen Becher und prostete ihm lachend zu. »Wache über meine Sicherheit, Krüppel.« Er griff nach dem Arm von Jorriskaugen und machte den Adligen auf Axton aufmerksam. »Sieh dir diesen Zwerg an!«

»Wer ist das?«, fragte der Hochadlige. »Ein Spaßmacher?«

»Ganz und gar nicht«, erwiderte Orbanaschol. »Er ist einer meiner fähigsten Kriminalisten. Komm her, Krüppel.«

Axton gehorchte. Er blickte sich flüchtig um, aber niemand achtete auf ihn. In diesen Tagen schien es selbstverständlich zu sein, dass der Imperator dem Gastgeber einige seiner Freunde und Mitarbeiter vorstellte. Die meisten Arkoniden waren so mit sich selbst und ihrem Vergnügen beschäftigt, dass sie für nichts anderes Interesse zeigten.

»Das ist Lebo Axton.« Orbanaschols Gesicht war gerötet. Nur wer den Imperator gut kannte, sah auch jetzt noch die Züge der großen Persönlichkeit, die Orbanaschol war. Wer ihn nicht kannte, mochte ihn für einen leutseligen und gutmütigen Mann halten, der keine besondere Aufmerksamkeit verdiente. Doch das äußere Bild Orbanaschols täuschte gründlich. Orbanaschol war ein eiskalter Taktiker und ein hervorragender Psychologe. Und er war einer der geschicktesten Machtpolitiker, denen Axton je begegnet war. »Dieser Mann hat mir das Leben gerettet. Das werde ich ihm nicht vergessen.«

Ta Jorriskaugen blickte Axton überrascht an. Bisher hatte er amüsiert gelächelt und an einen Scherz des Imperators geglaubt. Jetzt begriff er, dass Orbanaschol seine Worte völlig ernst gemeint hatte.

»Behalte dein waches Auge, Krüppel«, sagte Orbanaschol. »Ich werde es dir nicht vergessen.«

Axton verabschiedete sich, indem er respektvoll den Kopf neigte. Er ließ sich nicht anmerken, dass er Orbanaschol hasste und verachtete. Er hätte den Thronräuber am liebsten beseitigt, durfte es jedoch nicht tun. So blieb ihm nichts anderes übrig, als Respekt und Hochachtung zu heucheln.

Etwa zwanzig Meter von Orbanaschol entfernt verharrte er auf dem Rücken des Roboters unter einem Baum. Von hier aus hatte er einen guten Blick auf das Schussfeld. Es war in einer breiten Waldschneise angelegt und zog sich über etwa zehn Kilometer bis zu einigen felsigen Hügeln. Überall waren Raumschiffsminiaturen aufgestellt worden. Einige waren nur etwa fünfzig Meter entfernt, andere, größere etwa drei Kilometer. Eine Hälfte war rot, die andere weiß gefärbt.

Ein junger Mann gesellte sich zu Jorriskaugen, wurde lärmend von diesem und dem Imperator empfangen. Wenig später kam Merantor hinzu. Auch ihn begrüßten die Männer mit Trinksprüchen und einigen Scherzen. Jorriskaugen klatschte in die Hände, zehn junge Männer schleppten mehrere Kisten heran und stellten sie ab. Der Ta-Fürst öffnete sie und holte vier gewehrähnliche Raketenwerfer hervor. Der Lehnsherr von Ophistur richtete die Waffe schräg gegen den Himmel und feuerte sie ab. Eine kleine Rakete schoss fauchend aus dem Lauf und jagte bis zu den Wolken. Orbanaschol lachte und schoss ebenfalls eine Rakete ab. Ein uniformierter Offizier trat hinzu. »Ich werde als Schiedsrichter fungieren.«

Der Imperator schüttelte den Kopf. »Wir benötigen keinen Schiedsrichter. Wir werden uns über jeden Treffer einigen. Ihnen erlaube ich lediglich, die Punkte zu notieren.«

Der Höchstedle griff nach seinem gefüllten Becher, stieß mit dem Gastgeber an und leerte das Gefäß. Auch Jorriskaugen setzte seinen Becher erst ab, als dieser leer war. Dann gab Orbanaschol den ersten Schuss ab. Die Rakete zerfetzte eine Miniatur, die etwa fünfzig Meter entfernt war. Die Zuschauer klatschten und begrüßten diesen Treffer mit lautem Geschrei. Den nächsten Schuss gab Jorriskaugen ab. Auch er traf, und auch er wurde mit Beifall bedacht, jedoch nicht so ausgiebig wie der Imperator. Danach feuerten Merantor für Orbanaschol und der junge Arkonide für Jorriskaugen. Auch sie trafen ihr Ziel, erhielten jedoch kaum Beifall. Dieser brandete erst wieder auf, als Orbanaschol wieder feuerte und traf.

Lebo Axton beobachtete die Hauptkontrahenten Jorriskaugen und Orbanaschol. Beide taten, als käme es ihnen überhaupt nicht darauf an zu gewinnen. Sie scherzten und lachten noch, während sie zielten. Nach einem Treffer aber zeichnete sich tiefe Zufriedenheit auf ihren Gesichtern ab. Ebenso gaben sie sich gleichgültig, wenn ihre Assistenten schossen, aber Axton durchschaute ihre Maske. Sowohl Orbanaschol wie auch Jorriskaugen glühten vor Eifer und Siegeswillen. Jeder von ihnen wollte um jeden Preis gewinnen. Der Ehrgeiz trieb sie an.

Als Jorriskaugen ein Ziel verfehlte, das etwa einen Kilometer entfernt war, erntete er höhnisches Gelächter von den Zuschauern und verzog ärgerlich die Lippen. Orbanaschol klopfte ihm tröstend auf die Schulter und versprach ihm, dass er zum Ausgleich ebenfalls danebenschießen werde. Er traf dann aber doch. »Es war ein Versehen!«, brüllte er mit sich überschlagender Stimme. »Beim nächsten Schuss ist wieder alles in Ordnung!«

Er stieß mit Jorriskaugen an und leerte seinen Becher. Selbstverständlich hielt sich auch der Gastgeber nicht zurück. Dann aber schoss Orbanaschol tatsächlich vorbei. Er lärmte und behauptete, es sei pure Absicht gewesen, aber damit mochte er Jorriskaugen täuschen, nicht aber Lebo Axton, der ihn genau beobachtete.

Einige Munitionsboxen wurden weggeräumt und andere gebracht. Die Schützen tranken, achteten nicht auf die Männer, die die Munition heranschleppten. Axton zuckte zusammen, als er unter ihnen Tushk da Krayt erkannte. Der junge Arkonide setzte seine Munitionsbox auffallend vorsichtig am Schießstand von Merantor ab und entfernte sich hastig.

Axton war augenblicklich klar, was Krayt gemacht hatte. Der junge Mann war von Nokoskhgan oder Ophas geschickt worden. Sie hatten offenbar die Beherrschung verloren. Die Provokation hatte gewirkt. Jetzt stand mit großer Wahrscheinlichkeit eine Bombe neben Merantor. Der Verwachsene wusste nicht, was er tun sollte. War in der Munitionsbox wirklich eine Bombe, war auch Orbanaschol III. bedroht. Orbanaschol aber wollte und konnte Axton auf gar keinen Fall beseitigen. Er kannte aus seiner Herkunftszeit das genaue Todesdatum; der heutige Prago war es nicht.

Axton hatte keine Wahl. Er musste dem größten Feind Atlans das Leben retten.

Orbanaschol setzte den Becher ab und wischte sich mit dem Handrücken über den Mund. Seine Augen, die tief unter den Fettwülsten lagen, blitzten. Axton war, als blicke der Imperator ihn direkt an, als erwarte er etwas von ihm. Doch schon im nächsten Moment merkte der Terraner, dass er sich getäuscht hatte. Orbanaschol war nur weniger betrunken als Jorriskaugen, täuschte aber starke Trunkenheit vor, um seinen Widerpart zum Leichtsinn zu verleiten. Er nutzte jeden faulen Trick, um dieses Wettschießen zu gewinnen.

Der Imperator nahm sein Gewehr, das Merantor inzwischen aus der Munitionsbox geladen hatte, die hinter Orbanaschol stand. Er legte an und schoss. Aber die Rakete jaulte an dem etwa anderthalb Kilometer entfernten Ziel vorbei und explodierte beim Aufschlag auf dem Boden. Orbanaschol ließ das Gewehr ärgerlich fallen. »Merantor!«, schrie er. »Warum haben ich diesen schlechten Platz? Von hier aus habe ich fast überhaupt keine Zielsicht.«

»Lassen Sie uns tauschen, Euer Erhabenheit«, sagte der Cel'Mascant. »Ich selbst hatte bereits den Eindruck, dass Ihr benachteiligt seid.«

Jorriskaugen öffnete den Mund, schloss ihn jedoch wieder und verzichtete auf einen Protest. Alle Plätze waren gleich gut. Niemand war im Vorteil. Merantor hob das Gewehr auf und wollte es laden, doch der Imperator stieß ihn zurück und legte selbst die Munition ein. Lebo Axton krampfte die Hände um die Haltebügel des Roboters. Eiskalt lief es ihm über den Rücken, denn nun stand Orbanaschol direkt neben der Munitionskiste, die Krayt abgestellt hatte. Axton blickte dorthin, wo Krayt bis vor weniger Augenblicken noch gewesen war. Er sah den jungen Mann entsetzt fliehen. Dieses Verhalten war letzte Bestätigung seiner Vermutung.

Orbanaschol riss das Gewehr hoch und feuerte sieben Raketen hintereinander ab, ohne Jorriskaugen Gelegenheit zum Schuss zu geben, obwohl bis dahin stets nur abwechselnd gefeuert worden war. Jeder Schuss war ein Treffer. »Sehen Sie, Jorriskaugen«, rief er mit vor Erregung heiserer Stimme. »Mein eigener Mitstreiter wollte mich ausstechen. Jetz sind Sie dran. Schießen Sie, aber treffen Sie auch, sonst werde ich mir erlauben, über Sie zu lachen.«

Er ergriff seinen Becher, der inzwischen wieder gefüllt worden war, und leerte ihn auf einen Zug. Dabei blickte er Axton über den Rand des Bechers hinweg an. In diesem Moment gab der Terraner Kelly den Befehl, nach vorn zu gehen. Die Zuschauer und die Schützen schienen sofort zu spüren, dass etwas nicht in Ordnung war. Niemand hatte es bis zu diesem Zeitpunkt gewagt, den unsichtbaren Bannkreis zu überschreiten, den der Höchstedle um sich gelegt hatte. Der Imperator ließ den Becher sinken. Seine Augen schlossen sich zu schmalen Schlitzen. Die Miene versteinerte. Plötzlich wurde aus dem jovialen, lächelnden Gesicht eine eiskalte Fratze der Drohung. Axton blieb unbeeindruckt. Er war hellwach, empfand jedoch keinerlei Furcht vor diesem Mann.

»Es tut mir leid, Euer Erhabenheit. Ich muss diesen Wettstreit unterbrechen.«

Orbanaschol schleuderte den goldenen Trinkbecher auf den Boden. »Du wagst es?«, fragte er mit vor Zorn bebender Stimme. »Du wagst es tatsächlich?«

Axton deutete auf die Munitionskiste. »Ich muss diese Box beschlagnahmen. Kelly, nimm sie auf.«

Orbanaschol richtete das Gewehr auf Axton. Jetzt wurde es absolut still unter den Zuschauern. Aus den Augenwinkeln bemerkte Axton, dass sich die meisten erhoben.

»Sie gehen zu weit, Axton«, sagte Jorriskaugen bestürzt. »Was fällt Ihnen ein?«

»Ich habe meine Gründe. Bitte, lasst Euch nicht stören. Ihr erhaltet andere Munition. Dann kann das Spiel weitergehen.«

»Du elender Krüppel!«, schrie Orbanaschol. »Dafür werde ich dich töten! Müsste ich nicht Rücksicht auf meinen edlen Gastgeber und die Tatsache nehmen, dass er heute Geburtstag hat, hätte ich dich bereits erschossen. Verschwinde aus meinen Augen. Schnell!«

»Kelly, die Kiste.«

»Wenn du das wagst, Krüppel, vernichte ich dich.«

»Euer Erhabenheit, ich habe meine Gründe! Habe ich Euch je enttäuscht?«

»Das allerdings nicht.«

Kelly neigte sich nach vorn und nahm die Munitionsbox. Orbanaschol schoss nicht, aber in seinem Gesicht konnte Axton sein eigenes Todesurteil ablesen. In diesem Moment griff Merantor ein. Der geniale Cel'Mascant hatte blitzschnell und richtig kombiniert. Er kannte Axton und wusste genau, dass dieser nur im äußersten Notfall so reagieren würde. »Imperator! Lassen Sie Axton gewähren. Er hat seine Gründe. Ich selbst habe ihn gebeten, sich so zu postieren, dass er uns genau beobachten kann.«

»Ach, und Sie behaupten, dass er diese Munitionsbox unbedingt haben muss? Warum?, frage ich Sie.«

Merantor blickte kurz zu Axton. Der Terraner nickte ihm unmerklich zu. Merantors Lippen zuckten. Er hatte verstanden. »In dieser Box ist eine Bombe, Höchstedler. Axton wollte Ihnen diese Nachricht ersparen.«

»Das ist eine infame Lüge!«, brüllte Jorriskaugen. »Wie kommen Sie dazu, etwas Derartiges zu behaupten? Niemals würde einer meiner Leute ... eine Bombe ... gegen den Imperator ...«

»Gib mir die Box«, befahl Merantor kühl.

Kelly reichte sie ihm. Der Arkonide öffnete sie und betrachtete die Reihen der Miniraketen. Er wusste, dass er jetzt einen Beweis für seine Behauptung erbringen musste. Er war ein erfahrener und äußerst kluger Mann und durchschaute die relativ einfache Falle, die man vermeintlich Orbanaschol gestellt hatte, sofort.

»Einen Roboter!«, befahl er.

»Nehmen Sie diesen.« Orbanaschol zeigte auf Kelly.

»Mit Verlaub, Euer Erhabenheit, das lehne ich ab«, sagte Axton steif. »Es gibt genügend minderwertige Roboter, die eingesetzt werden können. Diesen gebe ich nicht her.«

»Du bist ein mutiger Mann, Krüppel«, sagte Orbanaschol mit einer Mischung aus Wut und Bewunderung.

»Einen Roboter! Schnell!«, rief Jorriskaugen.

Aus einem entfernten Unterstand rannte ein Roboter herbei. Axton atmete unwillkürlich auf und klopfte Kelly auf den Kopf. »Das hätte dein Ende sein können, Kelly. Freu dich, dass ich gerade gute Laune hatte.«

Merantor legte dem Roboter das Gewehr Orbanaschols in die Hände, nachdem er es geladen hatte. Dann reichte er ihm die Munitionsbox und befahl ihm, sich zweihundert Meter zu entfernen. Der Roboter rannte davon, stellte sich in der Schießschneise auf und feuerte nacheinander sieben Raketen ab – ohne dass etwas geschah.

»Was habe ich gesagt?« Orbanaschol lachte. »Alles dummes Zeug. Merantor, dieser Krüppel taugt nichts.« Da legte der Roboter das nächste Geschoss ein. »Aufhören!«, befahl Orbanaschol. »Ich will kämpfen und mich amüsieren. Es reicht.«

Jorriskaugen gab einem seiner Männer ein Zeichen. In diesem Moment feuerte der Roboter abermals. Das Gewehr explodierte. Ein Feuerball entstand, in dem der Automat förmlich zerrissen wurde. Die Druckwelle war so heftig, dass Orbanaschol zurücktaumelte. Er war totenbleich. Jorriskaugen eilte auf ihn zu, doch der Imperator wandte sich schroff ab.

»Verzeiht mir meine Aufdringlichkeit«, sagte Axton hastig. »Ich habe eindeutige Beweise dafür, dass Jorriskaugen nichts mit dieser Sache zu tun hat. Er ist absolut unschuldig.«

»Ist das wahr?«, fragte Orbanaschol mit eisiger Stimme.

»Es ist vollkommen richtig«, bekräftigte Merantor. »Wenn Axton das sagt, stimmt es auch.«

»Wer ist für den Anschlag verantwortlich?«

»Das kann ich jetzt noch nicht eindeutig beantworten«, sagte Axton bedächtig. »Ich garantiere Ihnen jedoch, dass ich Ihnen den Täter innerhalb eines Pragos nennen kann.«

»Das genügt.« Orbanaschol eilte davon. Jorriskaugen folgte ihm.

Beiden Männern war die Stimmung gründlich verdorben. Auch die anderen Gäste zeigten nun keine Neigung mehr, das Fest lärmend fortzusetzen. Sie diskutierten betroffen über den Vorfall.

»Ich frage mich, ob es unbedingt notwendig war, den Fall so öffentlich zu demonstrieren.« Merantor musterte Axton mit scharfen Blicken. »Hätten Sie die Munitionsbox nicht einfach entfernen können?«

»Das hatte ich vor. Sie haben mir jedoch die Entscheidung aus der Hand genommen.«

»Wer ist der Täter?«

Lebo Axton schüttelte den Kopf. »Sie haben mir bisher immer freie Hand gelassen und damit recht behalten. Tun Sie es auch jetzt.«

»Ich will wissen, wen Sie verfolgen.«

»Das kann ich Ihnen noch nicht sagen, oder ich zerstöre alles, was ich bisher aufgebaut habe. Ich bin dicht am Mann, aber was hilft es uns, wenn wir den Attentäter verhaften, nicht aber die Gruppe, die sich hinter ihm verbirgt?«

»Sie sprechen von einer Verschwörung?«

»Selbstverständlich!« Das Wort kam Axton leicht über die Lippen. »Sie werden zugeben müssen, dass es in einem solchen Fall darauf ankommt, die Drahtzieher zu ermitteln und nicht nur den Bombenleger.«

»Also gut«, erwiderte Merantor entschlossen. »Ich verlasse mich auf Sie. Denken Sie aber daran, Axton. Halten Sie Ihr Wort nicht, kostet Sie das den Kopf ...«

»Seit Anbeginn meiner Tätigkeit für Sie war mein Kopf in ständiger Gefahr. Ich denke, dass ich ihn auch jetzt auf den Schultern halten kann.«

Quertan Merantor verzog die Lippen und ging davon. Er folgte dem Imperator und Jorriskaugen. Axton blickte ihm voller Unbehagen nach, war sich seiner Sache ganz und gar nicht so sicher, wie er behauptet hatte. Im Gegenteil – er schwitzte Blut und Wasser. Die Situation hatte sich derart zugespitzt, dass bereits ein kleiner Versprecher die Katastrophe auslösen konnte. Alles stand auf des Messers Schneide. Merantor glich einer Bombe, die durch einen winzigen Fehler gezündet werden konnte.

Axton ließ Kelly eins der Raketengewehre aufheben und anlegen. Er spähte über die Schulter des Roboters hinweg und korrigierte die Haltung, bis eine Miniaturrakete im Zielfeld erschien. »Feuer!« Das Geschoss peitschte aus dem Lauf, und Augenblicke später explodierte es im Ziel. »Na also. Bisher haben wir immer noch getroffen, was wir anvisiert haben.«

»Was wollen Sie von uns?«, fragte Faylein da Nokoskhgan schroff, als Axton auf dem Rücken des Roboters im Zelt der jungen Adligen erschien.

In bequemen Sesseln saßen Tushk da Krayt, Erriy da Forsenik und Nowoshan da Ophas. Die vier Männer hatten offenbar hitzig miteinander diskutiert. Axton sah es ihnen an. Die Augen von Krayt und Nokoskhgan waren feucht vor Erregung. Forsenik war ungewöhnlich bleich. Und Ophas war sich während der Diskussion offenbar immer wieder durch das Haar gefahren, denn es war in Unordnung.

»Wollen Sie mir keinen Platz anbieten?«, fragte Axton ruhig.

»Steigen Sie von Ihrem Roboter und setzen Sie sich.« Ophas blickte Axton mit einem gewissen Wohlwollen an, während sich in den Mienen der jüngeren Männer deutliche Feindseligkeit abzeichnete.

»Sie wagen es, zu uns zu kommen?«, fragte Nokoskhgan. »So als sei überhaupt nichts geschehen?«

»Ist denn etwas geschehen?«

»Sie spielen ein doppeltes Spiel. Sie raten uns, wir sollten uns ruhig verhalten, hetzen dann aber Merantor auf uns und empfehlen ihm, uns bis aufs Blut zu reizen.«

Lebo Axton ließ sich in die Polster eines Sessels sinken und lächelte.

»Sie sind sich dessen überhaupt nicht bewusst, was Sie getan haben. Dabei sind Sie derart dilettantisch vorgegangen, dass hier eigentlich schon ein Verhaftungskommando erscheinen müsste.«

»Sie sind gekommen, um uns zu verhaften?«, fragte Nokoskhgan aggressiv.

»Nein.«

»Was wollen Sie dann?«

»Sie haben einen Anschlag auf Merantor gewagt. Dagegen ist nichts einzuwenden. Dieser Mann ist ein eiskalter Mörder, der den Tod mehrfach verdient hat. Aber Sie haben sich einen Zeitpunkt dazu ausgesucht, wie er ungünstiger nicht hätte sein können. Sie haben das Leben von Imperator Orbanaschol gefährdet!«

»Wir konnten nicht wissen, dass die manipulierte Rakete über eine derartige Sprengkraft verfügt«, rief Krayt.

»Narr!«, sagte Axton verächtlich. »Sind Sie sich denn nicht darüber klar, was es bedeutet hätte, wenn Sie auch nur die Haut des Imperators geritzt hätten?«

»Ich verstehe nicht ...«, erwiderte Krayt unsicher.

»Bereits jetzt haben Sie durch Ihren Anschlag automatisch einen Apparat in Gang gesetzt, der Sie früher oder später erledigen wird! Eine Verletzung oder gar der Tod des Imperators hätte die Situation völlig auswegios für Sie gemacht.«

»Ich versuchte, es euch zu erklären«, warf Ophas ein. »Dies ist jetzt kein Fall mehr, der nur euch und Merantor betrifft.«

»Völlig richtig!«, bestätigte Axton. »Sie haben Orbanaschol die Freude an diesem Fest verdorben. Das genügt, Sie in Ungnade fallen zu lassen, wenn er erfährt, dass Sie es waren.«

»Was sollen wir tun?«, fragte Faylein ernüchtert.

»Sie haben nur noch eine Alternative: Der Anschlag auf Merantor muss wiederholt und erfolgreich abgeschlossen werden! Aber so, dass außer Merantor niemand in Gefahr gerät.«

»Oder?«, sagte Krayt beklommen.

»Oder Sie werden alle verhaftet und wegen versuchten Mordes am Höchstedlen angeklagt. In diesem Fall müssen Sie mit der Todesstrafe rechnen.«

»Das habe ich mir gedacht.« Faylein fuhr empört auf. »Genau so habe ich es mir vorgestellt. Sie erscheinen hier, nachdem der Anschlag fehlgeschlagen ist. Jetzt spielen Sie nicht mehr auf der Tastatur unserer Gefühle herum, jetzt provozieren Sie uns nicht mehr, verwirren oder besänftigen uns. Nein, jetzt gehen Sie direkt auf Ihr Ziel los. Sie wollen Merantor beseitigen, aber sich selbst nicht die Finger schmutzig machen. Sie hetzen uns auf ihn und reden uns ein, dass wir nur diese eine Möglichkeit haben: Mord oder Tod.«

»Jetzt ist endgültig Schluss«, fügte Forsenik hinzu. »Wir machen nicht mehr mit. Wir gehen gemeinsam zu Orbanaschol und erklären ihm alles. Dann wird er begreifen, dass nicht wir die Schuldigen sind, sondern Sie, Axton. Er wird nicht uns bestrafen, sondern Sie.«

»Erriy hat recht«, sagte Nokoskhgan hitzig. »Warum sollten wir aber warten, bis Orbanaschol diesen Kerl vernichtet? Wir könnten es hier und jetzt mit eigener Hand tun, und niemand würde uns dieser Tat wegen anklagen.«

»Die Qualität der arkonidischen Jugend lässt doch zuweilen zu wünschen übrig«, sagte Axton zum Sonnenträger. »Finden Sie nicht auch?«

Ophas lachte, nickte Axton anerkennend zu. »Sie haben kühles Blut. Ich kann nicht umhin, Sie zu bewundern. Sie verhalten sich so, als stünde Ihr Leben nicht auch auf dem Spiel.«

Axton lächelte. »Vielleicht steht es tatsächlich auf dem Spiel. Aber davon soll jetzt nicht die Rede sein. Gegen einen Mann wie Merantor befinden Sie sich alle in dieser Situation in Notwehr. Ihr gesellschaftlicher Einfluss und Ihre finanzielle Macht mögen unter anderen Umständen eine völlig andere Konstellation von Überlegenheit oder Unverletzbarkeit geben. Jetzt aber geht es nur noch um Ihr nacktes Leben.«

»Warum, zum Gork, schießen Sie Merantor nicht über den Haufen?«, fragte Nokoskhgan wütend.

»Weil ich kein Motiv habe«, erwiderte Axton.

»Kein Motiv? Wie soll ich das verstehen?«

»Sie haben erfahren, was mit Ihren Freunden beim Verhör geschehen ist. Sie sind dahintergekommen, dass Merantor letzte Nacht zwei Ihrer Freunde ermordet hat. Wenn Sie schnell und scheinbar spontan handeln, wird Ihnen jedes Gericht zubilligen, dass Sie in Notwehr gehandelt haben. Müssen Sie nicht befürchten, dass Sie die nächsten Opfer der Mordwut von Merantor werden? Haben nicht auch Sie ihn so gedemütigt, wie es vor Ihnen noch nie jemand getan hat? Vergessen Sie nicht, Merantor wollte niemanden töten. Er wollte Ihnen allen nur einen Denkzettel für Ihre Arroganz verpassen.«

»Arroganz?«, fragte Krayt hitzig.

»Arroganz«, bestätigte Ophas. »Axton hat vollkommen recht. Ihr wart übermütig und hochnäsig. Ihr hattet einen Dämpfer verdient.«

»Der Tod von Ansagar da Ophas war ein Unglücksfall, den Merantor voll zu verantworten hatte. Was folgte, war eine Kettenreaktion voneinander abhängigen Vorfällen. Wenn Sie diese Kette jetzt abschließen, ist alles gerettet. Überlassen Sie es aber Merantor, das letzte Glied der Kette zu schließen, sind Sie verloren!«

Die Arkoniden schwiegen, suchten den Blick von Ophas. »Ich muss Ihnen beipflichten, Axton«, sagte dieser, nachdem er eine Weile nachgedacht hatte. »Ihr Rat ist klar und logisch. So und nicht anders geht es weiter.«

Nokoskhgan sprang auf. Sein Gesicht glühte. »Ich werde es tun. Ich werde Merantor töten und damit die Rache vollziehen. Sagen Sie mir, wie ich es tun soll.«

»Auf jeden Fall nicht mit einer Bombe. Nehmen Sie einen Thermostrahler. Damit treffen Sie nur Merantor. Ich werde mich mit aller Kraft dafür einsetzen, dass Sie alle ungestraft davonkommen.« Axton rutschte aus dem Sessel und kletterte auf den Rücken Kellys. »Ich gebe Ihnen rechtzeitig Bescheid. Warten Sie ab, bis die Gelegenheit günstig ist. Ich werde Ihnen Merantor so präsentieren, dass nichts fehlschlagen kann.«

Als Lebo Axton das Hauptfestzelt betrat, war es später Nachmittag. Die Klänge einer gigantischen Musikanlage hallten ihm entgegen. Vorsichtig schob sich Gentleman Kelly durch die Menge, die das Zelt bis auf den letzten Platz füllte. Axton hielt den Roboter erst an, als er Orbanaschol III. sehen konnte. Der Imperator befand sich in der Mitte des Zeltes. Bei ihm waren Merantor und Jorriskaugen. Diese drei Männer waren so ausgelassen wie vor dem Anschlag. Orbanaschol hatte den Schock überwunden. Einige auffallend schöne Arkonidinnen bedienten den Imperator. Auch die anderen Gäste feierten wieder ungezwungen und fröhlich wie vor dem Wettschießen. Sie bedachten die Darbietungen der Künstler, die hin und wieder auftraten, mit stürmischem Beifall.

Axton beobachtete das Geschehen kühl und distanziert. Die Geburtstagsfeier hatte das Niveau eines Volksfests. Gehobene Kunst wurde nicht geboten. Daran war niemand interessiert. Ein gleiches Ereignis wäre auf Arkon I ganz anders verlaufen, dort wären alle Gäste zurückhaltend gewesen. Niemand hätte laut gelacht oder ausgelassen zwischen den Tischen getanzt, und alle hätten mehr oder minder gelangweilt die Darbietungen der Künstler auf höchstem Niveau verfolgt, ohne sich wirklich dafür begeistern zu können.

Axton stellte fest, dass ein dichter Kreis von etwa fünfzig Sicherheitsbeamten und Celistas Orbanaschol abschirmte. Diese taten zwar so, als seien sie ebenso ausgelassen, fröhlich und betrunken wie die anderen Gäste, für einen Spezialisten wie Axton aber war der Unterschied deutlich zu erkennen. Er verließ das Hauptzelt und zog sich in seine Unterkunft zurück. Er wollte die Dunkelheit abwarten, bevor er zuschlug, weil er wollte, dass Faylein da Nokoskhgan bessere Fluchtmöglichkeiten hatte, falls das Attentat misslingen sollte.

Er musste an Avrael Arrkonta denken. Der Freund wusste, dass sich die Ereignisse auf Ophistur zuspitzten. Hatte er Unstog da Arranelkan, dem wahrscheinlichen Nachfolger von Quertan Merantor, schon einen Hinweis gegeben? Axton ließ sich auf seine Liege sinken. Noch einmal überdachte er seinen Plan Schritt für Schritt. Und er rekonstruierte, was bisher geschehen war. Ihm war vollkommen klar, dass sich noch zahlreiche andere Männer auf Ophistur zur gleichen Zeit Gedanken über das misslungene Attentat machten. Da ein Zufall ausgeschlossen war, musste es einen Täter geben. Es war daher selbstverständlich, dass Orbanaschol andere Mitglieder der Geheimdienste mit Nachforschungen betraut hatte. Die Spielmöglichkeiten wurden immer geringer. Viel Zeit blieb jetzt nicht mehr.

Axton fragte sich, ob Orbanaschol wirklich alle Sorgen vergessen hatte, die ihn sonst belasteten. Dachte er nicht mehr den Magnortöter Klinsanthor, oder tat er nur so? Axton erinnerte sich daran, wie schlagartig sich das Verhalten des Imperators geändert hatte, als die Rakete explodiert war und den Roboter zerfetzt hatte. Augenblicke nach diesem Vorfall war nichts mehr davon zu spüren gewesen, dass Orbanaschol den schweren Wein von Ophistur getrunken hatte. Orbanaschol hatte plötzlich den Eindruck eines Mannes gemacht, der absolut nüchtern war.

War diese Reaktion normal gewesen für einen, der erkannte, dass er dem Tode nur knapp entronnen war? Oder hatte Orbanaschol mit Tabletten vorgesorgt, damit er die Kontrolle über sich nicht verlor? Je länger Axton darüber nachdachte, desto mehr kam er zu der Überzeugung, dass Orbanaschol viel zu klug und vorsichtig war, um die Kontrolle über sich zu verlieren. Axton wurde unsicher. Hatte er sich dieses Mal zu viel vorgenommen? War Merantor überhaupt zu stürzen, ohne dass er ihn mitriss?

»Einen Schnaps, bitte«, ertönte eine helle Stimme neben ihm. Fieps stand neben ihm auf dem Tisch neben einem leeren Glas.

»Ist einer nicht genug?« Der Terraner war froh über die kleine Ablenkung.

»Nein.«

»Und du willst noch einen?«

»Klar.«

»Gib ihm einen Schnaps, Kelly!«, befahl Axton.

Gentleman Kelly nahm das Glas und füllte es am Servomaten. Er stellte es auf den Tisch, und Fieps sprang hinein. Er sog die grünliche Flüssigkeit in sich auf und schwoll dabei ein wenig an.

»Das tut gut«, verkündete er, als das Glas leer war. Er kletterte heraus und verneigte sich vor Axton, indem er den oberen Teil seines bleistift-förmigen Körpers krümmte.

»Das freut mich, Kleiner.«

»Noch einen.«

»Wie? Fieps, wenn ich mich nicht täusche, bist du jetzt zu einem Drittel voll Schnaps. Das genügt.«

»Nein. Noch einen.«

»Das bringt dich um.«

»Quatsch. Hörst du auf, bevor du voll bist?«

Axton verschlug es die Sprache. »Willst du damit behaupten, dass du innerlich hohl bist?«

»So ungefähr.«

Jetzt war Axton interessiert, sagte sich zudem, dass Fieps selbst wissen musste, was er vertragen konnte. Sicherlich hatte er von den Arkoniden schon öfter alkoholische Getränke bekommen. »Einen Schnaps für meinen Freund.«

Kelly nahm das Glas und füllte es nach. Als er es auf den Tisch gestellt hatte, sprang Fieps wieder hinein und sog die Flüssigkeit mit dem unteren Ende seines Körpers auf. Danach hatte er einige Mühe, aus dem Glas herauszukommen. Er schwankte deutlich hin und her. »Ich bin voll.«

Einige Augenblicke stand er völlig still, als sei er zu Stein erstarrt. Dann lösten sich aus den Federbüscheln, die sein Kopfende bildeten, vier kleine Dampfwölkchen, die sich rasch verflüchtigten. Danach wurde Fieps wieder lebhaft. »Im Grunde genommen könnte ich noch einen vertragen. Aber mir genügt es jetzt. Man soll nicht übertreiben. Ich habe Dampf abgelassen, und damit ist alles prima.«

»Trink nur nicht noch mehr«, bat Axton lächelnd, »sonst wirst du noch geschwätzig.«

»Du hast recht. Man soll rechtzeitig aufhören.« Fieps sprang vom Tisch und verschwand unter dem Bett Axtons. Wenig später verrieten leise Pfeiftöne, dass er eingeschlafen war.

Axton legte sich zurück und versuchte, sich zu entspannen. Er schloss die Augen und überlegte.

Zwei Tontas verstrichen, bis er sich wieder bewegte. »Ist es dunkel draußen?«

»Es ist völlig dunkel«, antwortete Kelly.

»Dann wird es Zeit für uns. Fieps, hörst du mich?«

Das seltsame Wesen kam sofort unter dem Bett hervor. »Was kann ich für dich tun?«

»Ich habe einen Botengang für dich. Kannst du meine Freunde informieren, dass ich auf sie warte?«

»Allerdings. Ich bin gleich wieder da.«

Fieps neigte den dünnen Körper leicht nach vorn und rannte los. Dabei bewegte er sich erstaunlich schnell. Hin und wieder sprang er und legte dabei mehr als einen Meter zurück. Axton lächelte. Dieser Freund war schnell und unauffällig. Sollten die Agenten Merantors dieses Zelt oder das von Nokoskhgan überwachen, würden sie nichts bemerken.

»Wir gehen zum Hauptzelt.« Axton kletterte auf den Rücken Kellys.

23.

Aus: *Die Zwölf Ehernen Prinzipien* der Dagoristas; um 3100 da Ark
entstandener Kodex des Arkon-Rittertums
Zehntes Prinzip: Streben nach Glück.

Es gibt keine Garantie für Glück – wohl aber ist jeder in seinem Stre-
ben danach der eigene Meister: Der Einzelne, Dagorista, bestimmt mit
seinem Können und seinem Einsatz, welche Form des Glücks er für sich
und die Seinen erreicht.

Ophistur: 14. Prago der Prikur 10.499 da Ark
   Die Situation im Hauptzelt hatte sich nicht grundlegend geändert.
Die Stimmung war ausgelassen. Alle Sorgen schienen vergessen
zu sein. Orbanaschol saß noch immer mit Jorriskaugen und Merantor zusammen. In der Nähe entdeckte Axton Kelchmeister Kethor
Agh'Frantomor. Und jetzt wurde für Axton ganz deutlich, dass sich
der Imperator ebenso wie Frantomor absolut unter Kontrolle hatten,
während Jorriskaugen nahe daran war, die Kontrolle über sich zu verlieren. Merantor saß zwar neben dem Imperator, beteiligte sich aber
kaum an dem Gespräch., während der Höchstedle und der Khasurn-
Laktrote wiederholt bedeutungsvolle Blicke wechselten, wenn sie sich
unbeobachtet glaubten.
   Merantor liegt auf der Lauer, dachte Axton. Doch dann glitten seine
Blicke wieder zu Orbanaschol. Die gedrungene Gestalt beherrschte die
Szene, war von einer unsichtbaren Aura des Respekts umgeben. Und in
diesen Augenblicken begriff Axton endgültig. Bisher hatte er sich ausschließlich auf die Auseinandersetzung mit Merantor konzentriert. Aber
das war falsch gewesen. Sein Hauptgegner war gar nicht Merantor. Er
war es nur physisch. Den viel wichtigeren Kampf aber musste er gegen
den Imperator führen.
   Er befand sich mitten in einem Duell mit Orbanaschol und hatte diese
Tatsache ignoriert. Jetzt wurde ihm siedend heiß bewusst, wie wichtig
es war, den Höchstedlen genau zu beobachten und sein Verhalten exakt

richtig zu beurteilen. Wie auch immer die Auseinandersetzung mit Merantor ausgehen mochte, ihr würde eine mit Orbanaschol folgen, es sei denn, Merantor brachte ihn vorher um. Axton nahm das Bild in sich auf, das sich ihm bot. Er sah höchste Würdenträger des Imperiums, die sich so ausgelassen wie Kinder benahmen, einflussreiche Persönlichkeiten, die vor Vergnügen strahlten, und andere, die dem Treiben mit einem distanzierten oder gar verächtlichen Lächeln folgten.

Orbanaschol war der Einladung von Vauthlen da Jorriskaugen nicht nur gefolgt, weil der Ta-Fürst und Industrielle ein wichtiger Mann war, sondern weil er seinen Anhängern und Freunden eine Möglichkeit geben wollte, sich abseits vom steifen Kristallprotokoll zu amüsieren, ohne nachteilige Folgen befürchten zu müssen. Mehr denn je wurde Axton bewusst, wie leicht Orbanaschol wegen seines Äußeren unterschätzt wurde. Seine Statur und seine Stimme waren durchaus nicht Respekt gebietend, doch das war eine Fassade, unter der sich eine gefährliche Persönlichkeit verbarg.

Atlans Weg zur Macht war noch weit. Es war noch viel zu tun, bis der Weg so weit geebnet war, dass ihn der Kristallprinz bis zum Hügel der Weisen begehen konnte. Unwillkürlich dachte Axton daran, dass der ihm bekannte Geschichtsverlauf eine Herrschaft Atlans ohnehin nicht verzeichnete, jedenfalls nicht in seiner Jugend. Er würde Karriere in der Flotte machen, zu einem unauffälligen Sonnensystem am Rand des Großen Imperiums beordert werden und dort für zehntausend Jahre gebunden sein, auf der Larsaf III genannten Welt, die Axton-Kennon als die Erde kannte ...

Axton verließ das Hauptzelt und lenkte Kelly einige Schritte vom Eingang weg. Aus dem Dunkel tänzelte Fieps auf ihn zu. Der Roboter bückte sich und streckte eine Hand aus. Das bleistiftförmige Wesen kletterte an Kelly bis zu den Schultern hoch.

»Siehst du ihn?«, fragte er leise. »Er steht zwischen dem blauen und dem violetten Zelt.«

Es war dunkel auf dem Vorplatz. Einer der Scheinwerfer war ausgefallen, niemand dachte offenbar daran, ihn zu reparieren. Axton steigerte die Lichtempfindlichkeit seiner Augen und verspürte einen leichten Schmerz im Hinterkopf, aber er ignorierte ihn, denn er konnte deutlich Nokoskhgan erkennen. Der junge Adlige trug einen Thermostrahler an der Hüfte. Axton winkte ihm mit unauffällig erscheinender Bewegung zu. Nokoskhgan antwortete mit gleicher Geste.

»Ich danke dir, Fieps«, sagte der Terraner. »Du bist ein feiner Kerl.«

»Für einen Schnaps tue ich alles. Und für zwei klaue ich eine ganze Welt.«

»Später spendiere ich dir noch mehr«, versprach Axton. »Wirst du mir weiterhin helfen?«

»Klar. Ich bin dabei.« Fieps schnellte sich von Kellys Schulter und segelte in die Tiefe, landete lautlos und verschwand im Dunkeln.

Axton blickte ihm lächelnd nach. Er kannte Fieps kaum, aber er glaubte ihm aufs Wort. Er würde wieder da sein, wenn er ihn brauchte. Axton lenkte den Roboter ins Zelt zurück, deponierte ihn jedoch in der Nähe des Eingangs und machte sich zu Fuß auf den Weg zu Merantor. Er ließ sich von einer Arkonidin, die die Gäste bediente, einen Becher mit Wein reichen, verschüttete mehr als die Hälfte davon, als er durch einige Arkoniden nach allen Seiten hin gut gedeckt war, und arbeitete sich zielstrebig bis in die Nähe des Cel'Mascants vor.

Jorriskaugen tauchte seine Hände in ein Gefäß, das ihm ein gleichaltriger Arkonide reichte. Es schäumte rot um seine Hände auf, und der Ta-Fürst lachte schallend vor Vergnügen. »Unvergleichlich! Ich habe nie so etwas empfunden. Und du behauptest, es lebt!«

»Es lebt«, antwortete der Mann mit dem Becher. »So wahr Magnortöter Klinsanthor existiert!«

Jorriskaugen packte den Becher und stülpte ihn dem Mann zornig über den Kopf, während er seine Wut nach außen hin unter einem wilden Gelächter zu verbergen suchte. Orbanaschol war bleich geworden, ballte die Hände zu Fäusten, seine Lippen verzerrten sich. Als Jorriskaugen den Mann mit dem Becher jedoch heftig von sich stieß und einige Bedienstete ihn schnell aus der Nähe des Imperators abtransportierten, beruhigte er sich rasch wieder. Jorriskaugen und er bemühten sich, so zu tun, als sei nichts vorgefallen. Die weiter entfernten Gäste lachten brüllend, hatten nicht verstanden, warum Jorriskaugen so gehandelt hatte.

Der Mann mit dem Becher befand sich mittlerweile in einem rot wallenden Schaumberg, der sich ständig vergrößerte, bis er darunter kaum noch zu erkennen war. Axton hörte seine erstickten Schreie. Er blickte ihm nach, bis er in einem nach unten führenden Ausgang verschwand.

Quertan Merantor bemerkte Axton. Die Augen des Arkoniden verengten sich. Axton nickte ihm unmerklich zu. Der Cel'Mascant begriff sofort und nutzte eine Gelegenheit, die sich ihm Zentitontas später bot, als ihm Orbanaschol und Jorriskaugen den Rücken zuwandten. Rasch erhob er sich aus seinem Sessel und näherte sich Axton. Dieser wich einigen spärlich bekleideten Arkonidinnen aus, die mächtige Antigravscheiben mit exotischen Früchten zur Loge des Imperators brachten.

»Was ist los?« Merantor beugte sich zu ihm herab.

»Ophas macht Schwierigkeiten«, antwortete Axton. »Aber das sollten wir nicht hier besprechen.«

»Nein, natürlich nicht. Wir gehen nach draußen. Aber unauffällig. Orbanaschol soll nichts merken.«

Lebo Axton nickte, trat etwas zur Seite und schob sich an einigen besetzten Tischen vorbei zu einem Nebengang. Hier saßen junge Arkoniden auf dem Boden und spielten mit Steinen um hohe Geldbeträge. Sie scherzten und lachten über Axton, als sie ihn sahen. Einer versuchte, ihn festzuhalten, doch Axton wich geschickt aus. Hin und wieder blickte er zum anderen Gang hinüber. Dort arbeitete sich Merantor unauffällig voran. Es schien, als seien plötzlich doppelt so viele Gäste wie zuvor im Zelt. Axton beeilte sich, wollte nicht nach Merantor am Hauptausgang ankommen.

Er war jetzt kühl und ruhig. Die Entscheidung stand unmittelbar bevor. In solchen Situationen pflegte er sich extrem zu konzentrieren. Nur eine Frage beschäftigte ihn noch. Bestand die Gefahr, dass er ein Zeitparadoxon auslöste, wenn Merantor starb? Er konnte diese Frage nicht beantworten und hatte sie daher als zweitrangig eingestuft. Er musste den Plan jetzt so vollenden, wie er ihn angelegt hatte. Gleichzeitig mit Merantor erreichte er den Ausgang.

»Was ist los?«, fragte der Arkonide noch einmal.

»Es ist Ophas gelungen, wichtige Persönlichkeiten für sich zu gewinnen. Es braut sich etwas zusammen. Ich halte es für notwendig, dass wir schnell und konsequent durchgreifen, bevor es zu spät ist.« Er deutete nach draußen. »Sie sind im Zelt des jungen Nokoskhgan.«

Merantor reagierte wie erwartet, drehte sich um und verließ das Zelt. Axton winkte Kelly zu sich, kletterte auf den Rücken des Roboters und folgte ihm. Als er nach draußen kam, hatte sich Merantor bereits einige Schritte vom Zelt entfernt. Zwanzig Meter entfernt stürzte Nokoskhgan aus der Dunkelheit, schrie auf und riss den Thermostrahler hoch, zielte auf Merantor. Dieser ließ sich blitzartig zu Boden fallen. Nokoskhgan fluchte.

»Er funktioniert nicht«, rief er aufschluchzend, drehte sich um und floh in die Dunkelheit.

Quertan Merantor schnellte sich hoch und rannte hinter dem jungen Adligen her. Wie gelähmt blickte Axton ihm nach. Mit allem hatte er gerechnet, nur nicht mit einer solchen Panne.

Kelly eilte zum Strahler und hob ihn auf. »Er hat vergessen, ihn zu entsichern.«

Axton war, als habe er einen Schlag in die Magengrube erhalten, war sich darüber klar, dass er das große Spiel verloren hatte. Alle Chancen waren dahin. Es war vorbei. Dieses Mal hatte er zu viel gewagt. Mit belegter Stimmer befahl er: »Hinterher.«

Kelly erhob sich wenige Zentimeter in die Luft und schwebte mithilfe des Antigravaggregats hinter Merantor her. Als er den Bereich der hellen Lichter verlassen hatte, regulierte Axton die Lichtempfindlichkeit seiner Augen neu ein. Wiederum stellten sich heftige Kopfschmerzen ein, aber sie flauten schon bald wieder ab. Nokoskhgan floh blind in die Schussschneise, in der noch immer einige Raumschiffminiaturen standen, die weder Jorriskaugen noch Orbanaschol bei ihrem Wettschießen getroffen hatten. Merantor hatte bereits erheblich aufgeholt, war nur noch etwa fünf Meter hinter dem jungen Adligen.

»Er will ihn lebend«, sagte Axton. »Er hätte ihn längst erschießen können.«

Merantor schnellte sich plötzlich weit nach vorn, sprang Nokoskhgan an und warf ihn zu Boden. Axton sah, wie er mehrmals ausholte und wuchtig zuschlug. Er näherte sich den beiden Männern bis auf etwa zwanzig Meter. Er konnte beide so deutlich sehen, als sei es heller Tag. Merantor kauerte rittlings auf Nokoskhgan und rüttelte ihn an den Schultern.

»Wer hat dir das befohlen?«, schrie er immer wieder.

Zunächst schüttelte der junge Adlige noch ablehnend den Kopf, aber dann stach ihm Merantor die Finger in einige der besonders empfindlichen Nervenzentren. Jeder geschulte Agent hätte dieser Folter mühelos widerstanden. Nokoskhgan aber war ein verwöhnter junger Mann aus reichem Khasurn, der den Kampf von Mann zu Mann noch nie kennengelernt hatte.

»Lebo Axton«, antwortete er wimmernd.

Quertan Merantor schnaufte vor Überraschung, erhob sich langsam, setzte Nokoskhgan einen Fuß auf den Oberschenkel und zwang ihn so, auf dem Boden liegen zu bleiben. »Lebo Axton. Tatsächlich. Und warum sollte er das getan haben?«

»Er hasst Sie.«

»Das ist einleuchtend«, entgegnete Merantor belustigt. Offenbar glaubte er dem Jungen nicht.

»Axton hat uns über alles informiert, was Sie getan haben. Von ihm wissen wir, was mit unseren Freunden auf Arkon Drei passiert ist. Von ihm wissen wir, dass Sie auch hier zwei Morde begangen haben. Lerpo und Hanasheyn sind nicht verunglückt. Sie haben sie erschlagen. Axton hat Sie dabei beobachtet. Was glauben Sie denn, weshalb er Sie aus dem Zelt geholt hat? Er wollte Sie direkt vor meinen Strahler führen, und es wäre ihm gelungen, hätte meine Waffe nicht versagt.«

Merantor sagte nichts, zog den Fuß vom Schenkel Nokoskhgans. Dieser erhob sich langsam. »Haben Sie jetzt endlich begriffen?«

»Ich habe, du Narr.«

»Ich kann nichts dafür. Bitte, verschonen Sie mich.«

Axton klopfte Kelly auf den Kopf. »Lass mich runter«, wisperte er. »Und dann entwaffne Merantor. Schnell!« Lautlos glitt er vom Roboter, zog sich bis zu einem Busch zurück, der einige Meter entfernt war. »Es stimmt, Merantor. Alles, was Faylein gesagt hat, entspricht der Wahrheit.«

Die Hand des Cel'Mascants zuckte zur Hüfte. Als er den Kombistrahler hob, raste Kelly aus der Dunkelheit auf ihn zu, packte die Waffe und entriss sie Merantor, flog weiter und schleuderte sie in den Wald.

»Wo bist du, Axton?« Merantor keuchte.

»Hier«, antwortete der Verwachsene. »Siehst du mich nicht?«

Merantor stürzte nach vorn und eilte einige Schritte auf Axton zu, blieb jedoch abrupt stehen. Ein Zweig peitschte dem Arkoniden ins Gesicht. Merantor brüllte vor Zorn und Schreck. Wieder rannte er nach vorn, und dieses Mal entdeckte er Axton neben dem dunklen Busch. Er streckte die Arme aus und schnellte sich mit einem mächtigen Satz auf den Verwachsenen.

Lebo Axton, der so schwach war, dass er sich nur mit Mühe bewegen konnte, hatte mit einem solchen Angriff gerechnet. Er trat eilig einige Schritte zurück. Merantor versuchte, ihn kriechend zu erreichen, doch Axton warf ihm Laub ins Gesicht. Der Arkonide versuchte die Augen zu schützen, und der Terraner nutzte die Chance, hinter einem Busch zu verschwinden. Axton wusste, dass er es sich nicht leisten konnte, lange mit Merantor zu spielen. Dies war kein Scherz, sondern ein Kampf auf Leben und Tod. Er dachte jedoch nicht daran, ihn allzu früh zu beenden.

»Warte, du Krüppel«, sagte Merantor, der sich aufgerichtet hatte. »Wenn ich dich in die Hände bekomme, zerquetsche ich dich.«

»Dazu wärest du ohne Weiteres fähig, ich weiß. Auf einen Mord mehr oder weniger kommt es dir nicht an. Irgendwann aber ist es zu viel. Für mich fiel die Entscheidung, als ich sah, wie Vortoik starb.«

»Vortoik?« Merantor stand leicht nach vorn gebeugt vor Axton. Die Arme waren kampfbereit gestreckt. Mit weit geöffneten Augen suchte er seinen Gegner. »Du weißt davon?«

»Ich war Zeuge, und ich will wissen, warum Vortoik sterben musste.«

»Es ging um ein Weib. Das ist alles.« Merantor grinste, schien sich jetzt erheblich sicherer zu fühlen. Da er die ersten Zentitontas dieses Duells lebend überstanden hatte, glaubte er, siegen zu können.

»Um nichts sonst?«, forschte Axton.

Merantor lachte abfällig. »Vortoik war ein Nichts. Welche Bedeutung hätte er sonst noch haben können?«

Axton atmete auf, war fest davon überzeugt, dass Merantor in dieser Situation zugegeben hätte, dass er der *Organisation Gonozal VII.* auf die Spur gekommen war, wäre es so gewesen. Er ahnte jedoch nichts von ihrer wahren Bedeutung. Das hatte Axton wissen wollen. »Faylein! Bring dich in Sicherheit, Junge, bevor Merantor auf den Gedanken kommt, dich als Geisel zu benutzen.«

Nokoskhgan begriff und reagierte augenblicklich, drehte sich um und rannte davon. Merantor lachte wild auf. Wiederum hatte er Axton entdeckt, lief auf ihn zu, machte jedoch nicht den Fehler, ihn im Sprung fangen zu wollen. Er trieb ihn auf ein Gebüsch zu. »Jetzt kann ich dich sehen, du Krüppel«, sagte er zischelnd. »Du entkommst mir nicht mehr.«

Axton konnte aufgrund seiner besonderen Fähigkeiten weitaus mehr sehen als der Arkonide, bückte sich und griff nach einem abgebrochenen Ast, der etwa so lang war wie er selbst.

»Wirklich?«, fragte er provozierend. Er war schwach und gebrechlich, aber er verfügte über die Kampferfahrung eines USO-Spezialisten. Mühelos hätte er Merantor mit dem Kombistrahler erschießen können, aber das wollte er nicht, jedenfalls zu diesem Zeitpunkt noch nicht. Er wollte, dass zunächst eine Reihe von Kampfspuren entstanden, die am Morgen gut zu erkennen waren und den Agenten Orbanaschols Aufschluss über den Verlauf des Kampfes geben konnten.

Merantor griff aufschreiend an. Axton wich nicht zurück, sondern stemmte das Ende des Astes in den Boden und richtete das andere gegen die Brust des Arkoniden. Merantor lief direkt in den Ast hinein, brüllte auf und brach zusammen. Er wälzte sich auf dem Boden und zerrte sich das Holz aus der Brust. Er war nur leicht verletzt, aber die Wunde schmerzte, wie Axton vermutete, erheblich. Die Überraschung mochte etwas zu dem Schock beigetragen haben, den der Arkonide erlitten hatte.

»Solltest du nicht in der Lage sein, einen harmlosen Krüppel zu erledigen?«, fragte Axton spöttisch.

Merantor blieb still auf dem Boden liegen. Mit weit aufgerissenen Augen suchte er seinen Gegner und machte ihn schließlich als Schatten aus. Die Richtung, aus der die Stimme Axtons kam, verriet ihm darüber hinaus, wo sich dieser verbarg.

»Du scheinst es noch nicht begriffen zu haben«, sagte Axton leise. »Ich kann dich hervorragend sehen, während du praktisch blind bist. Ein gerechter Ausgleich, wie ich denke.«

Merantor streifte seinen Ärmel zurück und schaltete sein Armbandfunkgerät ein. In diesem Moment erkannte Axton siedend heiß, dass es ein Fehler gewesen war, so lange mit dem tödlichen Angriff zu warten. Ohne darüber nachzudenken, griff er zu dem blau schimmernden Gürtel an seinen Hüften, zerrte sich mit der anderen Hand das Hemd auf und riss die Rechte hoch. Merantor stöhnte vor Entsetzen auf.

Lebo Axton schien eine lebende, von innen heraus leuchtende Schlange in der Hand zu haben, wirbelte sie um den Kopf, lief keuchend auf Merantor zu und schlug ihm das blaue Gebilde mit der ganzen Kraft, die er aufwenden konnte, über den Arm. Das Funkgerät schien förmlich zu explodieren. Weiße Stichflammen schossen heraus und tauchten das Gesicht Merantors in ein gespenstisches Licht. Der Arkonide taumelte zurück. Für einen Moment schien es so, als würde er zu Boden stürzen. Dann fing er sich, blieb mit hängenden Armen stehen.

»Du glaubst doch nicht, Krüppel, dass du mich töten kannst?«, fragte er mit heiserer Stimme. »Das glaubst du nicht wirklich?«

Axton blickte auf das blaue Band in seiner Hand, begriff kaum, was geschah. Welche Überraschungen hatte dieses Gebilde noch für ihn? Was war es eigentlich? Lebte es? Hatte es so etwas wie Intelligenz? Merantor nutzte seine Chance, hatte Zeit gehabt, sich von dem Schock zu erholen. Er griff plötzlich und mit ungestümer Wildheit an – fest entschlossen, Axton zu töten. Er konnte seinen Gegner kaum erkennen, je näher er ihm aber kam, desto besser konnte er ihn sehen – zumal das rätselhafte Etwas, das Axton in der Hand hielt, immer heller zu werden schien und dem Arkoniden den Weg wies.

Merantor hatte Axton fast erreicht, als dieser zur Seite sprang. Dabei verfing sich sein Fuß jedoch an einem Ast. Axton stürzte zu Boden. Merantor warf sich herum. In diesem Augenblick schlug Axton wild um sich. Das blaue Band traf den Arkoniden am Kopf. Merantor schrie gellend auf, hatte das Gefühl, eine unter Hochspannung stehende Leitung berührt zu haben. Er war für Augenblicke völlig gelähmt und sah, dass Axton fortkroch und sich aufrichtete. In dieser Situation hätte er ihn unter anderen Umständen mühelos packen und töten können. Aber seine Muskeln gehorchten ihm nicht.

Axton blickte ihn prüfend an, hörte den keuchenden Atem des Arkoniden und begriff. Langsam ging er auf Merantor zu. Für diesen brach eine Welt zusammen. Zum ersten Mal in seinem Leben fürchtete er sich wirklich, versuchte, etwas zu sagen, schaffte es aber nicht. Nur noch ein Gedanke beherrschte ihn. Er wollte fliehen. Lebo Axton kam bis auf zwei Meter heran, hob den Arm und ließ das blaue Band um den Kopf kreisen.

Die Todesangst vertrieb die Lähmung. Merantor schrie abermals laut auf, dieses Mal aber nicht vor Schmerz, sondern in panischem Entsetzen. Er fuhr herum und flüchtete aus der Nähe Axtons. Erst nach etwa fünfzig Metern blieb er stehen. Er konnte den Verwachsenen sehen. Axton war ihm einige Schritte weit gefolgt, hatte dann die Jagd aber aufgegeben, weil er nicht in der Lage war, sich schnell genug zu bewegen.

Merantor zögerte. Sollte er wirklich vor diesem Krüppel weglaufen, der so schwach war, dass er kaum seinen eigenen Körper tragen konnte? Er ging etwa zehn Meter auf Axton zu, blieb erneut stehen.

»Komm doch, Arkonide«, sagte Axton. »Warum kommst du nicht?«

Arkonide? Warum nennt er mich einen Arkoniden?, fragte sich Merantor. Das hatte Axton noch nie getan. Der Cel'Mascant spürte, wie die Angst erneut in die Glieder kroch. Warum sollte er mit Axton kämpfen? Das blaue Band machte diesen offenbar grenzenlos überlegen. Sollte er sich töten lassen? Seine Gedanken überschlugen sich. Und dann lachte er plötzlich auf.

»Du verdammter Narr«, sagte er wütend. »Fast wäre ich dir in die Falle gegangen. Aber du sollst dich getäuscht haben. So leicht ist es nicht, mich zu beseitigen.«

Er lachte erneut auf und rannte davon.

»Bleib hier!«, rief ihm Axton nach, aber Merantor dachte nicht daran, sich erneut in Gefahr zu begeben. Er hatte endlich erkannt, dass er Axton viel müheloser besiegen konnte. Er musste in die Nähe Orbanaschols zurückkehren. Bei den Zelten hatte er genügend Leute, die jeden Befehl ausführten. Er brauchte nur ein einziges Wort zu sagen, und Axton war erledigt ...

Axton blieb keuchend stehen, sah ein, dass er den Arkoniden nicht zu Fuß verfolgen konnte. »Kelly.«

Neben ihm senkte sich ein dunkler Schatten auf den Boden. »Hier bin ich.«

»Du lässt dir verdammt viel Zeit.« Axton kletterte auf den Rücken der Maschine, und erst in diesem Moment erinnerte er sich an den blauen Gürtel. Er blickte auf seine Hand, dann aber fiel ihm ein, dass er das Band wieder um die Hüften gelegt hatte, ohne darüber nachzudenken. Er versuchte, es vom Körper zu lösen, aber das ging nicht.

Wozu auch?, dachte er. Das Ding hat mir das Leben gerettet. Mit bloßen Händen hätte ich nichts gegen Merantor ausrichten können.

Und doch störte ihn das Band, unterwarf sich nicht seinem Willen, sondern stand nur zur Verfügung, wenn es das selbst wollte. Falls es überhaupt so etwas wie einen eigenen Willen hatte.

»Hinter Merantor her!«, befahl er. »Beeil dich!«

Kelly stieg auf. Axton konnte den Arkoniden deutlich erkennen. Er hatte die Hälfte des Weges bis zu den Zelten bereits zurückgelegt. Ein anderer Arkonide kam ihm entgegen. Axton glaubte, ihn als Celista zu identifizieren. Kelly raste in wenigen Metern Höhe auf Merantor zu, doch dieser erreichte den Helfer noch eher. Axton hörte, dass er von ihm den Strahler verlangte.

»Vorsicht, Kelly!«, rief der Terraner.

Der Roboter ließ sich bis auf den Boden sinken. In diesem Moment blitzte Merantors Kombistrahler auf. Lebo Axton schloss die Augen gerade noch rechtzeitig. Zusätzlich legte er sich die linke Hand schützend über die Augen. Der Thermostrahl schoss dicht an ihm vorbei, erhellte die Nacht. Merantor konnte seinen Gegner gut sehen. Axton reagierte blitzschnell, ließ sich vom Rücken Kellys fallen und schrie diesem gleichzeitig die Anweisung zu, nach oben zu verschwinden.

Axton landete auf dem Boden, rollte sich etwa einen Meter zur Seite, öffnete die Augen und zielte mit dem Kombistrahler auf Merantor. In diesem Moment feuerte dieser zum zweiten Mal. Der Terraner schrie gepeinigt auf, hatte die Augen weit geöffnet. Eine Sonne schien mitten in seinem Gehirn zu explodieren und glühend heiße Energiebahnen durch seinen Körper zu bohren.

Er drückte ab. Instinktiv schloss er die Augen und rollte sich weiter. Irgendetwas stürzte auf ihn und packte ihn. Er begriff erst viel später, dass es Kelly war. Dann hörte er zwei weitere Energieschüsse, doch die schossen tief unter ihm vorbei. Er klammerte sich an den Roboter. Aus seinem weit geöffneten Mund kamen lallende Laute. Axton befand sich am Rand der Bewusstlosigkeit. Die Schmerzen, die durch seinen Körper tobten, waren nahezu unerträglich. Nur die Angst, in die Tiefe zu stürzen, hielt ihn noch aufrecht. Erst als die Schmerzen langsam verebbten, merkte er, dass er gar nicht in den Steigbügeln am Rücken des Roboters stand, sondern in den Armen Kellys lag. »Wo bin ich?«

»Wir befinden uns in großer Höhe über den Zelten.«

Axton öffnete die Augen, aber er konnte nichts sehen. »Was ist mit Merantor?«

Kelly antwortete nicht.

»Ich will wissen, was mit Merantor ist!«, schrie Axton gepeinigt, als etwa eine Zentitonta verstrichen war.

»Ich kann diese Frage nicht beantworten. Als ich mit dir nach oben startete, lebte Merantor noch.«

»Dann lebt er jetzt auch noch.«

»Du hast nicht ihn getroffen, sondern den Arkoniden, der bei ihm war.«

Axton schloss die Augen, stöhnte leise. Alles war vorbei. Hatte Merantor den Kampf überlebt, war Orbanaschol bereits informiert. Selbstverständlich konnte eine solche Schießerei mit Thermostrahlern nicht unbemerkt bleiben. Das bedeutete, dass Merantor das Duell gewonnen hatte. Axton versuchte sich zu entspannen. »Geh irgendwo in der Nähe der Zelte nach unten. Ich möchte auf dem Boden liegen.«

Kelly ließ sich langsam sinken. Am Rand der Schussschneise landete er und legte Axton auf den weichen Waldboden.

»Wie sieht es drüben bei den Zelten aus?« Der Terraner hörte die Stimmen der Gäste und schloss daraus, dass das Fest nun endgültig beendet war.

»Ich kann nicht viel erkennen. Es stehen zu viele Leute herum. Ich sehe weder Merantor noch den Mann, der bei ihm war.«

»Ist Orbanaschol da?«

»Nein. Jorriskaugen kehrt gerade in das große Zelt zurück. Einige Männer sind bei ihm.«

»Lass mich hier liegen. Flieg hinüber und informier dich. Vielleicht kannst du von oben erkennen, wie es aussieht.«

»Ich bin gleich wieder da.« Der Roboter verschwand lautlos.

Axton lauschte, war jetzt ganz ruhig. Er wusste, dass er verloren hatte. Quertan Merantor war ein allzu geschickter Gegner gewesen. Axton fuhr sich mit dem Handrücken über die trockenen Lippen. Ihm war es gar nicht darauf angekommen, Informationen zu erhalten. Es gab nichts mehr, was die Situation noch hätte ändern können. Er wollte allein sein, mehr nicht. Hin und wieder öffnete er die Augen, aber die Hoffnung, die er insgeheim hegte, erfüllte sich nicht. Er konnte nichts sehen, und dieser Zustand der Blindheit änderte sich nicht.

Als etwa eine halbe Tonta verstrichen war, kehrte Kelly zurück.

»Ich bin es«, rief er, als er noch etwa zehn Meter über Axton war.

»Warum auf einmal so feinfühlig? Ich bin zwar am Ende, aber das ist kein Grund, mich jetzt mit Seidenhandschuhen anzufassen.«

Der Roboter setzte dicht neben ihm auf.

»Nun? Was ist?«, fragte Axton gereizt, als Kelly nicht sofort berichtete.

»Ich habe zwei Tote gesehen.«

»Zwei?« Axton fuhr unwillkürlich auf. »Du meinst, Merantor ist tot?«

»Das habe ich nicht gesagt.«

»Dann red deutlicher. Was hast du genau gesehen?«

»Ich sah zwei Körper, die unter Tüchern lagen. Sie wurden auf einer Antigravplatte abtransportiert.«

Lebo Axton war wie verwandelt. »Also ist Merantor doch tot? Er muss es sein. Wer sollte der andere Tote sonst gewesen sein?«

»Ich habe keine entsprechenden Informationen.«

Axton erhob sich, streckte die Arme aus und tastete ungeduldig nach dem Roboter. »Ich will auf deinen Rücken. Hilf mir doch. Ich kann nichts sehen.«

Die metallene Hand des Roboters schloss sich um sein Handgelenk. Behutsam führte ihn Kelly herum, bis Axton ihm mitteilte, dass er die Steigbügel gefunden habe. Kelly kniete sich hin, Axton kletterte auf den Rücken. Hier fühlte er sich sicherer. »Bring mich zum Zelt von Nokoskhgan!«, befahl er. »Los doch! Beeil dich! Es kommt jetzt auf jede Zentitonta an. Ich muss genau wissen, was los ist.«

Kelly schwebte in die Höhe. Axton spürte, wie ihm der Wind ins Gesicht blies. Er atmete schnell und hastig, weil er hoffte, durch eine Sauerstoffanreicherung die Kopfschmerzen vertreiben zu können. Doch der Erfolg blieb aus.

»Vor dem Zelt stehen zwei Männer«, berichtete Kelly.

»Warte ab. Niemand darf uns sehen.«

Langsam verstrichen die Zentitontas. Immer wieder erkundigte sich der Terraner, aber die beiden Arkoniden vor dem Zelt wichen nicht. Erst als eine halbe Tonta vergangen war und Axton die Hoffnung schon fast aufgegeben hatte, teilte ihm Kelly mit, dass sich nun niemand mehr in der Nähe des Zeltes aufhielt. Axton befahl ihm, hinter dem Zelt im Dunkeln zu landen. Wenig später spürte er den leichten Ruck, mit dem Kelly aufsetzte.

»Geh jetzt um das Zelt und bring mich hinein!«, befahl Axton wispernd. »Niemand darf uns sehen. Achte darauf.«

Kelly bewegte sich schnell und lautlos voran. Axton hörte das Rascheln der Zeltwände, dann Stimmen aus dem Nebenraum. »Weiter, Kelly.«

Der Roboter schlug einen Vorhang zur Seite.

»Axton«, rief Nokoskhgan überrascht. »Sie sind hier?«

»Das Gleiche könnte ich Sie fragen«, erwiderte der Verwachsene.

»Es tut mir leid, Axton. Ich habe es einfach nicht geschafft. Und danach bin ich hierher zurückgekehrt.«

»Sie wurden also noch nicht verhaftet?«

»Warum auch?«, fragte Ophas, den der Terraner deutlich an seiner Stimme erkannte. »Merantor ist tot. Und einen anderen Zeugen gibt es nicht. Sie ausgenommen.«

»Merantor ist tot? Sind Sie absolut sicher?«

»Absolut«, sagte Ophas. »Es gibt nicht den geringsten Zweifel. Ich selbst habe neben der Leiche gestanden. Er und der Mann, der bei ihm war, sind tot.«

»Beide durch Thermostrahlen gestorben?«

»Dann wissen Sie es nicht?«, fragte Ophas überrascht. »Sie wissen es wirklich nicht?«

»Was denn, zum Gork?«

»Quertan Merantor ist nicht von Ihnen getötet worden.«

»Von wem denn? Nun reden Sie doch endlich. Spannen Sie mich nicht länger auf die Folter.«

»Merantor hat den Kampf mit Ihnen überstanden. Ich habe alles beobachtet, weil ich mir Sorgen um Faylein machte«, berichtete Ophas. »Der Mann, der bei Merantor war, wurde von einem Thermoschuss durchbohrt. Als Merantor merkte, dass er Sie nicht mehr töten konnte, flüchtete er. Aber er kam nicht weit. Fieps schnellte an ihm hoch. Ich konnte es im Licht eines Scheinwerfers überaus deutlich verfolgen.«

»Fieps?«

»So heißt doch das Wesen, das bei ihnen war, nicht wahr?«

»Allerdings.«

»Fieps sprang an Merantor hoch, hat ihn mit seinem Schnabel vergiftet. Merantor lief noch drei oder vier Schritte weiter und brach zusammen. Er war tot, als einige seiner Männer bei ihm erschienen und sich über ihn beugten. Ich stand zu diesem Zeitpunkt keine vier Schritte von ihm entfernt. Merantors Gesicht war blau verfärbt. Er hat kein Wort mehr sagen können.«

»Merantor ist also tot«, sagte Axton nachdenklich. Keinerlei Triumphgefühl kam in ihm auf. Er fühlte sich vielmehr leer und ausgebrannt, als habe ihn der Energiestrahl getroffen und ausgehöhlt. »Und Fieps hat es getan. Warum?«

»Das ist doch einfach«, sagte Nokoskhgan. »Er wollte Ihr Leben retten.«

»Kelly, bring mich in mein Zelt!«, befahl Axton leise. Wortlos zog er sich zurück. Mit allem hatte er gerechnet, nur nicht damit, dass ausgerechnet Fieps eingreifen würde.

»Lebo Axton?«, sagte jemand, als Kelly das Zelt verlassen hatte. Der Terraner überlegte kurz und erinnerte sich an die Stimme.

»Kennen Sie mich nicht mehr? Ich bin Evshra Ishantor.« Die Stimme des Arkoniden, der als hoher Hofbeamter zum engsten Beraterkreis Orbanaschols gehörte, blieb unverändert kühl und distanziert. »Der Imperator wünscht, Sie morgen zu sprechen, Axton. Verlassen Sie Ihr Zelt bis dahin nicht noch einmal. Sie werden überwacht. Die Wachen werden Sie zum Imperator begleiten.«

»Gut. Wissen Sie, ich finde den Weg immer so schlecht.« Er tippte Kelly auf den Kopf, der Roboter trug ihn ins Zelt. Axton war überzeugt davon, dass der Bote des Imperators nichts von seiner Blindheit bemerkt hatte.

Als er allein war, spülte er sich die Augen mit einem milden Präparat und nahm etwas gegen die bohrenden Kopfschmerzen ein. Danach legte er sich auf das Lager und schloss die Augen. Aber er konnte nicht schlafen. Mehrere Tontas vergingen, bis er endlich zur Ruhe kam.

Ophistur: 15. Prago der Prikur 10.499 da Ark

Als das Visifon ansprach, hatte Lebo Axton das Gefühl, überhaupt nicht geschlafen zu haben. Er öffnete die Augen und stellte als Erstes fest, dass ein Teil seiner Sehkraft zurückgekehrt war. Er konnte die Gegenstände im Raum verschwommen erkennen. Kelly stand am Visifon.

»Einschalten!«, befahl Axton.

Evshra Ishantor war am Apparat. »Sie werden in einer Tonta abgeholt«, teilte er mit. »Sie sollten bis dahin bereit sein.«

»Ja.«

Kelly schaltete ab.

Als eine Tonta später zwei bewaffnete Männer das Zelt betraten, erwartete Axton sie auf dem Rücken des Roboters.

»Der Robot bleibt hier«, bestimmte einer der beiden. »Sie gehen allein.«

»Dann laufen Sie bitte nicht so schnell. Nehmen Sie Rücksicht auf einen Krüppel.«

Die Arkoniden gingen auf den scherzhaften Ton nicht ein, dirigierten ihn nach draußen. Axton war froh, jetzt wieder ein wenig sehen zu können.

Imperator Orbanaschol III. erwartete ihn in einem schlicht eingerichteten Nebenraum seines großen Zeltes. Das feiste Gesicht zeigte allzu deutlich, was er dachte und empfand. In ihm spiegelten sich eiskalte Ablehnung und maßloser Zorn. Vor Orbanaschol auf dem Tisch lag ein kleiner Nadelstrahler. Axton war sofort klar, was diese Geste zu bedeuten hatte. Orbanaschol beabsichtigte, ihn hier und mit eigener Hand für den Tod Merantors zu bestrafen.

»Quertan Merantor ist tot«, eröffnete der Imperator das Gespräch. »Und du bist sein Mörder.«

»Merantor ist von einem einheimischen Wesen getötet worden. Richtig aber ist, dass ich in eine Auseinandersetzung mit Merantor verwickelt war. Eine dienstliche Angelegenheit.«

»Dienstlich?«, fragte Orbanaschol argwöhnisch. »Ich frage mich, welche dienstlichen Angelegenheiten der Chef der *Tu-Ra-Cel-Sektion Innenaufklärung* mit einem Mitarbeiter des gleichen Dienstes zu erledigen gehabt haben soll.«

»Ihr werdet zugeben, Euer Erhabenheit, dass ich Euch einige wertvolle Dienste leisten konnte ...«

»Das ist richtig«, antwortete Orbanaschol widerstrebend. »Das aber erklärt nicht, was in der Nacht vorgefallen ist.« Seine Stimme hob sich. Voller Widerwillen blickte er Axton an. »Du hast es nicht nur gewagt, Unordnung zu stiften, sondern die Festlichkeiten nachhaltig zu stören. Es ist selbstverständlich, dass wir diesen Planeten nun verlassen werden. Politische und wirtschaftliche Schäden, von denen ein Krüppel wie du keine Vorstellungen hat, sind die Folgen.«

»Ich poche nicht auf das, was ich vorher für Euch getan habe. Es war alles so selbstverständlich wie das, was ich in der Nacht für Euch, den Imperator des Tai Ark'Tussan und von Arkon, getan habe.«

Orbanaschol beugte sich etwas vor. Seine Augen verengten sich zu Schlitzen. »Du willst etwas für mich getan haben? Wer soll das denn glauben?«

»Es ging um eine Verschwörung, deren Ziel es war, den Imperator zu stürzen!«

Orbanaschol lehnte sich schnaufend zurück, lachte leise und verächtlich. »Welcher Narr wollte mir das glaubhaft machen?«

»Ich werde mich darum bemühen«, versprach Axton. »Ihr erinnert Euch an das Wettschießen?«

»Nur zu gut, Krüppel. Wenn du die Bombe nicht entdeckt hättest, wäre ich vermutlich getötet worden.« Orbanaschol sprach in einem Ton, der deutlich machte, wie wenig er von dieser Leistung hielt.

»Bitte, versucht, Euch daran zu erinnern, wie Ihr überhaupt in die Nähe der Bombe gekommen seid.«

»Bin ich hier, um Fragen zu beantworten?« Orbanaschol griff zornig zur Waffe und richtete sie auf Axton. »Was fällt dir ein?«

»Dann muss ich es Euch sagen. Ihr habt den Platz mit Eurem Assistenten gewechselt. Er hat es Euch angeboten, und damit standet Ihr plötzlich neben der Bombe.«

»Das ist allerdings wahr.« Orbanaschol senkte den Nadler. »Du willst also behaupten, dass Merantor wusste, dass eine Bombe in der Munitionsbox ist?«

»Er hat Euch angeboten, den Standort zu wechseln. Als Ihr neben der Bombe standet, habe ich eingegriffen. Und was blieb Merantor anderes übrig, als zuzugeben, dass ich recht hatte?«

»Er hätte es leugnen können.«

»Dann wärt Ihr zerrissen worden, aber Merantor hätte das nichts geholfen, denn nun hätte man ihm die Beteiligung nachweisen können. Also rettete er seinen Kopf dadurch, dass er behauptete, ebenfalls entdeckt zu haben, dass ein Attentatsversuch vorlag. Vergesst nicht, Merantor war ein äußerst kluger Mann.«

»Das war er wirklich. Er war vielleicht der klügste Kopf, den ich hatte.«

»Das hat ihn nicht daran gehindert, eine Bombe zu legen. Wäre das Attentat gelungen, hätte er behaupten können, dass es ein Unfall war. So aber konnte er nicht zulassen, dass die Munition benutzt wurde.«

Orbanaschols Gesicht verzerrte sich. Er schlug mit der flachen Hand auf den Tisch. »Du Gork! Es stimmt, was du sagst, aber ich glaube dir dennoch nicht.«

»Es stimmt. Ich war durch einen Zufall darauf gekommen, dass die Munition präpariert war. Ich wusste jedoch nicht, wem der Anschlag gelten sollte. Das wurde mir erst klar, als Merantor dafür sorgte, dass Ihr den Standort mit ihm wechseltet.«

»Welches Motiv sollte er gehabt haben?«, fragte der Imperator in einem letzten Versuch, sich der Argumentation Lebo Axtons zu entziehen.

»Ich weiß es nicht, und ich kann diese Frage noch nicht beantworten. Es gibt jedoch gewisse Hinweise, die darauf hindeuten, dass Merantor mit der zerschlagenen *Organisation Gonozal VII.* in Verbindung gestanden hat. Vielleicht wollte er sich dafür rächen, dass diese Organisation vernichtet wurde. Beweise kann ich Euch erst liefern, wenn ich meine Nachforschungen fortsetzen kann.«

Orbanaschol schwieg, blickte Axton durchdringend an. Fast drei Zentitontas verstrichen, ohne dass ein Wort fiel. »Gut«, sagte der Imperator schließlich. »Du sollst diese Chance haben. Berichte mir nur noch, was in der Nacht geschehen ist.«

»Merantor wusste selbstverständlich, dass er sein Spiel verloren hatte. Nun hoffte er, sich dadurch retten zu können, dass er mich umbrachte.

Es kam zu einem Zweikampf, mit dem ich allerdings gerechnet hatte. Dank meines Roboters konnte ich Merantor entkommen. Dabei wurde bedauerlicherweise der Helfer Merantors getötet. Merantor selbst ist mir entkommen. Er wurde von Fieps getötet, einem einheimischen Wesen. Mit Merantors Tod habe ich also eigentlich gar nichts zu tun ...«

»Die Ärzte werden die Leiche Merantors untersuchen. Es wird sich zeigen, ob sich darin das Gift dieses von dir bezeichneten Wesens befindet.«

Axton ließ sich seine Erleichterung nicht anmerken. Er wusste, dass er gewonnen hatte. Buchstäblich im letzten Moment war es ihm gelungen, das scheinbar schon verlorene Spiel aus dem Feuer zu reißen.

»Du wirst dich an einen neuen Vorgesetzten gewöhnen müssen«, sagte Orbanaschol.

»Ist mir die Frage gestattet, wer der Nachfolger Merantors werden wird, Höchstedler?«

»Selbstverständlich.« Der Imperator wandte sich gelangweilt ab. Für ihn war der Fall erledigt. »Es wird mein guter Freund Frantomor sein.«

Axton hatte das Gefühl, einen Hieb in den Magen bekommen zu haben. Kethor Agh'Frantomor war ein Mann, mit dem er überhaupt nicht gerechnet hatte. Er fragte sich enttäuscht, warum sein heimlicher Kandidat Arranelkan das Amt nicht bekommen hatte, aber er wagte es nicht, diese Frage laut zu äußern. Frantomor war in der Tat als enger Freund Orbanaschols bekannt, durchtrieben, undurchschaubar, ein Saufkumpan Orbanaschols.

Nicht zu vergessen, dass er als Khasurn-Laktrote oder Kelchmeister der Hauptbevollmächtigte in allen Fragen das Adels war und somit maßgeblich beteiligt bei der Vergabe von Titeln sowie von Amts wegen der Sprecher der im Tai Than vertretenen Adeligen. Im Geflecht der verschiedenen Adelsinteressen war dieser Mann durchaus eine maßgebliche Schaltstelle, ein Knotenpunkt, der vor jedem Vordringen zum Imperator selbst zuerst zu nehmen war. Mit ihm hatte Axton an diesem 15. Prago der Prikur 10.499 da Ark einen vielleicht noch viel gefährlicheren Gegner erhalten, als es Merantor gewesen war, weil er absolut unberechenbar war. Von Merantor hatte Axton immer gewusst, wie er sich bei bestimmten Problemen entscheiden würde. Bei Frantomor konnte das niemand sagen.

Als Geheimdienstchef der *Tu-Ra-Cel-Sektion Innenaufklärung* würde fortan also ein dritter enger Vertrauter Orbanaschols eine wichtige

Machtposition übernehmen. Gos'Laktrote oder Kristallmeister Arcangelo Ta-Kermian – in der Zweitbezeichnung auch »Oberaufseher der Privaträume des Zhdopanthi« genannt – hatte nahezu unbeschränkten Zugang zum Imperator und folglich einen maßgeblichen Einfluss; von ihm stammten viele Ideen und Einflüsterungen. Weil er in die Sicherheitsmaßnahmen eingebunden war, unterstand ihm die *Tu-Ra-Cel-Sektion Außenaufklärung*.

Dritter und vermutlich Schlimmster im Bunde war Gos'Mascant oder Kristallmarschall Offantur Ta-Metzat – einer der Mörder Gonozals! –, dessen Tu-Gol-Cel sich unter ihm als »Politische Geheimpolizei des Imperators« fast so schlimm wie die Kralasenen des verstorbenen Sofgart entwickelt hatte. Orbanaschol hätte kein willfährigeres Werkzeug finden können als ihn, seinen ehemaligen Ersten Diener und zugleich engsten Vertrauten, der schon vor dem Mord an Atlans Vater viele schmutzige Geschäfte für seinen Herrn erledigt hatte. Nach der Machtübernahme im Jahr 10.483 da Ark war der Mann rasch zum *Ta-moas* erhoben worden – zum »Ta-Fürsten Erster Klasse« im Sinne eines Erzherzogs.

Axton verneigte sich vor dem Imperator und verließ das Zelt als freier Mann. Mit schleppenden Schritten kehrte er zu seinem Zelt zurück. Nun hatte er zwar Merantor aus seinem Amt »entfernt«, das eigentliche Spiel aber dennoch verloren, denn sein Ziel war es gewesen, einen Vertrauten zum TTC-Chef zu machen. Oder es gar selbst zu werden – doch davon war er aber weiter denn je entfernt ...

Als Axton sich auf seine Liege setzte, bemerkte er, dass er nicht allein war. Außer Kelly war noch jemand da. *Fieps!* Das bleistiftförmige Wesen stand aufrecht neben dem leeren Glas auf dem Tisch. Axton sagte: »Hallo, Fieps.«

»Hallo.«

»Ich danke dir. Du hast mir das Leben gerettet.«

»Du bist der Einzige, der mir an einem Tag zwei Schnäpse gegeben hat. Und dafür tue ich alles!«

»Dafür wirst du sogar zum Redner? Kelly, gib meinem Freund etwas gegen den Durst.«

»Aber nicht zu viel, Lebo. Ich sehe schon ganz aufgeschwemmt aus.« Fieps drehte sich einmal um sich selbst. Axton konnte allerdings nicht die geringste Veränderung an dem dünnen Körper entdecken.

»Ich glaube, einen kleinen Siegestrunk kannst du vertragen ...«

»Wirklich. Einen oder zwei?«

»Für jedes Bein einen.«

»Du bist mein wahrer Freund, Lebo. Wen soll ich umbringen? Vielleicht den Imperator?«

»Hüte dich, mein Freund. Anschließend legst du dich schlafen, verstanden?«

»Ich tue alles, was du willst, Lebo.«

»Willst du mich begleiten, wenn wir Ophistur verlassen?«

»Geht nicht. Ich kann nur hier existieren.«

Axton atmete insgeheim auf. Lächelnd sah er zu, wie Fieps ein Glas entleerte und anschließend kleine Dampfwölkchen ausstieß.

»Gib mir auch einen Schnaps, Kelly«, sagte er. »Ich glaube, ich habe ebenfalls einen verdient.«

24.

Aus: *Die Zwölf Ehernen Prinzipien* der Dagoristas; um 3100 da Ark
entstandener Kodex des Arkon-Rittertums
Sechstes Prinzip: Gegenseitigkeit.
Lebe, Dagorista, und lasse leben! Sei höflich und achte in der Fremde Sitten und Gebräuche – nur so bewahrst du deine eigenen für dich, wie es dein Recht ist.

Gonwarth: 15. Prago der Prikur 10.499 da Ark

Am vierten planetaren Tag nach unserem ersten Erkundungsflug geschah genau das, was wir zugleich befürchteten und erhofften.

Vandra rief mich über Funk an. »Wie lange dauert das denn noch?«

»Uns fehlt das richtige Werkzeug, das sagte ich Ihnen doch bereits. Sie müssen Geduld haben.«

»Sie verzögern die Arbeit. Ich schicke einen meiner Männer. Stellen Sie sich drüben am Rand des Einbruchs auf, damit ich Sie zählen kann!«

»Wir verlieren nur Zeit, und ...«

»Tun Sie, was ich Ihnen sage!«, unterbrach sie mich in scharfem Ton.

»Na schön, wie Sie meinen.«

Ich wusste, dass sie uns mit einem einzigen Feuerstoß aus dem Schiff erledigen konnte, und wenn wir in Deckung blieben, würde es künftig unmöglich sein, an den Raumer heranzukommen.

Als Vandra festgestellt hatte, dass wir vollzählig waren und niemand in einem Versteck lauerte, ordnete sie an: »Und nun verschwindet hinter den Felsen, auch Akon-Akon! Lasst euch nicht sehen, bis ich es sage. Vergesst nicht, dass einer meiner Männer im Feuerleitstand sitzt. Er hat Befehl, jeden zu töten, der sich dem Schiff nähert.«

Wir zogen uns zurück. Fartuloon sagte voller Bedenken: »Und wenn sie nun merkt, dass wir sie hereingelegt haben? Ich fürchte, sie wird ziemlich wütend werden.«

»Das macht nichts«, erwiderte ich mit zwiespältigen Gefühlen, denn ich war mir meiner Sache durchaus nicht sicher. »Sie wird sich vielleicht eher zu Verhandlungen bereit erklären, wenn sie sieht, dass wir hart geblieben sind. Sie hat keine andere Wahl. Sie braucht uns, wenn sie freikommen will.«

»Ich weiß nicht. Sie kann einen Mann am Feuerleitstand zurücklassen und selbst versuchen, das Schiff freizulegen.«

»Dazu würden sie Jahre benötigen.«

Wir spähten um den Felsen. Viel war nicht zu sehen. Aber Vandra hielt Funkkontakt mit dem Mann, den sie zur Erkundung losschickte. Der Akone berichtete, was er sah. Für Vandra war das keine sehr erfreuliche Nachricht, wir hörten sie fluchen. Sie kündigte uns blutige Vergeltung an, wenn wir nicht sofort mit der Arbeit beginnen würden. Und zwar unter der Aufsicht eines Akonen.

Ich stellte meine Bedingung: »Gut, Vandra, ich garantiere Ihnen, dass wir das Schiff in zwei Tagen freibekommen, aber nur, wenn Sie die Zentrale verlassen und sich in meine Obhut begeben. Es wird Ihnen nichts geschehen, aber ich muss sicher sein, dass Sie uns keine Falle stellen. Wir haben keine Lust, für immer auf Gonwarth zu bleiben.«

»Ich soll mich freiwillig in die Gefangenschaft begeben? Niemals, Arkonide!«

»Dann bleiben Sie, wo Sie sind.«

Es entstand eine lange Pause. Wahrscheinlich beriet sie sich mit ihren Leuten. Wir hingegen brauchten nicht zu beraten. Wir warteten.

Endlich sagte Vandra: »Ich teile Ihnen morgen meinen Entschluss mit.«

»Lassen Sie sich nur Zeit. Aber erwarten Sie nicht, dass wir inzwischen eine Hand rühren, um das Schiff auszugraben. Unsere Lebensmittel reichen noch lange, außerdem haben wir eine gute Fleischquelle entdeckt. Überlegen Sie also gut, wie Sie sich entscheiden.«

»Was ist mit Akon-Akon? Will er noch immer bei Ihnen bleiben?«

»Sieht so aus. Fragen Sie ihn doch selbst.«

Sie verzichtete darauf und schaltete ab.

Wir verbrachten den Rest des Tages in außerordentlicher Gelassenheit, denn wir waren fest davon überzeugt, die Akonen in eine für sie aussichtslose Lage manövriert zu haben. Vandra musste nachgeben oder es auf eine lange Belagerung ankommen lassen. Und im Notfall konnten wir den Coumargs befehlen, einen weiteren Hohlraum unter dem Schiff zu erzeugen, damit es völlig unter die Oberfläche versank. Aber eine solche Anordnung wollte ich erst geben, wenn kein anderer Ausweg mehr blieb.

Abends saßen wir um das Lagerfeuer, während ein Mann auf dem Fels Wache hielt. Akon-Akon saß abseits und schien zu träumen. Mit weit geöffneten Augen starrte er in den Nachthimmel, als wolle er die Sterne zählen.

Der ausgedehnte Felsbuckel vermochte nicht, die gewaltige Druckwelle völlig abzufangen, die uns gegen Mitternacht aus dem Schlaf riss.

Ich wurde einige Meter weit durch die Luft geschleudert und landete in einer Pyramide der Coumargs, die den Aufprall milderte. Ein greller Blitz blendete mich; als er erlosch, konnte ich eine ganze Weile nichts sehen. Das Donnern der Explosionen machte mich halb taub. Größere und kleinere Splitter und Trümmer surrten mit hoher Geschwindigkeit durch die Luft. Sie kamen alle aus der Richtung des Schiffes.

Der Arkonide, der auf dem Hügel gewacht hatte, rannte herbei. Er blutete an der Stirn. »Das Schiff!«, keuchte er. »Ich glaube, sie wollten starten ...«

Fartuloon rollte sich aus einer Mulde. »Vandra muss verrückt geworden sein.«

»Sie hat die Nerven verloren«, vermutete ich und ging um den Fels, bis ich das Schiff sehen konnte. In der rötlich schimmernden Glut, die die Nacht erhellte, konnte ich nur erkennen, dass der Krater nun einen Ringwall hatte ...

Als es hell wurde, konnten wir die Ereignisse der vergangenen Nacht rekonstruieren.

Obwohl Vandra wissen musste, dass der Ringwulst mit den Impulstriebwerken fast völlig verschüttet war und die Antigravaggregate nicht funktionierten, hatte sie den Befehl zum Start gegeben. Vielleicht hatte sie gehofft, doch freizukommen. Der Energierückschlag jedenfalls war verheerend gewesen und ließ weitere Aggregate im Schiffsinneren detonieren. Der Transportraumer war ein zerschmolzener und deformierter Metallberg, in dem niemand überlebt haben konnte.

Die Schäden beruhen nicht allein auf dem Energierückschlag, behauptete der Logiksektor.

Selbstvernichtung? Und damit Selbstmord?

Eine Möglichkeit. Eine andere wäre, dass es eine automatische Sicherung gab. Ihr werdet es nie erfahren.

Akon-Akon zeigte sich nicht sonderlich berührt von dem Schicksal der Akonen; selbst die Tatsache, dass wir nun vermutlich auf Gonwarth festsaßen, schien ihn kaum zu erschüttern.

»Nun könnten uns auch die Coumargs nicht mehr helfen«, stellte Brontalos bedauernd fest.

Ich wies zum Wrack. »Es wird eine Weile dauern, bis es ausreichend abgekühlt sein wird. Ich glaube zwar nicht, dass wir noch etwas Brauchbares entdecken werden, aber versuchen müssen wir es auf jeden Fall.«

»Und dann?«

»Die Kuppelstation im Norden mit dem Großtransmitter.«

Fartuloon runzelte die Stirn. »Eine Möglichkeit, sicher. Aber unsere Zeit dürfte begrenzt sein. Über kurz oder lang müssen wir mit der Ankunft eines Demontagegeschwaders rechnen.«

»Genau.«

Wir verbrachten den Tag mit Faulenzen, nachdem klar war, dass wir uns dem ausgeglühten Wrack selbst mit geschlossenem Schutzanzug nur bis auf wenige hundert Meter nähern konnten.

»Die Coumargs, Atlan«, sagte Brontalos irgendwann, als gäbe es keine anderen Sorgen. »Wir wollten ihnen doch helfen ...«

Ich beruhigte ihn: »Das habe ich keineswegs vergessen.«

Ra, Brontalos und ich machten uns gegen Mittag auf den Weg zum Bau der Königin, der wir den Funkrobot abgenommen hatten. Wie am ersten Tag empfing sie uns mit ihrer Leibwache. Wenig später war die Verbindung hergestellt. Geduldig erklärte ich ihr die Funktion und die Gefahr, die von dem Roboter für sie und ihr Volk ausging. Ich machte sie darauf aufmerksam, dass sie mithilfe des Funkroboters auch in der Lage war, die benachbarten Völker zu versklaven, wenn sie von den Akonen den entsprechenden Befehl erhielt.

Sie begriff, was eine Kettenreaktion war. Wenn sie Anordnungen erhielt, musste sie diese an die nächste Königin weitergeben. Diese wiederum musste ebenfalls gehorchen – und es nahm kein Ende.

Ich zeigte ihr den winzigen Knopf im Hinterkopf des Funkroboters. »Ihr seid kräftig genug, ihn einzudrücken, Königin. Aber tut es erst, wenn ihr die von uns erhaltene Information weitergegeben habt – es ist euer letzter Befehl an die anderen Völker und ihre Königinnen. Sie sollen es ebenfalls tun. Wenn das geschehen ist, werdet ihr für alle Zeiten frei und unabhängig sein. Habt ihr das verstanden?«

Wir erhielten die Bestätigung und Impulse des Dankes und gingen zum Lager zurück.

Am Abend flog ich zu Akon-Akon, der oben auf dem Felskamm saß und nach Westen in die Dämmerung schaute. Im Osten war es bereits dunkel geworden.

»Ich habe mich entschlossen«, sagte er. »Morgen fliegen wir in Etappen zur Station im Norden. Dort sehen wir weiter.«

»Einverstanden.«

Ich war überrascht, wie gut ich geschlafen hatte. Vielleicht deshalb, weil zumindest eine Ungewissheit von uns genommen worden war, wenn auch eine größere blieb. Würde es gelingen, den Großtransmitter zu aktivieren?

Es dauerte bis zum Mittag, bis wir mit den Gleitern alle noch fünfunddreißig Überlebenden zu der Kuppelstation geschafft hatten.

Akon-Akon trug den Kerlas-Stab, von dem er sich niemals trennte, und starrte lange auf den desaktivierten Großtransmitter. In der Saalmitte erhoben sich auf einem Podest die typischen Säulen von Kegelstumpfform. Er hob den Stab, es gab zunächst keine Reaktion.

»Lasst mich allein!«

Der eindringliche Suggestivbefehl unterstrich die Worte. Wir mussten gehorchen und verließen die Kuppel.

Am Abend waren wir beim Lagerfeuer versammelt, als Akon-Akon kam und sich auf einen freien Stein setzte, den Kerlas-Stab zwischen den Knien.

»Es ist sinnlos, Fragen zu stellen«, begann er, nachdem er sich davon überzeugt hatte, dass wir vollzählig versammelt waren. »Ich könnte sie euch nicht beantworten, selbst wenn ich es wollte. Ich weiß genauso wenig wie ihr, wohin uns der Transmitter bringt, sobald ich ihn aktiviert habe. Er ist fest auf ein Ziel programmiert; ich kann es nicht ändern. Möglich, dass wir eine weitere Station auf einem ehemaligen Siedlungsplaneten der Akonen erreichen und dort rematerialisieren. Es könnte aber auch ein Schritt ins Nichts sein.«

»Ein ziemliches Risiko«, warf Fartuloon ein, obwohl er wissen musste, dass Akon-Akon keine Unterbrechungen liebte.

Aber der Junge verriet keinen Unmut. »Natürlich gehen wir ein Risiko
ein, aber wollt ihr hier warten, bis das Demontagekommando der Akonen eintrifft? Immerhin besteht die Möglichkeit, dass wir eine Großsta-
tion erreichen, die uns weiterbefördert, wohin auch immer.«

»Warum geht nicht einer von uns voran?«, fragte Karmina. »Er könnte
zurückkommen und berichten, was geschieht.«

Akon-Akon stützte sich auf den Ring des Stabes. »Es handelt sich um
eine Einwegschaltung. Es gibt also kein Zurück. Wir werden einer nach
dem anderen das Transmitterfeld betreten und entmaterialisieren, ohne
eine Spur zu hinterlassen. Morgen! Hat noch jemand etwas zu sagen?«
Er sah sich suchend in der Runde um, begegnete aber nur zweifelnden
Blicken und betroffenem Schweigen. Er stand auf. »Also gut. Verbringen wir die letzte Nacht auf dem Planeten Gonwarth in Frieden ...«

Wir sahen ihm stumm nach, bis er in der Dunkelheit jenseits des flackernden Feuerscheins verschwand.

Als es hell wurde, machten wir uns nach dem Frühstück auf den Weg. So
wie gestern erreichten wir die Transmitterhalle. Akon-Akon trat vor den
Transmitter und hob den Kerlas-Stab. An der Wand leuchteten plötzlich
die Kontrolllampen auf, ohne dass der Junge etwas berührt hatte. Auch
am Transmitter funkelte nun ein Licht, das die Betriebsbereitschaft an-
zeigte.

Tosend entstanden die Energiesäulen und schlossen sich unter der Hal-
lendecke zum Bogen. Die leuchtende Wölbung verriet nichts – wies in
absolute Finsternis, verbunden mit der quälenden Ungewissheit, was der
Schritt in diese Dunkelheit bringen würde. Akon-Akon sah uns der Reihe
nach mit zwingendem Blick an. »Folgt mir, einer nach dem anderen!«

Er brauchte nicht zu befürchten, dass auch nur einer den Befehl verweigern würde. Aber in diesem Augenblick bewunderte ich doch seinen
Mut, als Erster zu gehen. In Wirklichkeit machte das keinen Unterschied.
Keiner von uns wusste, was mit dem vor ihm Gehenden geschah. Wir
würden alle das gleiche Schicksal erleiden. So oder so.

Ich wartete, bis alle verschwunden waren, durchschritt den Lichtbo-
gen. Um mich wurde es dunkel, und für eine ungewisse Zeitspanne existierte ich nicht mehr.

25.

Es war das zweihundertsiebenundvierzigste Erwachen. Heydra hatte mitgezählt und war sich ziemlich sicher, dass diese Zahl stimmte.

Die blaue Blüte öffnete sich, und nach der langen Pause der Finsternis drangen die ersten Eindrücke in ihr Bewusstsein. Zuerst war alles verschwommen, albtraumhaft, durchsetzt von Halbträumen und den Schatten der Erinnerungen. Dann wurde das Bild klarer.

Es hatte sich nichts verändert. Heydra spürte, dass ein Teil des Körpers, in dem sie gefangen war, in der Zwischenzeit getötet worden war – die Raubpflanzen mussten demnächst dezimiert werden, so ging es nicht weiter. Anfangs, als sie sich noch nicht an das Leben in einem offenen System gewöhnt hatte, waren solche Erkenntnisse schrecklich für sie gewesen und hatten sie an den Rand des Wahnsinns getrieben. Inzwischen akzeptierte sie die relative Unsterblichkeit des pflanzlichen Körpers ebenso wie die damit verbundenen Besonderheiten.

Sie war uralt. Wie alt, vermochte sie nicht exakt zu bestimmen. Sie maß ihre Lebensdauer nach Blütezeiten, und eine Bewusstseinsdauer währte ungefähr sechzig große Zeiteinheiten. Was zwischen dem Ausstoßen der Sporen und dem nächsten Erwachen lag, wusste sie nicht, aber es war ihr ziemlich egal. Es war bereits eine zeremonielle Handlung, als Heydra versuchte, den riesigen Pflanzenkörper unter ihre Gewalt zu zwingen. Es gelang ihr nicht. Sie erwachte jedes Mal zu spät.

Die Blüte schwankte leicht und neigte sich dem Behälter zu. Die blauen, elegant geschwungenen Blätter spiegelten sich im Wasser. In der Mitte der Blütenschale leuchteten die goldenen Filamente, an deren Enden sich im Lauf der nächsten Zeiteinheiten die dicken hellroten Sporenballen bilden würden. Die Blüte war mit ihrem Aussehen zufrieden.

Heydra empfand eine Art düstere Heiterkeit bei der Erkenntnis, dass das monströse Wesen eitel war. Sie konzentrierte sich auf andere Informationsbahnen. Die vier halb verbrauchten Körper, mit denen die Saugfäden des Wurzelsystems in Verbindung standen, jagten ihr Furcht ein. Sie wurde an ihr eigenes Schicksal erinnert. Immerhin waren die Körper Beweis dafür, dass jemand während der Ruheperiode in die Sta-

tion gekommen war. Die Pflanzen hatten sie gefangen. Sie waren Opfer. Aus ihnen gewann die Blüte Kraft, und Heydra wusste, dass damit für mehrere Blütezeiten jede Chance verloren war, doch noch die Kontrolle zu übernehmen. Einmal hatte es eine lange Hungerzeit gegeben, und damals hätte sie es fast geschafft. Es war – im Vergleich zu anderen Situationen – die angenehmste Zeit in dieser Existenz gewesen.

Manchmal fragte sie sich, warum niemand nach ihrem Verbleib forschte. Inzwischen mochte so viel Zeit vergangen sein, dass sich niemand mehr an sie erinnerte, aber wenigstens am Beginn des Unglücks hätte doch jemand kommen müssen ...

Es kam aber keiner. Das Energiekommando schien jedes Interesse an der Station verloren zu haben. Damals, als sie als Wächterin hierher geschickt wurde, war sie verzweifelt gewesen. Dann kam die Blume durch den Transmitter. Heydra hatte nie erfahren, wer das Gewächs geschickt hatte. Auf jeden Fall stand es plötzlich da, eine hübsche Pflanze mit einer wundervollen Blüte. Wenn jemand wie Heydra völlig abgeschnitten von allen Dingen, die man liebte, mitten im Weltall in einer übertechnisierten Umgebung saß, passierten die seltsamsten Dinge. Heydra verliebte sich in einen Traum – und die Blüte war das Symbol für ihre Liebe.

Allmählich merkte sie, dass etwas mit der Pflanze nicht stimmte. Die Blüte welkte nicht. Heydra wurde alt. Der Transmitter stand nutzlos da, sie konnte ihn nicht bedienen, hatte nicht einmal die technischen Mittel, um eine Nachricht durch das Tor zu schleusen. Die Blume war so schön wie am ersten Tag, die technische Umgebung veränderte sich ohnehin nicht, nur Heydras Aussehen zeigte, wie viel Zeit verstrichen war. Sie saß die meiste Zeit neben der Blüte und starrte auf den Punkt, an dem der Transmitter aufleuchten und den Bogen aufbauen sollte, um ihre Ablösung freizugeben.

Niemand kam.

Und eines Tages vermochte Heydra nicht mehr aufzustehen. Eine haarfeine Wurzel hatte sich um ihren Nacken geschlungen, während sie schlief. Die Pflanze hielt sie fest. Die nächste Zeit verbrachte Heydra zwischen einem ständig wachsenden Gewirr von Ranken und Wurzeln. Nach dem ersten Erschrecken kam das Aufbäumen gegen ein Schicksal, von dem sie damals noch gar nicht wusste, wie entsetzlich es tatsächlich war. Dann folgte die Phase tiefster Erschöpfung, schließlich grenzenlose Apathie. Sie wünschte sich, wahnsinnig zu werden, denn dann hätte sie ihre Lage wenigstens nicht mehr so erbarmungslos klar erkannt.

Der Albtraum nahm ein Ende, als die Sporenballen platzten und sich die weißlichen Wolken verteilten. Die Klimaanlage saugte sie auf und trug sie in alle Räume der Station. Heydra spürte die zunehmende Dunkelheit und bereitete sich auf ein friedliches Ende vor.

Aber sie erwachte erneut und stellte fest, dass ihr Körper nicht mehr vorhanden war. Heydra – ihr Ich, ihr Bewusstsein – war in den Körper der Pflanze übergegangen. Eine neue Blüte hatte sich geöffnet. Heydra stellte fest, dass die Sporen an vielen Stellen Nahrung gefunden hatten. Sie wusste zu wenig vom Metabolismus der Pflanze, aber sie nahm an, dass diese Gewächse sich nicht lange halten konnten. Es gab wenig organische Materie in der Station. Eines Tages musste sie verbraucht sein.

Die nächste Sporenladung vergrößerte nicht nur die Zahl der Pflanzen, sondern auch die der Arten. Mit wachsendem Entsetzen verfolgte Heydra, wie sich die Pflanzen über die gesamte Station ausbreiteten. Sie konnte keinen Einfluss auf die Gewächse nehmen. Immerhin hatte das Exemplar, in dem ihr Bewusstsein festsaß, etwas Intelligenz. Die Blüte begriff, dass der Transmitter die einzige Verbindung zur Außenwelt darstellte und dass von dort ab und zu Nahrung in Form von Kontrolleuren und Durchreisenden kam. Daher blieb die Kammer ungeschoren.

Heydra selbst war von der Pflanze keineswegs aus selbstlosen Gründen aufgenommen worden. Die Station war extrem haltbar gebaut, aber im Laufe der Zeit entstanden doch einige Fehlerquellen. Die Bedürfnisse der Pflanzen waren gering im Vergleich zu denen, die andere Wesen stellten. Aber ein oxidierender Kontakt in einem Messgerät für Luftfeuchtigkeit oder in einem Thermostat konnte das Ende bedeuten.

Da Heydra in ihrer derzeitigen Daseinsform handlungsunfähig war, beschränkte sich ihre Tätigkeit darauf, zu beobachten und jede Unregelmäßigkeit zu melden. Die blaue Blüte sorgte dann dafür, dass die Gefahr beseitigt wurde. Heydra war mit ihrer Aufgabe und ihrem »Leben« an sich keineswegs zufrieden. Sie sehnte sich nach dem Tod, aber die Pflanze erlaubte ihr nicht, zu sterben. Heydra wurde gebraucht.

Immerhin hatte sie ein paar Vorarbeiten leisten können, ohne dass die blaue Blüte Verdacht schöpfte. So waren die Sicherheitsroboter einsatzbereit gehalten worden. Sie hatten die Mittel, um die Blüte – und Heydras Bewusstseinsinhalt – zu vernichten. Noch hatte sich keine Gelegenheit ergeben, die Roboter zu aktivieren, aber Heydra hatte so lange gewartet, dass sie den Begriff »Ungeduld« kaum noch kannte.

*Sie spürte eine Veränderung und öffnete ihr Bewusstsein für die he-
ranströmenden Informationen. Sie erschrak. Der Transmitter erwachte
zu technischem Leben. Das konnte nur bedeuten, dass jemand die Station aufsuchen wollte. Heydra hätte vor Aufregung gezittert, wäre ihr ei-
gentlicher Körper noch vorhanden gewesen. Ein wachsamer Impuls der
blauen Blüte ließ sie die Gefahr erkennen. Sie zwang sich zur Ruhe.*

*Jetzt durfte sie keinen Fehler begehen. Eine solche Chance kehrte
vielleicht nie wieder. Bisher hatte der Transmitter aus unerfindlichen
Gründen nur Besucher ausgestoßen, wenn Heydra schlief. Sie hatte daher niemals Einfluss auf das Geschehen nehmen können. Diesmal war
sie wach. Sie konnte fast nichts tun, aber vielleicht reichte es doch, um
diese unwürdige Existenz zu beenden ...*

Rematerialisation: 17. Prago der Prikur 10.499 da Ark

Die Schmerzen der Wiederverstofflichung tobten durch meinen Körper und hinderten mich daran, mich mit der Umgebung zu beschäftigen,
in der wir gelandet waren.

Sei zufrieden, meldete sich der Extrasinn trocken. *Allein die Tatsache,
dass du Schmerzen fühlen kannst, sollte dir eine Erleichterung sein. Du
existierst, und das ist die Hauptsache.*

Der Logiksektor hatte recht, aber ich konnte seinen Kommentar im
Augenblick nicht würdigen. Mein rechtes Bein wollte sich allem An-
schein nach selbstständig machen, denn es schlug in rasendem Tempo
auf und nieder. Ich brachte es fertig, mich halb aufzurichten. Das Bein
hüpfte unverdrossen weiter. Ich beugte mich vor, um es festzuhalten,
aber da ich meinen Körper noch nicht voll beherrschte, fiel die Bewegung zu ruckhaft aus. Das Bein änderte seine Taktik und bog sich im
Kniegelenk durch.

Im gleichen Moment versagten meine Nackenmuskeln, und ich fiel
mit dem Kinn dem Knie genau entgegen. Das Ergebnis bestand darin,
dass ich halb ohnmächtig geschlagen wurde. Einen Vorteil hatte dieses
Ereignis: Mein Bein kam zur Ruhe. Dafür zuckten jetzt meine Arme.
Nur langsam wichen die Nebelschleier vor meinen Augen. Ich ignorierte
die seltsamen Aktivitäten meines Körpers und musterte die Umgebung.
Wir lagen in einer riesigen Halle.

Wir? Mühevoll verdrehte ich die Augen. Ich erkannte ein paar Meter weiter Fartuloon, der ganz still dalag. Akon-Akon hockte bereits auf

dem Boden und drehte verwundert den Kopf hin und her. Vorry kauerte mit eingezogenem Kopf neben einer Gruppe von Frauen, die auf dem Rücken lagen und wie hilflose Käfer mit allen Gliedmaßen zappelten. Auch Ra und Karmina da Arthamin entdeckte ich, dann die anderen. Wir waren vollzählig in dieser Halle versammelt.

Etwas war anders. Bei der Reise, zu der uns Akon-Akon zwang, hatte ich genug Erfahrungen mit Transmittern gesammelt, um zu wissen, dass etwas ganz und gar nicht in Ordnung war. Ich stellte Spekulationen darüber an, dass vielleicht die modernen Geräte der Akonen gewisse Unterschiede zu denen in den uralten Stationen aufwiesen. Dann schob ich diese Überlegungen beiseite und konzentrierte mich auf das Ziel, meine Muskeln unter Kontrolle zu bringen.

Endlich gelang es mir, mich aufzurichten. Fartuloon kam ein paar Schritte entfernt taumelnd auf die Beine. Akon-Akon stand regungslos in der Mitte der Halle und starrte den Kerlas-Stab an, als erwarte er von ihm eine Erklärung dafür, wo wir gelandet waren.

»Was hältst du davon?«, fragte der Bauchaufschneider leise.

Ich hob die Schultern. »Schwer zu sagen. Eigentlich ist es merkwürdig, dass niemand nachsieht, wer durch den Transmitter gekommen ist. Das alles sieht aus, als würde er noch benutzt.«

»Bildschirme, die funktionieren, Beleuchtung, Klimaanlage – ich glaube, du hast recht. Wenigstens sind wir diesmal nicht in einem Trümmerhaufen gelandet.«

»Da du gerade die Belüftungsanlage erwähnst – fällt dir nichts auf?«

Fartuloon nickte. »Ein eigenartiger Geruch. Als gäbe es hier Unmengen ... Blumen.«

»Wir sind in einer in sich geschlossenen Station«, verkündete Akon-Akon, der den Kerlas-Stab endlich sinken ließ.

Wir starrten ihn an. Allmählich dämmerte mir, was er meinte. »Eine Raumstation?«

»Ja. Es kann nicht anders sein. Die Anzeichen sind eindeutig. Das ist sehr günstig. Stationen dieser Art gibt es meines Wissens nur in der Nähe des Verstecks, in das sich die Akonen zurückgezogen haben.«

Fartuloon nickte gelassen. »Allerdings habe ich das dumpfe Gefühl, als wäre es gar nicht so einfach, dorthin zu gelangen. Mit dieser Station ist etwas nicht in Ordnung. Schaut euch die Bildschirme an.«

Inzwischen hatten sich auch die anderen von dem schmerzhaften Schock der Wiederverstofflichung erholt. Wir mussten über eine beträchtliche Distanz transportiert worden sein, wenn ich die Entzerrungs-schmerzen von Raumschiffstransitionen als Vergleich nahm. Instinktiv blieben wir beieinander.

Die Halle war riesig. Von unserem Standort aus war deutlich zu erkennen, dass es an der Wand Bildschirme gab, die eingeschaltet waren. Erst als wir näher kamen, entdeckten wir die anderen, die keine Bilder lieferten. Und wir sahen noch etwas. Die Wand bestand nicht aus glattem Metall, sondern war mit einem weichen Überzug versehen.

»Absurd«, murmelte Ra leise. »Was soll das nun wieder bedeuten?« Auf den Schirmen zeichneten sich andere Räume der Station ab. Wir sahen in matt beleuchtete Maschinenräume, in Kontrollzentren und Schaltstellen. Nirgends gab es eine Bewegung. Kein Akone war zu sehen. »Irgendwo müssen die Kerle doch stecken.«

»Die Station wurde mit Sicherheit schon vor langer Zeit aufgegeben«, behauptete Akon-Akon mit der ihm eigenen Arroganz. »Der Kerlas-Stab zeigt keine Akonen an.«

»Das verstehe ich nicht«, meldete sich Karmina. »Wenn dieser Transmitter tatsächlich in der Nähe des Verstecks steht, ist doch anzunehmen, dass ihn die Akonen im Auge behalten.«

»Das tun sie sicher auch. Deswegen braucht aber niemand an Bord zu sein. Zweifellos gibt es eine Automatik.« Akon-Akon sagte das so daher, als spräche er über das Wetter. Mich dagegen beunruhigte die Aussicht, dass unsere Ankunft längst gemeldet worden war.

»Verflixt«, knurrte ein Mann, der näher an einen Bildschirm herangetreten war und sich mit der Hand an der Wand abstützen wollte. Der plüschähnliche Belag änderte abrupt seine Farbe. Aus dem dunklen, braunstichigen Grün wurde ein intensives Gelb.

Fartuloon schob den Mann zur Seite und berührte das weiche Zeug vorsichtig. Das Gelb wurde noch heller, sonst geschah nichts. Der Bauchaufschneider griff nach den weichen Fasern. Als er die Hand zurückzog, tropfte Wasser auf den Boden. »Pflanzen«, sagte er nachdenklich. »So etwas wie Moos.«

»Was hat das Zeug hier zu suchen?«, fragte Akon-Akon scharf.

»Ich habe es nicht hergebracht. Schaut euch das an, es wächst auf dem blanken Metall!«

Der Bauchaufschneider riss ein paar Fasern ab. Darunter glänzte es silbrig. Der Moosbrocken platschte auf den Boden und versprühte Wassertropfen. Diese merkwürdige Wandverkleidung war mit Wasser gesättigt. Den hinter der Wand liegenden technischen Anlagen schien das nichts auszumachen. Ich streckte vorsichtig die Hand aus. Sobald ich bis auf etwa einen Meter an das Moos herankam, wurde es hellgelb. Erst jetzt merkte ich, dass auch der braungrüne Farbton nicht dem normalen Aussehen der Pflanzen entsprach. »Sie fühlen unsere Nähe und reagieren darauf. Sehr bemerkenswerte Pflanzen, nicht wahr?«

Akon-Akon sah mich misstrauisch an. »Was meinst du damit?«

»Nun, Pflanzen sind zweckmäßig entwickelte Lebewesen. Normalerweise sind sie vollauf damit beschäftigt, zu wachsen und ihre Art zu erhalten. Ihr morphologisches System ist nicht dazu geschaffen, Intelligenz zu entwickeln. Manchmal sieht es so aus, als hätten sie es trotzdem geschafft, aber bei näherem Hinsehen stellt sich heraus, dass es sich um eine Instinkthandlung handelt, die den materiellen Bedürfnissen der Pflanze angepasst ist. Welchen Grund hat das Moos also, die Farbe zu ändern, wenn wir näher kommen? Es ist harmlos. Auffressen kann es uns nicht. Und das ist der einzige Grund, den so ein Gewächs haben kann, um sich derartigen Anstrengungen zu unterwerfen.«

»Das Moos mag für uns harmlos sein.« Akon-Akon stimmte nach kurzem Zögern zu. »Seine Reaktion ist wahrscheinlich auf andere Lebewesen abgestimmt.«

»Welche?«, fragte Ra trocken. »Insekten? Ich sehe keine.«

Der Junge von Perpandron winkte ab und unterbrach damit die Diskussion. Mir dagegen ließ die Frage nach dem Sinn der Farbänderung keine Ruhe. Den anderen ging es ebenso. Trotz seines manchmal verblüffenden Wissens war uns Akon-Akon auch jetzt noch in mancher Hinsicht unterlegen. Seine Kenntnisse waren aufgepfropft und passten oftmals nicht zu den Realitäten der Gegenwart. »Wir suchen nach Kommunikationsgeräten«, ordnete er an. »Wir müssen feststellen, ob die Station wirklich verlassen ist. Ich erwarte, dass sich niemand mehr hier aufhält, aber wir wollen sichergehen.«

Der hypnosuggestive Einfluss, den der Junge auf uns ausübte, war ungebrochen. Wir teilten uns in Gruppen auf und machten uns an die Arbeit. Ich richtete es so ein, dass Fartuloon und ich zusammenblieben. Die nächste Gruppe bestand aus Ra und Karmina. Akon-Akon beteiligte sich sogar ebenfalls an der Suche, nur Vorry blieb im Mittelpunkt der Halle zurück, beobachtete mit seinen gelben Augen aufmerksam alles, was es um ihn gab. Den Kombistrahler hielt er schussbereit.

»Diese Pflanzen gehen mir nicht aus dem Kopf«, murmelte der Bauchaufschneider, während wir die Bedienungselemente unter den Bildschirmen untersuchten. »Du kannst mich meinetwegen auslachen, aber ich fürchte, die Tatsache, dass das Moos ausgerechnet hier, in der Empfangshalle, vorhanden ist, hat eine sehr konkrete Bedeutung.«

»Es meldet uns an!«

Fartuloon starrte mich entgeistert an. »Wie bist du darauf gekommen?«

»Die Reaktion der Pflanzen ist sinnlos bezogen auf die Situation in der Halle. Da Pflanzen nichts Sinnloses tun, muss es außerhalb der Halle etwas geben, was mit der Farbänderung zu tun hat.«

»Genau. Nun müssen wir nur noch herausfinden, was draußen auf uns lauert. Dieser Blumenduft macht mich ganz nervös. Verdammt, wenn das wirklich eine Raumstation ist ...«

»Ich glaube nicht, dass sich Akon-Akon irrt.«

»Eben. Der Geruch passt nicht hierher.«

»Das Moos auch nicht«, murmelte ich.

Schweigend überprüften wir jeden einzelnen Schalter. Wir stellten fest, dass alle Übertragungswege funktionierten, die Bildschirme hätten ausnahmslos aktiviert sein müssen. Ich war mir sicher, dass die Störung nicht in den Schaltungen lag, die sich hinter der Wand verbargen, sondern dass irgendwo in der Tiefe der Station bestimmte Verbindungen unterbrochen worden waren.

»Zu den Räumen, die wir nicht einsehen können, gehört die Hydroponik.« Fartuloon hatte sich an dieser Idee festgebissen. Eine pflanzliche Intelligenz – immerhin war ich einer solchen Lebensform schon begegnet. Die Sonnenpflanze ... Aber das war im Mikrokosmos gewesen, und außerdem lebte dieser seltsame Baum nicht in einer Raumstation.

Bei der Sonnenpflanze handelte es sich um keine einfache Intelligenz, meldete sich der Extrasinn sofort. *Auf dem Sturmplaneten hat sich ein Kollektivbewusstsein entwickelt, in dem die Pflanzen nur ein Faktor unter vielen sind.*

Wenig später rief uns Akon-Akon zusammen. »Ich bin sicher, dass die Station verlassen wurde. Jetzt brauchen wir uns nur noch die Daten zu besorgen, die in den zentralen Speichern zweifellos vorhanden sind.«

»Wir sollten vorerst noch abwarten«, meldete sich Fartuloon zu Wort, aber Akon-Akon wähnte sich seinem Ziel so nahe, dass er keine Zeit mehr verlieren wollte. Er funkelte den Bauchaufschneider zornig an, und gegen den Zwang, der von den großen roten Augen ausging, kam auch Fartuloon nicht an.

»Öffnet das Schott!«, befahl er zwei Männern und deutete auf einen Ausgang.

Schweigend machten sich die beiden an die Arbeit. Das Schott reagierte zuerst nicht auf ihre Bemühungen. Das Moos saß in allen Ritzen und verklebte sogar die Bedienungselemente. Akon-Akon wurde ungeduldig; sein Befehl hallte durch die riesige Halle: »Schneller!«

Die Männer warfen sich gegen das Schott, rissen das Moos büschelweise von dem glatten Metall und hämmerten auf die Kontaktstellen. Endlich rührte sich etwas. Ich hielt unwillkürlich den Atem an. Eine Ahnung sagte mir, dass im nächsten Moment etwas Unglaubliches geschehen musste.

Plötzlich war das, was das Schott bisher gehemmt hatte, überwunden. Die Mittelplatte zischte in die Halterungen. Für einen Augenblick sahen wir nur eine große, dunkle Öffnung. Dann löste sich die düstere Fläche auf und verwandelte sich in ein Gewirr von Ästen. Die Männer schrien entsetzt auf. Lange Ranken schossen ihnen entgegen, besetzt mit scharfen Dornen. Gestank breitete sich aus. Von winzigen, blattähnlichen Auswüchsen tropfte zäher Schleim auf den Boden. Eine Ranke packte den ersten Mann. Mühelos durchdrangen die Dornen den Schutzanzug. Gleichzeitig legten sich große lappenförmige Gebilde um den Kopf. Die Schreie gingen in einem grauenhaften Gurgeln unter.

»Schießt doch endlich!«, schrie Akon-Akon wütend.

Der zweite Mann warf sich herum, als eine Ranke seinen Kopf um Millimeter verfehlte. Er duckte sich unter einem zweiten Pflanzenarm und versuchte, aus der Reichweite der Gewächse zu entkommen. Es gelang ihm nicht. Er rutschte auf dem Schleim aus, und ehe er sich wieder aufrappeln konnte, hatten ihn meterlange Dornen durchbohrt. Regungslos starrten wir auf die pflanzlichen Mörder, die ihre beiden Opfer blitzschnell an sich rissen und in rasender Eile zurückwichen. Lautes Scharren und Schlurfen erklang, erneute Schreie drangen aus der Öffnung, die das Schott freigegeben hatte.

Wir erwachten erst aus unserer Starre, als neue Äste erschienen und sich uns entgegenstreckten. Sonnenheiße Impulsstrahlen schlugen den Ästen entgegen. Fetter schwarzer Qualm stieg auf und verbarg die Killerpflanzen vor unseren Blicken, aber wir feuerten immer noch in diese Richtung, in der wir diese unheimlichen Gegner wussten. Irgendwo schaltete sich eine Absauganlage ein. Der Qualm wälzte sich Entlüftungsschächten entgegen. Die Pflanzen schienen nicht zu begreifen, dass sie gegen Impuls- und Thermostrahler nichts ausrichten konnten, auch nicht gegen im Desintegratormodus arbeitende Kombistrahler. Sie drängten immer wieder nach vorn und blieben als stinkende, verkohlte Überreste vor dem Schott liegen oder wurden zu davonwehendem Staub.

»Wir müssen das Schott schließen«, keuchte Ra neben mir. »Das Zeug gibt nicht auf.«

Ich nickte und folgte ihm, als er seitlich weglief. Die Kontrollen waren hinter einer Qualmwolke verborgen. Hinter uns brüllte Fartuloon Befehle, das Dröhnen und Fauchen der Entladungen hörte schlagartig auf. In der plötzlichen Stille vernahmen wir überdeutlich das Scharren, mit dem sich jenseits der Mauer aus Rauch und Gestank die Killerpflanzen bewegten.

Ra gab mir ein Zeichen. Ich schloss den Helm des Schutzanzugs. Während der Barbar die Umgebung im Auge behielt, rannte ich auf die Stelle zu, an der ich die Kontrollen vermutete. Es wurde ein Wettlauf mit dem Tod. Eine dicke Rußschicht bedeckte den Boden, verkohlte Pflanzenteile lagen dazwischen. An einigen Stellen züngelten blaue und grüne Flammen. Ich konnte kaum zwei Meter weit sehen. Neben mir tastete sich Ra vorwärts, nach allen Seiten sichernd. Trotz unserer Wachsamkeit wurden wir überrascht – aus den Rauchschwaden schlugen zwei Pflanzenarme in beängstigender Nähe nach uns und spritzten mit zähem Schleim um sich. Ra erledigte die vorderste Ranke, die zweite rückte blitzschnell nach, kroch über die brennenden Überreste ihres Artgenossen und zielte mit scharfen Dornen nach mir.

Ich warf mich nach hinten und verschwand in einer Wolke von aufstäubendem Ruß. Ra stieß einen wütenden Schrei aus, etwas berührte mein linkes Bein, dann war es, als sei ich in einem Hochofen gelandet. Blendende Helligkeit umgab mich, das Klimagerät des Anzugs wimmerte auf. Trotzdem wurde es ungemütlich heiß. Aus den zusammenfallenden Flammen tauchte Ras grimmiges Gesicht auf. Wortlos reichte er mir die Hand und zog mich hoch. Ich sah hinter seinem Kopf eine Bewegung und schoss aus der Hüfte heraus auf die nächste Dornenranke. Ra grinste. Seine Augen funkelten hinter dem Klarsichthelm. *Der Kerl scheint selbst an diesem Kampf noch seinen Spaß zu haben!*

Das Schott!, erinnerte mich der Logiksektor überflüssigerweise.

Von hinten hörte ich polternde Schritte, ab und zu röhrte ein Strahler auf. Wir konnten die Wand noch nicht sehen. Der Qualm verbarg alles, was auch nur zwei Schritte entfernt lag. Diesmal blieben wir dicht nebeneinander. Wir brauchten uns nicht lange abzusprechen. Jeder übernahm seinen Teil. Noch zweimal tauchten Ranken auf. Es war offensichtlich, dass Hitze und Qualm die Pflanzen behinderten, aber leider machten sie ihnen nicht genug zu schaffen, um sie von ihrer Mordlust abzulenken.

»Das übernehme ich«, sagte ich, als endlich das graue Metall sichtbar wurde.

Während Ra mir den Rücken freihielt, leuchtete ich die Wand ab. Ich konzentrierte mich völlig auf meine Arbeit, denn auf den dunkelhäutigen Mann von einem unbekannten Planeten konnte ich mich verlassen. Durch das Dröhnen der Entladungen, das Prasseln der Flammen und das Scharren und Kratzen der beharrlich vordringenden Mordpflanzen tastete ich mich dem Schott entgegen. Als ich endlich durch den Rauch das schwache Glimmen winziger Kontrolllampen sah, warf ich mich vorwärts, entdeckte die Kontaktplatte und schlug mit der geballten Hand dagegen.

»Zurück!«, brüllte Ra.

Ich ließ mich nach hinten kippen und rollte mich über die Schultern ab. Als ich mich aufrichtete, kratzte an der Stelle, an der ich gerade noch gestanden hatte, ein Bündel von meterlangen Stacheln über den Boden. Einen Lidschlag später löste sich das Gebilde in Rauch und Flammen auf.

»Das Schott ...«, keuchte ich.

»Es schließt sich«, versicherte Ra.

Knirschen bekräftigte seine Behauptung. Die Pflanzen schienen zu wissen, dass sie nur noch wenig Zeit zur Verfügung hatten, um an ihre Beute heranzukommen. Wir flohen vor den Massen von Stacheln und klebrigen Blättern, die durch das bereits halb geschlossene Schott katapultiert wurden.

Als wir für Fartuloon und die anderen wieder sichtbar wurden, ließen wir uns einfach fallen. Die Kombistrahler brüllten auf und vernichteten alles, was außer uns noch aus den Rauchschwaden zu entkommen versuchte. Als die Sicht frei war, sahen wir das Schott. Die Wand ringsum war geschwärzt und von glasigen Schmelzspuren zernarbt. Etliche Bildschirme waren zerstört. Eingeklemmte Pflanzenteile hingen in den Fugen und zappelten wild. Von Ekel erfüllt, vernichteten wir die letzten Ranken.

26.

Heydra wand sich verzweifelt unter den schmerzhaften Impulsen, die den Pflanzenkörper durchfluteten und vor ihrem gefangenen Bewusstsein nicht haltmachten. Dennoch empfand sie wilden Triumph. Der erste Schlag gegen die Eindringlinge war misslungen. Die Diener der Blüte hatten versagt. Heydra hatte viel von ihrem Wissen verloren, aber sie glaubte sich an Waffen zu erinnern, die denen der Fremden glichen. Sie wusste, dass mit solchen Mitteln die Entscheidung nicht herbeigeführt werden konnte, aber wenigstens ließen sich damit die Voraussetzungen für die Zerstörung der blauen Blüte schaffen.

Wie konnte sie den Fremden helfen? Sie mussten in die Zentrale der Station geführt werden. Nur dort gab es eine Möglichkeit, die Roboter zu aktivieren. Heydra verzweifelte fast, weil sie absolut hilflos war. Ihre Kontrolle über die Pflanze hatte sich in den letzten Blütenperioden weiter verringert, sodass sie nun tatsächlich nur noch eine Gefangene war, die tatenlos allem zusehen musste. Sie entsann sich, dass sie anfangs wenigstens ab und zu eine Ranke, ein Blatt oder ein Wurzelorgan nach ihren Vorstellungen hatte dirigieren können. Warum gelang ihr das nicht jetzt?

Heydra erschrak, als sie den drängenden Impuls vernahm. Die Pflanze wollte mit ihr in Verbindung treten! Hastig öffnete sie ihr Bewusstsein. Die Kommunikation beruhte nicht auf der Basis formulierter Begriffe. Ein Informationsleiter nahm einen Teil von Heydras Bewusstsein auf. Sie gelangte an die Stelle, an der das Problem vorlag. Ein Bildschirm. Er war leer.

Heydra verbarg ihren Triumph. Das war die Chance. Sie übernahm den bereitgestellten Wurzelfaden und dirigierte ihn über das Schaltfeld. Die Informationseinheit hielt sich zurück. Das Bewusstsein der Pflanze war in viele feine Äste aufgespalten. Diese Informationseinheit gehörte nicht einmal zu dem Hauptkörper, der die blaue Blüte trug. Das relativ dumme Pflanzenwesen, das sich hier seines Auftrags entledigte, verstand von dem, was Heydra tat, überhaupt nichts. Sie hatte freie Hand.

Der geschmeidige Wurzelfaden glitt über die Kontakte. Zwei kleine, quadratische Platten wurden gedrückt. Die eine sorgte dafür, dass sich der Bildschirm erhellte und das Innere der Ankunftshalle zeigte. Heydra musterte mit den fotosensitiven Zellen der Wurzelhaube das Ausmaß der Zerstörung. Bedauernd stellte sie fest, dass die Fremden zwei Opfer zu beklagen hatten. Fünfunddreißig Empfangssymbole hatte der Transmitter abgegeben, aber nur dreiunddreißig Wesen hielten sich in der Halle auf. Heydra war seltsam berührt von diesem Bild. Es waren Frauen bei der Gruppe. Die Fremden gehörten nicht zum Volk der Akonen, sahen ihnen jedoch sehr ähnlich.

Bisher hatten die Fremden noch nicht bemerkt, dass sich ein zweiseitiger Übertragungskanal eingeschaltet hatte, der mit der Zentrale verbunden war. Heydra hätte sich gerne Gewissheit darüber verschafft, dass diese Leute die richtigen Schlüsse zogen, aber die Informationseinheit wurde unruhig. Heydra durfte keinen Verdacht erregen. Hastig zog sie sich entlang der organischen Verbindung in den Körper der blauen Blüte zurück.

Lange Zeit verhielt sie sich still. Dann streckte sie behutsam einen Gedankenfühler aus und zapfte einen anderen Informationsleiter an. Die blaue Blüte war in höchstem Maße erregt. So viele Opfer waren noch nie in die Station gekommen. Heydra stellte fest, dass den Fremden ein harter Kampf bevorstand. Die blaue Blüte war fest entschlossen, alle Kräfte in diese Schlacht zu werfen. Ein anderes Problem bildeten die Raubpflanzen, die ihrerseits auf Beute erpicht waren. Auch sie stammten von der ersten Blüte ab, hatten sich aber im Lauf der Zeit anders entwickelt und die Kommunikation abgebrochen. Außer ihnen gab es noch andere Splittergruppen, die eigene Ziele verfolgten. Es war zu befürchten, dass sie sich unter dem Druck der Nahrungsbeschaffung den Raubpflanzen anschlossen.

Heydra konnte sich nicht daran erinnern, die Station jemals von solch hektischer Aktivität erfüllt gesehen zu haben. Sämtliche Informationsleiter wurden von Impulsen durchströmt. Flüssigkeit und Nährstoffe wurden mit überhöhter Geschwindigkeit durch das Versorgungssystem gepumpt. Riesige Blätter riegelten ganze Teile der Station hermetisch gegen alle Eindringlinge ab. Gleichzeitig erfolgte der erste Angriff der Raubpflanzen. Die Schlacht begann.

Akon-Akon wirkte einigermaßen verwirrt. Auf Ereignisse dieser Art war er nicht vorbereitet. »Was sind das für Pflanzen? Warum greifen sie uns an?«

»Das ist doch offensichtlich.« Fartuloon streichelte gedankenverloren den Griff seines Dagorschwertes. »Sie wollen uns fressen. Wenn das hier wirklich eine Station im Weltraum ist, dürfte ihre Gier verständlich sein. In einem geschlossenen System müssen zwangsläufig Nahrungsprobleme entstehen.«

»Aber woher kommen sie?«

Fartuloon hob die Schultern. »In allen Raumstationen gibt es normalerweise Hydroponikanlagen. Nachdem die Akonen sich zurückgezogen haben, sind die Pflanzen wahrscheinlich aus den Tanks ausgezogen. Wir wissen nicht, was im Einzelnen vorgefallen ist.«

»In Hydroponiktanks züchtet man doch keine fleischfressenden Pflanzen.«

»Natürlich nicht. Es muss zu Mutationen gekommen sein. Dafür gibt es viele mögliche Ursachen, Strahlungseinbrüche zum Beispiel, schadhafte Stellen im Versorgungssystem, durch die mutagene Stoffe in die Tanks gelangten. Wir werden es wohl kaum herausfinden. Allerdings scheint eins festzustehen: Die Pflanzen beherrschen große Teile der Station. Und sie machen Jagd auf uns.«

»Wir müssen in die Zentrale.«

»Wir werden es versuchen«, versicherte Fartuloon erstaunlich ruhig. »Aber ein Spaziergang wird es nicht werden. Warum müssen wir eigentlich dorthin?«

»Der Transmitter muss justiert werden. Mein Kerlas-Stab hilft mir da leider nicht weiter. Ich brauche die genauen Daten, um eine Verbindung zwischen diesem Transmitter und einer Gegenstation im Versteck zu schaffen.«

Die Gründe dafür, dass Akon-Akon mit solcher Beharrlichkeit einen Weg in das Versteck der Akonen suchte, waren uns bekannt. Sie hatten ihn – noch vor seiner Geburt – auf ein bestimmtes Ziel programmiert. Er wollte mehr darüber erfahren, mehr auch über sich selbst. Aber so verständlich die Motive des Jungen sein mochten – seine Ziele stimmten nicht mit unseren Absichten überein. Etliche Todesopfer hatte diese Hetzjagd bereits gekostet. Jeder Schritt brachte uns weiter von den Brennpunkten dessen fort, was im Großen Imperium geschah.

Aber es hatte keinen Sinn, sich gegen Akon-Akon aufzulehnen. Er beherrschte uns völlig. Allerdings hatte sich seine Haltung uns gegenüber doch schon etwas gewandelt. Er betrachtete uns nicht mehr nur als Sklaven. Daher war es wenigstens möglich, ab und zu Bedenken zu äußern.

»Die Großtransmitter stehen untereinander in Verbindung«, murmelte Fartuloon. »Das hat jedenfalls die Erfahrung gezeigt. Warum versuchen wir es nicht woanders?«

Akon-Akon antwortete nicht. In seinem hageren Gesicht arbeitete es. Für einen Augenblick hatte ich Hoffnung, dass er auf den Vorschlag eingehen würde. Ich hatte mich geirrt. »Es gibt noch zwei Ausgänge«, sagte er »Wir versuchen es dort. Diesmal sind wir gewarnt. Wir schlagen die Pflanzen zurück.«

Als wir das nächste Schott erreichten, schob sich Vorry neben mich. »Lass mich das machen. An mir beißt sich das Grünzeug die Zähne aus. Ich werde es mit Wonne zerdrücken.« Ich grinste. Der Magnetier blickte mich misstrauisch an. »Traust du mir das etwa nicht zu?«, erkundigte er sich empört. »Mit dem bisschen Grünzeug werde ich spielend fertig.«

»Natürlich.« Ich nickte und sah die anderen fragend an. Akon-Akon gab dem Tonnenwesen einen Wink. Während Vorry auf seinen vier Füßen vorwärtsstampfte, zogen wir uns ein Stück zurück. Die Waffen hielten wir schussbereit. Wir rechneten mit allem Möglichen.

Lautlos bildete sich eine Öffnung. Vorry sprang kampfbereit vor, spähte um die Ecke und knarrte enttäuscht: »Nichts!«

Der Gang war matt erleuchtet. An den Wänden wuchsen einzelne Moospolster. Der Boden war mit zerfallenen Pflanzenteilen bedeckt, in denen kleine Gruppen niedriger Gewächse standen. Keine Spur von den Ranken mit den meterlangen Dornen.

»Wollen wir es bei dem zweiten Schott auch noch probieren?«, fragte Vorry eifrig, aber Akon-Akon wehrte ab.

»Besser können wir es gar nicht treffen. Vorwärts!«

Die kleinen Pflanzen mit ihren dickfleischigen Blättern reagierten auf unsere Annäherung mit Flucht. Sie zogen die kurzen, dicken Wurzeln aus der Humusschicht und krochen davon. Dunkle Seitengänge nahmen sie auf. Das Moos dagegen änderte lediglich seine Farbe. Ich leuchtete in einen Seitengang. Auch hier war der Boden mit Zerfallsstoffen bedeckt. Die Pflanzen drängten sich an den Wänden. Es schien, als hätten sie Angst.

Wir schritten zügig voran. An unserer Umgebung änderte sich nichts. Ich hielt Ausschau nach eventuellen Deckungsmöglichkeiten, denn ich rechnete jeden Augenblick damit, dass ein neuer Angriff erfolgte. Es gab in regelmäßigen Abständen Türen. Versuchshalber berührte ich eine Kontaktscheibe. Die Tür ächzte und quietschte, öffnete sich jedoch und gab den Blick in einen leeren, dunklen Raum frei. Alle Einrichtungsgegenstände, die sich einmal darin befunden hatten, waren zerfallen. Aus einer dicken Staubschicht ragten dünne Metallteile wie Gerippe auf. Ich konnte nicht erkennen, welchen Zweck sie einmal erfüllt hatten. Pflanzen gab es in diesem Raum nicht.

Hastig eilte ich weiter, um den Anschluss nicht zu verlieren. Vorry ging noch immer an der Spitze. Hinter ihm kamen vier Männer, dann Akon-Akon, darauf der Rest der Gruppe. Fartuloon, Ra, Karmina und ich bildeten den Abschluss. Vorry ersetzte, was die Kampfkraft betraf, ein gutes Dutzend erfahrene Männer. Der Überfall kam dennoch so plötzlich, dass niemand Zeit hatte, sich auf die nahende Gefahr vorzubereiten.

Es knallte weiter vorn – ein dumpfes, merkwürdiges Geräusch. Wir blieben sofort stehen. Dichter Nebel wallte auf.

»Sporenkapseln«, röhrte Vorry. »Sind geplatzt. Ich konnte sie für einen Augenblick sehen.«

»Wir gehen weiter«, sagte Akon-Akon hart.

Gegen unseren Willen taten wir einige Schritte nach vorn. Diese Sporenwolken gefielen mir gar nicht. Sie verdeckten uns die Sicht, und einem Gegner boten sie guten Schutz.

»Pflanzen!«, brüllte Vorry. »Direkt vor uns!«

Bei dem letzten Wort preschte er bereits den Angreifern entgegen. Die Sporenwolken rissen für einen Augenblick auseinander. Monströse Gestalten wurden sichtbar, knorrige Gewächse mit langen, peitschenförmigen Ästen und Leibern, die wie Knäuel von ineinander verschlungenen Schlangenleibern aussahen. Sie bewegten sich scheinbar unbeholfen vorwärts. Die langen, staksigen Laufwurzeln zogen tiefe Furchen in den weichen Humus.

Der Magnetier schlug wie ein Geschoss in die Reihen der Angreifer. Ein halbes Dutzend Pflanzen wurde zur Seite gewirbelt. Zwei der laufenden Bäume fielen zwischen ihre Artgenossen, krachten zu Boden und blieben mit hilflos zuckenden Wurzeln liegen. Lange Äste schnellten vor, ein schrilles Geräusch ließ uns die Haare zu Berge stehen. Aus den Ästen ragten unzählige spitze, schräg nach hinten gerichtete Dornen. Die mörderischen Pflanzen benutzten diese Waffen als Sägen und zerteilten blitzschnell die wehrlosen Artgenossen. Während sich einige Bäume um die zerfetzte Beute stritten, rückten die anderen vor.

Vorry war in seinem Element. Er setzte das volle Gewicht seines Körpers ein, unterlief die peitschenden Äste und zerfetzte die Stämme mit den bloßen Händen. Aber die Angreifer waren zu zahlreich. Die ersten Bäume hatten uns fast erreicht, als Vorry sich endlich besann. Auf seinen vier kurzen, ungemein starken Beinen stürmte er zurück und warf sich auf die Pflanzen, deren Äste nach uns griffen. Er zerriss die vordersten Gegner, wich zur Seite aus und gab uns damit endlich Gelegenheit, die Waffen einzusetzen.

Wir merkten sehr schnell, dass unsere Kombistrahler in dieser Situation nur bedingt verwendbar waren. Der erste Thermostrahl zerriss eine Mordpflanze. Gleichzeitig entzündeten sich die schwebenden Sporen – die trockenen Partikel erzeugten eine heftige Staubexplosion, die uns zu Boden warf. Eine Glutwelle raste über uns hinweg. Ich hörte Schreie, Vorrys wütendes Gebrüll, dann knarrte es neben mir. In einem Reflex rollte ich mich zur Seite. Ein Gewirr von zuckenden Laufwurzeln geriet in mein Blickfeld. Ich hob den Kombistrahler, aber im gleichen Moment knatterte es. Neue Sporenwolken breiteten sich aus. Ich wagte es nicht, unter diesen Umständen einen Schuss abzugeben, sondern kroch hastig von der umgestürzten Pflanze weg.

Wir waren eingeschlossen. Unbemerkt hatten sich Dutzende beutegierige Pflanzen in unseren Rücken geschoben. Wahrscheinlich hatten sie einen der unbeleuchteten Seitengänge benutzt, aber das spielte jetzt keine Rolle mehr. Sie staksten heran, schlugen mit ihren Zweigen um sich und erzeugten dabei ein hohles Pfeifen. Vor uns war die Front der mörderischen Bäume vorübergehend durcheinandergeraten. Die Hitze gefiel ihnen gar nicht. Einige waren angesengt und standen mit hängenden Zweigen regungslos da. Sie wurden die Opfer ihrer Artgenossen – das brachte weitere Verwirrung in die Reihen der Gegner. Aber im Schutz der Sporen formierten sie sich neu.

Akon-Akon stand dieser Situation hilflos gegenüber. Aus großen Augen starrte er die Pflanzen an.

»Nicht schießen!«, schrie Ra mit überschnappender Stimme.

Ich wirbelte herum und sah eine Frau, die mit einem Impulsstrahler auf einen Baum zielte, dessen Zweige nur noch einen knappen Meter von ihr entfernt waren. Sie war starr vor Entsetzen, aber ihr Finger krümmte sich – sie hatte den Ruf des Barbaren gar nicht wahrgenommen.

Ein langer Sprung brachte mich in die Gefahrenzone. Ich bekam das Handgelenk der Frau zu packen; es gelang mir, den Sicherungshebel der Waffe umzulegen – genau in dem Moment, in dem sie den Abzug betätigte. Sie wehrte sich, Zweige peitschten heran. Ich ließ mich einfach nach hinten fallen und riss die Frau mit. Wir rollten über die Humusschicht, wenige Zentimeter von den Dornen entfernt, die den Bodenbelag aufrissen.

Noch immer hielt die Arkonidin den Strahler umklammert. Verzweifelt versuchte ich, ihr die Waffe zu entwinden, aber Furcht und Entsetzen trübten ihren Verstand und verliehen ihr unheimliche Kräfte. Die Sporen wogten um uns, setzten sich in Mund, Nase und Augen, drangen in die Luftwege ein und riefen Hustenkrämpfe hervor.

Der Schutzhelm! Der gute Rat des Extrasinns kam zu spät. Erstens war mein Gesicht bereits völlig verklebt, zweitens hatte ich genug zu tun, die Frau daran zu hindern, den Schuss auszulösen, der für uns alle schlimme Folgen haben musste. Die Augenblicke dehnten sich zu Ewigkeiten, meine Welt schmolz auf wenige Meter Raum zusammen, der erfüllt war von ätzendem Staub, stinkenden Pflanzenteilen, herabsausenden Ästen und aufwirbelndem Ruß.

Plötzlich blitzte etwas am Rand meines Gesichtskreises. Eine wuchtige Gestalt drang in meine kleine Welt vor, die Klinge eines Schwertes zischte durch die Luft – Fartuloon war da. Mit dem *Skarg* schlug er drei oder vier Äste ab. Sie fielen zu Boden, versuchten schlangengleich davonzukriechen. Die Mordpflanzen registrierten Gegenwehr und hielten inne. Für einen Augenblick konnte ich mich auf die Waffe in der Hand der Frau konzentrieren. Ich gewann endlich diesen sinnlosen Kampf. Wenigstens diese Gefahr war gebannt.

Aber auch der Bauchaufschneider konnte nicht mehr tun, als uns eine kurze Atempause zu verschaffen. Schritt für Schritt zogen wir uns zurück. »Es ist sinnlos«, keuchte Fartuloon. »Gegen diese Pflanzenmassen kommen wir nicht an.«

»Zur Wand«, brachte ich hustend hervor. »Wir müssen eine Tür finden.«

Schemenhaft traten die anderen aus dem Nebel der Sporen. Vorry wütete noch immer wie ein Berserker, aber für jede Pflanze, die er zerstörte, tauchten fünf neue Gegner auf. Ein grauenhafter Schrei ließ mich herumfahren. Die Frau, die ich eben noch neben mir gesehen hatte, hing in den Ästen eines Baumes. Blut färbte an unzähligen Stellen ihre Schutzkombination, die scharfen Dornen zerrissen sie bei lebendigem Leibe. Ich wollte vorspringen, aber Fartuloon hielt mich fest. Resignierend senkte ich den Kopf. Hier kam jede Hilfe zu spät. Nur langsam wich die Betäubung. Der unerwartete, erbarmungslose Kampf der Pflanzen hatte uns überrascht und vorübergehend in unserer Entscheidungsfähigkeit gehemmt – vermutlich spielte auch Akon-Akons geistiger Einfluss eine Rolle. Jetzt kam wieder Ordnung in unsere Gruppe.

»Die nächste Tür ist dort drüben«, sagte ich.

Fartuloon nickte grimmig und schlug mit dem Schwert nach einem mit Dornen besetzten Ast. »Alles zu mir!«, brüllte er mit der Stimmgewalt einer Sirene. »Vorry – sichere die linke Flanke! Wir ziehen uns zurück!«

Ra sprang neben mich, grinste flüchtig und hob die rechte Hand. Ein langes Messer blitzte auf. Es war eine ziemlich erbärmliche Waffe im Vergleich zu dem, was die Pflanzen zu bieten hatten, aber immer noch besser als die bloße Hand. Fartuloon hieb mit wuchtigen Schlägen auf die vordringenden Äste ein und brüllte dabei zwei Männer an, die wie erstarrt dastanden. Ich verließ mich darauf, dass mir der Rücken freigehalten wurde, und trieb die Leute erbarmungslos an. Die Wand war erstaunlicherweise frei. Das Moos wechselte hektisch von einer Farbe in die andere.

»Ihr beiden – helft mir!«

Zwei Männer rissen das Moos von den Wänden und suchten nach der Kontaktscheibe für die Tür, die sich undeutlich abzeichnete. Endlich fand einer die richtige Stelle, schlug auf die quadratische Platte – die Tür rührte sich nicht. Gemeinsam stemmten wir uns gegen das Metall, aber der Eingang blieb verschlossen. Von rechts drangen die Pflanzen nun entlang der Wand vor. Wir wichen zur anderen Seite aus, wo Vorry dafür sorgte, dass der Vormarsch der Bäume immer wieder ins Stocken geriet.

Der Rest der Gruppe hatte sich eng zusammengedrückt und blieb hinter uns. Die nächste Tür. Wieder begann die Suche nach dem Kontakt, der unter der Moosschicht verborgen war. Als sich die Tür mit leisem Knirschen zu öffnen begann, brach einer der Bäume auf Fartuloons Seite durch. Schreiend lief alles auseinander. Ich spürte einen scharfen Schmerz in der rechten Schulter, ehe der wachsame Magnetier zur

Stelle war. Die Mordpflanze wankte unter dem Ansturm des schweren Körpers. Vorry schob sich zwischen die Laufwurzeln und drückte das Gewächs auf die Front der anderen Bäume zu.

Die Tür war offen. Als einer der Ersten zog sich Akon-Akon in den dahinter liegenden Raum zurück. Die meisten Frauen folgten ihm. Dann sah es aus, als sollten wir von gänzlich unerwarteter Seite Hilfe erhalten. Eine andere Pflanzenart griff in den Kampf ein. Sie ähnelte der Sorte, die wir in der Transmitterhalle kennengelernt hatten, aber sie stürzte sich mit erstaunlicher Wildheit auf die mörderischen Bäume. Ein Mann, der keine zwei Schritte neben mir war, brüllte begeistert, als die Ranken zwei, drei Bäume ergriffen und zerfetzten. Ich schrie eine Warnung, aber es war zu spät. Ein anderer Baum packte den Mann und riss ihn mit sich fort, ehe ich auch nur die Chance hatte, dem armen Kerl zu helfen.

Vor Schleim triefende Blätter fingen die peitschenförmigen Äste ab. Der Baum, der sich mit seiner Beute davonmachen wollte, stemmte sich gegen das Hindernis, aber seine Kräfte schwanden zusehends. Die Umklammerung der Dornen löste sich, der Körper des Mannes glitt an dem knotigen Stamm entlang zu Boden. Deutlich erkannte ich, dass er noch lebte. Ich sprang vor, um ihn aus dem Gefahrenbereich zu ziehen. Ein herabklatschendes Blatt versperrte mir den Weg. Ich wich hastig aus, sah ein anderes Blatt, das den Mann hoch in die Luft schwang und ihn zwischen die langsam zurückweichenden Mordbäume schleuderte.

Bis auf Vorry, Ra, Fartuloon und mich waren jetzt alle Überlebenden in Sicherheit. Auch wir wichen immer weiter zurück, erreichten endlich die Tür. Vorry hielt Wache, fing mit seinen kräftigen Armen den letzten Pflanzenarm ab, der uns noch erreichen wollte. Dann war endlich Ruhe. Draußen tobten die Pflanzen, aber zwischen ihnen und uns befand sich eine stabile Wand.

Ein schneller Rundblick zeigte, dass wir in einen Schaltraum geraten waren. Pflanzen gab es hier nicht. Ehe wir uns genauer umsahen, brauchten wir eine kurze Erholungspause. Wieder hatte es Opfer gegeben. Jetzt gingen bereits vier Tote auf das Konto der Pflanzen. Das Schicksal eines weiteren Mannes warf einige Rätsel auf. Ra behauptete, die Pflanzen hätten ihn – er hieß Gorkalon – verschleppt. Er hatte beobachtet, wie eins der klebrigen Blätter den Mann eingehüllt hatte. Die dazugehörige Ranke zog sich daraufhin zurück. Ra war fest davon überzeugt, dass Gorkalon zu diesem Zeitpunkt noch gelebt hatte.

Wir waren der totalen Erschöpfung nahe. Selbst das Getöse, das die Pflanzen vor der Tür vollführten, ließ uns kalt. Wir sanken auf den kalten Boden und warteten, bis unsere Kräfte zurückkehrten.

Etwas später besprachen wir die Lage. Wir – das waren jetzt noch siebzehn Frauen, zwölf Männer und ein Tonnenwesen, von dem niemand wusste, woher es wirklich stammte.

»Ich gehe raus und zerdrücke sie alle. Wenn die Luft rein ist, hole ich euch ab.« Vorry blickte erwartungsvoll in die Runde.

»Du bleibst hier!«, befahl Fartuloon.

Der Magnetier zog schmollend den Kopf ein. Akon-Akon dagegen betrachtete den Magnetier nachdenklich. »Ich halte die Idee für gut.«

»Wir haben keine Chance«, knurrte der Bauchaufschneider. »Wenn wir ungeschoren in die Transmitterhalle zurückkehren können, haben wir mehr Glück als Verstand. Gegen diese Pflanzen gibt es keine wirksame Verteidigung – jedenfalls mit den uns zur Verfügung stehenden Mitteln. Uns bleibt nur der Weg zurück. Der Transmitter ist betriebsfähig, die Flucht aus der Station ist also durchaus möglich.«

»Nein!«

»Warum nicht?«

»Ich bin meinem Ziel schon zu nahe«, sagte der Junge von Perpandron hart. »Ich gebe nicht auf. Diese Gewächse werden mich nicht daran hindern, das Versteck zu erreichen. Der Schlüssel befindet sich hier, in greifbarer Nähe!«

»Sollen wir noch mehr Leute verlieren?«, fragte ich ärgerlich.

Akon-Akon richtete sich auf und blickte uns herrisch an. »Wir bleiben hier. Nach einer kurzen Rast versuchen wir einen Ausbruch. Und wir werden siegen!«

»Verdammter Narr«, murmelte Ra.

Ein Geräusch ließ mich zusammenzucken. Ich blickte nach oben und sah, wie sich eine Luke in der Decke des Raumes bildete. Während ich noch darüber nachdachte, was die Pflanzen nun wieder ausgeheckt haben mochten, erschien ein kopfgroßer, runder Gegenstand in der Öffnung.

»Schutzhelme schließen!«, befahl Fartuloon scharf.

Das ballförmige Gebilde fiel herab. Die beiden Männer, zwischen denen es aufschlug, brachten sich mit riesigen Sprüngen in Sicherheit.

Die Kugel zerplatzte und versprühte eine helle Flüssigkeit. Ich bekam noch einen Hauch des stechenden Geruchs in die Nase, dann atmete ich die saubere Luft des Versorgungssystems. Aber welche Wirkung die Flüssigkeit hatte, erkannte ich trotzdem schnell genug. Wo das Zeug organische Materie berührte, schäumte es auf. Ein Konzentratriegel, der zufällig liegen geblieben war, verwandelte sich in eine Blasen werfende Masse.

Zum Glück war niemand direkt getroffen worden. Dem Material, aus dem unsere Anzüge bestanden, konnte die ätzende Flüssigkeit nichts anhaben, aber wir durften uns auf diesen schützenden Faktor nicht zu fest verlassen. Infolge der zahlreichen Unannehmlichkeiten, die die Suche nach dem Versteck der Akonen bisher mit sich gebracht hatte, waren unsere Schutzanzüge nicht mehr gerade neuwertig.

Bei dieser Gelegenheit erinnerte ich mich daran, dass mich eine der dornigen Ranken an der Schulter gestreift hatte. Seltsamerweise spürte ich die Wunde kaum, und da jetzt offensichtlich nicht der geeignete Zeitpunkt war, sich mit derartigen Kleinigkeiten abzugeben, kümmerte ich mich nicht weiter darum. Das war ein Fehler ...

Die Kugel mit ihrem gefährlichen Inhalt bildete den Auftakt zu einer weiteren Anstrengung der Pflanzen, uns in ihre Gewalt zu bringen. In unablässiger Folge polterten aus immer neuen Öffnungen die verschiedenartigsten Gegenstände herab. Fast alle zerplatzten, sobald sie den Boden berührten, und entließen dabei Flüssigkeiten, schleimige Substanzen oder Wolken von feinem Staub, Sporen vermutlich. Andere schienen auf den ersten Blick harmlos zu sein, einfach nur leere Schalen.

Nach dem ersten Schrecken eröffneten wir die Schlacht unsererseits damit, dass sich ein Teil der Waffen im Desintegratormodus auf die Geschosse richtete und sie mit gezielten Schüssen möglichst noch vor dem Aufprall vernichtete. Unsere zweite Aufgabe bestand darin, die Öffnungen zu verschließen, denn die Pflanzen verfügten offenbar über nahezu unbegrenzte Mengen dieser Kapseln.

Wir mussten vorsichtig sein, mit allem rechnen – auch damit, dass die Pflanzen die Klimaanlage lahmlegten. Zum Glück war Vorry bei uns. Ihm konnten die Mixturen aus der Giftküche dieser aggressiven Gewächse nichts anhaben – wenigstens sah es so aus. Er war überall zur Stelle, wo Angehörige unserer Gruppe in Bedrängnis gerieten.

»Wir nehmen die Luke da oben«, rief Fartuloon.

Ich nickte und richtete den Kombistrahler auf das Ziel. Aber plötzlich verschwamm die Umgebung vor meinen Augen. Alle Umrisse verzerrten sich, als würde ich durch eine Schicht sehr heißer Luft blicken. Das Ganze dauerte nur Augenblicke, dann glitten die Konturen an ihren alten Platz zurück. Ich fing Fartuloons fragenden Blick auf und konzentrierte mich auf meine Aufgabe.

Die Luke, die wir uns ausgesucht hatten, war noch geschlossen, aber sie vibrierte, als würden ständig harte Gegenstände darauf fallen. Die Thermostrahlen aus unseren Waffen schmolzen die Ränder der Klappe und verschweißten sie mit der Decke. Wieder verwischten sich die Bilder vor meinen Augen. Ich verlor die Orientierung. Der Boden bewegte sich unter meinen Füßen in langen Wellen. Als ich wieder klar sehen konnte, hatte mich Fartuloon am Arm gepackt. »Was ist los?«

»Keine Ah...«, brachte ich noch hervor, etwas warf mich in die Höhe und ließ mich gleich darauf fallen. Ich landete in einer Pfütze von blauem Schleim. Ich konnte sehen und hören, mich jedoch nicht zielbewusst bewegen. Der Zustand, in dem ich mich befand, ähnelte dem, den ein Paralyseschuss auslöste. Der blaue Schleim reagierte auf meine Anwesenheit, zog sich um mich zusammen und wallte an meinem Körper hoch. Ich wusste, dass ich unbedingt etwas unternehmen musste. Der Schleim wollte mich einschließen. Ich spürte den Griff der Waffe noch in meiner rechten Hand, aber meine Finger gehorchten mir nicht.

Wo blieb Fartuloon? Warum half er mir nicht? Ich schwebte in einem halb traumhaften Zustand. Die Gestalten der anderen, die auf der Flucht vor neuen Geschossen davonhasteten, sich hinter Instrumentenblöcke duckten und das Feuer eröffneten, waren grotesk verzerrt. Mal waren sie dünn wie Striche, dann wieder ähnelten sie Kugeln, die zu platzen drohten.

Irgendwann wich das Bewusstsein der drohenden Gefahr einer stillen Belustigung. Ein ungewöhnlich breiter Schatten glitt auf mich zu, hielt schwappend und glucksend dicht vor mir an und gab höchst merkwürdige Geräusche von sich. Ich kicherte leise. Der Schatten bewegte sich unruhig. Ein dünner Auswuchs streckte sich schwankend aus, eine riesige Hand berührte mich. Gleichzeitig zischte etwas neben meinem Kopf. Ich kicherte wieder – und im nächsten Augenblick standen mir die Haare zu Berge. Abrupt hatte sich die Szene gewandelt. Ich sah dicht vor meinen Augen eine dünne Schicht von dem blauen Schleim. Dahinter hockte Fartuloon. Vorry preschte heran.

Ein Nervengift!, meldete sich mit schmerzhafter Intensität der Extrasinn. *Fartuloon hat die Sauerstoffzufuhr erhöht, aber die neutralisierende Wirkung wird nicht lange anhalten. Im Nackenteil des Anzugs ist eine undichte Stelle. Von dort dringt das Gas in den Helm ein.*

»Ist ja schon gut«, murmelte ich. »Deshalb brauchst du nicht so zu schreien.«

»Atlan!«

Ich versuchte, Fartuloon einen verweisenden Blick zuzuwerfen, aber ich war mir nicht sicher, ob mir meine Gesichtsmuskeln gehorchten. Es schien nicht so, denn der Bauchaufschneider starrte mich angstvoll an.

»Ich hole ihn raus!« Das war Vorry. Warum mussten nur alle so laut schreien?

Vorrys schwarze Hände griffen nach mir. Ich wurde hochgerissen und stand für einen Moment taumelnd da, dann gaben meine Knie nach. Fartuloon fing mich auf. »Dieser verdammte Schleim«, keuchte er. »Wie kriegen wir den ab?«

Ich war nicht in der Lage, mich zu diesem Problem zu äußern, merkte nur, wie die Umrisse der Gefährten wieder zu verschwimmen drohten. Offensichtlich floss das blaue Zeug von selbst ab, denn die Öffnung im Nacken musste jetzt wieder frei sein. Das betäubende Gas drang in den Helm. Hätte ich mich nur verständlich machen können. Vorry und Fartuloon unterhielten sich kurz, aber jetzt war auch mein Gehör so angegriffen, dass ich kein Wort verstand. Der Magnetier packte mich erneut, legte mich über seine Schultern und schleppte mich in den fragwürdigen Schutz eines Schaltblocks.

Inzwischen hatte sich die Lage stabilisiert. Nur noch wenige Öffnungen boten den Geschossen der Pflanzen die Möglichkeit, zu uns vorzudringen. Auch sie schlossen sich langsam. Wenige Meter neben mir zerrte ein Mann an der Verkleidung eines Geräts. Er riss eine Platte aus Metallplastik ab und hastete damit im Zickzack davon. Die Platte wurde ihm abgenommen, und während er zu dem Aggregat zurückeilte, drückten andere die Platte gegen eine Öffnung. Dahinter leisteten die vordringenden Pflanzenteile erbitterten Widerstand. Trotzdem wurde dieser Gefahrenherd endlich beseitigt. Nur noch vereinzelt röhrte ein Schuss. Das alles nahm ich zwar nur verschwommen wahr, aber seit ich am Boden lag, verschlechterte sich mein Zustand wenigstens nicht.

»Keine Angst.« Fartuloon sprach auf mich ein. »Wir schaffen es schon. Vorry hat deine Beine fast frei.«

In meinem Nacken kribbelte es. Ich konnte noch immer nicht sprechen. Deutlich spürte ich, dass mich etwas berührte. Vorry befreite meine Beine von dem blauen Schleim – woher hätte der Magnetier wissen sollen, dass die Gefahr an einem ganz anderen Punkt lag?

Fartuloon blieb bei mir und beobachtete mich besorgt. Ab und zu stellte er Fragen. Nur sehr langsam kam ihm der Gedanke, dass mir der Schleim allein nicht so sehr zu schaffen machen konnte. »Hast du Schmerzen?«

Ich schloss mühsam die Augen und öffnete sie wieder. Zweimal, das bedeutete: »Nein.«

»Ist es der Schleim, der dich betäubte?« Ratlos sah er mich an; nachdem ich auch diese Frage verneinend beantwortet hatte, kam ihm endlich die richtige Idee. »Gas?«

Ich blinzelte einmal.

»Wo dringt es ein?«

Eine solche Frage ließ sich nicht durch Augenbewegungen beantworten. Ich strapazierte meine Stimmbänder, aber nur ein heiseres Gurgeln drang aus meinem Mund. Im Augenblick konnte ich zwar einigermaßen klar denken, aber die Kontrolle über meinen Körper entglitt mir immer stärker.

Fartuloon richtete sich auf, gab Vorry einen hastigen Wink und deutete auf meine Schulter. »Da sind Blutspuren. Dreh ihn um. Wir müssen das Loch im Anzug finden.«

Inzwischen waren fast alle noch so winzigen Öffnungen in den Wänden abgedichtet worden. Die auf dem Boden zerplatzten Kapseln hatten ihre Aufgabe erfüllt – zu weiteren Aktionen taugten sie offensichtlich nicht. Einige Frauen und Männer begannen bereits mit den Aufräumungsarbeiten, indem sie die Überreste der pflanzlichen Geschosse in eine Ecke schoben. Andere waren auf uns aufmerksam geworden und versammelten sich um uns. Auch Akon-Akon kam herbei.

»Verdammt«, murmelte Fartuloon, als der Junge von Perpandron gerade wenige Schritte entfernt stehen blieb. »Vorry!«

Wenn das Tonnenwesen es wollte, konnten seine Pranken erstaunlich sanft zugreifen. Ich merkte, dass er meinen Nacken berührte, eine Welle von Schmerzen durchraste meinen Körper. Eisige Kälte strahlte von meinem Genick aus und breitete sich über den ganzen Rücken aus. Ich hörte Stimmengewirr, aber ich verstand kein einziges Wort. Mir schien es, als sei eine Ewigkeit vergangen, bis ich endlich wieder halbwegs bei Sinnen war. Die Schulter tat mir zwar immer noch weh, aber es ließ sich ertragen. Kühle, frische Luft zischte in meinen Helm. Ich schlug die Augen auf.

»Glück gehabt«, sagte der Bauchaufschneider trocken. »Warum hast du mir nicht schon früher Bescheid gesagt?«

Ich verzog das Gesicht und richtete mich mühsam auf.

»Der Anzug ist wieder in Ordnung«, fuhr Fartuloon fort. »Von dir selbst lässt sich das nicht sagen. Ich habe getan, was ich konnte, aber die Wirkung dieses Giftes lässt sich nicht so schnell beseitigen.«

Das merkte ich auch, kämpfte gegen ein starkes Schwindelgefühl an. Übelkeit stieg in mir hoch.

»Wir müssen umkehren.« Der Bauchaufschneider wandte sich an Akon-Akon. »Es hat keinen Sinn. Wir sind alle erschöpft. Sei vernünftig!«

Der Junge musterte ihn kühl. »Im Augenblick ist es ruhig. Ein neuer Angriff der Pflanzen ist nicht zu befürchten. Dieser Raum ist abgesichert. Nichts hindert uns daran, eine Rast einzulegen. Aber anschließend gehen wir weiter. Unser Ziel ist die Zentrale dieser Station. Sobald wir sie erreicht haben, steht unserem Rückzug nichts mehr im Wege.«

Fartuloons Augen funkelten gefährlich. Ra, der neben dem Bauchaufschneider stand, räusperte sich vernehmlich. »Gib es auf. Du weißt doch, dass du ihn nicht umstimmen kannst.«

Akon-Akon wandte sich schweigend ab, setzte sich neben ein Aggregat und beobachtete von dort aus seine »Untertanen«.

»Also gut«, knurrte Fartuloon wütend. »Es lässt sich nicht ändern. Wir müssen in die Zentrale. Deswegen brauchen wir aber nicht geschlossen durch die Station zu marschieren.«

»Willst du einen Stoßtrupp losschicken?«, erkundigte sich Karmina ungläubig. »Die Pflanzen sind in der Übermacht. Eine noch kleinere Gruppe wäre ihnen hoffnungslos unterlegen.«

»Nicht, wenn ich dabei bin!«, warf Vorry ein.

Ra sah zu Akon-Akon hinüber. »Er wird dich nicht gehen lassen.«

Der Junge saß regungslos wie eine Statue da. Nur seine Augen bewegten sich. Von den Strapazen der Reise war ihm nichts anzusehen. Mir war es immer wieder ein Rätsel, woher er diese unglaubliche Energie nahm. In seiner niemals nachlassenden Wachsamkeit wirkte Akon-Akon fast roboterhaft. Allmählich erholte ich mich. Das giftige Gas wurde zum Glück in meinem Körper rasch abgebaut.

»Ich fürchte, Ra hat recht«, mischte ich mich in die Diskussion. »Aber trotzdem ist die Idee gut. Erstens sind zwei oder drei Männer weniger aufzuspüren, zweitens haben wir vorhin gesehen, wie sehr sich die Leute in einer solchen Umgebung gegenseitig behindern. Sobald ich mich erholt habe, brechen wir auf.«

»Wir?«

»Fartuloon, Ra und ich«, bestimmte ich. »Wir sind gut aufeinander eingespielt. Keine andere Gruppe dürfte eine ähnlich große Chance haben.«

»Du vergisst, dass du verwundet bist«, sagte mein Lehrmeister streng. »Es kommt gar nicht infrage ...«

»Mir geht es wieder gut.« Ab und zu ging es mir auf die Nerven, wenn er versuchte, mich von gefahrvollen Unternehmungen fernzuhalten.

Karmina setzte zum Sprechen an; ich ahnte, was sie sagen wollte. Als Sonnenträgerin hielt sie es selbstverständlich für ihre Pflicht, uns zu begleiten. Ich wusste, dass sie uns eine große Hilfe sein würde, dennoch hielt ich es für besser, dass sie hier in diesem Schaltraum blieb. Deshalb sagte ich schnell: »Du übernimmst für die Zeit unserer Abwesenheit das Kommando.«

»Akon-Akon ...«

»Der Junge weiß zweifellos genau, was er will. Aber es gibt genug Situationen, in denen er hilflos ist. Er hat zu wenig praktische Erfahrungen. Das wissen Sie inzwischen. Ehe er sich auf die veränderte Lage einstellt, vergeht zu viel Zeit.«

Fartuloon erhob sich schnaufend. »Ich spreche mit ihm. Hoffentlich lässt er uns gehen ...«

Er kam nur wenige Schritte weit, als von dem Türschott her ein lauter Schrei gellte. Wir fuhren herum.

»Gorkalon ist draußen!«, brüllte ein Mann fassungslos. »Er hat eine Botschaft für uns.«

27.

Heydra hatte den Kampf um die Beute indirekt miterlebt, und weil sich die blaue Blüte auf die Ereignisse stärker als gewöhnlich konzentrieren musste, gelang es ihr sogar, bis an den Tatort vorzudringen. Ein Teil ihres Bewusstseins floss in die Informationskanäle einer Kampfranke und nistete sich dort ein. Heydra stellte fest, dass sich die Eindringlinge auf dem Weg zur Zentrale befanden. Das konnte bedeuten, dass sie Heydras Zeichen verstanden hatten. Aber ebenso gut mochte es sein, dass sie zufällig diese Richtung eingeschlagen hatten oder dass sie ganz andere Ziele verfolgten.

Die Raubpflanzen kämpften mit erschreckender Wildheit um die Beute. Während der letzten Ruhezeit mussten sie sich vermehrt haben, es waren sehr viele. Außerdem hatten sie tatsächlich Verbündete gefunden. Die Befürchtung, sie hätten sich mit den anderen freien Vegetationsformen zusammengetan, wurde zur Gewissheit, als die Sporenkapseln der Maskenflechten genau im richtigen Moment zerbarsten. Heydra wunderte sich über die geschickte Strategie der Raubpflanzen. Sie mussten erkannt haben, dass die eingedrungenen Wesen ein völlig anderes Körpersystem hatten und dementsprechend durch den Sporennebel behindert wurden.

Das offene System der Pflanzen konnte mit Hindernissen dieser Art leichter fertig werden als der zu Änderungen nicht befähigte Körper von Intelligenzen, die auf tierischer Basis entstanden waren. Pflanzen waren dezentralisierte Lebensformen. Vor sehr langer Zeit hatte Heydra gelernt, dass allein deswegen eine Pflanze keine echte Intelligenz entwickeln konnte. Inzwischen wusste sie es besser, aber sie hatte nie herausgefunden, warum die blaue Blüte eine Ausnahme war. Auch sie hatte kein Nervenzentrum, keine Sinnesorgane, keine festgelegten Körperformen. Die blaue Blüte selbst übernahm für den Zeitraum, in dem Heydra bei Bewusstsein war, eine Rolle, die dem Gehirn eines Humanoiden ähnelte. An den körperlichen Besonderheiten dieser Daseinsform änderte sich jedoch nichts.

Fotosensitive Zellen konnten überall entstehen, wo eine Notwendigkeit vorlag. Der Sporennebel behinderte weder die Raubpflanzen, noch die Kampfranken. Sie modifizierten Zellen, die sich den veränderten Bedingungen anpassten, schickten lange, mit diesen Sinneszellen ausgerüstete Fortsätze aus und gewannen so ein genaues Bild der Lage.

Mehrere Kampfranken wurden angegriffen und zum Teil vernichtet. Auch das war etwas, das die Pflanzen den Eindringlingen voraus hatten. Die Vernichtung einzelner Teile blieb ohne Wirkung auf den Gesamtkörper. Zwar leiteten die Informationskanäle Impulse weiter, die von den Leiden der Ranken kündeten, aber die Einheit der Pflanze litt deswegen keine Schmerzen. Die einzige Reaktion bestand darin, dass die anderen Ranken noch energischer vordrangen. Ein Akone, der einen Arm oder ein Bein verlor, war vorübergehend hilflos. Selbst wenn er einen Teil seiner Bewegungsfreiheit behielt, konnte er damit nicht viel anfangen. Sein Gehirn wurde durch die Schmerzen in seiner Funktion gestört. Eine Pflanze, die nicht über eine solche Ansammlung empfindlichster Nervenzellen verfügte, war dementsprechend fähig, Verletzungen zu ignorieren.

Das alles ging Heydra durch den Sinn, während sie die Bemühungen der blauen Blüte verfolgte, die angreifenden Gegner von der Beute wegzudrängen. Für einen Augenblick dachte sie daran, wie viele Vorteile ihr dieser riesenhafte Körper bieten konnte. Sie könnte – wenn sie die Kontrolle gewann – nicht nur diese Station beherrschen. Aber das waren Wunschträume.

Sie schrak zusammen, als sie merkte, dass eine Ranke einen der Eindringlinge gepackt hatte. Das Geschehen spielte sich nur wenige Meter entfernt ab, aber sie sah keine Möglichkeit, zugunsten des Fremden einzugreifen. Sie hätte durch den gesamten Rankenkörper zurückweichen müssen, bis sie eine Verbindung zu dem benachbarten Arm bekam.

Zu ihrem Erstaunen schleuderte die Ranke den Mann jedoch von sich, den Raubpflanzen direkt entgegen. Heydra wusste nicht, was sie davon halten sollte. Die blaue Blüte durfte es sich nicht erlauben, auf Nahrung zu verzichten. Sie beschloss, sich wieder vollständig an einen Ort zurückzuziehen, von dem aus sie einen besseren Überblick hatte. Obwohl sie im Lauf der langen Gefangenschaft eine große Geschicklichkeit erworben hatte, sich in dieser Weise zu bewegen, kam sie nur mühsam voran. Das gesamte System war in Aufruhr. Endlich erreichte Heydra jenen Ort, an dem ein Teil ihres Bewusstseins festgehalten wurde. Die blaue Blüte gestattete ihr nur in seltenen Ausnahmefällen, sich vollständig den Informationsbahnen zu überlassen. Es war eine Vorsichtsmaßnahme. Heydra hätte vielleicht eine Kampfranke unter ihre Kontrolle bringen und die Blüte damit bedrohen können.

Ein System von Informationsbahnen lag ganz in der Nähe. Heydra hatte in geduldiger Kleinarbeit Zellen dahin gehend beeinflusst, dass sie ihr Bewusstsein ständig mit Neuigkeiten versorgten. Sie erkannte zweierlei.

Erstens war die blaue Blüte misstrauisch geworden. Bisher waren die Raubpflanzen zwar lästig gewesen, hatten aber niemals eine ernsthafte Konkurrenz dargestellt. Das lag in erster Linie an Heydra. Sie lieferte – bewusst oder unbewusst – die Daten, auf die sich die blaue Blüte in ihrer Strategie stützte, wenn es galt, Opfer zu überwältigen. Die freien Pflanzen hatten weder die Intelligenz noch die Fantasie, die nötig war, sich in die fremden Körper hineinzuversetzen. Genau das war diesmal geschehen. Die blaue Blüte schwankte in ihrer Meinung. Es mochte sein, dass während der letzten Ruheperioden die Raubpflanzen selbst noch stärker mutiert waren. Oder sie hatten ein Opfer gefangen und benutzten es in ähnlicher Weise, wie die Blüte es mit Heydra tat. Die dritte Möglichkeit war Verrat.

Zum ersten Mal erkannte Heydra, dass die blaue Blüte weniger über sie wusste, als sie immer angenommen hatte. Das Gewächs dachte allen Ernstes, Heydra selbst könne ohne ihr Wissen eine Verbindung zu den Raubpflanzen hergestellt haben. Heydra war darüber sehr überrascht. Sie hatte sich oft gefragt, was die blaue Blüte – beziehungsweise das dort wohnende Bewusstsein – während der Ruhezeiten tat. Sie hatte angenommen, dass die Pflanze auch dann aktiv blieb, wenn sie selbst von der Dunkelheit aufgesogen wurde. Offensichtlich war das nur bedingt der Fall. Die Pflanze hatte den Verdacht, dass Heydra aufgewacht sein könnte und die Ruhezeiten der blauen Blüte für ihre eigenen Zwecke nutzte.

Die zweite Information resultierte aus diesem Misstrauen. Es ging nicht mehr nur um Nahrungsprobleme. Die blaue Blüte wollte die Eindringlinge lebend in ihre Gewalt bringen. Zumindest einer von ihnen sollte Heydras Schicksal teilen und gleichzeitig ihr Kerkermeister werden. Die Argumente der blauen Blüte waren gar nicht übel. Sie konnte etwas bieten, von dem sie über Heydra erfahren hatte, dass es für Wesen wie diese Fremden von ungeheurer Bedeutung war – relative Unsterblichkeit! Sie war sogar bereit, dem neu übernommenen Bewusstsein mehr Macht und Selbstständigkeit zuzugestehen, als sie es jemals Heydra gegenüber getan hatte.

Das alles war für Heydra sehr verwirrend. Sie stellte fest, dass es Veränderungen geben würde. Ihre Hoffnung, die Fremden würden sich gegen die blaue Blüte wenden, zerrann, als sie die fremden Impulse spürte. Ihre erste Reaktion war, dem Fremden zu Hilfe zu eilen. Vielleicht ließ sich noch etwas retten. Die blaue Blüte musste diesen Körper überwältigt haben, denn freiwillig war der Eindringling sicher nicht mit diesem monströsen Wesen in Kontakt getreten. Heydra warf ihre gesamte Energie gegen die Wand ihres Gefängnisses. Die seltsam strukturierten Zellen, an die der große Teil ihres Bewusstseins gebunden war, fingen den Angriff mühelos ab. Enttäuscht stellte sie fest, dass sich nichts änderte. Nur die Zugänge zu den Informationsbahnen blieben frei, und nach einigem Zögern schickte sie einen Gedankenfühler aus.

Der Fremde war noch nicht integriert. Dieser Vorgang kostete Zeit und musste sorgfältig vorbereitet werden. Aber die blaue Blüte stand in direktem Kontakt mit ihrem Opfer. Heydra verfolgte den lautlosen Dialog, der sich zwischen dem Fremden – er bezeichnete sich selbst als Arkoniden und nannte sich Gorkalon – und der blauen Blüte entspann. Schon nach kurzer Zeit floh sie entsetzt. Die Rechnung der blauen Blüte schien aufzugehen. Gorkalon leistete nur wenig Widerstand. Das Angebot, sich unsterblich machen zu lassen, blendete ihn.

Heydra zog sich niedergeschlagen zurück. Sie verstand den Fremden nicht. Selbst wenn Gorkalon ahnungslos war, musste ihm sein Verstand doch sagen, dass er sich nicht so einfach dieser Pflanze ausliefern durfte. Außerdem ging es nicht nur um ihn. Dieser Mann wollte seine Artgenossen verraten. Er hatte sich bereit erklärt, die Verhandlungen zu führen. Falls sich die Fremden nicht davon überzeugen ließen, dass eine Integration in das pflanzliche System ein wünschenswertes Ziel war, musste zwangsläufig ein Angriff folgen.

Heydra hatte den Schock über das Verhalten Gorkalons noch nicht überwunden, als die blaue Blüte zu einem neuen Schlag ausholte. Der Pflanzenkörper gab die Einheit auf, die ohnehin nur in besonderen Fällen bestand. Bis auf einige Kampffranken, die der blauen Blüte notfalls zur Verteidigung dienen sollten, wurden alle autarken Organe aus dem Informationsnetz entlassen.

Heydra erkannte sehr schnell, warum es der gewaltige Körper in dieser Situation vorzog, sich in zahlreiche einzelne Pflanzen zu teilen. Gorkalon selbst hatte den Anstoß dazu gegeben. Seine Kameraden soll-

ten ein möglichst günstiges Bild von der blauen Blüte gewinnen. Ein
monströses Gebilde, das nahezu die ganze Station ausfüllte, hätte sie
auf jeden Fall abgestoßen.

Natürlich hatte die blaue Blüte dafür gesorgt, dass die nun auf sich
selbst angewiesenen »Ableger« weiterhin das große Ziel verfolgten.
Das vielfach ineinander verflochtene Wurzelsystem sorgte außerdem
dafür, dass die Verbindungen niemals ganz unterbrochen wurden.

Gorkalon blieb in Kontakt mit der blauen Blüte. Eine Ranke, die fast
ausschließlich dem Informationsaustausch diente, begleitete ihn, als er
sich auf den Weg machte.

Akon-Akon sprang auf und eilte zur Tür. Wir folgten ihm beinahe willenlos. Erst eine Warnung des Logiksektors ließ mich die Gefahr erkennen, die wir durch unser Verhalten provozierten. Neben mir trottete der
Magnetier. Auch Vorry vermochte nichts zu tun, was gegen Akon-Akon
gerichtet war, aber leichter als alle anderen konnte er innerhalb der uns
gegebenen Grenzen selbstständig handeln.

»Es könnte eine Falle sein«, sagte ich. »Pass auf, was hinter uns geschieht.«

»Immer die Kleinen«, nörgelte das Tonnenwesen, aber er meinte es
nicht ernst. Als wir die Tür erreicht hatten, war er der Einzige, der nicht
Akon-Akons Beispiel folgte und gebannt den Eingang anstarrte.

»Öffnet die Tür!«, befahl der Junge den beiden Männern, die die Wache übernommen hatten.

»Wir sollten uns zuerst anhören, was Gorkalon uns zu sagen hat«,
schlug Fartuloon hastig vor. Akon-Akon zögerte. »Es ist vielleicht nur
ein Trick. Sie wollen uns dazu bringen, dass wir die Tür öffnen.«

Draußen war es still. Das vielfältige Rascheln und Kratzen, das die
Pflanzen verursacht hatten, war verstummt. Kein Laut drang herein.
Diese Ruhe wirkte noch unheimlicher und drohender als vorher das
Rumoren der merkwürdigen Gewächse. Endlich nickte Akon-Akon
langsam.

»Ich bringe eine Botschaft für euch!« Gorkalons Stimme. Der Mann
sprach langsam, in monotonem Tonfall, als wäre er in Trance. »Meldet
euch!«

Akon-Akon gab Fartuloon zu verstehen, dass er die Verhandlung
übernehmen sollte. »Wir hören dich, Gorkalon«, sagte der Bauchauf-

schneider laut. »Was ist passiert? Wir wissen, dass die Pflanzen dich entführt haben. Brauchst du Hilfe?«

»Die *Blüte des Lebens* schickt mich zu euch.« Gorkalon ging nicht auf die Fragen ein. »Die Raubpflanzen, von denen ihr angegriffen wurdet, bilden keine Gefahr mehr. Sie haben sich zurückgezogen, als die Diener der Blüte zu euren Gunsten in den Kampf eingriffen. Die Blüte des Lebens hat euch einen Vorschlag zu machen.«

»Der Kerl ist übergeschnappt«, knurrte Ra. »Glaubt er im Ernst, wir würden einer mordlüsternen Pflanze freiwillig einen Besuch abstatten?«

Fartuloon brachte ihn mit einer unwilligen Handbewegung zum Schweigen. »Wer ist diese Blüte?«

»Sie ist die Herrin über alle lebenden Wesen in dieser Station.«

»Und was will sie von uns?«

»Das weiß ich nicht. Ihr sollt zwei Gesandte auswählen, die mich begleiten. Ich führe euch zu der blauen Blüte. Dort kann sie euch selbst erklären, worum es geht.«

»Hör mal, Gorkalon, diese verdammten Pflanzen haben uns eine Menge Ärger gemacht. In diesem Raum sind wir vorerst sicher. Wir setzen diese Sicherheit nicht aufs Spiel. Wenn diese Blüte, von der du ständig sprichst, wirklich die Herrin dieser Station ist, steckt sie mit den Pflanzen unter einer Decke, die uns angegriffen haben. Wir liefern uns nicht freiwillig ans Messer. Wenn uns diese Pflanze umbringen will, soll sie es ruhig versuchen. Aber warne sie, denn wir werden unser Leben teuer verkaufen.«

Für eine Weile blieb es still, bis sich Gorkalon wieder meldete. »Du irrst dich. Die Blüte des Lebens ist zwar die Herrin der Station, aber es gibt Pflanzen, die gegen sie rebellieren. Sie waren es, die euch angegriffen haben. Die Blüte dagegen hat euch geholfen. Sie will noch mehr für euch tun und dafür sorgen, dass ihr euer Ziel erreicht.« Wieder schwieg Gorkalon. Es schien, als müsse er sich die Antwort auf Fartuloons Frage erst besorgen. »Sie verlangt nichts. Sie bittet nur darum, zwei von euch sehen und mit euch sprechen zu dürfen.«

»Das ist kein zu hoher Preis«, sagte Akon-Akon. »Wir werden diese Bitte erfüllen.«

Ich starrte den Jungen entgeistert an. Hatte er wirklich die Absicht, auf diesen irrsinnigen Vorschlag einzugehen?

Fartuloon explodierte fast. »Das ist doch Selbstmord! Diese Pflanze hat Gorkalon zu ihrem Werkzeug gemacht. Das beweist deutlich genug, welche Absichten sie hat. Und wie sollte dieses Gewächs uns wohl helfen?«

»Das weiß ich nicht«, gab Akon-Akon ungerührt zurück. »Aber es wäre unvernünftig, diese Gelegenheit verstreichen zu lassen. Allein die Tatsache, dass die Pflanze – falls es eine ist – Gorkalon als Verbindungsmann benutzt, zeigt, dass sie intelligent ist. Außerdem kennt sie diese Station besser als wir. Du und Atlan – ihr werdet Gorkalon begleiten.«

Fartuloon legte die Hand auf das *Skarg*. Am liebsten hätte er sich auf Akon-Akon gestürzt. Die Augen des Jungen loderten auf.

»Öffnet die Tür!«, herrschte er die Wachen neben dem Schott an.

Draußen warteten die Pflanzen. Sie bildeten ein dichtes Spalier, aber sie rührten sich nicht. Direkt vor der Tür stand Gorkalon. Er sah grauenhaft aus. Der hintere Teil seines Schutzhelms war von einer grauen Masse ausgefüllt, die sich an den Schädel des Mannes drückte. Aus dem Helm ragte ein graugrüner, etwa handgelenkdicker Pflanzenarm, der sich durch den ganzen Gang erstreckte und weiter hinten zwischen den vielen Gewächsen verschwand. Das Gesicht war grau und verfallen, die Augen traten weit hervor. Nicht der leiseste Schimmer einer Erkenntnis war in ihnen zu entdecken. Meine Hoffnung, der entsetzliche Anblick, den Gorkalon bot, würde Akon-Akon zur Vernunft bringen, erfüllte sich nicht.

»Geht!«, befahl er schroff.

Gegen unseren Willen setzten wir uns in Bewegung. Deutlich hörbar schloss sich hinter uns das Schott. Vor uns lag der hell erleuchtete Gang, dessen Wände hinter den verschlungenen Leibern der merkwürdigen Pflanzen verborgen blieben. Ab und zu raschelte es in den lebenden Mauern. Ranken tasteten vorsichtig aus dem Dickicht, zogen sich hastig zurück und verschwanden hinter schwankenden Blättern. Instinktiv tastete ich nach der Waffe in meinem Gürtelholster.

Sinnlos, kommentierte der Logiksektor. *Falls diese Gewächse angreifen, seid ihr alle beide verloren. Die Übermacht ist zu groß.*

Das stimmte zwar, aber ich ließ die Hand trotzdem auf dem Waffengriff. Es beruhigte mich ein wenig. Schweigend ging Gorkalon voran. Seine Bewegungen waren automatenhaft und schlecht koordiniert. Der Pflanzenarm ragte aus dem hinteren Teil des Schutzhelms, schlang sich über die Schulter bis zum Gürtel und erstreckte sich von da in die Station. Wie eine Nabelschnur verband sie den Mann mit der geheimnisvollen Blüte des Lebens, die irgendwo vor uns auf uns wartete.

Der Weg war lang, aber nicht beschwerlich im eigentlichen Sinne. Unter unseren Füßen federte die weiche Humusschicht. Die Pflanzen behinderten uns nicht, im Gegenteil, sobald wir uns näherten, zogen sie sich zurück und gaben eine Gasse frei. Ab und zu wechselten Fartuloon und ich ein paar Bemerkungen, aber meistens stapften wir schweigend dem Mann nach, den ein schreckliches Schicksal zum Anhängsel einer Pflanze gemacht hatte.

Anfangs hatten wir noch manchmal neugierige Blicke auf die Gewächse geworfen, denn sie unterschieden sich von denen, die wir bislang in der Station angetroffen hatten. Sie waren ziemlich groß, und bis auf die Tatsache, dass sie sich bewegen konnten, wirkten sie beinahe normal. Wir sahen Stämme, Zweige und Blätter, aber keine Blüten. Alles wirkte ein bisschen fremdartig, aber keineswegs gefährlich. Hätten wir nicht gewusst, über welche Waffen diese Pflanzen verfügten, hätten wir sie wahrscheinlich kaum beachtet. Wir blieben wachsam, hielten die Helme geschlossen und die Waffen griffbereit, aber vorerst herrschte Waffenstillstand. Dann tauchten jene Ranken mit den schleimigen Blättern auf, die wir bereits kannten. Sie hingen regungslos dicht unter der Decke.

»Aha«, machte Fartuloon. »Wo die Wächter lauern, kann die Blüte nicht mehr fern sein.«

Gorkalon schritt ungerührt unter den gefährlichen Blättern durch. Eine schleimige Ranke tastete kurz über seinen Rücken, schnellte in das Dickicht zurück und tauchte weiter vorne wieder auf. Das pflanzliche Gebilde musste ein Signal gegeben haben. Die Ranken, die uns die Sicht versperrten, zogen sich zurück.

Vor uns lag eine riesige Halle. Mehrere Kunstsonnen verbreiteten angenehmes, leicht gelblich gefärbtes Licht. An einigen Stellen glänzten kleine Wasserflächen, Boden und Wände waren völlig von Pflanzen bedeckt. Von der Öffnung, in der wir standen, führte ein schmaler Weg bis zum geometrischen Mittelpunkt der Halle. Und dort wartete die Blüte des Lebens. Sie war sehr groß. Die leuchtend blauen Blütenblätter bildeten eine schön geschwungene Schale, in deren Mittelpunkt goldene Fäden schimmerten. Die Blume schwankte leicht auf ihrem dünnen, elastischen Stängel.

Auf meinem Rücken bildete sich eine Gänsehaut. In einer unangenehmen Vision sah ich die blaue Blüte als das riesige Maul eines gigantischen Systems von Körpern, in dem alle Pflanzen in dieser unwirklichen Umgebung zu einer Einheit verbunden waren.

»Kommt!«

Die monotone Stimme Gorkalons ließ mich zusammenzucken. Ich warf Fartuloon einen kurzen Blick zu. Sein Gesicht war düster, aber in seinen gelben Augen funkelte es. Er nickte mir zu und schlug leicht auf das *Skarg*. Der Weg war mit Moos bedeckt. Wir wateten durch einen knöcheltiefen Teppich aus feinen Pflanzenfasern, die bei jedem Schritt die Farbe änderten. Rund um unsere Füße bildete sich immer neu ein grell leuchtender Fleck, als folge uns ein unsichtbarer Scheinwerfer. Neben uns raschelten Blätter, beugten sich zierliche Zweige vor, als wollten sie uns neugierig betrachten.

Gorkalons seltsame Nabelschnur endete in einem Tank der ehemaligen Hydroponik, zu Füßen der blauen Blüte, die sich leicht verneigte, als wolle sie uns begrüßen. Das Gewächs war selbst auf den ersten Blick ungewöhnlich. Der dünne Stängel ragte glatt und kahl aus dem Wasser. Weder Blätter noch Wurzeln waren zu sehen. Vorsichtig näherten wir uns dem Tank, der von dunkelgrünem Moos umwuchert wurde und wie ein Thron wirkte.

»Die Blüte des Lebens heißt euch willkommen«, begann Gorkalon leiernd. »Ihr seid dem Boten gefolgt. Das ist ein Beweis dafür, dass ihr zur Zusammenarbeit bereit seid. Vernehmt nun das Angebot, das die Blüte euch im Namen aller anderen lebenden Wesen dieser Station macht.«

Wir verständigten uns mit einem raschen Blick. Es war klar, dass Gorkalon nur wiedergab, was die Pflanze ausdrücken wollte. Natürlich konnten wir hier, mitten zwischen den Gegnern, keine Entscheidung treffen, aber wir waren entschlossen, so viele Informationen zu sammeln, wie es nur ging. Als Gorkalon weiter sprach, näherte ich mich vorsichtig dem Tank. Ich wollte wissen, wie es unter der Wasseroberfläche aussah. Fartuloon blieb stehen.

»Das Leben in dieser Station ist eine Einheit. Kein Teil kann sich aus dem Ganzen lösen. Was stirbt, wird durch den ewigen Kreislauf wieder zum Leben erweckt. Nichts ist überflüssig, nichts unwichtig. Aber wie in eurem Organismus gibt es Teile, die von besonderer Bedeutung sind und sich nicht ersetzen lassen. Ich bin die blaue Blüte, die höchste Konzentration von Bewusstsein innerhalb des Ganzen. Ich bin einzigartig, denn es gibt niemanden, der mir gleicht. Mein Leben währt ewig. Diese Gestalt zerfällt, nachdem sie ihren Dienst für den Fortbestand des Ganzen erfüllt hat. Aus den Überresten erwachse ich neu und unverändert.«

Ich hatte den Rand des Wasserbehälters erreicht. Nichts hinderte mich daran, mich vorzubeugen und nach unten zu schauen. Im klaren Wasser bildeten zahllose weißliche Fäden ein dichtes Gespinst. Aus diesem Nest ragte der Blütenstiel auf. Andere Fäden führten von dem Nest weg an den Rand des Tanks, ragten aus dem Wasser und verschwanden unter dem dichten Moos.

»Die Einheit ist riesig«, hörte ich Gorkalons monotonen Vortrag. »So riesig, dass sie vielen Bewusstseinsballungen meiner Art Raum bieten könnte. Aber diese Ballungen entstehen nicht spontan, sondern durch die Integration körperlicher Hüllen, die ein Bewusstsein beinhalten. Der Bote hat den ersten Schritt getan. Indem er seine unvollkommene Körperlichkeit zum Nutzen der Einheit aufgibt, erringt sein Bewusstsein Unsterblichkeit.«

Der Pflanzenarm, über den der Arkonide mit der Blüte verbunden war, verschwand an einer Stelle zwischen den weißen Fäden, an der sich mehrere dunkle Schatten abzeichneten. Obwohl das, was wir gehört hatten, eigentlich ausreichte, wollte ich absolute Gewissheit haben.

Bleib stehen, du Narr!, warnte der Extrasinn. *Der Beweis dafür, dass die Blüte lügt, wird sich auch anders erbringen lassen.* Dessen war ich mir nicht so sicher. Vor allen Dingen erschien es mir sehr fraglich, ob Akon-Akon geduldig genug war, um die Suche nach einem anderen Beweis abzuwarten. *Der Junge mag dir manchmal als ziemlich überspannt erscheinen, aber er ist zweifellos im Vollbesitz seiner geistigen Kräfte. Nie und nimmer würde er sich freiwillig zu Kompost verwerten lassen.*

Trotzdem – ich wollte sichergehen. Ich kannte das Risiko. Dass die blaue Blüte dennoch keine Anstalten traf, mich am weiteren Vordringen zu hindern, konnte verschiedene Gründe haben. Wahrscheinlich glaubte sie, die Unsterblichkeit allein wäre als Köder verlockend genug. Hatte Gorkalon sich tatsächlich aus freien Stücken entschieden?

»Wir – das heißt die konzentrierte Ballung aller hier vorhandenen Bewusstseine – bitten euch, euren Artgenossen unser Angebot zu übermitteln. Jeder von euch kann die Unsterblichkeit erlangen, indem er seinen Körper in den Dienst des Ganzen stellt.«

Ich war nahe genug. Die weißen Fäden bewegten sich leicht, schoben sich manchmal fast ganz von den Körpern herunter. Es musste sich um Akonen handeln. Jedenfalls konnte ich mir nicht vorstellen, wie Angehörige eines anderen Volkes durch den Transmitter hätten gelangen sollen. Uns war es nur gelungen, weil Akon-Akon und sein Kerlas-Stab den Weg geebnet hatten.

Es waren vier Körper – falls ich sie noch so bezeichnen konnte. Ich kannte die Fressgeschwindigkeit der Blüte nicht, daher vermochte ich es nicht, den Zeitpunkt auch nur annähernd zu bestimmen, an dem diese Opfer der Pflanze in die Falle gegangen waren. Anzeichen für Verwesung waren nicht zu erkennen, obwohl die Körper bis zur Unkenntlichkeit verquollen waren. Ich wusste, dass die meisten fleischfressenden Pflanzen mit den Verdauungssäften auch konservierende Stoffe in die Körper ihrer Opfer praktizierten. Die Gefahr, dass eine mühsam ergatterte Beute verdarb, ehe sie absorbiert werden konnte, zwang sie zu diesem Verhalten.

»Was geschieht, wenn Angehörige unserer Gruppe sich weigern, zu dir zu kommen?«, fragte Fartuloon.

»Das wäre dumm und unlogisch«, gab Gorkalon monoton zurück. »Ihr befindet euch in der Station und seid somit bereits in das System einbezogen. Ihr könnt kämpfen, könnt Teile von mir töten, aber damit vernichtet ihr nichts, denn ihre Überreste werden erneut absorbiert und damit dem Kreislauf zugeführt. Ich weiß, dass eure Lebensspanne lächerlich kurz ist. Die Wahrscheinlichkeit, dass ihr dem vielfältigen Leben der Station so lange trotzen könnt, ist gering. Aber selbst wenn ihr es schafft, könnt ihr nicht verhindern, dass eure Körper schließlich doch der Gemeinschaft dienen. Dann allerdings ist euer Bewusstsein verloren. Ihr habt nichts zu verlieren, wenn ihr euch ergebt – weigert ihr euch, werdet ihr das ewige Leben nicht erreichen.«

Ich gab Fartuloon unauffällig ein Zeichen. Jetzt wusste ich, warum mir der Blick auf die Körper im Bassin nicht verweigert worden war. Das bot der Blüte immer eine Gelegenheit, sich herauszureden. Es wäre gefährlich gewesen, sie zu reizen.

»Wir überbringen die Botschaft«, sagte der Bauchaufschneider.

»Der Bote wird euch den Weg zeigen«, versprach die Blüte durch Gorkalons Mund. »Sobald ihr euch entschieden habt, sagt es den Pflanzen, die vor der Tür auf euch warten. Sie werden mich benachrichtigen.«

»Wie viel ...«, begann ich, aber Fartuloon gab mir einen derben Rippenstoß. Ich klappte den Mund wieder zu. Eigentlich hatte ich fragen wollen, wie groß die Frist war, die uns die Blüte ließ. Jetzt fiel mir selbst auf, dass es besser war, diesen Punkt vorläufig nicht zu berühren. In der

Station gab es keine Tag- und Nachtzeiten. Sicher existierten noch Zeitmesser, aber diese dürften für die Pflanzen bedeutungslos sein. Nach einiger Zeit musste die Blüte ungeduldig werden. Bis dahin jedoch hatten wir freie Hand. Gorkalon wartete. Als ich den begonnenen Satz nicht fortsetzte, drehte er sich schweigend um und marschierte davon.

Ich hatte den Eindruck, als ließen uns die übrigen Gewächse nur ungern aus ihrer Reichweite entkommen. Je näher wir dem Schaltraum kamen, desto häufiger versperrten uns klebrige Zweige den Weg. Einige Male musste Gorkalon umkehren und uns befreien, weil sich zwischen ihm und uns blitzschnell lebende Hindernisse aufgebaut hatten. Sobald sich der Mann gegen die Pflanzen stellte, wichen sie ängstlich zurück.

»Ich komme, wenn ihr mich ruft«, sagte er monoton, als wir die Tür erreichten.

Wir berichteten ausführlich, was wir in der Halle der Blüte erlebt hatten und wie es um das großzügige Angebot bestellt war. Akon-Akon musste einsehen, dass er sich geirrt hatte. Ehe er selbst zu einer Entscheidung gelangen konnte, wie es nun weitergehen sollte, brachte Fartuloon seinen Plan vor.

»Gut.« Der Junge nickte sofort. »Ihr beide übernehmt diese Aufgabe. Am besten macht ihr euch sofort auf den Weg. Wer weiß, wie lange wir vor den Pflanzen Ruhe haben.«

Der Schaltraum, in dem wir uns verbarrikadiert hatten, hatte nur den einen Ausgang, und den durften wir nicht benutzen. Nachdem Akon-Akon geraume Zeit mit dem Kerlas-Stab herumhantiert hatte, behauptete er, die Zentrale läge schräg unter uns. Er erteilte uns umgehend den Befehl, mit den Kombistrahlern ein Loch in den Boden zu fräsen. Uns blieb nichts anderes übrig, als diese Anweisung zu befolgen.

Zum Glück war Karmina da Arthamin geistesgegenwärtig genug, um Akon-Akon rechtzeitig auf einen schwerwiegenden Fehler aufmerksam zu machen. Daraufhin übernahmen zwei andere Männer unsere Arbeit, und während sich die Energiestrahlen durch den grauen Bodenbelag fraßen, erklärte uns der Junge Punkt für Punkt, wonach wir eigentlich zu suchen hätten und wie es möglich war, an die gewünschten Daten heranzukommen. Solcherart vorbereitet, traten wir an das kreisrunde Loch im Boden, um die nächste Wegstrecke in Angriff zu nehmen.

Unter uns lag eine Maschinenhalle. Es roch nach Ozon und allerlei anderen unbestimmbaren Dingen. Eine Anzahl von Geräten schien zu arbeiten, jedenfalls sahen wir vereinzelte Kontrolllampen aufleuchten. Bis auf ein kaum wahrnehmbares Summen war es still dort unten. Von Pflanzen oder den von ihnen eingesetzten Waffen gab es keine Spur. Vorsichtig schwebten wir nach unten, drehten uns dabei langsam um unsere Achse und beobachteten aus der Höhe die Stellen der Halle, die im Schatten der Maschinenblöcke lagen.

»Nichts.« In Fartuloons Stimme schwang keine Spur von Erleichterung mit, denn der verheißungsvolle Auftakt zu unserem Vorstoß hatte wenig zu sagen.

Über uns wurde die herausgeschnittene Platte wieder über die Öffnung gelegt und provisorisch befestigt. Wir landeten nebeneinander auf der flachen Oberseite einer Maschine, deren Verwendungszweck uns bekannt war. Unter unseren Füßen leuchteten farbige Schnörkel und geometrische Figuren. Verzierungen? Ich vermochte es mir nicht vorzustellen. Schließlich waren die Akonen, denen diese Station einst gehört hatte, das Stammvolk der Arkoniden, und ich nahm an, dass sie ein entsprechend nüchternes Verhältnis zur Technik hatten.

»Wir sollten uns diese Geräte näher ansehen«, sagte Fartuloon. »Da die Pflanzen diese Halle nicht besiedelt haben, müssen die Maschinen wohl wichtig für sie sein. Vielleicht können wir ihnen von hier aus genug Schaden zufügen, um sie zu verwirren.«

Ich verzog ärgerlich das Gesicht. Der Gedanke war gut. Es gab nur ein Hindernis: Akon-Akon hatte uns einen festen Auftrag gegeben. Die Erforschung dieser Maschinen gehörte nicht dazu und bedeutete daher Zeitverschwendung.

»Schon gut«, murmelte der Bauchaufschneider. »Ich habe bereits gemerkt, dass dieses Vorhaben nicht durchführbar ist. Ob es etwas hilft, wenn wir den Jungen über Funk benachrichtigen?«

»Bestimmt nicht«, erwiderte ich bitter. »Ihm dürfte es ziemlich gleichgültig sein, ob wir ein paar Schwierigkeiten mehr oder weniger haben. Hauptsache, wir bringen ihm die Daten. Ich bin gespannt, ob wir diesen Burschen jemals wieder abschütteln können.«

»Wir schaffen es mit Sicherheit – allerdings nicht, bevor wir das Versteck erreicht haben. Und dann tauchen neue Schwierigkeiten auf. Die Akonen werden uns nicht gerade per Eilboten nach Kraumon schicken!«

Wir hatten ein Schott entdeckt, das ungefähr in der Richtung lag, in der Akon-Akon die Zentrale vermutete, und befassten uns mit dem Öffnungsmechanismus.

Nach einer Weile wich das Schott widerwillig zurück. Wir spähten um die Ecke, die Kombistrahler in der Hand, aber auch in dem nächsten Raum war es ruhig. Eine weitere Halle lag vor uns. Sie war nur schwach beleuchtet. An den Wänden gab es riesige Bildschirme, die aber außer Betrieb waren. Darunter ragten Konsolen mit Kontrollelementen vor. Im ersten Moment zuckte die wilde Hoffnung in mir auf, das Ziel bereits erreicht zu haben. Dann zuckte ein Lichtstrahl auf. Fartuloon leuchtete mit der Lampe in die Halle. Vielleicht war von hier aus früher einmal ein Teil der Station kontrolliert worden – jetzt waren diese Geräte nur noch Schrott.

Die unteren Abdeckungen der Konsolen waren entfernt worden und lagen zu unordentlichen Stapeln aufgeschichtet in einer Ecke. Verschiedenfarbige Kabelstränge hingen wie die Gedärme eines merkwürdigen Riesentieres aus der Unterseite des langen Geräteblocks. Der Lichtkegel zeigte die fingerdicken Risse in den Bildschirmen. Überall lag Staub.

»Wir müssen tiefer in die Station.« Ich zeigte auf den Boden. »Aber wenn darunter Pflanzen sind?«

Fartuloon zuckte mit den Schultern und suchte den Boden ab, scharrte mit den Füßen verbogene Metallstücke zur Seite. Dichte Staubwolken wirbelten hoch. Brummend tauchte er daraus hervor und wandte sich einer anderen Stelle zu. Ich bemühte mich ebenfalls, eine Luke zu finden, die uns den Weg in die Tiefe erleichtern sollte. Wir waren so beschäftigt, dass ich erst nach geraumer Zeit auf das leichte Scharren aufmerksam wurde.

Fartuloon blieb abrupt stehen, als ich ihm das Zeichen gab, dass ich etwas bemerkt hatte. »Die Pflanzen?« Das Scharren wurde lauter, es kam von unten. Langsam näherte es sich und hielt direkt unter unseren Füßen an. Geräuschlos schlichen wir ein Stück weiter. Als wir stehen blieben, war das Scharren wieder da. Es kroch heran und verstummte, als es unter uns angekommen war. »Na gut. Lassen wir sie nicht lange warten. Ausweichen hat jetzt wohl keinen Sinn.«

Wir richteten die Strahler auf den Boden. Die Desintegratoren fraßen sich durch die dicke metallische Schicht, die uns von unseren Gegnern trennte. Das Scharren kehrte nicht zurück. Die Pflanzen warteten geduldig auf unser Erscheinen.

28.

Heydras Enttäuschung wuchs, als sie die Delegation der Fremden sah. Wollten diese Arkoniden tatsächlich den Vorschlag der Blüte annehmen?

Aufmerksam verfolgte sie das Gespräch, das über Gorkalon abgewickelt wurde. Sie merkte, dass die beiden Abgesandten misstrauisch waren. Die blaue Blüte machte verschiedene Fehler, die nur deshalb entstanden, weil sie diesmal nicht Heydras Hilfe in Anspruch nahm. Das Gewächs verließ sich völlig auf Gorkalon. Der Arkonide schien keinen Widerstand mehr zu leisten. Heydra bedauerte es, dass sie zum Bewusstsein dieses Mannes keinen Zugang fand. Die blaue Blüte hatte diesen Weg versperrt.

Heydra musste etwas unternehmen. Die Blüte des Lebens versprach den Fremden Unsterblichkeit. Das bedeutete für Heydra jedoch, dass sie in Zukunft noch weniger Einfluss auf das Geschehen nehmen konnte. Ihre Situation wurde durch die Aufnahme anderer Bewusstseine in das System keineswegs verbessert. Die Arkoniden kannten sich in der Station nur mangelhaft aus. Das hieß, dass die Kontrollaufgaben weiterhin Heydra überlassen blieben.

Wieder streckte sie einen Gedankenfühler aus, diesmal hatte sie Glück. Die blaue Blüte konzentrierte sich so stark auf das Gespräch, dass sie ihre eigenen Informationskanäle nicht völlig unter Verschluss halten konnte. Heydra erschrak, als sie das Spiel der blauen Blüte durchschaute. Die Fremden sollten betrogen werden. Nur ein oder zwei brachten die Voraussetzungen mit, nach der Beseitigung ihres Körpers weiterzuexistieren. Allerdings nicht als Bewusstseinsballungen, die der blauen Blüte ebenbürtig waren, sondern als Gefangene, wie es mit Heydra geschehen war. Alle anderen hatten lediglich materiellen Wert – sie würden jene Form von Nahrung liefern, ohne die die Blüte auf lange Sicht nicht leben konnte.

Das Schicksal der Fremden berührte Heydra kaum. Sie hatte diese Vorgänge – bewusst oder unbewusst – schon zu oft erlebt. Aber der Schock darüber, dass die blaue Blüte mit ihrer List gleichzeitig die Er-

lösung des gefangenen Bewusstseins verhinderte, gab Heydra ungeahnte Kräfte.

Im selben Augenblick, in dem die blaue Blüte die Verbindung zu den anderen Teilen ihres Systems öffnete, huschte Heydra an einem Informationskanal entlang davon. Falls die Pflanze etwas gemerkt hatte, reagierte sie zu spät. Sie gab an alle Teile, die mit ihr in Verbindung standen, die Anweisung durch, die Fremden ungehindert in ihr Versteck zurückkehren zu lassen. Außerdem musste sie Gorkalon kontrollieren und die nahezu selbstständig handelnden Kampfranken überwachen. So geschah es, dass Heydra tatsächlich entkam.

Diesmal gab es keine Rückversicherung. Der Teil ihres Bewusstseins, den sie notgedrungen in ihrem Gefängnis zurückgelassen hatte, war für sie verloren; die blaue Blüte würde wenig damit anfangen können. Heydra raste durch zahlreiche Pflanzenorgane, huschte durch Wurzeln, Ranken, Stämme und Blätter und spürte plötzlich die Berührung durch etwas Fremdartiges.

Vorsichtig hielt sie an. Mordlust, Hunger, Furcht ... Die Impulse trafen sie wie Schläge.

Sie hatte einen Körper erreicht, der nicht in das weitverzweigte Gefüge der Pflanzenleiber gehörte, die der blauen Blüte untergeordnet waren. Nur allmählich gelang es Heydra, die negativen Impulse abzudrängen. Sie kapselte sich ein und wartete, bis ihre Kräfte zurückkehrten. Unendlich vorsichtig tasteten sich ihre Gedanken vor. Sie fand eine Ansammlung fotosensitiver Zellen und baute den Kontakt auf. Das Bild war undeutlich und fremdartig. Heydra erkannte, dass sie in einer Raubpflanze gelandet war. Es musste während eines Angriffs geschehen sein.

Deutlich fühlte sie die Wut. Ein Teil der wehrhaften Äste war den Kampfranken bereits zum Opfer gefallen. Rechts und links zuckten die zerfetzten Leiber anderer Raubbäume am Boden. Die Kampfranken drangen unaufhaltsam vor. Heydra wusste, dass ihr Schicksal besiegelt war, wenn sie es nicht schaffte, ihren Wirt in Sicherheit zu bringen.

Der Baum verfügte über eine eigene Intelligenz. Er gehorchte den verschiedenen Impulsen, die er mit seinen Sinneszellen aufnahm. Seine Handlungen waren schlecht koordiniert, da immer wieder einander widersprechende Reize aufeinandertrafen. Flucht – die Kampfranken waren sehr nahe. Angriff – reiche Beute lockte. Das Ergebnis war Stillstand. Ein Teil der Laufwurzeln bemühte sich, der drohenden Gefahr auszuweichen, die anderen stemmten den schweren Körper in die entgegengesetzte Richtung.

Heydras Entsetzen über das Chaos, von dem die Reaktionen des schweren Pflanzenkörpers überflutet wurden, teilte sich dem Baum mit. Für eine kurze Zeitspanne stand der Baum zitternd vor den Kampfranken, die die Chance zu begreifen schienen – sie formierten sich geschickt zum Angriff. Aber Heydra gelang es, den Raubbaum unter ihre Kontrolle zu zwingen.

Die wurzelähnlichen Lauforgane trugen die Pflanze erstaunlich schnell vorwärts, sobald sie einheitliche Reizimpulse erhielten. Gleichzeitig ließ Heydra einen mit Stacheln besetzten Ast auf die Untertanen der Blüten los. Der Ast schwang heftig auf und ab. Vorsichtig unterbrach sie einige Saftbahnen, veranlasste eine Zellenschicht am Ansatzpunkt des Astes zur Bildung einer dünnen, brüchigen Korkschicht. Einen anderen, dünneren Ast benutzte sie, um den entscheidenden Schlag zu führen. Als das lange, stachelige Gebilde nach oben schlug, löste sich die letzte Verbindung zum Körper des Baumes. Als unheilvolles Geschoss raste der Ast mitten in die Reihen der Kampfranken.

Mit höchster Geschwindigkeit ließ Heydra den Baum tiefer in den Gang stelzen. Die Kampfranken waren ziemlich durcheinander. Bei dem Versuch, dem stacheligen Geschoss auszuweichen, hatten sie sich ineinander verhakt. Die klebrige Schleimschicht auf ihren Blättern, sonst eine ihrer besten Waffen, erwies sich nun als Nachteil. Natürlich würden sich die Ranken rasch voneinander lösen – sie konnten überflüssig gewordene Teile jederzeit abstoßen. Aber ohne zielstrebige Kontrolle, wie Heydra sie ausübte, dauerte der Vorgang um einiges länger.

Der Baum eilte vorwärts, und Heydra lockerte ihre Kontrolle. In diesem Teil der Station kannte sie sich kaum aus. Der Baum schien ein bestimmtes Ziel zu haben. Sie nutzte die Ruhepause, um über ihr weiteres Vorgehen nachzudenken. Sie hatte nichts gewonnen. Sobald die blaue Blüte feststellte, dass Heydra entkommen war, würde sie ihre Kampfranken ausschicken. Bisher hatten die Raubpflanzen nur deshalb überlebt, weil die blaue Blüte selbst kein Interesse daran hatte, sie auszurotten. Diese unabhängigen Gewächse bildeten ein Nahrungspotenzial, um das sich die blaue Blüte kaum zu kümmern brauchte. In Notzeiten dezimierte sie die Bäume nach besten Kräften. War genug Nahrung vorhanden, ließ sie die Bäume sich vermehren.

Diesmal würde es eine gnadenlose Jagd geben. Früher oder später musste Heydra samt ihrem Wirt wieder in den Kontrollbereich der Pflanze gelangen. Ihrem Bewusstsein konnten die giftigen Schleimabsonderungen und sonstigen Waffen nichts anhaben. Die blaue Blüte konnte sie mühelos absorbieren und erneut in ihr Gefängnis abdrängen. Wie immer Heydra es drehte – die Erlösung lag nach wie vor in weiter Ferne. Denn sogar wenn dieser Baum von seinen Artgenossen zerfetzt wurde, blieb das Bewusstsein erhalten und wechselte lediglich den Wirt. Nur eins hatte sich geändert – es gab in der Station unabhängige Wesen, und diese vermochten all die Dinge zu tun, zu denen ein pflanzlicher Körper eben nicht fähig war. Sie musste die Fremden aufsuchen.

Der Baum wechselte in eine tiefere Ebene. Die Beleuchtung war hier sehr schwach. Überall gab es Spuren von Zerfall und Zerstörungen. Dies war das Revier der Kampfpflanzen und selbstständigen Einheiten. Nach ihren Raubzügen flohen sie hierher, um in Ruhe ihre Beute zu verarbeiten. Noch tiefer lag die Zentrale. Die blaue Blüte hatte darauf verzichtet, diesen hoch technisierten Raum zu erobern. Die Kontrolle war ihr ohnehin sicher. Es ließ sich jedoch nicht sagen, wie sich eine intensive Besiedelung auf die technischen Einrichtungen auswirkte. Die Geräte waren zu wichtig, um sie einer Gefahr auszusetzen. Selbst die Raubpflanzen hatten das erkannt und akzeptierten das Tabu.

Die Fremden mussten irgendwo in diesem Bereich erscheinen, falls sie nicht widerspruchslos auf die Vorschläge der blauen Blüte eingingen. Heydra weigerte sich, daran zu glauben. Die Pflanze durfte diesmal nicht siegen. Sie forschte ihren Wirt aus und stellte fest, dass der Baum jede Beute auf weite Entfernung wahrnehmen konnte. Sofort hielt sie das Gewächs an und konzentrierte sich auf das betreffende Sinneszentrum. Zu ihrer Überraschung waren die Bäume sogar höher organisiert als die blaue Blüte. Die Notwendigkeit, unter ständiger Bedrohung der Beute nachjagen zu müssen, schien ein Stimulans für die Bildung echter Nervenzentren zu sein. Heydra überlegte befremdet, dass die Bäume tatsächlich eine Chance hatten, einmal zu intelligenten Wesen zu werden, denen die pflanzliche Herkunft kaum noch anzumerken war.

Sie spürte die Impulse auf. Die Fremden befanden sich schräg über ihr. Es waren viele verschiedene Zeichen. Also hielten sich die Arkoniden immer noch in dem Schaltraum auf. Das war schlecht. Sie musste, um zu ihnen zu gelangen, in den oberen Gang zurückkehren und geriet *damit in den Herrschaftsbereich der blauen Blüte. Plötzlich erkannte sie, dass sie sich hatte täuschen lassen. Es gab eine zweite Impulskette. Die Gruppe hatte sich geteilt. Zwei Arkoniden drangen zur Zentrale vor. Sie befanden sich jetzt eine Ebene höher, gar nicht weit von Heydras Wirt entfernt.*

Hastig folgte sie der Spur der Impulse, bis sie direkt unter den Fremden angekommen war. Der schwere Baum ließ sich nicht geräuschlos durch den Gang steuern. Die Decke war ziemlich niedrig, die obersten Zweige schabten daran entlang. Die Fremden wurden aufmerksam, aber Heydra hoffte, dass sie sich irgendwie mit ihnen verständigen konnte. Über ihr bildete sich ein Fleck. Automatisch dirigierte sie ihren Wirt ein Stück zur Seite. Metallstaub rieselte herab. Heydra zwang den Baum mühsam zur Ruhe. Gespannt wartete sie auf das Zusammentreffen mit den beiden Fremden.

Das Loch im Boden war groß genug. Wir behielten die Öffnung im Auge, aber keine Pflanze zeigte sich. Vorsichtig beugten wir uns vor und spähten nach unten. Wir sahen den riesigen Baum zur gleichen Zeit und sprangen zurück.

»Er steht genau richtig«, sagte Fartuloon. »Was machen wir jetzt?«

Der Baum hatte sich so platziert, dass wir ihm fast nichts anhaben konnten. Sobald wir uns weit genug vorwagten, um einen gezielten Schuss anbringen zu können, befanden wir uns andererseits in der direkten Reichweite der stachelbewehrten Äste. Ich sah nachdenklich auf den Kombistrahler. Der Griff fühlte sich ungemütlich heiß an.

»Eine zweite Öffnung können wir uns nicht schaffen«, kommentierte Fartuloon, der meinen Blick richtig gedeutet hatte. »Wir sollten es weiter hinten noch einmal versuchen. Es gibt noch mehrere Ausgänge – irgendwie werden wir diesem Baum schon entwischen.«

»Dafür warten dann andere Gewächse dieser Art auf uns. Wir müssen nach unten. Es ist nur ein Baum. Werden wir nicht einmal mit ihm fertig, haben wir gegen eine ganze Gruppe erst recht keine Chance.«

»Also gut. Versuchen wir es.«

Der Baum stand immer noch an derselben Stelle. Seine Äste hingen scheinbar kraftlos herab. Eigentlich sah er gar nicht so aus, als warte er voller Mordgier auf uns. Ich musterte das Gewächs misstrauisch, während ich mich in Schussposition schob. Der Baum rührte sich nicht.

Das Ganze kam mir merkwürdig vor. Die Pflanze hatte uns aufgespürt, die massive Trennwand hatte sie dabei nicht behindert. Der Baum hatte uns mühelos folgen können, obwohl wir bei unserem Stellungswechsel kaum ein Geräusch verursacht hatten. Es war also anzunehmen, dass der Baum uns auch jetzt beobachten konnte. Warum unternahm er nichts? Neben mir hob Fartuloon den Kombistrahler.

»Warte!«, flüsterte ich.

»Was ...?«

»Achte auf die Spitze des vordersten Zweiges. Er verfärbt sich.«

Der Bauchaufschneider sah mich an, als fürchte er um meinen Verstand, und hob die Schultern. Der Zweig wurde smaragdgrün, dann gelb. Dieselbe Farbe, die das Moos angenommen hatte. Wir warteten schweigend. Zögernd verschwand das Gelb. Die Zweigspitze wurde wieder grün.

»Willst du warten, bis der Bursche seine Freunde herbeigerufen hat?«, fragte Fartuloon ungeduldig.

Der Zweig wurde blau. Ich nickte nachdenklich. »Erinnerst du dich, welche Farben die Kontrolllampen in dem akonischen Raumschiff hatten?«

»Warte mal, Gelb bedeutete doch Gefahr, nicht wahr?«

»Genau. Und Blau steht für ›alles in Ordnung‹, die Blüte hat eine uns unbekannte Zahl von Opfern absorbiert. Es dürfte sich um Akonen gehandelt haben.«

»Du meinst, das Ding da unten könnte ein Untertan dieses Monstrums sein?«

»Auf keinen Fall. Dieser Baum geht eigene Wege. Ich überlege mir nur Folgendes: Die Blüte mag erstaunliche Fähigkeiten haben, aber allzu viel Fantasie traue ich ihr nicht zu. Die Geschichte mit der Unsterblichkeit und den weiterexistierenden Bewusstseinen kann sie sich nicht ausgedacht haben.«

»Mit anderen Worten: Du glaubst, ein solches Bewusstsein steckt in dem Baum dort unten.«

»Ist das so unwahrscheinlich? Denk an den Multiplen von Foppon!«

»Unter normalen Umständen wäre ich versucht, diese Idee für totalen Wahnsinn zu halten. Aber in unserer Station scheint nichts unmöglich zu sein. Trotzdem basiert deine Theorie auf einer beängstigenden Zahl von Vermutungen.« Er beobachtete den Baum, der sich nicht von der Stelle rührte. Die Zweigspitze war immer noch blau. »Wir versuchen es. Das ändert nichts daran, dass wir den Baum als potenziellen Gegner ansehen und deshalb außerordentlich vorsichtig sein müssen. Falls das Bewusstsein eines Akonen in dieser Pflanze wohnt, ist möglicherweise die Kontrolle nicht immer einwandfrei.«

Dieses Problem hatte ich bereits erkannt. Es erschien mir als nebensächlich im Vergleich zu einer anderen Frage. *Wie verständigt man sich mit einem Baum?*

Heydra war erleichtert, dass die Fremden das Zeichen bemerkt und verstanden hatten. Damit waren zwar längst nicht alle Hürden überwunden, aber wenigstens bestand nicht mehr die Gefahr, dass diese Arkoniden den Baum angriffen. In diesem Falle wäre die Kontrolle, die sie über das Gewächs ausübte, sofort erloschen. Obwohl sie die Raubpflanze ganz gut beherrschte, gab es unüberwindliche Schranken für sie. Eine davon war der Selbsterhaltungstrieb, der bei diesem Baum erstaunlich gut ausgeprägt war.

Die beiden Fremden schwebten durch das Loch in der Decke und landeten weich auf dem Boden des Korridors. Sie achteten darauf, dass zwischen ihnen und den Ästen des Baumes eine ausreichende Entfernung lag. Die Zellen, mit deren Hilfe Heydra sah, übermittelten inzwischen ein besseres und schärferes Bild der Umgebung. Sie hatten sich den Anforderungen des fremden Bewusstseins bereits zum Teil angepasst.

Dennoch war es für Heydra schwierig, dieses Bild richtig zu deuten. Der letzte direkte Kontakt mit ihresgleichen lag so weit zurück, dass sie vieles vergessen hatte. Die beiden voneinander zu unterscheiden war noch einigermaßen leicht, denn der eine trug einen langen, glänzenden Stachel in der Hand, der andere hingegen eins jener Rohre, von denen Heydra wusste, dass sie Energiestrahlen verschossen. Das Mienenspiel der Fremden dagegen vermochte sie nicht zu entschlüsseln.

Sie wartete geduldig darauf, dass die Arkoniden etwas unternahmen, was zu einer Verständigung führte. Das vage Wissen um komplizierte Geräte, die eine solche Aufgabe erleichterten, ließ auf eine schnelle Lösung des Problems hoffen. Erst nach einer Weile wurde sie misstrauisch. Die Fremden standen untätig da, plötzlich zogen sie sich zurück. Sie entfernten sich immer weiter von dem Baum. Und sie gingen in die falsche Richtung.

»Gib es auf«, sagte Fartuloon. »Von diesem Baum erhalten wir ganz sicher keine guten Ratschläge. Du hast dich geirrt.«

»Nein. Ich bin sicher, dass dies kein gewöhnlicher Baum ist. Es kann kein Zufall sein, dass er sich still verhält. Wir müssen Geduld haben.«

»Wir dürfen keine Zeit verschwenden.«

»Wenn es uns gelingt, Kontakt zu dem Baum aufzunehmen, gleichen wir den Zeitverlust aus.«

Wenn!, betonte mein Extrasinn skeptisch. *Das Problem ist doch offensichtlich. Der Baum – wenn er ein akonisches Bewusstsein enthält – kann sich euch nicht mitteilen. Die zum Sprechen notwendigen Organe fehlen ihm. Alle anderen Verständigungsmethoden fallen aus. Sie scheitern entweder an der äußeren Gestalt des Baumes, oder sie sind für euch unverständlich, weil sie auf einer anderen Sprache basieren.*

Der Baum stand uns im Weg, versperrte den Gang in der Richtung, in der die Zentrale liegen sollte. Es wäre zu gefährlich gewesen, hätten wir versucht, uns an ihm vorbeizudrängen. Das brachte mich auf eine Idee. »Komm!«

Fartuloon musste allmählich wirklich an meinem Verstand zweifeln. Ich zog ihn mit mir. Wir entfernten uns von dem Baum. Im Halbdunkel sahen wir weiter vorn eine Rampe, die nach oben führte, direkt in den Herrschaftsbereich der blauen Blüte. Es gab hier Türen, die in Nebenräume führten, aber sie interessierten mich im Augenblick nicht. Der Baum musste jetzt zeigen, auf welcher Seite er stand. Handelte er im Auftrag der Blüte, konnte ihm unser Verhalten nur recht sein. Traf dagegen meine Meinung zu, war er gezwungen, uns aufzuhalten. Wir hatten die Rampe fast erreicht, als sich der Baum bewegte.

»Vorsicht«, murmelte Fartuloon. »Er greift an!«

»Nein.« Ich deutete auf den Zweig, der nun wieder gelb wurde. Der Baum stakste heran. Die knorrigen Laufwurzeln scharrten über den Boden. Das ganze Gebilde wackelte beängstigend, hielt aber mühelos das Gleichgewicht. Einige Meter entfernt hielt er an. Der gelbe Zweig deutete einwandfrei an uns vorbei auf die Rampe. »Er warnt uns!«

»Vielleicht will er nur verhindern, dass uns andere Pflanzen auffressen. Besonders kräftig sieht er nicht aus. Wir werden ihm sicher schmecken.«

Ich hörte gar nicht hin. Langsam schritt ich auf den Baum zu. Fartuloon blieb einige Schritte hinter mir, traute dem Frieden nicht. Ich konnte es ihm nicht verdenken. Das Gewächs war um die vier Meter hoch und füllte den Gang aus. Die scharfen Stacheln glänzten im Licht. Der bloße Gedanke, dieses monströse Geschöpf könnte ein akonisches Bewusstsein in sich bergen, war ungeheuerlich. Allein die Tatsache, dass es sich zu bewegen verstand, war erschreckend genug. Nur noch ein halber Meter trennte mich von dem Zweig. Ich blieb stehen. Jetzt war der Baum wieder an der Reihe. Der Zweig bog sich durch, krümmte sich, bis er in die entgegengesetzte Richtung zeigte. Die Spitze verfärbte sich blau.

»Genau dahin wollen wir«, sagte ich langsam. Immerhin war es möglich, dass mich das Bewusstsein in diesem Baum verstand.

Wort für Wort, lästerte der Extrasinn. *Satron hat es in der Fernschule gelernt.*

»Unser Ziel ist die Zentrale«, fuhr ich ungerührt fort. »Wir brauchen bestimmte Daten, um den Transmitter aktivieren zu können.«

Der Baum schwankte, als hätte ihn ein starker Windstoß getroffen. Die Äste gerieten durcheinander, die Laufwurzeln kratzten hektisch den Boden auf.

»Achtung!« Ich hörte Fartuloons Ruf und ließ mich fallen. Im letzten Augenblick rollte ich mich aus der Gefahrenzone. Aus den Augenwinkeln sah ich den Bauchaufschneider, der auf den sich windenden Baum zielte.

»Nicht schießen!«

Fartuloon zögerte. Ich rannte auf ihn zu. Hinter mir klang das hohle Pfeifen auf, mit dem die Bäume ihre Angriffe begleiteten. Aber plötzlich wurde es ruhig. Die Zweige kehrten in ihre normale Haltung zurück. Der Baum verharrte kurz regungslos, bis er sich in Bewegung setzte und langsam in die Richtung der Zentrale stakste.

»Das war knapp«, murmelte Fartuloon erleichtert. »Bist du nun endlich geheilt?«

»Ich hätte den Transmitter nicht erwähnen dürfen«, sagte ich bitter. »Aber vielleicht ist noch nicht alles verloren.«

Wir folgten dem Baum, aber das Gewächs kam so langsam voran, dass es uns behinderte. Nach kurzem Zögern beschlossen wir, ihn zu umgehen. Wir öffneten eine Tür und fanden eine leere Halle, in der es außer Staub und ein paar Metallteilen nichts gab. Schweigend setzten wir unseren Weg fort, durch andere Räume und Gänge. Zwei- oder dreimal mussten wir uns gewaltsam einen Durchgang schaffen. Unaufhaltsam näherten wir uns unserem Ziel. Keine einzige Pflanze ließ sich sehen.

»Merkwürdig«, sagte Fartuloon, als wir wieder einmal in einen Gang traten. »Diese Gegend ist wie ausgestorben.«

»Sei froh, dass es vorwärtsgeht. Man könnte meinen, du sehnst dich nach diesen Gewächsen.«

»Das nicht. Aber diese Ruhe ist mir unheimlich.«

29.

Heydra hörte die Fremden sprechen. Wenn sie sich völlig auf diese Sätze konzentrierte, konnte sie den Sinn verstehen. Die Sprache der Arkoniden ähnelte der, die sie selbst gesprochen hatte, ehe sie in die Gewalt der blauen Blüte geriet. Zum ersten Mal erkannte sie, dass es Zusammenhänge gab. Sie erinnerte sich verschwommen an alte Geschichten, an ein Volk, das sich gegen die Akonen gestellt und sie besiegt hatte. Es hieß, dass sich dieses Volk mit unheimlichen Kräften verbündet hatte, mit Wesen von so ungeheurer Macht, dass den Akonen nur die Flucht und der Rückzug blieben.

Verbunden damit ein Name: Klinsanthor ...

Eigentlich gab es nicht mehr viele Dinge, die Heydra an ihr Volk fesselten. Akonen waren es gewesen, die sie in diese Station geschickt und vergessen hatten. Ihnen verdankte sie indirekt ihr schreckliches Schicksal. Dennoch erschrak sie bei dem Gedanken, dass diese Arkoniden nur die Vorboten eines großen Unheils sein könnten, das dem Versteck drohte. Was wollten sie in dieser Station? Sie waren gewiss nicht zufällig gekommen. Heydra erinnerte sich an den Auftrag, den sie zu erfüllen hatte.

Sie war die Wächterin. Die Station war nicht weit vom Versteck entfernt. Sie gehörte zu einem Ring von Großtransmittern, über die früher ein großer Teil des Handels abgewickelt wurde. Später, als die Akonen sich immer mehr isolierten, wurden viele Stationen nutzlos. Dennoch dachte niemand daran, sie zu demontieren oder gar zu vernichten. Immerhin bestand aber die Gefahr, dass andere Völker über die Transmitter in das Versteck eindrangen. Darum wurde in jede Station ein Wächter geschickt.

Heydra hatte niemals Gelegenheit gehabt, ihrem Auftrag gerecht zu werden. Kein Fremder war durch den Transmitter gekommen – niemand außer der Pflanze. Es war ein Schock, als Heydra die Wahrheit erkannte. Sie hatte versagt! Den einzigen Eindringling hatte sie nicht vernichtet oder verjagt, sondern ihn aufgenommen und dem Gewächs damit die Möglichkeit gegeben, die Station zu erobern.

Nun kamen die Arkoniden. Vielleicht hatte sie Gelegenheit, ihren Fehler gutzumachen. Ihre eigentlichen Probleme waren fast vergessen. Heydra überlegte verzweifelt, was sie gegen die Fremden ausrichten könnte. Den Baum zu einem überraschenden Angriff zu veranlassen hatte wenig Sinn. Mit ihren Waffen konnten die Fremden diesen Pflanzenkörper vernichten. Außerdem ging es nicht nur um diese beiden Männer. Die ganze Gruppe musste sterben. Heydra durfte kein Risiko eingehen. Selbst die Möglichkeit, dass einer von ihnen in der blauen Blüte weiterexistierte, musste ausgeschlossen werden. Es war wichtig, jede Spur zu verwischen. Falls dieser ersten Gruppe weitere Arkoniden folgten, durften sie keinen Hinweis mehr finden.

In diesem Augenblick sprach der Fremde sie an. Sie hatte gar nicht gemerkt, dass der blaue Zweig immer noch die Richtung angab. Die Worte »Transmitter« und »aktivieren« verstand sie deutlich. Ihre schlimmsten Vorstellungen schienen sich zu bestätigen. Ihre panische Furcht übertrug sich auf den Baum. Sie verlor für kurze Zeit jede Kontrolle. Als sie sich wieder gefangen hatte, standen die Männer wieder in der Nähe der Rampe, hielten die Waffen in der Hand, benutzten sie aber nicht.

Heydra hatte Angst. Dennoch zwang sie sich dazu, nur an ihre Aufgabe zu denken. Plötzlich sah sie alles in einem anderen Licht. Sicher war die Pflanze ein Gegner Akons. Das Gewächs war nur deshalb auf der Station isoliert geblieben, weil Heydra den Transmitter nicht mehr bedienen konnte. Sie kam zu dem Schluss, dass diese Station für das Versteck zu einer so großen Gefahr geworden war, dass es nur noch einen Ausweg gab – die totale Vernichtung.

In der Zentrale gab es Schalter, mit denen die Anlagen zur Energieerzeugung bedient wurden. Es hatte eine Selbstvernichtungsschaltung gegeben, aber Heydra wusste nicht mehr genau, wo die richtigen Kontakte waren. Sie musste es auf jeden Fall versuchen. Letzter Ausweg war, den Transmitter abzuschalten. Endgültig.

Vorsichtig zog sich Heydra zurück. Die Arkoniden folgten ihr nicht. Während sie den schwerfälligen Baum voransteuerte, dachte sie immer wieder über alles nach. Sie wusste, dass die Schwierigkeiten beinahe unüberwindlich waren. Aber sie musste es schaffen. Explodierte die Station, hatte auch ihr albtraumhaftes Leben endlich ein Ende.

Es blieb beängstigend still. Unsere Schritte hallten von den Wänden wider. Sie waren ein gespenstisches Echo, das uns verfolgte. Der Boden unter unseren Füßen war hart und glatt. Die Humusschicht war längst verschwunden. Es gab nicht einmal Staub. Die Zentrale lag ganz in der Nähe. Es musste noch Maschinen geben, Roboter, die diesen Teil der Station überwachten und säuberten. Wir hatten von Akon-Akon die Anweisung bekommen, nur in den dringendsten Fällen die Funkgeräte zu benutzen. Die Ungewissheit darüber, was inzwischen im Schaltraum geschehen sein mochte, bedrückte uns.

Der Gang erweiterte sich und mündete trichterförmig auf einen breiten Korridor. Dem Ausgang gegenüber lag eine fugenlose Wand. Wir befanden uns jetzt in dem ringförmigen Gang, der die Zentrale umgab. Unglücklicherweise waren wir an einer Stelle herausgekommen, an der es kein Schott gab, durch das wir unser Ziel endlich erreichen konnten. Aufmerksam sahen wir uns um. Der Korridor war deutlich gekrümmt. In der Decke eingelassene Leuchtplatten spendeten angenehmes, schwach gelbliches Licht. Es gab keine Anzeichen von Verfall, aber auch keine Spuren, die auf die Anwesenheit von Pflanzen hindeuteten.

»Wir bleiben zusammen«, entschied Fartuloon. »Nach rechts?«

Ich nickte knapp. Wir bemühten uns, leise aufzutreten, obwohl hier keine Gefahr zu lauern schien. Die Begegnung mit dem seltsamen Baum hatte uns verunsichert. Es wollte uns nicht ganz einleuchten, dass gerade hier, an der wichtigsten Stelle der Station, absolute Ruhe herrschen sollte. Vor uns tauchte ein Schott auf. Die Kontaktscheiben leuchteten schwach. Zögernd streckte ich die Hand aus.

»Augenblick. Ich fürchte, da ist uns jemand zuvorgekommen.« Fartuloon deutete auf einen Fleck in der Mitte der Metallplatte.

Ich tippte mit dem Finger darauf. Vorsichtig öffnete ich für einen Augenblick den Transparenthelm und schnupperte. Ein schwach säuerlicher Geruch hing in der Luft. Fartuloon hatte sich unterdessen gebückt und etwas vom Boden aufgehoben. Es war das Stück von einem Stachel.

»Das kann nur unser spezieller Freund gewesen sein«, sagte der Bauchaufschneider. »Anscheinend hattest du doch recht. Es kann sich nicht um eine normale Pflanze handeln, denn die hätte wohl kaum so umsichtig gehandelt.«

»Vielleicht. Aber selbst wenn der Baum hier war, kann er das Schott nicht geöffnet haben.«

»Warum nicht?«

Ich deutete auf die Schalter. »Es sind Wärmekontakte.«

»Du vergisst die speziellen Fähigkeiten unseres Freundes. Wenn er die Farbe eines Zweiges willkürlich verändern kann, wird er auch Körperwärme erzeugen können.«

Ich runzelte ärgerlich die Stirn. Fartuloons Erwiderung hatte mich im gleichen Augenblick erreicht wie der Kommentar des Extrasinns. Die Pflanze befand sich also mit größter Wahrscheinlichkeit in der Zentrale. Die dort vorhandenen technischen Einrichtungen verboten es von selbst, dass wir blindlings feuerten, sobald sich das Schott geöffnet hatte. Dieses verflixte Gewächs wusste das mit Sicherheit ebenfalls und würde eine entsprechende Strategie verfolgen.

»Wir locken ihn heraus«, bestimmte Fartuloon schließlich. »Hier im Gang können wir ihn relativ gefahrlos außer Gefecht setzen.«

Als sich das Schott mit leisem Zischen öffnete, wichen wir vorsichtig ein Stück zurück. Wir sahen nur einen geringen Teil des Raumes. Kaltes blaues Licht fiel auf Bildschirme und Kontrollen. Der Baum zeigte sich nicht, aber das unverkennbare Scharren der Laufwurzeln verriet uns, dass er es tatsächlich geschafft hatte, in die Zentrale einzudringen. Leider tat der Baum, als wären wir gar nicht vorhanden. Ich hatte gehofft, das Gewächs würde sich umgehend auf uns stürzen. Stattdessen entfernte sich das Scharren sogar. Für einen Moment war ein Ast über einer Konsole auf der gegenüberliegenden Seite des Raumes zu sehen. Die scharfen Stacheln kratzten über eine Reihe von empfindlichen Kontakten. Bei dem Gedanken an die Schäden, die dieses Wesen anrichten mochte, stieg kalte Wut in mir auf.

Gleichzeitig erkannte ich den Sinn, der sich hinter dem Verhalten des Baumes verbarg. Das in ihm wohnende Bewusstsein handelte nicht aus dem Motiv heraus, uns einfach nur in seine Gewalt zu bringen. Ich hätte den Transmitter wirklich nicht erwähnen sollen. Offensichtlich bemühte sich das fremdartige Etwas, uns ein für alle Mal den Rückweg abzuschneiden. Welchen Grund es hatte, wusste ich nicht. Es war mir auch reichlich egal. Ich hatte auf keinen Fall die Absicht, in dieser Station des Wahnsinns mein Leben zu beenden.

Wir schlichen zum Rand der Öffnung. Der Baum stand rechts von uns und beschäftigte sich eingehend mit den zahlreichen Kontrollelementen. Dünne, bleiche Fasern tasteten über die Konsolen. Die wehrhaften Äste hoben sich leicht, machten jedoch nicht den Eindruck, als sollten sie auf uns herabsausen. Der Baum verließ sich darauf, dass wir die Geräte nicht beschädigen wollten.

Fartuloon stieß mich an, deutete auf das *Skarg*, dann auf den Ausgang. Ich nickte und schob mich entlang der Wand nach links in die Zentrale. Mit katzenhafter Behändigkeit sprang der Bauchaufschneider vor. Die Bewegung, mit der er das Schwert durch die Luft sausen ließ, war so schnell, dass ich sie kaum wahrnehmen konnte. Die glänzende Klinge durchschnitt den vordersten Ast so mühelos, als handele es sich um einen dünnen Grashalm. Der abgetrennte Teil des Pflanzenarms hatte den Boden noch nicht berührt, da befand sich Fartuloon bereits wieder in sicherer Entfernung.

Zum ersten Mal reagierte der Baum auf unsere Anwesenheit. Zahlreiche Äste ruckten herum und drehten sich in die Richtung des Angreifers. Aus dem Aststumpf sickerte eine grünliche Flüssigkeit. Ein tiefer sitzender Zweig tastete aufgeregt über die Wunde. Die Laufwurzeln zuckten unruhig. Aber noch immer waren die faserigen Auswüchse bei der Arbeit, untersuchten die verschiedenen Schaltungen, drückten ab und zu auf Kontaktplatten.

»Na warte!«, hörte ich Fartuloon knurren.

Auch sein zweiter Angriff war erfolgreich. Zwar zuckten ihm zwei Äste abwehrend entgegen, aber die Reaktionen des Baumes waren zu langsam. Als sie das Ziel hätten erreichen müssen, war Fartuloon längst außer Reichweite. Dafür hatte die Pflanze einen weiteren Ast eingebüßt. Endlich schien in dem vertrackten Gewächs die Überzeugung zu wachsen, dass ihm hier ein ernsthafter Gegner gegenüberstand. Der Baum zog die Fasern ein und hob die Äste. Fartuloon beobachtete jede Bewegung.

Plötzlich raste der Baum auf den Bauchaufschneider zu. Das wohlbekannte Pfeifen ertönte. Mit erstaunlicher Geschwindigkeit kratzten und trommelten die gekrümmten Laufwurzeln über den glatten Boden. Gleichzeitig wirbelten die Äste durch die Luft. Fartuloon brachte sich mit einem weiten Satz in Sicherheit. Der Baum hielt für einen Moment verwirrt inne, als er feststellte, dass sein Gegner das Schott ansteuerte. Dann siegte jedoch die Wut über die Vorsicht, und die Pflanze folgte dem Bauchaufschneider unter wildem Pfeifen auf den Korridor.

Kaum hatte der Baum das Schott passiert, folgte ich ihm. Die hintersten Äste waren kaum drei Schritte entfernt. Fartuloon führte einen wahren Kriegstanz auf, wirbelte mit dem *Skarg* herum und brüllte dem

Baum wilde Beschimpfungen entgegen. Ich drückte mich eng an die Wand. Noch war die Gefahr nicht gebannt. Es schien eine Ewigkeit zu dauern, bis sich das Gewächs zu einem Entschluss durchrang. Ich zweifelte nicht daran, dass in diesem albtraumhaften Wesen ein schwerer Kampf ausgefochten wurde. Das fremde Bewusstsein musste unser Spiel längst durchschaut haben. Aber dem Baum selbst waren derart intellektuelle Überlegungen vermutlich zu fremd. Er witterte einen Gegner, spürte die Verletzungen, die ihm das Schwert zugefügt hatte, und kannte nur einen Wunsch: dieses hüpfende Individuum zu vernichten.

Der Baum blieb Sieger in diesem ungleichen Kampf. Die Wurzeln gerieten in Bewegung. Ich hechtete zur Seite und schlug auf die Kontaktplatte. Das Schott schloss sich. Zweifellos hatte die Pflanze – oder das in ihr wohnende Bewusstsein – diesen Schachzug bemerkt, aber der Baum war jetzt nicht mehr aufzuhalten. Fartuloon hatte keine Mühe, den Gegner immer weiter zu locken. Wenig später hörte ich seinen Schrei. »Jetzt!«

Ich riss den Kombistrahler hoch. Fartuloon sprang in die halbdunkle Öffnung eines Korridors. Der Baum begriff, dass er in eine Falle gelaufen war. Blitzschnell dirigierte er einen Teil der Äste in meine Richtung. Aber noch ehe er diese Bewegung beendet hatte, platzte ein Teil des Stammes in der Glutbahn des Thermostrahls. Die riesige Pflanze schwankte. Sämtliche Äste und Wurzeln gerieten in Bewegung. Bevor ich einen zweiten Schuss abgeben konnte, hatte der Baum den Korridor erreicht.

»Vorsicht!«, rief ich. »Er kommt!«

Der schwer verletzte Baum raste mit knackenden Wurzeln in den Gang. Infernalisches Pfeifen ließ meine Trommelfelle klirren. Ich wagte es nicht, einen Schuss abzugeben, denn die Gefahr war zu groß, dass ich dabei Fartuloon traf.

Darauf kommt es jetzt auch nicht mehr an, bemerkte der Logiksektor kaltschnäuzig.

Ich biss die Zähne zusammen. Wut, Angst und Furcht verliehen dem Baum ungeahnte Kräfte. Trotz der Wunde wurde er immer schneller. Ich stolperte ihm nach. Diesem rasenden Wesen hatte sogar Fartuloon nichts entgegenzusetzen. Hoffentlich fand der Bauchaufschneider rechtzeitig einen anderen Seitengang, damit ich freie Schussbahn bekam ...

»Du rennst in die falsche Richtung«, grollte eine missmutige Stimme neben mir. »Willst du die Blüte besuchen, oder was ist mit dir los?«

Ich starrte Fartuloon entgeistert an.

»Der Baum ...«, begann ich, aber der Bauchaufschneider stieß lediglich ein verächtliches Schnaufen aus.

»Dem ist der Schrecken ganz schön in die Wurzeln gefahren.« Er klopfte ein paar Rußflocken von seinem Brustpanzer. »Der Kerl hat mich glatt übersehen. Ich glaube nicht, dass er uns noch einmal belästigt. Komm, wir sollten sehen, dass wir endlich die Daten bekommen!«

Obwohl es in der Zentrale still und friedlich war, blieben wir sehr wachsam. Wir hatten den heimtückischen Überfall im Schaltraum nicht vergessen. Es gab in den Wänden unzählige Luken und Klappen, Lüftungsgitter und ähnliche Öffnungen. Akon-Akon hatte uns genaue Anweisungen gegeben. Seit wir wussten, was die Akonen mit ihm angestellt hatten, akzeptierten wir die Tatsache, dass er ein programmiertes Wissen über die Technologie dieses Volkes hatte. Er war jedoch noch niemals in einer solchen Station gewesen. Darum waren wir verblüfft, dass seine Angaben auf den Zentimeter genau mit der Wirklichkeit übereinstimmten und wir die von ihm bezeichneten Geräte auf Anhieb fanden.

Als Fartuloon sich anschickte, den Hauptschalter zu betätigen, über den wir an die Datenspeicher der Positronik herankommen wollten, rechneten wir mit sofortigen Abwehrmaßnahmen. Um den Rückzug zu sichern, stellte ich mich in die Schottöffnung. Nervös beobachtete ich die Wände. Es geschah nichts. Die Akonen schienen sich sehr sicher zu fühlen. Vielleicht hatte es ursprünglich eine Reihe von Fallen im äußeren Bereich der Station gegeben, die durch das Wirken der Pflanzen ausgefallen waren – wobei die Gewächse den Verlust mühelos ausgeglichen hatten. In der Zentrale jedenfalls blieb es ruhig. Es gab keine verborgenen Waffen, die das Feuer auf uns eröffneten, und es kamen auch keine Roboter herbeigestampft.

Das Schaltpult war so schmal, dass wir uns gegenseitig nur behindert hätten. Darum untersuchte ich den Raum, während sich Fartuloon an die Arbeit machte. Aus irgendeinem Grund gab es hier keine Pflanzen. Nicht einmal das sonst allgegenwärtige Moos war vorhanden. Die technischen Einrichtungen waren völlig erhalten, selbst die Spuren des Baumes waren relativ gering.

Die vielfältige Vegetation in den äußeren Bereichen der Station konnte nicht innerhalb von ein paar Jahrzehnten entstanden sein. Die Akonen mussten sich vor Jahrhunderten, vielleicht sogar Jahrtausenden zurückgezogen haben. Das bedeutete, dass sich jemand darum gekümmert hatte, die Zentrale funktionsfähig zu erhalten. Ich sah darin eine Bestätigung für meine Theorie, dass die Blüte wenigstens ein akonisches Bewusstsein eingefangen hatte.

Die blaue Blüte!

Wir befanden uns an dem strategisch wichtigsten Punkt der Station. Es musste doch eine Möglichkeit geben, das Gewächs von hier aus zu vernichten oder wenigstens für eine Weile außer Gefecht zu setzen! Bei der jetzigen Lage mussten wir damit rechnen, auf massiven Widerstand zu stoßen, sobald wir zum Transmitter vordrangen. Die Pflanzen würden mit allen Mitteln um ihre Beute kämpfen.

Die Blüte weiß nichts von diesem Ausweg, meldete sich der Extrasinn plötzlich.

Ich runzelte erstaunt die Stirn. *Wir sind durch den Transmitter gekommen, und die Blüte muss das wissen.*

Natürlich weiß sie es, stimmte der Logiksektor zu. *Aber sie ahnt nicht, dass der Weg auch umkehrbar ist. Erinnere dich an das, was sie euch über Gorkalon mitteilte.*

Mir fiel es wie Schuppen von den Augen. Mein Respekt vor dem merkwürdigen Gewächs sank gewaltig. Der erste Fehler mochte noch verzeihlich erscheinen. Sie hatte uns erklärt, die einzige Bewusstseinsballung darzustellen. Und sie hatte behauptet, nach unserer Integrierung in das pflanzliche System würden wir ihr ebenbürtig sein. Sie hatte dabei übersehen, dass wir zwangsläufig Verdacht schöpfen mussten, weil wir eben keine zweite Blüte zu Gesicht bekamen. Die vier Akonen, die von dem Gewächs überwältigt wurden, konnten nicht seit der Entstehung der Blüte in dem Tank liegen. Also war anzunehmen, dass die Pflanzen im Laufe der Zeit eine ganze Reihe von Wesen eingefangen und verdaut hatten. Wir waren fest davon überzeugt gewesen, dass die ganze Geschichte mit der Unsterblichkeit eine große Lüge war.

Inzwischen glaubte ich nicht mehr so sicher daran. Aber ich nahm an, dass die blaue Blüte nur unter ganz besonderen Bedingungen das Bewusstsein einer Beute erhalten konnte. Immerhin war mir die ganze Zeit rätselhaft gewesen, warum das Gewächs mit solcher Sicherheit annahm, wir würden uns ihm früher oder später ergeben. Natürlich hatte die Blüte eine Reihe von Möglichkeiten, uns am Verlassen der Station zu hindern, aber es schien mir als sehr arrogant von einer Pflanze, dass sie nicht mit massivem Widerstand rechnete.

Jetzt erkannte ich den schwachen Punkt. Aufmerksam betrachtete ich die Bildschirme. Einige waren eingeschaltet. Im Gegensatz zu denen in der Transmitterhalle zeigten sie auch Räume, in denen die Pflanzen herrschten. Die Hydroponik war nicht dabei. Dank der Erklärungen, die uns Akon-Akon mit auf den Weg gegeben hatte, fand ich mich in den fremdartigen Bezeichnungen neben den Schaltelementen einigermaßen gut zurecht. Ich entdeckte das Hauptschaltpult, setzte den dazugehörigen Bildschirm in Betrieb und betrachtete nachdenklich das Symbol, das erschien. Vorsichtig begann ich zu experimentieren. Mithilfe des Logiksektors entwickelte ich allmählich ein System, das mir weiterhalf. Und gerade als Fartuloon ein zufriedenes Knurren ausstieß, erschien auf dem Bildschirm eine Grafik: Ein Übersichtsplan der gesamten Station.

»Ich habe die Daten«, rief der Bauchaufschneider. »Lass die Spielereien und komm. Unsere Freunde dürften schon ungeduldig auf uns warten.«

Ich erklärte ihm, was ich vorhatte, und selbst sein skeptischer Kommentar konnte mich nicht von meinem Plan abbringen. »Wir verlieren zu viel Zeit«, sagte er. »Diese Anlagen sind fremdartiger, als ich auf den ersten Blick gedacht hätte. Vielleicht findest du den richtigen Schalter in wenigen Augenblicken – aber es kann auch Tage dauern, bis du Erfolg hast.«

Ich stimmte ihm zu – und schaltete weiter. Die grafischen Darstellungen wechselten in schneller Folge. Obwohl ich nur einen winzigen Teil dieser Station gesehen hatte, konnte ich mithilfe des Extrasinns einen groben Plan erstellen und mit den Bildschirmanzeigen vergleichen. Ich wusste also wenigstens ungefähr, an welcher Stelle ich suchen musste. Fartuloon brummte missmutig vor sich hin, aber allmählich beruhigte er sich.

Endlich erschien ein Bild, das in einigen Punkten mit meinen Vorstellungen übereinstimmte. Es gab eine Möglichkeit, schnell und sicher nachzuprüfen, ob ich den richtigen Sektor erwischt hatte. Zu jedem Raum und jedem Gang gehörten Zahlenkombinationen. Ich prägte mir einige ein und musterte einen anderen Bildschirm. Die erste Kombination ließ die Transmitterhalle erscheinen. Die nächste Zahlenreihe – nichts. Die quadratische Fläche blieb dunkel. Die betreffende Optik hätte den Gang zeigen müssen, in dem wir auf die Raubpflanzen gestoßen waren. Ich nahm an, dass die empfindlichen Aufnahmegeräte von dem Moos überwuchert worden waren, und schaltete weiter.

»Glück gehabt«, sagte Fartuloon.

Ich warf ihm einen strafenden Blick zu. Eigentlich hätte er wissen müssen, dass Erfolge dieser Art nicht durch Glück, sondern durch klare Überlegungen zustande kamen. Der Bildschirm zeigte den Schaltraum, in dem sich die Freunde verbarrikadiert hatten. Die Übertragung war einwandfrei. Das Aufnahmegerät musste sich ungefähr in der Mitte der Decke befinden. Wir konnten aus diesem Blickwinkel nur wenige der Gefährten identifizieren, aber wir waren froh darüber, dass »oben« alles in Ordnung war. Der Waffenstillstand zwischen uns und der Blüte dauerte offensichtlich noch an. Die Verlockung, eine akustische Verbindung herzustellen, war groß, aber wir verzichteten auf einen solchen Versuch. Die technischen Schwierigkeiten waren gering, aber wir fürchteten, die Pflanzen könnten im letzten Moment erfahren, dass wir keineswegs so ergeben auf unser Ende warteten.

Wenig später sahen wir direkt in die Hydroponikhalle. Auch hier war die Optik an der Decke angebracht. Es gab sicher noch andere Aufnahmegeräte, die die Halle aus einem günstigeren Blickwinkel zeigten, aber wir suchten nicht mehr nach ihnen. Wir sahen auch so genug. Das Bild war gestochen scharf. Die blaue Blüte leuchtete über dem glitzernden Wasser des Tanks. Auf dem Moosweg bewegte sich Gorkalon dem Mittelpunkt der Halle entgegen.

»Vielleicht soll er nur Bericht erstatten«, murmelte Fartuloon unsicher.

Er wusste genau, dass das nicht stimmte. Gorkalon war nach wie vor durch einen Pflanzenarm mit der blauen Blüte verbunden. Wir wussten, dass diese Ranke dem Informationsaustausch diente. Es spielte keine Rolle, welche Entfernung zwischen dem Mann und dem mörderischen Gewächs lag. Vor der von Moos überwucherten Umrandung des Tanks hielt Gorkalon an. Entsetzt beobachteten wir, wie er sich mit langsamen, unbeholfenen Bewegungen aus dem Schutzanzug schälte und anschließend die Bordkombination und die Unterkleidung ablegte. Erst jetzt erkannten wir, dass sich die Pflanze nicht nur an seinem Kopf zu schaffen gemacht hatte. Überall an seinem Körper endeten Fasern, die von dem grauen Gewebeklumpen um seinen Hinterkopf ausgingen.

»Wie lange wollen wir uns das noch ansehen?«, fragte Fartuloon rau, als sich Gorkalon über den Rand des Tanks zog.

Ich presste die Lippen zusammen. Der Mann glitt ins Wasser. Die weißen Fäden erwarteten ihn schon, zogen ihn in das Gespinst. Ein Schwall von Luftblasen wühlte die Oberfläche der kleinen Wasserfläche auf. Fester denn je zuvor war ich entschlossen, dieses verdammte Gewächs auszulöschen. Es ging mir gar nicht mehr nur darum, dass wir schnell und bequem die Transmitterhalle erreichten. Ich wollte diesem grauenhaften Treiben ein für alle Mal ein Ende setzen. Rings um die Hydroponik gab es eine Unzahl von kleineren Räumen. Die Zahlenkombinationen sagten wenig darüber aus, was dort zu finden war. Es blieb mir keine andere Wahl, als systematisch die Möglichkeiten durchzuprobieren.

Wir teilten die nähere Umgebung der Hydroponik in zwei Bereiche. Die Verbindung zur Halle ließen wir bestehen. Auf einem anderen Schirm blendeten wir den Schaltraum ein. So war es möglich, uns jederzeit durch einen kurzen Blick über wichtige Ereignisse zu informieren. Nach einem schnell aufgestellten Plan gingen wir die einzelnen Räume durch.

Hydroponische Anlagen gehörten zu den Einrichtungen, die jedes raumfahrende Volk beinahe zwangsläufig früher oder später erfinden musste. Gleichzeitig boten sie fantasiebegabten Technikern die wenigsten Angriffspunkte. Es hatte wenig Sinn, Anlagen zu verfeinern, bei denen diese Verfeinerung glatte Verschwendung war. Meistens genügte ein kurzer Blick, um uns über die Bedeutung eines Raumes zu informieren. Die Arbeit wurde rasch eintönig. Blick auf den Hauptschirm, Zahlen einprägen, Tasten betätigen. Auf dem kleineren Schirm erschienen Pumpstationen, Nährstofftanks, Regenerationstürme, Verteilerzentralen und Ähnliches. Die entsprechenden Symbole neben die Zahlenkombination notieren, neue Nummer einprägen ...

Schon nach kurzer Zeit zeichnete sich ein deutliches Schema ab.

»Wir haben nicht viel Spielraum«, stellte Fartuloon bedächtig fest. »Das System ist narrensicher. Kein Wunder, denn sonst wäre es längst zusammengebrochen. Bestenfalls gelingt es uns, die Wasserversorgung durcheinanderzubringen. Aber auch dabei können wir nur für vorübergehende Störungen sorgen. Es sei denn, wir dringen in die Räume ein.«

»Die Pflanzen werden uns mit offenen Armen empfangen.«

Die Umgebung der Hydroponik war dicht besiedelt. Viele Räume boten mit ihrer feuchten Luft den Pflanzen geradezu ideale Lebensbedingungen. Die Hypothese von einem eingefangenen akonischen

Bewusstsein war inzwischen zur Gewissheit geworden. Die Sonnenlampen, die selbst die Pumpstationen in helles Licht tauchten, konnten nur nachträglich dort installiert worden sein. Licht, Wasser, Nährstoffe – mehr schienen die Pflanzen nicht zu brauchen. Untereinander verbunden, wuchsen sie hemmungslos an glatten Metallwänden, überkrusteten Rohre und saßen sogar an den Außenflächen der Heizelemente. Eine zentrale Lenkung der Gewächse ließ sich daran erkennen, dass wichtige Schaltstellen ausgespart blieben.

»Eine Möglichkeit hast du vergessen«, sagte ich. »Wir können uns immer noch als Brandstifter betätigen. Die Speicher neben den Regenerationskammern enthalten eine Anzahl von brennbaren Stoffen. Wir brauchen nur den Schaltplan anzufordern und für einen Kurzschluss an der richtigen Stellen zu sorgen.«

»Zu viel Aufwand für zu geringe Wirkung. Wo es brennbare Stoffe gibt, existieren Löschroboter und ...« Er ruckte hoch und starrte mich an.

»Das ist es!« Ich nickte zufrieden, denn ich wusste jetzt, wie wir die Blüte des Lebens vernichten konnten. Wie auf ein Signal wandten wir uns dem Bildschirm zu, auf dem nach wie vor das Bild der Hydroponik zu sehen war.

»Warte nur«, murmelte der Bauchaufschneider grimmig. »Jetzt geht es dir an den Kragen.«

Im selben Moment gab es in der Nähe eines Eingangs Bewegung. Etwas drang mit wilder Entschlossenheit in die Halle der blauen Blüte ein. Erschrocken sahen wir auf den zweiten Schirm. Akon-Akon und die anderen langweilten sich in dem Schaltraum, hatten mit den Ereignissen in der Hydroponik nichts zu tun. Pflanzenteile flogen durch die Luft, manche so hoch, dass sie fast das Aufnahmegerät erreichten. Die ganze Halle geriet in Aufruhr. Die blaue Blüte wackelte beängstigend.

Und dann sahen wir den Störenfried. Es war derselbe Baum, den wir aus der Zentrale vertrieben hatten – wegen der versengten Stelle an seinem Stamm war er leicht zu erkennen. Er arbeitete sich zur blauen Blüte vor, und es schien, als könne ihn nichts und niemand aufhalten. Allerdings griffen die großen Ranken nicht in den Kampf ein, und allmählich leisteten auch die kleineren Gewächse kaum noch Widerstand. Der Baum blieb vor der blauen Blüte stehen. Ein farbloser Pflanzenarm wuchs aus dem Tank und berührte den Stamm. Innerhalb von Augenblicken schrumpfte das wehrhafte Gewächs zu einem Haufen schlaffer Äste und zerbröckelnder Stammteile.

Wir sahen uns stumm an. Das Bewusstsein des Akonen – so viel stand für uns fest – war in die Blüte zurückgekehrt. Die Pflanze war somit darüber informiert, dass wir den Transmitter für die Flucht zu benutzen gedachten.

Die Räume, in denen sich die Roboter aufhielten, fanden wir schnell. Die Maschinen waren desaktiviert, aber sonst in einwandfreier Verfassung. Die Schwierigkeiten fingen an, als wir sie auf die Pflanzen in der Hydroponik hetzen wollten. Wir waren naiv genug, es zunächst auf dem direkten Weg zu versuchen: Wir teilten dem Positronengehirn mit, dass sich zahlreiche organische Wesen widerrechtlich in der Station aufhielten. Als zentralen Stützpunkt des Gegners nannten wir die Hydroponik.

Fartuloon wollte eben den Befehl erteilen, die Eindringlinge zu vernichten, und in diesem Zusammenhang auf die Roboter hinweisen, als unerwartet ein Lautsprecher zu arbeiten begann. »Information wird als falsch erkannt und zurückgewiesen.«

Ende der Durchsage.

»Da haben wir den Salat«, schimpfte der Bauchaufschneider. »Die Pflanzen haben vorgesorgt. Die Positronik findet es ganz richtig, dass sie sich in der Station ausbreiten. Hoffentlich haben wir das Gehirn nicht sogar darauf gebracht, uns als Feinde einzustufen.« Da keine verborgenen Waffen ausgelöst wurden, schied diese Gefahr wohl aus. »Was machen wir jetzt?«

Ich schnippte mit den Fingern. »Wir müssen das Gehirn umgehen. Für die Löscheinheiten existiert eine autarke Leitstelle. Ich glaube nicht, dass sie mit den Pflanzen verbündet ist.«

»Dafür kann sie nur handeln, wenn konkrete Messdaten vorliegen. Wo nehmen wir die her?« Er erwartete keine Antwort auf diese Frage, denn im Grunde genommen stand längst fest, was wir unternehmen mussten. Es gab nur diese eine Möglichkeit.

Fieberhaft machten wir uns an die Arbeit, forderten neue Pläne an, die wir seltsamerweise auch erhielten, und warfen immer wieder besorgte Blicke auf die Bildschirme. Noch blieb alles ruhig. Endlich fanden wir den wunden Punkt im Überwachungsnetz. Die Kommandoeinheit, durch die die Roboter in Marsch gesetzt wurden, verfügte zwar über ein eigenes Messsystem, aber der Hauptrechner konnte ihm ebenfalls Daten liefern, und diese waren auf jeden Fall vorrangig. Gab die Positronik also Alarm, musste die Kommandoeinheit ihre eigenen Ergebnisse zwangsläufig missachten.

Natürlich dachte die Positronik nicht im Entferntesten daran, zu unseren Gunsten einzugreifen, aber dem ließ sich abhelfen. Fraglich war nur, welche Folgen für uns daraus entstanden. Bis jetzt hatte das Gehirn unsere Anwesenheit ignoriert – schon das war rätselhaft und grenzte an ein Wunder. Drangen wir jetzt in die Schaltkreise ein, musste diese Gleichgültigkeit stark ins Wanken kommen. Wir hatten wenig Zeit, uns über diesen Punkt den Kopf zu zerbrechen.

In der Hydroponik gerieten ganze Teile der Wände in Bewegung. Die mörderischen Ranken lösten sich aus dem Gewimmel der anderen Pflanzen und wanderten dem Ausgang entgegen. Der Aufmarsch der grünen Armee ging ruhig und geordnet vor sich. Über ihr Ziel gab es keinen Zweifel. Diesmal nahm ich den Platz vor dem Schaltpult ein.

Während die Ranken wie seltsame Würmer in den Gang krochen, stellte ich in aller Eile ein Programm zusammen, das die Löschroboter zu sofortigem Eingreifen verführen musste. Ich begann mit leichtem Temperaturanstieg im Mittelpunkt der Halle, der rasch bedrohliche Formen annahm. Während ich rund um die blaue Blüte ein Feuer simulierte, drang durch das geöffnete Schott wütendes Pfeifen. Fartuloons Kombistrahler röhrte auf. Ich ließ neue Brandherde entstehen, die sich nach allen Richtungen fraßen, fügte einige kleinere Explosionen im Rohrsystem hinzu und überzeugte mich mit einem Seitenblick davon, dass die Kommandoeinheit den Köder aufgenommen hatte.

Die Löschroboter, seltsam verdrehte Metallungeheuer mit zahllosen Armen und klumpenförmigen Körpern, rasten aus ihren Kammern. Leider wimmelte es in ihrer Umgebung von wild gewordenen Pflanzen. Ich sah mich gezwungen, den Brand schleunigst auf die Zugänge zur Hydroponik auszudehnen. Der Erfolg war atemberaubend. Die Roboter spritzten mit Chemikalien um sich, die den sonst so zähen Gewächsen schlecht bekamen. Sie sanken augenblicklich in sich zusammen. Geistesgegenwärtig veränderte ich die Daten. Die Roboter kamen zu dem Schluss, dass schon im ersten Anlauf die Flammen in den Gängen zu einem umfassenden Schwelbrand zusammengesunken waren. Mit solchen Kleinigkeiten wurden sie spielend fertig. In chemische Nebel gehüllt, eilten sie weiter; hinter ihnen blieb ein dicker Brei von zerfressenen und zermalmten Pflanzenteilen zurück.

Unterdessen feuerte Fartuloon fast ununterbrochen durch das offene Schott. Das Prasseln von Flammen, vermischt mit dem Dröhnen der Entladungen und dem wütenden Heulen der angreifenden Pflanzen, erweckte in mir das Gefühl, als sei die von mir simulierte Katastrophe die reine Wirklichkeit. Die lange aufgespeicherte Spannung, die Wut auf die mörderischen Gewächse, entlud sich in einem wahren Rausch der Zerstörung.

Die Roboter waren meine Werkzeuge. Ich lockte sie immer weiter vorwärts. Wo sie in Aktion traten, sanken die grünen Mauern zu Boden. Der erste Trupp drang in die Hydroponik ein und schuf eine breite Gasse zwischen den Pflanzen, die überhaupt nicht begriffen, was geschah. Statt zu fliehen, was ihnen immerhin in begrenztem Rahmen möglich war, warfen sie sich dem Feind entgegen. Die Roboter nahmen ihre Gegner gar nicht wahr. Für sie existierten nur die vorgetäuschten Temperaturwerte, die ich ihnen zuspielte.

»Verdammtes Grünzeug!«, brüllte Fartuloon unbeherrscht.

Ich erwachte kurzfristig aus dem Rausch und erschrak. Überall an den Wänden der Zentrale flogen Klappen und Lüftungsgitter aus den Fassungen. Graugrüne Arme drangen aus den Öffnungen, Kapseln mit übel riechendem Schleim knallten wie Bomben auf die Schaltpulte. Mit einem schnellen Griff schloss ich den Schutzhelm. Der Bauchaufschneider betätigte einen Kontakt. Das Schott zischte in seine Halterungen und klemmte ein Bündel stacheliger Äste ab.

»Wir haben es gleich geschafft«, rief ich. »Gib mir noch ein paar Augenblicke.«

Er nahm sich gar nicht erst die Zeit für eine Antwort, sondern eröffnete das Feuer. Jetzt ließ ich die Temperaturen allgemein absinken. Nur um die blaue Blüte existierte noch ein angeblicher Brandherd. Die Roboter reagierten prompt, stellten die chemische Berieselung ein und schoben sich stur durch wahre Berge von Gewächsen dem Tank entgegen. Die Blüte zuckte hysterisch, peitschte so heftig hin und her, dass ich bereits meinte, sie würde sich von dem Stängel lösen.

Die Schaumbahnen brachen über sie herein. Die zarte blaue Schale schmolz zu einem unförmigen grauen Klumpen, der sich für einen Augenblick auf dem zierlichen Stiel hielt. Dann klatschten die Überreste der Blüte des Lebens in das klare Wasser. Im selben Moment war es schlagartig still. Aus den Öffnungen in den Wänden hingen schlaffe Pflanzenarme, die langsam hin und her schaukelten. Wir starrten sie wie hypnotisiert an.

Die Ruhe währte nur kurz. Alarm schrillte durch die Gänge rund um die Zentrale. Unheilvolles Dröhnen und Stampfen erklang. Die Lampen auf den Konsolen flackerten wild. Fartuloon hämmerte wütend mit der Faust gegen die Kontaktplatte. Das Schott rührte sich nicht – wir waren eingeschlossen. Rechts vom Hauptpult klappte der untere Teil der Wand auseinander. Zwei halbkugelförmige Dinger rollten auf uns zu. Wir blickten genau in die flimmernden Abstrahlöffnungen entsicherter Waffen. Unter diesen Umständen war jeder Versuch von Gegenwehr gleichbedeutend mit Selbstmord. Resignierend ließen wir die Arme sinken.

»Zwei nicht autorisierte Organismen bedrohen die Station«, plärrte ein übersteuerter Lautsprecher. »Sie sind sofort aus der Zentrale zu entfernen.«

Die Halbkugeln hielten direkt vor uns an. Ohne die Waffen zu senken, streckten sie metallische Tentakel aus. Den immer noch schwankenden Pflanzenteilen an den Wänden schenkten sie keine Beachtung. Uns dagegen packten sie mit stählernem Griff, hoben uns hoch und rollten vor das Schott. Als die Öffnung breit genug war, ging es zuerst auf den ringförmigen Korridor, dann in einen schwach beleuchteten Seitengang.

»Wo bringen die uns hin?«, keuchte ich, während ich mich verzweifelt wand, um den harten Klauen zu entkommen. Der Roboter rollte stur weiter und packte noch fester zu.

»Zum Konverter. Oder kannst du dir eine bessere Verwendung für zwei Eindringlinge wie uns vorstellen?«

Die Wachen vor der Tür meldeten verstärkte Aktivitäten der Pflanzen, die bis dahin geduldig auf das Erscheinen ihrer Opfer gewartet hatten. Akon-Akon befahl den beiden Männern, sich sofort in den Schaltraum zurückzuziehen. Das Kommando kam keinen Augenblick zu früh, denn die Tür war kaum wieder geschlossen, da krachten von außen die ersten Äste dagegen. Die Tür bebte und ächzte, und es war abzusehen, dass sie dem wütenden Anprall nicht auf Dauer standhalten konnte. Da es unmöglich war, sie noch besser zu verrammeln, als es ohnehin schon geschehen war, blieb nur die Flucht.

»Wir müssen in die Maschinenhalle «, sagte Ra betont ruhig.

»Damit helfen wir auch Atlan und Fartuloon«, stimmte Vorry zu und lief bereits zu dem nur provisorisch verschlossenen Loch im Boden. Ein

großer Teil der Arkoniden folgte ihm. Das Tonnenwesen streckte die Arme aus, um das Hindernis zu beseitigen, als hinter ihm Akon-Akons Stimme ertönte.

»Halt!«

Vorry blieb so plötzlich stehen, dass zwei andere Arkoniden gegen seinen gepanzerten Rücken prallten.

»Wir bleiben hier!«

»Was soll der Unsinn?«, fauchte Karmina da Arthamin wütend. »Die Tür ...«

Sie verstummte, als sie ein Blick aus den roten Augen traf. Akon-Akon stand hoch aufgerichtet vor einem halb demontierten Maschinenblock. Eine unheimliche Kraft ging von ihm aus, die jeden in den Bann zog. Die Arkoniden, Ra und sogar Vorry standen wie erstarrt. Langsam und feierlich hob Akon-Akon den Kerlas-Stab.

»Die Unruhe der Pflanzen ist von kurzer Dauer«, verkündete er. »Wir haben nichts zu befürchten.«

Niemand glaubte ihm. Aber das änderte nichts daran, dass Akon-Akons Willenskraft übermächtig war. Regungslos warteten sie. Das Rumoren der Pflanzen wurde lauter. An den Wänden schabten harte Gegenstände entlang. Lautes Pfeifen und seltsame Schreie ließen den unfreiwilligen Gefolgsleuten des Jungen das Mark in den Knochen gefrieren. Irgendwo in den Tiefen der Station knatterten zahlreiche kleinere Explosionen. Der Boden der Schaltstelle zitterte leicht. Plötzlich wurde der Kampflärm schwächer. Das weit entfernte Rumpeln blieb.

Akon-Akon senkte den Kerlas-Stab und musterte mit kalten Blicken seine »Untertanen«. Er hatte wieder einmal recht behalten. In das allgemeine Aufatmen mischte sich das Krachen der Tür. Die schwere Metallplatte kippte langsam in den Raum ...

Der Weg zum Konverter war länger, als ich angenommen hatte. Inzwischen mochte fast eine halbe Tonta vergangen sein. Die Roboter rollten unentwegt vorwärts, immer tiefer in die vielfach verzweigten Gänge. Wir hatten nicht die leiseste Ahnung, wo wir uns eigentlich befanden. Die Korridore in diesem Bereich sahen alle gleich aus. Pflanzen begegneten wir nicht.

Allmählich kam mir das Verhalten der Roboter merkwürdig vor. In derart weitläufigen Anlagen musste es doch Transportbänder geben, auf die sie uns hätten verfrachten können. Solange uns die harten Klauen festhielten, hatten wir keine Chance. So gesehen erschien mir die Bekanntschaft mit einem Transportband als erstrebenswertes Ziel. Jedenfalls war es immer noch besser, als von den verflixten Halbkugeln direkt in einen Müllschacht geworfen zu werden.

Wenn ich mir den Hals verrenkte, konnte ich Fartuloon sehen, der ein kurzes Stück vor mir durch den Gang getragen wurde. Anfangs hatte der Bauchaufschneider verzweifelte Bemühungen unternommen, an sein Schwert zu kommen. Das *Skarg* hatte allerlei bemerkenswerte Eigenschaften. Es konnte Strukturlücken in Schutzschirmen schaffen, aber auch Energie einfangen und gezielt wieder abgeben. Gewiss hätten wir damit auch etwas gegen die Roboter ausrichten können. Die Halbkugeln schöpften jedoch schon bei der ersten Bewegung Verdacht. Fartuloon gab auf.

Die Maschinen rollten in einen kreisförmigen Raum und krochen zielsicher eine steile Rampe empor. Ein schneckenförmig gewundener Korridor folgte. Das Geräusch veränderte sich. Unter mir entdeckte ich die weiche, dunkle Humusschicht, die typisch für die von den Pflanzen besiedelten Sektoren war.

»Ich habe es schon bemerkt«, rief Fartuloon, als ich ihn auf die Neuigkeit aufmerksam machte. »Vielleicht stecken sie mit der Blüte des Lebens unter einer Decke. Wir waren schließlich als Opfer ausersehen.«

»Da werden sie aber eine herbe Enttäuschung erleben. Die Blüte existiert nicht mehr.«

Fartuloon schwieg. Die Roboter sahen keine Veranlassung, uns über ihre Ziele aufzuklären. Wir bogen in einen breiten Korridor ein, der hell erleuchtet war. Weit vor uns bewegte sich etwas. Die Roboter blieben stehen und fuhren eine Anzahl dünner Metallfäden aus. Die Pflanzen kamen näher, kämpften mit wilder Entschlossenheit gegeneinander. Jede schien jeden für eine gute Beute zu halten. Zwei Bäume, die sich gegenseitig zerfaserten, wurden an den Wurzeln bereits von zahlreichen kleineren Pflanzen angegriffen, die ihrerseits von schlangenförmigen Ranken umklammert und aufgelöst wurden.

Das Gewimmel kam bis auf wenige Meter heran. Die Roboter standen immer noch still. Hätten sie uns wenigstens losgelassen! Aber wir hingen hilflos wie lebende Köder in den metallischen Fesseln. Ein lautes Zischen übertönte das Kratzen und Scharren der Laufwurzeln. Grauer Nebel wirbelte jenseits der erbittert kämpfenden Pflanzen auf. Zum Glück waren unsere Schutzhelme geschlossen.

Als sich die Wolken von Schaum und fein versprühten Chemikalien lichteten, erkannten wir die Schemen zweier Löschroboter, die sich eiligst entfernten. Die ineinander verbissenen Pflanzen waren zu einer grauen Masse geworden, die an den Robotern hochspritzte, als sich die Maschinen vorwärtswühlten. Es sah ganz danach aus, als hätte die Vernichtung der blauen Blüte für alle anderen Pflanzen in der Station weitreichende Folgen. Als besonders gutes Zeichen empfand ich es, dass sich die Roboter jetzt eindeutig gegen die Gewächse stellten.

Unsere Wächter schlichen förmlich durch die Gänge. Es mochte Zufall sein, dass sich die Halbkugeln nun ganz deutlich in jene Richtung bewegten, in der der Schaltraum liegen musste. Aber ich glaubte nicht richtig an einen solchen Zufall. Die Gänge sahen fremd aus, weil die Pflanzen verschwunden waren. Überall gab es die grässlichen Spuren, die die Löschroboter hinterlassen hatten. Ich fragte mich allen Ernstes, ob ich das Recht gehabt hatte, die gesamte pflanzliche Bevölkerung in eine solche Gefahr zu bringen. Meine innere Stimme nannte mich – wieder einmal – einen Narren.

Meine Gedanken schwirrten wild durcheinander. Jeder Knochen in meinem Körper schmerzte. Die Roboter gingen nicht gerade sanft mit uns um. Außerdem lastete ein unangenehmer, dumpfer Druck auf meinem Hinterkopf. Die Ereignisse bei dem heimtückischen Überfall der Pflanzen lagen irgendwie so weit zurück, dass ich mich kaum noch daran erinnerte – trotz fotografischem Gedächtnis. Die Folgen allerdings machten sich jetzt verstärkt bemerkbar.

Plötzlich hielten die Halbkugeln an. Vor uns lag eine mit grauem Schleim verschmierte Wand, in der sich undeutlich die Umrisse einer Tür abzeichneten. Der Roboter, der Fartuloon in seine Obhut genommen hatte, fuhr zwei dicke Tentakel aus und stemmte sie gegen den Eingang. Die Tür gab ein hässliches Knirschen von sich, platzte aus den Fugen und fiel nach innen. Die Halbkugeln passten nicht durch die Öffnung. Sie schoben uns mit ihren beliebig verformbaren Armen in den Raum und ließen uns ohne weitere Umstände fallen.

Ich starrte in die total verblüfften Gesichter, erblickte Akon-Akon mit seinem Kerlas-Stab und schloss die Augen. Im Halbschlaf hörte ich noch ein paar Augenblicke die Befehle des Jungen, der mich zum Aufstehen bewegen wollte. Diesmal konnte mir aber der hypnotische Zwang nichts anhaben. Mein Körper streikte ...

30.

Heydra war in maßlosem Entsetzen geflohen. Die Chance hatte sie ver-
spielt, hatte ihre eigenen Fähigkeiten überschätzt. Nicht eine Schaltung
hatte sie zustande gebracht. Und dann kamen die Fremden und schos-
sen auf sie. Damit hätte sie rechnen müssen, aber es war trotzdem ein
Schock. Der Baum hatte die Kontrolle übernommen und war davonge-
stürmt.

Nur langsam gewann sie die Kontrolle zurück. Noch gab sie sich
nicht geschlagen. Die Kräfte des Baumes reichten nicht aus, um gegen
die Waffen der Fremden anzukämpfen. Verbindung mit anderen Bäumen
aufzunehmen hätte zu viel Zeit gekostet und versprach darüber hinaus
wenig Erfolg. Es gab jedoch jemanden in der Station, der ebenfalls
alles daransetzen musste, die Fremden an der Flucht zu hindern. Die
Ziele der blauen Blüte waren nicht nach Heydras Geschmack, und die
Aussicht, weitere unzählige Zeiteinheiten als Gefangene der Pflanze zu
verbringen, wirkte wenig anziehend. Aber das war jetzt nebensächlich.
Der Baum lehnte sich gegen Heydra auf, als sie ihn in die Richtung zur
Hydroponik dirigierte. Er spürte die Nähe der Kampfranken.

Kurz darauf kam es zur ersten Begegnung. Als die schleimigen Blät-
ter den Gang abrupt verschlossen, durchfluteten chaotische Impulse
den Körper der rebellischen Pflanze. Flucht – aber Heydra handelte
diesmal schnell und umsichtig. Sie blockierte die Verbindungen zu ei-
nem Teil der Laufwurzeln. Die Ranken warteten. Heydra überlegte ver-
wirrt, was sie tun konnte. Etwas hatte sich geändert. Sie war in ihrem
Plan davon ausgegangen, dass die Ranken kompromisslos angriffen. In
diesem Fall wäre sie über die nächstbeste Informationseinheit auf dem
schnellsten Wege in die Blüte vorgedrungen.

Vorsichtig streckte sie den Ranken einen Ast entgegen. Keine Reak-
tion. Sie zwang die widerstrebenden Wurzeln zur Bewegung. Der von
einer großen, versengten Wunde gezeichnete Baum schwankte unbehol-
fen vorwärts, stelzte unter den ersten Ausläufern der Kampfgewächse
durch und erreichte die schleimigen Blätter.

Die Sperre öffnete sich!

Während sie den Baum weiterstaksen ließ, überlegte Heydra fieberhaft, was das alles zu bedeuten haben mochte. Erwartete die blaue Blüte einen Baum? Wollte sie am Ende einen Pakt mit den Raubpflanzen schließen? Aber das war absurd. Selbst die Bäume mit ihrer schwach entwickelten Halbintelligenz mussten wissen, dass die blaue Blüte nur an sich selbst interessiert war. Außerdem waren die Fluchtreflexe durch generationenlange Feindschaft so ausgeprägt, dass sich die Bäume der Hydroponik gar nicht nähern konnten. Das bekam Heydra deutlich genug zu spüren. Oder die blaue Blüte rechnete damit, dass sich nur ein Baum, in dem sich das geflohene Bewusstsein festgesetzt hatte, in die Nähe der Ranken wagte.

Natürlich. Das musste es sein! Heydras Zuversicht wuchs. Das übertrug sich auf den Baum, der spürbar schneller ausschritt.

Dennoch gab es einen Zusammenstoß. Sie durchquerten gerade das offene Schott der Hydroponik – die Mechanismen waren schon vor langer Zeit ausgefallen, sodass sich das Tor nicht mehr schließen ließ –, da tastete ein dünner Zweig nach einer Wurzel der Raubpflanze. Das kleine Gewächs hatte keine bösen Absichten, aber der Gegenschlag des Baumes erfolgte so schnell, dass Heydra nichts mehr dagegen unternehmen konnte. Der Baum tobte mit urweltlicher Kraft davon. Zum Glück hielt er die Richtung ein. Heydra stellte fest, dass die blaue Blüte bemüht war, jeden Konflikt zu vermeiden. Keins der angegriffenen Gewächse wehrte sich, alle bemühten sich nach besten Kräften, der Raubpflanze auszuweichen.

Kurz vor der moosbedeckten Fläche, in deren Mitte sich die Blüte erhob, hielt der Baum erschöpft an. Auch die Kräfte einer Pflanze waren nicht unbegrenzt. Die dünne Korkschicht über der Wunde war abgeblättert. Heydra kümmerte sich nicht mehr darum. Bisher hatte sie die Zellen in diesem Gebiet unter ständiger Kontrolle gehalten, die Saftbahnen abgeschnürt – jetzt tropfte eine dicke Flüssigkeit am Stamm herab. Es war gleichgültig, denn das Ende war für dieses Gewächs ohnehin gekommen.

Heydra schaffte es noch, den Baum bis vor den Tank zu treiben. Das kostete den Baum die letzten Reserven. Seine Instinkte, sofern dieses Wort im Zusammenhang mit einer Pflanze zu gebrauchen war, drängten zur Flucht, aber die Kraft reichte nicht einmal mehr aus, Heydras Kontrolle zu erschüttern. Eine Zeit lang rührte sich nicht, bis ein Wurzelfaden aus dem Moos der Tankumrandung wuchs. Heydra wartete nicht länger. Sie gab die Kontrolle über den Baum auf – das Gewächs war inzwischen

ohnehin zu keiner Bewegung mehr fähig. Heydra fädelte sich in die In-
formationsbahn ein, sobald der Kontakt hergestellt war.

Der Dialog zwischen der blauen Blüte und Heydra war kurz und in-
tensiv. Gorkalon war inzwischen in die Einheit aufgenommen worden,
die Pflanze war ungeheuer stark. Gleichzeitig erfuhr ihre Intelligenz
eine Anhebung. Heydra hatte keine Schwierigkeiten, der blauen Blüte
die Gefahr zu erklären. Sofort wurden Gegenschläge vorbereitet.

Mit atemberaubender Geschwindigkeit wucherten dünne Ranken in
schon seit Langem erkundeten Rohren, Schächten und sonstigen Ver-
bindungen. Sie sollten die Fremden in der Zentrale ausschalten, ehe
sie neues Unheil stiften konnten. Die anderen Opfer, die sich noch im-
mer im Schaltraum aufhielten, konnten später noch herausgeholt wer-
den. Die blaue Blüte akzeptierte Heydras Warnungen. Das akonische
Bewusstsein hatte von der Zweiwegfunktion des Transmitters vorher
nichts erwähnt. Die Aussicht, die lebenswichtigen Organismen auf die-
sem Wege zu verlieren, ließ die Blüte mit besonderer Härte vorgehen.

Und dann kam das große Unglück.

Heydra empfing wirre Impulse, die von einer Gefahr berichteten.
Genaues war nicht zu erfahren, aber das geheimnisvolle Etwas rückte
schnell und zielsicher auf die Hydroponik zu. Die Ranken erreichten
die Zentrale und trafen auf Gegenwehr. Unterdessen nahm das Ausmaß
der Zerstörung im Bereich der Hydroponik sprunghaft zu. Heydra ver-
suchte verzweifelt, die blaue Blüte auf dieses neue Unheil hinzuweisen.
Das Gewächs jedoch konzentrierte sich völlig auf die Schlacht um den
technischen Mittelpunkt der Station.

Erst als die ersten Roboter in die Hydroponik eindrangen, durch-
schaute Heydra den Plan der Arkoniden. Es war der reine Hohn. Eben
diese Roboter hatte sie ohne direkte Anweisungen der blauen Blüte
funktionsfähig erhalten lassen. Wie lange hatte sie auf eine Gelegenheit
gewartet, diese Maschinen zum Einsatz zu bringen!

Sie gab ihre Bemühungen auf. Welchen Sinn hatte es, die blaue Blüte
zu warnen? Den Schaum sprühenden Maschinen gegenüber waren die
Pflanzen wehrlos. Zum Glück war Heydra noch immer relativ frei. Die
sich überstürzenden Ereignisse hatten den pflanzlichen Intellekt davon
abgehalten, sich ausführlich mit dem geflohenen Bewusstsein zu be-
schäftigen. Heydra zog sich zurück. Als sie das Wurzelgespinst durch-
drang, spürte sie etwas Fremdes, von dem sie angezogen wurde. Sie
folgte dem lautlosen Ruf und landete im Körper des Arkoniden.

Im gleichen Augenblick starb die blaue Blüte.

Erst jetzt begriff Heydra in voller Konsequenz, welche Bedeutung dieses Gewächs für die Pflanzenwelt in der Station gehabt hatte. Obwohl sie seit unvorstellbar langer Zeit in diesem weitverzweigten System von Leben gehaust hatte, waren ihre Vorstellungen von der Macht der blauen Blüte völlig unzureichend geblieben. Das gesamte System brach zusammen. Die einzelnen pflanzlichen Individuen, die bis zu diesem Zeitpunkt nur der Gemeinschaft gedient hatten, sahen sich plötzlich in der Lage, ihren eigenen Bedürfnissen nachzugehen.

Ohne den alles umfassenden Einfluss der blauen Blüte waren alle diese Gewächse nichts weiter als eben Pflanzen. Sie hatten niemals echte Intelligenz entwickelt. Ein wilder Kampf entbrannte, an dem sich die Überreste des Wurzelgespinstes beteiligten.

Im ersten Moment war Heydra vor Entsetzen handlungsunfähig, bis sie ihre Chance erkannte. Der Körper des Arkoniden war von unzähligen Saugfäden durchzogen, die Heydras überraschendem Angriff sofort unterlagen. Mit ihrer Hilfe wurden die von außen vordringenden anderen Wurzeln vertrieben. Als ihre Position einigermaßen gesichert war, untersuchte Heydra den Körper Gorkalons. Sie stellte fest, dass ihr der Arkonide für eine kurze Zeitspanne als Wirt dienen konnte. Sein Gehirn war zwar fast völlig zerstört, aber mithilfe der fein verzweigten Saugfäden konnte sie die wichtigsten Nervenverbindungen imitieren und den Körper beweglich halten.

Als Heydra ihr Werk beendet hatte, war sie sehr zufrieden mit sich. Zwar musste sie sich mit einigen Mängeln abfinden, aber daran war sie gewöhnt. Gorkalon stieg mit ungelenken Bewegungen aus dem Tank, im medizinischen Sinn war er eine Leiche. Sein Herz stand still, seine Lungen arbeiteten nicht mehr. Das Gehirn war praktisch nicht mehr vorhanden.

Aber in ihm wohnte ein Bewusstsein, das mittels seiner pflanzlichen Untertanen den Torso erbarmungslos vorwärtstrieb. Durch die starren Augen erspähte Heydra den Strahler, der vor dem Tank liegen geblieben war. Sie schickte sensitive Zellen in die starren Finger der rechten Hand und genoss das Gefühl der Macht, als die Waffe aufgehoben wurde.

Dann machte sie sich auf den Weg zur Transmitterhalle. Sie würde dort auf die Arkoniden lauern. Wollten sie die Station verlassen, würde sie eine ihrer eigenen Waffen vernichten.

Zu Akon-Akons unangenehmsten Eigenschaften zählte das Desinteresse, das er normalen Regungen aller Art entgegenbrachte. Er putschte mich und den Bauchaufschneider auf. Auch die Gefährten erwarteten von uns natürlich einen ausführlichen Bericht. Sie wollten wissen, warum die Pflanzen so abrupt ihr Verhalten geändert hatten, was sich in der Zentrale abgespielt hatte, welche Schwierigkeiten wir auf unserem Weg angetroffen hatten. Akon-Akon schnitt all diese Fragen mit einer herrischen Handbewegung ab. »Habt ihr die Daten?«

Nur das war für ihn wichtig.

»Alles vorhanden.« Fartuloon nickte und zog einen stabilen Streifen Folie aus einer Tasche.

Der Junge nahm ihm das kostbare Ding ab, warf einen Blick darauf und betrachtete seinen Kerlas-Stab. »Wir haben es geschafft!«

Für einen Augenblick zerbrach die Maske der Unnahbarkeit. Unbändige Freude ließ sein Gesicht wie das eines Fremden erscheinen.

»Wir?«, murmelte der Bauchaufschneider missmutig.

»Mit diesen Daten werden wir in das Versteck eindringen«, verkündete Akon-Akon unbeeindruckt. »Die lange Suche hat sich gelohnt.«

Er machte auf dem Absatz kehrt und ging zur offenen Tür. Wir folgten ihm wie eine Herde gut abgerichteter Tiere. Erst die deutlichen Spuren der Pflanzen auf dem Gang brachten den Jungen halbwegs auf den Boden der Tatsachen zurück. Er verzichtete schweren Herzens darauf, wie ein Herrscher mit Gefolge zur Transmitterhalle zu schreiten, sondern gestattete uns, eine zweckmäßigere Marschordnung einzunehmen.

Auch diesmal übernahm Vorry die Spitze, Ra ging am Schluss. Fartuloon musste neben Akon-Akon bleiben. Wir begegneten nur wenigen Pflanzen. Jeder Zusammenhalt zwischen den Gewächsen schien verloren gegangen zu sein. Sie verfolgten ihre eigenen Wege. Um uns kümmerten sie sich kaum. Nur einmal raste einer der mörderischen Bäume aus einem Seitengang. Der Magnetier nahm die Herausforderung mit einem unternehmungslustigen Knurren auf. Er kam aber nur bis auf wenige Meter an die Pflanze heran, ehe sich der Baum hastig zurückzog.

»Das soll verstehen, wer will«, murrte Vorry enttäuscht. »Erst veranstalten sie eine wilde Jagd auf uns, und jetzt rennen sie davon.«

»Vielleicht haben sie herausgefunden, dass du ungenießbar bist, Eisenfresser«, murmelte Fartuloon.

Vorry sah sich kurz um. Ich rechnete schon damit, wieder einmal ein bissiges Wortgefecht zwischen den beiden zu erleben, aber dann drang ein lautes Fauchen aus dem Gang, in dem der Baum verschwunden war.

»Das war ein Impulsstrahler«, sagte Ra gelassen.

Wir verteilten uns links und rechts vom Eingang. Der Gang war schwach erhellt. Nur wenige Leuchtplatten brannten noch. Etwa fünfzig Meter entfernt lagen die glimmenden Überreste des Baumes. Von demjenigen, der den Schuss abgegeben hatte, war nichts zu sehen.

»Wer kann das gewesen sein?«, fragte Akon-Akon.

»Wir haben einige Waffen verloren«, antwortete Fartuloon. »Die Pflanzen hatten reichlich Gelegenheit, uns zu beobachten und den Umgang zu lernen.«

»Aber die Pflanzen haben offensichtlich ihre Intelligenz eingebüßt.«

Ich sah den Bauchaufschneider an, und er nickte langsam. »Das akonische Bewusstsein! Irgendwie hat es die Katastrophe überstanden.«

Er berichtete kurz von unserer Begegnung mit dem merkwürdigen Baum und den Schlussfolgerungen, zu denen wir gekommen waren. Akon-Akon hörte schweigend zu, gab nicht zu erkennen, ob er dieser Geschichte irgendeine Bedeutung zumaß. Als Fartuloon schwieg, hob der Junge den Kerlas-Stab und betrachtete das seltsame Instrument aufmerksam. »Wir gehen weiter.«

Er verriet uns nicht, was er mithilfe des Henkelkreuzstabes festgestellt hatte, aber ich merkte, dass er unruhig wurde. Er trieb uns zur Eile an. Schweigend hasteten wir durch den Gang. Ab und zu hörten wir Geräusche. In der Ferne rumpelten Roboter durch die Station. Explosionen erschütterten die riesige Ansammlung von Korridoren, Kammern und Hallen. In den Seitengängen knisterten und raschelten kleine Pflanzen.

Wir erreichten das Schott und öffneten es. Unwillkürlich atmeten wir auf, als wir endlich in der Transmitterhalle standen. Wir sahen nichts, was auf eine Gefahr hindeutete. Alles war genauso, wie wir es in Erinnerung hatten. Selbst die verkohlten Überreste der Ranken lagen noch vor dem von Schmelzspuren verunzierten Schott.

»Wir müssen dort hinüber.« Akon-Akon deutete auf einen Punkt am entgegengesetzten Ende der Halle.

Wir fühlten uns unbehaglich, als wir den riesigen, deckungsfreien Raum durchschritten. Immer wieder sah ich mich um. Ich spürte förmlich die Gefahr, die auf uns lauerte, aber ich sah nichts. Den anderen erging es ähnlich. Vor einem Schaltpult blieb Akon-Akon stehen. Er zog die Folie und hantierte mit dem Kerlas-Stab. Die Daten alleine hätten uns nichts genutzt. Nur mithilfe dieses Instruments konnte der Junge den Transmitter aktivieren.

Akon-Akon drückte ein paar Schalter. Lampen leuchteten auf, der Junge nickte zufrieden. Er streckte die Hand mit der Folie aus, um den Streifen in einen Schlitz zu stecken, als es geschah. Direkt neben dem Pult wich ein Teil der Wandverkleidung zur Seite. Ein greller Strahl fuhr fauchend aus der Öffnung und brannte eine lange, glühende Furche in den Bodenbelag. Zwei Frauen, die in der Schussbahn standen, starben, ehe sie die Gefahr erkannten.

Ich hörte das leise Knarren und hechtete nach vorn. Als der Schuss dröhnte, hatte ich Akon-Akon erreicht, riss ihn zu Boden und zog ihn in die spärliche Deckung unterhalb eines Schaltpults. In diesem Augenblick spielte es keine Rolle, ob mir Akon-Akon sympathisch war oder nicht. Ohne ihn hatten wir keine Chance, diese Station jemals zu verlassen. Erleichtert sah ich, dass die anderen rasch genug reagierten. Bis auf die beiden Frauen brachten sich alle mit schnellen Sprüngen in Sicherheit. Trotzdem war die Gefahr noch lange nicht gebannt.

Wir wussten nicht, wer oder was sich in der Öffnung verbarg, aber der Gegner war deutlich im Vorteil. Er konnte in aller Ruhe abwarten, bis wir ihm in die Schussbahn liefen. Und genau das mussten wir zwangsläufig tun, sobald wir einen neuen Versuch unternahmen, den Transmitter zu aktivieren.

Ich hörte Akon-Akons leise, gleichmäßige Atemzüge hinter mir. »Wir müssen den Burschen herauslocken. Los, worauf wartest du?«

Bleib liegen, du Narr!

»Geh!«

Auch der Extrasinn konnte mich nicht vor Akon-Akon schützen. Obwohl ich verzweifelt gegen den hypnosuggestiven Einfluss ankämpfte, erhob ich mich und trat von dem Schaltpult weg.

»Atlan!« Fartuloons gellender Schrei ließ mich kurz zögern. Die Öffnung in der Wand lag zwei Schritte von mir entfernt. Ein Impulsstrahl zischte so nahe an mir vorbei, dass ich meine Haare knistern hörte und durch den Schutzanzug die mörderische Hitze spürte. Ich zuckte instinktiv zurück. Wie von selbst ruckte mein Kombistrahler hoch. Undeutlich erkannte ich einen dunklen Schemen, der an mir vorbeiraste, direkt in die Öffnung hinein.

Und dann sah ich Gorkalon. Der Mann taumelte direkt auf mich zu. In seinen weit aufgerissenen Augen lag überhaupt kein Ausdruck. Es war, als würde mich ein Toter anstarren. Es *war* ein Toter. Aber Gorkalon bewegte sich, schritt ruckhaft vorwärts. Die rechte Hand mit dem Impulsstrahler deutete in die Halle.

»Zur Seite!« An der Stimme erkannte ich Vorry, der hinter dem Mann kauerte und zum Sprung ansetzte. Mein Gehirn war wie in dicke Watte gepackt. Akon-Akons Befehl beherrschte mich völlig. Dennoch brachte ich es fertig, wenigstens stehen zu bleiben. Gorkalon marschierte wie ein Roboter an mir vorbei, schien mich gar nicht zu bemerken. Erst als er schon fast vorbei war, drehte er ruckweise den Kopf. Seine starren Augen richteten sich auf mich. Ich starrte zurück. Akon-Akons Befehl hinderte mich daran, etwas zu meiner Verteidigung zu unternehmen.

Die Waffe richtete sich auf mich. Überdeutlich sah ich die dürren, bleichen Finger, die sich um den Griff des Strahlers krampften. Dann gab es einen dumpfen Aufprall, Gorkalon fiel zu Boden. In meinem Gehirn rastete etwas mit beinahe hörbarem Klicken ein. Der Befehl des Jungen war erfüllt, der Gegner aus seinem Versteck gelockt. Endlich war ich wieder Herr über mich selbst.

Vorry hatte den Mann im Sprung umgeworfen und sich rasch zur Seite gerollt, wollte sich eben wieder auf Gorkalon stürzen. Dabei wurde ihm die Sicht auf den Strahler durch den entstellten Körper verdeckt. Gorkalons Zeigefinger tastete nach dem Auslöser. Es schien diesen Mann nicht zu kümmern, dass ihn ein Teil der Energie an der Hüfte treffen musste. Es genügte ihm, dass gleichzeitig Vorry und das Schaltpult für den Transmitter vernichtet werden sollten. Er war nur nicht schnell genug. Mein Schuss im Desintegratormodus traf ihn.

Jeder normale Arkonide wäre tot gewesen. Aber Gorkalon war schon tot. Der rechte Arm existierte noch, ein Teil der Schulter und die Hand mit der Waffe ebenfalls. Durch den aus nächster Nähe abgefeuerten Desintegratorstrahl war die Stellung der Hand verändert worden. Der Finger berührte den Abzug, der Schuss röhrte durch die Halle. Der Rückstoß trieb den vom Körper getrennten Arm auf die Schaltpulte zu.

Das alles geschah so schnell, dass keiner von uns begriff, was eigentlich los war. Erst im letzten Augenblick gewann ich meine Fassung zurück. Ich war den Überresten Gorkalons am nächsten. Beinahe automatisch stellte ich die Bündelung des Desintegratorstrahls ein und schoss. Ich traf genau den Handrücken. Die Finger lösten sich von der

Waffe, sie blieb ein paar Zentimeter von dem Pult entfernt liegen. Entsetzt sah ich, dass zwei Finger über den Boden krochen. Dann schossen die Freunde. Dünne Glutstrahlen zuckten auf und vernichteten die letzten Überreste Gorkalons.

Niemand sprach, als es endlich vorbei war. Während Akon-Akon die nötigen Schaltungen vornahm, versuchte ich zu begreifen, was mit Gorkalon geschehen war. Eine echte Erklärung für alle Einzelheiten fand ich nicht. Ich nahm an, dass das von der Blüte des Lebens eingefangene akonische Bewusstsein den Körper des Arkoniden übernommen hatte. Warum aber selbst die kleinsten Teile seines Körpers noch zu eigenen Bewegungen fähig gewesen waren, ließ sich nicht so leicht verstehen. So grauenvoll der Kampf gewesen war, eins erschien mir sicher: Nicht wir hatten Gorkalon getötet – er war gestorben, als er in die Gewalt der blauen Blüte geraten war.

Die Vorbereitungen waren abgeschlossen. Akon-Akon hantierte mit dem Kerlas-Stab. Vor uns bildeten die leuchtenden Säulen den charakteristischen Bogen, unter dem die absolute Dunkelheit des Transportfelds lastete. Der Junge von Perpandron hob die Hand. Willenlos traten wir vor und überließen uns dieser Dunkelheit. Mein letzter bewusster Gedanke galt der Frage, welche Schrecken jenseits dieser schwarzen Erscheinung auf uns warten mochten. *Schlimmer kann es kaum noch werden!*

Dann erfasste mich das Nichts und riss mich mit sich fort.

Als Gorkalon starb, erkannte Heydra, dass sie sich während unvorstellbar langer Zeit einer Illusion hingegeben hatte. Sie hatte sich gewünscht, sterben zu dürfen. Nun war es so weit – und sie kämpfte verzweifelt um ein Leben, das diese Bezeichnung kaum noch verdiente.

Die Enttäuschung darüber, dass sie die Fremden nicht hatte vernichten können, wich der Angst. Es war völlig unwesentlich, ob die Arkoniden das Versteck erreichten oder nicht. Sie hätte sich in diese Dinge niemals einmischen sollen. Sie bedauerte nahezu alles, was sie getan hatte.

Sie wollte leben.

Die Arkoniden vernichteten alles, was von Gorkalon übrig geblieben war. Heydra fühlte sich nackt und schutzlos. Nur ein winziger Gewebeklumpen bot ihr noch Halt. Sie wusste nicht, was geschehen würde,

*wurde auch dieser vernichtet. Seltsamerweise hatte sie immer geglaubt,
es sei gleichbedeutend mit dem absoluten Ende, wenn ihr Trägerkörper
starb. Es schien, als hätte sie sich geirrt.*

*Die merkwürdigsten Gedanken tauchten in Heydra auf, während
sie – in vielleicht hundert Zellen organischer Materie eingeschlossen – wartete.*

Sie verlor jedes Zeitgefühl.

*Es mochten Ewigkeiten vergangen sein, vielleicht aber nur Wimpern-
schläge, bis ein Moosfaden über einen winzigen Fleck vertrockneter
Substanz tastete.*

Heydra wechselte in den anderen Organismus über.

*Innerhalb kurzer Zeit änderte das Moos seine Form. Eine hohe, schlan-
ke Pflanze bildete sich, an deren Spitze eine blaue Blüte schwankte.*

*In den seltenen klaren Momenten erkannte Heydra genau, dass sie
dem Wahnsinn verfallen war. Dennoch postierte sie ihren neuen Körper
vor dem Transmitter. Ab und zu entließ sie Wolken von farblosen Sporen, die irgendwo in den Tiefen der Station verschwanden. Irgendwann
musste der Transmitter aktiviert werden.*

Sie stand davor und wartete auf ein Opfer.

Epilog

1248. positronische Notierung, eingespeist im Rafferkodeschlüssel der wahren Imperatoren. Die vor dem Zugriff Unbefugter schützende Hochenergie-Explosivlöschung ist aktiviert. Fartuloon, Pflegevater und Vertrauter des rechtmäßigen Gos'athor des Tai Ark'Tussan. Notiert am 17. Prago der Prikur, im Jahre 10.499 da Ark.

Bericht des Wissenden. Es wird kundgegeben: Wieder steht uns ein Schritt ins Unbekannte bevor. Ob er Akon-Akon seinem Ziel näher bringt, weiß niemand. Ich bin mir noch nicht ganz sicher, aber ich glaube in seinem Verhalten eine Änderung festgestellt zu haben.

Sicher, er hat uns nach wie vor im Griff seiner hypnosuggestiven Kraft. Allerdings habe ich vermehrt keinen Druck mehr empfunden, selbst in Situationen, die er zuvor nur mit strikter Kontrolle agiert hat. Haben wir uns auf ihn eingestellt? Wird die geistige Herrschaft zur Gewohnheit? Das ist es nicht oder bestenfalls zum Teil. Vielmehr scheint eine ganze Menge von uns und unserem Verhalten auf ihn abgefärbt zu haben.

Ob es letztlich ausreichen wird, ihn und seine Einstellung zu ändern? Oder gar das in ihm weiterhin aktive Programm abzuschwächen, das ihn nach dem Willen der Akonen zum Wachen Wesen macht? Die mehrfache direkte Begegnung mit Akonen scheint ihn nachdenklich gemacht zu haben; offenbar entsprechen sie nicht ganz den Vorstellungen, die er sich von seinen »Meistern« gemacht hat. Wie wird er reagieren, sollten wir tatsächlich irgendwann – oder vielleicht schon mit dem nächsten Schritt? – das Versteck erreichen?

Unwillkürlich denke ich an das zwölfte der Zwölf Ehernen Prinzipien der Dagoristas, das mit »persönlicher Einsatz« überschrieben ist. Der Gedanke gibt mir Kraft und Hoffnung. Leise murmele ich die Worte; mit dem Ende des Zitats wird auch diese Aufzeichnung enden.

Gib, Dagorista, im Denken und Tun stets das dir Beste! Der Erste zu sein mag der Eitelkeit schmeicheln – Ziel ist jedoch, bis an die eigenen Grenzen zu gehen, nicht an die anderer. Ergreife mit positiven Mitteln Partei für das Gute, statt mit verwerflichen Mitteln gegen das Böse zu

*kämpfen. Strebe, Dagorista, weniger nach Selbstaufopferung als viel-
mehr nach Selbsterhaltung – denn nur, wer sich selbst schützt, kann andere beschützen, und Tote können die Zwölf Ehernen Prinzipien weder
bewahren noch anwenden. Deshalb, Dagorista, wäge stets im Sinne*
aller *Zwölf Ehernen Prinzipien ab: Dein Einsatz hat generell für etwas
zu sein, nicht gegen etwas.*

ENDE

ATLAN-Band 39
Hetzjagd im Blauen System
erscheint im Herbst 2011

Nachwort

Im Rahmen der insgesamt 850 Romane umfassenden ATLAN-Heft-serie erschienen zwischen 1973 und 1977 unter dem Titel *ATLAN-exklusiv – Der Held von Arkon* zunächst im vierwöchentlichen (Bände 88 bis 126), dann im zweiwöchentlichen Wechsel mit den Abenteuern *Im Auftrag der Menschheit* (Bände 128 bis 176), danach im normalen wöchentlichen Rhythmus (Bände 177 bis 299) insgesamt 160 Romane, die nun in bearbeiteter Form als »Blaubücher« veröffentlicht werden.

In Band 38 flossen, ungeachtet der notwendigen und möglichst sanften Eingriffe, Korrekturen, Kürzungen, Umstellungen und Ergänzungen, um aus fünf Einzelheften einen geschlossenen Roman zu machen, der dennoch dem ursprünglichen Flair möglichst nahekommen soll, folgende Hefte ein: Band 239 *Duell der Agenten* von H. G. Francis, Band 244 *Der Wächter von Foppon* von Hans Kneifel, Band 245 *Mutantenhölle Saruhl* von Peter Terrid, Band 246 *Planet der Gräber* von Clark Darlton sowie Band 249 *Station der Killerpflanzen* von Marianne Sydow.

Nachdem mit Blauband 37 in Atlans Leben ein ganz besonderes Kapitel aufgeschlagen wurde und der Kristallprinz endlich nicht nur die Hintergründe von Akon-Akon erfuhr, sondern auch Einblick in die arkonidische Frühgeschichte erhielt, wird im vorliegenden Buch die Odyssee fortgesetzt. Atlan und seine Freunde erreichen, von Akon-Akon angetrieben und vom Schicksal durchaus gebeutelt, weitere Stationen auf ihrer Reise über die Stationen, die zum Erbe der Akonen gehören. Längst ist das Ziel des Jungen von Perpandron das geheimnisvolle Versteck der Akonen, von dem kein Außenstehender zu wissen scheint, wo genau es sich befindet.

Parallel dazu wird zu Lebo Axton alias Sinclair Marout Kennon umgeblendet, der weiterhin im Herzen des Großen Imperiums versucht, in Atlans Sinne zu agieren und den Boden vorzubereiten, damit die Herrschaft von Imperator Orbanaschol III. ihr Ende findet – und zwar so, wie es der von der Traummaschine versetzte USO-Spezialist aus der ihm bekannten Geschichte weiß. Auch der Kosmokriminalist hat mit Schwierigkeiten zu kämpfen und versucht, sie mit den ihm eigenen Methoden zu meistern.

Es ist lange her, dass ich diese Romane erstmals bei ihrem Erscheinen gelesen habe. Wie schon so häufig war es auch diesmal erstaunlich, wie sehr sie dennoch heute noch – oder wieder – faszinieren und wie viel Spaß es, bei aller Anstrengung, machte, sie zum vorliegenden Buch zusammenzufassen, verbunden natürlich mit der Hoffnung, dass sich diese Faszination in der Bearbeitung erhalten hat.

Wie stets gilt der Dank allen Helfern im Hintergrund – sowie Sabine Kropp und Klaus N. Frick.

Rainer Castor

Glossar

Akonen: Angehörige dieses Volks unterscheiden sich äußerlich kaum von Arkoniden oder Terranern und sind durchschnittlich 1,95 m groß. Anstelle von Rippen haben sie im Brustbereich massive Knorpel- und Knochenplatten. Die Färbung der Haut ist im Regelfall samtbraun (eine Folge der starken UV-Strahlung der blauen Riesensonne Akon); die Haarfarbe ist tiefschwarz bis kupferrot. Obwohl sie die Vorfahren (»Stammväter«) der Arkoniden sind, gibt es unter ihnen niemanden mit den für Arkoniden typischen weißen Haaren und roten Augäpfeln. Der akonische Charakter wird oft als dünkelhaft, übersteigert stolz, herablassend und überheblich beschrieben. Wohlmeinende Geister bezeichnen die Akonen dagegen eher als zurückhaltend, reserviert, vorsichtig, distanziert und ironisch bis sarkastisch. Arroganz und Unnahbarkeit sind aber in der Tat die hervorstechenden Charaktermerkmale der Akonen, hervorgerufen durch einen tief verwurzelten, wenngleich faktisch völlig ungerechtfertigten Minderwertigkeitskomplex.

Die Ablehnung vor allem der Arkoniden, welche bei den Akonen als ein Volk infamer Verräter und bösartiger Primitivlinge gelten, beruhte im Wesentlichen auf der Erinnerung an den Zentrumskrieg und war kaum auszuräumen. Wie tief der Hass der Akonen auf die Arkoniden saß, zeigte der Umstand, dass es Agenten des Energiekommandos waren, die den Blues (Jülziish) die Mittel für den Angriff auf Arkon III lieferten. Der Planet wurde dabei am 30. September 2329 vernichtet (PR 199).

Dabei konnten die Akonen mit ihrem Ursprung im 87. Tamanium der Lemurer – der sogenannten Ersten Menschheit – auf eine mehr als 55.000 Jahre während Geschichte zurückblicken (Stand 1463 NGZ = 5050 n. Chr.) – und sich zu Recht als eins der ältesten Kulturvölker der Milchstraße betrachten. Dieses Wissen ging hierbei zwar nie komplett verloren, war jedoch spätestens ab dem verlorenen Zentrumskrieg nur kleinsten Kreisen auf höchster Ebene vorbehalten. Allgemeingut wurde es erst wieder ab dem 25. Jahrhundert.

Die nach akonischer Ansicht ihrem Volk zustehende Führungsrolle konnten die Akonen allerdings nie galaxisweit ausüben. Immer unterlagen sie im entscheidenden Moment einer überlegeneren Macht: Schon das Große Tamanium der Lemurer wurde durch die Angriffe der Haluter zerschlagen, im Zentrumskrieg siegten die Arkoniden. Zurückgehend auf die Zeit der lemurischen Niederlage, lautete die Doktrin des sogenannten Ersten Postulats: »Isolation ist notwendig!« (PR 178) Diese wurde von den Terranern mit der Zerstörung des systemumspannenden blauen Energieschirms am 18. Dezember 2102 durchbrochen (PR 107). Und die Maahks vernichteten 2401 eine akonische Flotte von 80.000 Schiffen im System des Twin-Sonnentransmitters (PR 230).

Die wiederholten Niederlagen und Kränkungen hatten sich auf die akonische Psyche nachhaltig ausgewirkt und den historisch, kulturell und technologisch bedingten Nationalstolz kompensierend zu einer Art Standesüberheblichkeit aufgebläht, sodass die Akonen alle anderen Völker für im Grunde minderwertige Emporkömmlinge hielten, unabhängig von deren tatsächlichen Leistungen. Hand in Hand damit ging eine übersteigerte Geheimniskrämerei bezüglich aller internen akonischen Belange – einschließlich eines stets vorhandenen Misstrauens untereinander bis zum ausgeprägten Hang zu Intrigen. Dies wiederum führte und führt zu einem ausgesprochen elitären Denken, das die höchste Vollendung des akonischen Volkes in der Unantastbarkeit seines Hoheitsgebietes sieht. Die reservierte bis feindselige Haltung gegenüber anderen Völkern führte nur in den seltensten Fällen zu offenen Kriegshandlungen. Über die Jahrhunderte hinweg waren allerdings immer wieder einzelne Akonen oder akonische Gruppen bereit, in Organisationen mitzuwirken, die im Hintergrund insbesondere gegen Arkon, die Jülziish-Völker, Terra oder die USO agierten. Als hervorragendes Beispiel kann die Condos Vasac (altakonisch »Erneuerer«) genannt werden. Eine undurchsichtige Rolle spielte in diesem Zusammenhang der außerordentlich leistungsstarke Geheimdienst des Energiekommandos , dem lange Zeit die Rolle eines Staates im Staat zukam.

Mit der isolationistischen Politik seit jeher verbunden war eine ständische Gesellschaft, in der die Macht fast ausschließlich in der Hand der Aristokratie lag, aber auch der Trend zu einer geringen Bevölkerungszahl, sodass die Akonen im Vergleich zu anderen bedeutenden Mächten der Milchstraße stets ein sehr kleines Volk blieben. Die akonische Gesellschaft war in fünf »Kasten« oder »Stände« unterteilt. Die jeweilige Zugehörigkeit war hierbei nicht starr und für alle Zeit festgeschrieben, sondern es war durchaus möglich, durch besondere Leistungen aufzusteigen oder bei Versagen degradiert zu werden. Als Hauptunterscheidungskriterium galt die Einteilung in Adlige (Vakt'son), Nicht-Adlige (Tavakt'son) und alle Nicht-Akonen (Larvakt'son). Für das Adelsprädikat »von« als Verbindung zwischen Vor- und Nachnamen galt, dass »tan« den Hochadel kennzeichnet (PR 508) – auch »th'« geschrieben (»Thay th' Cassar« in PR 725) oder in der Bindestrich-Schreibweise »XX-Ton-YY« (ATLAN 161) –, während »ta« für die adlige Mittelschicht und »cer« für den unteren Adel stand.

Als Ansehnliche treten Gelehrte und die Mittelschicht mit mehr als der Hälfte der Bevölkerung auf, während die *Unansehnlichen* mit der akonischen Unterschicht zeitweise bis zu einem Viertel der Bevölkerung ausmachten; diese Akonen trugen gelbe Identitätsplaketten an der Gürtelschnalle, weil sie sich jederzeit ausweisen können mussten (ATLAN 253). Unedle schließlich waren alle Nicht-Akonen, inklusive künstlicher Intelligenzen und vor allem Arkoniden. Der akonische Schimpfname »Ragnaars« für Arkoniden bezog sich auf jene edle Familie der Ragnaar(i), zu deren Machtbereich die Ursprungswelt der Arkoniden zum Zeitpunkt das Ausbruchs des Aufstands gegen die Herrschaft der Akonen zählte und die später mehrere Imperatoren des Großen Imperiums stellte, während der Zweig der Familie Ragnaari, der sich nach dem Zentrumskrieg weigerte, das Blaue System zu verlassen, zu einem Leben als »Unansehnliche« verurteilt wurde (ATLAN 250).

Ähnliches betraf die als »arkonidisch« bekannte Trichterbauweise, die eigentlich akonischen Ursprungs war, von den Akonen später jedoch in bewusster Abgrenzung aufgegeben wurde. Im Gegensatz dazu hatten die Arkoniden diese Bauweise beibehalten und stellten sie als originär arkonidisch hin – abgeleitet von der Form des Khasurn-Riesenlotos (Khasurn – wörtlich »Kelch« – war bekanntlich die Bezeichnung für den arkonidischen Adel insgesamt und wurde im Sinne von »Haus, Geschlecht« verwendet).

Erst die Erfahrung einer kollektiven Niederlage aller Milchstraßenvölker gegen das Hetos der Sieben veränderte erstmals die Haltung der Akonen. Sie arbeiteten aktiv an der Gestaltung der GAVÖK und später des Galaktikums mit. Verbunden mit dem intensiveren Kontakt zu den anderen Milchstraßenvölkern und deren politischen Strukturen war eine Demokratisierung der aristokratischen Herrschaft und akonischen Gesellschaft insgesamt. Die Monos-Herrschaft der Dunklen Jahrhunderte traf die Akonen tief; je mehr aber die Erinnerungen an die Jahre der Tyrannei schwanden, desto stärker nutzten die akonischen Politiker die Gelegenheit – gefördert durch das Wiedererstarken Arkons im 12. und 13. Jahrhundert NGZ –, wieder verstärkt die Eigeninteressen Akons zu vertreten und zu deren Durchsetzung im Galaktikum zu agieren und zu intrigieren.

Die aktivere Rolle zeigte sich zunächst in der Mitgründung des Forums Raglund, kehrte sich aber seit dem späten 13. Jahrhundert und beginnenden 14. Jahrhundert NGZ immer stärker um und führte zu einer Art »innerer Emigration«. Als das Energiekommando im Jahr 1340 NGZ die Macht ergriff, diktierten Geheimhaltung, Spitzelei und Militarismus das öffentliche Bild – denn das Energiekommando hatte sich vorgenommen, Drorah wieder zu alter Macht und Glorie zurückzuführen. Und dann kam die Terminale Kolonne TRAITOR und verkündete die TRAITOR-Direktive (PR 2300 ff.). Doch damit nicht genug: Mit der »Kabinettisierung« von Drorah und Xölyar für den Chaotender VULTAPHER verschwanden die Bewohner – rund eine Milliarde bei Drorah und 500 Millionen bei Xölyar. Im Zuge des Prozesses vernichtet wurde auch Drorahs zweiter Mond Zikyet. Von der 1345 NGZ etwa 1,8 Milliarden Akonen zählenden Gesamtbewohnerzahl des Akon-Systems entkamen nur rund 300 Millionen!

Diese besondere Erfahrung, kombiniert mit dem Zusammenrücken der galaktischen Völker nach dem Abzug der Terminalen Kolonne TRAITOR und der offiziellen Bestätigung des Galaktikums am 1. Januar 1350 NGZ, führte bei den überlebenden Akonen zu einem sich zwar über Jahrzehnte hinziehenden, aber umso tiefgreifenderen Wandel. Mit Drorah und der dort lebenden »Elite« war auch die früher maßgebliche Aristokratie verschwunden. Überlebt hatten nur jene Akonen, die auf anderen Planeten im Akon-System oder gar auf den Siedlungswelten beheimatet waren – nur in den seltensten Fällen handelte es sich hierbei um Angehörige der »klassischen« Aristokratie oder gar des Hochadels. Nach dem Abzug der Terminalen Kolonne begannen der Sinneswandel und die neue Ausrichtung. Je mehr positive Meldungen vom Galaktikum und der Entwicklung der übrigen Völker eingingen, desto intensiver wurde die Strömung unter den Akonen, Teil dieser Gemeinschaft zu werden. Seit dem 1. Januar 1400 NGZ gab es nicht nur eine Annäherung, sondern die offizielle Einbindung der »neuen« Akonen ins Galaktikum. Seither hatten sie sich geöffnet und ihre traditionelle misstrauische und überhebliche Art aufgegeben (PR 2500 ff.).

Mit dem Akon-Fanal kam es zur Wende: Akonen und die Mitglieder des Galaktikums hatten in vorbildlicher und erfolgreicher Art und Weise zusammengearbeitet. Oder, wie es Ma'tam Narvan tan Ra-Osar formulierte: »Beinahe hätten die Verräter am neuen akonischen Gedanken es geschafft, nicht wiedergutzumachendes Unheil über das System, seine Bewohner und alle anderen Akonen zu bringen. Doch im entscheidenden Moment sind wir alle zusammengetreten und haben uns auf die Vision eines vereinten Galaktikums besonnen ... und den Schritt getan, sie wahr werden zu lassen.« (PR 2531) Sogar der niemals beendete Krieg zwischen den Kolonisten und ihren Stammvätern fand auf diese Weise tatsächlich ein Ende – wenn das nicht zu Optimismus Anlass gibt?

Eckdaten der akonischen Geschichte:

56.400 v. Chr.: Das (mythisch verbrämte, in späterer Zeit »rückdatierte«) Jahr 1 »Seit der Reichsgründung« (= »dha-Tamar«; Abkürzung »dT«) des Lemurischen Reichs (der 1. Ty des Torlon Jannhis, 1 dT = 22. Dezember 56.400 v. Chr.).

um 50.220 v. Chr.: Sämtliche 111 Tamanien des Großen Tamaniums (Kar'Tamanon) haben sich konstituiert; die Tamanien 82 bis 111 liegen alle in der galaktischen Eastside; Handel und Transport werden hauptsächlich über die Sonnentransmitter bzw. über Situationstransmitter abgewickelt; die Tamanien sind als Knotenpunkte dieses Transmitternetzes über die gesamte Milchstraße verteilt.

50.197 v. Chr.: Infolge der drückenden politischen Dominanz der Hauptwelt Lemur kommt es zu wachsenden Konflikten zwischen den Tamanien und der lemurischen Zentralgewalt und ersten separatistischen Bestrebungen. Die Drorah-Lemurer stehen an der Aktionsspitze der opponierenden Tamanien und empfinden sich als Akonos/Akonen (lemurisch: Spitzkegel).

49.983 v. Chr.: Das Große Tamanium der Lemurer ist vernichtet. Bis auf wenige Dutzend wurden die Hauptwelten aller Tamanien nach Andromeda (Karahol) evakuiert. Zu den Ausnahmen gehört Drorah, dessen Bewohner sich so geschickt abgeriegelt haben, dass die Haluter keinen einzigen Angriff auf ihr System unternahmen. Um die wertvollen intakten Industrieanlagen nicht aufgeben zu müssen, haben sich die Drorah-Lemurer (Akonen) mit ihrem Tamrat, dem Nachfolger Thaburac-Talossas, dem Aufruf der Zentralregierung zur Evakuierung widersetzt. In dieser Situation entwickeln die Bewohner des Akon-Systems die Wurzeln ihrer späteren isolationistischen Politik mit der Doktrin des sogenannten Ersten Postulats: »Isolation ist notwendig!«

um 26.000 v. Chr.: Im Sternhaufen Mirkandol (»Ort der Begegnung«) treffen Akonen auf Lemurerabkömmlinge, die auf dem unweit gelegenen Planeten Arbaraith die Angriffe der Haluter überlebt haben. Die beiden Gruppen vermischen sich und beginnen, sich als eine Nation zu empfinden (unter den Arbaraith-Lemurern befanden sich sehr viele Nachkommen von Zeut-Lemurern, die sich kurz vor der Vernichtung des Planeten Zeut hier angesiedelt hatten – und unter ihnen wiederum befanden sich etliche Zeut-Ellwen; die Mischbevölkerung von Arbaraith war der Grundstock der späteren Arkoniden).

18.509 v. Chr.: Arbaraith-Lemurer beginnen mit der Besiedlung des Kugelsternhaufens Urdnir (M 13); treibende Kraft sind Vertreter der Ragnaar-Familie.

bis um 18.449 v. Chr.: Urdnir wird erforscht. Das eigenmächtige Vorgehen der Arbaraithaner ruft das Missfallen der Akonen hervor.

um 18.376 v. Chr.: Die Urdnir-Siedler erklären ihre Unabhängigkeit und lösen damit den Großen Befreiungskrieg aus.

18.356 v. Chr.: Der Große Befreiungskrieg wird durch das Eingreifen des legendären Magnortöters Klinsanthor beendet. Die Akonen ziehen sich geschlagen zurück. Die ebenfalls geschwächten Siedler, die sich nun Arkoniden (Freie) nennen, lassen sich in einem System in Urdnirs Zentrum nieder, das den Namen Arkon erhält. In der Folgezeit kommt es zum politischen Konflikt zwischen den Familien Akonda und Sulithur, während die der Ragnaari in der Raumflotte dominiert.

18.342 v. Chr.: Auf Anweisung des Wissenschaftlichen Kommandanten Tekla von Khom entführt der akonische Agent Orthrek das junge arkonidische Liebespaar Caycon Akonda und Raimanja Sulithur.

Caycon gelingt die Flucht. Der Biogenetiker Tarmin cer Germon, ein Rat von Akon, und seine Mitarbeiter Segor, Implikor und Vathore übertragen mit dem Phasus-3-Virus neue genetische Informationen in die Zellen von Raimanjas ungeborenem Sohn. Sie sollen ihn befähigen, seine arkonidischen Mitbürger mental zu beherrschen, nachdem er 18 Jahre lang von seinem Kristall-Mentor auf Perpandron aufgezogen worden ist; der Embryo wird damit zu Akon-Akon, dem Wachen Wesen .

18.341 v. Chr.: Nachdem Akon-Akon in der subplanetarischen Stadt Amalek im Mentorkristall untergebracht wurde, sabotiert Raimanja das Schiff, mit dem die Wissenschaftler nach Drorah zurückkehren wollten, und verhindert so, dass dort bekannt wird, auf welchem Planeten sich das Wache Wesen befindet. Perc von Aronthe, Tekla von Khom und Orthrek überleben zwar die Explosion, werden aber von Akon-Akon mental befriedet, als sie zurückkehren, um Raimanja zu bestrafen.

18.334 v. Chr.: Nach einem Dilatationsflug warnt Caycon auf Arkon Farthu von Lloonet, den Reichsadmiral der neuen Militärregierung, vor der drohenden Gefahr. Die Position Perpandrons ist auf Arkon jedoch unbekannt. Farthu von Lloonet lässt sich später unter dem Herrschernamen Gwalon I. als erster Imperator von Arkon inthronisieren und bereitet einen neuen Krieg gegen die Akonen vor.

18.327 v. Chr.: Die Zerstörung inzwischen entstandener akonischer Basen in Urdnir ist der Beginn des Zentrumskrieges.

18.323 v. Chr.: Nach dem Tod seiner Mutter begibt sich Akon-Akon in den Schlafkristall von Amalek.

18.316 v. Chr.: Die Zerstörung der akonischen Nachschubbasis Tarkta, vierter Planet des Zentrumssystems Opogon, durch die 12. Arkonidische Schlachtkreuzerflotte unter Admiral Talur leitet nach Jahren der Rückzugsgefechte die Niederlage der Akonen ein. In der Endphase des Zentrumskrieges setzen die Arkoniden erstmals die neu entwickelte Gravitationsbombe ein. In der Folge wird Urdnir umbenannt – zunächst in Talur-Lok, dann in Thantur-Lok (Talurs bzw. Thanturs Ziel).

um 18.000 v. Chr.: Die Akonen erneuern nach ihrer Niederlage ihre Doktrin der Isolation und ziehen sich in das Akon-System zurück, das durch den systemumspannenden blauen Energieschirm völlig von der Außenwelt isoliert wird (erzeugt von 3407 Kraftwerks- und Projektorstationen von je rund elf Kilometern Durchmesser). Die

Raumfahrt wird zunehmend reduziert, viele Kolonial- und Nachschubwelten werden aufgegeben. Die verbliebenen sind durch ein hoch entwickeltes System von Ferntransmittern mit der Mutterwelt verbunden. Zudem führten das Bewusstsein der Abspaltung der Urdnir-Siedler (»Verrat der Abtrünnigen«) und das nationale Trauma der Niederlage gegen die Arkoniden zu einer radikalen Unterdrückung liberaler Strömungen – freiheits- und gerechtigkeitsliebende Familien wie die Ragnaar werden nachträglich für die nationale Katastrophe verantwortlich gemacht. Es kommt zur Ausbildung einer despotisch regierten und streng in Kasten eingeteilten Gesellschaft. Eine der letzten Neubesiedlungen erfolgt auf dem Planeten Trakarat im Aptut-System; aus den Nachkommen der Siedler entwickeln sich die Báalols (Antis).

17.403 v. Chr.: Erstmals treten schwere, Raumfahrt behindernde, galaxisweite Hyperstürme auf, die ihren Ursprung im galaktischen Zentrum haben.

16.884 v. Chr. bis 15.985 v. Chr.: Andauernde Hypersturmaktivitäten, die die galaktische Raumfahrt nahezu ganz unterbinden und viele Planeten auf Primitivstand zurückwerfen, sind der Beginn jener Epoche, die bei den Arkoniden später Archaische Perioden (Zarakhgoth-Votanii) genannt wird. Die Akonen sind innerhalb ihres systemumspannenden Energieschirms zwar vor den Hyperstürmen und ihren Auswirkungen geschützt, doch etliche der Ferntransmitter-Verbindungen brechen zusammen, Kontakte zu Nachschub- und Siedlungswelten reißen ab, die wenigen akonischen Raumschiffe ziehen sich ins Akon-System zurück.

12.898 v. Chr.: Akonische Zeitreisende, die aus dem Jahr 2102 n. Chr. kommen, veranlassen den arkonidischen Imperator Metzat III., eine Flotte von 30.000 Einheiten unter Mascant Gagolk zu entsenden, um Terra als eine angeblich gefährliche Kolonialwelt zu zerstören. Bei der Ausschaltung des akonischen Zeitumformers entsteht auf Arkon III ein 2000 Meter tiefer Krater.

8021 v. Chr. = 10.499 da Ark: Der junge Kristallprinz Atlan entdeckt auf Perpandron den Schlafkristall Akon-Akons und nimmt das Wache Wesen mit. Akon-Akon unterwirft zunächst die Besatzung der ISCHTAR und veranlasst sie, als er sich seiner bewusst wird, zur Suche nach dem verschwundenen Volk der Akonen. Erste Stationen sind die Welten Kledzak-Mikhon und Oskanjabul.

Arbaraith: Sagenhaftes »Land der Kristallobelisken«, von Bestien bedroht; verschwand mit der Entrückung des Heroen Tran-Atlan – häufig als eigentliche (mystische) Urheimat der Arkoniden gedeutet. Realer Hintergrund ist die gleichnamige Welt, die sich einst in jenem Raumsektor befand, der nach seinem Entdecker Sogmanton Agh'Khaal Sogmanton-Barriere genannt wurde.

Arbaraith-Obelisk: 1349 Meter hoher Kristallobelisk, den Sogmanton Agh'Khaal im Jahr 4100 da Ark auf Gos'Ranton 7142 Kilometer vom Hügel der Weisen entfernt an der Laktranor-Südküste östlich der Karurmorn-Halbinsel errichten ließ und der seither Symbol für das sagenhafte Urland ist; niemand erfuhr jemals, woher der Kristallobelisk wirklich stammte.

Archaische Perioden: Bezeichnung für die Epoche des Niedergangs zwischen etwa 3000 und 3760 da Ark (= 16.884 bis 15.985 v. Chr.), als galaxisweite, aus dem galaktischen Zentrum hervorbrechende Hyperstürme die Kontakte zwischen den Welten abbrachen, weil nahezu die gesamte fünfdimensionale Hypertechnik lahmgelegt war. Nach dem Abflauen der Hyperstürme musste die arkonidische Raumfahrt quasi von null an neu beginnen und aufgebaut werden.

Arkii: Arkonidische Entsprechung des Begriffs »Mensch(en)«.

Arkon: Die große weiße Sonne liegt fast genau im Zentrum des Kugelsternhaufens Thantur-Lok. Sie wird von 27 Planeten umkreist. Als Besonderheit gilt, dass sich drei Arkon-Planeten mit gleicher Geschwindigkeit und auf derselben Umlaufbahn bewegen, als Eckpunkte eines gleichseitigen Dreiecks angeordnet. Die Sonnenentfernung der drei Planeten Arkon I, II und III beträgt 620 Millionen Kilometer.

Arkon I: Gos'Ranton – Der Wohnplanet der Arkoniden (rund zehn Milliarden) wird von ihnen selbst auch als »Kristallwelt« bezeichnet (ursprünglich der zweite Planet des Arkon-Systems). Durchmesser: 12.980 Kilometer, Schwerkraft: 1,05 Gravos. Die Oberfläche des Planeten wird von Außenstehenden als eine einzige große Parklandschaft betrachtet. Landmassen: Äquatorialkontinent Laktranor (mit dem Sichelbinnenmeer Sha'shuluk, dem Thek-Laktran des Hügels des Weisen mit dem Gos'Khasurn/Kristallpalast), Nordpol-/Hauptkontinent Shrilithra, Inselkontinent Shargabag, Insel Vuyanna, Großinsel Krysaon, Südpol-Inselkontinent Kator-Arkoron; Hauptozean: Tai Shagrat. Im offiziellen Sprachgebrauch der Inbegriff der Herrlichkeit: schön, prächtig, prunkvoll – und in jeder Hinsicht künstlich! Hier leben sogar die einfachen Arkoniden (Essoya) in einem Luxus, der für manche Völker nahezu unvorstellbar ist, und der gesamte Planet ist eine sorgsam umhegte und von unermüdlichen Robotern gepflegte Parklandschaft – was zum Teil bizarre Urweltreservate und ebenso einen Wechsel von Klima, Fauna und Flora alle paar Kilometer dank unsichtbarer Kraftfeldkuppeln einschließt.

Arkon II: Mehan'Ranton – Die Welt von Wirtschaft und Handel (ursprünglich der vierte Planet des Arkon-Systems); voll industrialisiert und Stätte subplanetarischer Fabriken; ein Planet der Großstädte und Sitz der mächtigsten Konzerne der erforschten Galaxis. Durchmesser: 7326 Kilometer, Schwerkraft: 0,7 Gravos. Alle bekannten Völker geben sich hier ein Stelldichein, über Jahrtausende wurden die berühmten Laden- und Silostraßen der Städte von einem Vielvölkergemisch durchstreift; es gibt Handelsniederlassungen von etwa vierhundert Fremdvölkern; fünf Milliarden Arkoniden leben hier. Dreihundert Raumhäfen sind über die Oberfläche verteilt. Der größte gehört zu Olp'Duor – neben Torgona die bedeutendste Stadt. Schon das Kernlandefeld umfasst ein Geviert von fünfzig mal fünfzig Kilometern, hinzu kommen ringsum angeordnete, nur wenig kleinere Nebenlandefelder, Werft- und Depotanlagen, Tausende Handelshäuser; insgesamt eine Tag und Nacht pulsierende Enklave von rund zweihundert Kilometern Durchmesser.

Arkon III: Gor'Ranton – Der ursprünglich dritte Planet des Arkon-Systems ist der Schwerindustrie des Raumschiffbaus vorbehalten; Großstädten gleich reihen sich Forschungs- und Entwicklungszentren aneinander, unterbrochen von Landefeldern und angegliederten Riesendepots. Durchmesser: 13.250 Kilometer; Schwerkraft: 1,3 Gravos. Eine technisierte Welt, deren Oberfläche maßgeblich von Plastbeton, Arkonstahl und Kunststoffen bestimmt wird – ein militärisch-industrieller Komplex, der seinesgleichen in der Galaxis sucht; in ihrer Urform erhalten sind nur die Meere, sodass der Planet von vielen Besuchern als »ökologischer Albtraum« umschrieben wird, weil riesige Ökokonverter notwendig sind, um die Atmosphäre aufzubereiten und halbwegs erträgliche Umweltbedingungen zu generieren. In den 25.000 Großwerften entstehen tagtäglich neue Raumschiffe und Beiboot-Trägerbewaffnungen.

Das Bild technisierter Fugenlosigkeit setzt sich in die Tiefe fort: Wichtige Werke, darunter jene der Triebwerksfertigung, liegen bis zu

5000 Meter unter der Oberfläche. Die Werften übernehmen, von Robotfertigung und komplizierten Bandstraßen dominiert, die Vorfertigung; mobile Roboter zeichnen für die Endmontage verantwortlich, die bei Großraumschiffen häufig im Orbit erfolgt. Frachterverbände und Ferntransmitter-Verbindungen sichern den Materialnachschub. Rohstoffe, Halbfertig- und Endprodukte werden ständig angeliefert, zwischengelagert, weiterverarbeitet oder zur Schlussmontage befördert. Eine ausgeklügelte Infrastruktur, die Raumschiffe, Zubringer, Kurz- wie auch Langstrecken-Transmitter kombiniert, sorgt für reibungslosen Verkehr.

Die ausgedehnten Tiefbunkeranlagen des Flottenzentralkommandos und auch die zunächst zur logistischen Unterstützung gedachten Anlagen einer Großpositronik wurden in jenem 2000 Meter tiefen Krater angelegt, der im zweiten Regierungsjahr von Imperator Metzat III. entstand (6373 da Ark = 12.898 vor Christus), als der Imperator eine Flotte von 30.000 Einheiten unter Mascant Gagolk entsandte, um eine angeblich gefährliche Kolonialwelt zu zerstören (Hintergrund: Intervention akonischer Zeitreisender aus dem Basisjahr 2102 n. Chr., die mit dieser »Kolonialwelt« Terra zerstören wollten).

Schon in Atlans Jugendzeit erfährt der Komplex der Großpositronik eine weitere Ausbaustufe, doch erst unter der Leitung des Ersten Wissenschaftlers des Großen Rates *Epetran* entstand um 3900 v. Chr. die endgültige Form des nach seiner Aktivierung Robotregent oder Großer Koordinator genannten Rechners mit seiner hoch entwickelten positronischen Künstlichen Intelligenz.

Arkoniden: Von der äußeren Gestalt her absolut menschenähnlich; meist mit 1,8 bis zwei Metern Körpergröße recht hochgewachsen, weisen sie einen vergleichsweise langen Schädel auf. Anatomisch gesehen gibt es im Vergleich zu Terranern einige weitere Besonderheiten: Statt Rippen verfügen sie im Brustbereich über massive Knochen- und Knorpelplatten, die Haarfarbe ist im allgemeinen weiß oder weißblond und die Augenfarbe rötlich bis rotgolden. Bei starker Erregung sezernieren die Arkoniden aus den Augenwinkeln ein Sekret, ohne dass es allerdings zu einer Einschränkung der Sicht käme. Die weitverbreitete Behauptung, bei den Arkoniden handle es sich grundsätzlich um Albinos, ist mit Vorsicht zu genießen: Weißes Haar und (scheinbar) farblose Iris allein sind kein ausreichendes Merkmal, berücksichtigt man, dass außerhalb der Kultivierung möglichst bleicher Haut in Adelskreisen normale Hautbräunung ebenso auftritt, wie die Haarfarbe auch im Sinne bestmöglicher Reflexion der starken Sonnenstrahlung Arkons angesehen werden kann.

Arkonidische Geschichte: Mitte des neunzehnten vorchristlichen Jahrtausends existierte das Imperium der Akonen, das von Drorah (Akon-System) aus beherrscht wurde. Weil sie sich bevormundet und übervorteilt fühlten, bauten die Bewohner einer bedeutenden Kolonialwelt (Arbaraith) insgeheim eine eigene Flotte auf. Unter anderem benutzten sie dafür zunächst erbeutete akonische Schiffe. In der Folge begann die Besiedlung des – zunächst – Urdnir genannten Kugelsternhaufens. Diese nutzte man dazu, sich eine eigene Machtbasis zu schaffen. Zentrum dieses Vorhabens war das Arkonsystem nahe der Sternhaufenmitte; eine Welt, die den Akonen zunächst unbekannt blieb.

Ausgehend vom überlieferten Datum des Siedlungsbeginns (18.509 v. Chr.), vergingen zunächst knapp sechzig Erdjahre, die die »Arkoniden« nutzten, um Urdnir zu erforschen. Später kam es dann auf der »Zentralwelt« *Arbaraith* zur ersten Unabhängigkeitserklärung, die in den Großen Befreiungskrieg mündete und unter anderem zur Vernichtung dieses Planeten führte. Sein Name erhielt sich nur in Legenden und abergläubischen Anrufungen, beispielsweise im Ausspruch: »Bei den Kristallobelisken von Arbaraith«. Der Krieg dauerte 17,5 Arkonjahre (entspricht 20,7 Erdjahren) und war von mehreren »heißen Phasen« geprägt; mit seinem Ende verbunden war das Eingreifen des Magnortöters Klinsanthor, von dem später jedoch nur Legenden berichteten.

Zwölf Arkonjahre (14,2 Erdjahre) nach dem Großen Befreiungskrieg lebten die Überlebenden, die sich nun Arkoniden nannten, ausschließlich im Kugelsternhaufen, waren allerdings in die Familienfehde zwischen Akondas und Sulithurs verwickelt, während die Akonen ihrerseits gegen die »Abtrünnigen« aufrüsteten. Reichsadmiral Farthu da Lloonet rief wenige Jahre später den imperialistischen Absolutismus aus und wurde als Imperator Gwalon I. inthronisiert. Er nutzte einige Arkonjahre zur intensiven Aufrüstung, der Zentrumskrieg begann – und endete mit dem arkonidischen Sieg über die Akonen.

Gwalon regierte bis zum Jahr 18.294 v. Chr.; unter seinen Nachfolgern Volgathir I. und II. setzte die Geschichtsverfälschung ein. Die Verbindungen zu den »Stammvätern« wurde geleugnet, und es wurde eine eigene Zeitrechnung eingeführt. Dabei bezog sich die Jahreslänge auf den Planeten Arkon III. Der Beginn der Zeitrechnung wurde ab dieser Zeit gleichgesetzt mit einem von Arbaraith überlieferten legendären Ereignis, in dem – bei genauerer Betrachtung – noch deutlich ältere Sagen eingebunden wurden, welche bis in lemurische oder gar noch frühere Zeit reichten. Als dieses legendäre Ereignis wurde das »Entrückungsjahr« des Heroen Tran-Atlan angenommen; Gwalons Inthronisation erfolgte hiernach im Jahr 1774 da Ark. Mit Orbanaschol III. regierte in Atlans Jugendzeit bis 10.500 da Ark der 208. Imperator das Tai Ark'Tussan.

Arkonidische Gesellschaft: In der arkonidischen Gesellschaft sind beide Geschlechter gleichberechtigt; die im öffentlichen und politischen Leben nach außen hin scheinbar dominierende Rolle der Männer hat in der starken, wenn auch extrovertierteren Stellung der Frau ein klares Gegengewicht, dem eine maßgebliche Bindungsfunktion zugeschrieben wird. Im Übrigen ist die Arkon-Gesellschaft aristokratisch geprägt. Die Mitglieder der großen Familien (Ragnaari, Zoltral, Gonozal, Quertamagin, Orcast, Monotos, Orbanaschol, Tutmor, Tereomir, Anlaan, Metzat, Thetaran, Arthamin, Ariga und viele mehr) kontrollieren die politischen, wirtschaftlichen und militärischen Schlüsselfunktionen. Zum Teil handelt es sich hierbei um Familienverbände von mehreren hunderttausend Einzelmitgliedern.

Von Zeiten tyrannischer oder absolutistischer Herrschaft abgesehen, handelt es sich bei der Regierungsform Arkons um eine parlamentarische Monarchie, in der allerdings dem jeweiligen Imperator als Staats- und Regierungschef sowie Oberbefehlshaber der Flotte (Begam) stets eine starke Rolle zugewiesen war. Wie stark ein Imperator tatsächlich werden konnte, hing im Verlauf der arkonidischen Geschichte weitgehend von dem Gegengewicht ab, das ihm seine direkte Regierungsmannschaft (der Zwölferrat/Berlen Than), der Große Rat (Tai Than) sowie das frei vom Volk gewählte Parlament des Hohen Rates (Thi Than) entgegenstellten.

Weiterhin ist – schon unter dem Aspekt der immensen Größe des Arkon-Imperiums! – zu berücksichtigen, dass der Imperator in den Jahrtausenden der Geschichte zwar letztlich über Besitzansprüche, Handelsrechte, Autarkiebestrebungen und dergleichen entschied. Aber hierbei war als Entscheidungsträger die Imperiale Ebene –

mit Imperator, Großem und Hohem Rat, Flottenzentralkommando (Thektran), dem Präsidium der Justiz von Celkar sowie die Kontrollfunktion der Medien – von der der Planetaren Selbstverwaltung autonomer Welten und Ökoformsphären ebenso zu unterscheiden wie die der Herzogtümer völlig autarker Habitate der Raumnomadenclans oder der Herzoglehen des Adels, welche im Allgemeinen mehr als hundert Sonnensysteme umfassten. Sogar mit bester positronischer Unterstützung war es nicht möglich, sich um alle Einzelheiten zu kümmern.

Vor diesem Hintergrund ist auch der verfassungsmäßig verankerte Grundsatz der Erbmonarchie zu sehen: Zwar war als Kristallprinz (Gos'athor) jeweils der leibliche Sohn eines Imperators designierter Nachfolger, doch im Todesfall ohne Nachkommen bestimmte der Große Rat aus den Reihen der Adelsfamilien einen neuen Imperator, oder es wurde der »TEST« als Auswahlverfahren eingesetzt; bei erwiesener Unfähigkeit konnte der Herrscher auf dem Kristallthron sogar abgesetzt werden.

Arkonidische Herrschafts- und Machtstrukturen und Regierungsform: Neben dem Imperator (Tai Moas = Erster Großer) an der Spitze ist der Berlen Than (Zwölferrat) als Unterausschuss des Tai Than (Großer Rat mit 128 Ex-officio-Mitgliedern) maßgebliches Regierungsgremium – einem Kabinett mit seinen Ministern vergleichbar –, in dem die Entscheidungen vorbereitet und diskutiert werden. Im erweiterten Kreis des Großen Rates (mit seinen »untergeordneten Ministern«) folgt die weitere Debatte. Regierungssitz ist der Kristallpalast auf dem Hügel des Weisen (Thek-Laktran) auf der Kristallwelt Arkon I.

In einigen Epochen wurde als Gegenpol zum männlichen Imperator eine Große Feuermutter (Tai Zhy Fam) eingesetzt: Als Auswahlmechanismus diente eine modifizierte Form des Dagor-Mystizismus; die Feuerfrauen wurden zu Geheimorten gebracht und in die Stasis-Konservierung suspendierter Animation versetzt, ihr Wahres Sein auf eine stabilisierte Körperprojektion übertragen. Der Multibewusstseinsblock dieser Zhy-Famii war mehr als die reine Summe seiner Teile und dank der katalytischen Funktion des Imperators mit paranormalen Kräften ausgestattet (= realer Hintergrund der traditionellen Anrede des Imperators: »Seine millionenäugige, alles sehende, alles wissende Erhabenheit, Herrscher über Arkon und die

Welten der Öden Insel, Seine Imperiale Glorifizienz, XY, NAME da Arkon, Heroe aus dem Geschlecht der Weltältesten ...« usw.).

Die Ratsmitglieder sind laut Verfassung grundsätzlich zwar wissenschaftlich ausgebildet, stammen aber aus Flotte, Kristallpalast, Diplomatie, Geheimdienst, Wirtschaft und Verwaltung. Zudem repräsentieren sie die wichtigsten Khasurn, sodass sie, mit dem Imperator als Vorsitzendem, in den »Rats-Ausschüssen« wie beispielsweise dem »Medizinischen Rat« oder dem »Thektran« des Flottenzentralkommandos das oberste Exekutivgremium im Großen Imperium darstellen. Zweimal je 36-Tage-Periode (= Arkonmonat) sind Sitzungen anberaumt, in denen der Imperator Rechenschaft abzulegen, Sorgen, Nöte und Probleme zu besprechen hatte, während die Ratsmitglieder im Gegenzug Vorschläge, Anträge und Ausführungsberichte lieferten. Die ersten drei Tage einer jeden der zehn Perioden des Arkonjahres waren überdies der Generaldebatte von Großem und Hohem Rat vorbehalten; für Entschlüsse zu Richtlinien seiner Politik benötigte der Imperator qualifiziert-absolute Mehrheiten von 51 Prozent. Die endgültige Verabschiedung von Gesetzen erfolgte im Thi Than (Hoher Rat – das frei vom Volk gewählte Parlament).

Überall hat der Imperator zwar Vetorecht, kann aber überstimmt werden. Bei eklatantem Versagen ist sogar seine Absetzung möglich. Im umgekehrten Fall kann ein Imperator durch Einsetzung und Förderung von Günstlingen, durch Korruption und dergleichen und mit Bezug auf »Notstandsgesetze« diktatorische Macht an sich ziehen: Solches war in der Früh- und Hauptexpansionszeit meist mit Krisenphasen verknüpft. Als Beispiel dient auch stets Orbanaschol III.; er ermordete mit seinen Helfern Atlans Vater, gleichzeitig weitete sich der Methankrieg aus. Beim Fortschreiten der arkonidischen Degeneration kam solches häufiger vor – bis auch die Imperatoren selbst zu träge wurden und somit auch die oben genannten Sitzungsperioden bestenfalls noch in der Theorie gültig waren, kaum jedoch in der Praxis.

Arkonidische Mentalität: Arkoniden sind es gewohnt, pragmatisch zu denken. Extreme sind zu vermeiden, die Verhältnismäßigkeit der Mittel zu wahren, Ausgewogenheit heißt das Ziel. Denn das waren die wahren Tugenden und Traditionen, wie sie insbesondere vom Arkon-Rittertum der Dagoristas verkündet und vorgelebt wurden. Harmonie im Sinne von Gleichgewicht ist Kern der Dagor-Lehren; keine »Friede-Freude-

Eierkuchen«-Gleichmacherei, sondern das Einpendeln auf optimalem Niveau gemäß selbst regulierender Mechanismen. Der permanente Angleichungsversuch des Istzustandes an die Sollwerte, ähnlich einem Thermostat oder bei der Selbstregulation in der Natur: je größer ein Ausschlag in die eine Richtung, desto gravierender die Gegenreaktion. Im Kleinen wie im Großen. Koexistenz als Konkurrenz und friedliche Gegnerschaft wurden von den Arkoniden stets akzeptiert: Welten mit eingeborenen Intelligenzen der Zivilisationsstufen A bis C durften kolonisiert werden, doch ab Stufe D – entsprechend einem ersten Vordringen in den Weltraum und die Beherrschung der Atomkraft – handelte es sich um eigenständige Kulturen, die in ihrer internen Autonomie zu akzeptieren waren.

Egal, ob es sich um eine kleine Baronie handelte, um Fürstentümer, eigenständige Sektoren, Fremdvolk-Koalitionen oder Machtgruppen außerhalb der Struktur des Tai Ark'Tussan – Staatsgebilde waren stets nur Interessenpartner; Freundschaft und Liebe gab es ausschließlich zwischen einzelnen Personen. Das terranisch-christliche »Liebe deinen Feind« nötigt einem Arkoniden nur ein verständnisloses Kopfschütteln ab! Fürsorge, Gnade und die Hilfe des Starken für den Schwachen war eines und entsprach dem hehren Kodex des Arkon-Rittertums ebenso wie der allgemeinen Lebensauffassung. Ein Feind jedoch war eine Bedrohung für alle, und demzufolge musste er mit aller Härte bekämpft werden! Pragmatismus war weder Pazifismus noch Militarismus; denn notwendige Härte zur rechten Zeit verhinderte Schlimmeres. Und das Handeln des anderen bestimmte stets das Ausmaß der eigenen Reaktion: Arkoniden hätten – um beim Beispiel zu bleiben – schon den »Streich auf die rechte Wange« abgewehrt, vom »Hinhalten der linken« ganz abgesehen. Leider haben sich in den Jahrtausenden – vor allem beim Adel – auch »Traditionen« herausgebildet, die mit den hehren Grundsätzen häufig nur noch wenig gemeinsam hatten.

Arkon-Symbole: Analog zu den vielfältigen irdischen Symbolen, hinter deren meist schlichter Gestaltung sich ein deutlich umfangreicherer, mehr oder weniger bewusst erfasster »Background« verbirgt (als Beispiel seien nur das christliche Kreuz, der islamische Halbmond und das taoistische Yin-Yang-Symbol genannt), kennen auch die Arkoniden eine Reihe von Logos und Symbolen von bemerkenswerter Tiefe und Aussagekraft: Vergleichbar den oben genannten irdischen

Darstellungen verbinden sich mit Arkon, dem Großen Imperium (Tai Ark'Tussan) und den Arkoniden drei Grundlagen, die auf die eine oder andere Weise stets in die Symbole einflossen.

1) Das Synchronsystem der drei Arkonwelten (Arkon I bis III = Tiga Ranton),

2) der Kugelsternhaufen Thantur-Lok,

3) die Milchstraße als erweiterter Herrschaftsbereich (unabhängig davon, dass real das Große Imperium »nur« etwa ein Viertel der Galaxis umspannte).

Weiterhin vorhandene, wiederkehrende Elemente in den Symbolen sind die Zahl Drei (auch im terranischen Kulturkreis häufig als Darstellung des »Göttlichen« verwendet) oder das Dreieck sowie die Zahl Zwölf oder ihr Vielfaches (als Element, das auf die Sagas der Zwölf Heroen zurückging und historisch gesehen bis in lemurische Zeit zurückverfolgt werden konnte).

Bauchaufschneider: In den Archaischen Perioden entstandene arkonidische Umschreibung von Ärzten und Medikern; ihr Zeichen ist eine Amtskette aus Cholitt. Arkonidisch Yoner-Madrul .

Berlen Than: Wörtlich »Zwölf(er)-Rat«; Regierungsgremium des Großen Rates (Tai Than); Mitglieder sind: 1. Gos'Laktrote (Kristallmeister); 2. Khasurn-Laktrote (Kelchmeister); 3. Gos'Mascant (Kristallmarschall); 4. Ka'Celis-moas (Erster Hoher Inspekteur), 5. Ka'Chronntis (Oberbeschaffungsmeister), 6. Ka'Gortis (Kriegsminister, zugleich Minister für Raumfahrt und Raumflotte), 7. Ka'Marentis (Chefwissenschaftler), 8. Ka'Mehantis (Imperialer Ökonom, Handelsminister), 9. Ka'Gon'thek-Bras'cooi (Chef des Kolonisationsamtes), 10. Ka'Addagtis (Innenminister), 11. Ka'Ksoltis (Minister der »Obersten Behörde für Kybernetik und Nachrichtenwesen«), 12. Mitglied ist der Imperator selbst.

Blaster: Im Raumfahrer-Jargon Bezeichnung für großkalibrige Energiewaffen; auch Plasmastrahler genannt und manchmal mit dem Thermostrahler verwechselt; in einer Fusionskammer wird eine kleine Menge atomaren Plasmas erzeugt, das dann von einem Kraftfeld durch eine Art energetische Röhre – zur Stabilisierung, Beschleunigung und Bündelung – ins Ziel abgestrahlt wird.

Caycon und Raimanja (Legende von): Liebespaar der arkonidischen Frühzeit, das zwei verfeindeten Familien entstammte. In dem Chaos, das damals auf Arkon herrschte, wurde die Liebe harten Bewährungsproben ausgesetzt. Caycon war der jüngste Sohn der Akonda-Familie, die im Großen Befreiungskrieg eine führende Rolle gespielt und angeblich die Arkoniden von Arbaraith zum Kugelsternhaufen Urdnir geführt hatte. Raimanja dagegen gehörte zur Sulithur-Familie, die die Opposition anführte und die politischen Ziele der Akonda-Familie erbittert bekämpfte. Unter diesen Umständen konnten Caycon und Raimanja nicht darauf hoffen, die Einwilligung ihrer Familien zur Eheschließung zu erlangen.

Als sie dennoch zusammenzogen, wurden sie aus ihren Familien ausgestoßen. Sie begannen ihr gemeinsames Leben nur mit den Besitztümern, die sie am Leibe trugen. Als Raimanja schwanger wurde, überfielen eines Nachts Fremde das Paar, nahmen es gefangen und entführten es in den Weltraum. Was dort mit ihnen geschah, »liegt auf ewig im Dunkel der Geschichte verborgen«. Der Legende nach gelang dem Liebespaar die Flucht aus dem Raumschiff der Fremden. Sie flohen zum Planeten Perpandron , wo Raimanja nach Ablauf der Zeit einen Sohn gebar. Dieser Sohn war ein Waches Wesen, das der Legende nach zurückkehren und große Dinge vollbringen wird, wenn seine Zeit gekommen ist. Caycon und Raimanja ist auch der Titel einer melancholischen Liebesballade, die Atlans Onkel Upoc angeblich schon 10.443 da Ark als Vierzehnjähriger geschrieben haben soll. Zum realen Hintergrund siehe die Geschichte im vorliegenden ATLAN-Buch.

Chronner(s): Währungseinheit auf imperialer Ebene, Abkürzung Ch; Unterteilung: 1 Chronner = 10 Merkons = 100 Skalitos. Als Bargeld in Form von farbigen Lochmünzen aus Cholitt-III (ein Millimeter Dicke, unterschiedliche Durchmesser, Vorderseite zeigt den Wert als Zahl, Rückseite das Symbol der Drei Welten) mit den Münzeinheiten eins (rot, 13 Millimeter Durchmesser), zehn (gelb, 15 Millimeter Durchmesser), hundert (grün, 17 Millimeter Durchmesser), tausend (blau, 19 Millimeter Durchmesser), zehntausend (violett, 21 Millimeter Durchmesser) Chronners hergestellt, die zu Bündeln oder Paketen zusammengefasst werden (genormte Stäbe mit Verschraubung bzw. Aufziehen auf Schnüre). Merkons liegen nur als silberfarbene Einmerkonmünzen von 11 Millimetern Durchmesser vor; Skalitos haben alle einen Durchmesser von 11 Millimetern und liegen in den Münzeinheiten eins (kupferfarben), zehn (türkisfarben) und fünfzig (weiß) vor. Eine Million Chronners, als Zehntausender-Münzen gebündelt, ergeben beispielsweise einen »Stab« von 100 Millimetern Länge. Kaufkraft: Der Jahresverdienst eines einfachen Orbtonen beträgt rund 30.000 Chronners, 100.000 kostet ein kleineres Privatschiff, Leka-Luxusraumjachten von fünfzig Metern Durchmesser sind nicht unter einer Million Chronners zu haben.

da Ark: Arkonzeitrechnung – die Jahreszahl »von Arkon«; das Jahr 10.497 da Ark, in dem Atlan seine wahre Herkunft erfährt, entspricht dem Jahr 8023 vor Christus.

Dagor: Meist als »All-Kampf« übersetzt; i. e. S. die (waffenlose) Kampfkunst der Arkoniden (angeblich vom legendären Heroen Tran-Atlan auf Arbaraith geschaffen), i. w. S. die damit verbundene Philosophie/Lebenseinstellung – vervollkommnet beim Arkon-Rittertum (Dagorista), dessen Hauptkodex um 3100 da Ark entstand: die Zwölf Ehernen Prinzipien. Weitere Hauptwerke, auf die sich die Dagoristas beziehen: Bekenntnisse eines Dagoristas (Ashkort da Monotos, um 3500 da Ark), Buch des Willens (Dolanty, um 3100 da Ark), Das Buch der fünf Ringe (Horkat da Ophas, um 3800 da Ark), Die Zwölf Regeln des Schwertkampfes im All (Meklosa da Ragnaari, um 4000 da Ark), Kampftechnikenbuch der Dagoristas (Shandor da Lerathim, um 5700 da Ark).

Extrasinn: Im Verlauf eines fünfdimensional-hyperenergetischen Aufladungsprozesses als dritter Grad der ARK SUMMIA aktivierbarer Gehirnbereich der Arkoniden, mit dessen Hilfe Dinge erfasst werden, die infolge eines noch fehlenden Erfahrungsschatzes nur mit einer unbewusst einsetzenden Logikauswertung gemeistert werden können (deshalb auch die Zweitbezeichnung Logiksektor). Verbunden damit ist die Ausbildung eines fotografisch exakten Gedächtnisses. Arkoniden, die auf einen aktivierten Extrasinn (auch Extrahirn) zurückgreifen können, sind ihren »normalen« Zeitgenossen überlegen: Sie erfassen, verstehen und kalkulieren Vorkommnisse deutlich schneller und folgerichtiger, als Wissenschaftler erzielen sie zum Beispiel wesentlich bessere Erfolge. Bis zu einem gewissen Grad entwickelt der Extrasinn ein eigenständiges, wenn auch mit seinem Träger permanent verbundenes Bewusstsein (mitunter wird als Vergleich eine gezielt herbeigeführte und kontrollierte »Bewusstseinsspaltung« verwendet); die Kommunikation zwischen beiden erfolgt per Gedankenkontakt und ist für den Extrasinn-Inhaber mit dem Gefühl verbunden, ein Unsichtbarer spreche in sein Ohr. Die

Eigenständigkeit des Extrasinns bedingt, dass er seine Kommentare selbstständig abgibt und sich nicht »abschalten« lässt; mit wachsender Lebensdauer besteht die Gefahr, dass Schlüsselreize das fotografische Gedächtnis anregen und die Assoziationen zum gefürchteten »Sprechzwang« auswachsen, bei dem die gespeicherten Informationen detailgetreu erneut durchlebt und dabei berichtet werden. In Einzelfällen ist mit der Aktivierung die Ausbildung von telepathischen oder sonstigen Parakräften verbunden. Der Extrasinn unterstützt den Träger bei der Ausbildung eines Monoschirms zur Abschirmung gegen telepathische Ausspähung. Noch seltener sind Fälle, die stets bei besonders hochbegabten Persönlichkeiten mit hohen Lerc-Werten in Erscheinung treten: ein Phänomen, das als multipel personalisierter Extrasinn bezeichnet wird. Der Extrasinn tritt hierbei nicht als Ratgeber im Hintergrund auf, sondern entwickelt ein Eigenleben im Sinn einer gespaltenen Persönlichkeit: Es kommt zu regelrechten inneren Rollenspielen, an denen neben dem Betroffenen beliebige nahestehende Persönlichkeiten oder deren Abbilder beteiligt sind. In allen bekannten Fällen setzte sich am Ende jedoch die hochbegabte Persönlichkeit des Betroffenen gegen den fehlgeleiteten Extrasinn durch; im Einzelfall kann das jedoch viele Jahre dauern.

Gebieter: Anrede des deutlich schwächeren gegenüber dem höheren Rang; vor allem aber von Robotern allen Arkoniden gegenüber. Arkonidisch: Zhdor.

Gleiter: Sammelbezeichnung für alle radlosen, nicht bodengebundenen Fahrzeuge. Ursprünglich handelte es sich ausschließlich um Fahrzeuge, die mittels eines Antigrav-Abstoß- bzw. Prallfeldes wenige Zentimeter über dem Boden glitten. Später wurde dieser Begriff auf sämtliche Fahrzeuge und Beiboote ausgedehnt, die mithilfe eines Antigravtriebwerks innerhalb von Planetenatmosphären fliegen. Typen, die für Orbital- oder interplanetare Missionen Verwendung finden, werden als Raumgleiter bezeichnet.

Golteinheiler: Sie wurden im Arkon-Imperium auch »Ärzte der Seele« genannt. Ihre Zentrale war Perpandron, der vierte Planet des Teifconth-Systems. Beim Heiler-Zentrum auf Perpandron handelte es sich um eine mächtige Plattform aus rötlichem Gestein, die zwar erodiert war, aber deutliche *uralte* Bearbeitungsspuren an der Oberfläche aufwies. Es gab vier kuppelförmige Hauptgebäude; weiter abseits inmitten von Parks lagen die Klinikgebäude und Unterkünfte für Besucher. Von den Kellerbereichen führte ein Gangsystem in die Tiefe; an den Wänden gab es uralte Zeichnungen und Reliefs. Über fünfzig riesige Hallen waren in das labyrinthische Gangsystem integriert, in ihnen praktizierten die Heiler ihre Riten; Unbefugte hatten keinen Zutritt.

Die Heiler befreiten Lebewesen von unreinen Gedanken und pflanzten ihnen heilsam-gesunde ein; die »schlechten Gedanken« wurden auf Perpandron gesammelt, was nicht nur symbolisch zu verstehen war: Die Golteinheiler bestanden darauf, dass tatsächlich negative »Substanz« der Gedanken entfernt wurde. Eine klare Erklärung gab es zwar nicht, die erbrachten Heilerfolge waren jedoch unbestreitbar. Die Golteinheiler bezogen sich auf die Mysterien-Tradition des »Weisen Mantar« und verfügten über eigene Heiler-Raumschiffe. Ab etwa 10.500 da Ark (etwa 8020 vor Christus) verlor sich die Spur der Golteinheiler und ihrer Kenntnisse. Nur vage Berichte erinnerten an sie – bis die Aras die Tradition aufgriffen und in der Zunft der Mantarheiler quasi neu belebten.

Großes (Altes) Volk: Nur aus Legenden und vagen Überlieferungen oder Ruinen und Artefakten auf vielen Welten bekanntes Volk, das mehrere Jahrzehntausende vor der Blütezeit der Arkoniden die Milchstraße besiedelte. Realer Hintergrund waren die Lemurer der sogenannten Ersten Menschheit .

Großes Imperium: Sternenreich der Arkoniden, das Tai Ark'Tussan; umfasst um 10.500 da Ark mehrere zehntausend besiedelte Planeten und noch mehr rein industriell genutzte Welten. Kerngebiet sind die Welten im Kugelsternhaufen Thantur-Lok, allerdings sind auch viele im Bereich der galaktischen Hauptebene zu finden, wo der Durchmesser des Verbreitungsgebiets mehr als 30.000 Lichtjahre erreicht hat.

Gwalon I.: Im neunzehnten Jahrtausend vor Beginn der terranisch-christlichen Zeitrechnung begann die Besiedelung des damals noch Urdnir genannt Kugelsternhaufens (M 13). Im etwa zwanzig Erdjahre dauernden Großen Befreiungskrieg erkämpften sich die Arkoniden die Unabhängigkeit von ihren Stammvätern, den Akonen. Im Jahr 18.334 v. Chr. rief Reichsadmiral Farthu da Lloonet den imperialistischen Absolutismus aus und regierte in der Folge als Imperator Gwalon I. Unter seiner Herrschaft wurde auch der Zentrumskrieg gegen die Akonen geführt, der die endgültige Unabhängigkeit brachte.

Beim ersten Militärputsch 1808 da Ark (18.294 v. Chr.) kam es unter dem Befehl von Flottenadmiral Utarf da Volgathir zur Landung auf Arkon ihm loyal ergebener Einheiten (u. a. 34. Raumlande-Brigade); Gwalon konnte mithilfe der Admirale Thantur und Petesch III., die ihn begleiteten, im letzten Augenblick entkommen und verschwand mit unbekanntem Ziel in den Tiefen der Galaxis. Geschichtsverfälschungen von Volgathir I. und späterer Imperatoren sowie die »rückdatierte« Arkonzeitrechnung sorgten dafür, dass diese Vorgeschichte nur noch einem kleinen Kreis Informierter bekannt blieb.

Interkom: Bezeichnung für das interne Bild-Sprech-Kommunikationsnetz von Raumschiffen, Gebäuden und Anlagen.

Klinsanthor, der Magnortöter: Mit Arbaraith und der arkonidischen Frühzeit verbundene Sagengestalt, unter anderem fixiert im um 2100 da Ark auf Hiaroon entstandenen Klinsanthor-Epos von Klerakones. Nur geflüstert wurden die Berichte: vom Aufgehen im Weltraum verlorener Arkoniden in rätselhaften Energieströmen und die Herkunft des Magnortöters in fernster Vergangenheit, der einem unbekannten Volk angehörte. Er geriet zufällig in einen Schnittpunkt kosmischer Kraftlinien, blieb dort hängen und wurde von den She'Huhan persönlich mit übernatürlichen Kräften ausgestattet, die Klinsanthor völlig veränderten.

Seine Fähigkeiten hätten ihm zu großer Macht verhelfen können, aber er konnte sich ihrer nicht frei bedienen. So geriet er in Abhängigkeit zu anderen Wesen, die ihn rufen und sich seiner bedienen konnten. Die Art der Kontaktaufnahme wird nirgends konkret geschildert, dennoch gelangten immer wieder Wesen an das Geheimnis, und sie riefen Klinsanthor. Dem Fremden blieb nichts anderes übrig, als derart erteilte Aufgaben zu erfüllen. Bezeichnenderweise wendeten sich hauptsächlich Leute an ihn, deren Ziele nicht unbedingt positiv waren: Der verschollene Raumfahrer wurde gründlich missbraucht. Es gab große Katastrophen, die man auf ihn zurückführte, und so kam Klinsanthor zu dem Beinamen Magnortöter. Später hieß es, dass nur der Imperator von Arkon selbst Klinsanthor rufen könne.

Kombistrahler: Kombinationswaffe mit wahlweiser Thermostrahl-, Desintegrator- oder Paralysatorwirkung; robust und praxiserprobt. In Atlans Jugendzeit waren Modelle der Serie TZU-4 im Einsatz.

Leka: Bezeichnung für arkonidische Diskusraumer mit Durchmessern zwischen 20 und 50 Metern, eingesetzt als Beiboot oder Jacht mit unterschiedlichen Reichweiten sowie mit und ohne Transitionstriebwerk. Die Typbezeichnungen spiegeln die Größe wider: LE-50-15 (Durchmesser 50 Meter, Höhe 15 Meter), LE-35-20 (Durchmesser 35 Meter, Höhe 20 Meter) etc.

Lemu(u): Auf Artefakten gefundene alte galaktische (tote) Sprache, die gewisse Ähnlichkeiten mit dem Satron als »klassisches Interkosmo« aufweist.

Lemurer: Von der ursprünglich Lemur genannten Erde stammendes Volk der Ersten Menschheit, von dem nach seiner Vertreibung nach Andromeda um 50.000 v. Chr. nur Artefakte und Legenden berichten.

Mascant: Admiral Erster Klasse, höchster Admiralsrang = »Reichsadmiral« = ein Dreisonnenträger mit besonderer Auszeichnung.

Medostation: Bezeichnung für die medizinische Abteilung an Bord von Raumschiffen und Raumstationen. Hier befinden sich die Betten für intensiv-medizinische Behandlungen, Operationen und für eine eventuelle Quarantäne. Die Größe und Ausstattung variiert je nach Schiffstyp und Einsatzzweck. Großraumer verfügen oft über komplett eingerichtete Klein-Hospitäler mit xenobiologischer (= Fremdvölker-) Abteilung.

Mirkandol: Wörtlich »Ort (der) Begegnung«.

Nebelsektor: Bezeichnung der Arkoniden für die Milchstraße (auch Öde Insel genannt), weil diese vom Kugelsternhaufen Thantur-Lok aus ein nebelhaftes Aussehen hat.

Öde Insel: Bezeichnung der Arkoniden für die Milchstraße, die auch Nebelsektor genannt wird.

Ortung: Fernerkundungssystem; unterschieden wird im Allgemeinen zwischen: Die (Passiv-)Ortung umschreibt den puren Empfang der von externen Objekten ausgehenden Emission hyperphysikalischer Art (beispielsweise Streustrahlungen von Triebwerken, Hyperstrahlung von Sonnen usw.) und kann durch Vergleich mit den immensen Speicherwerten der Datenbanken blitzschnell dem jeweiligen Verursacher zugeordnet werden. Die (Aktiv-)Ortung oder Tastung gleicht im Gegensatz dazu dem konventionellen RADAR, d. h. es wird ein mehr oder weniger eng gebündeltes Paket multifrequenter Hyperstrahlung aktiv ausgesandt, um aus den von den externen Objekten reflektierten Impulsen auf das entsprechende Objekt und seine Eigenschaften Rückschlüsse ziehen zu können. Entsprechend den unterschiedlichen Teilbereichen wird – ebenfalls vereinfachend – von Struktur-, Kontur-, Masse- und Energieortung gesprochen, und die jeweiligen Ergebnisse werden in der Panoramagalerie oder auf Detaildisplays in Gestalt von »Reliefs« einschließlich der zusätzlich eingeblendeten Erläuterungen dargestellt.

Panoramagalerie: An der Wand von Raumschiffszentralen verlaufende große Bildfläche oder Holoprojektion, die zumeist die 360-Grad-Umgebung des Schiffes zeigt. Neben den normaloptischen Informationen können Ortungsdaten oder Positroniksimulationen eingeblendet werden; Filtersysteme wirken als Blendsicherung usw. Im Sinne einer optischen Beobachtung hat diese Darstellung vor allem psychologische Bedeutung: Man sieht, wohin man fliegt.

Parakräfte: Einzelkräfte wie Telepathie, Telekinese, Teleportation, Hypnosuggestion u. v. a. Die Arkoniden stießen bei der Expansion ihres Tai Ark'Tussan auf etliche Fremdvölker, bei denen Parakräfte eine nicht unwesentliche Rolle spielten (Individualverformer/ Vecorat, Mooffs, Voolyneser, Vulther u. v. a.). Ihre eigene Erforschung des Paranormalen und Transpersonalen konnte, nicht zuletzt mit Blick auf Dagor und die damit verbundene Philosophie, etliche Ergebnisse vorweisen, die über die paramechanischen (also technischen) Psychostrahler, Fiktiv- und Simultanspielprojektoren und Anlagen, die der Aktivierung des Extrasinns dienten, hinausreichten.

Der Paraphysiker Belzikaan (um 15.600 v. Chr.) bezeichnete die Paraforschung offiziell als »zwiespältige Wissenschaft«, um den Unterschied und die Trennung von den übrigen konventionellen und hyperphysikalischen Fakultäten zu markieren. Diese Erkenntnisse gehörten allerdings stets zur höchsten militärischen Sicherheits- und Geheimhaltungsstufe oder waren auf bestimmte Kreise beschränkt. Kräfte des Paranormalen sind deshalb gar nicht so selten, wie es auf den ersten Blick vielleicht aussieht. Vor allen Dingen sind sie keineswegs zwangsläufig Ausdruck einer wie auch immer gearteten »Mutation«, sodass die Aussage »Parabegabter gleich Mutant« ein etwas schiefes Bild erzeugt. Grundsätzlich handelt es sich beim Paranormalen zunächst einmal um Dinge, die zumindest latent jedem Bewusstsein zu eigen sind. Ob und inwieweit der Einzelne sich dieser Kräfte und Fähigkeiten dann bewusst ist oder gar aktiv bedienen kann, ist eine andere Frage.

paranormal: Wörtlich »neben dem Normalen«; im Allgemeinen Fähigkeiten und/oder Kräfte, die nicht zum Bereich der normalen Sinne gehören, meist eine von Lebewesen erzeugte Wirkung, die dem ultrahochfrequenten Bereich des hyperenergetischen Spektrums zugeordnet wird (zum Beispiel Telepathie, Telekinese, Teleportation etc.), auch als psionisch, mental oder transpersonal (»über die Person hinaus[gehend]«) umschrieben.

Periode: Bezeichnung für den arkonidischen Monat zu 36 Tagen (Pragos).

Pol- oder Bodenschleuse: Bezeichnung für den Komplex von Schleusensystemen, ausfahrbaren Laderampen, Kleinhangars und Antigravschächten, der sich bei arkonidischen Kugelraumschiffen im Bereich des unteren Pols befindet.

Prago(s): Arkontag zu 20 Tontas.

Ranton Votanthar'Fama: Legendenumwobene »Welt des ewigen Lebens« (= Kunstwelt der Superintelligenz ES), Kernbegriff vieler galaktischer Mythen und Sagen.

Satron: Abkürzung von Same Arkon trona = »hört Arkon sprechen«; Bezeichnung für die lingua franca im Großen Imperium der Arkoniden: als Satron = klassisches Interkosmo aus dem Altakona der »Stammväter« hervorgegangen (welches wiederum der auf Artefakten gefundenen alten galaktischen [toten] Sprache Lemu[u] gleicht, weil aus ihr rund 30.000 Jahre zuvor entstanden), als Satron-I = Interkosmo (ab Verleihung des Handelsmonopols an die Springer im Jahr 6050 vor Christus), als Arkona-I = Hofsprache vor allem auf Arkon I (verbunden mit einer Wandlung von der Buchstabensprache hin zu einer komplexen Silbensprache mit Silbenschrift, die ab etwa 3000 vor Christus Arkona-II oder Arkona-Kalligraf genannt wurde). Um etwa 1000 nach Christus entwickelte sich das »moderne Interkosmo« (umschrieben als Satron-Ia); der forcierte Handel von Springern mit Aras und Antis/Báalols führte zur verstärkten Einbindung medospezifischer Begriffe wie auch religiöser Wortschöpfungen, sodass etwa 300 Arkonjahre später auch die Version Satron-Ib weit verbreitet war.

Satron ist eine Buchstabenschrift: Während sich die Sprache selbst im Verlauf der Jahrtausende durchaus wandelte, wurden die Schriftzeichen beibehalten, ebenso die Aussprache der Einzelbuchstaben, denen bestimmte Laute (Phoneme) zugeordnet sind. Das Alphabet umfasst die Selbstlaute A-E-I-O-U und zunächst siebzehn weitere Buchstaben, die jedoch schon beim Übergang vom Altakona zum Satron auf einundzwanzig erweitert wurden; die Reihenfolge entspricht hierbei selbstverständlich nicht dem Terranischen.

She'Huhan: Sternengötter; je zwölf Frauen und Männer, die jeweils zur Hälfte dem »Unterreich« (verkörpert durch das Große Schwarze Zentralloch der Öden Insel) und dem »Oberreich« (symbolisiert durch die Sternenweite der Halo-Kugelsternhaufen) zugerechnet werden; u. a. Ipharsyn (Gott des Lichts und der Dreiheit), Merakon (Gott der Jugend und Kraft), Qinshora (Göttin der Liebe und unendlichen Güte), Tormana da Bargk (als Wettergott auch der von Sturm und Stärke, wurde in den Archaischen Perioden auch Kralas genannt).

Skärgoth: Wörtlich »Unwelt«, unzugängliche, ferne Welt – im Zusammenhang mit Klinsanthor genanntes Refugium des Magnortöters.

Sogmanton-Barriere: Nach seinem Entdecker Sogmanton Agh'Khaal benanntes, fast vierhundert Lichtjahre breites, verdreht-schlauchförmiges, überaus turbulentes Gebiet mit Hyperstürmen und dergleichen unangenehmen Phänomenen, denen über Jahrtausende hinweg ungezählte Raumschiffe zum Opfer fielen. Eine Zone im Weltraum, der hier nicht schwarz, sondern von eigentümlich rötlicher Farbe war, durchzogen von riesigen, bräunlich roten Schlieren. Arkonidische Hyperphysiker deuteten das Phänomen als höherdimensionale Bezugsebene, die das Standardkontinuum tangierte.

In der Sogmanton-Barriere selbst kam es zu hyperenergetischen Einbrüchen und Aufrissen: Der Austausch von Normal- und Hyperenergie löste Hyperstürme, starke Strukturerschütterungen und Verzerrungen aus, und es gab übergeordnete Wirbel, Strudel und wechselnde Sogrichtungen. Staubballungen waren von Energieorkanen und Quantenturbulenzen durchdrungen. Stellenweise führten die Kraftfeldlinien zu Transmitter- oder Transitionseffekten, bei denen Objekte um Lichtstunden und mehr versetzt wurden oder aber gar nicht mehr im Standardkontinuum auftauchten. Das Zentrum der Barriere, fünf Lichtjahre im Durchmesser, war eine Ansammlung kosmischer Materie, in der es ständig brodelte und gärte: Dort konzentrierten sich die fremdartigen Energieströme und machten sich am deutlichsten bemerkbar. Im weiten Umkreis der Aufrisse waren Orter und Taster gestört.

Sogmanton Agh'Khaal hielt das Barrierenzentrum für den Standort des legendären Ursprungsplaneten Arbaraith, während die Barriere selbst als Folge des Eingriffs des Magnortöters Klinsanthor wenn nicht entstanden, so doch zumindest in ihrer späteren Form geprägt interpretiert wurde; eine Vermutung, die erst sehr viel später indirekt bestätigt werden sollte. Die Sogmanton-Barriere verschwand beim Höhepunkt rings um die Auseinandersetzung mit den Cyén/Tekteronii der Jahre 2046 bis 2048 spurlos (siehe ATLAN-Buch 16 und 19).

Stammväter: Akonen.

Tai Arbaraith: Meisterhaftes Oratorium, das die Heroen-Saga um Arbaraith aufgreift; die symphonische Umsetzung des Lebens, des Kampfes und der Entrückung des archaischen Heroen Tran-Atlan – vom Introitus mit dem Chor der Bestien über die Hymnen der Kristallobelisken bis hin zu Entrückung und Abschied (u. a. verzweifelte Schlussarie der schönen Thu Digfin, die vom Entrücken ihres geliebten Tran-Atlan erfährt) und der Schlusskantate.

Tai Ark'Tussan: Großes Arkon-Imperium, meist nur als Großes Imperium übersetzt; umfasst neben den Kugelsternhaufen Thantur-Lok und Cerkol große Bereiche der als Öde Insel umschriebenen Milchstraßenhauptebene mit insgesamt mehreren zehntausend von Arkoniden und Fremdvölkern besiedelten Welten.

Tai-Votan(ii): Wörtlich »Groß-Periode(n)«, arkonidische Bezeichnung für Jahr.

Thantur-Lok: Wörtlich »Thanturs Ziel«, nach dem Flottenadmiral Thantur (ursprünglich Talur) bezeichneter Kugelsternhaufen im Halo-Bereich der als Öde Insel umschriebenen Milchstraße (Durchmesser 99 Lichtjahre, etwa 100.000 Sterne), der das Herz des Großen Imperiums darstellt. Von hier gingen die Besiedlungswellen der Arkoniden aus. Die terranische Bezeichnung lautet M 13 bzw. NGC 6205.

Tiga Ranton: Wörtlich »Drei Welten« – Umschreibung für Arkons Synchronsystem von Arkon I bis III. Die Planeten wurden in der Herrschaftszeit von Imperator Gonozal III. künstlich als Eckpunkte eines gleichseitigen Dreiecks gruppiert, das auf einer gemeinsamen Umlaufbahn von 620 Millionen Kilometern die Sonne Arkon umkreist. Nur Arkon III entspricht hierbei der ursprünglichen Zählung als dritter Planet; für das Umgruppierungs- und Synchronprojekt wurden die benachbarten Planeten II und IV hinzugezogen. Nachfolgende Imperatoren sorgten dafür, dass dieses System als einmalig und natürlich entstanden angesehen wurde, um die außergewöhnliche Stellung des arkonidischen Volkes und seine Bevorzugung durch die Götter propagandistisch hervorzukehren – nur wenige Informierte kannten fortan noch die wahren Hintergründe.

Tiefschlaf: Auch Bio-Tiefschlaf oder suspendierte Animation oder Hibernation. Es handelt sich hierbei um ein Verfahren, das in gewisser Weise den Winterschlaf von Tieren simuliert, obwohl Menschen normalerweise dazu nicht in der Lage sind. Mithilfe von Spezialmedikamenten (unter anderem modifizierte Gerf-Derivate), Abkühlung des Organismus sowie diverser Hyperfelder zur Unterstützung der Stasis wird ein Zustand erreicht, bei dem Herzschlag, Atmung und alle anderen Lebensfunktionen fast auf Nullwert gesenkt werden und das Bewusstsein ausgeschaltet ist. Eine Ernährung erfolgt, soweit bei diesem »medizinisch toten« Zustand nötig, intravenös. Das Prinzip des arkonidischen Tiefschlafes, dessen Erfindung aus den ersten Jahren der stellaren Raumfahrt stammte, sah eine freie Auswahl der Phasenlänge innerhalb bestimmter Grenzen vor; als Maximalwert galt eine Dauer von ca. 423 Arkon-(bzw. 500 Erd-)Jahren.

Um ein über diesen »Scheintod« hinausgehendes völliges Sterben (Gehirntod) zu verhindern, war natürlich permanente medizinische Überwachung notwendig. Dennoch handelte es sich um einen belastenden Vorgang: Je nach Tiefschlaflänge vergingen zwischen 35 und 40 Stunden, bis der Tiefschläfer erstmals wieder das Bewusstsein erlangte. Hierbei war es vor allem für Arkoniden notwendig, dass das Erwachen von akustischen und optischen Reizen begleitet wurde, die unmittelbar vor dem Tiefschlaf stattfanden, um das Gehirn zur höheren Aktivität anzuregen: Vor dem Schlaf paramechanisch aufgezeichnete Szenen wurden abgespielt, um den »Anschluss« ans bewusste Leben zu gewinnen, weil ansonsten unter Umständen Wahnsinn drohte. In einem zweiten Schritt musste dann der Körper wieder ans bewusste Leben gewöhnt werden: Massagen, Aktivierungsprozeduren und eine langsame Rückgewöhnung an feste Nahrung waren erforderlich. Anschließend folgte das Muskelaufbautraining. Insgesamt handelte es sich um ein Prozedere, das, ebenfalls in Abhängigkeit von der Tiefschlaflänge, mitunter 200 und mehr Stunden in Anspruch nahm. Erst dann war ein Tiefschläfer in der Lage, normal zu agieren.

Tonta(s): Arkonidische »Stunde« = 1,42 Erdstunden (85,2 Minuten bzw. 5112 Sekunden); Unterteilung in Zehntel, Hundertstel, Tausendstel, also Dezitonta (8,52 Minuten bzw. 511,2 Sekunden), Zentitonta (0,852 Minuten bzw. 51,12 Sekunden), Millitonta (5,112 Sekunden).

Translator: Gerät zur Verständigung zwischen Intelligenzvölkern, die verschiedene Sprachen sprechen. Zu unterscheiden sind schon vom Gebrauch her reine Übersetzergeräte auf der Basis bereits gespeicherter Informationen von jenen, die mit einem Minimum an Daten beginnen, »aktiv« und möglichst in kurzer Zeit eine fremde Sprache analysieren, »erlernen« und in der Lage sind, das neu erfasste Idiom in die vorgegebene bekannte Sprache zu übersetzen. Eine weitere Unterscheidung ergibt sich aus der Kommunikationsrichtung: Erfolgt die Übersetzung stets nur in einer Richtung, sodass beide Gesprächspartner ein Gerät benötigen, handelt es sich um einen Einweg-Translator, während beim Zweiweg- oder Duplex-Translator die Übersetzung sowohl von Sprache A in Sprache B als auch von B nach A erfolgt.

Geräte, die erstmals eine neue Fremdkommunikation erfassen und übersetzen, sind die komplexesten. Sie kommen nicht zwangsläufig als tragbare oder in Raumanzüge integrierte Version zum Einsatz, sondern nutzen häufig die Kapazität größerer Positroniken und sind beispielsweise den Funkanlagen von Raumschiffen und -stationen direkt vorgeschaltet. Wie komplex die Übersetzungsaufgabe tatsächlich ist, wird klar, wenn man sich bewusst macht, dass bei einer komplett unbekannten Sprache das gesamte dazu nötige Wissen zunächst einmal beschafft werden muss. Unter optimalen Bedingungen liefert das Gegenüber einen umfangreichen Basisdatensatz, im schlechtesten Fall müsste jede Einzelinformation ermittelt werden – und das zeigt schnell die Grenzen des Geräts auf.

Weitgehend parallel zum grundlegenden Erkennen und Erfassen der Informationen erfolgen die Analyse, Beurteilung, Kategorisierung, das Vergleichen und die logische Ableitung des Informationsgehalts: Ein Rechner als Kern eines (tragbaren) Translators oder in Zuschaltung als Teil des größeren und leistungsfähigeren Bordrechners benötigt für seine Aufgabe eine ausreichende Menge der neuen Sprache und ihrer Einzelelemente, um deren Grundstruktur zu analysieren und eine rasche Kommunikation auf gegenseitiger Basis zu gestatten. Grundlage sind deshalb neben reichhaltigen Basissprachen-Datenbänken komplexe heuristische Analyse-Algorithmen einschließlich des Schwerpunkts Kryptografie .

Frequenzwandler erweitern den Anwendungsbereich auf jene Sprachen, die teilweise oder ganz im Ultra- oder Infraschallbereich angesiedelt sind. Lautbildende Sprachen können auf diese Weise verarbeitet werden, doch bereits solche auf der Basis von Zisch-, Knurr- und Pfeiftönen nur noch bedingt. Kommunikationsweisen auf rein optischer, taktiler, olfaktorischer oder anderer Art sind mit normalen Geräten gar nicht zu entschlüsseln – hierzu sind mehr oder weniger umfangreiche Zusatzmodule nötig. Für akustische Kommunikationsformen im hörbaren Spektrum gedachte Translatoren verfügen über Mikrofon und Lautsprecher, Analog-Digital-Wandler, umfangreiche Datenbanken sowie Kompressionseinheiten zur Verringerung des Speicherbedarfs. Geräte mit Zusatzmodulen wie Frequenzwandlern erweitern den Bereich und können, in Verbindung mit Sende- und Empfangseinheiten, auch Funkkommunikation umfassen.

Die auf positronische Rechner gestützten Auswertungen und Übersetzungen laufen zwar mit der für solche Geräte üblichen Geschwindigkeit ab, da viele Rechnerprozesse parallel laufen und die Analyse-Algorithmen auf umfangreiche Vergleichsdatenbänke zurückgreifen können. Dennoch bleibt das »Erlernen« einer bis dahin unbekannten Sprache eine langwierige und durchaus mühselige Angelegenheit. Dass Letzteres sich nach außen hin häufig trotzdem scheinbar leicht und unkompliziert darstellt, liegt nur an der bemerkenswerten Güte der eingesetzten Positroniken. Schwierigkeiten bereiten dagegen alle anderen Kommunikationsformen, bei denen bereits die korrekte Wahrnehmung der Einzelsignale an die Grenzen der Geräte stößt. Der rein optische Bereich zur Erfassung von Umgebung, Gestik und Mimik lässt sich zwar auf Signalformen wie Lichtimpulse und dergleichen erweitern, aber solche »Sprachen«, die beispielsweise auf »Fühlerklopfen« oder ähnlichen taktilen Signalen von Insektoiden beruhen, überfordern einen normalen Translator ebenso wie jene, die den Austausch chemischer Signale in Form von Duft- und ähnlichen Stoffen beinhalten.

Transmitter (auch: Materie-Transmitter): Stationäre Anlage zur zeitverlustfreien Beförderung von Personen und Gegenständen, die als Transportmedium den Hyperraum benutzt. Das eigentliche Transportfeld ist dem Transitions-Strukturfeld vergleichbar, der Transport-vorgang an sich stets ein ganzheitlicher (es handelt sich nicht um Scanning nach dem Vorbild eines Fernsehbildes wegen quantenmechanischer Unschärfe sowie der Problematik der Gesamtinformationsmenge!). Normalerweise kommen Transmitter zum Einsatz, die neben dem »Sender« auch des »Empfängers« bedürfen. Sie liegen also in einpolarer Form vor, weil jeweils eine Funktionsseite als ein Pol fungiert und auf die Gegenseite angewiesen ist, um den Transport von A nach B abzuschließen. Treten die beiden Polgeräte miteinander in Verbindung, ist der Austausch der Informationen im Vorfeld Bedingung des Transports. Sende- und Empfangsfrequenzen und Tausende weiterer Parameter werden im Bruchteil einer Sekunde mit einem Protokoll ausgetauscht und verglichen und die Geräte aufeinander justiert.

Während bei den Arkoniden Geräte mit Käfigen als Projektionsbereich zum Einsatz kamen, verwendeten die Akonen Torbogentransmitter, bei denen zwischen zwei Säulen ein bogenförmiges Energiefeld aufgespannt wurde, unter dem sich in tiefem Schwarz der Ent- und Rematerialisationsbereich bildete. Helle bzw. weiße Farbe des Torbogens bedeutete Empfang, Grün Sendung.

Vogel Dirikdak (Sage vom): Ein guter Geist, der Arkoniden hilft, wenn sie in Bedrängnis sind. Bedingung für diese Hilfe ist, dass die in Bedrängnis Geratenen »anständige« Arkoniden sind und an ihrer Notlage keine Schuld tragen. Der Vogel Dirikdak wurde in der Sage als ein großes Wesen geschildert, das aufgrund seiner Körpermasse nicht fliegen konnte, sonst aber überaus beweglich war. Die arkonidische Paläontologie glaubte Beweise dafür gefunden zu haben, dass ein Wesen wie der Vogel Dirikdak tatsächlich in grauer Vorzeit auf Arkon III existierte: ein großes, unbeholfenes, fluguntaugliches Geschöpf.

Voger: Kleine katzenähnliche Tiere, die auf vielen arkonidischen Raumschiffen und in fast allen Haushalten anzutreffen sind und sich leicht zähmen lassen. Ihre Felle sollen angeblich gegen eine Muskelkrankheit schützen. Es gibt allerdings auch Vogerabkömmlinge, die zum Teil künstlich gezüchtet wurden und Größen bis zu vier Metern Länge erreichen; von ihren zahmen Verwandten unterscheiden sie sich durch achtzehige Krallen, zwischen denen Giftdrüsen angeordnet sind.

Votan(ii): Wörtlich »Periode(n)«, auch »Zyklus, Kreis(lauf)«; arkonidische Bezeichnung für »Monat«.

Vritra: Drache.

Yilld: Ausgestorbenes Riesenreptil, halb Schlange, halb Drache – häufiges arkonidisches Heraldik-Symbol (u. a. beim Tu-Ra-Cel-Emblem oder als Brusttätowierung bei Mitgliedern der SENTENZA).

Zeitrechnung: Ein Arkonjahr entspricht dem siderischen Umlauf von 365,22 Arkontagen (Pragos) zu exakt 28,37 (Erd-)Stunden. Gerechnet wird mit 365 Arkontagen je Arkonjahr: Alle 50 Arkonjahre ergibt sich somit ein Schaltjahr, in dem elf Arkontage angehängt werden (diese elf Schalttage entsprechen den elf Heroen, die Schaltperiode selbst wird nach dem mythischen zwölften Heroen »Pragos des Vretatou« genannt). Das Arkonjahr ist unterteilt in zehn Perioden (= »Monate«) zu je 36 Arkontagen, hinzu kommen die fünf Pragos der »Katanen des Capits« (Feiertage, die auf uralte Riten zurückgehen; früher wurden damit die Fruchtbarkeitsgötter geehrt, mit der Zeit verloren die Katanen an Bedeutung).

Folgende Namen-Reihenfolge gilt: 1. der Eyilon, 2. die Hara, 3. der Tarman, 4. der Dryhan, 5. der Messon, 6. der Tedar, 7. der Ansoor, 8. die Prikur, 9. die Coroma, 10. der Tartor, dazu die Katanen des Capits vor dem Jahreswechsel.

Umrechnung: 0,846 Arkonjahre = 1 Erdjahr; 1 Arkonjahr = 1,182 Erdjahre.

Zhdopan: Erhabener/Erlauchte, Hohe(r) – Ausdruck der Hochachtung; Anrede für alle Adligen und höhergestellte Personen, i. e. S. jene der Edlen Dritter Klasse (= Barone).

Zhdopanda: Wörtlich »Hochedle/Hochedler« – Anrede der Edlen Erster Klasse (= Fürsten, Herzöge), abgeleitet von da, Zhdopan.

Zhdopandel: Wörtlich »Edle/Edler« – Anrede der Edlen Zweiter Klasse (= Grafen), abgeleitet von del, Zhdopan.

Zhdopanthi: Höchstedler; Bezeichnung für den Imperator.

Zhdor: Gebieter. Anrede des deutlich schwächeren gegenüber dem höheren Rang; vor allem aber von Robotern allen Arkoniden gegenüber.

Zwölf Heroen: Kern der Sagas sind vielfältige Erzählungen, die nicht allein auf den Kulturkreis der Arkoniden beschränkt sind und von den Taten der Berlen Taigonii berichten; elf außergewöhnliche Frauen und Männer, die gegen Bestien kämpften und sie besiegten – je nach

Kultur und Erzählungsraum die verschiedensten Ungeheuer, Drachen oder Monster – und nach dem Zwölften, einer mystischen Rettergestalt, suchten, allerdings vergeblich. Im arkonidischen Lebensraum ist der Retter als Vretatou bekannt; es gibt auch andere Aussprachen und Schreibweisen – Vhrato oder Vhratatu zum Beispiel.

Fünf Frauen und sechs Männer stehen bei Darstellungen als Gruppe im Allgemeinen im Halbkreis vor dem mystischen Retter; die Frauen sind stets von idealisierter Schönheit, schlank, hochgewachsen, dennoch trainiert, an Leichtathletinnen erinnernde Gestalten mit weißen Haaren und roten Augen: Hirsuuna, Osmaá Loron, Hattaga, Ovasa, Heydrengotha. Ähnliches betrifft die Männer – Tsual'haigh, Hy'Tymon, Teslym, Jang-sho Wran, Separei und Tran-Atlan –, ihre Athletik ist noch ausgeprägter. Alle sind in rüstungsähnliche Kampfmonturen gekleidet und mit zum Teil archaisch anmutenden Waffen ausgestattet: stachelbesetzten Morgensternen, rasiermesserscharfen Schwertlanzen, doppelschneidigen Streitäxten; zum Beispiel hat eine Frau die Bogensehne bis zum Ohr gespannt, statt einer Pfeilspitze gibt es die Verdickung eines Minisprengsatzes; Tran-Atlan hält das Dagor-Langschwert hoch, auf dem Rücken trägt er eine Art Lyra.

Wirklich aktuell sind diese Mythen selbstverständlich nicht, aber sie gehören zum Kulturgut des Großen Imperiums, genau wie auf der Erde die Taten eines Prometheus, Herakles, Achill, Odysseus oder König Arthurs zu Fantasien anregten, in die Kunst einflossen oder zu gängigen Begriffen der Umgangssprache transformierten: Achillesferse, Odyssee, Tafelrunde und so weiter.

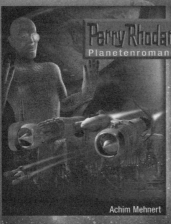

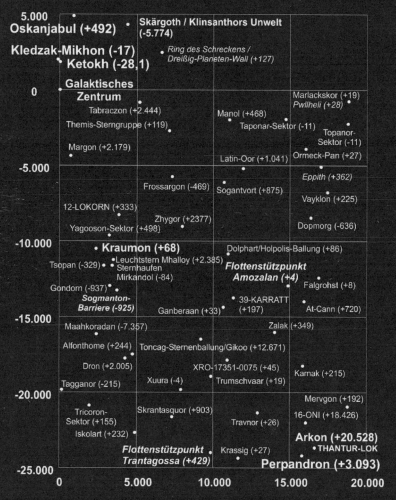

DETAILKARTE
KRAUMON-SEKTOR / GALAKTISCHES ZENTRUM

5.000
Oskanjabul (+492) Skärgoth / Klinsanthors Unwelt
(-5.774)

Kledzak-Mikhon (-17) *Ring des Schreckens /*
Ketokh (-28,1) *Dreißig-Planeten-Wall (+127)*

0 **Galaktisches**
Zentrum Marlackskor (+19)
Tabraczon (+2.444) *Pwllheli (+28)*
Themis-Sterngruppe (+119) Manol (+468)
Taponar-Sektor (-11) Topanor-
Sektor (-11)
Margon (+2.179) Ormeck-Pan (+27)
Latin-Oor (+1.041)

-5.000
Eppith (+362)
Frossargon (-469) Sogantvort (+875)
Vayklon (+225)
12-LOKORN (+333)
Zhygor (+2377)
Yagooson-Sektor (+498) Dopmorg (-636)

-10.000
Kraumon (+68) Dolphart/Holpolis-Ballung (+86)
Tsopan (-329) •Leuchtstern Mhalloy (+2.385) *Flottenstützpunkt*
•Sternhaufen *Amozalan (+4)*
Mirkandol (-84)
Gondorn (-937) Falgrohst (+8)
Sogmanton- •39-KARRATT
Barriere (-925) Ganberaan (+33) (+197) At-Cann (+720)

-15.000
Maahkoradan (-7.357) Zalak (+349)
Alfonthome (+244) Toncag-Sternenballung/Gikoo (+12.671)
Dron (+2.005) XRO-17351-0075 (+45) Karnak (+215)
Tagganor (-215) Xuura (-4) Trumschvaar (+19)

-20.000
Mervgon (+192)
Tricoron- Skrantasquor (+903) 16-ONI (+18.426)
Sektor (+155) Travnor (+26)
Iskolart (+232) **Arkon (+20.528)**
Flottenstützpunkt Krassig (+27) •THANTUR-LOK
Trantagossa (+429) **Perpandron (+3.093)**
-25.000
0 **5.000** **10.000** **15.000** **20.000**